谨以此书献给

为南水北调中线工程建设

做出巨大牺牲与奉献的水源地父老乡亲

欧阳敏 著

人民出版社

水源地

郭永华 题

目　录

引　子
美丽的"小太平洋"

　　阳春三月,快艇在辽阔的丹江口水库中滑行,如同在一幅巨大的水墨画中徜徉。站立船头,但觉微风拂面,满眼青绿,空气湿润宜人。远处的群山,层峦叠嶂,连绵起伏,颜色浅淡,雾气朦胧。近岸的山崖,绿树葱茏,成排成片,青翠墨绿,间或夹杂着几株怒放的山杜鹃,颜色鲜红,灿若火焰,正是万绿丛中一点红的大写意。湖面平滑如镜,一碧万顷,不时可见鱼群在水下隐隐约约,甚是悠闲地飘然而过。洁白的水鸟成群结队轻盈地从水面掠过,又在空中结成雁行,展翅翱翔。成群的野鸭浮在水面,本在静静地享受着自由自在的家庭生活,但在快艇的骚扰下,嘎嘎地惊叫着,快速地拍打翅膀,贴着水面飞向水天相连的远方。

　　辽阔的水面,不时浮现出大大小小形状各异的岛屿,这是被库水淹没后剩下的山尖,这些曾经高耸挺拔的山峰,如今屈尊为飘浮在水面的岛屿。岛屿大小不等,有的只有几平方米,有的则有数百平方米甚至更大。由于常年无人居住,这些岛屿已呈现原始状态。岛上的绿草长得密密麻麻,如同一张巨大嫩绿的厚绒毛毯,从岛上一直铺陈到水中。绿油油的草尖上晃动着颗颗珍珠般的露珠,圆润饱满的露珠在阳光下闪闪烁烁,如同要淌出油来,让人不忍下脚踩踏。岛上弥漫着一股若有若无、飘飘忽忽的青草香味,恍若瑶池仙境。光脚踩在清凉的湖水里,浑身一种莫名的清爽。厚密的草丛中生长着一种身长寸余浑身透明的小虾,发现有动静时,勇敢的它们毫不畏惧地用头部的小刺向闯入者发动进攻。这些虾太小了,它们的小刺扎在脚背上一点儿也不疼,仅产生轻微的刺痒,麻酥酥的,美妙又难以言状。这种轻微的刺痒如同电流,迅速地从脚跟到脊背,继而通过中枢神经再传导到全身,浑身毛孔微微张开,阵阵的快感在体内游走,舒适无比。

这些无人小岛是鸟儿的天堂,好多从未见过的精灵般的小鸟在草丛中自由嬉戏,忽而窜上蓝天,忽而潜进草丛。几只小鸟毫不畏惧地飞到身边,瞪着溜圆的小眼睛,叽叽喳喳地叫个不停,不知是欢迎光临还是对不速之客侵犯领地表示抗议。这几只小鸟比麻雀要小,红蓝相间的羽毛色彩艳丽,眼睛贼亮,跳跃飞翔,动作敏捷,它们是大自然的精灵。

小憩片刻,快艇继续向前行驶,进入汉江的老河道。水面随着山势回环,两岸出现很多库湾。库湾深深地插入山中,与形状各异的山峰和岸边浓密的绿树交相辉映,忽而浅滩,忽而绝壁,忽而深潭,忽而湖泊,移步换景,应接不暇。千奇百怪不相同,万千变化总是景,置身其间,如同置身于巨型山水盆景,咫尺天涯,变幻无穷,即便欧阳修、苏轼来,也未必能道尽其神妙。

快艇行驶约20多分钟,水面忽然开阔,刚才随处可见的岛屿浅滩渐渐消失,远方的山影在视野里也只剩下隐约难辨的一条细线,再隔一会儿,那条细线也消失殆尽。极目四望,汪洋一片,目力所及,水天相接,一望无涯。快艇关闭发动机,任其在水面自由漂泊。春日的阳光照耀在水面,涟漪阵阵,万道金光,让人浮想联翩。说是置身大海,这里明明是中国内陆;说是内陆,眼前却又水天一色,横无际涯。这里平均水深50多米,面积达38平方公里,被称为“小太平洋”。在卫星地图上看,这片巨大的水面如同一块深蓝色的宝石,璀璨夺目,熠熠生辉。

由于水面辽阔且远离城市,这里的空气极为洁净,几乎没有尘埃,空气中的负氧离子含量是城市尤其是北京这样的城市的数十倍。与干燥的北京相比,库区的空气清新爽洁、湿润宜人,深深地呼吸一口,肺部一阵舒爽润泽。掬起一捧清澈透明的湖水送入嘴里,甘冽清甜,与商场里卖出的矿泉水、纯净水相比毫不逊色。其实北京人早就在喝这里的水了。2005年,农夫山泉公司便来到这里投资,建成农夫山泉最大的生产基地,现在北京市场上销售的“农夫山泉”品牌的纯净水和果汁都是在这里生产的。落户这里短短3年的2008年,该公司已完成近5亿元的销售收入。

入夜,快艇停泊在一处被称为“金花湖”的美丽库湾。躺在快艇里休憩较之睡在城市的宾馆里别有风味,从水面向天上仰望,蓝黑色的夜空神秘而高远,如同华贵的天鹅绒铺陈在无边的天际,天鹅绒上缀满了钻石般的星星。由于空气高度洁净，这些星星不再闪闪烁烁，而是显得又大又亮。湖里的夜晚分外宁静，远离城市的喧嚣，没有汽车发动机的轰鸣，没有电视节目的嘈杂，除了偶然飘来一两声水鸟的鸣叫外，四周一片寂静。由于过于宁静，耳朵里似乎总是听到点什么声音，但集中注意力仔细搜寻，却又什么声音也没有，或许这就是传说的天籁吧。

起风了，湖水轻轻地拍打着湖岸，发出阵阵有规律的哗哗声，如同人在深深地呼吸，又似浅吟低唱的摇篮曲。快艇随着湖水的涟漪轻轻晃动，好像躺在母亲温暖的怀抱里，又回到了幸福的孩提时代。枕着金花湖的波涛，数着晶亮的星星，聆听着低吟的摇篮曲，在母亲的怀抱中进入甜蜜的梦乡。

身临其境才体会到，这是一个神奇美丽的地方。大面积的水域为这里创造了一片全新的小流域气候，不同于海岸边空气中的盐分重，这里的水是淡水，大面积的水分蒸发使得这里不光空气湿润而且对岸边的物体没有腐蚀；四周群山阻挡了强烈的空气对流，使得这里气候温和，冬天不冷，夏天不热，一年四季，舒适宜人；这里鹰击长空，鱼翔水底，天蓝水碧，山青树绿，环境秀美；这里历史文化厚重，世界文化遗产湖北武当山与河南名刹香严寺隔水相望。仁者乐山，智者乐水，这里山水相连，仁智双全，道教圣地武当山向你讲授道教的飘逸与深邃，佛教名刹香严寺告诉你佛教的博大与庄严。

这里山水相映，风景如画，交通便捷，生活优雅，襄渝铁路、高速公路沿水而行，从车城十堰出发，半小时不到便可扑进大自然的怀抱。游人既能躲避城市的喧嚣，又能享受自然的宁静。

这里就是"南水北调"中线工程的水源地——丹江口水库。

但是，你知道吗？这片辽阔美丽的湖水里，深埋着一段促人深思的历史，隐藏着许多震撼心灵的故事。

第一章
治水方略

一 汉江源

秦岭似腾越的巨龙,西起甘肃南部,经陕西南部到河南西部,横亘在中国的腹地。秦岭的平均海拔高度超过 1500 米,南北宽约一二百公里,绵延八百多公里,是中国南北方的自然地理分界线,也是渭河与汉江的分水岭。

秦岭南麓,山高谷深,滩多流急,千山万壑中淌出的涓涓溪流千曲百回,各择路径,在深山峡谷中浩浩荡荡,奔腾咆哮,冲决一切阻拦,最终合流一处。这就是源远流长的汉江。千百年来,星移斗转,江河奔流,汉江流域万物繁衍,生生不息。"一条大河波浪宽,风吹稻花香两岸",优美的歌词生动地说明了人类逐水而居的生理特性。作为一条大河,它平和安宁时带给我们的是幸福与安康,暴怒肆虐时留给我们的则是恐怖与悲剧。这就是汉江,情感丰富,喜怒无常的汉江……

有水必有源,汉江源在哪里呢? 文化的厚重与历史的曲折,使得中国地理文化有着无数难以解开的"谜",这些"谜"困扰着人类,也激励着人类去探索谜底,在探索中获得智慧与快乐。

陕西省勉县地处秦岭深处,汉中盆地西端,北依秦岭,南垣巴山,居川、陕、甘要冲。县域内山峦起伏,河流密布,盆地珠串,林木葱茏。众多的河流中,一条细小的河流自北向南,在丛林密布的山谷间静静地流淌,这条小溪来自一百多公里外的陕西丹凤县紫柏山,被称为沮水,地理学家将其定为汉江北源。

宁强县位于陕西与四川交界处,山高林密,奇峰突兀,怪石嶙峋,植被厚密。由于亿万年前的地质活动,山崖间河谷旁堆满了大大小小形状各异的山石,滚落的山石堵截了涓涓溪流,山崖间、河谷里出现了各式各样的深潭和形态各异的瀑布。这些瀑布,有的如白练悬空,喷薄而下;有的似玉珠成串,绵密细长。最大的三处被当地人称为元潭子瀑布、观曹瀑布、云汉瀑布。其中又数云汉瀑布最甚。云汉瀑布高悬几十米,下注成潭,潭水如碧,幽深莫测,人称"汉源潭"。这些山间水流分别汇聚成三条河,依其形状和居民的村落而得名,依次为回水河、马家河和赵家河。这三条河在原始、古朴的山林中左转右弯,曲曲扭扭,如同玉带缠腰,到了勉县后汇成一股,这便是被称为汉江南源的玉带河。

宁强县城极小,实际上就是秦岭千万条褶缝中一条稍宽点的缝隙,我们的先民们在这里生活了几千年。山谷两边的石缝里零零星星,到处是被开垦的土地,就在这些俗称一顶草帽都可以盖住的"田"里,农民兄弟们见缝插针种上了玉米。秋夏之交,散落着的玉米沐浴着透过山谷射进来的难得的阳光,抓紧机会伸展着枝叶,抢时间进行光合作用,力争在秋凉时成熟。

宁强县烈金坝乡北面有一座山,山不深,坡也不陡,和秦岭中大大小小的山并无二致,但它有一个奇怪的名字:番冢山。沿着山路向里走,有一条长长的山谷,这条山谷不同于其他地方的山谷,放眼望去,山谷两边高高低低的山壁如同被打裂了的瓦罐,到处可见大大小小的水流渗出岩壁,哗哗啦啦往下流淌,阳光下,山壁的渗水闪闪发光,渗水在山壁上顺流而下,有的地方滴滴答答,有的地方则已成稀里哗啦之势。

山腰间有一山洞,当地人谓之石牛洞,说是洞,其实不如说是一石凹。洞径不过七八米,洞深约莫二三米,洞内有一股细小的水流。据当地人传言,洞内水大时,势若泉涌,滚滚而出,水小时,细如发丝,断断续续,有时甚至干涸。以秦岭的地理与气候条件而言,山洞里水的大小可能与降水多少有关。

番冢山山谷幽深,安静时,深深的山谷里,除了清风阵阵吟唱外,哗哗的流水声如同生命的韵律,日夜不息。万千条流水在谷底汇成条条细细的小河。河水清浅,没不过脚背。这就是古代地理志《禹贡》所记载的漾水,"番冢导漾,东流为汉",也被称为汉江的西源。在中国的行政区划中,这个地方叫"大安镇汉源村"。

1993年出版的《汉中地区地理志》称,宁强县五丁关至陈家大梁一带为汉江源头,即漾水的另一分支五丁北峡水。但据当代人考证,五丁北峡水基本上已经无水,显然不能成为汉江源头。

北南西三条河流,究竟哪条是汉江的正源呢?《禹贡》把发源于陕西省宁强县番冢山的漾水作为汉江正源,《辞海》中汉江正源也是指漾水。

地理学界对如何确定一条河流的正源(又称主源)有较大分歧。从学术意义上讲,确定源头的标准大致如:(1)"河源唯远",依河流长短,水流最长者为正源;(2)依某条源流与下游干流流向一致,形似干流向上的自然延伸者为正源;(3)依水量之多寡,水量大者为正源;(4)依历史习惯,维持人们长期以来的普遍看法而不去轻易变更;(5)依河谷发育期的早晚,河谷形成较早者为正源。几种主张中,赞同"河源唯远"的较多。1992年中央电视台《汉江潮》摄制组翻越秦岭巴山,通过实地踏勘,探得南源玉带河的源头在巴山箭竹岭下,比番冢山的漾水还要向前延伸60公里。以"河源唯远"看,玉带河应为汉江源头。客观地看,汉江由其地理位置决定是一条多源的江河,汉江至少有两个大来源即北岸的秦岭,南岸的大巴山,两组山系间无数条溪流共同汇集,才有今日之汉江。

纵观中华文明发展史,秦岭孕育了黄帝,而大巴山则抚育了炎帝,炎黄二帝是中华民族的始祖,也是汉民族的源头。秦巴山脉以她博大的胸怀孕育了汉民族,发源于秦巴山脉的汉江以她甘甜的乳汁养育了汉民族。和黄河一样,汉江也是中华民族的母亲河。

汉江全长1577公里,总落差1964米,年均径流量539亿立方米,流域面积15.9万平方公里,干流横贯陕西南部,经湖北至武汉汇入长江。汉水流域水系呈叶脉状,自上而下的支流主要有褒河、任河、洵河、甲河、堵河、丹江、南河、唐白河。流域面积大于1万平方公里的支流有堵河、丹江、唐白河。流域内雨量丰沛,可利用的水资源比较丰富。全流域地表水加地下水资源总量达606亿立方米。

汉水一路融汇深山峡谷中的众多支流,奔流在秦岭、大巴山之间,到湖北丹江口时,已是浩浩荡荡、气势宏伟的长江第一大支流了。就在即将冲出秦岭重重山峰的阻挡进入开阔的江汉平原时,汉江在这里又接纳了它最大的一条支流:丹江。

丹江,古称丹水、浙水、粉青江、黑江,因传说尧的长子丹朱死后葬于此地而得名。一说是战国时代长平之战后,秦军坑杀赵国降卒四十万人,史载当时"血流淙淙有声,杨谷之水皆变为丹,至今号为丹水"。

丹江发源于陕西省商州西的凤凰山，在商州、丹凤、商南的深山峡谷中逶迤前行，一路接纳众多细小的水流，水势渐大，成奔腾之势。于陕西、河南、湖北三省交界的荆紫关附近(商南县汪家店乡月亮湾)进入河南省淅川县境内。

由于两岸山势陡峻，植被茂密，丹江水如同过滤了一般，晶莹清澈，甘甜可口。《煎茶记》称丹江水为"天下名水"。《陕西通志》卷八载：李秀卿排列天下名水二十种，丹江为第十五。丹江两岸悬崖峭壁，山间怪石林立，从山顶到水边，林木参天，植被茂密，一路上山重水复，回环曲绕，山光水色，浑然一体，自然风光极为优美。这一带的云岭峡、太白峡和雁口峡，被称为"丹江小三峡"。明代著名旅游家徐霞客南朝武当，由洛南县出发，经老君峪到龙驹寨乘船起航，游船出龙驹寨后直下丹江。他在《徐霞客游记》中写道：

时浮云已尽，丽日乘空，山岚重叠竞秀，怒流送舟，两岸浓桃艳李，泛光欲舞。出坐船头，不觉仙也！

进入河南省后，丹江又接纳了老灌河和淇河，到湖北省均州(今天的丹江口市)境内汇入汉江，此时的丹江已是波涛滚滚水量丰沛全长443公里的一条大河，为汉江最长一支流。丹江入汉江之处称为丹江口，丹江口距湖北老均县县城数公里。

滚滚汉江冲出丹江口后，脱离了秦岭巴山的束缚，江面陡然开阔，水流也平缓了许多，经交通重镇襄樊，通过一马平川的江汉平原，在武汉汇入滚滚长江，汉口由是得名。

现代意义的公路铁路出现以前，中国的交通主要依靠水运，汉江是长江流域进入陕西、四川的重要水路通道，丹江则是中国中部经长江、汉水进入当时中国的政治、经济、文化中心汉唐之都西安的重要水路通道。江南的粮食、布匹、丝绸、陶瓷、茶叶都是通过长江、汉江再到丹江这条水上通道，源源不断地输送到都城长安。直至20世纪初，汉江、丹江上仍然是白帆点点，舟楫繁忙，商贾云集，物流两畅。

汉江有着两副面孔，温柔时，风平浪静，清波涟涟，江面上渔舟唱晚，其乐融融；有中国粮仓之称的江汉平原，沃野千里，稻菽飘香，湖广熟，天下足。汉江又是一条脾气极为暴虐的河，翻脸时，狂风呼啸，恶浪滔天，平日的温柔变得狰狞可怖。

汉江的中上游为秦巴山区，集雨面积大，河道狭窄，上下游落差巨大，每逢暴雨，汉江上游大小数百条河流的雨水全部汇集到汉江，使得汉江水量猛增。

山区河道狭窄，汉江上下游之间有几百米的落差，如此多的水流快速汇集，使本来就水流湍急的汉江短时间内形成洪峰，沿途不断有支流的洪水汇入，更增添了洪峰的流量与流速。在两岸山壁的夹持下，洪峰水头高达数米，好似一堵水墙，直立前行，冲击在山崖上，发出雷鸣般的轰响，激起的水雾如同轻柔的白纱将沿岸的山峰笼罩其中。

丹江口是秦岭山区束缚汉江的最后一道关口，这里的江面只有百米左右宽，两边的山崖如同门扇一样，紧紧地锁住河道，由此出去，山势陡降，江面开阔，再往下，就是一马平川的平原。汉江洪峰接近丹江口时，由于丹江洪峰的汇入，气势更甚，狂暴的洪水吼声震天，如同闯出囚笼的猛兽，狂放不羁，左冲右突，呼啸而下，冲出丹江口后，洪峰脱离了秦岭巴山的束缚，巨大的落差更增加了洪峰的势能。下游江汉平原一马平川，湖泊众多，汉江堤防体系脆弱，根本无力抵挡滔天洪水。汉江洪峰一路摧枯拉朽，冲决阻挡前行的堤防，江汉平原顿成泽国，地处汉江口的武汉，大街小巷尽没水中。千百年来，汉江只要发大水，下游必定成灾。从满清王朝到国民党旧政权，内忧外患，国力贫弱，当局根本无力治理汉江堤防。史料记载，从 1822 年到 1949 年的 128 年间，汉江发洪水 65 次，平均两年一次，沿岸堤防"三年两溃，十年九灾"，"汉江水涨，堤防悉沉于渊，飘风刮雨，长波巨浪，烟火渐绝，哀号相闻，沉溺死者，动以千数，水面浮尸，累累不绝"，灾民"沿村乞讨，鬻儿卖女，屡见不鲜"。

1935 年 7 月，汉江上游连日暴雨，丹江口过境洪峰达到 50000 立方米/秒，7 天时间过境水量达到 128.8 亿立方米，滔天洪水倾泻而下，狂暴的洪水连续冲破老河口、襄阳等下游城镇后，闯入江汉平原，汉江堤防如同纸牌，瞬间瓦解，两岸顿时一片汪洋。洪水淹没耕地 670 万亩，包括武汉在内的 16 个县市受灾，8 万余人被洪水吞噬了生命，370 万人流离失所。汉江成了危害人民的害河。

"一条大河波浪宽，风吹稻花香两岸"，优美的歌词说明人类逐水而居的特点和对水的强烈依赖性，但生活在汉江中下游的人民每到夏秋雨季，便惶惶不可终日，不知汉江洪水会何时闯入家园。

二 "从南方借点水给北方"

中国革命的先驱孙中山先生在其《建国方略》中提出：

改良此水,应在襄阳上游设水闸,一面可利用水利,一面又可使巨船通航于现在唯通小舟之处。

遗憾的是,面对国内军阀混战,孙中山的宏伟构想只能束之高阁。

1935年汉江大洪水之后,国民党当局的扬子江水利委员会曾提出在马良筑坝拦洪的构想,江汉工程局美籍工程师史笃培查勘了白河以下干流河段后,建议在碾盘山筑坝建库拦洪。但由于国事衰败,所有的治理建议都成过眼烟云。

1949年春,全国尚未完全解放,长江汛期来临,长江、汉江、淮河、太湖、洞庭湖、鄱阳湖等江河暴雨连连,江汉平原、淮河流域沿江滨湖地区均发生了严重洪水灾害,堤防大量溃决,千万顷良田尽成泽国,广大人民深受灾难。毛泽东对此极为重视,指示筹建长江水利委员会,归华中局领导。确定治水机构后,中央开始为新中国的治水机构挑选大将,在众多人选中,林一山被中央看中。

林一山,山东文登人,1911年6月出生,1936年1月加入中国共产党。1937年9月,受山东省委指派,林一山前往胶东组织领导抗日武装起义。解放战争时期,林一山先后任青岛市委书记兼市长、辽南省委书记兼军区政委、辽宁省委副书记兼军区副政委等职务。1949年2月,三大战役胜利结束后,第四野战军成立了南下工作团,谭政、陶铸任正副总团长,林一山为秘书长。就在林一山率"四野"南下工作团南下途中,中央宣布了广西省领导班子的人选,张云逸任自治区人民政府主席,林一山任第一副主席。任命下达不久,林一山还没有到达广西,1949年9月,中央临时改变原定方案,邓子恢、陶铸找林一山谈话:中央决定组建中南水利部和长江水利委员会,地址设在武汉,由他负责调集干部组建机构,立即开展工作。1949年,中国共产党刚刚取得政权,全国许多地方战火尚未平息,国家建设百废待兴,众多机构需要干部,与省政府副主席相比,新任命的职务明显要逊色一些。林一山年轻时就信奉孙中山先生的一句话:"要立志做大事,不要立志做大官。"他立即接受中央的安排,向连番催促他到任的张云逸表示了歉意,不顾战友们的劝阻,不惜降级出任中南局水利部部长、长江水利委员会主任等职,并参加了对南京国民党政府水利部和扬子江水利委员会的接管工作。1950年,长江水利委员会刚成立不久,林一山代表长江委提出了《长江建设五年计划》,并最终提出了"治江三阶段"的计划。这一计划得到了党中央、毛泽东和周恩来的充分肯定,为后来的长江流域综合治理规划打下了重要的基础,也为后来提出、论证、实施三峡工程及南水北调中线工程两项跨世纪工程打下基础,指明了战略发展方向。

林一山是新中国水利事业建设的开创者和奠基人,为中国的水利事业做出了历史性的贡献。

1950 年 7 月,江城武汉骄阳似火,时任湖北省政府主席的李先念专门召集特别会议,讨论对汉江的治理。李先念说:

> 汉江年年发大水,下游百姓遭殃,武汉的安全也难保。汉江水患不除,湖北的百姓不得安身,湖北的经济也难以恢复。我们共产党人赶跑了国民党蒋介石,我们一定要为民除害,治理汉江,消除水患。❶

会议决定,在汉江中上游修建水库,拦洪蓄水,并成立"汉江治水委员会",李先念任主任,林一山任副主任。这是继孙中山的设想后,中国历史上关于修建丹江口水库的第一个动议。

根据动议,林一山立即组织人马在汉江沿岸踏勘治水坝址。经过实地踏勘,林一山认为这里工程量不小,但防洪作用与水库淹没损失有矛盾。水库水位高了,淹没损失较大,移民迁移困难,水库水位低了,防洪要求很难满足。林一山决定再向上游走,又组织查勘了汉江上游的郧阳小孤山坝址,但他对这里也不满意,认为其位置偏上游,库容不大,防洪作用更小,而且地质条件也不太好。1950 年 12 月,林一山一行到了位于湖北省均县的丹江口坝址。丹江口坝址所在地称为凤凰山,山势不高,江面不宽,汉江绕山而过。地质钻探的资料表明,凤凰山的石头是火成岩,地质条件优越,有利于筑坝,林一山提出了在此处修建水坝的设想并上报水利部。

1952 年,时任水利部部长傅作义带领数百名专家对汉江进行勘探,确认位于湖北省均县的丹江口是汉江建坝最理想的地方。著名水利专家、时任林一山秘书、后任长江水利委员会主任的魏廷铮回忆了勘坝过程:

> 1952 年 11 月,水利部部长傅作义、副部长李葆华,率各有关部门负责人及中外专家近百人,进行汉江查勘,重点查勘了丹江口坝址,我参加了这次查勘。当时气候骤变,阴雨连绵,我们乘汽车至沙洋弃陆登船,溯汉江而上,查勘了钟祥县城上游 20 余公里山口的汉江碾盘山坝址。接着

乘船逆流而上，

从沙洋至丹江口水路约 200 公里，河道开阔，沙滩甚多，船工称之为活河槽。盖津随水势而变，航道亦随之而变，非熟请水势者莫识。舟行额为不易，日行三五十公里，历 5 日方抵襄阳。查勘团分乘木舟七八只，每舟约十人左右，从部长至一般工作人员，各人自备行李，挤住船内，除工作外，大家谈天说地，古今中外无所不谈。与我同舟者有蒋怀玉、雷鸿基、杨贤溢、刘鼐臣、杜省吾、何之泰等。这几位长江委开创时的重要行政技术干部除杨贤溢外均已作古，不胜怀念。各船伙食由船民办理，饭菜虽不丰盛但大家吃得很愉快。有时沿途买鱼沽酒，加餐小酌，其乐无穷。布可夫购得大鱼一条，饱餐数顿。抵襄阳后，往专署。襄阳城内，景象萧条，这个历史古城曾是南北交通要道，当年帆樯林立、车水马龙的繁荣景象已不复存在。一则京汉铁路通车后，南北交通结构改变；再则天灾人祸，1935 年洪水可在襄阳城头洗脚，洪水破城而入，扫荡一光；且历遭兵燹，市缠不振。查勘团本拟弃舟登陆，乘车至老河口再换乘小船至丹江口。当时襄阳行署办公室主任王平同志、公安处长夏克同志安排交通安全保卫事宜，因连日阴雨，道路泥泞，不能通行，遂改变计划仍乘小船。由于水道坡陡流急，多卵石滩，需背牵，日行仅十余公里，至丹江口十一公里水路，差不多走了一个星期，日行暮宿，牛首、太平店、仙人渡、老河口、沈家湾等地都曾作过宿头。抵丹江口坝址后，首先查勘两岸地形，并登坝址右岸凤凰山，然后查勘坝址地质及水工布置，据当时已掌握的工程水文地质资料，以及钻探岩芯资料，确认此地是少有的高坝良好坝址。据此，我们选定了丹江口作为汉江流域规划的主体工程，碾盘山作为将来开发汉江的梯级工程。❶

1953 年 2 月 19 日，天寒地冻，毛泽东在杨尚昆、罗瑞卿等人的陪同下登上“长江”号军舰，在“洛阳”舰的护卫下，顺流直下，三天三夜，从武汉到南京。临行前，毛泽东交待，请林一山登舰同行。

虽然时令冬季，但长江水依然丰沛，武汉以下，江面开阔，“长江”舰破浪前行。毛泽东伫立在前甲板上，毫不在意逼人寒气，眼睛盯着浩瀚的江水，思

---

❶ 魏廷铮："丹江口水利枢纽的设计和建设"，《百年潮》2007 年第 8 期。

绪起伏。

建国之初,天下大定,国家百废待兴,亟待建设,但美国人打上门来,不得已背水一战,抗美援朝打响了。国内万众一心,清匪反霸,恢复建设,没想到天公不作美,各种自然灾害频频发生,其中水患尤甚,黄河、长江、汉江、淮河联手作乱。

1952年夏,长江中上游阴云笼罩,连日不开,时而暴雨如注,时而细雨绵绵,成千上万吨的雨水从天而降,顺着大小河流全部汇入长江。万里长江不胜其烦,滚滚浊浪,前推后拥,不断地冲击着两岸江堤,试探其结实程度。与此同时,秦岭上空的暴雨也从千山万壑全部汇入汉江,汉江也雷霆震怒,洪峰如同水墙,轰鸣着向前推进。9月13日,洪峰冲出秦岭巴山进入开阔的江汉平原,豆腐渣般的堤坝无力承受汉江洪峰排山倒海的冲击,多处决口。9月14日凌晨2时半,汉江在沔阳县黄家场决口,洪水如同发疯的野兽,在江汉平原肆虐,一路吞噬它碰到的所有房屋、牲畜和熟睡中的人群,洪峰过去,沔阳一片泽国。沔阳县有8个区80万亩良田被淹,30万百姓沦为灾民。9月16日,告警的电报飞进中南海。9月17日,毛泽东将汉江黄家场决口的电报批给邓小平、薄一波:

邓、薄:请商水利部提出根治汉水计划,考虑是否可以列入明年预算?

他同时询问:

洞庭湖、荆江北岸、汉水三处同治,财政上是否可能?❶

中华民族兴于水,又饱受水患,正所谓福兮祸兮所倚,祸兮福所伏。五千年的文明史可以浓缩为与水奋斗的历史。古代圣贤留下了"治国先治水,治水即治国"的名言。水,对于一个民族,一个国家,真是太重要了。江河安澜,风调雨顺则丰衣足食,国泰民安;反之,则水淹千里,饿殍遍野。水旱交加,则庄稼无收。农为天下之本,民不可一日无粮,没有粮食,天下不稳,建设何从谈起?手中有粮,心中不慌,百姓有饭吃了,天大的事也不怕。

中国历来是南涝北旱,这是上苍给中华民族出的一道千年难题,如何破解,将考验为政者的政治智慧和治国韬略。农民出身的毛泽东,深谙水对农业的命脉作用,要保证农业丰收,就要水旱兼治。早在1952年10月30日,毛泽

---

❶ 参见"对水利部关于汉江黄家场决口后情况报告的批语",《建国以来毛泽东文稿》第三册,中央文献出版社1998年版。

东在视察黄河时就对黄河水利委员会首任主任王化云说："南方水多，北方水少，如有可能，借一点来是可以的。"

此话一出，语惊四座，非伟人风范，高瞻远瞩，谁能有如此气魄？

"长江"舰破浪前行，毛泽东顶着凛冽的江风，与林一山指点着两岸江山。继承上年黄河视察时的思路，毛泽东向林一山再次提问："南方水多，北方水少，能不能从南方借点水给北方？这个问题你研究过没有？"

1952年在傅作义率领下，长江水利委员会对汉江丹江口水库坝址的踏勘后，因具体规划尚未完成，还没有向中央汇报。林一山据实回答：我们还没有研究过，目前还不敢想。他打开随身携带的地图，与毛泽东在地图上探讨。毛泽东的目光沿着四川北部的白龙江渐渐下移，直到嘉陵江上游，一一询问沿途是否有可能引水。林一山说，秦岭以南的水，由西北向东南，进入四川盆地。越往下游，虽然水量也越大，但是地势也越低。秦岭山体绵延，最窄处也有一百多公里，打隧道工程难度极大，无法完成。

毛泽东的目光又投向汉江，他问道："汉江引水有无可能？"林一山回答，有希望。汉江与黄河、渭河平行，分水岭只隔着秦岭和伏牛山，越往东，山体越小，地势越低，水量越大，引水工程量也相对较小，但要选好合适的坝址。

毛泽东手持红蓝铅笔，笔尖沿着地图上弯弯曲曲的汉水，从陕西汉中一路下来，与林一山探讨可能筑坝引水的地方，林一山都没有肯定的答复。最后，毛泽东手中的红蓝铅笔点着丹江汇入汉江的交汇处丹江口问："这里呢？"

这里就是水利部勘察过的最佳建坝处，林一山对此早有腹稿，他回答道："这里可能最好。"他分析说，这里是汉江中游，又是与丹江的汇合口，水量充足，且在巴山脚下，引水不用打洞，高程也较为理想，1951年我们曾在这里作过规划研究和钻探，计划在这里建坝蓄水，防洪发电，充分开发汉江的综合效益，但没有考虑南水北调问题。

丹江口位于湖北省均县境内，丹江在此汇入汉江，由于丹江的汇入，汉江水量大增，可以满足调水的条件。从地形上看，这里背靠大山，是筑坝屯水较为理想的位置。而且，汉江在伏牛山以南，要向北调水，必须要考虑到水流通道问题。在中国的版图上，伏牛山和桐柏山山脉横亘于汉水和华北平原之间，要向北调水，需要越过伏牛山和桐柏山，以那时的科技和工业水平，穿越两山几乎是不可能的。地图上，离丹江口不远的地方有一个低而平坦的垭口，叫方城垭口，京广铁路就是经此坦途而沟通南北的。如果在丹江口筑坝，汉江水从这里穿过方城垭口北上,那是有可能的。

听完林一山的陈述,毛泽东意犹未尽,手中的红蓝铅笔又指向汉江下游问道:"再往下呢?"

林一山回答:"再往下游,河水变宽,汉水进入南阳、襄阳平原,没有高山,失去了建坝的条件。"

毛泽东的目光在丹江口反复徘徊,略经思考后,他对林一山说道:"立即组织人员查勘,对汉江引水方案作进一步研究,有了新资料立即写信给我。"❶

在汉江上建筑大坝引水北去的历史规划由此开始形成。

1953年2月22日,毛泽东再次向长江委指示:"南水北调工作要抓紧。"

1954年夏季,来自印度洋的西南季风携带强劲的湿暖气流长时间滞留江淮一带,一个强大的北方冷空气团持续不断南下,冷暖两股气流在中国中南、西南上空迎头相撞,带来滂沱大雨。与以往不同,这两股气流相遇后并没有迅速离开,由于势均力敌,双方盘旋徘徊长达三十多日,造成了比往年时间更长、强度更大的降水。

长江中上游流域,大片的暴雨云团将上亿吨水从空中倾泻下来,真实地映证了李白诗句"黄河之水天上来",只不过这次是"长江之水天上来"。7~8月的长江水量,比往年同期值多60.9%。千山万壑间奔涌的水流全部集中到长江,长江上游群山耸峙,暴怒的长江被限制在两山之间狭窄的河床里无奈地蓄积着能量,滚滚洪流冲出长江三峡后,江面陡然开阔。蓄积的能量释放开来,再也没有什么力量能管束住横行无忌的江流。自沙市以下,长江水位全线超过历史记录,除了水量大外,洪峰持续时间长,沿岸各地干流超过警戒水位达69~135天,洪峰带着巨大的能量和落差,冲垮了一段又一段脆弱的江堤,将两岸百姓的财物洗劫一空。在暴虐的洪水面前,人类显得那样脆弱和无助。为保住下游的城市,荆江先后三次分洪。荆江分洪虽然保住了武汉、沙市等城市,但洪水淹没农田47755万亩,造成1.888万人受灾,死亡3万余人,京广铁路中断百日。

大暴雨也同时在淮河流域发生,1954年6~8月,淮河流域持续降水,6万多平方公里的范围内,降雨量平均达到700~1000毫米,安徽省史河上游的吴

---

❶ 参见"'长江王'林一山",《中国三峡建设年鉴》。

店,雨量为1265.3毫米。这不是下雨,是上苍在往下倒水。面对特大洪水,7月27日和31日,淮北大堤在禹山坝和毛滩分别决口泄洪。

长江淮河的警讯使得水患治理日见紧迫,三峡工程再一次提上日程。长江大水过后,毛泽东乘专列沿京广线视察。在武汉,他再次召见林一山,听取关于三峡工程的汇报。林一山用了几乎一个通宵的时间就长江、汉江的筑坝和水患治理向毛泽东作了极为详尽的汇报。毛泽东问林一山:"如果我们现在要上三峡工程,在技术上有困难吗?"

林一山回答:"只要中央下决心,依靠苏联的帮助和我们自己的力量,长江三峡工程是可以建设的。如果不用苏联专家的帮助,全部依靠我们自己的力量也可以建成,但需要先修丹江口水利枢纽,它也是世界上一流的大工程,有了丹江口工程的实践经验,就能胜任三峡工程的规划设计和施工。"

这就是林一山治理江河的思路,先汉江后长江,先易后难,积累经验。他形容道:治理长江如同登天,治理汉江就是先打造登天的梯子。❶

毛泽东对林一山的想法表示赞赏,他敦促林一山要抓紧整个长江流域几条江河的治理规划,同时立即要求周恩来与苏联协商,请他们派遣水利专家来中国协助开展长江流域规划和三峡工程。

由于美国的敌视和封锁,新中国成立之初,中国政府对苏联实行"一边倒"的外交政策,是名副其实的盟友。应中国政府的请求,在中国第一个五年计划期间,苏联与中国签订了一百多项援建项目,其中就包括水利建设。1955年4月,一批批各种专业的苏联专家陆续来到长江水利委员会,协助开展长江流域、三峡工程和丹江口工程的规划工作。

1954年秋,为了给规划中的丹江口水库大坝选址提供可靠的水文地质报告,地质部从全国各地抽调水文工程地质技术人员,组建丹江口水文工程地质大队,老红军何建香任大队长。

1954年11月,何建香带领临时调集的一帮年轻人,立即赶赴湖北均县。由于走得太急,他们谁也没有回家打声招呼,上了火车才发现,除了随身携带的地质包外,所有人连行李等生活用品都没带。何建香等人离开北京,一路南行,到武汉以后换乘汽车西行。破旧的长途汽车在颠簸的公路上左右摇晃着,

❶ 参见"'长江王'林一山",《中国三峡建设年鉴》。

如同牛车一样缓慢前行，车厢里尘土弥漫，夹杂着刺鼻的油烟味，让人喘不过气来。车到了枣阳，司机说，前面路断了，不能走了。车不走，但人必须走。何建香带领大家来到汉江边乘船上行。一路走走停停，紧赶慢赶，终于赶到了均县县城。

水文地质工作是工程建设的先行官，他们的考察得出的结论直接决定大坝建设。丹江口水库的建设工程，需要地质大队完成水文地质勘察工作，长江委给他们的任务不仅仅是丹江口水库大坝坝址的选址论证，整个库区的地质构造详情和将来南水北调工程全线开工的时候修建输水干渠所需的水文地质情况，都需要作全方位的勘测和论证。按照设计方案，水库建成后将要淹没的库区面积至少要达到1000多平方公里，要摸清这1000多平方公里的地质情况，全靠地质队员们用双脚一步一步地去丈量，用双手一寸一寸地去描绘。设计的库区四周全是起伏的群山和人迹罕至的峡谷，地质队员们每天都要在这些深山老林中查勘水文地质资料，无论春夏秋冬，雨雪冰霜，高山峻岭，都不能阻止他们的脚步。他们自己背着行李，跋山涉水，披荆斩棘，顶烈日，战狂风，工作到哪里，吃住就在哪里。在有人的地方时，饿了，花点钱向老乡买点红薯、南瓜，天晚了，在老乡家里借宿一夜。有时在深山里数天无人，就全靠自己带的干粮，干粮吃完了就在山里采摘野果和野菜。晚上就自己动手砍几个树枝搭个窝棚睡觉。运气好的时候，能够住进老乡的房子或是乡村学校的教室，能够吃上一碗热腾腾的面条或米饭，那就是过年了。有一次，地质大队外出勘测，一出去就是数星期，到了河南省西峡县的县城，身上带的粮食早已全部吃光，无奈之下，只好到县政府求助。县政府的干部听说他们是国家派来勘测水库的地质队，在野外工作断炊了，县长亲自给粮食局写条子，为他们特批了几斤板栗代替粮食，那几天，他们就是靠着装在每个人口袋里炒得香喷喷的板栗，才解决了饿肚子的问题。

1956年秋天，郧阳山区下起了连阴雨，天如同漏了一般，没日没夜地下了一个月，天地间一切东西都是潮乎乎的。地质队员们成天在野外，一会儿爬山，一会儿下坡，天上下着雨，身上出着汗，雨水顺着头发脖子往下流，衣服湿透了，贴在身上既影响人的动作又极不舒服。穿在外面的雨衣根本起不到挡雨的作用，相反，包裹着身体，身上的热气散发不出来，更使人憋得难受，还不如干脆脱掉雨衣，任雨水在身上肆意流淌。那个月，每一个人身上的皮肤没有一寸地方是干爽的，觉都没法睡。就是这种天气，地质队员们还是要在泥水里跌跌爬爬,不停地工作。至于山林间蚊子、小咬、蚂蟥、蛇等各种小动物的骚扰更是家常便饭,谁也没有在意,也不可能在意。

经过地质队员们极为艰苦的前期工作,丹江口水利枢纽工程的水文地质勘探工作结束。他们是名副其实的丹江口水利枢纽工程的无名英雄和尖兵。

1956年3月,长江水利委员会成立了以魏廷铮为主任的汉江规划设计室,专门负责研究制定汉江流域规划、丹江口工程设计和引汉济黄等工作。1956年上半年,经过近两年的努力,《汉江流域规划要点报告》基本完成,经过林一山认真审核后报水利部,1956年7月通过水利部审查后,《汉江流域规划要点报告》送到中南海毛泽东的案头。

经过思考,毛泽东认为治水应当从全流域统筹规划,根据他的思路,1956年10月22日,国务院批准成立长江流域规划办公室(以下简称"长办")。"长办"属国务院建制,水利部代管,原长江水利委员会所属机构改由"长办"领导,林一山出任"长办"第一任主任。从此,林一山正式成为毛泽东的"治水大将"。

三 "先修梯子后上天"

林一山自担任长办主任后,一直潜心于"治水"工作,对长江流域的水利规划工作形成了自己的思路:要根治长江流域水患,一定要在长江上建设三峡工程,在汉江上要建设汉江丹江口水利枢纽工程,这两个工程是一个整体不可分割。但考虑到国情,这两个工程在开工次序上应先易后难。他认为,长江三峡工程如同上天,丹江口工程则是上天的梯子。应该先修梯子后上天。

但时任水利部副部长的李锐当时不赞成修建三峡工程,认为应在湖南的沅江上修建武强溪水电站,两种意见形成对立。

李锐《大跃进亲历记》一书中,记述了毛泽东听取林一山和他的汇报并采取决定的过程。

中央南宁会议后期,毛泽东要听取关于三峡工程不同意见的汇报,李锐与林一山奉命到会。当时的整个气氛对李锐是不利的。还在1953年,毛泽东就视察过长江,听取过林一山的详细汇报,无论是对林一山本人还是对三峡工程,都有了一些印象。1955年前后,三峡工程已成为水利部的热门话题。1956年毛泽东乘兴写下"更立西江石壁,截断巫山云雨,高峡出平湖。神女应无羔,当惊世界殊"的华美诗句。而更重要的是,南宁会议,毛泽东力主大力推进全国开展大规模的水利建设,大批"反冒进"。这时要反对上马三峡工程,无疑要冒极大的政治风险。

1958年1月18日上午,李锐到达南宁。晚饭后,毛泽东主持了一个小范围的会议,听取李锐、林一山汇报。林一山讲了两个小时,李锐用了半个多小时。听完汇报,毛泽东没有表态,而是要他们俩各写一篇文章陈述自己的观点。李锐文章的题目是《大力发展水电以保证电力工业15年赶上英国和修建三峡水电站的问题》,林一山文章的题目是《关于长江流域规划的初步意见》。

李锐和林一山的文章各有侧重,李锐的文章中有古诗和历史故事,林一山的文章则多采用数字和专业"行话"。根据胡乔木的提示,李锐在文章前还专门加了一段话:主席:遵照您的指示,将如何更多更快的发展水电,使我国电力在15年内赶上英国,以及三峡工程何时修建问题,汇报如下。

听完汇报后,毛泽东称赞李锐的文章写得好,说"我们需要这样的秀才",并立刻决定调李锐作为自己的兼职秘书。同时表示了对林一山文章的不满意,说:听不懂,谁要是睡不着觉,就去听林一山作报告。并在以后又问王任重看不看得懂林一山的报告。❶

谁也没有想到,在中央号召大力开展水利建设,大批反冒进的形势之下,李锐关于暂缓上马三峡工程的意见竟获得毛泽东的赞许。但毛泽东并未作出决断,而是将两种不同的意见连同三峡工程问题一起交给周恩来负责,并伸出四个手指头以他特有的方式要求周恩来"一年过问四次"。

周恩来立刻行动。1958年2月26日,周恩来刚刚从朝鲜访问归来,即与副总理李富春、李先念一起,率领李葆华、刘澜波、张含英、钱正英、张劲夫、刘西尧、胡耀邦、林一山、李镇南、阎红彦、王任重等国务院有关部委及湖北省、四川省和苏联水电专家共百十号人,乘"江峡"轮自武汉上溯重庆,实地考察三峡工程。

2月下旬的天气,乍暖还寒,"江峡"轮顶着滚滚而下的激流,艰难地逆水而上。长江三峡是万里长江中最险要的地方,两岸绝壁高耸,航道狭窄,水流

---

❶ 参见《大跃进亲历记》,《李锐文集》卷三,南方出版社1999年版。

湍急,水下暗礁密布。李白"朝辞白帝彩云间,千里江陵一日还,两岸猿声啼不住,轻舟已过万重山"的诗句,形象地描述了三峡江水的湍急。"江峡"轮在葛洲坝前放慢了航速,中外专家们手拿资料,挤在船舷边,对预订作为三峡工程坝址的葛洲坝指指点点,仔细观察。

2 月 27 日,周恩来在船上亲自主持听取三峡工程的汇报,同时听取了长江流域规划办公室魏廷铮关于《汉江流域规划要点》和丹江口水利枢纽工程设计的汇报,组织讨论并通过了建设汉江丹江口水利枢纽工程的决定。会议认为:

……

从国家长远的经济发展和技术两个方面考虑,三峡工程水利枢纽是需要修建而且可能修建的,应当采取积极准备、充分可靠的方针进行各项有关的工作。估计三峡工程的整个勘测、设计和施工的时间约需 15 年到 20 年。由于条件比较成熟,汉江丹江口工程应当争取在 1958 年做施工准备或正式开工。

这一决定,实际上是采纳了林一山"先修梯子后上天"的意见。周恩来在会上强调:

修建汉江丹江口水利枢纽工程主要依靠我们自己的力量,也是为下一步修建三峡大坝练兵,第一要确保质量,第二要妥善安置移民,第三"长办"负责设计,由湖北省负责施工。

周恩来还直接点名汉江丹江口水利枢纽工程由湖北省省长张体学挂帅。❶

三峡查勘后,周恩来一行由重庆转赴成都,1958 年 3 月 23 日,在成都政治局扩大会议上,周恩来作了"关于长江流域规划和三峡工程"的报告。先修建汉江丹江口水利枢纽工程,待其取得经验后再动工修建三峡工程符合毛泽东的意图,他在会议上高兴地说:

打开通天河、白龙江、借长江水济黄、丹江口引汉济黄、引黄济卫、同北京连起来了。

3 月 25 日,中央成都会议通过了这个报告,并作出《中共中央关于三峡水

---

❶ 魏廷铮:《丹江口水利枢纽的设计和建设》,中国论文网。

利枢纽和长江流域规划的意见》，4 月 5 日，中央政治局会议批准了这个《意见》。《意见》第（六）条说：

由于条件比较成熟，汉江丹江口工程应当争取在 1959 年作施工准备或者正式开工。

毛泽东在这个意见上批示：

积极准备，充分可靠。❶

这次中央政治局会议为"汉江丹江口水利枢纽工程"定下名称。

中国自古以某条江河汇入另一江河处称为"口"，并在前面冠以这条江的名称，如汉江在武汉汇入长江处称为"汉口"，汶水在安丘注入淮河处称为"汶口"，丹江汇入汉江处被称为丹江口。大坝建设在丹江、汉江汇流处，拦截汉江和丹江两江水，故称为"汉江丹江口水利枢纽工程"，由于称谓太长，人们常常简称为"丹江口水利枢纽工程"，而将最为主要的"汉江"略去，时间一长，"汉江"两字逐渐被人遗忘，现在的很多人已经不知道丹江口水利枢纽工程的全称，误认为丹江口水库是因为水库建设在丹江口市而得名。殊不知，丹江口大坝建设时，只有均县而尚无丹江口市，成立丹江口市是 10 年以后的事情了。

除了称谓外，不少人对于跨省的丹江口水库和水库中面积最大的"小太平洋"的地域归属也不清楚。河南淅川自认为是"中国水都"，因为南水北调中线工程取水口陶岔在河南淅川县境内，库区面积最大的水域"小太平洋"也在其境内。因为大坝建在湖北丹江口市境内，丹江口市也不相让，在丹江口市，"中国水都"的牌子到处可见。出于宣传本地招徕游客的目的，双方各执一词，各说各的话，以至于弄的一些不知情的人不知就里。很多人就问过笔者，丹江口水库究竟在河南还是在湖北？犹如"古隆中"到底是在湖北襄阳还是在河南南阳一样，最终争无定所，误导大众。

准确地说，汉江丹江口水利枢纽拦截的是流经湖北的汉江和流经河南的丹江，在大坝的拦截下，两江合一形成一个跨湖北河南两省的大水库。因为河南淅川县境内的库水源头为丹江，故称为"丹库"。"丹库"淹没的为原淅川县李官桥盆地，由于这里水域面积最大，俗称为"小太平洋"。郧县、丹江口市境内的库水源头为汉江，故称为"汉库"，汉库面积狭长。无论丹库还是汉库，都

---

❶　参见魏廷铮："汉江丹江口水利枢纽工程规划设计中的若干重大问题"，《人民长江》1988 年第 9 期。

是汉江丹江口水库，出于宣传本地的目的而称丹江口水库在哪里并无必要，反而会造成理解上的歧义。

1958年4月22日，周恩来赶到正在施工的黄河三门峡工地视察，视察结束，他马不停蹄赶回北京。5月，周恩来风尘仆仆赶到武汉，向中南局和湖北省委传达中央指示，要求汉江丹江口水利枢纽工程尽快上马。面对中央的要求和高涨的"大跃进"形势，湖北省委立即行动。6月4日，国家计委、经委、水电部、铁道部、地质部、长办以及湖北、河南两省的负责人汇聚武汉，对汉江丹江口水利枢纽工程规划进行鉴定。会议决定：

汉江丹江口水利枢纽工程1958年动工，1962年完工，整个工程为时4年。

6月6日，会议宣布，经湖北省委批准正式成立丹江口工程委员会，张体学任主任，长办主任林一山、河南省副省长彭笑千任副主任。

6月12日，正式成立汉江丹江口水库工程局，任士舜任局长兼党委书记。

6月25日，任士舜向国务院水工建设总局写出《关于争取丹江口工程马上动工的报告》。

7月，水电部水力发电建设总局以〔58〕工字第190号函回复，同意丹江口水库建设工程马上动工。

8月7日，丹江口水库工程局向水电部写出《关于汉江丹江口水利枢纽工程准备情况的汇报》。

乘着"大跃进"的风头，汉江丹江口水利枢纽工程建设的鼓点越擂越紧。

1958年8月，北戴河。北戴河地处渤海之滨，靠山面海，景色秀丽。长长的海岸线上，一排排形制各异的小楼房坐落在浓密的树阴里，轻柔的海风驱赶走了夏日的酷暑，给人带来丝丝凉意。按照惯例，中共中央的政治局委员们每年要在这里召开会议，处理国家的大事。8月5日，在这里召开政治局扩大会议讨论关于全国水利建设的议题时决定：

除了各地区进行的规划工作外，全国范围的较长远的水利规划，首先是以南水（主要指长江水系）北调为主要目的，即将江、淮、河、汉、海各流域联系为统一的水利系统规划。

中共中央正式决定：批准动工兴建汉江丹江口水利枢纽工程，以丹江口水库作为南水北调的水源地，这是中央文件中第一次提出"南水北调"一词。

汉江丹江口水利枢纽工程设计方案：

水库蓄水：设计蓄水水位170米，防洪库容100亿立方米；

灌溉：近期引水40亿立方米，远景引汉济黄实现南水北调，引水量100～230亿立方米；

发电：设计发电装机60万千瓦；

航运：消除险滩改善航道，届时实现大型船舶从武汉直达库区，对于船舶翻越大坝，现在船舶采用临时过坝措施，预留过船建筑物位置；

资金：工程概算7～8亿，正式施工后5年发电，平均每年投资1.2亿元。

建设大型水利工程不是由国务院或全国人大决定，而是由中共中央决定，这也是当时的特殊政治环境决定的。

一个当时全国最大的水利枢纽工程项目就这样决定了。高峡平湖已经出现在政治家的脑海里，出现在技术人员的图纸上。对汉江下游的城市和乡村的人民而言，它的兴建意味着平安和幸福；对远在北方的都市和乡村的人民群众而言，特大型的水库意味着干旱和饥渴将得到缓解。它还意味着强大的电能源源不断地输往全国城乡。从当时的设想和以后的结果看，兴建丹江口水库，于国于民，效益极大，利益极大。但对于水库周边的城市和广大人民群众又意味着什么呢？

就今天而言，投资就意味着利益和效益，投资项目越大，带来的连带利益和效益也就越大。多少地方和部门为了争取项目而想方设法，"跑部进京"，那么，作为当时全国最大、投资最多的水利工程，它给库区周边的百姓带来的是什么呢？当地的人民还憧憬在从"大跃进"、"人民公社"过渡到共产主义的热潮中，对于自己流血流汗，近乎于无偿劳动去建设的大水库会给自己带来什么，当时谁也没去想，谁也没想到，也许有人想到而不敢说。

汉江丹江口水利枢纽立项情况回放：

1953年2月，毛泽东视察长江，在听取了长江防洪工作汇报后，将"丹江口"圈入了"南水北调"的构想。

1954年冬天，毛泽东听取长江三峡工程汇报后，赞成先建设丹江口水利枢纽工程，为三峡工程建设锻炼队伍、积累经验。"治汉江水患"、"为三峡练兵"、"向北方调水"成为丹江口水利枢纽工程的历史使命。

1956年3月，长江水利委员会完成了《汉江流域规划简要报告》，报告推荐丹江口水利枢纽作为治理开发汉江乃至长江的第一期工程。

1956 年 11 月，长江流域规划办公室编制了《汉江流域规划要点报告》，报告论证了汉江流域开发治理的任务是"防洪、发电、灌溉、航运，远景结合引江济黄济淮"，"丹江口水利枢纽为第一期工程，承担梯级全部防洪任务"。

1958 年 2 月，周恩来在视察三峡途中，提出将丹江口工程列入国民经济第二个五年计划。

1958 年 4 月 5 日，中共中央政治局成都会议批准《中共中央关于三峡水利枢纽和长江流域规划的意见》。

1958 年 4 月 25 日，水电部下达《丹江口水利枢纽初步设计任务书（草案）》。

1958 年 6 月，湖北省委会同水电部及河南省委审查批准了《丹江口水利枢纽初步设计要点报告》，决定同年汛后开工。6 月 12 日，汉江丹江口工程局在武汉成立，负责汉江丹江口水利枢纽工程的建设。

1958 年 8 月 5 日，中央政治局扩大会议正式决定：批准动工兴建汉江丹江口水利枢纽工程，以丹江口水库作为南水北调的水源地。

汉江丹江口水利枢纽工程建设在原湖北省襄阳地区均县（后为郧阳地区均县，今湖北省十堰市丹江口市）境内。在工程动工之前，这里已经沉浸在兴修水利、大炼钢铁的热潮中了。发生在 20 世纪五六十年代的那场人为"折腾"，给这块土地，给这里的人民带来了深重的灾难。

1957 年 11 月 20 日，湖北省襄阳地区发出"关于组织农业生产大跃进宣传运动的指示"，要求各县、乡、社都制定生产规划和幸福远景，决定在三年内赶上和超过原来富裕中农的生活水平。12 月 7 日，地委书记在地直干部会上做了组织生产大跃进的报告。12 月 18 日，襄阳地委正式向湖北省委作出"关于五年计划一年完成的报告"。襄阳地委提的口号是："敢想敢干就能大跃进"。郧西、郧县、竹山、竹溪、房县、均县等六个县是襄阳地区下属的山区小县，就是这样几个山区小县，其豪气也是惊人的。1958 年 1 月 2 日，郧西县提出："向水要粮，向荒山要粮，粮食两年翻两番拐个弯，粮棉油争取十年规划两年完成。"1958 年 1 月 7 日，竹溪县提出，争取当年粮食产量达到 6 万斤，副业增长一倍，生猪发展 15 万头。1957 年 12 月 21 日，郧县县委书记代表县委做了"五年计划一年完成"的动员报告，提出"学荆州，赶郧西，鼓足干劲比高低。人人粮三千，工业翻六番，棉油加两倍，副业一亿三（元），人人七百元"。紧随其后，均县提出三年建成社会主义。

房县、郧县、郧西、均县、竹山、竹溪都是地处鄂西北深山的小县,地理位置偏远,交通困难,经济极为落后,很多地方还处于原始的生产手段。这里的人民终日以红薯玉米为主食,县城里基本没有现代化的工业企业,一个给农民打制镰刀斧头的红炉就算是工业企业了。在上级的指标要求下,这些县也先后加入玩"数字政治"游戏的行列,给自己提出无根据实现无基础完成的目标。但这里的人民却是朴实无华,说干就干的。根据部署,"大跃进"首先在水利工地打响。

1957 年,均县习家店一位名叫李大贵的农民采用土办法引水上山,成为当地的水利模范,《襄阳报》报道了他的事迹。襄阳地委书记赵修得知此事后,专门到习家店考察,回去后写文章表扬李大贵,说他修的官山河水库搞得好。中共湖北省委将李大贵的事迹写成报告上报给毛泽东,毛泽东读后很感兴趣,称之为"一篇生动的马克思主义的报告"。1958 年 1 月 12 日《人民日报》以《依靠群众力量,排除万难,大兴水利》为题将报告全文刊出,并配发社论《一篇生动的马克思主义的报告》。此文一出,顿时轰动全国,南方 14 个省组织到习家店来参观学习。❶

有中央大修水利的号召,又有了身边的典型,郧阳山区的其他几个县自然不甘落后,其中郧县更是一马当先。1957 年 11 月,郧县谭家湾、泰山庙、马家河三座蓄水百万立方以上的水库先后开工,其中马家河水库可蓄水 2230 万立方,是郧县有史以来最大的水利工程。为了修马家河水库,郧县县委动员各乡上万民工自带工具行李和粮食,浩浩荡荡来到水库建设工地。

原马家河水库指挥部突击营教导员(参加水库建设的民工按照工地民兵师建制)翁茂钰已是年逾 8 旬的耄耋老人,他回忆道:

> 当时我们指挥部设在一个农民家里,民工生活十分艰苦。虽然是春季,也时常下桃花雪,再刮点西北风,用茅草夹起来的围墙根本起不到什么挡寒的作用。但修水库是"政治任务",哪敢讲什么条件艰苦,只有坚持施工。一些女同志累得不行,体力不支再加上生理上的痛苦,又不敢说,只得偷偷地流泪。……指挥部的口号是:"抢晴天,战阴天,越是下雨越要干。"……由于长时间疲劳苦战,有的人干完一天活(挑土),在回工

---

❶ 参见《湖北水利志》"综述",2000 年版。

棚的路上就倒在地上了，后面的人去扶他，才发现他已经呼呼大睡了。我们全营有四个连，每个连300人，一天出工，发现只有750人，差三百多人到哪里去了？指挥长孙天锡严厉地批评我，还派县监察委员会来调查。我们回去查，才知道，由于天天挑土，很多人的肩膀被磨破，开始他们还坚持，但很快化脓溃烂，肿得像个大馒头，工地上又没有医疗条件，只能硬扛着，现在实在扛不住，肩膀上实在无法挑担子。了解了情况后，县里给这些受伤的伤员每人发一点白糖，轻伤1斤，重伤2斤。我们营有一个女民兵连，连长李翔芝每天挑运两立方土，有一次在别人的宣传鼓动下，她一人竟挑了六筐土，压得她走路都歪歪摇摇，第二天她躺在床上起不来了。我试着去挑了她的担子，我这个大男人竟然没有挑起来。整个水库原计划1959年10月完成，指挥部提出3个月建成水库，但未能实现，直到1961年才竣工。

由于修水利、大炼钢铁、建设丹江水库，各地的劳动力严重不足，于是便动员中学生来参加水库建设。当年的中学生赵久玉回忆：

1958年秋季，我14岁，正在就读郧阳中学，在突击40天、完成大炼钢铁的任务后，县里又派我们到马家河工地劳动。我们初二三班参加了这次整整45天的劳动。据领导说，当时有大批机关干部、学校学生以及从大炼钢铁前线成批过来的青壮劳力来到水库工地，最多时每天有一万二三千人。由于人多，条件又差，吃的一时都成了大问题。我们学生还不错，到工地前，工地指挥部已经用麦草、茅草给我们搭建了窝棚，用苞谷秆、高粱秆围好了围墙。当时最难办的是吃饭，由于大批劳动力去办钢铁，苞谷、蚕豆、红薯都烂在地里无人收，工地上无法供应这么多人的粮食，来的民工全靠自己从家里带红薯干和苞谷糁。我们学生只好吃麦拉子（未加工的麦粒）、豌豆瓣、黄豆瓣和少量米面。据有人说，吃这些未加工的粮食，除了因为来不及加工外，还有一个重要原因是耐饿，可以节约粮食。长期吃这些半成品粮食，同学们普遍出现消化不良，加上洗漱饮用全是未经过卫生处理的河沟里的水，许多同学都不同程度地腹胀、呕吐、拉肚子，有的一天拉十几次。记得当时我腹泻，一天跑了十三遍厕所。一天我从厕所出来，只觉得一阵晕眩，一头栽倒在地上，幸亏被另一个同学发现。修马家河水库，人们吃了多少麦拉子、豆瓣子、苞谷糁、红薯干，没有人能说得清楚。粗略计算，仅1958年秋冬两个月，工地上每天一万人，每人每天一斤,就要消耗一万斤,马家河大坝坝身共用了土石方共 68 万立方,建设了四五年,所以有人形容,马家河水库是用麦拉子、豆瓣子、红薯干子垒起来的。

……我们这些十几岁的学生,肩膀嫩,每天挑土往返,一担土轻的七八十斤,重的上百斤,每天来回近五十趟,相当于负重走六十多里地,我们的肩膀从生疼、红肿、出血直到长出新皮,最少得十来天,这一过程最折磨人,实在难受。为了给我们鼓舞士气,水库指挥部想出了许多高招,如插红旗、放卫星、火线入党等。我们高二的同学王善达是火线入党第一人,因为他身高力大,在运土中,一次挑四筐……

下雨天最难受了,在工地下雨天也要干,我们身穿蓑衣,头戴草帽,脚穿草鞋,雨水汗水将全身湿了个透,蓑衣经雨水一泡,格外沉重,沉重的担子碾压在上面,肩膀火辣辣地疼得直钻心。脚上的草鞋把脚丫子磨起一个一个大泡。浸泡了雨水的路上如同泼了油一样滑,稍不留心就会摔倒。我曾经一天就穿坏了七双草鞋。

……我们看到工地上有一只奇特的民工队伍,他们脖子上终日围着一个特制的围脖,腰上挂着一个葫芦,插着一个旱烟袋。我们没见过这幅打扮,问他们这些东西的用途,他们告诉我们:戴围脖是为了劳动时保护脖子和肩膀,葫芦是喝水用的,劳动累了时,烟袋可以帮他们解乏。看着他们黑红的脸膛配着这副奇特的装备,如同古代的英雄。一天工地上突然传来一声巨响,有人惊呼着:塌方了,压死人啦。许多人往塌方的地方冲去救人,不久,一个个担架出来了,我也挤过去看,他们的面部被砸得血肉模糊,无法辨认,我只看到挂在他们身边的葫芦和烟袋。几十年过去了,一想起这些往事,我的眼前就出现了这些民工黑红的脸膛,憨厚的笑容和从不离身的围脖、葫芦、烟袋。耳边就想起他们说的:"叶大(郧县的一个区)民工三件宝,围脖、烟袋、葫芦瓢。"

回忆起当年的经历,原马家河水库建设副指挥长谢青云陷入沉思:

那时太困难了,要干那样重的体力活,每人每天 4 两粮,黄豆蚕豆磨成面,加上周围山上采来的野菜,一煮一锅汤。不算饿死的人,仅在施工现场牺牲的就有 113 人。我那时在县委办公室工作,一个月只有 17 斤粮食。今天可能认为 17 斤粮食够吃,那时的人肚子里没油水,一个月得吃三四十斤粮食。我们下乡回来每人都要从乡下带回红薯叶交给食堂掺和在面里吃。一个星期吃一根油条还要凭票买。

郧县叶大乡的党委书记杨业真虚报浮夸，说叶大粮食多得吃不完，其实整个叶大乡饿死几千人，有的村人饿死在家里，连抬去埋的人都没有了。最后杨业真被逮捕法办。但老百姓可遭罪了。

除了马家河水库外，郧县还同时上了蓄水 70 万立方米的百二河水库、七星沟水库、镜潭沟水库，头堰水库、简池沟水库等大大小小 27 处水库，蓄水 10 万立方米以下的小水库一百多处，全部蓄水工程的蓄水量达 6700 多万方，修 5 公里以上的水渠 290 条。人口不足 50 万的郧西县也不甘落后，在 1958 年里共组织 15 万多青壮年劳力投入水利建设，修渠 4318 条。

修建这些水利工程，起到了减少水患，保障灌溉面积的作用，有利于农业生产，但这么多水利工程同时上马，工程量大，在当时的国力下，政府根本无钱，尤其是县级政府，财政更是困难，除了对极个别的骨干工程有少量投资外，绝大多数都是由区乡政府发动，农民以记工分的形式，自带工具，自带粮草无偿突击修建。"大跃进"期间，几乎所有的工程工期都压缩得不能再压缩了，各级政府还要"放卫星"，进一步压缩工期，如此一来，为保进度，便不顾质量。即使如此，这些工程仍旧没法完成，拖进 60 年代后，有些工程便无疾而终。

在水利为先锋的"大跃进"中，郧阳山区六个县在短时间内投入了大量的工程，如此多的工程需要大量的劳动力，紧接着 1958 年上马的汉江丹江口水利枢纽工程又需要一万多青壮劳力。劳动力是有限度的，以郧县为例，1958 年郧县全县不到 50 万人，按 5 人一个家庭计，去掉老小，整个郧县的劳动力不足 10 万。就是这 10 万人，仅修水利就去了三四万，大炼钢铁又调动几万青壮年劳力去砍树、烧炭、挖矿、炼铁，如此一来，农业生产又靠谁呢？一个郧县如此，推而广之到全国呢？据《若干重大决策与事件的回顾》中记载：

> 1957 年 10 月，全国投入水利建设的劳动力两三千万人，11 月六七千万人，12 月八九千万人，到 1958 年 1 月达到一亿人。❶

1958 年 8 月 29 日，在北戴河召开的中共中央政治局扩大会议上，几个指导全国六亿五千万人民行动方向的文件出台，一个是《中央政治局扩大会议号召全党全民为生产一千零七十万吨钢而奋斗》，另一个是《中共中央关于在

---

❶ 薄一波：《若干重大决策与事件的回顾》，中央党校出版社 1999 年版。

农村建立人民公社问题的决议》。于是继全国大规模地兴修水利之后，大炼钢铁成了"大跃进"的第二次战役。

根据中央"书记挂帅"的要求，湖北省襄阳地区提出，各县的县委书记亲自挂帅担任总指挥长，要实现"千、百、万"的口号，即每户平均千斤铁，百斤钢，万斤煤炭，并将建炉炼铁的任务层层分解到县、区、乡、社和各级政府部门，包括财贸、文教等非生产部门。各县接到任务后照猫画虎，再层层分解，只是任务一加再加。于是村村点火处处冒烟，劳力实在不够，就连小学三年级以上的学生都被要求参加原料运输。为了确保日产钢铁过百吨大关，郧县县委决定，8 名县委领导留 2 人抓农业，其余 6 人全部抓钢铁。全县抽调 500 名干部，再从农田和水利前线抽调 3 万名劳力，共 6 万劳力投入炼钢铁。均县也投入 6 万名劳力到钢铁第一线。经过一番玩命，襄阳地区向湖北省报喜：实现日产生铁 7680 吨，原煤 85498 吨，钢 119.57 吨。房县也向襄阳地区报喜：日产生铁 1600 吨，名列全襄阳地区第二名。面对这样的"战绩"，襄阳地区并不满足，1958 年 11 月 6 日，襄阳地区召开电话会议，提出"鼓足干劲，提前 10 天，大放卫星"。在上级"卫星周"的要求下，各县只有继续不断地"放卫星"，才能满足上级的计划指标。据《中共郧阳—十堰简史》记载：

> "卫星周"期间，房县再传"捷报"，日产生铁过万吨，郧西日产生铁 1505 吨，10 月份一个月，这个县就建了土炼铁炉 1025 个，闷炉 3459 个，共生产生铁 2284.85 吨。建炼钢炉 34 个，共炼钢 89.76 吨，郧县到 12 月中旬已生产生铁 7879.63 吨，钢 2153.93 吨。据记载，那段时间，全襄阳地区平均 5 天放一次小卫星，10 天放一次大卫星。❶

由于绝大多数地方不具备炼钢炼铁所需的技术与设备，土法上马炼出的钢铁多半是没有任何用处的废铁，造成极大的浪费。

炼钢需要铁矿、焦炭、燃料等材料。由于铁矿不足，于是全民不下田耕作，全都上山采矿，一座座青山被开肠破肚，采矿场周围乌烟瘴气，一片狼藉。但矿有大小，矿石品位有高低，原材料不足制约炼铁任务的完成，于是一些地方强行把百姓家里的铁器丢到炉火中，以至于一些地方群众连做饭的铁锅都没有了。湖北均县境内的武当山是闻名全国的道教圣地。在均县，从县城一直

---

❶ 中共十堰市委党史办：《中共郧阳—十堰简史》，中央文献出版社 2001 年版。

到海拔 1600 多米的武当山金顶,共建有长达 140 华里的庞大宫观建筑群,这里是当年明王朝的皇室家庙,建筑群内外有着大量的铜铁礼器,如铜铁香炉,在大门口蹲着的铁狮子等。在大炼钢铁时,这里的很多铜铁礼器也被搬走投进了熊熊烈火,一些反映我国古代劳动人民聪明才智,具有极高文物价值的宝贝就这样变成了一块块铁疙瘩。静乐宫就在均县县城内,地理的优势在这里变成最大的劣势,蹲在静乐宫大门口那一对做工精巧、精美绝伦、栩栩如生的大铁狮子,首先被人们看中而被投进炼铁炉,相反,武当山金顶由于位于深山,交通不便,那里的一些铜铁器物则躲过了劫难,使我们今天还能够欣赏到那些绝无仅有的宝器。

炼钢需要焦炭,在焦炭无法满足的情况下,只得上山砍树烧炭,用木炭代替焦炭。于是千军万马走进深山老林,一座又一座郁郁葱葱的青山砍得精光,多少百年老树被付之一炬。郧县老移民局长回忆:

> 1958 年 10 月到 1959 年 4 月,我们郧县大炼钢铁进入高峰期。当时的做法是:一等劳力上丹江,二等劳力上铁矿,瘸瘸瞎瞎在门上。郧县玉坪有一片 3000 多亩的松树林,郁郁葱葱一大片,为了要烧炼铁的木炭,县里命令调集人员将这片林子砍得精光。砍完后,就地挖窑将砍倒的树烧成炭,漫山遍野都是烧炭的窑炉,离烧炭不远的地方就是炼铁的土炉子,烧出来的炭立刻转运到那里炼铁,整个玉坪的天空一片乌烟瘴气。等到几个月后炼铁的人们撤离后,原来的绿树青山变得千疮百孔,寸草不生,大雨一来,满山泥土冲了个稀里哗啦。其实烧炭的树是很有讲究的,只有那种材质坚硬的花栎树才能烧炭,松树是烧不成炭的,砍一面山,烧不了千把斤炭,大量的松树实际上被白白地浪费了,劳民伤财。但那时人们头脑发热,只要是说大炼钢铁,什么树都砍,今天想起来,真是心疼啊。直到以后 70 年代上级号召绿化,这里才重新种上树。前几年我去了一趟,那里已经长出一片小树林,但要回到大炼钢铁前的样子,起码还得几十年。

森林被砍光导致地表裸露,引发日后严重的水土流失。长江流域、黄河流域、汉江流域中上游茂密的森林遭到毁灭性的破坏,生态严重恶化,成为中国水土流失最严重的地区。全民大炼钢铁的恶果一直延续到今天。一年的破坏,50 年无法弥补。

四　调水方案

"南水北调"在中国是前无古人的大事件,毛泽东提出这一思路,是诗人的情怀加战略家的眼光。但要将神州大地上流淌了千百年的江河改变流向,从工程、地质、气象、环境等方面需要做大量的科学论证工作。实事求是地讲,20世纪五六十年代,由于特殊的国际国内政治环境导致极"左"风气盛行,形而上学猖獗,再加上国民经济极为困难,资金极为紧张,在那种环境下开展调查研究提出科学的意见,实在是一件不容易的工作。从20世纪50年代起至今,水利部、中科院、中国工程院、地矿部、中国水利学会的专家以及多所大学的教授、学者,一直在坚持着这项工作,经过半个世纪的考察与论证,至少有50多个方案被提了出来。在此简要介绍几个具有代表性的方案。

东线方案:东线工程是在江苏省江水北调工程现状基础上扩大规模和向北延伸。从长江下游扬州附近抽引长江水,利用京杭大运河及与其平行的河道为输水主干线和分干线逐级提水北送。输水主干线长1150公里。

中线方案:从丹江口水库陶岔闸引水,经长江流域与淮河流域的分水岭方城垭口,沿唐白河流域和黄淮海平原西部边缘开挖渠道,在郑州以西孤柏咀处用隧洞或渡槽穿过黄河,沿京广铁路西侧北上,自流到北京、天津。输水总干渠从陶岔闸至北京全长1246公里。

西线方案:在长江上游通天河海拔3850米的同加筑坝截流,然后引水到雅砻江筑坝再截流,引水到黄河支流恰恰弄自流入黄河。同时在大渡河支流足木足海拔2920米处筑坝截流,逐级提水到黄河支流贾曲,三处截流可调水195亿立方米,全线隧洞长448.2公里。通天河、雅砻江、大渡河三处引水入黄河,主要解决青、甘、陕、宁、内蒙古等省区缺水,还可向黄河下游供水。西线工程地处海拔3000～5000米的高原,自然环境恶劣,施工难度极大,存在较大争议。

黄河水利委员会的大西线方案:自通天河、雅砻江、大渡河、澜沧江、怒江、雅鲁藏布江六条江河调水入黄河。但这一方案比西线工程更艰巨、更复杂。此方案的特点是调水隧洞较长,可调水200亿立方米入黄河,隧洞长220公里。后续工程从澜沧江、怒江调水,如果也计入从雅鲁藏布江调水,则从四江两河总计可调水600亿立方米,水质很好,供水面广。缺点是隧洞长达1008

公里,还需建设9个水库两个泵站,工程浩大投资高昂,自然环境恶劣,投资难度极大。

郭开(原四机部水利专家)的朔天运河方案:在雅鲁藏布江朔玛滩筑坝引水,经多阶段引水筑坝,经怒江、澜沧江入金沙江、雅砻江、鲜水河最终在贾曲入黄河,此工程也被称为雅黄工程,直线距离760公里,实际流程1800公里,设计总引水量2006亿立方米。具有十分可观的社会、经济和生态效益。《人民日报》将这一方案刊登于1998年第12期《内部参阅》上。时任总书记江泽民批示:"将郭开方案与先前的南水北调方案结合研究","从长计议、全面考虑、科学选比、周密计划"。国务院组织专家专门研究郭开的大西线调水方案,水利部也组织专家进入川藏实地考察。由于工程量过于庞大,非国力所能承受,方案被搁置。

陈传友(中国科学院自然资源考察委员会研究院研究员)的藏水北调方案(四江进两湖方案):将雅鲁藏布江、怒江、澜沧江、金沙江的少部分水量,通过先提后引的方式,调入黄河上游的扎陵湖、鄂陵湖调蓄后,分别送到西北方干旱和半干旱地区,彻底解决黄河断流问题。线路全长1171公里,计划调水435亿立方米。预计调水以后,不仅可以治黄治沙,还可以使北方水电比重大大增加。

林一山的"四江一河"调水方案:利用西南地区西高东低的地形,从怒江上游海拔3940米处开始筑坝截流,穿澜沧江、金沙江、雅砻江、大渡河等水系,沿巴颜喀拉山南侧由西向东引水,最后进入黄河上游大柳树湾水库,然后分三路供水给西北各地区。"四江一河"方案可调出约800亿立方米水进黄河,向大西北供水。但工程难度极大。

杨力行(新疆八一农学院教授)的南水北调方案:在楚马尔河与通天河汇合处筑坝截流,引水到青海格尔木,可引水60亿立方米,在雅鲁藏布江上游拉萨西南90公里的尼木县筑坝截流,可调水150亿立方米,沿一期路线入新疆。全线隧洞长1080公里。

江西省的南水北调方案:江西省提出"人工控湖,水济京津"的设想。这一工程的核心是在鄱阳湖入江水道上长岭和屏峰山之间,兴建拦洪泄洪闸、抽水发电站和船闸渔筏道等一系列枢纽;在枫林山和长山新建两处蓄洪区,以实现对鄱阳湖水位的人工控湖。控制工程建成后,鄱阳湖将成为长年深水湖,具有湖水北调、水济京津的可能性。预计年调水量1457亿立方米。

霍有光(西安交通大学教授)的北水南调方案:在鸭绿江修水库,沿海岸线筑渠,将水调入大连、然后配置部分水源给大连,并为丹东配置部分水源。建设90公里的跨渤海渡槽输水入山东半岛,北水南调工程全长约600公里,可调水量200亿立方米。进入山东半岛以后,通过广饶水库送往位于西北的德州。

袁嘉祖(北京林业大学教授)的大西线调水方案:从雅鲁藏布江的中游,海拔3588米的桑日县朔玛滩加查峡谷到怒江的夏里,转澜沧江的昌都,过金沙江的白玉,抵雅砻江的甘孜,进大渡河的阿坝,翻过分水岭沿海拔3440米的贾曲入黄河。引水线全长1671公里,可调水1600亿立方米。他设想,所调之水分四线进入缺水地区,其中500亿立方米顺黄河而下,600亿立方米进入洮河、漕河,剩余400亿立方米引入大柳树水库,沿河西走廊向西北进入准噶尔盆地,剩余500亿立方米从黄河河源处经拉加峡谷、柴达木盆地、阿尔金山北坡最终储于罗布泊。

王红旗的空中南水北调方案:王红旗的方案独辟蹊径,他所代表的"空中调水派"认为,中国北方之所以缺水,需要调水工程,关键就在于北方降水太少。只要增加北方的有效降雨,就可以从根本上解决北方缺水问题,各种工程浩大,费用高昂的内陆调水工程便可以不再需要。通过研究,他认为:通过人工改造某些关键地点的地形,减少该地对水汽运动的风阻,就可以增加水汽丰富地区的水汽向水汽贫乏地区的扩散。例如,横断山脉大峡谷是印度洋和南太平洋水汽向我国北方输送的主要通道,巴颜喀拉山是黄河与长江的分水岭,因此加宽加深横断山脉大峡谷、开辟新的巴颜喀拉山峡谷或风口,可以把更多的水汽引导到黄河上游地区并形成更多的降水,从而增加我国西北地区、黄土高原地区以及华北平原地区的水资源。他提出,只要在喜马拉雅山脉炸开几个风口,就可以有效地增加北方降水量。因此,这一派又称为"炸山派"。但这一方案的实施难度不亚于内陆调水,且有可能影响国际关系。

杨树清的海洋水库群方案:杨树清于1996年在世界上首创"海洋水库群方案"。全球有效年降雨量有将近一半流入海洋,年降雨最大的地区,位于高山迎风面,但由于崇山峻岭不适合人类居住,人类70%居住在离海不足300公里的滨海平原或丘陵地带,导致水资源的分布和人口密度分布不匹配,这是水资源紧缺的根本原因。由于全球总降水量的近一半淡水白白入海,他认为只要在各河流入海口以类似于围海造田法营造海洋水库群,沿海岸线作渠或者管道将各海洋水库相连,实现跨流域调水,沿各河流建闸和泵站,从海洋水库提水沿河道输往内陆,一举解决洪水威胁和干旱问题。

50年来,除了上述具有代表性的方案之外,还有大量极富创意的新方法、新思维,如利用冬天渤海湾结冰的特点,每年冬天向华北平原运送100亿立方的冰块(冰块不含盐),就可取代南水北调等等。

虽然几十年来方案众多,观点各异,但中国工程院重大咨询项目《西北地区水资源配置生态环境建设和可持续发展战略研究综合报告》否定了类似"大西线"调水的有关设想。西部地区复杂的地理地貌和脆弱的生态环境以及极为浩大的工程量,是国家在调水时需要认真考虑的问题,绝不能为了一个区域调水而破坏另一个区域的生态平衡。

第二章
大坝锁江

一　千军万马战丹江

乘着"大跃进"的势头，按照统一部署，从 1958 年 8 月起，湖北河南两省 16 个县市 117 个人民公社的 12.6 万民工和全国几十个单位支援的技术人员陆续开进湖北省均县丹江口水利枢纽建设工地。由于各地要完成秋收任务，大部分民工们要到 10 月份才能集中出发，从湖北、河南数百个分散的乡村集中然后再列队徒步开进，全凭两条腿走到丹江口建设工地。各地的民工或先或后陆续出发，一直到 11 月末，全部建设人马才基本到齐。

9 月 1 日，随着总指挥张体学的一声令下，开山炮震天动地，万众欢腾，汉江丹江口水利枢纽工程开工了。

张体学原名张体照，1915 年 11 月 17 日出生在河南省光山县八里畈乡柳林河村一户贫苦人家，兄弟 4 人，他排行老大，因家中贫穷，从小在村旁以炸油条、烙烧饼、干零活维持生计。1932 年 8 月，张体学参加红军，曾任红 28 军军长徐海东的警卫员。革命战争年代，张体学出生入死，从一名红军战士逐渐成长为一名高级军事政工干部。1949 年 2 月鄂豫军区新组成独立师，张体学任师长。1950 年春，张体学任湖北大冶地委书记兼大冶军分区政委。1952 年 12 月，调任湖北省人委副主席。1954 年任省委副书记，1956 年任湖北省省长。周恩来的点将，使张体学成为当时中国最大的"治水将军"。作为农民的儿子，作为曾经在这里与国民党军队血战过的战士（1932 年红 28 军由此经过到陕北，1945 年新四军 5 师突围后在此血战），作为湖北省一省之长，他明白自己肩上的担子有多重。在周恩来点他的将时，他表态说：中央决定修建汉江丹江口水利枢纽工程，一是为了减轻汉江中下游的洪涝灾害，二是要解决湖北省电力供应紧缺的矛盾，三是为兴建葛洲坝和三峡练兵，最终实现毛主席提出的南水北调的宏伟理想。这三件事不办好，我死不瞑目。

　　建设一个大型水利枢纽工程，牵涉面极为广泛，从民生角度考虑，十几万民工的吃喝拉撒睡，被淹没区几十万百姓的迁移去向，安置措施和办法，安置费用的准备，淹没土地和房屋的补偿标准，安置地区的选择，移民到后的生产生活等。从工程施工角度考虑，工程的进度安排、质量监督、科学管理等等都是在施工前必须全面考虑，妥善安排，工作时按部就班，有条不紊，所谓"凡事预则立不预则废"，"工欲善其事必先利其器"。但"大跃进"年代特殊的政治环境将人的精神作用过于放大，以至于科学缜密的思维、周密细致的安排均被认为是"小脚女人"，成为被取笑和批判的对象。丹江口工程是在"大跃进"的狂风劲吹下，在准备工作很不充分的环境下仓促开工的。当时工地上竖着一面巨大的标语格外醒目："天上没有玉皇，地上没有龙王，我就是玉皇，我就是龙王，喝令三山五岳开道，我来了。"在如此豪气面前，人们的精神亢奋，为了表明自己高涨的热情，对上级的指标都是层层加码，"放卫星"已成为政治时髦。在此背景下，湖北省自然不能落后，湖北省委决定将丹江口水利枢纽工程作为一颗卫星来放，对工程的工期定出很高的指标，初步设定1958年10月份开工，1961年年底完工，三年建成，而且要"争取1960年完工"。作为总指挥的张体学，自然也无法跳离"大跃进"的时代背景。

　　1958年8月8日，武汉经受着38度高温的烘烤，在武汉市委交际处的办公室里，张体学主持的丹江工委第一次会议正在召开。会上传达了中共中央批准丹江口水利枢纽建设的决定，到会者一个个极度兴奋，外面天气热，与会者的心里更是热气腾腾，湖北省委要求要多快好省地建设好汉江丹江口水利枢纽工程，要放一个大卫星。大家认为，为了抢时间，有些准备工作可以边施工边准备。经过讨论，会议决定丹江口工程开工日期由原定的10月1日提前到9月1日举行，提前一个月。

　　1958年8月28～31日，张体学在光化县主持召开工程委员会第二次也是最后一次准备会议。会议决定，从现在起到10月底，湖北省襄阳地区准备5万民工，荆州地区准备2万民工，河南南阳地区准备2万民工，自带工具和雨布，由各县领导带队先后出发，于1958年11月5日前，参加建设的人马全部到齐。

眼看离开工只有三个星期,还有太多的准备工作要做,张体学是军人,军人有军人的管理办法。张体学专门成立了交通、技工机械、物资供应等几个组,负责工程保障。并将各地来的十几万民工编成了一支水电建设大军:

第一师(均县民工)师长常居春,政委罗玉隆;

第二师(襄阳县民工)师长周金贵,政委李新;

第三师(宜城、光化民工)师长公兴厚,政委苏风堂;

第四师(郧县、竹山、竹溪、房县民工)师长余正才,政委祁长安;

第五师(淅川民工)师长杨富才,政委王海申;

第六师(邓县民工)师长刘成秀,政委金振东;

第七师(天门民工)师长刘启玉,政委来宾;

第八师(仙桃民工)师长钟立权,政委韩自重;

第九师(淮河委员会、武汉水利公司)师长廉荣禄,政委肖继何。

张体学再将这些民兵师分别组成几个兵团,由各地区领导分别担任司令,如此一来,他又找到了战争年代的感觉,浑身精神抖擞。

新中国成立之初,国家底子薄,全国汽车保有量不过三万多辆,挖掘机、履带式拖拉机这样的大型施工机械更是少得可怜,修建一个如此大的水利工程,主要依靠人海战术,要依靠老百姓的双肩来移山填海。当时全国范围内大炼钢铁、大修水利、大建人民公社,搞得热火朝天,几乎所有的农村劳力都在各个建设工地上,但丹江口工程是国家级的特大型工程,丹江口工程要人,所有的工程都要让路。湖北、河南两省的省委发下通知,两省17个县共要组织十几万精壮劳力,自备生活用品包括粮食、劳动工具和打地铺所需的稻草限期赶到湖北均县丹江口水库建设工地。

十几万民工的调集,不亚于一场战争的动员。民工的来源集中在湖北河南两省,设计中的丹江库区周围主要有三个县,汉江边的湖北省均县(今丹江口市)、郧县,丹江边的河南省淅川县。这三个县都是山区小县,每县只有五六十万人,再加上水利建设和大炼钢铁,劳动力极为紧张,但在大局面前,他们没有一丝的拖延,迅速动员起来,紧急抽调精壮劳力,河南淅川在最短的时间内汇集了2.8万民工,由县委委员农工部长杨富才和县检察院院长王海申、副县长赵善元等50名干部带领,在最快的时间内浩浩荡荡奔赴丹江口。如果以县来计算,参加丹江口水库建设的民工河南淅川是来得最多的。

那些日子，湖北、河南两省所属的襄阳、荆州、南阳3个地区17个县的10余万民工挑着行李，带着简陋的工具，日夜兼程汇集到均县丹江口工地。当时，为工程配套的汉丹（汉口到丹江口）铁路还没有修建，从襄阳到丹江口只有一条临时铺就的极为简陋的土路。几万民工也没有那么多汽车来运输，十几万民工全靠两条腿步行，一路走到丹江口。从湖北荆州、襄阳，河南淅川、邓县通往湖北均县丹江口工地的路上，快步行走的民工队伍扬起的灰尘遮天蔽日，不见首尾的队伍如同长龙。据当地的老乡回忆：

> 那些日子天天过队伍，他们个个挑着担子，一头是行李卷，一头是一捆稻草，一个个灰扑扑的，队伍中还有好多妇女，她们和那些男的一样，也是一人挑一担，担子上还挂一把铁锹，他们浑身大汗，从早到晚走个不停，我们开始还拿水出来给他们喝，但很快就没有了。家里的劳力也出去了，没人挑水。队伍走了起码有十几天。

1958年10月31日，汉江丹江口水库工程局更名为"汉江丹江口水利工程总指挥部"，湖北省委第一书记王任重兼任总指挥部政委，省长张体学任总指挥长，长办主任林一山和河南省副省长彭笑千任副总指挥长。丹江口水库总指挥部设在均县沙陀营，也就是今天的丹江口市。

沙陀是游牧于今新疆巴里坤湖之东的一个西突厥部落，又称沙陀突厥。相传唐末黄巢起义军在攻占荆州、襄阳时，唐王朝调突厥首领李克用率领"沙陀军"五百骑兵前往弹压。途中，沙陀骑兵曾在此荒野屯兵宿营，于是此地得名沙陀营。沙陀营位于两省四县交界地带（湖北、河南两省；光化、谷城、内乡、均县四县），解放前常有土匪出没，劫掠过往船只和商旅，是远近闻名的土匪窝。这里十分荒凉，几十里荒滩上散布着汤家庄、泰山庙、王家院、张家宫、袁家庄、计家营、饶家营、梁家庄等几十个村落。1948年解放后，沙陀营归均县凉水河区管辖。

建设大军进驻沙陀营，以水库工地为圆心，十几万人的民工分左右两岸夹江而居，几千座用茅草、油毡搭成的临时工棚如同战争年代的兵营，按师、团、营、连的建制，漫山遍野铺开，每个营地周围红旗招展，布置着各具特色的宣传栏，高音喇叭里的宣传广播不停地播放着激动人心的歌曲和决心书、挑战书。工地如同一个沸腾的大火炉。张体学站在总指挥部的门口，听着广播喇叭，看着川流不息的人群，内心觉得格外充实。他特别喜欢这些，自从战争结束后，这种场面已经很难见到了。他将自己的工作地点放到这里，武汉的省政府反而去得少了。李先念、王任重都开玩笑地提醒他："你别忘了你还是湖北省的省长。"

开工不久，准备不足的问题便暴露出来，其中最大的问题是粮食。各县民兵师纷纷向上反映，粮食告急。兵马未动，粮草先行。十几万人一旦动起来，每天光吃喝就得消耗多少物资？以吃粮食为例，按照一人一天一斤半计算，一天就要消耗 15 万斤，一个月就需要 450 万斤；10 万人开伙全靠烧柴，按照每人每天烧柴 10 斤计算，一天就要烧掉 100 万斤，一个月要烧掉 3000 万斤。除此之外，还有蔬菜、油盐酱醋，还有各种日用生活用品，后勤供应是一大难题。张体学还了解到，这几天，有些民工们随身带的红薯干、苞谷糁已经告罄，有些县先下手为强，将均县周围的一些红薯地成片买进。发现自己晚了的县纷纷向总指挥部反映，要求公平待遇。

张体学了解情况，他也考虑到会闹粮荒，但原以为各县民工来时能多背一点，没想到这么快粮食就没了。他迅速采取措施，指令自己的老部下、襄阳地区专员夏克负责解决，并任命夏克为后勤兵团司令。

夏克迅速指定均县、郧县、竹山、竹溪、郧西、房县等西六县筹集粮食，要求这些县组织专门的运输队，采取一切办法保证每天要有 10 万斤粮食运到丹江口工地。强将手下无弱兵，夏克的命令一下，各县也迅速行动。郧县组织了一支 2 万人组成的运输队集中运输各类物资，为了保证工地上施工人员每餐不断顿，这 2 万人中有 5000 人专门负责粮食运输，郧县县委拿出支援前线打仗的精神，"人、马、车、船"齐作战。将全县所有的 12 辆汽车全部拿出来，再组织了 24 辆马车、209 辆人力车、骡马 253 匹、大小船只 680 艘，载重量达 6574吨。然后将县里的干部组织成十几支队伍到下面收集粮食。那段时间里，汉江、堵河、滔河上船只来往不断，大小公路上，车拖、马驮、人担一派繁忙。很快，郧县组织了 786 万斤粮食，日夜不停地运往公路和码头边，仅 1959 年 1 月14 日一天运往丹江口工地的粮食就有 45.55 万斤。1959 年的春节是丹江口水库开工后的第一个春节，整个工地没有停工。郧县支援工地的春节物资有：肥猪 3361 头、蔬菜 7.4 万斤、酱菜 5.6 万斤、木耳 2000 斤、白酒 1.11 万斤、粉条 6000 斤。对一个不足 60 万人的小县来说，这真是竭其所有了。

《中共郧阳—十堰简史》记载：

> 在支援丹江口水库建设中，西六县作出了巨大的贡献，水库所在地的均县，从工程开工到汉江主河道截流，共无偿提供商品粮 50000 万斤，木

材 50 万立方米。郧县从开工到 1959 年 9 月一年时间里，共调运木材 980 万立方米，黄荆条 266150 斤，抬杠 136737 根，青毛竹 220210 斤，龙须草 128 万斤，芭茅 10 万斤，绳子 279000 斤，木炭 32700 斤，粮食 3026 万斤，食用油 9 万斤，棉花 1800 斤。

数字说明不了问题，要想认识和了解这些数字的真实内涵，一定要走到这些数字的背后，看一看提供这些粮食、物资的人。郧阳地区的西六县地处秦巴深山，这里穷乡僻壤，生产力低下，除了汉江边有限的河套地外，绝大部分生活在大山里的百姓，耕种的都是瘠薄的山地，这些土地的年收成还不及河套地的一半，这里的老百姓生活离温饱尚还有很远的距离。很多深山区的百姓，家里徒有四壁，一家人只有一两套破旧的衣服，谁出门谁穿，一家人只有一床被子，一到冬天，全家人挤在一起，靠身体的温度和火塘里不息的灶火过冬。他们的孩子一年四季最大的愿望就是能吃一餐饱饭。山区的主要粮食作物是小麦、玉米、土豆、红薯，其中 60% 以上是玉米和土豆。山区温度低，日照时间有限，玉米成熟期晚，到了晚秋，玉米还含浆，天气就一天一天凉下来，此时的玉米还没熟就要收下来。没熟的玉米无法保存，只有将这些含浆的玉米打碎磨成玉米浆存放到缸里，一家人就靠这些玉米浆和存放在地窖里的土豆、红薯掺和吃到第二年。自秋至冬，缸里的玉米浆很快发酵变酸，刚开始还能忍受，到第二年青黄不接的时候，玉米浆已是酸得无法进口，这样的食物对胃损伤很大。但再酸，百姓们也要吃到第二年麦收。丹江口工地十几万民工的粮食就是从这些食不果腹衣不蔽体的百姓手里筹集到的，对这些已经一贫如洗的百姓来说，面对征购任务，除了再进一步节衣缩食外还有什么办法呢？陈毅曾经说，淮海战役的胜利是解放区 20 万民工用小车推出来的。丹江口水库十几万民工的粮食，是库区沿县几百万百姓扎着脖子省出来的。

到了 1960 年，"大跃进"的恶果显现，全国性的粮食紧张，各县能搜集到的粮食也越来越少，质量越来越差，苞谷糁和红薯干都难以保证，蚕豆、豌豆等杂粮也成了主食，油、肉、蛋更是想都不敢想的奢侈品。十几万民工每天要干十多个小时的体力活，吃不饱肚子怎么办？各民兵师抽出专人，找到一些空地，开荒种上红薯、萝卜、大白菜，靠"瓜菜带"来缓解肚子里的饥饿感。当时工地流传着一句笑话："生活好，生活好，天天鸡蛋炒干饭，腰花、肉片、清汤饱。""鸡蛋炒干饭"是指饭里一半大米一半玉米，"腰花"是指水煮蚕豆，"肉片"是指红薯干。这也是以苦为乐的自嘲。

除了吃外,民工们住的环境也简陋到了极点。他们住的房子全是自己动手搭建的油毡棚和茅草棚,这种房子四周一圈薄薄的芦席,房顶上用茅草一铺,芦席墙上没有窗户,两头搭的草帘就是门。油毡棚里是没有床的,民工们自己带来的稻草往地上一铺就是床,家境好的上面铺一床单子,家境差的一床被子一裹,连垫带盖全有了,几十个人一溜大通铺。这种房子冬天不保暖,夏天不隔热,外面下大雨,屋里下小雨,外面雨住了,屋里还在滴滴答答下个不停。铺在地下的稻草刚开始还柔软有弹性,没多久睡在上面就和睡在地上没两样。每到冬天北风呼啸,大雪纷飞,大伙冷得挤成一团,常常是早上醒来,头发上冻成冰疙瘩。在这种工区帐篷里,还有照明、用水、上厕所等说不清的困难与不方便。妇女的困难就更大了。

除了生活上的困难外,民工们住的工棚存在巨大的安全隐患。油毡茅草棚本来就易燃,几十上百座一盖一大片,几百上千人住在一起。工地上又没有电,除了指挥部有一台 30 瓦的柴油发电机外,民工们晚上照明全靠蜡烛和煤油灯,在油毡茅草棚里用明火照明极不安全。一天晚上,淅川民兵师的工棚里,一位女民工不慎将煤油灯碰倒,倒在地上的煤油灯一下子将地铺上的稻草引燃,她顿时慌了手脚,慌乱地去扑救,还没容她扑救,霎时间,茅草棚全燃了。熊熊大火迅速向两边的茅草棚蔓延,顿时"火烧连营",整个驻地一片混乱。民工驻地没有水源,没有灭火设备,民工们又没有消防知识,在熊熊大火面前乱作一团。事后统计,这把大火一下子烧死 30 多人,烧伤的就更多了。这些民工长途跋涉,前来参加水库建设,却不幸葬身火海,教训极为沉痛。虽然他们都是普通的农民,但他们是为丹江口水库建设而来,为丹江口水库建设而牺牲,他们也是丹江口水库建设的功臣,是值得后人永远纪念和尊敬的。

除了当地人民的贡献和牺牲外,秦巴山区的山林也遭受了巨大的灾难。

十几万人要吃要喝,每天的燃料和工程用材全靠到山上砍伐。丹江口工地地处山区,周围大大小小的山上密密麻麻生长着看起来几乎是无穷无尽的树木。在没有具备保护森林资源的意识时,人们的思维非常简单,需要木材就上山砍树,让它为丹江大坝建设服务。这是继大炼钢铁后,整个郧阳山区树木遭受的又一次大劫难。

据丹江口市林业局的同志介绍,建设大军云集丹江口以后,林业局就奉命组织了一个 500 人的砍伐队。这 500 人的队伍分成几队,开进深山伐木。刚开始,还是有选择地砍伐,一些稍小的树便躲过一劫。但是 10 万人一旦开伙,红彤彤的灶膛里噼噼啪啪一烧上便无法停下来。做完了饭要烧水，烧完水又要做饭，厨房里从早到晚炊烟不断。丹江口供应的木材远远不够，于是各个民兵师便自行组织伐木队。开始砍大树，继而砍小树；开始砍近处的，继而砍远处的；远处的砍完了，再继续向深山里进军；树砍完了就挖树根，树根挖完了，就将地面上的草全部搂光。

在当地老百姓中曾流传着这样一段话："精壮劳力建丹江，老弱劳力砍抬扛，十万山林被水淹，十万山场一扫光。"公路沿线、建筑工地周围的树被砍光了，就向深山进军，一个山头被"剃"光了，再挥刀前进。丹江口市移民局的一位老同志说：

> 当年，我们眼见一片一片的山林被剃头似的一棵不剩地砍光，大片的土地裸露出来。一片林子砍完了，再移到另一片，跟在他们后面的人，连树根也挖出来烧。几十万人要吃饭，没柴烧怎么办？树周围的落叶是引火的好燃料，被他们用耙子全部搂走，没有树的遮盖，草很快就枯死了，枯草也变成了燃料。这场浩劫过后，山上没有了树和草，到处是挖完树桩后剩下的土坑和裸露的土地。为了争夺木柴资源，一些民工队伍之间还发生冲突。

整个工地10多万人，生活要用木柴，施工要用木柴，即便这样砍，还是不够，于是便动员郧阳地区的六县组织人到各自的山上砍。笔者见到了当年的一份宣传资料，记录了当年砍伐树木的情况：

> ……在建设时期，国家急需木材，千百名工人走进林场。朋友，你可记得1958年，从竹溪、竹山、房县砍伐的10多万立方的木材汇集在堵河汉江，连绵数百里的木材大漂流，汇成波澜壮阔的洪流。

竹溪民兵师组织了一个民兵营到深山里去伐木，一营人整整砍了三个月，因为没有道路运输，所砍的木材无法运出，最后全部烂在山里。

当地一位80多岁的罗姓老人说：

> 当时砍树真是邪乎了，人们有组织地扛着斧头上山砍树，一片山一片山地砍。有个村里有一棵几人合抱的百年老樟树，几拨队伍去砍，都因为树太粗，砍不动而放弃了。镇里的领导知道了，专门组织了几个人，下了死命令，不砍倒不准回家。一帮人砍了5天，硬是将这棵老树砍倒。砍倒还不算，还要将树兜子也挖出来，最后地面上挖出一个大大的坑，造孽呀。自那以后，一下雨，就到处冲得个稀里哗啦。

《中共郧阳—十堰简史》说：

> 仅修建丹江口水库，就贡献木材 101.4 万立方米，烧柴 6 亿斤，30 万亩山林被剃了光头。

另据统计，仅 1958～1963 年，原郧阳地区（以后的十堰市）就消耗森林蓄积 1700 万立方米。这些树木都是经过成百上千年自然生长形成的森林，它们是生命的栖息地和守护者，是地球的毛发，是我们的祖辈给后人留下来的绿色宝库。在无序的砍伐下，西六县的山头变得一片精光。原本植被丰富的郧阳山区的表皮就这样被一点一点生生地剥掉了，地下的表土直接裸露在外面。经过风吹日晒和雨水冲刷，薄薄的表土随着水流冲走，裸露出岩石。树林砍伐破坏了生态环境，鸟飞兽走，自然生态系统惨遭破坏。

十万建设大军云集丹江口，第一仗是建水库围堰。建水库大坝，首先要在汉江右岸建围堰，把江水挤到左侧三分之一的河道中去。再将围堰中的水抽出，清理河床坝基，在此浇筑混凝土建大坝和导流孔。由于机械设备和施工器械的缺乏，建围堰只能靠中国人最古老的办法，一根扁担两只筐，人挑肩抬上战场。依靠人力来移山填海。今天我们已经难以看到这样的场景了：建设工地上，成千上万的民工挑着一担担箩筐，排成一队队长龙般的队伍，往来穿梭，从一个叫黄土岭的小山上取土，然后用自己的双肩担起土筐，走完几百米，将土倒入围堰。一担泥土只有区区零点零几立方，却有着几十上百斤的分量，每人每天要挑不下几百担，取土和倒土两地有几百米，一人一天要来回走上几百趟，相当于每天负重行走近百里。就在这不到几平方公里的工地上，旌旗猎猎，喇叭震天，白天人流如织，夜里火把、汽灯通明，湖北河南两省的 10 万农民，热情似火，干劲冲天，一天 24 小时轮班，不分白天黑夜，不论晴天雨天，没有工资，没有休息，每天足不停步地奔走在建设工地上。他们以自己的血肉之躯，组成了能与滚滚汉江水媲美的人的洪流。他们抱定一个美好的理想，自己流汗流血，辛苦努力一定能换来汉江的温顺，一定会为自己换来美好的明天。他们生病了咬牙坚持，鞋破了就光脚，夫妻同上工地，父子开展竞赛的众多美谈在工地上到处传扬。多少青春年少的男女民工将自己甜蜜的初恋融进建设的热潮，推迟婚期，更是无法统计的普通事例。中国农民坚韧不拔、吃苦耐劳、不计报酬、心地善良的美德在他们身上得到了集中的体现，他们极为普通，处于社会最底层，但他们最为伟大，他们用自己的血肉之躯，垒筑成巍峨的汉江大坝。

经过一年的建设，工程到了大江合龙的关键时刻。

丹江口是丹江汇入汉江之处，在这里，两江汇合一股，由于江水多年的冲刷切割，两岸的山崖壁陡，河床呈深 V 字形，从岸边向江中不过几米，水深就超过 10 米，600 米宽的江面，波涛汹涌，水深流急，年均径流量高达 600 亿立方米，要将这样一条桀骜不驯的龙王拦腰斩断，在新中国的水利建设史上还是第一回。大江截流只能成功，不能失败，也失败不起，为了拿下这块最难啃的硬骨头，张体学拿出战争年代打恶仗、攻顽敌的劲头。

1959 年 10 月 20 日，张体学宣布成立截流司令部，任命了廉荣禄、史林峰分别为司令员、政委以及数名副司令员和副政委，截流司令部 24 小时不间断地负责现场指挥。在机械设备奇缺的条件下，想方设法从全省调集了 83 辆自卸汽车，113 艘木船，3～5 吨起重机 7 台，拖拉机 2 台，卷扬机 7 部，指挥电话 19 部，合龙口两岸架起 732 盏电灯和 27 个探照灯，将合龙工地照得如同白昼。

11 月 1 日，截流司令部一声令下，合龙战役开始。从那一天起，无论早晚阴晴，工地上的人流日夜不停，广播喇叭里反复播放着催人奋进的音乐和高亢的号召，在两岸人流的冲击下，数百米宽的江岸迅速变窄，经过连续 45 个昼夜的奋战，龙口两岸只剩下 22 米宽。截流司令部决定，1959 年 12 月 26 日，也就是毛泽东生日那一天，大坝将要最后合龙。12 月 26 日那一天，后勤司令部想方设法调来大米、白面、猪肉，让数万名奋战在龙口的精兵强将吃饱喝足，浑身是劲。

600 多米宽的汉江此时被人类束紧得只剩下 22 米宽，龙口上下游水位差 2.84 米，流速高达 6.88 米/秒，龙口水流波涛汹涌，轰轰作响，不屈的汉江拿出最后的力量，和人类作殊死的较量。12 月 26 日，天气寒冷。龙口两岸人流如潮，吼声如雷，车、船、人多路突击，抛石倒土，连续不断。成千上万方的石头一波接一波地倒进汉江，冲走了再倒，冲走了再倒，合龙口艰难地向前推进，水流越来越急。龙口越来越窄，下午 2 点 30 分，最后一车土石截断了江流，汉江丹江口水利枢纽截流工程胜利完工。看到奔腾的汉江在自己手里被拦腰截断，奋战在合龙工地的民工们齐声欢呼，兴奋地冲向对岸，蹦啊跳啊，跺起双脚欢呼，抱成一团打滚，经过一年多的流血流汗，他们硬是用自己的双手，将千年奔流的汉江拦腰斩断。

围堰截流工程耗时一年零四个月，蚂蚁啃骨头是围堰截流工地最好的写照,短短三个月,10万民工共完成土石方250万立方米,浇筑混凝土40万立方米。他们硬是用自己的双肩将右岸一座名叫黄土岭的山丘填进了滚滚汉江,筑起了1320米长的围堰。

12月26日合龙的那一天,曾经在这块土地上浴血奋战过的国务院副总理李先念、中共中南局书记、中共湖北省委第一书记王任重、长办主任林一山以及国家相关部委领导都来到现场,他们亲眼目睹了将奔流不息的汉江拦腰截断的壮观场面。

王任重被毛泽东称为党内才子,诗词写得颇有意境,他目睹截流现场,激动中挥毫写下一首五言绝句:

> 腰斩汉江何需惊,
>
> 敢教洪水变金龙。
>
> 他年再立西江壁,
>
> 指挥江流上北京。

二 放卫星放出"问题"工程

大江截流以后,下一步的主要任务是大坝的浇筑。如果说,工程建设第一步围堰截流成功的重要因素是依靠人民群众的热情奉献吃苦耐劳,那么,下一步的坝体浇筑则更需要技术力量和科学的管理。热情是成功的重要条件,但不讲科学的热情,则会带来适得其反的结果。当时的湖北省委给工程建设制定了"政治挂帅,加强领导,依靠群众,自力更生,土洋结合,以土为主,先土后洋"的施工方针。由于条件的限制,丹江口大坝混凝土施工工地,没有大型机械化拌合楼,没有大型搅拌机,仅仅只有少量的0.4立方的搅拌机,如此少量的搅拌机生产的混凝土远远不够大坝浇筑的需要。围堰填土是简单重复劳动,靠人力、靠热情、靠拼命可以取得成效,但建筑大坝所需的水泥浇筑,则是科学和技术含量极高的工作。整个浇筑过程,水、砂石料、水泥的配比,搅拌时间、浇筑速度、温度都需要严格控制,每一桶混凝土倒下,都需要振动器层层捣固,绝不容许出现空洞。在"以土为主,先土后洋"的方针下,为了完成任务,工程指挥部采用人工就地搅拌。于是工地上出现了这样场景:成千上万的民工在砂石料堆积场、水泥堆积场和坝体搅拌工地之间排成长龙,飞快地分别将砂石料、水泥肩挑手推地运过来,倒在地上的一块块钢板上,一群群的民工手拿铁锹,拼命地搅拌,然后将搅拌过的混凝土倒进坝体。依靠这种办法,创造了日产混凝土 3617 立方米的记录。速度和热情让人敬佩,可是质量呢? 1959年冬到 1960 年初,短短的几个月时间,就发现水库右岸大坝的混凝土楔形梁出现裂缝,更为严重的是,第 18 坝段竟然出现贯穿裂缝,但这一切并未引起足够的重视。

1960 年,中国国内政治气候日趋复杂,8 月,庐山会议上开始对彭德怀"反党集团"进行批判,并通过了"反右倾机会主义"的决议。很快,全国各地开展了大规模的"反右倾机会主义"运动。如同在本来已经极"左"的灶膛里,又添进了一把柴。

丹江口工程总指挥部党委在建筑工地及时传达了"反右倾机会主义"的庐山会议决议。为配合工程进度,工地党委提出结合学习决议,"大反右倾,大鼓干劲,大挖潜力,掀起一个以大坝建设为中心的施工高潮"。将全年的混凝土浇筑指标定为 150 万立方米。以当时的施工条件,这样一个任务是难以完成的,但在"反右倾"的旗帜下,这一任务就非得完成不可了。为了完成任务,丹江口工地各级指挥部以指令的形式层层下指标,要各施工单位保证"反右倾、放卫星","开门红、月月红、满堂红",工地上几乎所有的人,从指挥到每一个民工,大家的全部精力都集中在一项高过一项的指标上。

为了抢进度,施工人员便不顾一切地蛮干。混凝土从搅拌到浇筑几乎没有统一指挥,只看倒入混凝土的数量,数量成了衡量一切的标准。施工现场,各民兵师的宣传员们按照各自需要的素材,有的统计当日浇筑完成了多少方混凝土,有的统计今天运了多少车砂石料,等等,等等,然后将这些"鼓舞人心"的数据拿到工地上日夜不停地在广播喇叭里宣传:某某师某某团某某营某某连一天完成了多少方,放了一颗大卫星;哪个单位向哪个单位挑战,看谁首先完成任务。听到广播,其他的"部队首长"便坐不住了:我们凭什么输给他们? 他们放卫星,我们要放一颗更大的。于是压着自己的民工们,今天拼了命也要浇筑完多少方混凝土,谁没完成,谁就是右倾。在这种狂热的"放卫星"和"反右倾"压力下,那些不具备这方面知识的农民兄弟们跑得更快了,干得更猛了,大冬天穿着单衣,头上还冒着热腾腾的蒸气。他们不顾一切,为了抢速度,混凝土的质量不讲了,石渣子、灰渣子,以至于最后连尚未搅拌的沙子泥土都往坝里填,有的民工嫌倒混凝土太慢,竟连担土用的竹筐子都一起倒进坝里了。看起来日渐增长的丹江大坝,伟岸的身躯里潜伏着严重的隐患。

亢奋的人群中,总有头脑清醒冷静的,施工的技术人员对浇筑质量和坝体出现的裂纹不断地向上报告。长办汉江室主任魏廷铮发现问题后心急如焚,人家不懂质量他懂质量,他明白一座大坝出现质量问题会带来什么后果。魏廷铮不断向施工单位提出控制质量的要求,但在当时的大环境下,大坝浇筑如同一台正在高速运转的机器,靠个人的力量直接去阻挡显然无济于事,要阻止机器的运转,只有找到控制机器的人。1961年春,魏廷铮利用到水电部汇报工程设计的机会,向副部长钱正英报告大坝存在严重质量问题,若不及时采取措施,势必会造成严重后果。魏廷铮的汇报引起钱正英的高度关注,她立即请水电部基建司副司长沈信祥同时听汇报,并指示要立即采取措施控制大坝混凝土质量,确保大坝安全。

1961年10月,水电部、湖北省政府、长办组织了联合调查组开展多次质量检查。不查不知道,一查吓一跳。检查结果令所有的人大吃一惊,岂止是大吃一惊,简直是不寒而栗。

经检查,浇筑的混凝土坝体出现架空和冷缝达427处,裂缝有2463条之多,其中性质较严重的基础贯穿裂缝有17条。有的地方甚至出现大大的被张体学称为"狗窝"的空洞。更为重要的是,这些质量问题还出现在大坝河床部分的基础部位,是承受水压最大的地方,它使得问题的性质更为复杂和严重。建成后的丹江大坝将要拦截数百亿立方米的水,质量如此低劣的大坝,在洪水冲击下,一旦溃塌,几百亿立方米的水冲到下游,中下游沿途的大片土地将成泽国,襄樊、武汉等城市不保,沿途的人民将尽为鱼鳖,那时将会是一种什么样的惨景?谁能承担这样的责任?"大跃进"中埋下的隐患终于暴露出来了,"反右倾"反出不讲科学的高速度,放"卫星"放出不负责任的问题工程。

事实说明,采用战争年代冲锋打仗的办法来搞经济建设是不行的。

1961年11月,国务院再一次组织了由水电部副部长冯仲云为组长,全国有关专家70余人参加的大型检查组,对工程质量、施工管理、政治工作、财务工作进行了为时一个多月的全面检查。检查结束后,工作组向中央写了书面报告:

　　……目前丹江口大坝的质量是不够好的,质量问题的性质也是严重的,由于坝体存在着大量的裂缝、冷缝、架空、与基石结合不良等弱点及强度不足的部位,就破坏了大坝的整体性,降低了坝体的抗渗、抗滑能力,影响到坝体的稳定,更由于这些质量问题还发生在大坝河床部分的基础部位,是承受水压力最大的地方,就使得问题的性质更为严重和复杂,必须进行妥善处理,才能保证大坝安全。

……大坝混凝土质量事故大体有三类:一类是温度控制不严,发生了较大温度应力,产生危害坝体安全的温度裂缝;另一类浇筑质量控制不严,混凝土浇筑能力不足时不能及时覆盖,发生初凝冷缝;振捣不密实,出现架空事故;再一类是混凝土骨料与水泥材料配合和混凝土拌和不合格,达不到设计标号要求,出现低强混凝土。这些质量事故如不经过妥善处理,势必影响大坝的安全与寿命。因此完全有必要暂停施工,处理质量事故。

百年大计岂容儿戏?听完报告,经过专家们的反复讨论最终决定,丹江口工程应即刻停工。

林一山是丹江口水利枢纽工程的主要负责人之一,作为一名懂技术的主要领导干部,他明白大坝质量问题的深层次原因,现在发现的是质量问题,但在处理程序上如果仍旧按照以前那样蛮干,问题只会更严重。作为个人,他无力阻挡当时政治形势形成的大环境,但他可以强调程序。当务之急,在处理问题的程序上一定不能再受干扰。1962 年 1 月 11 日,林一山写出《丹江口工程混凝土质量事故的报告》报水电部党组并转周恩来。他在报告中建议:

鉴于丹江口大坝需要进行补强处理,因此进行质量事故处理时,必须确保处理的质量,在处理的顺序上应避免干扰;不应采取边浇筑、边处理的施工方法。

1962 年 1 月 12 日,汉江丹江口水库大坝轰隆隆运转的皮带机停了下来。大量的民工奇怪地互相打听,怎么不要我们上工了?

1962 年 2 月 8 日,周恩来在自己的办公室召开了国务院有关部委和河南、湖北两省领导人参加的丹江口工程质量处理会议。到会的有李先念、邓子恢、谭震林副总理,国家计委王光伟副主任,水电部李岩、顾明、刘澜波、钱正英、冯仲云副部长,湖北省省长张体学、长办主任林一山等。经过激烈争论,最后周恩来说:"丹江口成绩是主要的,工程有了毛病是可以医治的,也是可以医治好的。今天只能有这样一个态度,这样一个方针,不要后悔,把过去作为一个经验教训……认真进行总结。……现在工程质量很不好,应该停下来,是否原班人马可以搞好,可以看一看,一看二帮,长办负责,施工一定要服从设计。"

1962 年 3 月 5 日,中共中央以中发〔1962〕第 90 号文件下达批示:

　　同意水电部党组关于丹江口大坝质量处理与施工安排的报告,望即行……将大坝的浇筑全部停下来,集中力量处理质量事故和进行队伍的精简整训。❶

这次停工时间非常之巧,正逢中央召开扩大的工作会议,对由"大跃进"造成全国范围的经济困难进行总结。

1962年1月11日到2月7日,中央在北京召开扩大的工作会议,将全国的县委书记全部集中到北京,到会人数达7000人之多,因此这次会议又称"七千人大会"。

中央工作会议初步总结了"大跃进"中的经验教训,认为工作中所犯错误除了经验不够的原因外,根本的原因是不少领导同志不够谦虚谨慎,违反了实事求是和群众路线的传统作风,在不同程度上削弱了党内生活、国家生活和群众生活中的民主集中制原则。毛泽东在会上发言,系统阐述了党的民主集中制原则,并作了自我批评,强调要正确认识社会主义建设的客观规律。这次扩大的中央工作会议虽然未能彻底克服党内存在的"左"的指导思想,但是对于纠正"大跃进"和"反右倾"的错误起了积极的作用。

汉江丹江口水利枢纽工程暂停了,那些日子里,参与工程建设的人人难受,作为总指挥的张体学更觉责任重大。他到北京面见毛泽东,这个坦诚的汉子一人承担了全部责任,愿意接受中央的处分,表现出可贵的政治品格,同时又表现出军人的战略眼光与刚毅果敢的性格:

　　丹江口水库绝不能下马,如果丹江口水利枢纽工程半途而废,不但以前国家的投资打了水漂,10多万人几年的辛勤劳动白费,而且汉江中下游的人民每年还要受到洪水的威胁,国家每年还要投入大量的资金来防洪救灾,这实在是得不偿失的事情。

在不久后的讨论会上,张体学又强硬表态:

　　停工可以,但必须给我9000万元善后。不让我下马,我一分钱不要也要将大坝建成。

经过水利工程专家们的多方努力,已经建设了一部分的丹江口工程最终没有下马,但主体工程停下来,开始处理质量事故。

---

❶　"丹江口水利枢纽初期工程",《丹江口移民志》卷二。

三 "五利俱全"的丹江口水利枢纽工程

经过几年的调整,国民经济终于度过寒冬期,1964 年起,经济开始逐步复苏。1964 年 11 月 7 日,水电部以〔64〕水电规划字第 532 号文件《关于丹江口工程建设规模的请示》上报国务院,提出三个方案:

1. 暂停原方案,坝顶高程 126.5 米;

2. 单纯防洪方案,可防百年一遇洪水,正常蓄水位 141.8 米,坝顶高程 148 米,不发电;

3. 防洪结合发电方案,可防百年一遇洪水,正常蓄水位 146 米,坝顶高程 147.5 米。装机 4 台共 40 万千瓦,年发电 20 亿度。

1964 年 12 月 7 日,国务院〔64〕国计字 572 号文件《国务院关于汉江丹江口水库续建工程规划的批复》决定,丹江口工程复工。12 月 26 日,沉寂了几年的丹江口大坝建设工地再次热闹起来,丹江口大坝恢复混凝土浇筑。所不同的是,这一次在严密的质量监测体系下,全部采用机械化施工,施工人数由原来的 10 多万人精简为 1.3 万人。

1966 年 6 月 23 日,国务院以〔66〕国计字第 167 号文件批准大坝坝顶 162 米高程,主要功能防洪、发电。工程分为一二两期进行。

1968 年 10 月,从已经废弃的黄河三门峡水电站运来的第一台 15 万千瓦机组安装到丹江口电站。1971 年 2 月,丹江口水库坝体全线达到 162 米设计高程。1973 年 9 月,6 台 15 万千瓦水轮发电机全部投产发电。1974 年,汉江丹江口水利枢纽初期工程全部完成。完工后的丹江口大坝总长 2.5 公里,坝顶高程 162 米,装机容量 90 万千瓦,年均发电 38 亿度,水库最多蓄水可达 209 亿立方米。工程总投资 10 亿元,工程总造价 8.2 亿元。

数十万人历时 16 年,耗资数亿建起来的丹江口水利枢纽效果究竟如何呢? 让我们对照工程设计来一一历数。

防洪:

防洪是丹江口水利枢纽的首要任务。截至 2008 年,枢纽共拦蓄大于 10000 立方米每秒的洪水 82 次,其中洪峰大于 30000 立方米每秒的洪水 3 次,洪峰 20000～30000 立方米每秒的洪水 18 次,经受住了超过千年一遇洪水位 160.07 米、最大入库流量 34300 立方米每秒、最大下泄流量 20900 立方米每秒的考验,取得了显著的防洪效益,避免了11次下游民垸分洪和32次杜家台滞洪区分洪,有效地保护了江汉平原和武汉市千百万人民生命和财产安全,估算防洪效益达450亿元(2000水平年)。

1983年10月汉江流域上游发生特大洪水,出现流量达34300立方米每秒的历史最大洪峰,水库蓄水位达到160.07米,超过千年一遇洪水位0.07米,成功拦蓄洪水25.3亿立方米,调节洪水下泄流量为19600立方米每秒,有效地减轻了汉江中下游的洪水灾害,避免了88.64万亩耕地的淹没。

1998年夏季,长江发生自1954年以来又一次全流域性大洪水。丹江口水库在8月中旬出现18300立方米每秒的入库洪峰,恰与长江第六次洪峰遭遇。丹江口水利枢纽果断关闭全部泄洪闸门,拦蓄洪水37亿立方米,避免了下游杜家台分洪区及民垸分洪运用。若没有丹江口水利枢纽拦蓄,武汉关的水位将超过1954年洪水位近1米,严重威胁武汉防洪安全。

2005年10月,汉江出现30700立方米/秒的洪峰,丹江口水库挺起伟岸身躯,挡住狂暴的洪水,保证了下游人民的平安。

丹江口水库建成,从此解决了汉江下游地区的洪水威胁,汉江下游地区再也没有出现年年防汛逃洪的局面。"沙湖沔阳州,十年九不收"变成"沙湖沔阳州,年年大丰收"的经济发达地区。1996年,湖北省综合实力十强县中,8个位于汉江下游。

发电:

丹江口水电站装机6台,单机容量15万千瓦,总装机容量90万千瓦,设计年均发电量38.3亿千瓦时。它的建成促进了湖北省电网的形成,并在此基础上于1979年年底组建了华中电网。丹江口水电站是华中电网的主力调频电站,同时承担了华中电网重要的调峰,调相和事故备用的重要任务,对保证电网的安全运行、改善供电质量和提高电网的经济效益起到了重要作用。丹江口水电站输送的强大电力,保障了武钢1.7米轧机工程顺利启动和车城十堰的崛起。截至2008年年底,丹江电厂累计发电1340亿千瓦时,等价5400万吨标煤,是我国第三个发电总量超过1000亿千瓦时的水电站,按湖北省1990年平均每千瓦时电量创造国民生产总值3.26元计算,累计创国民生产总值4300多亿元,以当年丹江口大坝的造价计算,可再建设数十座相同规模的大坝。

灌溉:

汉江中游唐白河流域地势平坦,土地肥沃,为豫西南、鄂西北主要农产区,因为缺水，农业生产发展受到严重影响。尤其是鄂西北的"三北"地区（老河口、襄阳、枣阳三县市的北部丘陵岗地），年降雨量很少，且分布不匀，是湖北省干旱最严重的地区，人称"三北旱包子"。丹江口水库建成后为湖北、河南两省引丹灌区 360 万亩耕地提供了自流引水水源，两省灌区分别于 1973、1974 年相继建成，至 2008 年，共向湖北、河南两省引丹灌区无偿供水 160 余亿立方米，累计灌溉面积 3100 多万亩。特别是湖北引丹灌区近三年来粮食年均总产量近 30 亿斤，年均增产近亿斤，灌溉净效益 20 多亿元。灌区是国家粮食主产区，2009 年，中央制定的《全国新增 1000 亿斤粮食生产能力规划》中，引丹灌区就占 10 亿斤。昔日滴水贵如油的"三北"，如今五谷丰登、旱涝保收，已成为鄂西北的"小江南"。

航运、养殖：

丹江口水利枢纽建成后，对改善汉江通航条件，促进汉江水运事业的发展发挥了很大作用。由于水库的调节作用，汉江中、下游洪峰大幅度削减，水位变幅减小，航深增加，河道通航能力有很大改善。汉口至沙洋 500 吨级驳船可终年通航，沙洋至襄樊可通行 350 吨级驳船，300 吨级驳船可达丹江口，150 吨级驳船可通过升船机过坝抵达陕西白河。大坝以上库区还延长和改善航道近 200 公里，险滩由 48 处减少为 10 处，库区干流和支流曾河、丹江口客货轮运量比建库前增加 10 多倍。多年来升船机无偿为船舶提供过坝服务，曾经是第二汽车制造厂车辆重要的材料运进和产品外送水运通道。

丹江口水库跨鄂、豫两省，水面广阔，库汊众多，有效养殖面积 93 万亩，水产养殖业为改善移民生活、发展地方经济提供了有利条件。

丹江口水利枢纽建成后，在枯水年份，经水库调蓄，保证了汉江中下游城市供水、工农业、航运及生态用水的需求，有效地防止了水华现象和硅藻爆发的发生，改善了汉江中下游的水环境和生态环境。

1972 年，躺在病床上的周恩来谈到丹江口水库建设时说：

建国以后，我们有哪一个水库做到了防洪、发电、灌溉、养殖、航运五利俱全？只有丹江口水库做到了。●

毛泽东 20 世纪 50 年代初期提出的"南水北调"方案的第一步实现了，随

● "丹江口水利枢纽初期工程"，《丹江口市移民志》卷二。

着丹江大坝一期工程的完工，千年来桀骜不驯的汉江被锁住了龙头，奔流而下的江水在巍巍大坝前停住了脚步，水位逐渐升高，秦巴山区的千山万壑间，真正实现了高峡出平湖。

比较起当年的计划，这个胜利来得晚了些，来的也很不轻松。不能不看到，这个胜利是建立在库区人民无私奉献和巨大牺牲之上的，据《中共郧阳—十堰简史》记载：

> 修建丹江口水库，全区有5万民工直接参战，间接投入的亦不少于5万，其中2588人因工致残，175人献出了生命。❶

汉江丹江口水利枢纽建设历程：

1958年9月1日，丹江口水利枢纽工程开工；

1959年12月26日，汉江截流；

1967年11月18日，丹江口水库下闸蓄水；

1968年10月1日，丹江口水电站第一台机组发电；

1974年，丹江口水利枢纽一期工程完工。

---

❶ 中共十堰市委党史办：《中共郧阳—十堰简史》，2001年版。

第三章
故土难离

一 不"妥善"的移民计划

汉江、丹江分别从巴山秦岭奔涌而出，顺着山势左冲右突，它们携带的大量泥沙，造就了江两岸富饶的冲积平原，这就是水源地百姓所说"一脚能踹出油来"的油砂地。这种土地腐殖质丰富，团粒结构匀称，土壤透气性好，不易板结，再加上优良的小流域气候，冬无严寒，夏无酷暑，这种地上的小麦、玉米、油菜不用深耕施肥，收成也是山岗坡地的两倍多，水源地百姓称种这种地为"一季捞全年"，意思是只要一季有收成便可以保证全年有粮食吃。郧阳山区几个县地瘠民贫，但沿江两岸的那一小块宝贵的河套地却是水源地百姓唯一的也是赖以为生的主要粮仓。

每年麦收季节，汉江、丹江两岸的河套地里，黄灿灿的小麦如同一条望不到头的金色河流，株株麦穗粗壮肥硕，随便摘一株麦穗在手里一搓，就是一把颗粒饱满大小如同绿豆的麦子，扔到嘴里，两株麦穗就能吃饱肚子。这个时候的农民，人人脸上一朵花，所有的快乐都写在脸上。什么是快乐？丰收就是快乐，什么是幸福？丰收就是幸福，丰收意味着全年的生活有了保障。你看这个时候的农民，尽管平日里风里雨里，晒着淋着，一个个黑红黑红的，临到收割的时候，他们反倒讲究起来了。平时吃饭都是红薯苞谷糁，到了麦收时节，将去年冬月里酿造的老黄酒拿出来，盖子一揭，满屋浓香，将清亮的黄酒煮到苞谷糁里，吃起来香气扑鼻，既解乏还舒筋活血，干起活来浑身是劲。吃完饭，到地里一气干到太阳当顶。回到地头，家里人早用几片席子在田头支起个凉棚，凉

第三章 故土难离

棚下摆上一把靠椅,泡上一壶浓茶,在地里忙碌半天后,浑身大汗淋淋过来往靠椅上一躺,扎扎实实地点上一锅烟,深深地吸上一大口,捧起粗瓷茶壶,一仰脖子,咕咚咕咚一口喝掉半壶,美滋滋地长长地喘上一口气,然后半眯上眼,瞅着地里随风摆动的麦子,浑身那个舒坦就没法形容,为了今天的收成,平日里的辛苦,忙累都是值得的。这就是好土地给农民带来的幸福。

但所有的这些,已经变成了水源地周边群众幸福的回忆。丹江口水库建成后,分几次蓄水,最后达到 162 米高程。水源地周边县市最肥沃的土地全部沉到了水底。

丹江口水库的建成给下游人民带来了幸福和平安,但为丹江口水库建设流血流汗,用自己的双肩和双手将大坝一寸一寸垒起来的库区沿岸人民却做梦也没想到,自己的生活从此会发生如此难以想象的变化。

由于大坝的阻挡,奔流的汉江水被迫停住了匆匆脚步,水位开始慢慢地抬高,逐步越出河道,侵蚀着两岸的村庄、农田、城镇、山林……

张老汉的家在淅川县李官桥镇,他的家世世代代生活在丹江边,他爷爷和他爷爷的爷爷的爷爷一直都在这里生活,他的爷爷们的坟,都在村子后面的高岗上。他从小就在奔流的江水里游泳,长大后又在江边的土地上劳作,他熟悉这里的山山水水,一草一木,甚至包括这里的气味。江边河川地气味清新,江岸上的岗地里泥土味浓一些。麦子扬花时满世界都是香的,村子里则是"五味俱全"了。生活早已将这里的一草一木、一沟一坎刻在他的脑子里,即使是蒙上眼睛,也能带着你走过这里的沟沟岔岔。

李官桥又被称为顺阳川,和板桥川、淅川一起称为"三川",是河南省淅川县最富饶的地方。李官桥位于丹江东岸,是一块长达 30 多平方公里的冲积小平原。千百年来,江水的冲刷和浸润给这里带来大量的腐殖质和泥沙,使得这里的土壤肥沃,团粒结构极为合理,透气性和含水量恰到好处,黑油油的土壤从不用施肥,种什么长什么,岗地上一亩小麦收 300～500 斤,这河川地一亩就要收 800～1000 斤。李官桥一块地方的粮食产量就要占到全县粮食总产量的一半,被称为"桥半县",是淅川县的"粮食窝子"。

李官桥是淅川县著名的四大古镇之一,明朝年间,为防止匪盗,当地富豪开始建造城墙,到丹江水库修建前,李官桥镇已建有周长 10 余华里的城墙,城墙顶宽 3 米,围城建有 5 座门楼,门楼与门楼之间建有碉堡。碉堡为三层结构,每层配有铁铸大炮。城内有中心广场一座,围绕广场有纵横街道 7 条,酒坊、醋坊、油坊、面坊、豆腐坊、染坊、丝坊、蜡坊、香坊、中药坊各种作坊坊坊相连;饭铺、茶馆、旅店、骡马店、铁匠铺、篾匠铺、日杂铺铺铺相通。钱行、布行、盐行、粮行、牛羊行、竹木行、山货行行行不缺。卖菜的、卖肉的、修脚的、理发的、说书的、卖唱的应有尽有。抗战时期,这里的卷烟厂就有7家,香烟远销到西安、武汉、上海等地。镇子里有大商号七八家。由于往来商贾富豪的需要,早在1930年,这里就建有长途电报电话局。淅川县城的人得有闲暇,也要邀上三五个朋友来到李官桥,或是到茶馆小坐,或是到酒馆小酌,好不自在。李官桥当年比淅川县城还繁华,号称中州小汉口,李官桥是淅川人提起来便得意的古镇,是上苍赐给淅川人的一块风水宝地。

张老汉经常挑一担粮食到镇里换回一些油盐布匹,给孙子买上几颗糖,偶尔也到酒馆里沽上一壶老黄酒,边走边来上一口。路上走累了,随便靠在丹江堤边的大树下,点上一锅旱烟,美美地吸上一口,眯上眼睛,看着地里沉甸甸的麦穗在微风中摇摆,太阳西斜之时,再心满意足地回家。对张老汉而言,守着肥沃的土地,期待着丰收的庄稼,看着绕膝的儿孙,这是他人生中最大的快乐。张老汉就这样一天又一天地过着平静而惬意的生活,但这个日子却被打断了。

近些日子来,张老汉心情坏透了。前些天,社里干部说要炼钢铁,家家户户都要派劳力,自己的两个儿子、儿媳妇一去就几个月不见面,留下自己和老太婆在家带孙子,还要下地干活。后来又说要到丹江口去修水库,他们又挑起担子走了。不久前,儿子托人带下话来,说媳妇在修水库时,住的草棚子燃了,媳妇没逃脱被烧死了。看着年幼的孙子,张老汉伤心得几个晚上都没睡着,老太婆天天在家躲着哭。好好的一个人,怎么说死就死了呢? 孩子没了娘,往后的日子该怎么过呢? 自己年纪大了,腿脚也不灵便了,地里的活也干不了了。村里几乎家家都像他们家一样,年轻力壮的全都出去修水库了,这地里的粮食谁来收啊? 这几天村里到处传着一个消息,说是丹江的水要淹上来,村里的人都要迁移走,张老汉简直要愁死了,他打心眼里不相信,自己在江边生活了大半辈子,也看到江水涨过几次,但没几天就退下去了,这一次淹上来还不是要退的,怎么就嚷嚷着要我们迁移呢? 看着没了娘的孙子和整日淌泪的老太婆,我们往哪儿迁? 我们走了,祖坟怎么办? 他几乎天天站在丹江的河堤上发呆,这里要发大水,要淹没我们的家,这是真的吗?

早在丹江口水库规划时,移民就是内容之一。1958年,周恩来在传达中央"关于水利工作的指示"决定修建汉江丹江口水利枢纽工程时,强调的三件事情之一,就是妥善安置好移民。但在那个年代里,怎样做才算是"妥善"呢?用今天的眼光来看,就是要让搬迁群众走得明白,走得安心,走得舒心,到了新的地方,住得顺心,生活水平起码不低于原来,这样方能算"妥善"。具体而言,就是要让群众明白:自己为什么要走? 到哪里去? 去的地方与自己现在生活的地方有何异同? 去了以后住什么房? 种什么地? 吃什么粮? 那里的人民是否欢迎自己? 到那里以后生活是否能适应? 自己现在的房屋怎么处置? 现有的家产如何安置? 祖上的坟茔怎么办等等。要让几十万人离开千百年居住的地方,当然需要给人家一句明白话。

但在那个年代,一方面人的精神作用被无限制地放大,一方面人的价值、尊严和权利又不被重视,有的被置于很不恰当的地位,有时甚至被置于脑后。重工程,轻移民;重搬迁,轻安置的现象普遍存在。今天这样说并不意味着对过去的指责,我们理解和尊重那个时候国家所处的特殊历史环境,但正是因为那种环境,才导致几十万移民搬迁遗留下巨大的历史问题。敢于回顾和反思过去,是社会进步与成熟的表现。

大型水利建设,特别是像黄河三门峡水利枢纽、汉江丹江口水利枢纽乃至以后的长江三峡等大型水利工程都是由中央政府决策,是国家意志和国家行为,对淹没造成的损失给予赔偿自在情理之中。为了明确需要搬迁的究竟有多少人,究竟淹没了多少土地和财产,国家将给予什么样的补偿,从1956年起,长江委的干部们便一次又一次地在设计中的库区沿线即湖北均县、郧县,河南淅川的沟里沟外田间地头登记财产丈量土地。据1958年的初步统计,库区沿岸170米高程以下淹没情况如下:

均县淹没县城一座,1431个自然村,31615户,人口159765万人,淹没房屋10286间。❶

郧县淹没县城一座,7个区26个乡镇127个村,23902户,116010人,淹没房屋60103间,淹没耕地90367亩。❷

淅川县淹没县城一座,7个区共1314个生产队,204969人,淹没耕地28509亩。❸

---

❶ 《丹江口市移民志》。
❷ 《郧县移民志》。
❸ 《淅川县移民志》。

这些情况是最基本的统计,实际淹没的实物、山、水、林、田、路、房、粮及其辅助设施无以计数。有了这些基本数据以后,1958年12月27日,丹江口水利工程总指挥部召开了第一次移民工作会议。明确了移民搬迁费用标准(包括库底清理、邮电、公路建设、卫生清理、文物发掘及搬迁等在内):

城镇每人400元,农村每人170元,分批拨付各县包干。

10个月后,1959年10月30日,均县、郧县、郧西、淅川、邓县负责人以及相关部门的负责人聚集在丹江口,听取工程副总指挥、原襄阳地区行署专员夏克关于第二次移民搬迁工作的报告:

一、水情预报

截流后,右岸大坝将达到97米高程,左岸围堰将达到124米高程……若水位超过97米高程,水将从右岸漫坝。这意味着,库区内水位将达到97米高程。

二、财务开支

根据第一次会议定下的标准,各淹没县资金具体分配情况:

均县:城镇人口13727人,应领费用549.08万元。农村人口101107人,应领费用1718.819万元。合计2267.899万元。

郧县:城镇人口20595人,应领费用823.8万元。农村人口55715人,应领费用947.155万元。合计1770.55万元。

郧西:没有需要搬迁的城镇人口。农村人口218人,应领费用3.206万元。

邓县:没有需要搬迁的城镇人口。农村人口1567人,应领费用26.639万元。

淅川:城镇人口10373人,应领费用414.82万元。农村159363人,应领费用2709.171万元。合计3124.091万元。

从1958年10月到现在,已经拨付给均县500万元,郧县800万元,淅川100万元,邓县20万元。今年第四季度,拟再拨付给均县500万元,郧县50万元,淅川500万元。

三、移民搬迁中的水情预报和财务开支的原则和精神

水情:截流后,1960年黄土岭的最高水位为121.2米高程或124米高程,一年中最大洪水也就是7～9月,这三个月的时间里,洪水充其量不会到6次以上。每次洪水淹没时间以2～5天计算,一年被洪水淹没时间

大约为10天。我们的意见,1960年各县在安排移民搬迁时,要按照"既要保证群众安全,又要照顾农业生产"的原则进行。6月份以前,首先将125米高程以内的居民搬迁到170米高程以上的地方去。对125～150米高程以内的居民,可做考虑或做搬迁的准备,这样除了洪水淹没的时间外,其余时间还可以在洪水退了以后的土地上耕作。

财务:要本着少花钱办实事的精神和开支标准来安排,移民经费不能超标准和增加指标。第一,在保证群众安全的前提下,要尽量少迁,非迁不可,也要就近不就远,这样移民的数字和费用就可以压缩一部分。第二,移民搬迁开支,只包括拆、盖时所花费的劳力和较远的运输等项费用的开支,不是全换新装。第三,拨付搬迁费的精神,只为了解决群众在搬迁中所花费的必须费用,不是按原规格按数量的如数赔偿。……若要增加指标,不是丹江工程上可以作主的,还得请示中央水电部。

四、移民搬迁中应该注意的几个事项

1. 各县要根据丹江工程的进度和水情变化情况,对移民工作作出全面规划。做规划时,要将眼前和长远,群众的安全和生产生活综合考虑,要本着"尽量设法开发国家资源,靠山吃山,靠水吃水"的精神进行规划和安排。为此建议:

各县成立移民搬迁机构,以便于领导和检查工作。

移民的同时,将移民、输电建设、卫生清理、文物搬迁、水产渔业等工作做好。对各项工作要分别划出经费,保证必要的开支。规划工作要具体,要交给群众讨论,向群众交底。各县要重视水产,要将水产机构成立起来。

2. 要教育发动群众,防止单纯命令。对要搬迁的群众,各级领导机关要帮助他们进行具体规划。搬迁要以公社或生产队为单位统一安排,不要一家一户地进行。

3. 注意农业生产和水产的互相结合……慢慢地把一部分农民过渡为渔民。

4. 加强对水情的掌握。目前无论工地或各县只能做短时间的一两天的预报,……要求工地和各县互相配合,互通水情。❶

---

❶ "移民搬迁",《丹江口市移民志》卷四。

这个报告客观地反映了当时对移民工作的认识和现状。

移民搬迁是社会性的问题。成千上万的人异地搬迁，关系到生产生活的方方面面，异地与原住地的生产生活习惯、语言风俗都有着巨大的差别，不同的族群要融入新的社会和生活环境中，长期形成的生产生活习惯会产生强烈的碰撞，由此带来严重的社会矛盾，对这些可能出现的矛盾困难和问题，在大规模的移民搬迁前，就要未雨绸缪，提前准备，才能有备而无患。周恩来在决定丹江口工程动工前再三强调的"要妥善做好移民工作"，就是考虑到这些社会属性的问题。但从上述报告看，他的指示精神显然没能体现。

放开社会问题的高度不谈，就现实而言，移民搬迁前起码要让他们知道自己为什么要走？到哪里去？那里的环境与自己这里相比有什么异同？自己去了住哪里？吃什么？即解决走得明白的问题，只有走得明白，才谈得上走得安心、走得舒心。但报告中，整个移民搬迁工作都是交给各县自行安排，移民搬迁到哪里，搬迁地的安置准备情况，只字未提。如此多的移民数量，如此大的搬迁工程，以区区几个贫穷落后、自给尚成问题的山区县来自行解决移民问题，其结果如何便是可以预见的了。尤为重要的是，事关库区人民生死安全的水情预报竟然只能做到一两天，还需各县与工地互通水情，联系到后来多次发生的"水撵人"，造成库区群众遭受惨重损失，个中原因就不难理解了。

这个报告被以湖北省汉江丹江口工程总指挥部以〔59〕丹后发字第364号文件发给淅川、邓县、均县、郧县、郧西县，要求各县按照报告精神安排移民工作。

据《中共郧阳—十堰简史》：

> 移民工作基本上与丹江口水利工程建设同步进行，开始于"大跃进"年代，"文革"期间为高峰期，按一切从快、从简、从低的标准，人均补偿费148元，进行仓促搬迁，以水赶人。❶

一户移民搬迁，从最起码的角度讲，要考虑几项最基本因素，首先是住，即移民的房子。这是一家老小生活的最基本条件。当时农村农民的房屋主要是

---

❶ 中共十堰市委党史办：《中共郧阳—十堰简史》，2001年版。

土坯墙木架梁,条件差的房顶盖草,条件稍好的是砖墙木架梁,房顶盖瓦。这种房屋一进三间,中间厅堂,两边厢房,面积约一百到一百二十平米左右。厅堂后面搭建一个厨房,有的门口一个水塘,有的一口水井。其次是土地,这是农民赖以为生的根本,只有有了土地,才有饭吃。第三是生活必需用具,公社化后,这是农民唯一拥有的私人财产。这些生活用具包括衣被、箱柜、农具、厨房的炊具(锅碗瓢盆)和粮食。至于山上的树、河里的鱼、祖上的坟就更难提了。这几样东西,最值钱的就是房子,房屋是农民的命根子,有的辛苦一辈子,就为盖间房。要移民房屋怎么办?

以淅川为例,需要动迁农民近16万人,以4人一家计算,几乎有4万户,以一户一间房计,就意味着要将这4万户的房子或是拆掉运走,或是在其他地方另建4万间住房。仅以拆掉一半2万间搬迁到最近的邓县计算,需要多少劳力来拆?拆下的砖瓦需要多少运输工具?仅以在邓县另建2万间同样水平的房屋,需要多少资金?多长时间?更何况前面工程总指挥部的文件清楚明白地写着:

> 移民搬迁开支,只包括拆、盖时所花费的劳力和较远的运输等项费用的开支,不是全换新装。拨付搬迁费的精神,只为了解决群众在搬迁中所花费的必须费用,不是按原规格按数量的如数赔偿。

拆、盖房屋的劳力和运输费用究竟有多少呢?根据《淅川移民志》记载:

> 1961年规定:房屋按三等分类,瓦房一等房间125元,二等房间110元,三等房间95元。1962年规定:自己处理的瓦房一等房间260元,二等房间240元,三等房间220元。由于只兑现房屋补偿款,人多房少户重新建房实在困难,1965年又规定了人头补偿费。

姑且不谈这些费用够不够拆、盖和运输,这起码说明文件制定者认为,库区搬迁的农民只能依靠自己的力量建房。20世纪60年代初期正是我国经历"大跃进"带来恶果的时代,全国人民连饭都吃不饱,郧县、均县、淅川这几个县在修水利、炼钢铁、办公社、吃食堂、高征购(向农村征购商品粮)中,被折腾得奄奄一息,正在经历着严重的粮荒,饿死人的现象在一些地方已经出现,在人均一天半斤粮食都无法到嘴的经济收入水平下,让这几万搬迁农民自己重新掏钱盖房可能吗?如果明知不可能而做出这种决定,对决策者自身和数十万需要给水库建设让路而必须搬迁的百姓来说又意味着什么呢?

二 在那遥远的地方

由于当时并无移民安置去向,各县的移民由各县自行安置。库区沿岸的几个县都属于只有几十万人口、人均占有耕地不足一亩的山区小县。现在一下子要淹没接近一半的土地,迁走近五分之一的人口,哪里还有能力和土地安置这么多人? 移民移向哪里成了库区周边几个县领导头疼的问题。

汉江丹江口水库拦洪大坝建在均县境内,最早涉及移民搬迁任务的就是均县。丹江口市南水北调办副主任丁力先介绍:

> 1957 年 4 月,长办第二经济调查组来到均县,对 170 米线以下的淹没区人口土地房产等情况进行调查。根据调查结果,均县人委(即县政府)制定出《经济赔偿预算(草案)》,草案提出的移民方案为:1958 年少量迁移,1959 年城关及瀼水高程 120 米以下全迁,1960 年大量迁移。为了移民,均县组织了上千人的宣传队伍到要淹没的城关镇、青山港、凉水河、罼川等地挨家挨户做工作。搬迁的办法是:亲找亲、邻找邻、投亲靠友,自行搬迁,及早给库水让路。一万多人,一声令下说要人家走就得走,一时间上哪里去找那么多亲友靠啊? 人走了生活怎么办啊? 这些都没有一句话。1958 年年底,老均县城关居民一共搬了 13727 人,这是整个汉江丹江口水利枢纽工程最早的一批移民。其中城关居民 11100 人,这些人都是城镇里挑水、理发、修理、拉车、做小买卖的,在今天被称为"三产业",当时称他们为"无正当职业者"。这些人被下放到均县周围的边远山区如盐池河、官山等地,他们的城市户口被吊销。他们原来都不是农民,不会种地,房子也没有建,地也没有分。在强迫命令下,一万多人将家里的东西一收拾,背着包,挑着担,拉着车,扶老携幼一步一回头地离开自己祖祖辈辈居住的房屋。他们实际上是被撵走的。这些人到了山里,自己搭个草棚子就住下来,生活上的苦处难处无法说。

为区别以后的几批移民,这 1.7 万人被称为老移民。

1958 年北戴河会议有一项很重要的议程,便是动员人口密集的平原地区青年到边疆去,支援那里的建设和开发。一时间,报纸广播广为宣传:到农村去,到边疆去,到祖国最需要的地方去,好儿女志在四方。

《中国劳动》杂志 1959 年第一期发表了于廷栋一篇文章《谈农村青年支

持边疆建设的问题》。文章说：

> 祖国的边疆地区地大物博，是我国最大的宝藏。那里有三亿五千多万亩土质肥沃的荒原，有大面积水草丰美的天然牧场，有遮天蔽日的原始森林。特别是我国上百种储量大、品位高、工业建设所最需要的矿藏，大多分布在这些地区。但这些地区的人口与资源分布极不适应。在占全国土地面积50%到60%的土地上，只居住着6%的人口；青海、新疆、宁夏、内蒙古和甘肃的甘南、四川的甘孜与阿坝等地区，平均每平方公里只有一人到十人。由于人少地多，无力开发，使这些地区的生产建设受到很大限制。为了把这些沉睡了千百亿年的宝贵资源尽快地开发利用起来，以大大发展社会生产力，促进国家工业化、公社工业化和农业机械化、电气化，加快祖国社会主义建设的进程，国家有必要号召内地的一部分青年到边疆去从事开发和建设事业。而广大的内地男女青年也热烈地响应了政府的号召，投身祖国边疆的建设和开发事业。

遥远的边疆，美好的地方，成了当时很多青年人向往的地方。河南淅川成了库区周边县中移民支边的先锋。

1959 年 1 月，按照中央的要求，南阳行署召开支援边疆建设动员会议。这次南阳地区支边的任务主要分配给平原县，像淅川这样的山区县没有支边任务。但此时正逢丹江库区移民问题没着落，南阳行署便给淅川县 8000 个名额。淅川地处中原伏牛山区，对遥远的边疆没有任何了解，仅仅从电影和报纸上对边疆有一点印象。蓝天白云、水草丰美、牛羊肥壮。抱着美好的理想和服从上级安排，淅川县委接受了这 8000 个支边的名额，但这批人不叫移民而被称为支边，所以他们也没有享受移民那份待遇。

尽管那是个政治挂帅的年代，但将 8000 淅川儿女送到遥远的边疆地区，这不是一件小事，应该说，淅川县委对这件事情是严肃认真的。当时的县委书记梁宏江、县长李磊亲自挂帅，县兵役局、公安局、县法院、民政科、商业局、粮食局、共青团等共 13 个单位负责人组成组委会，副县长罗继绪任办公室主任，制定了《动员青年支援边疆建设的意见》，召集了全县 9 个公社的主要负责人和各级干部参加的支边动员会议。对报名支边的人还有严格的条件：本人自愿、政治可靠、身体强壮、家务拖累不大，年龄 18～25 周岁。一时间，支边成了淅川县城乡热议的一个新名词。议论、新奇、担心、想去闯一闯，很多家庭为此展开激烈争论，在讲究成份论的当时，地富等成份不好的人还没有资格报名。

3 月 5 日,春节刚过不久,全县报名人数达到 34893 人,其中党员 1137 人,团员 2381 人,适龄青年 14536 人,最后审定 8008 人(男 5565 人,女 2443 人)。他们要去的地方是青海省。为了让这批人去了以后能够安定地生活,淅川县委在这 8008 人的职业搭配上都做了考虑,其中:

> 教师 34 人,医生 18 人,护士 14 人,邮电 10 人,商业 19 人,缝纫 11 人,理发 25 人,铁匠 27 人,木匠 72 人,泥瓦匠 213 人,竹匠 44 人,石匠 24 人,农业技术员 619 人,窑匠 28 人,演员 130 人,伴奏 34 人,酒匠 101 人,炊事员 35 人,油匠 8 人,皮鞋匠 3 人。

为了保证这批人的稳定,县委派出以县委委员、县检察院检察长王海申和县监察委员会副书记李纪奎等脱产干部 24 人(县级 3 人,区级 8 人,一般干部 13 人)。

县里给这些支边移民每人配发军大衣一件,棉衣一套,被褥各一条。王海申带领第一批 3100 人分批乘大卡车来到许昌,再从许昌乘火车到青海西宁。南阳行署和淅川县委领导一直送到许昌,这些人身着新衣服,背着新被子,一路敲锣打鼓,有人送,有人接,好不风光。1959 年 4 月,第一批支边移民到达青海省黄南自治州循化撒拉自治县。第二批于同年 5 月到达青海省贵南自治州过马营军马场。第三批于同年 5 月下旬到达青海省海南自治州都兰县农场。1960 年 3 月,青海省慰问团来淅川慰问,将支边移民的家属 4709 户 14334 人也一起迁到青海安家落户,至此,这批支边移民总数为 22342 人。

青海地处海拔 3000 多米的青藏高原,气候恶劣,生产条件落后,与地处中原的人们在生活和劳动习惯、风俗以及文化认知等方面都存在很大差异,支边移民很快就感受到了生活、生产、风俗、文化等各方面差异带来的矛盾与冲突。这种矛盾与冲突带来的不是郁闷与不快,而是饥饿、痛苦甚至死亡。短短一年的时间内,上千鲜活的生命变成了飘荡在青藏高原的亡魂,非正常死亡竟高达支边移民总数的 30%。不断有人从那遥远的地方逃回,走时的精壮青年,相见时竟是蓬头垢面,瘦骨嶙峋,命悬一线。听到他们讲述,那似乎是另一个世界的悲惨故事。紧接着,带队去的县级领导王海申等人被迫到西宁参加学习班并受到处分。消息传来,淅川父老震惊了,淅川县委震惊了。

县委立即向南阳行署报告并迅速采取解救行动,但鞭长莫及,心有余而力不足。随着青海传来的消息日渐悲惨,淅川县委再也坐不住了,经过仔细调查慎重研究,1961 年 8 月 21 日,中国共产党一个基层县的委员会直接向中共中央发出报告：

关于支援边疆移民青海省返籍人员安排生产生活的紧急请示报告
中共淅川县委 1961(204)号

南阳地区、河南省委并请转报中南局、党中央：

我县自 1959 年至 1960 年，先后两次支援边疆移民青海省 22342 人，其中，男 12494 人，女 9830 人；青壮年 12793 人，家属 9535 人。自 1961 年 1 月至 8 月中旬已返回 11052 人，而绝大部分是老年和小孩，在回归人员中又多系无依无着，大部分生活用具当在青海，他们体质都很瘦弱。据统计调查，有轻重病员达 6918 人，占回归总人数的 62.6%，其中干瘦、浮肿病 3729 人，占发病人的 53.9%。从入夏以来，在回归途中不断发生死亡事故，据初步了解从西宁至淅川途中即死亡 56 人。

据返籍回归人员的反映，主要有以下几个问题：

1. 由于生活调剂不好，加之气候、水土不服，不仅疾病流行十分严重，而且死亡达 30% 左右。我县埠口区党子口大队支边迁往青海循化县文都农场 76 人，死亡 36 人。关防滩公社回归家属董智福说："柴达木库伦县怀图塔拉青年农场原 7000 人，今春已死亡 1200 多人；该场第三站原 700 人，死亡将近 300 人。"王天顺反映："黄南自治州同仁县甲五农场第三站 170 人，死亡 60 多人。"据我县城关区武洲大队调查，原支边 197 人，在青海已死亡 64 人；李春法一家 7 口人，死于青海 3 人。

2. 干部作风恶劣，违法乱纪相当严重。循化县文都农场第五站 170 余人，被连长刘某某强行捆绑吊打的 90 多人；支边人员连光辰严重浮肿，每天不能拾回 80 斤烧柴，被刘痛打致死；支边家属邓永福被扣 1 月口粮不发，而上吊自杀。武洲大队家属李喜芳、李喜全、王玉明等反映："文都农场第七站规定每人每天开挖 7 分地，完不成任务不叫吃饭，王玉女因病未完成任务，被支书李某某和队长王某某用铁锨当场打死。"离开青海省前，当地干部对家属普遍进行搜查，生产工具、生活炊具全被没收。据滔河、宋湾、埠口、三官殿四个区、五个生产大队的调查，共支边 163 户 774 人，带生产工具 1337 件，生活用具 468 件。目前已回归 97 户 303 人，生产、生活工具没带回一件。7 月 18 日返籍回归 15 户 41 人，被没收镢头、锄、锨等生产工具 23 件，锅 8 口，水桶 3 担，其他用具 35 件。家属范中辰一个洗脸盆和一把锁也被同仁县第五分场王某某书记搜查拿走。7月23日返籍回归43人，没有带回一件生产工具。双河镇大队王天顺说："上青海为了做活落户，把农具全部带去，回来时除一根麻绳没被收去外，锄、锨、镢头等6件工具全被甲五农场第三队支书收去。"因而返籍人员普遍的反映是："支边的财产出腾一空，回来时吊蛋净光。"

3. 返籍回归时不发路费，不准取存款，因而造成返籍人员途中严重病、死、丢掉子女要饭、卖衣服等事件发生。7月18日返籍回归41人，因同仁县甲五农场和循化县文都农场不发路费，途中卖掉被子7条，衣服48件，每人每天只吃一顿饭，省下粮票卖钱度日。41人因受途中折磨，身体十分瘦弱，害病的就有37人，其中严重浮肿、干瘦有性命危险的15人。马湾公社回归人员刘永贵，因缺路费又没粮票，妻子断奶将孩子饿死途中。杜黑林一家三口人，妻子死于兰州，孩子在西安车站掉车。王桂月丈夫去年10月死于同仁县，长子系劳动力，被留于青海，10岁的次子刘青州在许昌下车丢掉，只剩王孤独一人哭泣返籍。马蹬公社14岁的崔来狗，7月初母亲死于兰州途中。城关区李家沟大队李春法离青海时带病上火车，因没钱治疗，加之途中吃不上饭，死于途中。

4. 青壮年劳力留在青海，妇孺幼小和老弱疾病的人返回淅川。7月中旬返籍230人中没有一个劳动力。据回归人员穆国昌反映："甲五农场有劳力的青壮年不叫回归，没劳力的老弱病小动员全部返籍。"因此，造成有的妻回淅川夫在青海，子回淅川父或母在青海，母回淅川子在青海。如返籍家属白小女，长子是个劳动力被留青海，他和两个小孩被甲五农场干部孙某某强逼返籍。7月21日回归的全玉才、王玉林等8人，均系严重浮肿未好，被逼出医院迫使返籍，由于病情严重，返回淅川从车上抬下来当即送入医院。滔河区罗山大队14岁的小孩刘国章父母死于青海，死去丈夫的刘改焕以及三个儿子全死于青海，小孩刘国章和孤老杨保聚在7月份都被动员返籍回归。

在这种情况下，返籍人员回归后，不仅在生产上困难很大，且在生活上困难更多。前段在省、地委的大力帮助和社队对回归人员的安置后，已解决住房2094间，衣被3410件，生产工具2926件，生活炊具2500多件，并治愈各种病3220人，但由于他们支边前所有财产已全部处理，返籍时又是赤手空拳，加之在回归途中又因生活所迫，衣物大部卖掉，因而回乡后一无所有。同时我县又连续三年遭受自然灾害袭击,今年秋麦又遇到了严重旱灾,灾荒已成定局,加之返籍人员陆续回归,在回归人员安置工作中,存在着以下几个问题:

1. 住房问题:支边人员原居住的地方,系丹江水库的淹没内迁地区,房屋拆毁较多,返籍人员回归后无房可住。据初步调查统计,目前全县回归人员缺房2200间,现在住房需整修的1800间。埠口区关防滩公社回归135户275人,至今还是居住在亲、邻之家,而亲、邻房屋也十分紧张。关防滩大队回来的肖喜之两户9人,仅住房3间,还养一头牛(原养牛房),人牛同居,锅床相连。宋湾区马湾大队尚有子、侯继周等两户8人,回来后因没房,露宿村边。

2. 缺衣需被,在回来的人员中是普遍的问题。全县统计,缺衣少裤的5596人,缺衣裤7346件,需布51022市尺。三官殿区沙楼大队18岁的姑娘沙连英,没衣没裤,仅用一块破布遮住下部。城关区陈岭大队回归社员刘九花16岁,姐妹两人,因衣裤破烂遮不住羞丑,没法出门生产。埠口区石桥大队回归人员中26户103人,因没穿的将被单子改为衣裤。这样就给今冬带来了更大的困难。

3. 疾病治疗问题:回归人员患干瘦、浮肿等疾病6918人,其余4134人,体质都很瘦弱。滔河区罗山大队回归56人中有病的即达52人,占93%,其中浮肿病7人,干瘦病37人,其他病8人。且回来的人员中绝大部分因体质瘦弱不能从事生产,生活需国家照顾,疾病治疗也是急需解决的问题。

4. 既无生产工具,又无生活炊具:目前全县回归人员缺少小件农具14000多件,生活炊具17000多件。城关区渔池大队回来13户44人,缺锄、锹等工具47件。宋湾区宋湾大队回来49人,农具无有一件,借也不好借;王岗大队回来29户56人,因无炊具,有的做饭无锅,吃饭没碗,顿顿等邻居做好饭后再借锅做饭,尤其是天下雨和晚饭更加困难,甚至有的半夜才吃饭。

根据上述情况,除发动群众开展互相帮助解决当前急需解决的问题,各社队尽可能的再进一步进行安置,使他们早日恢复健康从事生产外,尚需请示上级帮助解决以下几个问题:

1. 需棉布5万市尺,款40万元,以解决回归人员的住房、穿衣、疾病治疗和急需的炊事生产工具,帮助他们回归后重建家园。

2. 要求青海对今后回来人员,发给路途费和安家费,不能扣留群众财物,已扣的要发还或等价赔偿。

3. 对有病和体质瘦弱的待恢复健康后再回来,以制止途中死亡,希望青海领导机关立即制止留劳力、专放老弱病残的做法。

4. 对妻回淅川夫在青海,小孩回在淅川大人留在青海的人员,应根据本人自愿允许迁居一处。

5. 对有的党员、团员回来后关系留在青海的,在青海又未受开除党、团籍处分的,把党、团的关系仍介绍回淅川。

以上报告当否,请批示。

中共淅川县委员会
1961 年 8 月 21 日

淅川县委的报告引起中央的高度重视,中央立即组成检查组到青海调查,在核实情况后,对一些当事人进行了查处并同意淅川移民全部返回原籍。截至 1962 年 7 月,淅川移民共返回 15709 人。与一年前走的时候红光满面神采飞扬截然相反,回来的移民一个个衣衫褴褛,瘦骨嶙峋,浑身病痛,两手空空。更让他们伤心的是,虽然返回故土,但他们面对的是已经被淹的家园和土地。当年,为了丹江口水库的建设,他们告别家乡,怀着美好的理想,唱着歌踏上西行的列车,眼下却成为无衣无食无家,生活陷于绝境的难民。看着残破的家庭,想到失去的亲人,许多人痛不欲生。为了安顿他们,淅川县政府设立 3 个接待站,河南省政府、南阳行署先后 5 次拨给返迁移民 57.2 万元经费解决他们的生活困难。但这点资金对于一万多身处绝境的移民无异于杯水车薪。他们要生活,他们更要劳作,他们需要依靠自己的力量有尊严地生活,但他们赖以为生的土地和家园却永远地没有了。更何况,那些远在青海的几千亡灵阴魂不散,对活着的人而言,遥远的地方给他们留下了挥之难去的痛苦记忆。

他们做梦也想不到,为了身边的这条丹江,自己竟会付出如此惨痛的代价。

1965 年,青海省有关部门数次来到淅川,对在青海支边死亡和伤残的移民给予抚恤和伤残补助,并对王海申等人给予甄别平反。王海申后任淅川县民政局副局长。

除了淅川外,均县也接到了支援边疆的任务。1960 年,襄阳行署分配给均县 2800 名青壮年赴新疆支边名额。经过研究,均县县委决定从库区移民中安排。经过报名、筛选,2826 人入选支边,其中男 1769 人,女 1057 人。随迁人员中,医务工作者 10 人,服务行业 88 人,随迁干部 212 人。这次支边人员全部迁入新疆哈密。以后又动员支边青年家属 380 户 1349 人也迁到新疆。

丹江口水利枢纽工程的这一次移民给库区沿岸人民尤其是淅川政府和人民留下了太多的痛苦与思索,原因是什么? 教训在哪里呢? 整个工程需要移民 20 多万,下一步又该怎么走呢?

三 搬 迁

汉江丹江口水利枢纽工程是国家重大工程项目,移民是工程成败的重要和关键的环节,解决几十万移民牵涉到政策、资金、土地、住房、生产、生活等方方面面的大问题,这样的天字号工程,仅凭一个汉江丹江口水利工程总指挥部是难以解决的。

1959 年 10 月,丹江口工地正在热火朝天地施工,围堰壅水使得低地开始积水,随着围堰工程的进展,眼见得水位开始一寸一寸上涨。工程指挥部决定 124 米高程以下居民首先动迁。没有政策,没有补偿,没有动迁地的安排,仅仅以服从国家建设需要为由,让数万移民们往哪里走呢? 就在当地政府与移民之间僵持之际,水上来了。

1960 年 8、9 两月,整个秦巴山区、伏牛山区暴雨倾盆,千沟万壑的雨水汇流进汉江、丹江,此时丹江大坝已经围堰壅水,下泄流量有限,狂野惯了的江水突然被大坝锁住,如同被按住脑袋的巨蟒,疯狂翻腾,从上游奔涌而下的江水迅速回流,回流的江水与下泄的江水顶托,激起狂风浊浪,水位迅速上涨。汹涌的洪水大口吞噬着一切阻拦它前进的物体,洪峰所至,顿时樯倾楫摧,房屋倒塌,地处淅川县盆底的李官桥、三官殿、下寺三个公社一片汪洋。淅川县 124 米高程以下 26700 人在慌乱中四散逃出库区,地势稍高的河南邓县的孟楼、淅川县的九重、厚坡、彭桥等镇和湖北老河口的纪洪、均县的玉皇顶等公社都成了淅川库区灾民逃命的落脚处。

不相信大水会来的张老汉被眼前的景象惊呆了,平日脚下顺从向下流淌的丹江看不见了,只见丹江翻滚着浪花倒着从下游向上游扑来。张老汉的眼里到处都是水,汹涌的洪水卷起浑浊的浪花带着隆隆的轰响铺天盖地压下来,一栋一栋房屋如同纸牌一样,顷刻间瓦解,几头来不及跑的牛羊在洪水里挣扎着,一下就不见了踪影。幸亏村里的几个老党员呼叫及时,张老汉紧紧抱着年幼的孙子,拉扯着腿脚不便的老伴,跌跌爬爬地跑到了高处,村里的乡亲们惊慌地聚集在一起,看着自己的房屋、牲畜、家禽被洪水吞没,所有人吃的穿的都没带出来,一个个伤心得号啕大哭,如注的大雨里,几千双眼睛茫然无助,眼睁睁地看着咆哮的洪水在自己祖祖辈辈生活了几千年的土地上肆虐。所有人都在问一个问题,明天怎么过?

9月27日,淅川县县委向河南省和南阳行署报告:

> 此次受灾的有21个大队52个村庄2237户,淹掉农作物3.1万亩,冲倒房屋4050间,衣被损失5万余件,粮棉物资损失10.5万公斤。

这是丹江口水库第一次发洪水,算是对围堵它的人的第一次警告。

有了这一次的教训,1961年,丹江口工程总指挥部决定库区124米以下的居民全部迁移。淅川县迁移对象首先就是上年大水淹没的三官殿、埠口2个区的4个公社32个大队195个生产队26725人。在国家无迁安规划的情况下,淅川只能与相邻的邓县协商,将15个大队34个生产队4310人迁移到邓县的孟楼、彭桥,其余两万多人自行选点,投亲靠友。在毫无准备的情况下,要几万移民一下子离开祖祖辈辈生活的家乡,几万人举目四望,不知何处是家乡?移民们谁也不愿走。

淅川县原移民局局长岳文华回忆道:

> 当时的搬迁工作很不细,那么多人要搬迁,却没有一个细致的规划,没有明确的政策,哪些人到哪里?怎么走?怎么补贴?住房问题怎么解决?生活问题怎么解决?什么都没有。由于工作不到位,那时人心浮动,谁也不愿搬,县里安排各级干部到社队去做工作,我带了几个年轻人下去。当时条件艰苦,到农村去,没有招待所住,没有饭店吃饭。住就住在社队干部家,吃饭吃派饭。所谓吃派饭,就是将我们这些干部分别安排到一户户百姓家里吃饭。百姓穷,多了吃不起,每户安排一个人。吃完饭后每人每餐交两角钱,半斤粮票。由于我们去动员人家搬迁,国家又拿不出补偿,相当于赶人家走,当地的百姓很不欢迎我们,走到哪一家都冷冰冰的。我年纪大一些,看到这些情况,到了人家里,不和人家说搬迁的事,而是和人家拉家常,然后拐着弯劝人家搬。一来二去和那家搞熟了,那户农民说:"这个姓岳的说的还像个人话",对我才友善些,吃饭时也给我端

一碗苞谷糁或是一个蒸红薯。另外几个年轻人就没有我这个"待遇"了，他们到人家家里，人家用背对着他们，他们去了人家不开饭，或是一家人一人盛一碗，待到他们去时已经锅底朝天。几个人一连几天吃不上饭，饿得跑到地里拔生红薯吃。

就在这年的秋季，水又来了。凶猛的洪水再次开始"撵人"。

大雨连天，江水倒灌，大水以每天2～3米的速度上涨，县里紧急号令，所有部门的干部全部下去帮助农民转移。那几天我正在仓房公社，大水带来一片混乱，到处哭爹叫娘，慌乱中，不用做工作，农民们也要逃命了，我们工作队帮着他们尽可能地搬迁财物。说来也伤心，所谓财物就是几件衣服一床被子，一个锅一袋粮食。移民们扶老携幼，一担两筐就离开了故土，因为没有联系好安置地，逃都没有地方。县政府把他们临时迁到地势较高的香花镇。1961年，全国到处饿饭，我们河南尤为厉害，这一次水撵人，造成近两万人衣食无着，全靠政府救济，说是救济也没有几口饭吃，很多人外出逃荒要饭。1962年，丹江口水库大坝因坝体质量问题停工。听说丹江口水库停工了，这部分流落在外的移民成群结伙又返回原地。但他们的房屋不是被扒了，就是被水冲了，数万人只得支起茅草棚度日，上面原来承诺的移民迁建补助款也没有了踪影。到了冬天，老乡们身上没棉袄，脚上没鞋，冻得没办法，有的就钻到草堆里。多大的大姑娘了，浑身没一件遮得住身体的衣服，七八岁的孩子整日光着身子，浑身黑乎乎的，真惨啦。我们就想不通，移民这么大的事，国家怎么就无人管，建水库让我们去，说搬迁就让我们走，百姓如此困苦没人管，我们就像没娘的孩子，每次提起这事就伤心。

这是淅川县继青海移民后的第二次移民，因为早于以后的大规模移民，在淅川他们也被称为老移民。这次盲目的移民给当地百姓的生活造成严重困难，一部分移民为了讨个公道，走上了到北京、郑州、武汉（长办）的上访之路。那时的上访还真起到了作用。岳文华说：

1963年，上级来了指示，要解决这批移民的生活困难。县里内迁办专门组织了四个工作组，历时三个月，对这批移民调查造册，参照1961年国家移民标准兑现补助。我和另一个同志分包邓县孟楼、老河口纪洪、均县玉皇顶三个公社398户1596人调查落实，那一次兑现了185700多元。当把补偿款送到他们手里时，老乡们那个感激呀，我这才体会到，什么叫

"雪中送炭"。那次一位老人让我永远忘不了。他看起来有七八十了,瘦弱不堪,好像用骨架搭成,浑身的衣服如同烂布巾,一条一条的,脸上的颧骨突得老高,脖子上的筋如同蚯蚓,嘴里的牙没剩几颗,昏花的眼里淌着一道道泪,双手捏着我们发给他的钱,浑身如同风中的树叶,抖抖簌簌,称我们是救命恩人,非要给我们下跪,我们几个人拦都拦不住。我们告诉他,是毛主席共产党要我们来发这笔钱的,总算把他劝住。后来听说,他刚60出头。

类似的悲剧不断上演。1964 年 7、8 两月,天似乎漏了,连续长时间的降雨,小沟大河的水都向汉江里灌,不胜烦扰的汉江暴怒了,丹江库区内的汉江水超过警戒水位 2.5 米,暴涨的洪水再一次给库区的居民制造悲剧。郧县报告:

> 淹没土地 20602 亩,损失粮食 66.13 万斤,芝麻 1.5 万斤,淹没村庄 36 个,受灾人口 681 户,3261 人,倒塌房屋 3054 户,6382 间,死亡人口 24 人。

尽管有了洪水的几次警示,但除了受灾地区外,绝大多数的百姓仍旧不愿意离开生于斯长于斯的故土。故土难离啊。

故土难离,难在哪里? 难在家乡的山水把我养大的家乡情结;难在父母在,不远游的孝子情结;难在乡音乡情,亲戚朋友的人脉乡亲情结。人在外地,听到家乡口音,顿时兴奋起来,隔三岔五汇聚到一起"把酒话桑麻",和不认识的人怎么谈话? 口音不同,乡间俚语听不懂,怎么交流?

汇集各种因素可以发现,故土难离的多是年长的,没有出过远门的,文化水平较低的,没有什么专门技能的人,信息闭塞,从小至大从未离开过这块土地,对外面未知世界存在着本能的生存恐惧,由此演变成千百年来的故土难离的观念。

在开放发达的社会,故土难离逐渐会成为一个历史名词。

敢于开拓创造的民族,才是最有希望的民族。但在 20 世纪 50 年代的中国,国穷民贫,极"左"思潮禁锢着人们的头脑,吃要粮票,穿要布票,住要户口,从油盐酱醋直到火柴肥皂,无一不需要票证。维持生活最基本的物质完全被控制,人口不能随意流动。需要流动时,通过这些物质的配给供应又可以强制你必须流动。一个最典型的例子是,三年自然灾害时,很多地方一方水土养不活一方人,无奈之下,只得让乡亲们外出逃荒要饭,就是外出做乞丐,还忘不了要队里或社里开一张介绍信,证明你姓什名谁,户籍在何处,否则连外出逃荒也不可能。要你走,你就得走,在那时候,说故土难离,实质上只是人们精神上的慰藉。

1964年,国家经济形势逐渐好转,12月16日,国务院以〔64〕国计字572号文件正式批准汉江丹江口水利枢纽工程恢复施工,沉寂了数年的大坝工地又热闹起来,随着大坝建设复工,移民工作的紧迫性更强了。

就在复工前不久,张体学在湖北省移民工作会议上针对前段移民工作中的问题提出下一步移民工作的方针:

> 就地安置,重建家园,依靠群众,自力更生,国家扶助,发展生产,苦干三五年,把生产搞起来,逐步改善人民的生活,安置确有困难的,采取集体迁移的办法。

如果按照张体学的这个思路和办法,外迁移民的脚步可能停止,数十万人不用背井离乡,以后移民外迁所带来的一系列问题也可能不会发生。遗憾的是,就眼前的现实来看,库区三个县明显缺乏就地安置的能力,无奈之下各县只有向自己的上级机关反映问题,请求由上级机关统筹解决移民问题,最终结论还是外迁。

1965年,均县移民方案初定,要向汉川、南漳、沔阳、随县、枣阳、宜城、襄阳、武昌等地移民8万人左右。由于对外面的世界不了解,绝大多数移民不愿意离开故土,移民行动迟缓。为了完成移民任务,各级组织开展了大规模的宣传动员。均县县委组织公安、民政、交通、粮食、财政、商业等部门300多名干部组成工作队到各公社、大队层层动员,采取"五大讲"(大讲丹江口工程建设的重大意义,大讲安置区是个好地方,大讲国家对移民的扶持政策,大讲阶级斗争,大讲好典型)。

1965年3月8日到4月15日,均县第一批移民开始外迁,37天时间内共迁出4个公社12个大队51个生产队,移民1833户8625人,全部迁往湖北宜城县流水和板桥两个区。1966年11月,均县第二批移民开始外迁,共迁出8272户38958人,全部迁往襄阳、宜城两县。1968年均县第三批移民开始外迁,共迁出4870户24292人,分别迁往南漳、随州、汉川、枣阳、武昌、沔阳等县。

郧县移民安置方向是汉阳、嘉鱼、京山、武昌县,1958年起开始了第一第二批移民,第三批大规模移民始于1968年4月。4月24日,郧县5个公社15

个生产队 131 户 619 人到达嘉鱼县高潮区,随后车船并举,成千上万的移民们沿着汉江东下,来到长江边的嘉鱼县,第三批共移民 44142 人。第四批移民 25073 人,第五批移民 42038 人。截至 1978 年年底,郧县共移民 25142 户 121244 人。

河南淅川前期移民有过惨痛的教训,这一次变得格外谨慎。1965 年 5 月 10 日,河南省委书记刘建勋与湖北省长张体学、河南省长文敏生在武汉商定,对河南省内无法安置的淅川移民,实行"河南包迁,湖北包安,标准一致,财务公开"的十六字移民方针。这一方针报国务院后得到批准。

根据鄂、豫两省领导的意见,1965 年 9 月 1～4 日,鄂、豫两省负责移民的官员在湖北省荆州就丹江口水库移民安置问题进行进一步磋商并达成《纪要》:

> 安置任务。……丹江口水库淅川淹没区 147 米高程以下,共需迁出移民 75000 人,其中 65000 人移往湖北,安置到荆州专区的荆门、钟祥两县各半。根据丹江口工程进展和蓄水情况,三个冬春安置完毕:
>
> 1965 年安置 14106 人,其中荆门 10515 人,钟祥 3591 人;
>
> 1966 年安置 24727 人;
>
> 1967 年安置 23467 人。
>
> 1966 年前荆门多安,钟祥少安;1967 年,荆门少安,钟祥多安。
>
> ……应从有利于生产,有利于巩固集体经济出发,因地制宜,原则上,安置在钟祥大柴湖的集体农场……
>
> 组织领导。为保证完成任务,荆门、钟祥两县成立移民指挥部,淅川县抽调干部……分别参加两县移民指挥部工作。今冬明春有迁移任务的社队派干部来会同当地干部选点定点,规划生产和筹建住房。干部 9 月底以前来,劳动力 10 月中旬来,建成一批房屋后,再回去组织搬迁。
>
> 准备安置移民的耕地,由原单位按计划进行冬播,种好管好,移民迁来后,由移民给以合理报酬。
>
> 建房问题。……房屋结构,原则上是土砌瓦盖,如果材料一时供应不及,因地制宜,就地取材,先建一部分草房……
>
> 建房标准,按移民人口计算,平均每人 0.64 间,每间房屋 16 平米……今冬明春的住房,钟祥县应在春节前全部建成;荆门县春节前建成 60%～70%,余下部分二月建成。

组织搬迁运输问题。先建房,后搬迁。今冬明春的移民,分三批搬迁,1966年2月初开始,3月底前搬完。……河南干部带队,把移民送到安置点,湖北派干部到丹江、襄樊迎接。……移民搬迁以水运为主……丹江口以下由河南组织,丹江口以上由湖北组织。湖北在丹江口和襄樊设立接待站。……为了节省运力,减少移民的损失,除必须搬走的行李箱、家具、炊具、牲畜、农具等主要生产生活用具外,应尽量不带或少带价值不大的笨重物资。

经费材料问题。移民经费,平均每人不超过500元,补助项目按中央规定,包括建房补助,扶持集体生产,搬迁补助,个人损失补助,行政管理费,预备费等……

大柴湖围垦工程。根据长办提出的资料,钟祥大柴湖围垦工程项目包括修筑37公里长的堤防,护坡和排灌涵闸、渠道、桥梁以及居民安全台等。初步估算,共需投资700万元。围垦工程勘察设计由荆州专署负责组织,技术设计由长办为主……❶

《纪要》里提到的钟祥县大柴湖就是湖北省荆州行署给淅川移民准备的移民安置地。湖北省境内河流交叉纵横,大大小小的湖泊星罗棋布,素有千湖之省的美称。大柴湖位于钟祥,这里是汉江遥堤外的一个荒湖滩。每年夏季,汉江水上涨,这里一片汪洋,水退以后,这里又是一片沼泽和荒滩。湖岸边长满了芦苇,当地的人民有割芦苇为柴的历史,久而久之,便称其为大柴湖。在移民们到大柴湖前,这里有一个部队军垦农场和一个地方农场。但仍然有大面积的湖滩地尚未开发。大柴湖濒临汉江,堤防低矮破旧,经常发生洪涝,且地势低洼,积水不易排出,湖区内到处是大面积的沼泽和潮湿的荒地,沼泽地里长满芦苇,自然环境较为恶劣。虽然土地荒芜和肥沃,但作为移民安置地,还需要围堤排渍,降低地下水位,才适合居住。为此,《纪要》里专门提到,湖北省已经做了筑堤围垦排滞的安排。准备于1967年冬天调集荆州地区的天门、京山、荆门、钟祥4个县的4万民工,沿汉江东岸修建一条长45公里的围堤,挡住汉江水对大柴湖的侵蚀。根据水利部门的勘测规划,如果大柴湖筑堤围垦,排出渍涝,湖内干燥后,将有数万亩肥沃的良田,这里将是一块新的高产粮食区。

---

❶ "移民安置",《淅川县移民志》第二卷。

移民安置地终于有了着落,淅川县上下开始了紧张的准备工作。根据工程规划,1969 年水库坝高将达到 147.5 米,淅川县需移民十万人左右。淅川县计划分四批进行:

1965 年冬至 1966 年汛期前,将 124 米高程以下的 11000 人移往湖北;

1966 年冬至 1967 年汛期前,将 131 米高程以下的 35000 人移往湖北;

1967 年冬至 1968 年汛期前,将 140 米高程以下的 30000 人移往湖北;

1968 年冬至 1969 年汛期前,将 140 米~147 米高程以下 15000 人就近后靠或移往邓县。

1966 年 2 月 15 日至 17 日,湖北、河南两省在武昌召开了淅川移民搬迁会议,会议强调移民工作的重要性,要加强组织领导,使整个移民工作有序进行,务必做到:

“迁的愿迁,安的愿安”,“不因搬迁而造成人的非正常死亡”。

“要赶早不赶晚,原则上自 3 月 20 日开始搬迁,每天 500 人或者多一点,40 天左右搬完。”“移民到襄樊后,接待站凭票免费供应两餐伙食。”

“人和牲畜起运前,必须进行防疫检查,病人、临产孕妇和病畜一律缓迁。”

“5 万人全部安置在钟祥大柴湖。安置原则是:先围垦,后安置,围垦未竣工前暂不移民。围垦大柴湖,今年冬天开始施工,1967 年上半年完成。荆州组织 2000 人的专业队,常年备料,常年建房,建成一批,安置一批。”❶

就在安置点紧锣密鼓做着准备的同时,移民搬迁点的动员工作也在进行。1966 年 4 月,河南省南阳行署专员吕华与秘书长白参之专门带领一个工作组来到移民试点淅川县三官殿公社灵官殿大队蹲点,干部会、党员会、全村群众大会,一个接一个,当然也少不了“大批判开路”和“狠抓阶级斗争新动向”。各级干部都集中在这里反复给移民们做工作,动员大家服从国家建设需要,同时也征求移民们对这次移民政策的意见。听说要征求意见,大家会写的会说的一齐上阵,意见提了一大堆,汇集起来有 63 条。但干部们的回答却并不能令大家满意:

---

❶ “移民安置”,《淅川县移民志》第二卷。

问：移民要求自行投亲靠友，一切经费不让国家开支，房产自己处理，是否可以？

答：按照国家规定的政策"整搬整迁"，不许自行迁移，房产由国家统一处理。

问：主要直系亲属都在淹没区，这次搬迁，一方去荆门，另一方去钟祥，双方要求同迁一处，是否可以？

答：原则上整搬整迁，不许调整。

问：移民儿女在外地工作，家中只有一位老人，无依无靠，要求迁居儿女所在地（且当地政府也同意），靠儿女生活，是否可以？

答：无论移民移居何地，干部按照国家政策规定照常探家，不影响照顾老人，因此老人应随移民迁往湖北。

问：定点后人口增减，现在时隔几年才迁，房屋是否随人口的变化而增减？

答：按照1965年长委调查统计的人口统计为准，房屋不增不减。

如此一来，移民们对搬迁的抵触情绪可想而知。

时间不等人，当时流行的是，理解的要执行，不理解的也要执行，在执行中加深理解。经过六天的动员，工作队将百姓的全部家什桌椅板凳、锅碗瓢盆、鸡、狗、猪、猫、竹竿、木棍、石磨，包括喂猪槽都算上，全部打捆装上车，全村154户687人全部上车。

1966年4月16日，随着汽车喇叭鸣响，长长的车队慢慢向前蠕动，河南淅川的移民工作终于再次启动。看到移民们终于动身，整日守在这里作动员工作的干部们终于长长地舒了一口气。

比较起第一次青海和第二次邓县，应该说，这一次淅川县的移民工作的确有了进步，但结果如何呢？岳文华回忆：

我负责护送三官殿公社灵官殿大队第四生产队到钟祥县大柴湖移民安置点。经过几天几夜的行车，我们的车队终于到了大柴湖。车停在一座大堤上，大家惊讶地发现，这个大柴湖原来是一片一望无际荒凉的芦苇荡，周围根本没有人烟，芦苇荡里的水发绿，散发出一股刺鼻的腥味，空中飞舞的蚊子小咬如同一团团烟雾，空中到处是它们舞动时发出的嗡嗡声。水里有各种小虫，最可怕的是大大小小的蚂蟥。这个家伙最可恶，叮在人的身上，让人血流不止。由于潮湿，水里的蛇特别多，经常窜到屋里来。

当地给移民盖的所谓房屋不过是在芦苇荡里较高的地方用芦席搭成的棚子,棚子两边用泥糊成墙。我过去用手一摸,墙还是湿的,泥土一抠就掉。四周一片潮湿。这样的地方怎么能住人? 我们的移民原来都是在旱地耕作,住的房屋虽然破旧,但也不是这样住在水里。出发时说得好好的,这边负责建好房屋,这就是他们建好的房屋吗?

看到这片与自己想象中安置点相差太远的芦席棚,移民们顿时炸了窝,认为自己受骗了。女人们首先呜呜地哭了起来。男人们愤怒地冲下车与带队的干部理论,要求立即将他们送回河南。整个现场乱得一团糟。随车前来的还有钟祥县移民安置办主任和武汉军区作战部一位叫何休庭的领导。此时最紧张的就是他们两个人了。何休庭与那位主任走到一边反复商讨后,走过来向大家解释情况说,根据安排,湖北省要在大柴湖筑围堤,抽取湖水,到时湖就干了。围堤现在还没有建好,因为你们是最先到的移民,现在的住房是临时性的,围堤筑好后,再重新给大家建永久性的住房。你们要服从国家的安排,现在先下车。

在远离故土的地方,家园就要沉没入水中,移民们如同拔起根的草,除了吼叫生气还有女人们的眼泪外,又有什么办法呢?

岳文华说:

1966 年 6 月 10 日,淅川第一批迁钟祥、荆门两县移民工作基本结束,我按实际迁出人数逐户逐人填写,一式三份,经县公安局户籍室审核,加盖公章,我和公安局王武玲股长送交钟祥、荆门两县。

这就意味着,这批移民丧失了河南的户口而成为湖北省的农民。

就在移民工作艰难推进时,新中国迎来了成立以来最剧烈的社会大动荡:"无产阶级文化大革命"。"文化大革命"运动从开始时的破四旧、大字报大批判发展到武斗、抢班夺权,竞相成立革命委员会的高潮时期。为了夺权,武汉市内两派造反派斗红了眼,长枪大炮都拉了出来,演出了轰动全国的"7·20事件"。湖北省委书记王任重、省长张体学成为"走资本主义道路的当权派",成天被造反派们斗来斗去,1967 年夏,武汉一派造反派在武昌体育场召开批斗张体学的大会,另一派组织上万人冲击会场,要将张体学抢到他们那里去斗,一时间偌大的体育场成了武术竞技场,拳头、棒子、砖块、石头,人们抓住什么就拿什么当武器,混战之时,一派的敢死队冲上主席台,将张体学揪住拖到体育场的大门边,塞进一辆吉普车,冲出体育场。另一派发现张体学被抢,立刻派车追赶。前面的吉普车发现有车来追赶，立即加大油门在马路上飞奔。从武昌体育馆出来是宽阔的解放大道，这是通向长江大桥的一条主干道，路上各种车辆较多。驾驶吉普车的造反派是个半吊子司机，他为了快跑，一路上不停地超车。在超一辆公共汽车时，一把将方向打猛了，吉普车一个翻滚，顿时四脚朝天，车里的人被摔得七荤八素，司机当场毙命。幸亏张体学在车里被几个造反派紧紧夹住，人没有被摔成重伤，但也当场休克，被送进医院紧急抢救。作为周恩来任命的"治水大将"，在如此环境下，他已经难以履行职责。

正在此时，淅川与钟祥关于接受移民数量问题也出现不同意见。原定淅川迁出3.3万人，钟祥表示，土地容量有限，再加之上年灾害性气候造成减产，只能安置2.7万人。无奈之下，淅川只好再次报告中央。

1967年3月27日，国务院中央军委以〔67〕国密字101号电，命令武汉军区负责丹江口水库移民工作。1967年3月30日，武汉军区在武昌召开了湖北河南两省移民工作会议，武汉军区副司令员孔庆德、韩东山主持会议。会后以武汉军区〔67〕武支左字第57号文件形式发出《会议纪要》：

> 遵照国务院中央军委1967年3月27日关于解决丹江口水库移民问题的指示，武汉军区于3月30日至31日在武昌召开了河南、湖北两省移民工作会议。

> ……做好移民工作的根本关键在于高举毛泽东思想伟大红旗，突出无产阶级政治，活学活用毛主席著作，坚持"四个第一"做好政治思想动员工作。迁移区要……服从国家建设需要，做到愉快搬迁；安置区要……做到热情欢迎，妥善安置。

> ……河南淅川县第二期移民2300人，仍按原协议由湖北省负责安置。

> ……迁钟祥县的，全部安置在大柴湖集中建队，住房不够，采取挤、借或搭临时工棚的办法暂时解决，汛后再建。

> ……淅川县明年第三期计划迁往湖北的27000名移民，全部安置在钟祥县大柴湖。为了有利于生产，今年边建房边搬迁，力争在明年春耕前迁完。

> ……搬迁时间从有利于生产的原则出发，从4月15日开始，5月中旬迁完，力争提前。

> ……迁移区和安置区都必须提高政治警惕，严防阶级敌人乘机捣乱。

要充分发挥民兵组织的作用,配合专政部门,严密控制五类分子,只准他们老老实实,不准他们乱说乱动,发现问题,及时严肃处理。❶

不久,又成立了以武汉军区为主、湖北河南两省参加的丹江口水库移民搬迁指挥部,指挥部由孔庆德、韩东山、张体学、耿其昌、王海山、江含章、石川等人组成,孔庆德任指挥长。在"文化大革命"的特殊情况下,移民工作军管了。上行下效,均县、郧县、淅川县都成立了以人武部长为指挥长的移民指挥部,各区、公社也相应成立了武装部长直到大队民兵连长组成的移民搬迁工作领导班子。

虽然受到"文化大革命"的严重干扰,但丹江口水库大坝的建设并未停工。1967 年 11 月 5 日,丹江大坝底孔闸门渐渐下沉,丹江口水库正式开始蓄水。实际上,在大坝尚未下闸之前,由于汉江下泄孔道变窄,水流下泄速度减缓,库区内的水位已经在缓慢上升,11 月底,河南淅川县马蹬镇没入水底。到 1968 年 4 月,水位已经到 130 米高程,丹江工程指挥部通知,到 1968 年年底,水位将达到 145 米高程,库区周围各县的移民工作更为紧迫了。

眼看丹江口水库前的水位不断抬升,各级移民机构忧心如焚,但各县尤其是农村的移民们并不了解这些情况。不少人认为这次叫的凶,最后还是会和以前一样,水涨一阵就会落下去的,任由干部们怎样做工作,相当部分的移民就是不愿意动。特殊时期有特殊的办法,移民搬迁指挥部的将军听到下面反映移民工作难做,眼看丹江水位又逐步抬高,如果百姓被水淹将会酿成严重的政治事件,于是毫不犹豫地指示:

> 关键时刻要用铁腕,要尽量做好政治思想工作,也要防止阶级敌人趁机捣乱破坏,阶级斗争一抓就灵,要坚决打击那些煽动捣乱,破坏移民工作的阶级敌人和坏分子,谁破坏移民工作谁就是反革命。

特殊情况下,政治高压是迫使移民搬迁的唯一手段。武汉军区的命令一下,各地闻风而动,有的将那些所谓"五类分子"拉出来斗了一通,有的将不愿意搬迁的钉子户集中起来办"学习班"。1967 年 3 月 31 日,湖北郧县在城关镇召开"抓革命,促生产"移民搬迁誓师大会,人武部部长在会上作报告。号召大家一定要忠于毛主席忠于党,下定决心完成好移民搬迁这个"政治任

---

❶ "文件辑存",《淅川县移民志》第九卷。

务",对于造谣惑众传播谣言阻挠破坏移民搬迁的一小撮阶级敌人,要动用无产阶级专政的铁拳,坚决予以狠狠打击。

均县、淅川两地也召开了类似会议,发出了对"阶级敌人"的"警告",召开了批斗会,举办了学习班。均县还将一些"散布谣言的阶级敌人"抓起来带上高帽子游街。那个时候,人们别的不怕,谁都怕当反革命,一旦戴上反革命的帽子,自己遭罪不说,一家老小都要受牵连。政治高压态势下的绳子、铐子、枪杆子对特殊情况下的移民工作,的确起到了一定的推动作用。在来硬的同时,各地也有软的一手,各县组织了数以百计的移民宣传队,走街串巷,进村进户。讲故事、唱歌、唱戏、演节目,拉着手讲道理,讲搬迁是为革命做贡献,讲搬迁的地方环境是如何的好,讲搬迁是为了让毛主席他老人家安心。好说歹说,几千张嘴说的都是一句话:搬迁。实在不行,有的地方甚至来蛮的。均县盐池河"四清"工作组的一个干部回忆:

> 我的家在均县镇,那天一大早,水库边开来几条大驳船,船上都是解放军。靠岸后,他们挨家挨户地将群众集中到当地学校的操场上,一个连长出来讲话。他先是念了几条毛主席语录,然后说支援大坝建设是光荣的,现在水马上就要涨起来了,你们要服从国家需要马上搬迁,今天我们来帮助你们搬迁,大家马上回家将自己的东西收拾上船。说着旁边的解放军战士就分别进到每一家去把群众的东西往外抬,这边群众一看到有人到家里去搬东西,慌得赶快往家里跑。哎呀,那个现场就乱成了一锅粥。这些解放军战士是奉命而为,配合得好的,还能够在家具上贴个条子,写上户主的名字,所谓家具也就是个床、柜子、箱子。配合得不好的,他们就直接往船上抬,一些群众就跟在后面哭喊。我自认为自己是名干部,在这个时候应该主动帮忙做些工作,于是主动地去帮着那些群众做工作。谁知那位解放军连长一脸严肃地过来问我:"你是干什么的?"我说:"我是干部,在帮你们做做工作。"那位连长根本不听我讲,反而训斥我:"干部,干部更要带头,你给我马上上船。"一下子将我赶到船上。那些解放军战士就守在船边,上去了就不让下来。一些战士守在屋子边,出来了的不让进去,整个村子闹腾得翻了天,硬是将全村老小送上了船,人上完后,船随即开动。我很不服气,哪有这样做工作的,到了关门岩船靠岸时,我偷偷地下船走了。

均县移民局一位老干部讲述了当年一个村移民搬迁时的情景:

要上车了,村子里哭声一片,老人们迟迟疑疑,或是坐在老家的堂屋里,或是围着自家的房子前前后后转。女人们脸上挂着泪,互相拉扯着,叮咛着,边说边流泪。倒是一些不懂事的孩子,从没见过汽车,现在一下子看到村子边一溜烟停了那么多大卡车,一个个兴奋得不得了,围着汽车攀上爬下,一个不懂事的孩子拉着父亲的胳膊催着快走,被父亲劈头盖脸地给了几下,唉,孩子不懂事,不知道故土难离呀。好不容易车队动了,随着一声发动机的轰鸣,送行的干部们点燃了鞭炮,如同有谁指挥一样,原来抽抽噎噎的哭声一下子高了八度,呜呜呀呀的,那情景不像送行倒像送葬。车上的人都站起来冲着下面招手,高声喊叫亲人的名字,车下的人捶胸顿足,有的甚至追着开动了的汽车要去抱汽车的轮子,那情景,在场的谁看了都伤心。

很多移民不愿意离开,出现了有人乘路上停车时偷跑的情况。为防止这种情况蔓延,很多带队的领导专门交代搬迁车队的司机,沿途不要停车,一旦停下来人跑了就没有办法。他们为此还动了不少心思,在路上吃饭时不给水喝,担心路上有人要尿尿。结果一路上司机就不停车。很多人路上要方便,使劲敲打驾驶室顶(那时全是大货车,人坐在车厢里),无论你怎么敲,司机就是不停,结果搞得好多人尿了裤子。

丹江口水库大坝筑起来后交通就断了,库区沿岸几个县的移民无论乘车乘船到丹江大坝前都得下来,步行到坝下换乘,要是有移民乘此机会跑了怎么办?于是由武汉军区作战部的一位何姓领导出面,组成三个县领导组成的"翻坝指挥部",指挥部在坝下原地质队仓库设了一个接待站,带车的干部和接待的干部共同负责,看管着自己送的这些移民。按照部署,或是住下,或是到新修通的汉丹铁路丹江站上火车,火车到襄樊后再兵分两路换乘,一路乘船,一路乘汽车。移民换乘很麻烦的,他们都是拖家带口,老人、孩子,还有孕妇,行走很慢,拖拖拉拉。带的家具杂乱不堪,更伤脑筋的是,他们带的牲畜如猪、牛、羊等,又脏又不听话。要把这些家伙从车上移下移上,两次换乘,那可是费老劲了。就是这样,仍然有猪、羊等牲畜跑丢的事情。

搬迁,既是噩梦,又是希望。中国的老百姓是最实在的,中国的老百姓也是最看重实际利益的,说来说去,搬迁最大的障碍实质上就是百姓的利益问题。搬迁造成百姓利益受到损害,国家又拿不出足够的钱来给以全部补偿。

在没有利益补偿的条件下,放弃相对安定的生活环境,到完全陌生的、条件不如现在的地方去,有几个人能想得通? 虽然干部们满嘴的大道理,但大道理终究不能当饭吃,在思想不通的情况下,老百姓唯一的办法就是拖。作为曾带领百姓打江山的政治家,周恩来深深地懂得百姓的心理要求,他当初反复叮嘱"要妥善解决移民问题",就是预料到了国家建设和百姓利益将发生冲突。但现实是国家钱太少,要办的事情太多,如何处理好两者之间的关系,需要高超的政治技巧和务实的工作作风。从搬迁结果看,在当时极"左"的政治环境下,干部队伍里真正懂得老百姓的政治家不多,盲目听命于上的官员不少。再加上极为紧张的国家财政和步步升高的水位线逼迫,要把移民搬迁这篇文章做好确实很难。

一位移民干部在谈到百姓与地方政府之间的矛盾冲突时说:

> 矛盾源于利益,国家的利益我们一定要保证,但百姓合理的利益也要保证,在国家大局和千百万百姓利益之间,我们既要讲党性,又必须讲良心。

他这番话的潜台词是明确的。

就在要搬迁和不愿意搬迁双方反复拉锯的时候,丹江口水库的水已经一步步地漫了上来,均县县城、郧县县城、淅川县城一个一个地渐渐没入水中。大片大片的土地也一片一片地变成汪洋,而且这一次不同于以往,这一次只涨不落,在步步紧逼的大水面前,再不愿意搬迁的也没有办法了。

丹江库区沿岸的几十万移民伤着心,流着泪,扶老携幼,带着自己那一点点可怜的家当,一车车,一船船,一步三回头地离开了祖祖辈辈生长的土地,走向一个完全陌生的地方。

钟祥县大柴湖是淅川最大的移民集中安置点。淅川县的外迁移民共分三批,1966 年 3 月至 4 月是第一批,共 4 个公社 24 个大队 110 个生产队 3254 户14868 人,动迁安置地是湖北荆门县和钟祥县,其中 300 多人到大柴湖,10000多人到荆门;第二批移民于 1967 年 4 月开始动迁,4 个公社 34 个大队 152 个生产队 5122 户 23311 人,其中 8000 多人到大柴湖,1.5 万人到荆门;1968 年 9月是第三批,6 个公社 27 个大队 220 个生产队 6762 户 31670 人全部到了大柴湖。

1968 年 9 月,第三批移民出发了。几万人的搬迁算是一个大工程了,河南、湖北分别动员了一百多辆解放牌敞篷大卡车,人和物分开,每辆车乘坐 40

人，所有的家具联同锅碗瓢盆装船沿丹江而下，到丹江口后，船翻越尚未完工的丹江大坝，顺汉水而下。坐车的人全部到襄樊集中，住在襄樊市提供的一个大仓库里。仓库很大，几百人住进去都不挤，仓库的地下铺着厚厚的稻草算是睡觉的床，过道中间摆了几张桌子，每张桌子上面放着一个大桶，里面是煮好的面条汤，一个大饭筐里堆满了雪白的馒头。工作人员向每个人发放馒头。喝着热面汤，吃着馒头，移民们的心里渐渐安定下来。当晚所有的男女老少都在草堆里和衣而卧，第二天早上也是馒头面条汤。吃完早饭，随行的移民干部告诉大家，要在这里先住上两天，因为下雨，搬迁安置地的房子尚未完工。这一下，本来已经安定了的移民们又躁动起来。一时间说啥的都有，说国家骗我们，房子还没盖好就要我们出来，这下怎么办？有的担心道，哎呀在这里等到什么时候是个头呀？我家的猪还没喂呢，这等下去，还不饿死？有人吵吵，把老子们骗到这里来，又不让我们走，干脆，我们回去。有人问：回去？你走哇，你往哪走？你认路吗？户口房子都没了，你回去怎么办？仓库里乱哄哄的，移民们心情很糟。中午、晚上都没怎么吃饭。随行的干部们在人群里反复劝大家。仓库外面，稀里哗啦地下着雨，抽烟、生气、着急、骂街、吃饭、睡觉就是这几天的内容，仓库里弥漫着辛辣的烟味和惆怅郁闷的情绪。好不容易到了第四天，干部们兴冲冲地告诉大家，今天可以走了，几千人排着长长的队伍到汉江边。码头上排列着一大串大铁驳船，大队人马扶老携幼乘上驳船，随着一声汽笛，移民们又开始了乘船旅行。从未出过远门的淅川移民们，第一次实实在在地坐车乘船看了一把外面的世界。这个时候最热闹的还是孩子们，外面世界的一切都引起他们的惊讶和新奇。

9 月的汉江，水势不大，虽是下行，但仍旧慢吞吞的，从襄樊到钟祥整整走了两天。第三天下午 5 点多钟，船到钟祥大王庙码头，几千人上岸后傻了，没有人来接待他们。这几天，从上车起，一路上前前后后都有移民干部们随行，组织带领他们行动，他们虽然嘴里牢骚不断，但对带队的干部却有着很强的依赖性。天渐渐黑了，淘气的孩子们也依偎在家长身边，既无人管饭，也无人来过问，男人们再次躁动起来，由于离开家乡已经不知有多远了，这一次他们多了几分恐惧，黑暗、寒冷、饥饿更是恐惧的帮凶。几千人就这样绝望地坐在潮湿的江堤上，直到半夜，这次带队的淅川县委委员、农工部长吴丰瑞才来到移民中间。

接受了前几次移民失败的教训，为了保证移民情绪的稳定，一路做好工作,也为保护移民的利益,淅川县委再次将几百名各级干部随移民一起南迁,吴丰瑞就是这次行动的总负责人。听说淅川的干部来了,饥饿、恐惧、寒冷、烦躁的移民们一下子将自己的情绪全部释放出来,大伙怒骂着,围着他拳打脚踢,扇耳光,吐唾沫,似乎吴丰瑞是所有过错的罪魁祸首。吴丰瑞默默地承受着乡亲们的误解和拳脚。这些天来,他已经心劳力悴,每天要安定移民们的情绪,要和安置地的移民干部接洽工作。他刚想张口解释,黑暗中,不知谁一个巴掌打得他眼冒金星。四十多岁的吴丰瑞也是县里的领导干部,按照中国传统的观念,目不识丁的农民见了当官的,害怕得躲都躲不及,但今天,借着黑夜的掩护,他们将胸中压抑的怒气全撒在吴丰瑞身上了。吴丰瑞晚来是因为与当地干部去联系明天到了后的房屋分配,他前前后后跑了一天,粒米未进,也是又冷又饿,却没想遭到这样一顿拳脚。混乱中有人认出吴丰瑞,大家这才住手。钟祥的接待干部此时不露面,吴丰瑞也没有办法,他抹去脸上的唾沫,忍住被误打的委屈,劝大家忍过这一夜,明天早上就好了。

第二天上午,吴丰瑞又忙着为这几千人联系吃饭,他和几个工作人员几乎将码头周围所有可吃的东西全买下来,然后组织大家就餐,等到吃完早饭,已经是中午了。大队人马再乘上钟祥方面派来的汽车,摇摇晃晃直到太阳西斜,车队抵达大柴湖。面对一望无边的芦苇荡,移民们震惊了,哭骂之声再起,吴丰瑞以及随行的干部们再次成了移民们发泄怒火的对象。但他只是这整个行动中的一个执行者,作为一名县级领导干部,此刻他的职责就是一定要将这几千名移民安置好。直到1966年到的第一批移民也赶来欢迎自己的乡亲,这才缓和了现场的紧张气氛。

在极度无奈和愤闷中,移民们蹚着没过脚背的泥水,深一脚浅一脚地在密密麻麻的芦苇丛中寻找着自家的房子,这里的移民干部依照名单,早已在门上贴好了对应的户主。

从此,为了给丹江库区的水让路,从丹江边走出来的几万河南农民离乡背井,在这片荒无人烟的泽国水乡里,重新开始了日出而作日落而息的农耕生活。他们牺牲了自己世代生息的土地,忍受着今天常人难以想象的困难和痛苦,艰难地生活着。

全淅林,土生土长的淅川人,15岁时随同父母一起迁往钟祥大柴湖。50年后,他用手中的笔写下《移民大柴湖》,记录了当年淅川人民迁往大柴湖的全过程:

……

　　双河村的移民是1968年八月十五中秋节抵达大柴湖的。他们先乘船在汉江里走了三天三夜，到达旧口大王庙码头，下船后换乘汽车，当他们艰难地到达目的地后，全体移民竟没有一人下车。在他们的视线里，近看一派污泥浊水，受了惊吓的青花蛇从水上游了过去，远望，一望无际的芦苇，郁郁葱葱丈余多高，挡住了人们的视线。人们盼望的新家新房却不见踪影。看到眼前这般景象，女人们哭了，老人们哭了，"这叫啥地方啊?"男人们气得直吼叫……眼看西去的太阳沉没于芦苇荡，天渐渐地暗下来了，这时候着急的不是别人，而是没有退路的移民。……他们跳下卡车，涉过深一脚浅一脚的污泥地，钻进芦苇丛，在接待人员的引导下，按照早已确定的编号去寻找自己的家门。藏身于芦苇丛中的移民房，10间为一排，排与排之间10米左右距离不等，一个生产队或一个大队集中盖在一片，若无芦苇的遮挡，看上去像是部队的营房。……室内的情况则不同，为了节省材料，房与房之间不垒墙，户与户之间共一堵山墙，3间房以上的房间，看上去空空荡荡，室内地坪高低不平，有的地方还有小水坑。每户发给150块打灶砖和30斤柴草……，每人289.74元建房经费，一人半间房，面积8平方。……贾蛋爹是个直性子人，敢于说实话："国家修水库搞建设是造福人民的，需要我们搬迁，我们二话不说就搬，我们舍了自家为国家，连老祖宗也搭上了，可是我们又得到什么好处呢? 别的不说，一百多号人一个厕所，大清早起来拉屎还要排着长队等半天，有人急得屙裤裆，天底下怎么会有这个搞法呀?"再看那密密麻麻遮天蔽日的芦苇林，一根根大拇指粗细的芦苇丈把高，芦苇荡里不时传来野鸭、野鸡、野猪、水鸟尖声怪气的叫声，直让人毛骨悚然，心惊胆颤。横在移民面前的是一道道难以逾越的壕沟，恶劣的环境威胁着人们的生存，动摇着移民扎根大柴湖的信心和理想。❶

四　水撵人

　　平心而论，移民的搬迁并非自愿，为了配合工期，各级政府费尽心机，动用

---

❶ 全淅林:《移民大柴湖》，中国文联出版社2005年版。

各种手段软硬兼施,移民的速度仍然有限。大自然有它的办法对付故土难离的移民。每年的汛期一到,滂沱大雨形成滚滚山洪,洪水被丹江大坝拦截后,形成倒灌势头,汉江、丹江两岸洪水猛涨,大水冲进村舍民居,将成千上万户百姓撵走,这就是让当地百姓谈水色变的"水撵人"。

杨树清,82岁,原均县移民指挥部副指挥长:

第一次水撵人发生在1962年。那年秋季连日大雨,天上地下到处是水,老百姓正在地里抢收庄稼。均县县城的海拔低,只有115米,丹江大坝尚未建成,大坝截留后留下的排水口排水不畅,汉江里的水看着就涨起来了。很快均县城门开始进水。看到水涨起来了,进城了,大家慌了,整个县城里面大呼小叫。所有的人都向高处跑。均县是一个四面城围住的县城,高处只有城墙。当时有的人往城墙上跑,落在后面的人被水挡住了,没有办法,只有顺着家里的墙柱往房顶上爬。连那些年纪大的小脚老太太也拉拉扯扯地爬上了房顶。水有两三米深,原来在江里面的船开始在街道上一家一家抢着搬东西。西城门外地势比较平坦,现在看上去一片汪洋。

涨水时,我正在城郊罂川一个叫七里屯的村驻队。七里屯就在汉江边,那里地势低矮。涨水的时候,正逢秋收,生产队的场院里堆满了芝麻、苞谷,还有收完麦子后的麦草,一垛垛的,堆得山高。那次涨水,事先没有任何警告,那水看着就来了。水一来,成捆成垛的粮食都随着水漂走了。粮食是百姓的命根子,看到粮食被水冲走,一些百姓不要命地到水里去抢。我那时是工作队长,看到这种情况,立刻组织所有的劳动力,腰上系上绳子,绳子一头由岸上的人拽住,然后冲到水里抢粮食,那个时候也不问谁会不会游泳,是劳动力就往下冲。冲到水里的人抱住粮食垛,岸上的人像拔河一样,拉住绳子将人拉上来,就这样一捆一捆地抢。但人哪里抢得过水呀,眼看的一多半粮食就这样被水冲走了,一年的劳动白费了。当时全国都还在饿肚子,在农村,拿着钱都买不到粮,粮食比什么都金贵。没有粮食,今年吃什么?老百姓那个伤心哪,家家户户的老奶奶坐在门口嚎啕大哭,看到真是让人心酸落泪啊。

原来我们也听说汉江截流后,水位要上升,均县县城要淹没。但后来也没有看到水淹上来。加之大坝停工后,也就没人再提搬迁的事情。我们均县原来号称铁打的均州,城墙非常结实。以前汉江也涨过水,但所有城墙的几扇大门关闭。城门口堆砌沙包,水也被挡在城外。很多老百姓一开口就是:我们铁打的均州,意思是不怕水。这一次算是一次预警,县委赶快布置城关的百姓先搬迁。

第二次水撵人发生在1964年。当时老县城大部分居民和机关已经搬到现在县城所在地。我在县水利局当科长,那年也是秋天,也是连日的大雨,县里组织防汛,我被派到离老县城只有几里路的嚣川区叶家沟大队帮助群众抢收粮食。那天我正在地里和老乡们一起抢收芝麻,下午4点多的时候,区里派一个通讯员来通知我:县里领导打电话说,今天要涨大水,老县城要组织防汛。县里的领导们都在各区县帮助防汛、抢收,没有船,他们赶不回老县城,叫我今天无论如何连夜赶回去。当时县城里的人已经基本搬迁完,但还有部分居民、企业和机关留守人员以及部分仓库物资堆放在静乐宫里。老县城城外还有灯塔、光芒两个农业队没有搬。

那天大风、大雨、大水。天黑前,我赶到老县城,立刻派人通知灯塔、光芒两个大队的所有人全部赶到县城里的城楼上。当晚我住在南门外原县商业局招待所,招待所是个两层小木楼。招待所里还住有几十个人。凌晨5点不到,我被哗哗的水声惊醒,一看,水已经涨到二楼的窗户了,雨还在下,水还在涨,我一面将大家喊醒,一面将刚从城门洞进来的一条船喊住,让船主赶快多找几条船来,将城里所有的人都送到城墙上去。紧接下来就是一场生死大营救,船越来越多,在大水的威逼下,人们纷纷爬上城墙,总共约莫有两三千人。我这才发现,城里居然还有这么多人。

雨还在下,水还在涨,眼看就和城墙齐平,所有的人都挤到城墙最高处魁星楼上。挤在一起的人们一个个胆战心惊,大哭小叫。此时狂风裹挟着暴雨打得人睁不开眼,城墙外洪水滚滚浊浪滔天,一排排巨浪不断地拍打着坚固的城墙,激起阵阵浪花。此时的城楼如同汪洋中的一条船,放眼望去,雨雾茫茫,水连天,天连水,这是我有生以来第一次看到这么大的水,平日里看起来那么大的均县城,在汪洋大水里,如同一片小树叶,我们这些人就像树叶上的蚂蚁,大水随时都能将这片树叶掀翻。水面上布满了各种各样的漂浮物,其间夹杂着猪、牛、羊等各种动物包括不少人的尸体。很多蛇鼠之类的动物夹杂在漂浮物之间,它们也试图窜上人们栖身的城墙,惊得城墙上的人群一阵一阵骚动。到了晚上,水终于慢慢地停止了上涨,大雨也间或地停了下来。人们开始了难熬的等待。孤岛一样的县城，没有任何办法与周围联系。没有船，没有电话，没有电，没有食物，没有被褥，从水里逃出来的人们什么也没有，两手空空。既没有外面的消息进来，人们也无法出去。大家绝望地瞅着浑浊的江水，不知道它什么时候退下。

这是一次让人永生难忘的经历，孤独的城墙上，数千群众挤在一起，人们又冷又饿又怕，情绪躁动。当时最需要的就是食物，为了活命，人们纷纷从漂浮物里寻找可吃的东西。然后就是躺在城墙上昏睡。随着时间一天一天过去，水开始一寸一寸地下降，整整 7 天 7 夜，大水才基本退完。

灯塔、光芒两个大队的粮食全被水淹了，近两千多人没有饭吃，我们组织群众将那些泡在水里的玉米捞出来，再从县里想法弄来一些木炭，让群众用木炭将玉米烤干，然后再碾碎了吃，这种玉米做熟了一股异味，人人吃了都拉肚子，但在没有粮食的情况下，拉肚子也要吃。县里将情况向省里汇报，省里决定，灯塔、光芒两个大队，迅速搬迁到宜城，并联系好安置地。

郧县处在均县上游，早已退休的郧县水利局老局长谢青云对1964年夏天的那次大水记得格外清楚：

1964 年的夏季，汉江上游连续暴雨，日降雨量达到 180 毫米，丹江大坝已经开始壅水，上游下来的水下泄不畅，水位迅速上涨，平均每小时 0.5 米，汉江流量达到 3 万多立方/秒。我们郧县涨不涨水关键在上游，由于接到上游陕西石泉、安康水文站有大洪水下泄的通知，我和防汛指挥部水文站的几个人都搬到一处山梁上监视水情。那天夜里，暴雨如注，我们随时预报水位，水位看着往上涨，一下子涨了十几米，达到 155 米。县里的头头脑脑全部都聚集在指挥部里组织群众火速搬迁。县城里有一个大会堂，那里地势较高，逃难的群众冒着瓢泼大雨扶老携幼都挤到大会堂里来，沿路伴随着哗哗雨声的就是群众哭爹喊娘的哭喊声，人们都极度惊恐。天亮了，汉江完全变了一副模样，江面较平时宽了许多，江水呈灰黄色，流速非常快，空气中充斥着浓烈的土腥味。岸边的房子树木都不见了踪影，水面上布满了各种各样的漂浮物，有整棵的大树，有整座的房梁，有箱子、柜子、被子，有猪、牛、羊的尸体，还有死人，惨不忍睹。大雨停了以后，江边的回水湾里堆满了漂浮物和动物的尸体。民政部门组织人到回水湾里打捞尸体，据他们说，仅郧县被大水冲走淹死的就有 110 人，上游陕西汉中、石泉、安康等地冲下来的就更多了，几百具尸体，有老有小，太惨了。

这次涨水以后，移民的速度明显加快，大家都被吓坏了，谁也没有想到洪水下来的如此快，造成的灾害如此严重。

1968年8月，丹江口水库迎来了下闸蓄水后的第一个汛期，那些日子里，暴雨连绵，天地茫茫一片，整个汉江流域的雨水全都汇入汉江，滚滚汉江以大于平时数倍的水量，奔涌而下，大水到了丹江大坝前失去出路，水位随即迅猛上升。上涨速度达到一小时一米。均县原定计划第三批搬迁的2万多移民生命财产安全受到严重威胁。

8月4日下午，均县分管移民的副县长周培道组织全县干部集中动员，要求所有的人行动起来，抢在大水前，将移民迁出。命令一下，当天全县所有的干部，除留下值班的外，其余的全部分别到全县各公社大队小队。当晚，200多名县直机关干部立即冲进风雨里。1968年8月4日的夜，是那样的不平静：无边的夜色、狂风暴雨、汹涌的洪水、匆匆出发的搬迁干部、惊恐万状的百姓，所有这一切构成一幅雨夜搬迁图。

8月5日，了解到均县的险情，郧阳地区领导陈玉文、张兆林等人冒着大雨，乘车从郧县连夜赶往均县。从郧县到均县是80多公里的山区公路，公路宽3.5米，全是沿着山势走向，在山腰间开凿的山区公路。在大雨的冲刷下，公路边到处是塌方泥石流，几处道路被洪水冲毁，陈玉文不顾一切地命令司机冒险强行通过。到达均县后，经过与均县县委、驻军8193部队领导紧急商量后，再次动员400多人，调动一切可以动用的船只，分别驶向各个移民点，组织百姓立即迁往原来预定的随州、沔阳、汉阳和南漳等安置点。

旱庄、石板滩位于均县草店区，这两个大队地处汉江边的高地，以前多次涨水，大水从来没有漫到这里。这里土地肥沃，是均县的粮食高产区，是均县少有的以米面为主食的生产大队。要让自己从富裕的米粮川搬走，这里的百姓说什么也不干。无论干部们怎样讲，他们就是不动。"几年了，什么时候水涨到过我们旱庄？""我不走，水来了让它淹死我。""你们别说了，水来了我们就走。"他们不懂干部们说的什么高程，只是舍不得自己身边的这块宝地，更是从心眼里不相信水会涨上来。从搬迁的顺序看，他们成了最晚的移民。现在眼看大水步步紧逼，许多百姓这才慌了，他们顶着滂沱大雨，拉扯着家小，慌不择路地向高处跑。步步紧逼的洪水，打着漩，翻着浪，如同一头龇牙咧嘴的猛兽,在后面紧紧追赶。

那一天,杨树清就在旱庄。

最大的一次水撵人是1968年8月。1968年4月,在已经进行两批大规模移民后,均县开始组织第三次大规模移民搬迁,搬迁人数达到2.2万。这时“文化大革命”已经爆发,移民搬迁工作由军队来抓。其实这一次准备工作做得比较充分,移民安置地、移民住房、移民交通工具,移民指挥部的人员都有了安排。这一次的问题出在还是有部分移民不愿意走。

8月4日,周培道在动员会上要求我们当晚立即出发,除了雨伞、身上的衣服外,什么都不要带,会议结束后,立即出发。那天晚上我们没回家,全体在机关食堂吃饭,吃完饭就集合乘船出发。我们乘坐一艘大木船,船屁股后面带一个柴油机,顶着瓢泼大雨,嗵嗵嗵嗵地驶入茫茫水库。从新县城到我们要去的罾川有60公里,这里是刚刚形成的库区,到处沟沟岔岔,下雨、天黑,船老大认错了路,转到别的地方去了。等发现了后再转过来,几个小时就过去了。船本来就走得很慢,等到了罾川,大概凌晨三四点。我们这些人一个个又困又累,带队的领导让我们就地休息,天上地下都是水,怎么休息?当时也管不了那么多,几个人一围,背靠背就开始打盹。

天一亮,开始行动,我和旱庄公社的书记主任带一拨人到旱庄。我们的任务是将所有的人转移到一个叫王家河口的地方,移民们在那里上船就直接到安置地。我们一个个身穿蓑衣,头戴斗笠。在那天地一片的大雨面前,这些东西根本起不了任何作用。所有人身上没有一处是干的。旱庄公社面积好大一片,上级要求,全部安全地搬迁走,不准掉一个人,不准死一个人。我带着几个人到旱庄靠汉江边的几个生产队,这个地方最低,离江边不远,我的任务就是要让这批人统统上山。

我先到幸福五队,进村后,我们一家一家地做工作,一户一户地在屋外喊,嗓子都喊哑了。眼看洪水要来了,那个时候容不得做过细的工作,我们是能说通就喊着走,说不通就强行推着走。不愿意走的哄着走,死不肯挪窝的两个人架着走,还有拉着走的,扶着走的,背着走的,抱着走的,整个村子一下子闹翻了天,村民们哭的哭,喊的喊,叫的叫,有的指着我们骂,有的人已经走了,冷不丁的又往回跑,说是还有东西没拿。我们又要派人追着将她拉回来。这时洪水越来越猛,风也大,那个浪头一下子掀起来几米高，哗啦拍下来，一间房子就散了。那些老百姓谁也没见过这个阵势，这下才听话，跟着我们往高处转移。就这样做工作，还有几户不肯走，眼看上游洪峰就要下来，我一咬牙，下了命令，几个人包一家，给我拉着走。说起来真险啦，就在我们强行将他们几家拉到山坡上时，洪峰来了。这是我生平第一次见到洪峰，比人还要高得多的浪头如同水墙一样，发出令人恐怖的轰响向前推进。洪峰经过的地方，所有的东西荡然无存，旱庄的房屋一排排地倒，一眨眼，一栋房子就不见了。就在人们为洪峰的威力震惊之时，我身边的一个妇女突然不要命地向一栋还未倒的房屋跑去，我身边的几个年轻人一下子冲上去将她拉住，她大声地哭喊："我那墙缝里还有钱啦。"哭喊间，她家的那栋房子在洪峰的推挤下如同小孩搭建的积木一样瞬间就垮了。这个过程，前后不到几分钟，我们所有的人都看傻了。我所指挥抢救旱庄公社的这个小队，所有的人都是光着手跑出来的，什么东西也没抢出来。

所有的人走完后，我们还要到村里挨户进去看。怕有人漏了，要是漏了一个人，那可是不得了的大责任啊。

在旱庄整整抢了十几天。王家河口的山坡上，乌压压地坐满了人。几千户男女老幼喊爹叫妈的，呜呜咽咽的，那场景让人看了就难过。县里提前将一些油布、油毛毡、塑料布等材料送到那里，有的搭了一个简易棚，以后来不及了就往地上一铺。那些天，几个大队的干部在山坡上架起大锅为大家煮红薯、煮玉米，到了晚上大家就地靠着睡。

那段时间我们从早到晚，几乎没有休息，一个个极度疲劳，当时真累呀，想坐一下，没有一处地方是干的，累极了，也就管不了那么多，几个人随便找个地方，背靠背一坐就睡着了。我们有一个小青年瞌睡大，跟着我跑，刚开始还和我在说话，突然摔了一跤，倒在泥水里，我喊了声："快爬起来跟上。"说着自己还在继续向前走，走着走着觉得不对劲，回头一看，小伙子还倒在泥地里，我吓了一跳，以为他摔坏了，赶紧转回去扶他，到跟前一看，他竟然鼾声如雷，躺在泥水里睡着了。

紧接着，事先准备好的船分别停靠过来了，我们又要起来扶老携幼将移民们送上船，做到一个不漏。几千老百姓知道就要永远离开这里了，他们多数人都是空着两手，部分高地的村子里带出来了部分家产。移民们边上船边哭叫。在上船的顺序中，被水淹得最惨，一样东西也没有抢出来的幸福五队走得最晚，这个队几百人紧紧围在一起，无论怎么做工作，千说万说就是不走。他们说：我们的家产都还在水里，等到水退了，我们拿上自己的东西再走。一位老奶奶说，我们不是不走，政府要我们走，我们就走，但我连件衣服都没带，到了那里人家笑话我们均县人。等我从家里拿回我的衣服，洗洗干净，我穿得干干净净地走。我们告诉他们，这次水涨上来就再也不会退了。这次是国家要蓄水。他们的回答也简单：国家蓄水也得让我们活呀。我和现场的领导商量，希望能让他们再等几天，等水退了之后，让他们清理一下自己的衣物再走。最后领导同意了，留下一个班的解放军协助我。这是第三批移民中的最后一批，这些百姓硬是等到水退了些后，从水里找回了些自己的衣物，洗洗晒干，收拾完后才同意走。我和留下来的五六个人加上一个班的解放军，跑前跑后地帮他们收拾，将他们个人的物品编号送上船。当轮船汽笛长鸣，缓缓离开岸边时，这百多人突然发出悲愤的哭号，那个哭声不像是哭声，是嚎叫。我们岸上所有的人都呆呆地听着这发自内心的痛苦的哀嚎，那真是天地为之变色，鬼神为之哭泣。

这是均县三次移民中最仓促的一次，也是均县百姓损失最大的一次。虽然事先有预案，但仍旧是被暴雨洪水赶着走的。为什么事先不考虑到夏季易发洪水而提前做好准备呢？这几万移民都是我们的父老兄弟，要不是为了修丹江口水库，他们的生活不会发生如此大的变迁。看到他们男女老幼两手空空被洪水撵走的悲惨样子，我至今都难以忘怀，一想到他们在风雨中痛苦无奈的表情心里就隐隐作痛。要说为丹江口水库做牺牲，做奉献，他们做的牺牲最大，他们做的奉献最大。一户一百多元就把他们从世世代代生活居住的土地上迁走，不合情理啊。我们对不起他们。他们以后的日子过得非常艰难，遇到了很多困难，有很多人又跑回来，我们不要忘记他们，国家不要忘记他们。

杨树清的声音低沉而苍老，随着故事情节的发展，音调忽高忽低，将我带进那个斑驳而不太久远的往事中，我的眼前似乎幻化出当时的场景：一艘艘各式各样的船满载着疲惫不堪神情各异的移民，驶向水天相连的远方，船上滚动着呜咽和抽泣声，气氛压抑而低沉，如同合唱的不同声部，低沉的呜咽中突然冒出几声妇女高亢的哭嚎，如同合唱中的领唱，立即有好几个高音加入哭嚎的行列，那是压抑不住感情的宣泄。男人们则面色阴沉，他们或是一人独坐，或是几人成团,每人的嘴里一支接一支不停地吸着廉价的纸烟,似乎要把所有的郁闷与烦恼吸到肺里,然后再将它狠狠地喷出来,看着它散灭在灰蒙蒙的空中。

船只就这样一艘接一艘地消失在水天尽头。移民们走了,曾经炊烟袅袅、充满鸡鸣狗吠之声的村庄消失了,代替他们永久留在这里的是那一库碧澄的江水。

1968年8月6日至10月15日,在暴雨洪水的驱赶下,均县共搬出2万移民。其中,9月14日至10月15日,一个月内搬迁移民16000人,抢运物资25000吨。

淅川岳文华回忆:

自从丹江大坝开始壅水后,几乎年年雨季都会发生江水倒灌,水撵人的事,但每次涨上来了以后没多久,水又消落下去,老百姓由此得出结论,水涨涨就会落下去的,不相信我们说的话,坚持不愿搬迁。

我的印象中有三次水撵人。一次是1962年。

李官桥镇有一个地方叫档子口,一条小河在这里汇入丹江拐弯处,平时水面不过二三十米宽。档子口的南面是三官殿镇,背面是仓房镇。这里土地肥沃,数万人在这里聚居,移民指挥部多次做工作,百姓们留恋这里的富足生活,就是不愿搬迁。淅川移民指挥部在这里设了一个动迁大队,由我带领,任务就是动员百姓搬迁。动员工作不顺利。8月上旬正是玉米吐穗结实的季节,成千上万亩的玉米籽大粒圆,长势喜人。丰收在望的时候谁愿走?当地有一户姓杨的百姓,他家的经济条件好,有大瓦房,有存粮,亲戚多门户大,在当地的影响也大,他硬扛着死活不搬,无奈,我们只得将他放到一边,先做别人的工作,结果水下来了。8月9日,连日暴雨,上游洪水下泄,下游大坝顶托,导致洪水倒灌,档子口地处要冲,上下游的大水在这里汇合,半天的功夫,一片汪洋。水来的那一天,平日里一米多深二三十米宽的河流一下子变得有一两百米宽,汹涌的洪流发出恐怖的轰轰声,将坡岸上的房屋推倒,两人合抱的大树连根拔起,浑浊的河水还在持续上涨,这户百姓事先没有准备,看到大水来了慌了神,什么东西也没拿,全家老少没命地往外跑,那水如同撵人一样,在后面紧追。档子口有一处高地,他们一家以及部分没走的村民二三十人跑到了那里,结果到那里才发现已经四处被淹没处跑了,眼睁睁地看着水往上涨,栖身的高地也被水泡上，一家人急得喊天天不应，叫地地不灵。好在水再没上涨，这几十人没东西吃，坐没地方坐，在那里整整蹲了两天一夜，远处的人们能看见他们，但水大流急没法过去，两天后水势平稳，才驾船将他们接出来。

第二次是1964年9月，连日大雨，上游的洪水冲下来，李官桥镇地势低，镇子里也进水了，镇子里的最高处是派出所，很多地方的房子倒了，派出所的楼上挤了几百人。第二天，县里派来三只大木船将楼上的人接出来，上游下来的水面上有很多漂浮物，箱子、桌子、淹死的鸡子、鸭子、猪甚至还有水牛，成堆的稻草，整个的屋架。突然看到前面水面上乌压压的一大片，不知是什么东西顺水而下，突然站在船头撑杆的船工大声惊叫起来："蛇、蛇"，原来那乌压压一大片的竟然是无数数不清的纠缠在一起的蛇，由于蛇太多，竟使得船难以前行，几条船上的人吓得阵阵骚动，一个个心惊肉跳。

最厉害的一次水撵人是1968年夏天，这一年的雨水和洪水可说是百年不遇，这一次我正在马镫镇组织移民。马镫镇是丹江边的高地，以往几次发大水，也从来没有到这个地方。这一次，不同了。汉江倒灌的洪水从南向北来，丹江的洪水从西向东来，淅川境内的老灌河从北向南来。三股洪水在淅川会合，富饶的淅川盆地洪水滔天，四面汪洋。洪水快速上涨，直逼马镫镇。马镫镇周围有5个生产大队，老灌河旁边的双河乡有4个生产大队。9个生产大队共有一万多人，在大水的驱赶下，这一万多人径直朝马镫镇跑。滔滔洪水翻腾的浪花如同成排的坦克装甲车，推倒房屋，卷走庄稼，从低到高，吞噬着它所遇到的一切，村庄里鸡飞狗跳，乌烟瘴气，惊恐万状的百姓们丢掉手中的一切东西，扶老携幼向高处逃命，实在跑不及的，便就近爬上大树，攀上屋顶，谁的腿脚不方便，倒在地上，很快就被涌来的洪水吞没。那个场景今天回想起来都觉得惨不忍睹。马镫镇最高处有一座庙，叫龙照寺，现在是一所学校，我是县移民指挥部在这里的负责人，当即决定，所有的难民全部到龙照寺集中。

很快马镫镇周围全部被淹，龙照寺成了孤岛，没有电话，无法和县里联系，一万多人猬集在这里，吃喝都成了问题。我和部分干部组成临时指挥部，将所有能吃的东西集中起来，实行临时分配制，等待县里来救援。所有的干部按人头分工，做到每个生产队有干部，任务是帮助大家稳定情绪，生老病死有人过问。躲过了洪水的追赶，饥饿成了最大的敌人，一万多人每天就需要几千斤粮食，哪里有那么多啊？为找粮食，我们真是做到了挖地三尺，连树叶青草也不放过，龙照寺周围的树皮草根全被吃光，有人游到庄稼地的上方，钻到水下去掰玉米。在龙照寺整整被困了6天。那一天天的真难熬啊！6天后，县里的救援船赶来，第一船就是食品，船上堆满烙好的馍，一家一个，要是再晚来几天，就会出现饿死人的情况。

这一次水位一直涨到147米，而且再也没有落下去。大水摧毁了农民的家园，赶得他们无处可去，此时不搬迁也不行了。以往动员搬迁，我们费尽口舌地动员劝说成效都不明显，但在大水的淫威下，老百姓们不得不走了，这就是水撵人。

据有关统计资料，汉江丹江口水利枢纽工程一期工程于1958年9月上马，1967年下闸蓄水，1973年主体工程建成。水库淹没涉及湖北省丹江口市、郧县、郧西及十堰市张湾区和河南省淅川县，共移民38.2万人。

均县（今丹江口市）先后动迁移民160448人，其中外迁湖北省内的汉川、南漳、仙桃、随州、宜城、襄阳、武昌等8市县14975户71875人，后靠内安19136户88573人。

郧县总计动迁移民116010人，其中外迁京山、汉阳、武昌、嘉鱼、十堰等县市共3483户18117人，后靠内安20419户97893人。

淅川县总计动迁移民202570人，其中先后3批外迁湖北省荆门、钟祥两县68867人，迁往邓县14989人。后靠内安人口71379人，加上应迁湖北的4977人和历年返迁移民中的8294人及老移民22415人，淅川县实际内安移民109144人。

五 返 迁

走得不顺心，留得不安心，返迁就是情理之中的事了。

王贤九，郧县梅铺电站职工。我们见面时他50岁，头发少许花白，额头上已经留下道道岁月的印记。谈起往事，他的双眼不再看着我，而是瞅向远方，声音也变得深沉而遥远……

我的家在汉江边，从小看着滔滔江水长大。我生活的村庄叫茅窝，顾名思义就是茅草窝。其实这个名字一点儿也不准确。在我的印象里，自打记事起，就没有见到什么茅草窝，相反，我们村可美啦，河滩上的土地方方正正，一马平川。每年春天，金黄的油菜花铺天盖地，一块一块金光灿烂，耀人眼目。站在高坡上远远望去，如同金黄的地毯，顺着绿色的江流一块一块铺向远方。采花的蜜蜂一边在金黄的花海里舞蹈，一边嗡嗡嘤嘤地歌唱。村边的几十棵梨树开满了白色的鲜花，明媚的阳光下，洁白的鲜花如同天上的云彩降落人间。后山上的桃树则不同，桃花灿烂，一片鲜红。还有杏花、李花，一片花海将我的茅窝村抱在中间。我最喜欢这个日子了，脱掉冬天的棉袄，浑身轻松，整天和小伙伴们在树丛花海里尽情地打闹，我们一个个眼巴巴地盼望着，杏花、李花、桃花快点谢，要不了多久，这里就会满山瓜果飘香了。

村后的小山上林木茂密，山鸡野兔出没其间，往深山里走一点，还能看到獐子、麂子、獾子等动物。茅窝村属郧县柳陂区，因为土地肥沃，庄稼收成好，整个郧县都流传着"柳陂茅窝一枝花"的说法。

汉江绕着茅窝村温柔地绕了一个圈，将茅窝村与郧阳府分开，然后缓缓地流向远方。茅窝村的村口就有好几个码头，往来的船只，有的靠在郧阳府码头，有的就停在茅窝码头。茅窝村里有很多人在汉江里驾船走四方。我的父亲就是个船民，他一年几乎有一多半的时间在外面，我经常在父亲的船上，听他眉飞色舞地讲述外面的世界。从父亲的嘴里，我第一次知道，顺着汉江而下，过均州，经襄樊，扬帆直下到汉口。汉口大呀，紧走慢走，一天走不出汉口。那时，我对汉江下游的城市充满了神秘感，对着滚滚江水时常憧憬，什么时候我也像父亲那样，走一趟汉口。没想到，这一天真的来了，而这一天又让我们那样的伤感。那一年，我才10岁。

1968年秋天的一个早上，天气冷飕飕的，码头上笼罩着一层薄雾。这是一个永远刻在我脑海里的日子，这一天，我们全家和郧县几千移民一起，就要离开家乡，迁往长江边的嘉鱼县簰洲湾。那天早上，郧县老城的西河码头人山人海，走的，送的混杂在一起，码头上挤得水泄不通；船上的，岸上的，哭的哭，喊的喊，乱成一片。哥哥带着我和弟弟紧跟着父母亲走上一艘大帆船，父亲背着沉重的行李，哥哥挑着一副箩筐，箩筐里一边是跟随我家十多年的老黄狗，一边是它的一窝狗崽。似乎从周围纷杂的环境中明白了什么，老黄狗在箩筐里躁动不安。随着汽笛长鸣，船只缓缓开动，船上岸上的哭声顿时提高。但我注意到，父亲没哭，而是一脸茫然。

父亲是船民,对汉江有着特殊的感情,临离开家时,他端起碗,一气喝干一大碗黄酒,来到江边,一个猛子扎进汉江,在冰凉的江水里尽情地游,仰泳、侧泳、蛙泳,从江南游到江北,又从江北游到江南,几个来回下来,他游累了,一转身,仰面躺在江水里,任其随着江水流淌,很久很久才从水里出来。上岸时,他身上湿漉漉的,满脸是水,分不清是江水还是泪水。

　　船顺着汉江而下,越走江面越宽,宽阔的江面上,不时可以看到露出水面的孤岛和树尖。晚上船到丹江口,当晚从丹江口乘火车夜行。对于所有的移民来说,差不多都是第一次乘坐火车,新鲜和新奇暂时取代了离愁别绪,第二天上午到武昌火车站,所有的移民被暂时安置在一个很大的仓库里。第二天再转乘轮船逆江而上到位于长江边的嘉鱼县簰洲湾区。这里就是移民的新家了。嘉鱼地处江汉平原,和我们郧阳老家不同,放眼望去,良田万顷,田野里阡陌纵横。秋天,晚稻已经收获,稻田里空荡荡的,裸露出褐色的土地。

　　当地的百姓敲锣打鼓欢迎我们这些异乡人,简短的欢迎仪式后,几个干部模样的人拿着名单,将我们分到各个公社、大队直到生产小队。我们家被分到老官公社集体大队。老官公社离簰洲湾镇很远,有45里路。父亲以及其他的移民很不高兴。动身之前,父亲曾作为移民代表专程前来落户地看过,看的就是来簰州湾镇。动身的时候,带队的干部也说我们郧县移民直接分到簰洲湾镇,我们的行李上贴的条也明明白白写着"嘉鱼县簰洲湾镇",怎么一下子又把我们分到乡下去了呢?我们在郧阳的家可是响当当的郧阳府啊,这不是一下子从城里人变成乡下人了吗?尽管当地人用热情的笑脸、新鲜的鱼和稻米款待我们,但我们的情绪低落。

　　分到老官公社的有50多户,坐在拖拉机上,在泥泞的田间道路上走了两个多小时,到了老官公社,再将我们分到四个生产小队。当我们来到刘家村小队时,一家人全傻眼了。原来说来了后有房子住,眼前却是什么也没有。送我们来的公社干部和小队干部嘀嘀咕咕商量一阵后,将我们带到一处草棚前对我们说:你们来得太急,新房子还没盖好,暂时先住在这里吧。这是一座陈旧的草棚,土坯墙、芦席门窗,屋顶上的草已经变成灰黑色,屋里的地上铺了一层稻草,我们一进去,立刻闻到一股强烈的腥臭味,一打听才知道,这里原来是生产队的牛棚,因为我们要来,临时给我们腾出来的。看到眼前的房子,父亲的脸上堆满阴云,母亲一阵抽泣,我们几个孩子也愣了半天。好说歹说，想到不久还会有新房子，再说在完全陌生的地方，乡音不同，想争辩也没有去处，一家人步履沉重地住进了我们的"新家"。

秋天的嘉鱼，空气寒冷而潮湿，在充满刺鼻腥臭的牛棚里，我们一家人挤在一起，怎么也难以入睡。辗转反侧，到了后半夜迷迷糊糊进入了梦乡，突然被一种怪异的声音惊醒，屋外飘来一阵断断续续的声音，似歌唱又似呻吟，声调忽高忽低，长短不齐，我和弟弟吓得紧紧靠在父亲的身上不敢做声。母亲紧张地问父亲是什么声音，曾经走南闯北的父亲也没了主意。他轻轻起身来到芦席门口，从缝隙里向外张望，我和哥哥蹑手蹑脚地跟在他身后也向外望。秋夜黑沉沉的，几米外就看不清了，我隐隐约约看到屋外水塘边的树下，有一个白色的影子在晃动，奇怪的声音就是从那里传来的。"闹鬼"，我的身上顿时汗毛竖起，心里一阵通通乱跳，和哥哥一起冲进被子，把头捂住，父亲也被吓坏了，一家人挤成一团，屋外的声音仍旧时断时续，随着轻微的夜风飘进屋内，由于紧张，觉得那声音凄厉刺耳，久久不散。刺鼻的腥臭味也丢到脑后了。第二天父亲找到生产队长，要求换个地方住，队长以为我们嫌房子差，反复解释，这只是先将就，等公社的建房材料一到，就给我们建房。母亲解释道，不是为房子，你们这里闹鬼。队长瞪大眼睛："闹鬼？"父亲向他讲述了昨晚发生的事情。队长听了后紧皱眉头，问旁边的人，几个人说了一阵，突然队长放声大笑起来，他对父亲解释：你们来了后，队里的牛没地方关，都分到各家各户去照看。我们这里的牛都是夜里拉屎撒尿，为了防止牛将屎尿拉到屋里，我们嘉鱼人有唱歌催牛尿尿这个习惯，下半夜各家的老人将牛牵到外面拉屎撒尿时，这个歌要反复唱，直到牛尿尿为止。你们听到的声音就是他们哼的"催尿歌"，你们看到的白影子是他们为挡寒气身上披的白单子。他喊来一位老人，让他为我们唱了一遍"催尿歌"：

尿、尿、尿啊尿，

尿、尿、尿啊尿，

牛屌巴巴牛尿尿，

尿、尿、尿、尿……

那声音与昨晚的一模一样。

牛棚的日子一直延续了大半年，直到第二年公社为我们盖的"移民新村"落成，我们才搬出牛棚。

嘉鱼是水稻主产区，一年两季稻，一季油菜，所产的粮食全部交给国家，然后再吃"返销粮"。返销供应的粮食按人定量，而且全是稻谷。父亲到小队仓库里将返销的稻谷挑到生产队的加工点将稻子加工成大米，一百斤稻子只能出85斤粮食。定量的返销粮不够吃，我们几兄弟正是长身体的时候，父亲每天也要干农活，为了解决饿肚子的问题，郧阳的红薯给我们帮了大忙。父亲离开郧阳老家时带了一些红薯，我们将红薯种在自留地里，郧阳的红薯在这里也长得个大溜圆。看到红薯的长势，母亲放心了，郧阳的红薯帮助我们一家人在异地度过了饿肚子的岁月。

嘉鱼是鱼米之乡，这里到处是大大小小的湖面和水塘。夏天，野猪湖面绿肥红瘦，鲜艳的荷花挣扎出淤泥，挺立在翠绿的荷叶之上，硕大的莲蓬骄傲地展示着自己饱满的籽粒；秋天，荷叶枯败，淤泥下的藕长得胳膊粗细，白嫩嫩脆生生的，我们兄弟几人经常到附近的野猪湖里去采莲、捉鱼、挖藕。站在齐腰深的淤泥里，双手将整枝藕从淤泥里提将出来，我们几个人兴奋得大呼小叫，充分享受着劳动的快乐。

异地生活也有着很多痛苦与烦恼。8月是抢割早稻和抢栽晚稻的季节，当地谓之"双抢"，农时不可违，对农民来说，"插秧割稻两头忙"，一年的收成全在此时。为抢农时，村民们男女老幼全部出动，早上鸡叫下田，晚上摸黑回家。8月的太阳如同火炉，稻田里水汽蒸腾如同大蒸笼，呛得人喘不过气来。这里的农活、农时与我们原来的郧阳山区完全不同，插秧割谷的劳动强度也是我们所未经历过的，当时的劳动是记工分，工分多少决定分多少粮食，粮食多少则决定生活。父母亲咬着牙带着我们兄弟几个和村里人一样干，从不会到会，从不熟到熟。顶着火辣辣的烈日，每天弯腰弓背在稻田里或是割稻或是插秧或是挑稻谷，扁担磨得肩膀血水一片，腰断了似的疼，身上的汗水、泥水，间或还有实在忍受不住时的泪水，每天回到家里衣服都不脱，往床上一躺就再也不愿动了，"累"是当时生活的全部内容。累不可怕，熬一熬就过来了，比累更可怕的是"血吸虫"和"蚂蟥"。到嘉鱼就听说这里有"血吸虫病"，人一旦得了血吸虫，面黄肌瘦，挺着个大肚子，劳动能力完全丧失，最后只能等死。其次是蚂蟥。嘉鱼的水田里到处是蚂蟥，插秧时，赤脚站在水里，蚂蟥趁机游来吸附在腿上开始吸血。起初没有什么感觉，等觉得痒或者疼时，狡猾的蚂蟥已经吸得滚瓜溜圆。蚂蟥的前端是一个吸盘,它一旦吸附在人的腿上,扯都扯不下来,特别恐怖。移民中一些女孩子,一发现脚上有蚂蟥,就吓得大呼小叫,跳上田埂再也不愿下来。

劳动方式不同,生活习惯不同,气候环境不同,风俗习惯不同,乃至说话腔调不同等等使得移民很难融入当地族群。慢慢地移民们也感受到自己二等公民的地位,我们被当地人带有歧视性地称为"汰子"。队长分工时,地里最重最脏最累的活都少不了移民;参军、推荐上大学等"跳龙门"的好事都没有移民的份;因为生活习惯和歧视性的语言,移民的孩子与本地的孩子经常发生摩擦,打架闹事也不在少数,我的哥哥因为生活中的口角与队长的亲戚发生冲突,被他们几十人手持棍棒追打,头破血流倒在地上而无人过问;最后发展到本地的姑娘不嫁移民,移民的小伙子不娶本地的媳妇;生产、生活当中发生的各种矛盾,解决起来,无论有理无理,吃亏的总是移民。怨气易结不易解,本来就心存芥蒂,又没有适当的沟通渠道,时间一长,矛盾日深,有的甚至演变成仇恨,移民形成独立于当地族群以外的小社会,始终难以与本地居民融洽地生活在一起。越是与当地难以融合,移民就越是怀念家乡。随着思乡情绪日益浓厚,返迁出现了,先是三三两两,以后发展到成群结伙。

到嘉鱼不久,父亲一年内数次返回郧阳,回去后一面给人打拉板车零工,一面寻找适合居住的地方,为返迁做准备。没想到悲剧在我家也出现了。我的弟弟当时只有14岁,父亲返回郧县给人拉板车时带上了他,先是让他每天在拉车之余放毛驴,弟弟贪玩,将毛驴往山坡上一丢便自个去玩,毛驴闯入人家红薯地,将红薯秧子啃了一大片。人家找来理论,父亲只得赔不是,同时解除了弟弟"驴官"的职务,让弟弟与他一起拉车,弟弟觉得在老家的大街上拉车丢人现眼,又受不了拉车的苦累,一甩手不干了。父亲无奈,只得让他在家(路边临时搭的棚子)里做饭,自己每天拉车回来有口饭吃。谁知弟弟做饭烧火时没在意,灶膛里的火烧到外面来了,先是将棚子烧着,接着,棚子的火又将旁边的房子引燃,幸亏扑救及时,尚未酿成大祸,但父亲已是难以容忍。远离家乡到异乡,异乡难以容身又回到家乡谋生,每天含辛茹苦地出卖劳动力,晚上无论风雨露宿街头,生活的苦涩使他心情坏透了。对弟弟的过失,父亲从言语诟骂到拳打脚踢逐步升级,弟弟难以忍受,久而久之,竟然神经了。父亲无奈只得将弟弟再带回嘉鱼，但弟弟竟然称"嘉鱼要爆炸了"，自己孤身一人跑回郧阳。父亲找回郧阳将他带回，他趁父亲不注意再跑，没有钱乘火车就沿着铁路一路乞讨走回郧阳。父亲再次将他找回后用绳子将他拴在家，但拴得住人拴不住心，一天晚上，弟弟又跑了。那是个冬天，屋外风雪交加，看到弟弟又跑了，父亲很难受，怕他冻死在外面，我们一家人在风雪里到处寻找，我在一个残破的砖窑里发现了他，弟弟面色青紫，眼睛半闭半睁，全身蜷缩成一团，破旧的棉袄到处是窟窿，头发上有少许积雪，已经冻得半死。我摇晃着喊他，他从朦胧中睁开眼，认出我，嘴唇动了动，没发出声音来。看到他这副模样，我心疼得哭了。我立刻将自己身上的衣服脱下来裹在他身上，半扶半拖地将他带回家，但第二天，他又失踪了，我们再也没有找到他，直至今天音信全无。

弟弟失踪了，父亲母亲极度痛苦，父亲下定决心：就是死也要死在郧阳老家，从此他开始了更频繁的返家，一年到头辛辛苦苦只要挣到一点钱，便乘车返回郧阳。他先还希望能回到原来的航运单位，但移民的户口早已迁走，他变成没有户口的"盲流"。那几年，父亲彻底苍老了，不到50岁已是满头白发，胡子拉碴，浑身瘦得皮包骨，衣服穿在身上打晃晃，在街上给人打零工，干点活有口饭吃，没有活就饿肚子。实在过不下去了，只好又返回嘉鱼。如此折腾了十几年，1998年夏天，父亲终于倒下了，临终前他对母亲说的话是：将我埋回郧阳老家。我将父亲的骨灰带回郧阳，埋在汉江边的天马岩上，让他的灵魂枕着汉江的波涛入睡。

我历尽波折，终于步父亲和弟弟的后尘，回到了生我养我的郧阳。

1969年7月18日夜，荆门县拾回桥十里铺一带的乡村如同战场，惨白的月光下，多个乡村里数千人手执猎枪、铡刀、冲担（一种在两头包有铁尖的扁担）、棍棒、菜刀互相厮打，枪声、刀棍的撞击声、不同口音的喊杀喊打声、妇孺儿童惊恐地哭叫声交织成一片，许多人被打得头破血流，四处逃窜，随着枪声在夜空里震响，不时有人惨叫着倒在血泊中。这是淅川的移民与当地群众发生的一场大规模的械斗。械斗双方多达数千人，双方从晚上8点一直打到次日黎明，冲突双方动用了猎枪、砍刀，双方均有数人被打死，伤者多达几十人。这场淅川移民与当地群众之间大规模的械斗，断断续续一直持续了四天，直到驻扎当地的解放军和县政府共同介入才将械斗制止下来。

事件的起因并不复杂，当地的淅川移民因为土地和柴草问题与当地群众发生冲突,冲突由舌战发展到肢体接触,拳脚相交后,当地群众结伙一连数日晚上到移民点殴打移民,移民们再组织起来反报复,由此导致事件升级。

移民是客,当地居民为主,一般而言,客不欺主。双方怎么会发生如此残酷狠毒的厮杀呢?问题的实质是,移民的安置工作不仔细,不到位,有很多深层次的问题没有解决。

移民搬迁犹如生物移植,身体器官移植后有排异反应,需要药物治疗,一棵树苗异地移植后也会遇到水土不服的反应,也需要精心照料才能够健康生长。但在那个特殊时期,重工程轻移民,为了保证工程进展,在准备工作很不充分的情况下,急匆匆地开展移民,将移民安全地送到安置地就算完成任务。至于移民落地后对当地的水土环境是否能适应,生产生活所面临的问题有没有得到解决,移民的权益能否得到保障等具体问题则根本没有予以考虑。如劳动力工分的评定问题。在公社化的环境下,农民的收入实行的是工分制。一般来说,一个正常的成年劳力出工一天记10分,十几岁的少年则依据劳动内容的不同只记5~7分,不出工不记分。到了秋收后,生产队年终结账,依据工分总数兑现收入,主要是现金、粮食等,平时的相关收益分配如过年过节杀猪杀牛分肉,也是依据工分多少分配。对于农民而言,工分就相当于工厂工人的工资,干多少活,记多少工分,那是要算得清清楚楚的。

水源地的农业主要以小麦、玉米等旱地作物为主,与搬迁地以水稻为主的水田农业生产方式完全不同,移民们对于水稻生产所需要的泡田、平地、插秧、割谷等农活以及对季节农时精准的要求基本上不会。于是,有的地方给成年移民评定的工分甚至还不如当地少年的工分。

在公社化的年代,土地和猪牛等大牲畜全部集中在生产队,有的地方甚至连种蔬菜的自留地都集中管理,生产队的收成全靠土地。一个生产队有多少地是定数,每亩地每年能产出多少粮食,卖多少钱也基本不变。在当时的生产关系下,生产队里劳动力是分母,每年的收成是分子,增加了移民只增加了分母,并没有增加分子,这意味着当地村民的收入会减少。移民们的到来挤压了当地农民的生存空间,摊薄了他们的利益馅饼,在这种情况下,给对农活不熟的移民低评工分也就不难理解了。但对移民而言这就意味着不公正。自己抛家舍地来到这里,人生地不熟,和人家一同出工,报酬却不同,要不是为了水库建设,自己何至于会成为村里的二等公民?在做出惨重牺牲的情况下背井离乡,还要面对同工不同酬的不平等待遇,谁的心里会平衡?

除了利益外，还有生活习惯。郧阳山区与江汉平原两地相距遥远，生产内容生活环境有着很大差别，两地的生活习惯不同，口音不同，移民们一段时间内难以融入当地的族群，有的因为生活习惯与口音不同甚至被看成异类，遭到当地居民的嘲笑歧视。千百年养成的生活习惯会形成固定的思维方式，如江汉平原常年遭受洪水侵袭，每当洪水发生，当地居民只能举家逃难，为此他们对水有着极度的敏感，反映到居家生活上，吃饭喝汤时只能用勺舀，不能端起碗倒，倒汤意味着堤坝决口，是最不吉利的。有的移民不懂这些，结果不经意的举动刺激了当地村民。移民们喜欢喝黄酒，但当地居民闻不惯这种气味，说黄酒像"潲水"，而当地潲水是拿来喂猪的，结果传去传来说移民喜欢喝"潲水"，这又极大地刺伤了移民的自尊心。凡此种种，不一而足。一来二去，移民与当地居民产生了隔阂。生活习惯还容易克服，更重要的是移民的到来使得当地有限的生存空间受到挤压，直接影响当地群众的利益，使得他们本能地对外来者产生反感。生活习惯不同，心理上不接受，很多问题便产生了。

　　在安置地，移民属于少数，在这里人生地不熟，社会根底浅，成为事实上的弱势群体，在决策问题上没有话语权。年轻人参军、推荐上大学等"跳龙（农）门"的好事，都要由队长、书记、贫协主席、民兵连长、大队会计等决策人物定，移民的子女被排斥在外，这自然会引起移民的不满。利益分配不公，生活习惯不同，沟通理解不够，又无人来调解矛盾冲突，久而久之，积少成多，不满、怨气、怒气甚至上升成为仇恨。

　　利益问题事关千家万户，绝非一纸文件、一个报告、一个口号所能解决，治大国若烹小鲜，说的就是这个道理。周恩来强调"要妥善安置移民"，妥善的内涵极为丰富，说的也是这个道理。说到底，在当时的历史背景下，整个移民工作是在完全忽视水源地群众基本权利与利益情况下开展的，根本谈不上"以人为本"。移民是千千万万活生生的人，不以人为本，这个工作做得好吗？

　　"荆门事件"震惊了移民至此的淅川人，面对移民安置点周围充满敌意的言语与目光，他们寝食难安，无法立足，于是，一部分到武汉上访告状，一部分则选择逃离。逃离者分成两部分，一部分逃回淅川老家，一部分逃到钟祥县的移民聚居点大柴湖。大柴湖的移民听说淅川移民在荆门的遭遇，一个个摩拳擦掌，要为淅川老乡报仇，担心与不安也笼罩在大柴湖的上空。

　　"荆门事件"在当地产生了极坏的影响，严重破坏了正在紧锣密鼓进行的移民安置工作。事情迅速反映到中央和湖北省革委会，中央迅速做出反应，很快,武汉军区派出了一支部队进驻荆门移民村,将对峙双方隔离开来,在调查的基础上,将肇事者和致死人命者抓捕归案。政治高压下,荆门移民事件得到控制。但根本原因未能消除的情况下,移民和当地群众对立的情绪却不是短时间内能消除的。现在居住在刘庄村的古稀老人尚荣保回忆:

> 我当时在马良区烟墩公社信用社当出纳,移民老乡上街赶集都爱上我那里聊聊天,谈谈家常。后来荆门事件发生后,单位开生活会我便成为批判的对象,说我把信用社作为移民的联络站,说我包庇坏人,给我头上戴了不少帽子,我无法工作,心里也不服气,就通过各种关系,千方百计把我的家人从荆门迁到了柴湖,舍弃了国家为我安置的地方。❶

类似"荆门事件"的事情还有,只是规模和影响没有那么大,但"荆门事件"对移民的安置产生了极坏的影响。1969 年 10 月,荆门县革委会请示湖北省革委会后,将第一批 56 个集体建队的移民全部分散,按 2～3 户为一小组插入当地生产队。对这种化整为零的做法,移民们感到没有安全保障,不愿插迁。但当地规定,不插迁就不发给统销粮。当时国家对农村实行统购统销政策,收获的粮食由国家全部收购,称为"统购",然后再按人口数量卖给农民一定数量的粮食,称之为"统销"。不给统销粮,就意味着没有粮食吃。从生存资源上卡移民,这种强制手段使得本来就不满意不安心的移民们开始更大规模地返迁。《淅川县移民志》记载:仅 1982 年,返迁移民就达 1240 户 7305 人。

水源地三县市的移民志中,对返迁的原因都有较为明确的记载:

> 均县的移民高峰期始于 60 年代,受"左"的思想路线影响,以抓阶级斗争为纲,采取了依靠行政命令等一些强制性的方法抓库区移民工作。加之移民到达安置地以后,不适应当地生产生活环境,常因争地和烧柴问题与当地群众发生矛盾,甚至发生冲突,积怨越来越深,导致外迁移民不断地倒流返迁到迁出地。均县从 1969 年到 1981 年曾先后发生过三次大规模的移民返迁倒流事件,累计达 9615 人,占外迁移民的 13.4%。❷

> 郧县的移民搬迁多处于 50 年代的"大跃进"和 60 年代的"文化大革命"期间,在"以阶级斗争为纲"、"为革命搬迁"的极"左"思潮的影响下,在移民搬迁过程中曾采用了一些带强制性的方法,部分移民故土难离,

---

❶ 全淅林:《移民大柴湖》,中国文联出版社 2005 年版。
❷ "移民搬迁",《丹江口市移民志》卷四。

"人离库区心在郧",他们带着妻儿老小又悄悄返回原籍。截至1971年2月5日以前,全县返回的移民就有336户1622人。❶

　　由于移民对当地生产生活习惯不适应,迁移前农业生产以旱地为主,迁移后以水稻为主,加上移民安置时划拨耕地及荒山较少,原定人均一亩耕地,一亩荒地,实际两项划拨不足1.5亩。移民经常为吃菜、烧柴与当地群众发生矛盾,直至发生有组织的武斗。武斗发生后,荆门县采取复迁政策,将移民分户插队,引起移民恐慌,加之插迁后当地欺生,致使大批移民返迁。❷

返迁的移民回来后已经失去了最基本的生活条件,没有户口,没有土地,没有住房,没有工作。由于没有户口,又导致没有粮食供应等维持生活最基本的物资,成了真正意义上的"流民"。他们多数回到自己原来的家乡,在距水库边不远的地方支起树枝茅草搭建的窝棚,在周围的山地上开垦一些土地,一家老小就这样艰难地度日。还有一些原来就是县城里的居民,回到城里后,利用一些建筑物的边墙,找来一些砖块木板,搭建起一个棚子,这就是一家人的栖身之所。无衣无食,忍饥受冻,到处受白眼。他们靠给人拉板车、补鞋,到车站码头给人扛活为生,有的则靠乞讨和卖艺度日,极少数有女儿的将女儿出嫁作为换取栖身之地的条件,他们缺乏最基本的社会和生活保障,成为社会不稳定的因素。

　　淅川县原黄庄乡石桥大队杏山小队康长林,全家5口人,1971年返回后将卖房款买粮餬口,钱用光后,一家人逃荒至内乡县,将大女儿嫁给福星大队会计而入队落户,三年后,因女婿被免掉会计职务而举家被赶出队,在外流浪讨饭,后将二女儿许配给某生产队会计,方被允许在当地安家落户。

　　返迁移民侯学定,全家8口人,1973年返回,在黄庄公社东沟生产队水库边搭草棚一间,自己动手开垦了一块荒地,收的粮食仅够维持两三个月的生活,其余时间全靠要饭。

　　香花乡周沟村四组移民张志芳,全家6口人,1977年返回后自己搭建一间草棚居住,全家靠乞讨为生。1980年3月,全家乞讨至周沟四队,

❶ "移民安置",《郧县移民志》卷三。
❷ "移民安置",《淅川县移民志》第二卷。

将 18 岁的女儿嫁给队长的弟弟换取入队落户,全家从草棚里搬至生产队的牛棚居住。

返迁移民马会州,本人残废,无力维持生计,全家 10 口人挤在两间草棚里居住,生活全靠两个孩子在外乞讨,3 个男孩子整天光着屁股,15 岁的女儿与母亲共一条裤子,谁外出谁穿。

返迁移民孙同焕,1974 年返回后,因生活无着,靠本人及 16 岁的女儿卖淫维持生活,后被人拐骗到外地不回,遭到其丈夫毒打,孙同焕竟伙同女儿将丈夫药昏后砍死,遭到法律制裁,剩下几个孩子,大的 14 岁,最小的 4 岁,3 个寄养在亲戚家,2 个住在草棚里,生活无着。❶

返迁移民集中倒流在丹江口城区、武当山境内,移民们在城区的公路、铁路旁,草店镇的码头附近大量搭棚盖房……甚至在城区大街小巷和人行道上搭棚设店,靠拉板车、做临工、开荒种地、打柴卖草、捕鱼捞虾为生,稍有点技术的给人做木工、篾工、泥工、油漆工支撑家庭,由于没有户口和工作单位,他们自己戏称"靠山公社、溜边大队、轱辘生产队",返迁移民的生活物资供应、生病就医、孩子入学等一系列问题无法解决。❷

为了争取自己的生存权利,这些人也通过各种办法积极争取,如上街游行,到各级政府机关上访,有的甚至在过年过节时成群结队涌进地方领导家中"拜年"。他们的生存状况和行动也引起社会各界的关注和重视。在移民工作被军管时,武汉军区作战部部长都亲自来到返迁移民较为集中的地方,做工作安排疏散和劝返,但成效甚微,有时采取一些粗暴甚至过激的做法,又导致严重的矛盾冲突。

屋漏在下,止之在上,造成移民返迁的根本原因未能解决,返迁问题自然无法彻底解决。

六　悲情大柴湖

返迁的移民沦为流民,衣食无着,境遇凄惨,留下的移民生活又怎样呢?客观地看,迁移到不同的地方,生活状况各有不同,但集中迁移到钟祥县大柴

---

❶ "移民安置",《淅川县移民志》第二卷。
❷ "移民搬迁",《丹江口市移民志》卷四。

湖数万淅川移民的生活,恐怕是已知移民群体中,生活境遇最为贫困的。

移民作家全淅林谈到大柴湖的移民生活时说:

大柴湖当时只有遮天蔽日的芦苇冈柴,除了飞鸟走兽出没,几十年都杳无人烟。我们来了,4.9万移民就住在低矮的小瓦屋里,每个人只有半间房。当时有句顺口溜说的形象:"三棱檩子机瓦房,芦苇夹的防风墙。大柴湖算个毯,苇子长在屋里头。"国家当时应发给移民的搬迁费是300元,可是除去建房费、运输费、集体建公房费、打灶费,七折八扣,落到移民个人手中的钱不足20元。❶

尽管移民们在大柴湖里奋斗了十几年,但恶劣的自然环境无情地吞噬了移民们的全部汗水、希望和劳动成果,移民们的生活仍然极为困苦。不服输的淅川移民一边与恶劣的环境拼搏,一边上书湖北省委反映情况。1983年3月,湖北省政府专门派出调查组前来了解移民们的生存状况。经过详细调查走访,本着实事求是的精神,调查组写出《钟祥县大柴湖移民问题的调查报告》:

……

我们访问了6个生产队的21家农户,在农户家里察看了所有的坛坛罐罐,没有一户有陈粮,家家户户都靠救济过日子。经济条件稍好一点的农户,春节前购回了几十百把斤粮食,缺钱的户四处借债,吃了上顿没下顿。春节期间,全公社有60户外出讨米,多数农户没有肉吃,饺子馅是萝卜白菜。不少农户生活之苦,不亚于三年自然灾害。在全省农村欣欣向荣的今天,这里却有几万移民处于饥饿之中,真是不看不知道,看了叫人寒心。我们在中干桥大队访问了两户外出讨米的社员,一户叫胡书富,69岁,1951年入党的老党员、老干部,一家5口人,年底就断了炊,因借债无门,老伴年前外出讨米。我们揭开他家的锅盖看,锅里是讨来发了霉的馍馍,国家供应的467斤救济粮一斤都未买回。另一个叫杨生,家有7口人,一贫如洗,老债新债上千元,发给他的500斤统购统销粮还在供应册子上,根本没钱买回。

……由于安置工作是在"十年动乱"期间进行的,有关生产生活的一

---

❶ 全淅林:《移民大柴湖》,中国文联出版社2005年版。

些问题，很多都没有按照既定的政策办。移民的住房是搬迁时赶建的，低矮简陋，没有台基，一下暴雨，住房上水，里外成河。到现在已经十几年了。许多社员长期贫困，年年超支，欠债多的上千元，少的也有几十上百元。家底薄，盖不起新房。我们看到，许多社员五六口人、七八口人挤住在十几平方米的一间房里，三代同堂，人畜同室，床边睡的是牛，床下睡的是猪、羊，卫生条件差，出血热之类的疾病流行，食道癌发病率很高，现在全公社的各种病人达 800 多，有的无钱治疗，拖到死为止。许多家庭现在连基本的生活资料都没有，桌椅板凳残缺不全，睡觉的床铺非常简陋，有的社员睡地铺，床上没有床垫，铺一层草，垫一张席，没有被套，盖的棉絮，这种凄凉境况，在我省怕是绝无仅有。❶

黄友若，曾给郭沫若当过秘书，新中国成立后，曾任贵州省水利电力厅厅长、贵州省建委副主任，1975 年接替林一山任长江委主任。到长江委以后，黄友若提出要在长江委设立一个专管移民工作的库区处，为了做好这个工作，他到了各大水利工程考察，其中就包括丹江口水库，并来到了大柴湖察看移民状况。大柴湖的移民贫困状况令这位 1937 年参加革命的老同志感到震惊。他对采访他的记者说：

在长办呆了 3 年多时间。在这期间，我考察了丹江口水库的大柴湖移民，我根本没想到他们是那么贫穷，看了后我当时就落了泪。那里安排的移民连赔偿都算不上，赔偿还要照价算，只能算是补偿，再加上国家救济。李先念曾到大柴湖考察过，看到当地移民那么穷，立即就批了一千万补助款。可一交到移民手里，移民就吃掉了。以后其他的领导去一次，补一次，补后也被移民吃得干干净净，他们实在太穷了！我记得当时解放军给移民捐了棉衣，冬天棉衣穿在身上，到春暖花开的时候，他们就把棉花弄掉当单衣穿，于是我产生了一种想法，认为补偿性移民这条路走不通，应该用钱把他们组织起来发展生产。

所谓开发性移民，简单地说：就是用少量的移民资金，通过各种科学的手段，充分利用库区当地的自然资源、人力资源，取得最大效益，使移民安居乐业，生活水平不低于以前，居住条件优于以前等。也就是说，借鉴

---

❶ 全淅林：《移民大柴湖》，中国文联出版社 2005 年版。

丹江口移民经验,初步对三峡移民进行安置规划,综合考虑上述因素。

很显然,在黄友若眼里,丹江口工程移民是一个值得借鉴的"经验"。

时间跨越到了 21 世纪,全国人民正在享受小康生活的富足与快乐,大柴湖的移民们享受到了吗?

2000 年秋天,湖北省省长蒋祝平在荆门市检查工作,荆门市市长郑少三向蒋祝平反映了大柴湖移民的贫困状态。蒋祝平问,穷到什么程度?郑少三说,穷得令人寒心,有的移民至今人畜共居。蒋祝平回到武汉后,立即派省政府研究室主任刘良模带人到大柴湖实地考察。和 17 年前湖北省政府的那份报告一样,大柴湖移民的贫困状况映入蒋祝平的眼帘:

> ……2000 年,全镇农民人均收入仅 980 元,不到全省平均水平的一半,低于 800 元的贫困户占全镇总数的 13.8%,不少户常年缺口粮,靠政府救济度日,近万人仍居住在当年移民时盖的砖坯房内,有 116 户人畜同居。当地饮水和医疗卫生条件差,地方病发病率高,每年因食道癌死亡人数达数十人。❶

2001 年 2 月,蒋祝平来到大柴湖,他在现场办公会上说:

> 大柴湖的移民当年曾为国家做出巨大的牺牲,没想到他们现在还生活得这样贫困,如果我们再不想办法帮助他们摆脱贫困,就是对党和人民的严重渎职犯罪。

三年后,2004 年 1 月 8 日,新任湖北省委书记俞正声和省长罗清泉一起来到大柴湖,俞正声在大柴湖召开的扶贫现场会上说:

> 我们江汉平原,包括我们武汉周围,几十年的时间,汉江没有大水,得益于丹江口水库。如果没有大柴湖移民的搬迁,就没有南水北调工程的建设,如果没有大柴湖移民的搬迁,也就没有汉江下游数百万人民的安居乐业。当时他们到这里来住的是芦苇棚,一人 300 元钱,直到现在还住在那种兵营式的房子里,几十年了,应该说我们对这些移民欠了账,不把这些移民的工作做好,不把他们从贫困状态中解脱出来,我们受益地区对不起他们,我们要带着感情看待大柴湖问题。❷

谈到移民们的悲惨遭遇和困难生活,淅川县老移民局局长岳文华伤心

---

❶ 全淅林:《移民大柴湖》,中国文联出版社 2005 年版。
❷ 全淅林:《移民大柴湖》,中国文联出版社 2005 年版。

地说：

　　我们对不住那些迁移出去的几万移民呀，他们的境遇实在是太惨了。移民大柴湖已经几十年了，他们现在仍然生活在贫困中，除了返迁的，他们现在还有大几千人住在当年给他们盖的芦苇棚子里，40多年过去了，别说住新房，连成家都困难。因为穷，这些移民们说不起媳妇，大柴湖里老光棍小光棍就有三百多。当年移民大柴湖已经成了历史，但这些人还在，我们不能忘记这段历史，不能忘记他们，没有他们的牺牲，哪有今天北京人要喝的水？为了这一库水，我们的房倒了，地淹了，人走了，家搬了，财产抛弃了，我们已经做了我们所能做的一切，已经献出了我们所能献出的一切。今天全国人民都过上了幸福和谐的日子，哪个地方有了天灾人祸，全国立刻就会掀起各种救助运动，又是电视，又是广播，直到家喻户晓。可是几十年前我们的那段悲惨遭遇，又有几个人知道？看看我们的房子，看看我们的生活，我们现在的困难和问题，这一切又有谁来过问？

第四章
三亿救命钱

一 "内安"难安

1969 年 4 月,为提高丹江口水库防洪能力和增加发电能力,国家决定提高丹江口水库蓄水位。湖北、河南、长办两省三方在郑州召开会议,经过激烈的争论,最后同意将水位由现在的 145 米提高到 155 米,并将此计划报请水电部转国务院。提高 10 米蓄水水位,意味着又要淹掉大面积的土地,又要增加近 10 万的移民。经过近两年的周折,1972 年国务院批准新的蓄水方案。并指示新增的 10 万移民由两省各自安置。根据淹没计划,水位涨至 157 米,全库区需迁移人口 95636 人,其中湖北 49825 人,河南 45812 人。最后河南实迁56188 人。

此时的中国,正被"文革"闹得天翻地覆,各种正常的工作程序早已被打乱,下面的上报文件没能按照正常程序推进,但丹江口水库工程仍在艰难推进,库水上涨,移民工作无法拖延。早在国务院批准之前,1969 年 4 月 21 日,湖北省革命委员会便已向丹江口工程局发文:

> 丹江口水库第四批移民计划分两年基本迁完。1969 年春迁移 152米以下人口 2.5 万,1970 年迁移 157 米以下人口 3 万,1971 年扫尾。❶

1969 年春,湖北、河南两省分管副省长在武汉召开了移民联席会议,总结

---

❶ "移民搬迁",《丹江口市移民志》卷四。

了前几批移民工作的经验教训。外迁移民在安置地的状况以及大量返迁的现实使得水源地周边县市对移民外迁产生严重的忧虑。这一次,两省官员达成共识:"移民远迁不如近迁,近迁不如后靠自安。"

这次会议最重要的成果是,明确了移民不再外迁而是各省自行"内安"。河南首先行动,为了增加后靠自安的容量,河南省将邓县下辖的九重、后坡两个相对人少地多公社划归淅川县建制。

1970年初,新成立的湖北省革命委员会中,重新出现了原省长张体学的名字。张体学复出后,立刻来到丹江口水库视察。站在大坝上,望着远处曾经郁郁葱葱而今一片光秃的群山,张体学陷入沉思。随行的水利部门汇报,由于过度砍伐,整个水源地周围水土流失严重,迫切需要在库区周边的山场进行大规模的绿化。经过充分调查研究,张体学认为移民不外迁,可以让他们绿化山场,还可以在水库从事养殖业,他再次提出:"移民不外迁,就地安置搞建设。"鉴于当时移民工作已经军管的现实,回到武汉后,张体学立即与自己的老朋友、河南省革委会主任刘建勋商议,由武汉军区主持,在武汉召开湖北、河南两省移民工作座谈会,会上对移民"内安"工作提出了"迁、安、建,以建促安"的指导方针,内安遂成为丹江口水库工程移民的安置方向。会议明确内安移民人均经费350元,移民房屋要"原拆原建",充分利用旧料,对建房安置的经费要尽量压缩,调剂出来的经费用于库区建设。

内安移民的着眼点在于"以建促安",这是丹江口库区移民工作的转折点,由纯粹搬迁移民向建设开发性移民过渡,尽管相关配套工作极为不完善不到位,但毕竟迈开了一步。

这次的移民人头经费虽然略高于前几次搬迁经费,但很明显,移民安置仍未做到周恩来提出的"妥善安置"。重工程、轻移民的幽灵仍旧盘桓在决策者的头脑中。这是时代使然,非不能也,不为也。

就在河南、湖北紧锣密鼓准备内安移民时,丹江库水也在悄然上涨,还没等移民安置规划落实到位,丹江库水已经迫不及待地从145米涨到了147米,而且还不见停,眼看到库水步步紧逼,水库边的群众着慌了,当年水撵人的景象又浮现在眼前。淅川县147~152米高程内的居民2个公社,23个大队,96个生产队共10679人仓促撤离家园,迁往邓县。丹江岸边再现移民潮。仓促移到邓县的移民面临的第一个问题就是住房。从决定搬迁到动身不足一年的时间,数万人住在哪里?邓县安置区紧急动员,腾出社队仓库、公房、社员多余的住房甚至包括牲口棚等各类房屋 3400 余间供水源地来的老乡遮风避雨临时安身,然后开始动手建房。人均 300 元的经费,还要保证建设等其他费用,就这点钱建房,谈何容易。淅川移民在邓县的建房标准是:每人半间,每间 12 平米,每间造价 330 元,本着原拆原建,不足部分由国家补助的原则,建房费每人 177.75 元,超者不补。

淅川这一万多移民是被步步上涨的大水逼得仓促离开的,谁还顾及去拆自家的房屋?即使拆了,几十上百里的路程,没有运输工具,怎样将这些砖瓦、屋梁、门窗等房屋构件搬到安置点?没有自家的这些房屋构件,何来"原拆原建"?每人补助区区 177.75 元,按一户 5 人计算,只有 900 元不到,900 元钱如何盖得起 30 平米的住房起来?钱就这么多,房子也要盖,米不够水来凑,只好在节省上动脑筋。为了省钱,建房时不打地基,土坯还没干就使用,调灰浆的石灰不够就用泥土代替,房顶的檩条是临时砍来的小树,枝条又细又湿,几天太阳一晒就全变形了,房顶上盖的瓦又稀又薄,晚上在屋里就能看见天上的星星,外面一下雨,屋里稀里哗啦到处流水。这样突击盖起来的房屋,外干内湿,湿土坯垒的墙歪歪扭扭,房顶上的瓦一阵风就能吹跑。用今日的眼光来看,全部是"豆腐渣"房,结果是随建随垮。到 1973 年,倒塌房屋 2729 间,危房 1279 间,共计 4026 间,占建房总数 95%。俗话说安居乐业,只有安居方能乐业,数万人住在这样的房子里,能安得住吗?这次"内安"到邓县的一万多户移民,情绪极为不满,绝大多数人想方设法先后返迁回淅川。

很多老移民回忆起当年的情景都很伤心。淅川县一位李姓移民:

我们家有 6 口人,是一个大家庭。1958 年时我正在读小学,家乡里搞大炼钢铁,我们村庄稼也不种了,地里建起了成排的炼铁炉,每个炉子前摆放着 2 米多长的大风箱,两个壮劳力呼哧呼哧地拉风箱,炼铁炉里冒着熊熊的火焰,晚上看起来格外壮观。炼铁需要焦炭,村里的青壮劳力一部分上山砍树来炼铁,一部分在村里烧焦炭炼铁。为了集中劳力方便指挥,公社下令,我们村和蔡坡村合并,我们村专职炼铁,腾出来的土地做农场。就这样我们家便开始了第一次搬迁。几个村合并后便赶上了吃食堂,所有家里的锅碗瓢勺包括粮食油料全部上缴,铁锅拿去炼铁,家里不留任何炊具,家家搬得精打光,谁家要是私自留下一点炊具被发现了就要挨批斗。我母亲将一个锅藏到屋后的竹林里,结果被发现,受到一顿批斗。

大队办起食堂，四五百人挤在一起吃饭，开饭时家家户户空着手去吃，吃完后手一甩就走，大家都很开心。开始的时候，餐餐都是红薯疙瘩煮的汤，汤里面还加点苞谷糁，以后便没了，而且越来越稀，大家的肚子越吃越饿。意见越来越大。1958 年那年风调雨顺，庄稼长得格外好，一个红薯能有七八斤，地里的麦子能收到一千斤出头，但是青壮劳力都去炼铁，很多红薯在地里无人去收。到了饿肚子了，开始有人动起了脑筋，到了夜里，大人带着我们孩子偷偷地到地里去挖红薯，有些麦子还没割，也偷偷地去割，割完后往家抱。在自己家里做点吃的。但锅都收走了，没有锅怎么办？这也难不住我们，我们便在铲地的铁锨上烙馍。到了 1959 年春，开始闹春荒，村里几乎家家户户晚上到地里去偷还没长熟的大豆、豌豆、刚开始灌浆的小麦。我记得，偷豌豆那天是个满月天，地里亮堂堂的，放眼望去，地里都是人，大家之间互相望望都不说话，不认识似的。大队书记也夹杂在人群里，看见我们，一低头什么话也没说。没办法，不去偷就得饿死。树皮、谷糠、野菜、老鼠所有这些都是我们的粮食。人挨饿，牲口也没得吃，队里的牛饿得皮包骨，路都走不动了。村里的人饿死了，抬的人都没有。我的大伯饿死之前想吃一块饼，上哪找去？没有。他的女儿跑到队里的食堂哭着说好话，从食堂讨回半斤红薯干。食堂到他家有一里路，他的女儿也是饿得受不了，手里捧着半斤红薯干，边走边往嘴里填，等她回到家，半斤红薯干没剩一块，她的父亲已经在床上饿死了。有一天，我看到一个邻居不知从哪里搞回来一个生南瓜，篮球那么大的生南瓜，他坐在那里居然吃了一半，然后将剩下的半个放到半截墙上。他出去了后，我和弟弟立刻爬墙过去，将这半个南瓜偷来，两兄弟狼吞虎咽一气吃光。

1959 年秋天，食堂取消了，我们可以回家吃饭了，但家里已经什么东西都没有了。1959 年，我上小学，我父亲参加丹江口水库建设。几年后，生活开始好转，不再饿肚子了，这个时候丹江口水库开始蓄水，我们村地势高，在 150 米线上，前面几批搬迁都没有我们的事，1970 年，村里来了宣传队，开始动员我们搬迁。口号是："牺牲小家保大家，牺牲个人为国家"，没什么说的，就是要你搬。我们村属于第四批移民，没有往外地走，而是往后靠，从 150 米线移到 162 米线。后靠大约 30 里。我们家有三间房，搬迁时没有任何经费补偿，我们将原来房子的门窗、屋架拆下来，两兄弟用板车拉到搬迁地，在那里筑起半截"板夯"（干打垒）墙，上面半截用土坯盖上。再放上门窗、屋架，一栋房子就算盖起来了。这就叫"原拆原建"。盖房子时，我们搬迁的移民互相换工，今天大伙帮我，明天我们帮他，就这样将房子盖起来。不光是我们家这样，我们全村、全大队、全公社的人家都这样。整个搬迁过程中，上级没有一分钱的补助或是补偿，只是带领我们到后靠的地方，告诉我们这里就是后靠安置点。但我们自己动手将房子盖好后，上面却有人来视察"搬迁移民建房"，看着他们在房子跟前指指点点，我真想上去跟他们理论，但父亲紧紧拽住我的手，不让我靠近他们。

临搬走的前一天，我父亲邀上几个老乡，要到几十公里外的山里去打最后一次柴。我们平时要到60里外的山里去砍柴，每周砍一次，每次挑回120斤柴，每砍一次柴，父亲就像得了一场大病，实在是太累了。现在要搬走了，新的地方不缺柴，砍回柴也没有用，我劝父亲不要去，他不听，结果我们父子吵了一场，父亲还是去了，以后我才知道，他是想砍最后一次，这也是他思念故土的方式。

盖房的时间很紧，板夯的墙质量很差，我们的房子盖起一年后，墙就开裂了，裂的缝很多，最大的裂口有一寸多。眼看还在继续开裂，根本没法住人，最后只有扒掉重新盖，我们两兄弟和父亲一起到外面去捡人家移民扔掉的烂砖头来重新盖。盖的过程中屋架坍塌下来，把我奶奶砸在屋里，好在没有伤到筋骨。我们那个移民点在一片斜坡上，四周一片荒凉，什么也没有，没有电，没有水，吃水要推起车子走几里路到江边去拉水，生活非常不方便，吃水的难处没法说。到了1975年，上面开始在我们移民点打井，说是打井，实际上就是用炸药崩一个窝子，也没见到水，打井队的人就走了。最后还是我们几家移民自己凑钱请打井队打的手压井，这才解决了我们的吃水问题。直到70年代后期，上级给移民的生活困难补助款每户220元才发到我们手上，这时我已经外出参加工作了。房子实在太烂了，就这样的房子我们一直住到1990年左右，我们的生活状况也有了很大的改善，大家都在筹钱准备盖新房子，就在这时听说丹江口水库二期工程又要准备移民，听到这个消息，大家又不敢盖了。当年的板夯土坯房就一直住到今天。

2009年2月，春节刚过，空气中还充满浓郁的年味，噼噼啪啪的鞭炮声不时地炸响。22 日下午,在这位李姓移民的陪同下,笔者来到淅川县盛湾乡河坝村。一场春雨刚过,气候和暖,地里小麦返青,一望无边。汽车驶离县城,在绿油油的麦地里穿行,半个小时后,车到丹江口水库边,丹江口库水清亮,县乡公路在此没入水中,汽车驶上停在水边的汽车轮渡,水面一群群的野鸭自由飞翔,十分钟后来到对岸,远远望去,坡岸边一排排密集的房屋,河坝村到了。

走到村边,映入眼帘的房屋全是 20 世纪 70 年代移民时搭建的土坯房,经过几十年风雨的冲刷和岁月的侵蚀,这些土坯房的墙面道道沟痕,破旧不堪,一眼看去,几十户房屋的基调是灰暗的土黄色。李姓移民的家是一间三开的房屋,门口的道路泥泞不堪,几头猪懒洋洋地躺在墙角,任苍蝇在身上随意叮咬,几只鸡满不在乎地到处踱步,只有一只灰色的大狗忠实地担负着看守的责任,冲着我狂吠。空气中弥漫着一股食物发酵的气味。眼前房屋如同一件出土文物,大门满是裂纹和厚厚的灰尘,看不到一点油漆的痕迹。窗户上横着几根木格子,上面贴着一张残破的农用薄膜。地面上铺着一层砖,房梁上横铺着玉米秸秆编的隔排,上面粘贴着报纸,堂屋前的神龛上张贴着毛泽东和周恩来的画像。客厅的地上堆满了成袋的玉米和小麦,看来今年收成不错。床上胡乱地堆放着衣服被褥,房梁上乱七八糟地拉着几道电线,让人眼睛一亮的是,破旧的小方桌上居然放着一台 27 时的平板电视。这台 21 世纪的产品与周围环境的反差实在是太大了。房主人热情地招呼我们坐下,并抓出一大堆花生请我们吃。一位满头银发的老太太步履蹒跚地凑过来,问我们是不是长江委来调查移民实物的。李姓移民大声地将她劝开。

走进另一户人家,房屋环境与李姓人家完全一样,斑驳的外墙,灰黑的基调。走进屋内,光线昏暗,强烈的光线反差让人什么也看不清,隔了一会才适应。屋内有一架地毯织机,女主人正在织机上织地毯,看到我们,她的第一句话也是问我们是不是长江委来搞搬迁实物普查的?

这个村子不大,没花半个钟头便走遍全村。全村所有的房屋都是当年内安时盖的,半个世纪的风风雨雨,这些土坯房屋东倒西歪,破败不堪。村民们蜗居在这些行将倒塌的破房子里。房屋漏雨了,就用块塑料布搭一搭,再不就拿个盆在屋内接着,也不愿花钱修葺。其中的原因是,早在 20 世纪 90 年代他们就听说大坝还要加高,这个地方迟早要淹,花钱修房盖房早晚也是枉然。

除了邓县移民外,淅川县自身给第四、第五批内安移民建的房屋质量也极差,总共 2 万间房不到,就有 15312 间房屋轻者裂缝、歪斜,严重的已经或将要倒塌。

均县内安移民共 4455 户 22370 人，这批移民没有出县，全部在本县境内安置。一样的政策也导致一样的问题。2 万多移民的人头经费总额为 784.21万元，用在移民建房的经费总额为 232 万元，落到每个移民头上的人均建房经费仅为 138 元。这笔建房费用不给个人，统一划拨到移民安置点的社队。并要求，大面积集中安置移民的生产队要统一建设"新农村"，统一规划，集中建房；搬迁人口不多的生产队，要采取合理规划，集体建房，指标到队。虽然要求明确，但建房费用如此之低，能建出什么样的房子来呢？建房需要时间，因事先毫无准备，移民们到达安置点后，才发现眼前空空，没有任何房子。当地公社、大队、生产队紧急磋商，腾出社队的部分公房、仓库、牛棚，动员部分社员挤出房屋，先让站在露天的移民住进去，然后开始漫长的等待。先是等到资金下拨，再要等到农忙过后，一直等到冬季农闲时，移民安置点的社队才开始组织劳力为移民们盖房。资金有限，移民们的住房全部采用"版筑"，也就是俗称的"干打垒"。郧阳山区的冬天，天寒地冻，按照常识，冻土是不能打墙的，冻土中水分凝固，看起来打结实了，等到春暖花开，冻土里的水分融化，整堵墙就变成稀泥浆。均县六里坪区油坊坪公社后湾大队干劲十足，冻土打墙，突击建房，一天打土墙 48 版。到了第二年春天，气温升高，冻土融化，房屋的墙体开始倾斜，几乎所有的房子如同醉汉，一个个东倒西歪，移民们不得不用木杆将歪斜的墙体支撑起来。住在如此质量的房屋里面，人身安全都没有保障又谈何安心？后湾一队的"新农村"共有 95 间房，这些房屋集中盖在一处靠近水边的山脊上，因为山体滑坡，房屋不断开裂倒塌，没有倒的也成了危房，面对摇摇欲坠的房屋，移民们惊恐万状，有房不敢住。万般无奈，移民们想到了要他们搬迁的政府："为了国家建设让我们搬家，我们舍弃了自己的土地住房，现在让我们住到这种天天让人提心吊胆的房子里，说不定哪天就会倒下来，这是什么道理？"他们纷纷地提出："让那些领导来看看我们住的房子，让他们也来住住这种房子。"为讨公道，他们有的结伙上访，有的干脆回到已被水淹了的家边，搭起茅棚度日。

移民住房如此，移民孩子上学读书的校舍又如何呢？淅川县内安移民总数为 71379 人，其中近四分之一为正在就读的孩子。

全县为这些孩子共建设小学校舍 2700 多间，由于建设资金少，建房质量差，加上缺乏维修资金，管理不善，多数成为险房。一些学校遇到风雨天就不能上课。原盛湾公社有 37 个大队,共建校舍 552 间,至 1982 年已倒塌 84 间,298 间成为险房,合计 382 间,占建房总数 69.2%。单岗大队有校舍 59 间,其中险房就占了 27 间,1980 年夏 5 天时间倒塌房屋 8间,砸死学生一人,至 1982 年已有 14 间停用。因为校舍倒塌或成为险房而停用,盛湾公社有 24 个班 485 名学生在室外上课。❶

想一想,一群十来岁的孩子,衣衫褴褛,蓬头垢面,或是迎着烈日,或是顶着寒风,坐在大树下,旷野里,瞪着亮晶晶的大眼睛,听着老师讲课,听老师讲我们伟大的祖国繁荣昌盛,讲各族人民过着幸福的生活,讲祖国各地的建设日新月异,但面对生活现实,他们幼小的心灵会有何感想?

1974 年 10 月 21 日,丹江口水库坝前水位达到 157.7 米,超过国家批准水位 2.7 米,水位超标准的上涨,使得当地政府措手不及。库区淹没损失严重,淅川全县 10 个公社、113 个大队、3.6 万人受灾,淹死 9 人,淹没庄稼 3.5 万亩,损失粮食 800 万斤,倒塌房屋 4700 间,道路、通讯、农机、林果等都遭到惨重损失。丹江口市有 12434 户 63008 人受淹,严重的灾情导致内安移民的压力进一步增大。

1975 年 2 月 14 日,根据国家计委〔75〕计字第 060 号文件《关于丹江口水库蓄水位和今后调度运用的意见》,丹江口库区水位涨至 157~159 米,水源地周边的老百姓再次眼睁睁地看着水一寸一寸地将自己的房屋和土地吞噬。不断上涨的库水使得内安移民人数再次增加。

库水一次又一次上升,库区周边的百姓一次又一次搬迁,丹江口水库的面积日益增加。水进人退,水再进,人再退,步步紧逼的大水给这里的人民带来了什么呢? 丹江口库区位于秦巴山区,丹江口水库建设前,这里的人民居住在汉江和丹江两岸,从公元前的春秋战国时期起一直到 1958 年前,两千多年的时间里,这里的人民在汉江和丹江两岸建立了包含城市、乡村在内的生活家园和辉煌文化。当大水将自己和祖辈数千年积累的建设成果全部淹没时,站在半山腰面对茫茫大水的民众才发现自己已经陷于绝境。耕地、住房、交通、就医、就学、人畜饮水、电力中断等一系列生产生活困难压得他们喘不过气来。

丹江口水库的建成,均县、郧县、淅川三座县城以及大量的良田沃土被淹,

---

❶ "移民安置",《淅川县移民志》第二卷。

使得这里的人民失去了自己赖以为生的土地。丹江口水库共淹没 59 万亩耕地，其中，均县淹没耕地 20.3 万亩，郧县淹没耕地 9.037 万亩，两县沿汉江两岸肥沃富庶的主要产粮区淹没殆尽；淅川淹没耕地 28.5 万亩，作为粮食主产区的顺阳、淅川、板桥三大川全部淹没。民以食为天，食由土中得，土地为万物之母，失去了土地的人，靠什么维持生活？

以河南淅川县为例。淅川库区移民总耕地 11.419 万亩，其中土壤质量极差的黄胶泥坡岗地 7.8396 万亩，平原地 2.3460 万亩，旱涝保收的水浇地 0.3334 万亩。土地瘠薄收成差，造成库区移民长期处于"吃粮靠返销、花钱靠救济、生产靠贷款"的困难境地。1983 年长江委规划处水库科河南省调查小组在《丹江口水库河南部分移民安置遗留问题处理意见的调查报告》中称：

> 县内安置的 73957 人……其中，人均 0.8 亩的有 496 个生产队 37464 人；人均 0.5 亩～0.8 亩的有 117 个生产队 14192 人；人均在 0.5 亩以下的有 116 个生产队 1260 人；0.3 亩以下的有 4718 人。耕地不仅数量少而且质量低，多为黄胶泥坡岗地，投工多，产量低，年均亩产约 150 公斤左右。1981 年……全县移民人均收入超过 100 元的约占 5%；能维持基本生活，得以温饱度日的约占 5%；处于贫困状态，难以维持温饱的约占 45%；处于极度贫困状态的约占 17%。库区移民搬迁前……人均口粮 241 公斤，比全县人均口粮 189 公斤多 52 公斤，现金分配 87.3 元，比全县人均 38.7 元多 48.6 元。迁移后，人均口粮 106.5 公斤，比搬迁前减少 134.5 公斤；现金分配 31 元，比搬迁前减少 56.3 元。
>
> 由于后靠安置的移民严重缺地，正常生活无法保障，移民与移民，移民与非移民为争地矛盾时有发生，移民上访案件不断，外出逃荒要饭现象也较为严重。……
>
> 仓房公社沿江大队全是 1970 年后陆续从湖北省返迁移民组成，计 3 个生产队，86 户 372 人。返迁后搭临时庵棚住在山坡上，由于耕地被淹，荒山划为林场，生活靠打渔、开荒，少数靠逃荒要饭……因无地可耕，移民一直靠蚕食林场山地维持生活。❶……

均县柳河口公社国营一队有 147 人，人均基本农田只有 1 分多，实在没有

---

❶ "移民遗留问题"，《淅川县移民志》第三卷。

荒地可开垦的情况下,为了生活,他们只好向山坡上进军,最陡的坡达到30度,当地称"挂坡田"。在这样的土地上开荒,开一分,周围的植被毁一亩,收不到几粒庄稼,反而会造成严重的水土流失。但不这么办,群众吃什么?

丹江口库区浩淼无垠,碧水连天,但水源地周边的百姓却受着无水的煎熬。水源地周边山区,大部分为石灰岩层和黄黏土岗地带,20世纪五六十年代的大炼钢铁和丹江口水库建设,对森林和植被造成毁灭性的破坏,使得土地水分得不到涵养,水土流失严重。在淅川县的马镫镇,郧县的谭山镇、梅铺镇,丹江口的习家店镇,绵延起伏的山岭,除了极少数低矮的荆棘外,到处都是裸露的岩石,偶尔可以看见石缝中间稀稀疏疏长着几棵低矮的小树,岩石的灰褐色是这里的主色调。由于没有树木和植被涵养水源,这里天上下雨地下流,天上雨住,地下水无踪。长时期的缺水,库区沿岸岩石风化形成大面积石漠化地区。这里土地奇缺,水源枯绝,已经成为不适宜于人类生活的区域。这些地方生活的数万农民受着苦旱的煎熬。

郧县谭山有个徐家坡村,一年四季缺水,全村几十户人家吃水只能走十多里山路到汉江边去挑水吃。一个壮劳力一天只能挑两担水。这个村里生活用水情况如下:早上用一个水杯装半杯水将毛巾沾湿在脸上擦一擦算是洗脸,洗完菜的水再用来洗碗刷锅,洗碗刷锅的水盛起来煮猪食喂猪,洗衣服的水留下来澄清后反复用。嫁姑娘娶媳妇的礼品是水。

20世纪70年代,郧县为部分偏远困难的社队建造了170多座提水泵站,但提水泵站耗电巨大,130米高的扬程,提上来的水每立方米成本高达20多元,群众负担不起。计划经济时代建的泵站,在今天市场经济环境下,因为无力承担电力费用,最终全部废弃。

郧县安阳镇王庄就在汉江边,但眼见江水却吃不到水,村子在半山上,离水面垂直高度将近500米,提水机械也没有这么高的扬程。安阳镇高山大队一个村有32户人家,因为缺水,那里的百姓实在没法生活下去,开始逐渐搬离这里,1981年,这个村里只剩下一户人家了。在这些地方,水与媳妇联系在一起。高山大队二队几十户人家住在山尖上,吃水极为困难,这里的百姓异常贫穷。没有钱,没有水,谁也不愿意将姑娘嫁到这里来。村里的小伙子娶不起媳妇,无奈之下,只得互相换亲。全村几十户人家,百分之六十都是换亲。近亲结婚又造成人口素质下降,带来严重的社会问题。

在郧县,流传着一个令人心碎的故事:一位农村妇女远行数十里地挑回一担水，就在即将跨进家门时，因过度劳累，脚下一滑摔倒在地，一担宝贵的水泼了一地，瞬间不见踪影。面对无情的现实，那位妇女竟然采用极端手段，自己结束了自己的生命，原因就是为了那担水。这真是让人心灵震撼，一担水竟然有了生命的价值。哀莫大于心死，缺水的困境和艰难的生活，使得她心如死灰，原本应该丰富多彩的生活对于她来说只剩下灰暗一种色调，这种日子过下去还有什么意义呢？我们要问的是，让她结束自己生命的，仅仅是一担水吗？

在水源地周边采访，所听到让人难过的关于水的故事实在是太多了。多少万年来，为了生活，人类都是逐水而居，水作为人的生存之本，通过这件事情得到最鲜明的凸显，但在21世纪的今天以这种极端的形式表现出来，实在让人难以接受。

这里百姓最大的希望，就是能痛快地用一次水。为解决百姓吃水问题，成了县里领导的心病。郧县文联主席徐堂根：

> 1997年，我和其他干部到谭山镇雁翎村驻队。这个村位于山坡上，地理位置很偏僻，道路交通非常不方便，老百姓吃水要走十几里路到江边去挑。我在村里偶然发现，有些村民因地制宜，自己动手修建了储存雨水的水窖。郧县虽然缺水，但每年总有几次大到暴雨，雨量特别大。天上的雨水突然而至，然后又顺着地表白白流走，这里如此缺水，而又让天降雨水白白流走，实在可惜。这么多年，人们对此视而不见，而这些村民将雨水储存起来，起码解决了半年的用水量。这是一种发明创造，他能这样做，其他人家为什么不能这样做呢？我赶快找来纸，将水窖草图画下来，赶回县里，将水窖图交给主管部门，主管部门立即转交给县领导，4天后，县领导决定，筹资为群众解决水窖问题。

建水窖初步解决了百姓用水的问题，但储水窖的卫生问题没有解决。百姓的水窖修在地下，下雨后，雨水顺着地表流进水窖，水流将地表的各种污染物如畜禽粪尿等也一同带进水窖，流进水窖里的水也没有经过任何安全处理，由此带来安全用水问题。据防疫站检测，百姓使用的储水窖多数大肠杆菌超标，有的超标达到国家标准20多倍。水有了，安全问题又来了。

原水利电力部1984年7月颁布的《关于农村人畜饮水工作的暂行办法》中对饮水困难的标准做了如下规定：

> 距离标准：距取水点单程1～2公里以上，或至取水点垂直高度100米以上的村寨。

　　水量标准:在干旱期间,北方每人每日供应水 10 公斤以上,南方 40 公斤以上;每头大牲畜每日供水 20 公斤至 50 公斤;每头猪、羊每日供水 5～20 公斤。

　　以此标准,水源地周边很多地方已经远远超出。淅川县统计,全县有 12 万人没水吃,后靠内安移民中严重缺水的就有 53885 人和 2.8 万头牲畜饮水困难,往返十来公里取水是件再正常不过的事情。

　　很多人以为中国只有西北缺水,谁也没有想到,在中国内陆最大的人工湖泊边,竟然也有一块"大西北"。

　　水,生命之源,生活在浩淼的水库边,蓝色的梦想近在咫尺却让人无法得到。

　　丹江口水库位于秦巴山区,修建丹江口水库之前,水源地周边各县各乡镇之间都有道路相连。大水一来,库水淹没了大片的土地,也淹没了环绕在山区的道路。均县境内形成大大小小的河道库湾达 428 条,沟沟汊汊 1323 条;丹江口水库在郧县境内回水 134 公里,形成沟汊、库湾 137 处,这些库湾沟汊将库区分割成千百块孤立的岛屿或半岛,山区一夜之间变成水乡。两岸鸡犬之声相闻,往来半日路程。"见面能说话,相逢得半天",面对道道河汊,当地民众外出举步维艰,困难逼得人八仙过海,各显神通,凡是能在水里产生浮力的东西,如大木盆、汽车拖拉机轮胎都用上。没有这些东西的便将几个小木盆捆成串,有的学校将几个篮球装在一个兜里,有的甚至用大铁锅。为了解决交通问题,有的地方自己动手造船,但没有技术,造出来的船不符合要求,有的不懂水性,驾不住船,结果惨祸不断。

　　马家民家住六里坪镇马家岗村,丹江口水库的水涨到他们家门口时,他刚刚 10 岁,正在读小学。他清楚地记得,他们村里有一条叫做官山河的小河穿村而过,河上架有多座小桥。丹江口水库的建成使得这条不足 10 米宽的小河变成一条百余米宽的大河,一个村子被河水分割成了两半。以前镇里的学校在小河河对岸,自己每天去上学,父母亲过河去种地,现在面对百余米宽的大河,一下子手足无措,不知道怎么办了。后来费尽周折,县里给当地打造了一条小渡船,靠人工来回划。每逢上工、放学,渡口便挤满了人,一条渡船远远不够。由于水面宽,来回时间太长,等的人着急,每当船靠岸便忙着向上挤,小小的船上挤得满满的,船舷都要挨着水面。每当河面风生浪起,小船在宽阔的河中摇摇晃晃,险象环生。马家民回忆道:每次自己去上学,爷爷奶奶都要反复

叮嘱,上船时要小心,在船上别乱晃,但还是出事了:

> 1979年10月,我们放学回家,船上照旧挤满了人,船至河中间,突然刮起一阵大风,河面上波浪起伏,载满人的小船顿时左右乱晃,满船的人乱作一团,船小、浪大、人乱,只听一声惨叫"船翻了",小船左舷进水,船上的人慌乱闪避,船左右两晃,一下子倾覆了。船上十几个孩子一次淹死8人,我是幸运者。

水源地周边,这样令人心酸的故事太多了:

1974年,淅川县曹湾村移民杜奇林、寇巧凤夫妻二人食物中毒急需送医院抢救,但河水相隔,无船渡河,等到找来船只将二人送往河对岸的马镫镇,因为拖延太久,不治身亡。

1979年9月,盛湾公社单岗大队用旧船载人过河割草积肥,船至河心,风大浪急造成船只倾覆,十几人落水,一次淹死12人。

1979年冬,盛湾公社贾湾大队社员王有亮一家5口人乘小船过河,船翻,3人淹死。

1980年秋,盛湾公社贾湾大队第一生产队组织社员到河对岸抢收晾晒的红薯干,用鱼划子摆渡,船小人多,至河心翻船,17人落水,淹死5人。

1980年冬,丹江口市浪河镇黄土垭孙荣国过河种地,他乘坐轮胎,犁地的耕牛浮水,因为天气冷水温低,耕牛浑身冻僵溺水淹死。

2002年正月初二(2月13日),丹江口市龙口村一家老少10口人乘船过江去拜年,一阵风浪袭来将船打翻,一家10口无一生还。

……

耕地、住房、道路、就学、就医、吃水、用电、农产品销售等几乎所有生产生活问题困扰着水源地几十万人民群众,与全国其他地区的人民相比,水源地不少人民的生活水平长期发展迟缓,有的甚至比20世纪五六十年代还要有所下降。移民的生存状况使得当地政府极为忧虑,除了移民自己上访反映情况外,当地政府经过大量调查研究,开始了逐级反映汇报。

二 三亿救命钱

中共十一届三中全会拉开中国政治生活新的序幕,也给丹江口库区移民问题的解决带来曙光。

1979年5月8日，国务院副总理王任重由水利部部长钱正英陪同视察丹江口水利枢纽工程，王任重曾任中南局书记、湖北省委第一书记，十一届三中全会后复出担任国务院副总理。来到自己当年主抓的水利工程视察，王任重颇为感慨。听了库区移民生产生活困难的汇报，王任重坦承：

> 建丹江口水库把好地淹了，人民搬迁了，后靠了，有人说现在生活没有修水库前好，这一条不责备哪个同志。这是个方针问题，应该说，这个方针是错误的。把人家房子、地淹了，我们又不负责，钱越少越好，移民费也没有完全到移民手里，这件事以后要搞好。

谈到政策失误对移民造成的困难，他对参加会议的地方干部说：

> 过去，国家利益考虑多了，群众利益考虑少了，没有花足够的力气去解决好移民问题……我们向你们道歉，你们也要向群众赔礼道歉，公开承认没有安置好。❶

王任重的坦诚透露出改革开放带来的实事求是精神的回归，副总理带头说了实话，为相关部门开口讲真话创造了条件。实事求是，调查研究讲真话成为解决移民困难的钥匙。

随着王任重之后，水利(电)部、湖北省、河南省都派出干部对移民生存状况进行了调查。

1980至1982年，丹江口市组织有关部门对移民生存现状作了三次全面调查，并将调查结果逐级上报到党中央、国务院。丹江口水库移民生存状况引起中央及省新闻媒体的高度关注，人民日报、新华社、湖北日报不断派记者来到库区调查，并将调查报告清样送中央书记处，移民的生存现状引起党和国家领导的高度重视。

1981年3月中旬至4月下旬，受钱正英部长委派，水利部政策研究室、计划司、长江委规划处等部门组成工作组对丹江口水库库区和移民生存状况进行了为期40天的调查，调查组走村串户，查看实物，倾听意见，对移民现状有了真切的了解，同年9月22日，水利部以〔81〕水规字第60号文件《关于解决丹江口水利枢纽移民遗留问题的报告》呈报国务院。文件坦承：

> 丹江口移民始于"大跃进"年代，高峰在"十年动乱"期间，由于这一

---

❶ "移民搬迁"，《丹江口市移民志》卷四。

特殊的历史条件及"左"倾思想的影响和我们工作中的失误,至今还是问题成堆。

报告提出解决问题的建议,主要内容为:要从全局角度有规划有步骤地分期解决移民遗留问题。解决遗留问题的关键是经费问题,估计整个费用需要1亿~2亿元,建议连续10年从丹江口电站利润中提取资金建立移民基金。针对农业收购任务过重,移民安置区无力承担,建议国家有关部门调整农业征购任务和粮食统销指标,清理减免移民生产队的债务。针对移民经费被挪用和不到位的情况,建议要加强财务管理,保证移民经费用于移民。

这篇报告是国家水利主管部门第一次以正式文件方式对丹江口水利枢纽工程移民工作的回顾与反省,实事求是的党性原则在报告中得到体现。

1981年12月12日,国家计委、财政部与中国农业银行对报告共同研究后以计农〔81〕831号文件《关于解决丹江口水利枢纽移民遗留问题的报告》转报国务院。国务院副总理18日批示:

> 拟同意计委意见,并告水利部按此办理,当否,请万里、星垣同志批示。

国务院主要领导批示:

> 同意水利部所提,要抓好规划,通盘考虑,有计划有步骤地分期安排解决。

1982年1月21日,水利部〔82〕水计字第6号《关于贯彻国务院对处理丹江口水利枢纽移民遗留问题的指示精神》的文件主送河南、湖北两省及长江委,文件要求:

> 建议两省人民政府责成主管移民工作的单位,长江委派人参加,实事求是地提出一个处理移民遗留问题的规划,提出切实可行的解决办法以及分期实施的方案,要求在6月底以前提交规划报告。❶

经过上上下下各有关方面的不懈努力,解决移民遗留问题的车轮终于缓慢地启动了。

根据这个文件,河南、湖北分别组织调查组奔赴移民安置区,移民们的困难情况被梳理成文,摆放到有关部门领导同志的案头。要解决的主要问题有:

---

❶ "移民搬迁",《丹江口市移民志》卷四。

移民人畜饮水问题；移民房屋修复问题；库区交通问题；库区电灌工程配套问题；移民用电问题；移民造地补偿问题；发展库区渔牧业问题。

根据解决问题的需要，河南省提出经费 1.35 亿元，湖北省提出经费 2.53 亿元，合计 3.88 亿元。所提经费经长江委审核后，建议按 2.7 亿元的规模控制。长江委的刀太锋利了，拦腰一刀砍掉 1.18 亿元。对于长江委的这一刀，河南、湖北两省极为不满，尤其是基层做具体工作的干部，他们以丹江口水库建设几十年来给国家创造的巨额经济效益和移民们悲惨现状对照，实在难以理解长江委的这一刀为何这么狠，他们认为长江委的干部对移民的困苦生活没有切身感受。他们提出，既然负责审核移民经费，就必须要了解为什么需要这些经费，最好的办法是长江委的干部换位挂职，到库区来做几年移民工作，亲身体验了解移民的生活处境。

一亿多元与数十万人的生活安定，是一道政治加减法。人民幸福安康、国家富强安定是所有执政者所追求的终极目标。移民问题的实质是那个特殊年代国家政策偏差所导致，是国家对移民的欠账，欠账不还，只会留下后患，造成民心不稳。更何况，国家建设丹江口水库总投资早已收回，从净收益中拿出蝇头小利来偿还历史旧账，解决民生所急，理所应当。《孟子·梁惠王上》有这么一段话：

挟泰山以超北海，非不为也，不能也；为老者折枝，不为也，非不能也。

一亿多的移民补助款对我们国家而言，是"挟泰山以超北海"还是"为老者折枝"？有关部门究竟是"不能也"还是"不为也"？

从 1978 年十一届三中全会后，改革开放开始在中国全面铺开，但是改革开放的道路并非一帆风顺，虽然全社会呼唤实事求是之风，但实事求是的归来也是路途坎坷。长时间极左思想的统治，使得人们的认识产生了很大的误区，似乎一切事情，只要考虑国家利益就够了，百姓利益可以忽略不计，其理论基础是：国家国家，有国才有家，办事要先国后家。这就是丹江口水利枢纽建设过程中"重工程轻移民"思想的由来。出现这种认识，并非个人之错，时代使然。殊不知，国家国家，国是整体，家是细胞，国是由亿万个家所组成，无家哪来国？家稳国才安。正是在这个意义上，才见出今天"以人为本"政策的人性化和政治睿智。

1984 年 4 月 25 日，水利电力部以〔84〕水电计字第 90 号文《关于丹江口水库移民遗留问题处理意见的请示》正式上报国务院。这篇报告对移民遗留

问题的解决至关重要,值得认真一读:

国务院:

关于丹江口水库移民遗留问题,我部与河南湖北两省通过调查研究,提出了解决办法,说明情况及解决的意见,报告如下:

丹江口水库于 1958 年开始兴建,1968 年第一台水力发电机组投产,1973 年大坝筑到 162 米高程,总库容 209 亿立方米,电站装机 90 万千瓦,国家共投资 10 亿元。水库投产以来,发挥了很大的效益。在防洪方面,水库共拦蓄大于一万秒立方米的洪水 45 次,累计减少下游农田淹没面积一千万亩次,增垦农田 70 余万亩,经济效益在 30 亿元以上。1983 年 10 月上旬,丹江发生特大洪水,丹江口水库上游 7 天中来水 94.7 亿立方米,最大洪峰流量 34300 秒立方米,由于水库及时调整,消减洪峰 43%,使 75 万亩耕地、50 万人口免受灾害,粗估减少损失达 9.5 亿元以上。在发电方面,截至 1983 年底,共发电 524.7 亿度,总产值 34 亿元,电站上交财政利税 9.2 亿元,另由电网在售电环节上交财政利税近 15 亿元。在灌溉方面,实灌面积已达 135 万亩,如果灌区全部配套,还可发展 200 多万亩。在航运方面,改善航道 550 公里(其中水库上游 150 公里)。此外在水产、养殖方面,也获得一定利益。

上述多方面的效益,是库区人民付出很大代价换来的。目前水库水位 157 米,淹没农田 43 万亩,在湖北、河南两省共同努力下,迁移人口 353300 人(两省原报 386700 人)。但是,由于水库移民始于"大跃进"年代,高峰在十年内乱时期,加上我们对移民工作的艰巨性、复杂性认识不足,至今还有许多遗留问题亟待解决。到目前为止,国家共拨移民经费 3.06 亿元,移民人均 870 元,实际有的没有用到移民安置上面,致使大部分移民还存在着不同程度的困难。如:就地后靠的移民普遍缺乏耕地。据湖北省均县、郧县、郧西三县统计,人均耕地少于半亩者占 63%,河南淅川县少一些也占 17%。由于耕地少,生产安置不好,群众生活十分贫困,更无力加快经济发展。外迁的移民人均耕地虽然在一亩以上,但多属高岗石坡,或湖塘洼地,土地贫瘠易涝易旱,加之耕牛、机具、肥料等生产资料严重不足,经济收入与当地居民差距很大。同时,无论后靠和外迁的移民,居住条件都很差,新建改建和加固危房的任务很重。其他如交通、电讯、文教、卫生设施也跟不上,因此,造成人口盲目流动,返迁移民约一万人,不仅成为社会不安定因素,而且有的不断毁林开荒,造成严重水土流失,威胁水库寿命。这些问题拖得越久,解决的难度将越大。

1981 年,原水利部曾派工作组对丹江口移民遗留问题进行调查并将调查结果和处理意见报告国务院,后经国家计委与国务院领导批示,同意水利部所提:要抓好规划,通盘考虑,有计划有步骤地分期解决。根据上述批示,我部即商请鄂、豫两省政府进行规划,两省于 1983 年提出规划,我部长江流域规划办公室(以下简称"长办")会同地方进行了典型规划,并核查了两省规划指标。

……两省规划中提出的经费概算为 3.88 亿元,其中湖北 2.53 亿元,河南 1.35 亿元,长办经过调查,建议概算按 2.7 亿元控制,我部同意这个意见,可以先定一个数字,在执行中按具体规划要求,严格掌握。此外,1983 年汉江大水时,为减少下游灾害,水库超水位蓄水,库区郧县柳陂围堤溃决,受灾严重,围堤已难以恢复。该处除 6400 人可就近安置外,有 8500 人需要外迁安置,尚需安置经费 3000 万元,加上 2.7 亿元,共需要 3 亿元经费。这样连同过去花掉的移民费用共计 6 亿元,移民费人均约为 1700 元,远低于目前大型水库移民经费的指标(目前人均约 3000 元)。

当前处理好丹江口水库移民遗留问题的关键是经费没有着落,此外还有口粮、建设材料问题、实施规划的组织领导问题和有关政策问题。现提出以下意见:

1. 关于资金来源问题。有三种办法:一是丹江口电站库区维护基金提取标准,在最近 10 年内由每度电一厘改为一分,每年可多得 3000 多万元;二是将丹江口电站设计平均年发电量 32 亿度的任务作为基数,一定 10 年不变,超发部分所产生的税利不再上交财政,扣除生产单位按规定提成外,其余全部留作移民费用。这样加上原来每度电提取一厘钱也约为 3000 万元;三是由国家财政贷款。我们认为,第一、二种方法效果较好。……

2. 关于移民口粮不足问题。请两省对移民口粮不足部分调查核实,确定供应指标,初步估算每年约需 3000 万斤,需由两省负责按统销价格供应。

3. 关于建材问题。根据两省安置规划,共需木材 4.5 万立方米,钢材 3.5 万吨,水泥 10 万吨,煤 5 万吨(烧砖用),需列入物资供应计划,分期拨付指标。

4. 关于规划落实和组织领导问题。……

5. 放宽政策,鼓励群众广开生产门路,从事有利于社会主义建设的各种经济活动,劳动致富。国家在价格、交通运输、信贷等各个环节上给予优惠待遇。

水利电力部

1984 年 4 月 25 日❶

这份文件对丹江口水库建设的成效和移民对此成效的贡献作了翔实的陈述,对移民问题解决的方法也是切实可行的。国务院将此文件转发给财政部。

改革开放以来,经济建设步伐明显加快,而历史上欠账太多需要补偿,这一切都要花钱。财政部作为共和国的账房,要花钱的地方实在太多,现在要拿出 3 个亿,似乎有些肉疼。对于国务院批转的水电部的文件,财政部于同年 6 月 7 日作出回复,虽然同意水电部的意见,但言语间似乎不是那么爽快。照录于下:

国务院办公厅秘书局:

你局转来的水电部《关于丹江口水库移民遗留问题处理意见的请示》收悉,经研究,提出以下意见:

1. 请水电部再研究一下,在所提经费 3 亿元的基础上,尽可能再压缩一些,数额确定后,由水电部和地方包干使用。

2. 所需经费同意水电部的意见……此经费作为专款专用,不得挪用。超发电所产生的税免缴以后减少的财政收入由中央和地方按财政体制调整。

3. 建议水电部同湖北、河南两省签订合同,负责在 10 年之内解决好丹江口水库移民遗留问题,并做出落实保证,不能没完没了。

财政部

1984 年 6 月 7 日❷

在向国务院报告后,水电部随即又向中央农村政策研究室汇报了解决丹江口库区移民遗留问题的意见。1984 年 5 月 9 日,中国农村发展研究中心以

---

❶ "文件辑存",《淅川县移民志》第九卷。
❷ "文件辑存",《淅川县移民志》第九卷。

国农研〔1984〕办字 14 号《关于对水电部〈关于丹江口库区移民遗留问题处理意见的请示〉的建议》上报国务院:

> ……移民中就有大量的人至今生活不如搬迁前,甚至不得温饱,因问题长期拖延得不到解决,上访闹事时有发生,这是一个不安定因素,也是一项拖延已久的陈年旧账。看来,欠账不还是不行了,迟还不如忍痛早还。建议对此问题早作决策。❶

在中央有关部门研究解决问题的时候,地方主管部门也在进一步努力。1984 年,丹江口市委市政府为解决移民遗留问题再度行文,上报郧阳地委、湖北省委并抄报中央书记处、国务院办公厅等部门。郧阳地委派出以专员李才带队的"进京汇报团"。1984 年 5 月 22 日,王任重副总理听取汇报后,专门给时任财政部部长的王丙乾等人写信,强调:"丹江口移民遗留问题是一个大问题,现在已到非解决不可的时候了,一定要切实解决好。"

1984 年 5 月 25 日,中央农村政策研究室以"丹江口水库库区移民遗留问题亟待认真解决"的"内容提要"报送中央政治局、书记处、中顾委副主任、中纪委第二书记和常务书记、全国人大副委员长、国务院副总理、国务委员。丹江口移民遗留问题终于到达国家最高权力中心,移民们的困难生活引起了广泛的同情和高度关注,解决移民遗留问题得以迅速决策。

1984 年 6 月 25 日,国务院以〔84〕国函字 102 号文件向水电部和湖北、河南两省政府下达了《国务院关于解决丹江口水库移民遗留问题的批复》:

> 水利电力部 4 月 25 日"关于丹江口水库移民遗留问题处理意见的请示"收悉。经研究,原则同意水电部与湖北、河南两省协商提出的 10 年内逐步解决移民遗留问题的规划意见。现对几个具体问题批复如下:
>
> 1. 同意在发动群众自力更生艰苦奋斗的同时,由国家筹措一笔解决丹江口水库移民遗留问题的专项经费,总额控制在 3 亿元以内,分 10 年内安排。
>
> 2. 经费来源,主要从丹江口水电站超发电收入中解决,即以丹江口水电站年发电 32 亿度为基数,一定 10 年不变(1984 年至 1993 年),超发部分所产生的税(包括发电税)利不再上交财政,扣除生产单位按规定应

---

❶ "移民安置",《丹江口市移民志》卷四。

提利润留成后,全部作为解决移民遗留问题的费用。因此而减少的财政收入由中央和地方按财政体制负担。如年超发电收入不足2500万元时,由国家财政补助到2500万元。此外,原有的每度电提取一厘钱的库区维护基金照常提取。今后还可以从灌溉受益区适当征收水费,提取一部分资助移民。

3. 湖北、河南两省要切实做好安排移民生产生活的具体规划,拟定实施方案,由水电部与两省签订合同,负责在10年内解决好丹江口水库移民遗留问题。

4. 关于部分移民口粮不足问题,请湖北、河南两省将不足部分调查核实,确定供应指标,由两省负责按统销价格供应。

5. 关于移民建房所缺材料问题,主要由两省安排解决,全部安排有困难时,报请国家适当补助一部分。❶

时间到了1985年9月,水电部以急件的形式致函湖北省、河南省。(急件)〔85〕水电计字第298号《关于解决丹江口水库移民遗留问题经费分配安排意见的函》对3亿元经费问题作了具体安排:

……分配湖北省19800万元,河南省9900万元,其余300万元作为全库区勘测设计费用,由长办掌握使用。

……上述经费分配中,湖北省应包括大柴湖供、排水治水工程和柳陂围堤移民问题在内,河南省包括宋岗、陶岔灌溉工程等安置移民必须的工程在内。按照国家批复规定,此经费只能用于解决丹江口水库移民问题。……两省主管部门将经费使用计划具体安排落实,告我部并抄告长办。

……这项移民专项经费,除为移民发展生产和改善生活条件所必要的工程和移民生活继续补助外,其余原则上按周转金性质管理和使用。经费使用要坚持经济合同制度,每年移民专项经费,应根据各省、县汇总上报签订的经济合同项目,经长办核定后再行下拨。……❷

至此,久拖不决的移民问题终于有了结果。如果将库区移民的现状比喻为一个贫血已久的病人,这3亿元就是一袋最宝贵的血浆;如果将移民比喻为

---

❶ "文件辑存",《淅川县移民志》第九卷。
❷ "文件辑存",《淅川县移民志》第九卷。

四肢冻僵的人,这3亿元就是一盆温暖的火;如果将移民比喻为干渴得即将窒息的人,这3亿元就是一瓶救命的水。不管怎样形容都不过分,这3亿元将给水源地几十万极度困难的移民们输氧输血,让他们振作起来建设新家园。

三 "三原"原则的困惑

移民问题只是丹江口水库遗留问题的一个方面。丹江口水库建设造成水源地周边三个县城、无数价值无法估量的文物古迹、数十万亩良田、数条干线公路和大量的乡间道路以及桥梁、渡口、码头被淹,多处出现断头路,人民群众出行困难重重;县城复建,搬迁后的城市移民住房也是问题成堆。

水源地周边县市产业基础薄弱,当地数百万人的生活物资以及各类生产物资全靠外面运进来,当地的香菇、木耳、油漆、茶叶、板栗、龙须草等农副土特产品要运出去。丹江口水库建设前,这些物资的运输全靠汉江航运和公路。水库建成后,大坝将汉江拦腰切断,汉江从武汉到襄樊后,航道便不再通畅;县城通往外界的公路也被库水阻断。交通的中断造成当地的农副产品无法运出,群众生活必需的各类生活用品无法运进,群众下地干活,学生上学,病人就医等行动极为不便,道路阻隔给当地人民群众的生产生活带来极大的困难。

均县原有三条干线公路,一是均县到老河口,二是均县到河南淅川陶岔,三是均县到土关垭接上316国道,其中均县到土关垭接通316国道的又是均县内外物流最重要的干线。除此外,还有十几条与各乡镇村相连的道路包括"机耕路"。三条与外界相连的公路是均县的三条主动脉,十几条通往乡镇的公路犹如遍布人全身的毛细血管。丹江口水库的建成将三条干线公路全部切断,形成断头路,十几条乡镇公路也被切得七零八落。

丹江口库区在郧县境内形成134公里的回水区,沟汊、库湾137处,全县80%的村组行路难。要解决这些问题,只得重新修桥修路,将被水淹的断头路连接起来。但这些都需要钱。

国家的3亿救助资金下发后,恢复道路交通成为一项重要任务,但钱少事多,哪里都在叫渴,摊到恢复道路交通上又能有几个钱?

316国道,起点为福建福州,经过福建、江西、湖北、陕西和甘肃5个省,终点为甘肃兰州,全长2915公里,是一条横贯中国东西的交通大动脉。316国道湖北段横穿郧阳山区,汉十高速公路修通前,这条国道是整个郧阳山区六个县东出大山，与省会武汉联系的唯一通道。316 国道与丹江口市城区（原均县）最近的接口点是一个叫土关垭的小镇，丹江口市城区联通土关垭的道路也称为丹土公路。丹土公路为地方公路，丹江口水库建成后，国家为恢复这条公路投入的建设资金极为有限，道路只能依山就势，曲曲弯弯。就是这条全长不过 22.5 公里的三级道路，从 20 世纪 80 年代到 20 世纪末，施工断断续续长达十几年之久。丹土公路弯道多，道路窄，路面质量差，司机乘客戏称为"搓板路"、"伦敦（轮墩）路"、"纽约（扭腰）路"，再好的车，到了这条路上也形同牛车，22 公里的路程，轿车需要跑 50 分钟，普通客车与卡车需要一个多小时。由于道路基础差，一遇大雨塌方，道路即告中断。丹土公路沿线是库区移民重要安置区，也是中线工程施工重要场区，工程、公务、商务、旅游车辆流量巨大，一条细小的三级公路远远难以满足日益增长的物流需求，打通这条通而不畅的交通瓶颈成了丹江口市政府和人民的迫切渴望。

时间到了 21 世纪，全国高速公路已成网络。2000 年，汉十高速公路开始动工。汉十高速公路是福州—银川高速公路的重要组成部分，连接武汉、襄樊和十堰。汉十高速公路北通过孝感与京珠高速公路接通，东在武汉与沪蓉高速公路相连；西与襄（樊）荆（州）高速公路连成一体。2005 年 10 月汉十高速公路正式通车。很明显，接通汉十高速意味着连接上了全国高速交通网络。

汉十高速公路也经过土关垭，公路修建时，因为在丹江口市境内施工，占地补偿等需要地方政府配合。和修水库一样，丹江口市政府全力配合，要求只有一个，希望高速公路能在土关垭修一条支线，直接通到丹江口市。虽然丹江口市政府从公路建设指挥部到湖北省交通厅直到交通部层层磕头做工作，但最终也没能如愿。丹江口市的政府、企业、百姓眼巴巴地看着势若长虹的高速公路从家门口扬长而去。

说完了公路还有铁路。1958 年，为了解决丹江口水库建设的物资运输问题，国家修建了从武汉市经襄樊到丹江口的汉丹铁路。丹江口水库建成后，这条铁路开始还有一班客车通往武汉，虽然是慢车，400 多公里要走上一天，但毕竟有铁路。1969 年国家修建襄渝铁路时，襄渝铁路与汉丹铁路一指之隔，却没能连接起来，使得汉丹铁路成为断头路，丹江口市失去了与钢铁大动脉接通的机会。

丹江口水库建成后，人员和物资流量锐减，汉丹铁路变得清闲起来。笔者乘坐过一次丹江口到武汉的火车，印象十分深刻。丹江口火车站破败不堪，走进车站，一列老式的绿皮火车映入眼帘，硬座车厢里到处是尘垢，充斥着难闻的异味，厕所里脏得让人无法立足，水管里永远也流不出一滴水。车厢里空空荡荡的只有几个人，火车启动后，哐当哐当的，没走多远便停下来，让过一列火车再走。以后的经历很痛苦，走走停停，停停走走，走的速度慢，停的时间长，车厢里的人疲惫不堪地倒头睡在椅子上，硬座车厢变成了"硬卧车厢"。烦躁不堪的笔者找到列车员了解情况，列车员也大倒苦水："这趟车早就应该停了，这么长的一列火车只有百十人，浪费运力。这种慢车，一路上见车就让，车皮是段里最破的，没人要的拿到这里来跑，谁也不愿意跑这条线，你瞅着吧，马上就要停开了。"

改革开放的今天，在别的铁路线上，火车越来越新，速度越来越快，而在汉丹线上一切都相反，这里成了被人遗忘的角落，高速公路的开通导致丹江口的客运列车彻底停驶。

铁路被称为国民经济的大动脉，很多城市日夜盼铁路想铁路，丹江口人守着一条铁路却无所用之。原因就在，它是一条断头路，如果将它与干线接通，国家的这段铁路资源立马就能发挥效益。2004年起，国家开始建设襄渝铁路复线。丹江口市得到信息后，立刻开始争取襄渝铁路复线与汉丹铁路接通。发展中的丹江口市太需要搭上交通快车了。为了达到目的，市政府指派一位副市长住北京，他的任务就是寻找机会向铁道部汇报并争取将汉丹铁路断头路的问题解决。这位副市长在北京一住就是几十天，但始终无法得到铁道部接待。以后通过关系将报告转交给了铁道部，但也是泥牛入海无消息。

干线铁路和高速公路如同人全身的动脉血管，为沿线城市群带来人流、物流、资金流、信息流，对经济社会发展起到巨大推动作用。凡是接通铁路、高速公路的城市无不感叹，地球变小了，城市之间距离变近了，时间变快了。昔日的汉江、丹江作为交通动脉连接长江黄金水道和都城长安，均县、郧县和淅川正处在交通动脉上，才产生了历史的辉煌。今天，汉江、丹江水道早已萎缩，铁路和高速公路成为新的交通动脉，但眼下公路铁路两条大动脉却与丹江口擦肩而过。搭不上交通快车对一座城市意味着什么？在全国城市都在变"近"的年代里，丹江口与外面的距离仍旧没变，时间在丹江口市的门口却变慢了。

眼看襄渝铁路和汉十高速公路两条交通大动脉从自己境内通过，却过家门而不"入"，丹江口市的领导和人民愤愤不平：

　　昔日需要我们做贡献时，我们不讲条件，不计代价，要什么给什么。

人走了，地淹了，房倒了，山光了，最终落了个两手空空。做出如此大的牺牲，却没有任何补偿，连从门口过的公路、铁路都将我们甩在一边扬长而去，于情不通，于理不符，实在让人难以理解。

让人欣慰的是，湖北省政府《鄂西生态文化旅游圈交通规划》已将丹江口城区至土关垭一级公路列入建设项目。公路建设起点位于南水北调施工大桥，途经右岸开发区水都大道、新庙河、龙河，止点位于土关垭镇，与316国道和汉十高速公路相连接。公路建设里程21.8公里，新建桥梁18座2951.14延米，隧道1处520延米，桥隧比为23%。工程按双向四车道标准进行建设，投资估算5.4亿元，建设工期3年。衷心祝愿丹江口市这一次能搭上日益加速的交通建设快车。

中国的交通运输发展太快了，汉十高速和襄渝复线建设刚刚尘埃落定，郑渝铁路建设又被列入议事日程。据铁道部、国家发改委于2008年在重庆召开的"（西南）区域铁路网建设衔接研讨会"介绍，郑渝铁路全长1060公里，总投资895亿元。郑渝铁路是中国铁路网中长期规划的重要客运专线，设计时速350公里，是联系郑州等中原地区和重庆等西南地区的主要客运快速通道，对促进两地及沿线地区社会经济方面都有重要的意义。该线路建成通车后，重庆到北京的行程时间也有望从现在的20多小时缩短至10小时以内。

铁路建设对当地经济重要的带动作用人尽皆知，郑渝铁路建设规划的消息传出，渝鄂豫三地有可能列入规划线路的城市都期待铁路改变城市的"交通命运"，对线路走向规划均保持着高度的亢奋和敏感。在路线未定的情况下，各地政府部门为争取铁路过境，动用各种力量进行攻关，打响了激烈的铁路过境争夺战，而且"力度很大，工作很细"。

按北线方案，郑渝铁路将经过车城十堰，这将有效改变十堰地区长期以来北上南下、东进西出交通的"肠梗阻"问题，使湖北又增加一个新的铁路枢纽城市。全国人大代表、十堰市委书记陈天会在2009年全国两会期间，专门为此提交建议案。如果郑渝铁路经过十堰，届时将穿行丹江口市区。这再次燃起丹江口人民改善交通的希望。

为了争取铁路过境，地处南线方案的襄樊、南阳、平顶山、许昌采取合纵连横战术，2009年2月26日，襄樊、南阳、平顶山、许昌四城市的发改委在襄樊召开了座谈会，决定实行"抱团争取"，共同推荐郑州—许昌—平顶山—南阳—襄樊—巫山—云阳—万州线路。

2009 年 6 月,铁道部部长刘志军和河南省省长郭庚茂就河南铁路建设问题在北京举行会谈。据称,会谈纪要明确:"2010 年先期开工郑渝铁路郑州至南阳段",采纳了经南阳、平顶山、许昌的方案。但从南阳至重庆段究竟是经过十堰还是经过襄樊,尚未定论,十堰、襄樊仍在积极争取中。有消息称,2009年 7 月中旬铁道部召集的郑渝铁路方案比选,会议倾向经十堰的北线优化方案,即重庆—万州—十堰(六里坪)—丹江口—南阳—平顶山—许昌—郑州。但从铁道部传出的消息:郑渝铁路线路比选"没有任何结果,郑渝铁路没有列入铁道部今年的工作计划,线路定线还谈不上。""部里还没有研究此事,目前的各种说法都是下面的炒作。"

铁路修建是国家大局,国家当然需要从全局考虑。出于本地社会经济发展,地方政府希望铁路过境的心情当然能够理解。但作为南水北调中线工程水源地的百姓,在国家大型水利建设中承受了那样多的牺牲与奉献,他们有资格有理由向国家提出要求。当年修建京九铁路时,为了报答革命老区人民在战争年代所做出的牺牲与奉献,京九铁路不是也拐进了贫穷落后的大别山区吗?

除了公路、铁路外还有桥梁。江边的城市不能没有桥。均县历史上第一座现代意义的大桥名为"汉江丹江口悬索大桥"。这座桥是丹江口与国道联通的咽喉,专门为丹江口水利枢纽工程施工而兴建。大桥位于丹江口大坝下游 600 多米处,六墩五孔,跨径 120 米,连引桥在内共长 698.7 米,是当时我国第一座多孔悬索吊桥。1959 年 4 月 7 日开工,1960 年 5 月 1 日建成通车。通车才几个月,1960 年 9 月,汉江遭受了特大洪水袭击,1960 年 9 月 6 日下午,大桥 5 号桥墩被冲垮,随后 4 号、6 号桥墩也相继被冲垮。这座桥自通车到冲垮共运行了 129 天。大桥垮塌后,时任省长张体学表示,一定要把这座大桥重新建起来,还丹江口人民一座大桥。但老省长的这个承诺,因为种种原因,直到 2000 年以后都未能实现。

丹江口市因坝而建,大坝建成后让老均县人民失去了土地和家园,迁入城区的居民因交通问题,都聚居在汉江左岸。左岸 15 平方公里的土地聚居着20 万人口,右岸是城区及周边城市的蔬菜生产基地,每天数千人通过坝下轮渡来往于左右岸,十分不便,随着大坝加高和二期移民搬迁,丹江口市城区左岸生存空间愈见局促,右岸大片土地可以开发,是城市建设发展最好的空间,但左右岸之间需要一座桥,一座几十年前省长就允诺要修的桥。丹江口市的几任领导想方设法,从北京到武汉,上下游说,终于在2002年争取到在《丹江口大坝加高初设报告》中加上了一句:建设南水北调坝下施工大桥,投资概算3000万元。但这一句话的兑现落实却又是坎坷波折,处处生变。2005年2月28日,国家发改委在评审丹江口大坝加高工程时,因为资金问题,决定将丹江口人民望眼欲穿的丹江口坝下施工大桥项目砍掉。消息传来,丹江口市委、政府主要领导再次赶到北京,他们要向国家发改委领导直接汇报,让国家发改委的决策者们了解,在为南水北调做出牺牲后,这样一座大桥对几十万丹江口人民的生存发展所具有的生死攸关的重要作用。精诚所至,金石为开,2005年3月28日,国家发改委在"发改投字〔2005〕687号《关于核定丹江口水利枢纽大坝加高工程初步设计概算的通知》"中加入了这样一句话:"关于大坝下游过江大桥……概算投资4350万元列入大坝加高的概算投资中,其余投资由丹江口市在城市建设维护税中安排,超概算部分由丹江口市政府负责落实。"

这意味着坝下大桥项目保住了,也意味着加坝后丹江口市的建设有了新的发展空间。

丹江口人民为了水库建设已经做出了巨大的牺牲,这次加坝意味着他们又要做出牺牲。在丹江口市境内建设二期工程,要淹人家的地,要影响人家的发展,给他们建设一座桥作为补偿是情理之中的事,几经波折,现在虽然同意将桥列入建设项目,但还要丹江口政府自己掏一部分钱,欣喜之余,又有几分苦涩。尽管如此,坝下大桥毕竟可以建设了,但丹江口市的汉江二桥建设比起这座桥来,就更令人唏嘘不已。

丹江口水库的建成,大水将均县分割为江南江北两块,江南是城区和部分乡镇,江北有习家店、大沟、蒿坪、石鼓、凉水河共5个乡镇10万群众,土地面积占全县三分之一。由于江水的阻隔,江北的5个乡镇10万群众与江南的发展联系被割断,江北人口占全县1/5,但经济规模只占全县的十分之一,10万人所需的生产生活物资进出全靠轮渡维系。为了全县经济均衡发展,为了江北10万人民的生活,迫切需要在江上建设一座桥。但江南江北最窄处的宽度也有400多米,建设这样一座大桥,靠均县政府的财力是无法实现的。

在没有桥的情况下,两岸往来全靠两条小小的轮渡。但轮渡受气候和时间影响,每逢冰雪雨雾等恶劣的天气,轮渡停航;平日每天下午5点半,轮渡停航。轮渡一停,江南江北咫尺天涯,可望而不可及。病人要就医,孕妇要生产,亲人要团聚,多少急迫紧要的事情都为这道江水所耽搁,情急之中,两岸百姓只能望水落泪。

为了修桥，均县政府从丹江口水库建成的 1968 年开始申请建桥，建桥报告的落款从均县写到丹江口市，一写就写了二十多年。丹江口市交通局的戴总工程师说："1976 年我参加工作到交通局，1980 年开始写建桥报告，年年写，有时一年写几份，局里的领导、市里的领导到省里、到北京也不知跑了多少次，也算是愚公移山了，直到 2002 年 7 月 28 日才得以开工建设。江北人民整整盼了 22 年。"

谈到此，他感叹连连："自从修建了丹江口水库，我们就如同陷入了一盘死棋，无论是移民补偿，经济建设，还是交通困局，丹江口人民要解决任何一件事情，实在是太难了，我们也不知究竟难在哪里？"

经过多年不懈的努力，丹江口人民的生存现状和他们的修桥要求终于引起有关部门的关注，1995 年湖北省计委以鄂计交字〔95〕0394 号文件批复了丹江口市汉江二桥立项建议书：

> 修建丹江口市江北大桥取代现有的汽车渡口，对解决丹郧路卡脖子问题，打通 207、209 和 316 国道的联系，优化鄂西北路网结构，加快鄂西北贫困山区资源开发和脱贫致富，促进湖北省、河南省、陕西省三省交界的边境区域经济发展都具有十分重要的意义。同时该桥作为南水北调的前期交通项目也应该超前安排，对移民的搬迁安置具有重要作用，如果等到丹江口大坝加高后实施，将大幅度增加工程难度及造价，基于以上考虑，经研究同意建设该桥。

到了 1997 年，湖北省计委以鄂计交字〔1997〕0193 号文件对江北大桥的可行性报告正式批复，工程造价 7500 万元，由丹江口市政府负责多渠道筹措。项目列入湖北省"十一五"计划。这意味着大桥要等到 2005 年以后才能开工。项目批准了，但修桥的钱没有，只能靠丹江口市政府自己想办法。这是一个凡是贫困地方政府都在走的老路："跑部进京"、"四处烧香"，直至 2001 年，才争取到国债山区交通扶贫资金 2000 万元。由于资金有了眉目，江北大桥终于被列入"十五"计划，湖北省交通厅同意大桥提前 5 年开工。但这笔资金仍然不够建桥所用。造成江南江北阻隔的原因起源于丹江口水库建设，根据国家政策，作为建设单位，长江委有补偿建桥建设的责任。丹江口市政府开始了与长江委的交涉。

戴总工程师讲了一个关于修桥补偿的难题。按照国家水库建设有关规定,水库境内被水淹的道路桥梁重新建设,这笔资金要由水库建设单位解决。作为丹江口水库建设单位,长江委对于水源地淹没区经济补偿有一个"三原"原则:即按照"原规模、原标准、原功能"恢复。以刚刚建设完工的江北大桥为例:水库建设前,江北江南有一渡口相连,现在因为库区蓄水,渡口被淹。为连接两岸交通,需要建设大桥。大桥预算投资1.2亿元,长江委只补偿3000万元。其理由是:江面原宽500米,蓄水后宽700米,根据"三原"原则,只能补偿这多出来的200米,其余的不管。面对这条"刚性"的原则,戴总工程师说说:"我们很不理解,如果不是建设丹江口水库,我们完全没有必要修桥。这个因果关系该由谁来考虑?"

丹江口市南水北调办公室副主任丁力先说:"我们对这个'三原'原则有不同的意见,以原标准为例,这次涨水,又要淹掉很多公路,我们需要重新修。但当年的投资数与今天的投资数完全不能同日而语。当年3.5米宽的乡村公路,15万就能修一公里,今天行吗? 如果按照当年的价格赔偿,今天的价格是当年价格的数倍,这中间的差价谁来出? 再比如,我们原来的路修在山脚下,修路就修路,没有别的开支,今天路修在山腰间,要炸山,要砌护坡,这个价格显然比原标准要高得多,这样的'三原'原则怎么行呢?"

淹什么赔什么,看起来合理,其实执行起来也有很多值得商榷的地方。比如,当地的电视差转站修在山里的高处,没有淹,不用赔。但是这一片移民都走了,服务对象走了,差转站在这里失去了意义,相当于报废了,这属于隐形损失,通讯接力的铁塔也有这个问题。修在山里的水库没有淹,但水库灌溉的田淹了,水库失去了作用,这也是损失。

长江委对水源地淹没区经济补偿的"三原"原则引起水源地政府和群众的不满,也引起中央高层的高度关注,经过好几年的争论,终于有了明确的意见。

2010年3月9日,国务院南水北调办公室主任张基尧在办公室接受《瞭望》周刊记者采访,在谈到"三原"原则时说:"党的'十六大'以后,中央提出了科学发展观理念。以此为指导,考虑到更加体现以人为本的理念,原来的规划和设计需要进行回顾和反思、补充和调整。比如丹江口库区的移民,原来移民规划就是根据'三原'原则——'原规模,原标准,原功能'。原来是个草房,就让移民在别处建个草房。原来路只有两米宽,就补偿两米宽。这显然不符合科学发展观的精神。补偿个草房也不一定能到那里去建个草房,两米宽的公路现在连农机具都过不去了,怎么行?"

2005 年 8 月,这座全长 486 米,桥面宽 12 米的大桥终于建成通车。丹江口汉江二桥不仅方便了丹江口市江北人民的生活,而且进一步改善了丹江口的交通,从襄樊经由丹江口通往陕西、河南也更为便捷。

四 老城,新城

城市恢复是水源地人民面临的又一道难题。老均县县城被称为"铁打的均州",四面城墙高大巍峨,城墙内外街市纵横,热闹非凡,城内有居民一万多人。但县城所在地海拔高度较低,只有 115 米,作为距离大坝坝址最近的县城,汉江截留壅水后,均县城的街道就开始进水。城区居民的房屋全部泡汤,损失惨重。城区的机关团体企事业单位学校以及部分居民在大水的威逼下,被迫向外迁移。在没有任何规划的情况下,1959 年,均县的县直机关和部分企事业单位仓促迁到原老城对面山坡上的龙口镇。丹江口库水涨起来后,龙口成为一座半岛,面积非常小,远离公路干线,没有任何基础设施,后人讥笑称,那里连一个村也摆不下,不知是谁要在那里摆一个县? 数万人挤在半岛上,生产、生活、交通运输非常不方便,结果花了一笔钱,县城也没有建成。

湖北省政府认为,均县被水淹掉太多,现存面积太小,1960 年 5 月,报请中央批准,将均县与临近的光化县合并,合并后称为丹江县。当年 10 月,国务院再次将丹江县易名为光化县,县城设在老河口镇。原均县县直机关、企事业单位随之搬迁到老河口。

均县的干部职工对这种准备不充分的合并不理解,几次的搬迁折腾给安家、生活、工作带来诸多困难,干部职工怨气较大,有人开始上访反映情况,两县合并后一些工作关系也难以理顺。1962 年 6 月,中央决定,恢复均县建制,新的县城搬到丹江口水库工程指挥部所在地沙陀营。原均县领导机关和企事业单位又从老河口搬到丹江口。1983 年 8 月 19 日,国务院批准均县改为丹江口市,由郧阳地区代管。

自从老县城被淹后,3 年之内 3 次搬迁,均县元气大伤,经济上几乎两手空空,城市建设一无所有。新建的均县就在这样一个一穷二白的基础上开始起步。1959 年,国家拨付均县老城搬迁费 549 万元,这笔钱建了 10 万平方米的房屋,平均每平方米造价仅 35.97 元。1962 年,均县恢复建制时,正逢三年自然灾害,国家经济极度困难,但考虑到老均县在丹江口水库建设中所受的损失和折腾最大,还是给了均县城市建设经费120万元。面对不断上涨的库水,首先要解决数万干部职工的住房,因经费实在太紧张,县政府只得采取非常手段,突击建房,建房所用的砖瓦基本上拆自老均县县城,所建房屋全部是简易平房,质量低劣。

均县老县城的移民们原来都有自己的住房,大水一来,全部淹没。搬迁后,国家给每间房补偿400元,这笔钱不给个人,而是统一为移民盖房。那是什么样的房呢?老百姓们形容:"明砖清瓦跃进坯(明朝的砖、清朝的瓦、"大跃进"年代打制的土坯),初一放线,十五住人。"意思是说,用过去年代的烂砖头外加上"大跃进"年代未烧制的土砖坯快速建房。这样的房被戏称为"吹火筒"。什么叫吹火筒房呢?即整个房子为长长的大通间,中间隔成一间一间的住人。人字形的房顶上没有天花板,房子与房子之间都是通的。这样的房子最大的"好处"是各家各户从此无隐私,两口子的悄悄话几家都能听见,甚至一家放屁都要臭三家。一到下雨天,外面大雨,屋内小雨,外面刮风,屋内扬尘。无论春夏秋冬,室内室外一个温度,住户们苦不堪言。与过去自己的房子相比,这样的房子使得移民们极为不满。

1979年,国务委员兼财政部部长张劲夫来均县视察,听取均县关于移民困难情况汇报并具体查看了移民的住房后,回京后下拨1550万专项资金用于补助移民住房。谁知这1550万也被一分为三,湖北省留下500万,郧阳地区留下500万,落到均县只剩下550万了。均县用这笔钱盖的房,被戏称为"550工程"。

土地、房屋、财产全部沉沦于水底。百姓生活备尝艰辛,只要是站在库区人民的角度来思考问题,谁会动谁敢动这笔百姓的救命钱呢?

尽管如此,均县政府和人民靠着自己的努力,节衣缩食,艰苦奋斗,经过几十年的努力,硬是在荒凉贫困的沙陀营村的基础上,建起了一座经济繁荣、市容美丽、全国知名的中国水电新城:丹江口市。

郧县的县城建设也如同九曲黄河,费尽周折。随着丹江口水库的建设,500年历史的郧阳府带着她曾经的辉煌和独有的文化风韵,消逝在丹江口水库浩森的烟波里。一县无城犹如一国无都,老县城刚刚没入水中,新县城的重建计划便出炉了。1958年10月,郧县城市建设委员会提出了一个新建10万人规模的新城迁建规划,由于这一规划与实际相差甚远,根本无从落实。1966

年12月，水电部和湖北省革委会发文要求郧县：

> 修改新城建设规划，必须缩小规模，因陋就简。

根据水电部和湖北省的指示，郧阳行署对郧县新城建设提出具体要求：

> 新城建设要随岗就凹，因地制宜，不搞主要街道、中心区域，不砌砖墙，实行干打垒。

这两份产生于特殊年代的文件进一步导致了郧县县城复建的混乱。新县城的复建工作全凭长官意志，让你建在哪里就建在哪里，让你怎么建就得怎么建，没有基础规划，没有地质分析。房子建起一两年后，怪事不断，房屋持续不断地出现开裂、倒塌，群众对此议论纷纷，有迷信者甚至传言，这是郧阳府的先人对不肖子孙的报应。经过地质部门检测才发现，郧阳新城竟然建在建设工程最为忌讳的胀缩土的基础上。何为胀缩土？地理科学辞典的解释是：

> 一种以蒙脱石、伊利石为基本矿物成分，在湿度变化时具有明显胀缩（吸水膨胀，失水收缩）特性的黏土。其液限、塑限和塑性指数都较大，但常处于硬塑或坚硬状态，强度较高，压缩性偏低，易被误认为良好的地基。但当受水浸湿或失水干燥后，产生明显的变形，使建筑物的地基开裂、破坏。

胀缩土是建筑的大敌，为防避胀缩土，建筑物开建前，一定要进行土壤地质调查，但那个知识越多越反动的年代，科学被长官意志取代。

经过普查，新建成的30万平方米房屋有22万平方米连续发生基础下沉、滑动和墙体开裂事故。已形成危害的达10多万平方米，已倒塌的有5000多平方米，两万多人的县城有六千多人居住在已经开裂的房屋里，新城刚刚建成就成了危城。对自然的漠视和对科学的蔑视使得郧县人民在经受水淹的痛苦之后，再次品尝到违背规律的瞎指挥带来的苦果。

1977年，郧县县城开始了第二次迁建，经过10年努力，1986年郧县县城第二次迁建基本结束。1990年，郧县城区人口已经达到4.4万人，建成区面积4.11平方公里，城区工业产值1.92亿元。由于第二次迁建的县城面积过于狭小，不能适应经济社会的快速发展，郧县县城的面积和基础设施日见窘迫，如同长大了的成人还穿着幼儿的衣裤，经济发展和城市限制的矛盾日显突出。

南水北调二期工程的上马给郧县发展带来了新的困难，也提出了新的思维。南水北调二期工程完成后，丹江口水库水位将达到170米高程，郧县大量的土地道路将再次被淹没,这意味着以县城为中心的发展空间更显局促。发展的出路在哪里?

根据已知的万有引力定律,地球一直围着太阳转,月亮围着地球转。根据经济发展规律,小城市总是围着大城市大市场转,将自己的发展与大城市大市场的发展相连,从中寻求更多的发展机遇。以郧县县城为圆心,周围唯一的中等城市是十堰市。半径距离只有不到 20 公里,有高速公路相通。

和郧县一样,建设于 20 世纪六七十年代的十堰市,经历过历史的坎坷和磨难后,借助汽车工业的高速发展,已经成为鄂西北的政治经济文化中心和成熟的汽车大市场。这里交通发达,襄渝铁路、汉十高速公路穿城而过,火车直接通往北京、上海、广州、深圳、西安、重庆、成都、武汉等特大城市,与武汉、西安等特大城市处于 5 小时交通圈内。十堰的汽车和汽车配件生产销售均位列全国前茅,十堰城区常住人口达到 60 多万,加上流动人口已经接近八九十万,2008 年 GDP 达到 420 亿元。随着经济快速发展和人口的剧增,十堰市老城区街市繁荣,商贾云集,车水马龙,高楼林立。十堰的武当山和丹江口水库成为吸引全国乃至全球眼光的旅游胜地。快速扩张的经济使得原有的城市容量明显不够,十堰市开始大规模地扩建城市。一条条新开辟的公路如同一根根动脉血管逐渐向周边延伸,随着新公路的开通,新的城区建设一拥而上,发展,发展,再发展已经成为十堰市经济生活的主旋律。

郧县早就感受到十堰经济发展的热度,20 公里不到的距离,使它成为距离十堰这个繁荣兴旺的汽车城最近的县城。经济发展定律决定郧县要充分利用这个区位优势。跨江向南发展,与"大十堰、大市场"连通配套,为十堰市新的城区扩展提供空间和容量。

解决问题的关键是新建一座横跨汉江的公路大桥即郧县汉江二桥,与原有的汉江大桥一起将老县城、与老县城一江之隔的三门岛和十堰市连为一体,并且改扩建一条直通十堰市的一级公路:"汉江大道"。届时从十堰到郧县将只有 20 分钟的车程,十堰与郧县县城将连为一体,郧县的长岭工业园将为十堰经济提供新的发展空间,四面环水、风景秀丽的三门岛将成为十堰城区新的旅游度假景区,亲水住宅将成为十堰市民新的选择。如果这个规划顺利实现,郧县城市建设和经济发展将顺利融入十堰经济的大格局。犹如一盘复杂的棋局,汉江二桥是这盘棋局的"眼"。

2008 年 10 月 26 日,汉江二桥开工那天,郧县县城万人空巷,几万人都拥到江边,他们要亲眼见证,自己生活居住的郧县新城,跨进新的发展阶段。

让我们先在彩色规划图上看一看郧县新城的秀美身影吧:

中线调水工程完工后,正常水位将升至170米高程,县城周围有48平方公里的水面,形成又一个"小太平洋",新城如同一座绿岛浮现在烟波浩森的水中,城市滨水地带形成大量的岛屿、浅滩、库汊、沟汊、水湾地形,纵横交错,美不胜收,真正做到了山青水秀城美。经过精心点缀和建设,郧县新城将成为中国内陆的"威尼斯"。

来到汉江南岸,宽阔的长岭工业园三通一平已经完成,几十栋巨大的厂房白墙蓝顶,在阳光下熠熠生辉。这座命名为"东盟"的新型工业园区是郧县在"东盟"会议期间招商引资的成果。到2006年末,工业园内已有产值过亿元的企业2家,过千万的8家,过百万的30余家,工业总产值达4亿元,财政收入1500万元。

郧县县城边,汉江绕城而过,宽阔的江面上一派繁忙,正在施工的汉江二桥桥墩已露出水面。建造中的汉江二桥为双向8车道,全长1700米。直通十堰的汉江大道基础已经完成,一级公路宽阔平直,直通远方。据介绍,按照目前的进度,两年以后,汉江二桥将建成通车,汉江大道也将交付使用,郧县新城将步入新的发展空间。

水给水源地的人民带来灾难与痛苦,水也给水源地的人民带来发展与希望。

第五章
守望历史

在水的威逼下,人离开了,没法离开的土地房屋,在水的步步紧逼下陆沉了。今天,人们来到辽阔的丹江口水库,交口称赞的,只是她蓝宝石一样澄澈洁净近乎透明的水体,你可曾想到,在那澄澈洁净蓝宝石一样的水体下面,曾经是一块怎样的土地呢?

秦巴山区,山大林密,河谷深长,汉江在群山间逶迤流淌。这里气候温润,土地肥美,亿万年前,恐龙在这里称霸一时,100万年前,我们的祖先在这里追逐走兽,刀耕火种,繁衍生息,开创着人类文明。

从几千年前的夏、商、周直到春秋、两汉、唐、宋、元、明、清,这里留下通史般的中国社会发展遗迹。湖北十堰、河南淅川、陕西商洛一代,是历史上秦楚两国的边界,春秋战国时代,秦楚两国在这里纵横杀伐,演绎出一段段惊心动魄的政治军事外交故事,刀光剑影,金戈铁马,留下无数鬼雄。

在数千年社会发展进程中,汉江和丹江是湖广、川陕、豫鄂重要的交通要道和物资进出集散地,政治文化中心长安所需的粮食、丝绸、陶瓷、茶叶等各类生活物品主要依靠丹江、汉江、长江这条运输大动脉。当时的江面上,往来舟楫不断,片片白帆,从长江、汉江逆流而上,日夜不停。我国最早的地理书籍《禹贡》记载,丹江早在战国时期已经通航。航道上至陕西龙驹寨,下达湖北老河口,顺汉江可直入长江。《唐书》记载,丹江为唐"贡道",鼎盛时期,荆紫关码头每日泊船百余艘,帆樯连绵十余里。交通运输的繁忙,带动了汉江、丹江沿岸的州、府、县经济社会繁茂兴盛。

亿万年前的恐龙蛋、百万年前的"郧县人"、几千年前的楚国古墓群、几百年前的武当山宫观群,上百万年的人类发展史和几千年的文明史在这里留下了深刻的历史烙印和厚重的文化历史积淀。今天,风云激荡的历史与古老的文明早已离我们远去,静静地躺在丹江口水库清波粼粼一望无际的水下。让我们一页页翻阅中国社会历史发展的教科书,重新回顾那段逝去的岁月。

一 楚都丹阳

公元前 1112 年(周成王四年),周朝的都城洛阳,城墙上旌旗猎猎,卫兵肃立,周天子在王宫内当庭而坐,大殿上各路诸侯分列两排,他们屏住呼吸,垂首立正,恭听摄政的周公姬旦宣布成王分封命令:……熊绎护驾有功,封四等子爵,封地一同(50 平方公里)。❶

周天子的分封令,意味着一个新兴的楚国开始在汉水之滨崛起。

熊绎及其后代是楚国在江汉流域最早的开发者。《史记·楚世家》载:

熊绎当周成王时,举文武勤劳之后嗣,而封熊绎于楚蛮,封以子男之田,姓芈氏,居丹阳。

《汉书·地理志》载:

周成王时,封文武先师鬻熊之曾孙熊绎于荆蛮,为楚子,居丹阳。

《左传》昭公十二年:

昔我先王熊绎辟在荆山,筚路蓝缕,以处草莽,跋涉山川,以事天子。

"筚路"是柴车,"蓝缕"是破旧的衣服,这个成语出自楚国第一任国君熊绎。熊绎"筚路蓝缕,以启山林",既显示了楚国创业之艰难,更体现了早期楚国积极进取的精神风貌。

熊绎原为一个不起眼的小部落首领,因护卫周天子有功,被周天子封为四等子爵,封地不过一同。但熊绎胸怀大志,立志要成就一番大事业,他带领自己的臣民在丹阳跋涉山林,开辟疆土,艰苦奋斗,甘苦与共,终于利用周王朝日渐式微的局面,于东周平王三十一年(公元前 740 年),熊绎的后人熊通自立为楚武王。这在楚国发展史上具有划时代的意义,也是春秋初期的一件大事,它宣告了一个南方大国的崛起。

---

❶ 《西周周王简表》:"周成王四年,周公广封七十一国"。

春秋战国时期,是中国历史上分裂割据、战乱频仍的时期,也是社会政治发生剧烈变革的重要时期。此时的周王朝从衰微走向瓦解,诸侯各国通过兼并战争扩张势力。其中扩张速度最快的莫过于楚国。楚国自成立后,便在诸侯纷争中,南征北战,攻城略地,在不太长的历史时期内,就完成了对江汉地区许多姬姓小国的吞并和占领,相继灭陈,灭蔡,造成"汉阳诸姬,楚实尽之"的局面。在汉江流域站住脚后,楚军锋芒开始指向长江流域,吞并吴越,占有了东到江浙,南到今岭南的广大疆域,从局促于丹阳一隅的"蛮夷"之邦,变成"地方五千里"的"万乘之国",跻身"春秋五霸"之列。鼎盛时期,楚国的国土横跨今天国内十一个省,成为战国时代版图最大的国家。《战国策·楚策一》:

> 楚,天下之强国也。楚地西有黔中、巫郡,东有夏州、海阳,南有洞庭、苍梧,北有汾陉之塞、郇阳,地方五千里。

蓬勃发展的楚国不满于自己封国的身份,公然挑战周天子的权威。公元前606年,楚庄王北伐陆浑戎,楚军到洛阳后,在王都郊外举行阅兵仪式,向周天子显示实力。周定王派王孙满前往楚军军营慰劳,楚庄王公然向王孙满探询周朝传国之鼎的轻重大小,并且扬言说,楚军只要折断戈矛的尖端,就足够铸成九鼎了,从此留下"问鼎中原"的成语。

楚人尚武,英勇善战,视死如归,具有为国捐躯的牺牲精神。即使战死疆场,马革裹尸,也视为光荣和自豪。一个地处偏僻的"蛮夷"小国能够战胜诸多对手,发展成被人敬畏的强大国家,除了国力强盛,人民刚强英武的硬实力外,还必须有宽容的态度和广纳的胸怀,在国家政治中,这是必不可少的软实力。软实力与硬实力交相使用,成为楚国扩张致胜的法宝。湖北师范学院黄瑞云教授在《楚国论》一文中说:

> 华夏蛮夷濮越,文明程度相差很大,历史渊源各不相同,楚国都能加以安抚。楚国在战争中从未有过像秦军那样,动辄斩首几万,也没有见过大量俘馘的记录。

非但不滥杀,楚国对于被灭之国,存其宗庙,抚其臣民,迁其公室,用其贤能,而且还允许其王室保留一小块封地。春秋时代的麇为一小方国,麇国的封地即今日之郧县。《左传》记载,鲁文公十年(公元前617年)冬,楚国与盟友蔡、麇等国一起在厥貉(今河南项城)会盟,商讨攻打宋国,麇国国君认为此战属不义之举,不愿随同楚国出兵,并在未打招呼的情况下,偷偷离开厥貉回到麇国。楚王对此大为不满,遂起心灭麇。第二年楚国出动大军攻打麇国,麇国虽拼死抵抗,但地小人稀,国力薄弱,哪里是楚国的对手,很快麇国灭亡。楚灭麇后,并未屠城,而是将其王室迁往今日湖南之岳阳东 30 里处(今岳阳五里乡梅溪村)筑一城称为"麇城"供其居住。这就是楚国的策略,要你的国土,但不要你的命。依靠此策,楚国逐一吞并周边各个小国,最终在横跨大江南北的广大领域,建立起一个强盛的多民族国家。在扩张过程中,不断强化其臣民的本土意识、民族意识和国家认同的观念,激发他们的爱国主义精神,这是楚国由小到大,由弱到强,获得迅猛发展的一个重要的内在原因。

楚国的这种蓬勃发展的势头,从西周初年算起,持续了大约 400 多年,直到战国后期怀王时代,由于重大决策失误,楚国才走下坡路直至亡国。即使楚国亡于秦,但楚国人也是至死不服,以至于出现"楚虽三户,亡秦必楚"的誓言。最后暴秦果然倒在楚人项羽的剑下,不能不说这是楚人国家认同观念和血性贲张的结果。

当年的熊绎率领着他的臣民,在秦岭、伏牛的荒山野凹里,披荆斩棘,艰苦备至,在丹江边筑城立国,这就是古丹阳,即今日之河南淅川。楚国在这里不断扩张,最终与同样处于不断扩张的秦国迎头相撞。周赧王三年(公元前 312 年),秦楚两军于丹阳、蓝田发生大战,这便是历史上著名的秦楚丹阳之战,此时的楚国立国已有 430 多年。

秦楚丹阳之战的起因是秦国谋士张仪用计离间了齐楚联盟并羞辱了楚国,楚怀王一气之下于秦惠文王更元十三年(公元前 312 年)起兵十万伐秦,这一仗楚军大败,丧师 8 万,大将屈匄、裨将逢侯丑等 70 多人被俘,楚怀王不甘失败,尽发国内兵再度攻秦。秦军于蓝田再次击败楚军。韩、魏配合秦军乘楚国国内空虚,攻占楚地邓(今河南邓县与湖北襄樊北之地)。丧师失地的楚怀王被迫割丹阳、汉中两地向秦求和。《史记·楚世家》:

> (怀王)十七年春,与秦战于丹阳,秦大败我军,斩甲士八万,虏我大将军屈匄、裨将军逢侯丑等七十余人,遂取汉中之郡。

《史记·秦本纪》、《史记·韩世家》、《史记·张仪列传》、《史记·樗里子甘茂列传》、《史记·屈原贾生列传》和《战国策》、马王堆汉墓出土的《战国纵横家书》都记载了秦取楚汉中这件事,这次秦取楚汉中的丹阳之战,就在今日的丹江口水库淹没之地。

著名爱国诗人屈原对楚怀王的昏庸误国之策极为愤怒,为这次战死的将士写下著名的祭歌《国殇》，表示了自己对忠勇将士的深深敬意：

> 操吴戈兮披犀甲，车错毂兮短兵接。
>
> 旌蔽日兮敌若云，矢交坠兮士争先。
>
> 凌余阵兮躐余行，左骖殪兮右刃伤。
>
> 霾两轮兮絷四马，援玉枹兮击鸣鼓。
>
> 天时怼兮威灵怒，严杀尽兮弃原野。
>
> 出不入兮往不反，平原忽兮路超远。
>
> 带长剑兮挟秦弓，首身离兮心不惩。
>
> 诚既勇兮又以武，终刚强兮不可凌。
>
> 身既死兮神以灵，魂魄毅兮为鬼雄。

1991 年，河南省文物考古研究所在淅川白岗岭上，发现了 75 座很特别的墓葬，这些墓的主人身边没有什么陪葬物，但几乎清一色地携带着各式兵器，其中 5 座墓的主人身边都有锋利的铜剑陪葬。这么多墓葬在 1500 米长的岗脊上一字形排开，如同士兵列队，墓主人头部全都朝着楚国古都丹阳。经考证，这里埋葬的就是秦楚丹阳之战中牺牲的楚国将士。这些将士们活着时为楚国而搏杀，死后魂魄不散，为表示对楚国的忠诚，他们的头颅全部朝向楚国的都城丹阳。

值得关注的是关于秦取楚"汉中"的记载，它牵出一桩历史公案，即楚汉中在哪里，它是不是今日陕西之汉中？据张港《172 个被误读的史事真相》的考证：

> 战国时代的汉中，并不是今天的陕西汉中，战国汉中的位置应该是现在湖北西北部郧阳地区、陕西西南部安康地区，与今天的汉中完全无涉。战国时代的汉中是一个很重要的地方，是秦楚两个大国的接触点，是政治军事的斗争焦点；汉中还是楚人的发祥地。确定战国时代楚国汉中的正确位置对于战国史研究是有重要意义的。

> 楚国最强大时，曾经攻取了其西北的许多小国，但是势力并没有达到汉水上游，即现在的汉中。楚曾筑方城以为西北部边防，方城的位置在今河南南阳一带，大致是沿伏牛山西行而南下的围绕南阳盆地的一个半环状的长城。秦楚两个大国之间本来有一个庸国作为缓冲，庸国的位置一般认为是在现在的湖北竹山一带。《左传》载，鲁文公十六年（公元前 611 年）"楚人、秦人、巴人灭庸"，湖北西北的竹山县一带，成为两个大国直接

交锋的地区。在湖北竹溪县发现一段楚长城遗址,长城东起湖北竹溪西至陕西旬阳,绵延70多公里,其走向大致与现在湖北、陕西两省省界相合。楚国的西北界就应该是在这里。楚的力量不可能达到现在的汉中。

《史记·楚世家》载,丹阳战后一年,"秦使使约复与楚亲,分汉中之半以和楚"。如果说这个汉中就是现在的汉中,那汉中岂不成了楚国的一块飞地。

《史记·张仪列传》:"楚尝与秦构难,战于汉中,楚人不胜,列侯执珪死者七十余人,遂亡汉中。"这次战争就是丹阳之战,不言战于丹阳,言战于汉中,可见,汉中与丹阳实为一地。汉中包括范围较广,丹阳为汉中的一个城邑,因此可以称汉中,也可以称丹阳。《史记·楚世家》:"当周成王之时,举文武勤劳之后嗣,而封熊绎于楚蛮,封以子男之田,姓芈氏,居丹阳。"这汉中就是丹阳所在地,是楚人的发祥地。

胡三省注《资治通鉴》的"故立沛公为汉王,王巴、蜀、汉中,都南郑"句时,说:"近世有李文子者,蜀人也,著《蜀鉴》曰:南郑自南郑,汉中自汉中。南郑乃古褒国,秦未得蜀以前,先取之。汉中乃金、洋、均、房等六州六百里是也。秦既得汉中,乃分南郑以隶之而置郡焉,南郑与汉中为一自此始。"这个李文子说的是正确的,可惜并没有引起众人的注意,楚汉中即今汉中之误说,才一直沿用至今。❶

由此可以明白,春秋时代楚国的汉中其实就是今天陕西安康、湖北十堰、河南淅川一带。

历史上著名的"朝秦暮楚"的说法也出于此地。丹江上游,湖北、陕西、河南三省交界之地有一处很有名的关隘叫荆紫关。荆紫关是秦楚两国的交界地,其中一部分属于秦国,一部分属楚国丹阳。秦楚两国爆发"丹阳之战",秦国击败楚国后,荆紫关全部归入秦国版图。

《现代汉语词典》里对"朝秦暮楚"的解释是:一时为秦国服务,一时又为楚国服务,比喻人反复无常。很少有人知道,这个典故的出处就在荆紫关,"朝秦暮楚"在这里并不是贬义词。一种说法是:荆紫关属于秦楚交界地带,早上从秦国出发,到了晚上就到了楚国,形容距离之近。另一种说法是,早上

---

❶ 张港:《172个被误读的史事真相》,广西人民出版社2008年版。

这里被秦国占领，而到晚上却又被楚国夺了回去，比喻战争之频繁。

几次惨败后，楚国丧师失地，汉中丢失后，其都城龙城由于过于靠近前线而被迫沿汉江下移到今日湖北荆州一带。近700年的楚国历史，有400多年是在汉江中上游的丹淅之地度过的。秦楚两国在丹江淅川这块土地上上演了一幕幕极富戏剧性的历史活剧，给中国历史留下了精彩的一笔，也给这里的人民留下了丰厚的历史遗产。

悠悠岁月，沧海桑田，两千多年过去了，秦楚古战场的厮杀声早已随着岁月远去，楚国的将军、武士和王公大臣们也一直安卧在丹阳古城的墓葬里。公元1977年8月的某一天，他们被惊醒了。

牛牛9岁了。1970年，为给丹江口水库让路，牛牛的父亲和成千上万的移民一起，全家搬迁到湖北荆门，因为不适应那里的生活，一年后，全家返迁回到淅川下寺仓房公社老家，全家人蜗居在一个临时搭建的草房子里，父亲给队里打零工，小牛牛给队里放牛。

1977年夏，汉江中上游大旱，丹江库水大面积消退，被水浸泡多年的土地重新露出水面。8月的一天中午，牛牛将牛牵到岸边，劳累了一天的水牛惬意地在水里"困水"，牛牛独自在坡岸边玩耍，突然，他发现坡岸边一个形似鳖盖的东西，半没在水中，他好奇地用一根树枝去捅这个"老鳖"，谁知这个"老鳖"一动不动，牛牛跳到泥里，用手去摸，就是这一摸，竟摸出中国考古史上的一个惊天发现。

牛牛在水里摸了一阵，摸到一个类似于铜锅一样的东西，他不知道这个东西为何物，便抱着这个"铜锅"回去交给了自己的父亲。牛牛的父亲也不知道这个"铜锅"是干什么用的，牛牛的讲述使他意识到这件东西可能不简单，他立刻将这件东西交给仓房人民公社。公社负责人也不认识这个东西，于是通过当地公安派出所转交到淅川县文物主管部门。

淅川县主管文物工作的是县文化馆，馆长张西显，主要工作人员马新常、李玉山等。接过县公安局送过来的"铜锅"，他们立刻辨认出这是一个青铜的"铜敦"。春秋战国时期，铜敦属于重要的礼器，只有王公贵族才使用这类器物。常识告诉他们，青铜铜敦的出现，意味着这里很有可能是一座极有考古价值的古墓。

淅川曾经是楚国古都，这里有着大量的楚国墓葬。丹江口水库开始建设时，国家曾经对库区进行过简单的普查，但由于当时的客观条件，大批古墓葬没有来得及发掘便沉入水底。这一年丹江口水库处于低水位,部分淹没的地方重新露出水面。张西显推测,有可能是一座古代的墓葬露出了水面,这个铜敦就是其中的陪葬器物之一。经过紧张的准备,他和李玉山、马新常等人立刻赶到了铜敦出水的地方。

铜敦出水的这座古墓距淅川县城50公里,位于丹江口水库西岸边一个三面环水的山脊上,从西北望去,隆起的山脊犹如一条腾跃的巨龙,由高而低,直至下寺,然后缓缓没入辽阔的水库之中。这里群山环绕,楚国早期的都城丹阳城也就是所谓"龙城"就在这里。

牛牛捞起铜敦的地方已经半露在夏日的阳光下,经过简单的钻探、评估,他们认定这是一座春秋中期古墓葬,由于在水里长时间浸泡,墓的表土已被水冲走,露出墓葬坑里的陪葬物。古墓葬所在的地方为一个半坡,墓室被水冲开后,有些陪葬品已经被水冲走,现在库水消退,正是抢救性发掘的天赐良机。他们将这座墓命名为"M1",即一号墓。张西显等人一面向河南省文物主管单位汇报,请他们赶紧派专家来主持发掘,一面对暴露出的墓室进行清理。经过近一个月的初步清理,一号墓出土了46件青铜器和一件玉器。但天不助人,似乎有意要阻止人们发掘这座重要的墓葬,消退下去的丹江口库水卷土重来,并且上涨的速度很快,不过一两天,一号墓渐渐地重新回到水下,一号墓地的发掘被迫停止了。一号墓的显现如同龙王现宝,让你看了一眼又收了回去。这看一眼不打紧,张西显、李玉山、马新常等人的魂都被勾去了,他们急切地想知道,这究竟是谁的墓葬,他们更担心这些躺在水底的文物的安全。

第二年4月,丹江口库水再次出现大面积消退,张西显、李玉山、马新常等人立即赶赴下寺一号墓地,继续上年的清理发掘。一号墓为长方形土坑竖穴棺椁墓,长9.9米,宽7.1米、深4.95米。发掘没多久便发现一个早期的盗洞,盗洞令在场人员的心一下子悬了起来。经过评估,认定这个盗洞应不晚于唐代。随着发掘的深入,鼎、编钟、石磬等属于王公贵族所有的礼器逐一在墓室里出现,尤为珍贵的是一号墓出土的石排箫和编钟。排箫是一种古代乐器,但石质排箫则极为罕见,它的发现为中国音乐历史的研究提供了重要的实物资料,编钟的发现则更为重要。经过一个多月的发掘清理,共出土青铜器和玉器等随葬品449件。出土的随葬品证明,这是一座大型春秋墓。一号墓清理发掘的同时,经过对墓地周围的钻探,发现面积不大的龙山山脊周围竟有大小春秋古墓葬24座,另外还有8座小型汉墓。丹江口水库的水位涨涨落落,这次水位消退后,什么时候再涨上来很难把握,张西显决定趁着目前的低水位,赶紧对另外24座墓葬中的二号、三号墓进行抢救性发掘。

1978年8月,骄阳似火,丹江口水库边,水汽蒸腾,酷热难耐。考古队员们的心思全在这两座墓葬上。二号墓位于一号墓西北23米处,墓室长9.1米,宽6.47米,深3.88米。发掘开始不久就发现,这座墓也被盗过,墓室的东边也就是墓主人的右边发现一个盗洞,随葬品大部分不见了,盗洞边的填土内发现4个铁镢头,经辨认应为汉代的物品,由此推断,盗墓发生在汉代。盗洞的出现让在场的考古人员心中极为不安,在盗墓贼的镢头下,这座墓究竟受到多大的破坏呢? 按照春秋时楚国的墓葬礼制,墓主人的棺材陈放在椁室正中,随葬品放在椁室内墓主人棺材两边,右边的位置陈放酒器,左边的位置陈放乐器。如果墓主人属于侯王一级,则前后左右都有随葬品摆放。这座墓为一椁两棺,棺椁已经损毁,人骨架已不存在,仅发现牙齿十余枚。看来盗墓贼只拿走了墓室里的随葬物,棺椁内外的随葬物基本保存完整。随着发掘的进行,令人惊喜的事情不断出现。先是在右边发现了一对青铜的莲鹤方壶,但壶盖已经没有了,酒器陈放地正对盗洞,估计已被盗走。但摆放酒器的"铜禁"完好无损。禁,是春秋战国时代贵族在祭祀、宴飨时摆放酒器的几案,多为铜质,故称铜禁。放置酒器的几案为什么被称作禁呢?

周人总结夏、商两代灭亡之因,均在嗜酒无度。相传禹是中国历史上最早提出禁酒的帝王,"帝女令仪狄作酒而美,进之禹,禹饮而甘之,遂疏仪狄而绝旨酒,曰:'后世必有以酒亡其国者'"。禹的预言很准,夏、商两代末君,都因沉湎于酒而亡国。鉴于此,周朝发布了中国最早的禁酒令《酒诰》,其中规定:王公诸侯不准非礼饮酒,只有祭祀时方能饮酒;民众聚饮,押解京城处以死刑;不照禁令行事执法者,同样治以死罪。为随时提醒人们禁酒,承置酒器的几案被名曰"酒禁"。

墓中的铜禁极为精美,其器身以粗细不同的铜梗支撑,器身布满多层镂空云纹,十二只龙形神兽攀缘于禁的四周,另十二只蹲于禁下为足,这是我国迄今发现用失蜡法铸造的最早的铜器,其工艺精湛复杂,令人叹为观止。我国此前总共只出土过两件铜禁,1926年陕西宝鸡斗鸡台出土一件西周铜禁被完好地保存在天津博物馆,为国家一级文物,一件被美国掠走,收藏在纽约市博物馆。这两件都属于西周初年器。下寺二号墓发现的这个铜禁在国内属于第三件,这个铜禁的造型和铸造技术较之天津和美国的那两个要精美得多,属于国宝级文物。铜禁的发现令在场的考古人员喜不自禁。这座铜禁重达160多公斤,很可能是由于体积过大和自身太重,才躲过了盗墓贼之手。然而,欣喜接踵而来,接下来出土的是编钟。

编钟是指依其音律变化规律由小到大或由大到小成组的钟。钟本身依其形状分为甬钟、纽钟。最早的形态为甬钟,甬钟的钟身呈合瓦形,钟体截面为椭圆的扁圆形,因钟的顶端有一长长的悬柄称"甬"而得名。《诗经·周南》中有:"窈窕淑女,钟鼓乐之。"说的就是一群体态窈窕婀娜的女子在钟鼓的伴奏下,载歌载舞的欢快情景。钟也是身份地位的象征,所谓"钟鸣鼎食之家"。

二号墓悬挂编钟的木制钟架早已腐朽坍塌,几十个大小甬钟横七竖八地躺在墓室的淤泥中。李玉山说:"看到这组编钟,我的心顿时狂跳起来,这说明,这个墓的墓主人起码是王侯以上的贵族。"

周王朝初期实行的是"封诸侯,建同姓"的政策,将周王朝宗室贵族分封到各地,建立西周的属国。《左传》:"国之大事,在祀与戎。"古人在祭祀时的各项活动都按照一定的规程进行,这套规程就是礼。西周初年,为强化统治,经过周公姬旦的改造,将礼从宗教的制度转换成了基本的社会典章制度,这便是历史上著名的周公"制礼作乐"。据《仪礼》记载,礼的内容有十七项,以礼对贵族的身份、权利、行为规范进行约束。以后,十七项礼被归并为吉礼、凶礼、宾礼、军礼、嘉礼共五礼,唐代以后,这五礼一直沿用下来。祭祀时载歌载舞,将"颂神娱神"的愿望"送达天听",这就是乐。经过周公姬旦的改造,乐成了配合礼的一套程式。礼和乐相辅相成,构成了当时的社会典章制度。以"礼"来区分宗法远近等级秩序,同时又以"乐"来和同共融"礼"的等级秩序,两者相辅相成。在统治阶级内部所设定的等级具体表现为"天子八佾,诸公六,诸侯四"。古代舞队的行列,八人一行,叫一佾。按周礼,天子的舞队用八佾(即六十四人),诸公六佾,诸侯四佾,士二佾。阶层不同,使用舞队人数也不同。此外,为舞队伴奏的编钟的多少也有严格规定,超过了规定谓之"僭越",按照制度是要治罪的。但春秋末年,周朝国力式微,周天子权威也日渐沦丧,各诸侯国君自行其是,明目张胆地违反礼乐制度的规定,孔子为此感叹"礼崩乐坏"、"大道不行"。

经过清理,二号墓出土的编钟共26件,其中最大的一件通高120.4厘米,重160.5公斤。最小的一件通高23.35厘米,重2.5公斤。遗憾的是,由于高达2米多的钟架的坍塌,悬挂的编钟坠落到地面,最重的编钟砸到下面的鼎上，钟柄被折断，经过称重，仅这个折断的钟柄就重 68 公斤。

　　1978 年 6 月 28 日，随州擂鼓墩出土的曾侯乙编钟以 64 件的规模创造了出土编钟的中国之最，从数量和规模看，下寺二号楚墓出土的编钟数量只能屈居中国第二了。巧合的是，两座墓的发现时间同是在 1978 年，同是在春秋时楚国的疆域，随州擂鼓墩和淅川下寺一南一北，一前一后相继出土两套中国当时最大的编钟，这真是极富戏剧性的故事。

　　经过测试，这套编钟音域宽广，音律和谐，音频准确，体现了 2500 年前楚国音乐文化的高超水准。与编钟同时出土的还有一组共 13 件石磬。石磬挂架朽塌，石磬散落在编钟之间。

　　更大的惊喜还在后面，随着墓底淤泥的逐步清除，一只鼎的耳朵显露出来，慢慢地，鼎身、鼎足，一只、两只、三只、四只……这一场面足以让在场的人窒息，十几只鼎排列有序地躺在墓室中。对于考古人员来说，发掘到有价值的文物是极为稀少的，有的人终生考古也难遇到一次，有的遇到一个就是三生有幸，像这种一个墓里发现铜禁、编钟、鼎等这么多国宝级文物，全国也难找出几个，它们足以奠定淅川下寺墓在中国考古历史上显赫的地位。

　　这些鼎分三排由东向西排列在墓室东端，第一排 5 个，全部为升鼎，第二排 6 个鼎中，有 2 个升鼎，其余为圆鼎，第三排的 3 个全部为圆鼎。另有鼎盖、鼎耳、鼎足以及鼎身碎片散落在周围。经过现场的简单清理，可以看到，鼎身上布满铭文。李玉山感叹道："郭老（郭沫若）研究了一辈子金文，可能也没有一次性地看到如此多的金文。"

　　鼎为国之重器，楚庄王曾向周天子的使臣王孙满"问鼎"，表现其称霸天下的雄心。鼎最初的作用是煮食。但商周时期的青铜鼎分化出了专以烹煮牲肉的镬鼎和专以盛装熟肉并调味的升鼎。周礼又将这种分工明载祀典而加以规范。在这种制度中，升鼎成为祭祀的中心而称为正鼎，保存了原始功能的镬鼎却成为陪鼎。礼制规定，天子九鼎，诸侯七鼎，卿大夫五鼎，士一鼎或三鼎。墓里出现鼎而且是符合礼制规定的 7 鼎，再加上 26 件的编钟和编磬，这些珍贵的文物确凿地说明，此墓为王侯级。那么墓里的这位王侯会是谁呢？按照规定，墓室发掘清理结束后，再转入室内研究，由考古专家根据青铜器的铭文内容来确定墓主人身份。张西显、李玉山等人压住内心的喜悦，一边继续清理，一边火速报告河南省博物院，请他们速派专家赶来淅川主持鉴定。

　　墓室的西南角发现了大量的车马遗骸，经清理，共有 6 车 19 马以及大量的兵器、大片的金箔（共重 749 克）、石器、玉器、骨器、料器、贝壳等共 6098 件。这座墓葬是迄今为止在淅川丹江流域发掘的等级最高、随葬品最丰富的一座。

二号墓的发掘成果令所有的人欣喜不已，为抢救更多文物，考古队员们决定，立刻对三号墓进行抢救发掘。三号墓位于二号墓北侧 18 米，形制要明显小于二号墓，属于中型楚墓，出土了青铜器、玉器等随葬品 1100 件。

李玉山回忆道：

当时的发掘条件非常艰苦，我们一个小小的县级文管所，一无资金二无器材，工作起来十分困难。按照规定，所有发掘现场都要照相。当时我们只有两部老式的海鸥 120 反光式相机，墓室面积过大，这种 120 相机镜头不能伸缩，根本就拍不下来。最后，我们到乡政府借来了几根解体的帆船上拆下来的 13 米高的桅杆，支在墓室上方，然后人爬上去从上往下拍。即使这样，照片质量仍然难以令人满意。向省里报告就更困难了，如此重大的发现，需要尽快向省里文物部门汇报。但当时只有 10 公里外的仓房公社有那种手摇的老式电话机，靠人工转接，仓房公社转到淅川，淅川转到南阳，南阳转到郑州，郑州再转到考古所，通过几次转接后，通话质量非常差，话机里嗡嗡响，对方说话的声音像蚊子哼，根本听不清。有时电话打过去，对方没人接，要等半天再打，有时要找的人不在，发掘现场人手本来就紧，打一次电话要来回跋涉 20 多公里，大半天就过去了。这么重要的发掘，省里的专家没能来到现场指导，我们的压力非常大。更要命的是，库水又开始缓慢上升，平均一天上涨一米，发掘现场三面环水成为半岛，最后全部淹没，抢救性发掘工作不得不暂时停止，开始转入室内研究。

如此丰富的发现使得所有人的目光都聚焦在一个问题上，墓主人究竟是谁？识别墓主人的唯一办法是鉴别刻在鼎上的铭文，二号墓的七个青铜升鼎上密密麻麻刻满了长篇铭文，字体为鸟纹，纤细俏丽，但这种几千年前楚国的古文字没有几个人认识。

郝本性，1956 年考入北京大学历史系，1962 年在本校就读考古专业商周考古研究生，师从中国考古大师、故宫博物院院长唐兰。毕业后到河南省博物馆所属文物工作队工作，长期从事商周考古、古文字、青铜器等的研究，在考古界成果卓著，是中国著名考古专家。郝本性得知淅川的重大考古发现后，立即赶往淅川投入研究。他发现，7 个青铜升鼎鼎身的内壁、底部、钮盖等处都筑有铭文"王子午"。根据考证：楚庄王的儿子子庚名午，亦称公子午、王子午，子庚在楚共王晚期任楚国司马，楚康王元年（公元前559年）冬，令尹子囊死，子庚接任令尹，楚康王八年（公元前552年）夏，子庚病死，在位7年。令尹是春秋时楚国设置的最高官职，负责执掌全国军政大权的长官，相当于丞相。

按照礼制，鼎为重器，一旦刻上名字就不能随便送人，除享用终身外，死后还要陪葬在墓中，所以发现了鼎也就等于找到了鼎的主人。郝本性经过仔细研究辨别后确定，二号墓的墓主人就是令尹子庚，因鼎上筑有"王子午"的铭文，因而将鼎定名为王子午鼎。鼎上的长篇铭文内容大致为：

> 王子午精心选料筑鼎，小心恭敬地把它们用于祭祀，自己施德于民，尽心保护楚国，子子孙孙效仿保护享受列鼎。

至此，神秘的淅川下寺二号墓主终于露出历史真面目。"王子午鼎"以及其他大量珍贵随葬品的出土，证实了下寺二号墓的墓主人就是楚国令尹子庚。子庚墓的发现，为研究楚国的政治、军事、经济、社会、文化、音乐以及春秋战国时代的历史，提供了极为宝贵的实物资料，是中国当代考古史上重大的发现。

"王子午鼎"造型独特，气势不凡。鼎盖为平顶微弧，有一圆形钮。鼎身为圆形束腰，平底浅腹，兽行足。器身外表装饰有精致的半浮雕龙纹、窃曲纹和云纹。在束腰部装饰着一周凸起的带有蟠虺纹的腰箍，更让人赞叹的是器身周围还装饰有六条攀附在口沿的神兽，兽身紧贴鼎的束腰部位，兽尾翘起，兽的双角由两条夔龙相互缠绕。"王子午鼎"庄严华贵，造型设计完美，有着独特的楚国青铜器的造型特点。

楚民族既崇尚征战杀伐的阳刚之气，又充满浪漫情调崇尚阴柔之美，《诗经·关雎》中写出了楚人对美女的标准和要求：

> 关关雎鸠，
>
> 在河之洲。
>
> 窈窕淑女，
>
> 君子好逑。

身材窈窕，袅袅婷婷、纤纤蛮腰、身段修长、温婉娴静方能谓之淑女，也只有这样的淑女，才是君子喜爱追求的对象。齐宣王在与孟子对话时坦承："寡人有疾，寡人好色。"楚王也一样，楚灵王喜爱美女，而且特别偏好细腰，为满足个人欲望，专门建成章华宫，选美人腰细者居之，章华宫被戏称为"细腰宫"。宫内美女为求媚于楚灵王，一个个挨饿节食，以求腰细，甚至有饿死而

不悔者。楚王的爱好化为国人追求的时尚,一时间楚国人皆以腰粗为丑,不敢饱食。后人为此笑诉:

> 楚王好细腰,
>
> 宫中多饿人。
>
> 越王好剑客,
>
> 国人多疮疤。

唐代大诗人杜牧也在《遣怀》中这样写道:"落魄江湖载酒行,楚腰纤细掌中轻。"细腰在楚国已成为一种审美时尚,这种审美观通过工匠之手得以物化,各地出土的楚国升鼎全部是束腰状,成为楚国青铜升鼎的辨识特点。

"王子午鼎"出土时支离破碎,专家在修复时仔细观察研究了鼎的铸造工艺,发现楚国工匠不仅使用了分铸、焊接等一般工艺,还采用了先进的失蜡熔模铸造工艺。失蜡法是我国三大铸造方法之一,它是利用蜡的可溶性来铸造结构复杂且不易分型的部件的铸造方法。"王子午鼎"是我国迄今发现的最早使用失蜡法铸造的青铜器之一。

二号墓出土的编钟研究也取得重大成果。中国上古音乐中,以编钟为主奏乐器的庙堂雅乐,构成中国独特的礼乐文化主体。由北向南,从西周到春秋,编钟走出一条完美的渐变轨迹,发展成为性能最完备的乐钟。二号墓出土的26件编钟,其数量之多、音域之宽、铸工之精、钟体之大成为迄今发现的春秋时期最完美的一套编钟。通过对原件的实际测音,这套编钟从G调到C调,跨越四个半八度,其律制与十二平均律相近,具有完美的音列和音质。值得称道的是,下寺二号墓编钟的铸造年代要早于随州曾侯乙编钟一百多年。

笔者在淅川文物馆内仔细地参观了这些文物的照片和复制品(真品在中国历史博物馆和河南省博物馆收藏),聆听了由这套编钟演奏的上古音乐,两千多年前的金石之音穿透时光隧道在21世纪回响,金声玉振,煌煌穆穆,庄重典雅,春秋时代的庙堂音乐让人思绪飘飘,浮想联翩。

让考古专家关注的是,子庚死于公元前552年,此时楚国都城迁至郢都即今日之荆州纪南城已达七八十年,子庚死后为何要千里迢迢葬于丹阳呢?专家给出的解释有二:一为归葬。楚人极富浪漫色彩,限于当时的科学文明的水平,他们以自己对事物的认识加上丰富的想象和大胆的夸张来勾画已知和未知的世界。他们认为,人的死亡只是肉体死亡,但魂魄还存在。人死了后,魂魄要回到自己的故乡,不能回到故乡的魂魄为游魂。丹阳是楚国兴起之地,楚国的先人在此奋斗立国,作为楚王子嗣,魂魄回到故地守望先人乃是遵守礼制。二为分封。丹阳为秦楚交界之重地,子庚被分封在此镇守边关,去世后葬于此。

淅川下寺二号和三号墓发掘出土的大量文物,引起了上级文化主管部门的高度重视。经过考古专家对丹江流域的楚墓群的全面调查,这里有春秋战国时期的楚墓 28 处,其中包括下寺、和尚岭等诸多墓群,总数达 2000 多座。众多的楚墓中,既有规模宏大、随葬品极其丰富的大型贵族墓,也有规模略小的中型墓,还有陪葬品较少的小型墓,如此大的发现和规模,在全国范围内并不多见。鉴于丹江口水利枢纽工程的施工以及南水北调工作,下寺墓群的抢救性发掘工作陆续展开。

1979 年 3 月 4 日开始对淅川下寺墓群进行抢救性发掘。这次发掘共清理大中型楚墓 5 座,小型墓葬 15 座,车马坑 5 座,小型汉墓 8 座,出土文物达1000 余件。

1989 年,河南省文物研究所和淅川县博物馆组成考古发掘队,进行抢救性发掘,出土青铜礼器、兵器、乐器等器物数百件。徐家岭楚墓群也清理发掘出大型楚墓 10 座,车马坑 1 座,出土器物达数百件。

1990～1992 年间,考古工作者再次在下寺春秋楚墓群附近的和尚岭、徐家岭等地发掘了 10 余座楚国贵族墓葬群,出土文物达 2000 多件。这是继下寺春秋楚墓群发掘之后,丹淅流域楚文化考古中的又一重大收获,再一次为楚文化研究提供了重要的实物资料。1992 年,该墓地的发掘被评为当年度全国十大考古新发现之一。

淅川丹江流域楚墓群的考古成果再次以实物说明,丹淅流域是楚文化的发祥地。河南省博物院为淅川丹江楚墓群出土的楚国青铜器专设了一个楚国青铜器艺术馆,云纹铜禁、王子午鼎等稀世文物精品均在其中。1998 年,这些出土的青铜器荣获"全国博物馆陈列展览十大精品"大奖,2000 年该墓群的发掘又被列为"20 世纪河南十项重要考古发现"之一。

除了地下丰富的文物外,淅川地面也存有丰富的历史文化遗产,其中最为著名的当数香严寺。香严寺原名香岩长寿寺,始建于唐朝,地处淅川县城南40 公里的仓房镇境内。香岩长寿寺原为唐朝佛教著名国师慧忠宣扬佛法的道场,名为"大唐慧忠国师道场"。

慧忠,俗姓冉,浙江诸暨人,幼时不会讲话,从未踏越家门前的横桥一步。

16 岁时,家里来了一位禅师,从未出过门的慧忠却在很远的地方向禅师迎面行礼,慧忠的父母及亲友都为之惊讶不已。经过请求,这位禅师同意度慧忠进入佛门。皈依佛门的慧忠师从六祖慧能大师十一年,修成正果,与青原行思、南岳怀让、神会、永嘉玄觉等四人并称为六祖门下五大宗匠,与神会同在北方弘扬六祖禅风。

慧忠佛行天下,游历无数名山大川,在外游学讲经时,或在松下安居,或在岩石禅定。清风朗月,白日江河,皆能身心融为一境。唐中宗嗣圣七年(公元690 年),慧忠进入河南南阳白崖山党子谷,自此长居于此,讲经念佛,从者如云。唐玄宗李隆基于开元八年(公元720 年)将慧忠迎请入京,敕命其担任南阳龙兴寺住持。安史之乱后,慧忠遁隐。肃宗即位后,于上元二年(公元761年),再召慧忠入京,以国师礼相见,并敕住千福寺西禅院,公卿士庶纷纷参叩求法。唐代宗即位之后,对慧忠国师更是礼遇有加,代宗曾说:"朕有国位,不足为宝;朕有国师,国师是宝!"

慧忠虽受到玄宗、肃宗、代宗三朝的礼遇,但天性淡泊,由于仰慕南岳慧思大师的遗风,奏请在衡岳兴建太一延昌寺;又在淅川党子谷创立长寿寺,各请藏经一部作为镇山之宝,并归隐党子谷长寿寺,大历十年圆寂,享寿八十有余,谥号"大证禅师"。慧忠圆寂时,朝廷官员、佛教僧徒、民间百姓均来为其焚香送行,人多香浓,异香百里,经月不散,故称"香岩长寿寺"。香严寺原有两座禅院,"一在白岩万山环抱之中,一在山麓丹水旁。相望 30 里,俗谓之上寺、下寺"。

香严寺依山而建,坐北朝南,占地面积 4200 平方米,现存殿、堂、楼、阁及各种建筑 141 间。主体建筑有山门、韦驮殿、凝月轩、大雄宝殿、接客厅和藏经楼,自下而上分布在一条中轴线上;两侧陪建东西客房、僧房和十王殿,并在东部另辟"静修院",一进五庭院,步步登高。整个建筑严谨对称,规模宏伟。山门为四柱嵌匾的石牌坊,面阔 3 间,上书"勅赐显通禅寺"6 个大字,门旁两侧各蹲立一只高大雄浑的圆雕石狮。大雄宝殿内满绘神佛壁画,画中人物姿态各异、形神兼备。

香严寺依山而建,整个寺院掩映在茂密的山林之中,翠竹、古树和泉水环绕,清净中透出禅境。寺东竹林内竖立着两座高 15 米,六角的大理石白塔,白塔绿竹,相映成趣。寺院内外还分布有多处名胜奇景,诸如珍珠泉、双石洞、龙泉、水帘洞、瀑布(又名"白布朝阳")、花果山、一柏担八榆、一柏一石一庙、一步三眼井、一步三道门等。历史上的香严寺早已消殒在历史的岁月中,今天的香严寺为清代建筑,砖瓦建筑上,也布满斑驳的历史痕迹。

由于历史悠久,规模宏大,香严寺与白马寺、相国寺、少林寺并称为中原四大名刹之一。香严寺原为上、下两寺,下寺因众多僧人圆寂后葬于此,又称为和尚岭。至为遗憾的是,原矗立于丹水之滨的下寺所有的建筑包括存放慧忠遗骨的绿色琉璃塔和宋代著名书法家米芾的碑刻全部被丹江口库水淹没,由于担心这些建筑物阻挠行船,施工者将其提前炸毁,这些珍贵的历史文物在一声轰响中毁于一旦,真是无知者无畏。今天的香严寺为遗留下的上寺,位于丹江口水库西北岸,淅川县仓房镇西北 4 公里处,坐落在龙山岭南的群山环抱之中。和均县人为武当山自豪一样,香严寺也是河南淅川人民的骄傲。

二　郧阳府

100 万年前的秦岭,温暖而潮湿,茂密的森林郁郁葱葱,汉江在河谷间蜿蜒穿行,山岭间的河流小溪欢快地奔流着。一群大象缓慢地在山林中移动,在它们的践踏下,地上的枯枝败叶发出咔嚓咔嚓的声响,它们不时用粗壮有力的长牙挑开前进路上的障碍。远方,一只色彩斑斓的剑齿虎发出低沉的吼叫,那是在向侵犯它领地的动物发出警告。一群长臂猿惊恐地从密林上方快速越过,山林中回响起它们尖利而杂乱的啼叫。一会儿,山林中渐渐恢复了平静,间或几声清脆的鸟鸣打破密林中的寂静。密林一直延伸到起伏的山岩,山岩下有一处天然洞穴,十几个猿人手里拿着石块,在一个身材高大的猿人带领下,弯着腰,小心翼翼地分成散兵线,悄悄地向前逼近,前方几只野猪哼哼地,正在林中觅食。突然,一个猿人的脚踩断了一根落在地上的树枝,树枝断裂的咔嚓声惊动了野猪群,它们发现了正向它们逼近的猿人,顿时一声吼叫,向着猿人迎面冲来,这一群猿人手拿石头木棍在头猿的带领下,口里发出嗷嗷的狂叫也迎面扑过去。经过一番生死厮杀,一头野猪浑身是血倒在地上,两个猿人也被野猪咬伤,奄奄一息,其中就有那个头猿。猿人们抬着野猪回到山岩边,燃起篝火,将野猪扔到火里,空气中顿时弥漫起一股皮肉烧焦的臭味。入夜后,那两个受伤过重的猿人很快死去,这群猿人将他们放到山岩边,用土将尸体掩埋上,防止被其他野兽吃掉。然后便去享用篝火中美味的野猪肉。

100 万年过去了,古猿人生活的这块地方被人们称为郧县。人们在郧县的青曲镇弥陀寺村学校一道山梁子旁发现了那个头猿的头盖骨。几年后,人们又在相同的地方发现了另一个同时期猿人的头盖骨。因为出土于郧阳,著名考古学家贾兰坡先生提议命名为"郧县人",人们称他们为"郧县猿人",因为发现他们的山梁上是一座学校,故又称其为"学堂梁子遗址"。以后,在郧县梅铺又发现了75万年前的猿人牙齿化石,20万年前的"白龙洞人",5万~10万年前的"黄龙洞人"。考古发现说明,100多万年来,古人类在汉江河谷的生存繁衍进化从未间断,汉江河谷地带是汉文化的发祥地,水源地周边是研究人类进化史的重要场所。

在略显简陋的郧县博物馆内,郧阳博物馆副馆长王诗礼如数家珍般详细介绍了郧县范围内在全国有重大影响的古代历史文化遗存:

以恐龙为代表的古生物化石;以郧县人为代表的古人类化石;以青龙泉大寺为代表的文明曙光遗存;以辽瓦店子为代表的夏商周时期文化遗存;以乔家院为代表的春秋中晚期的文物;以韩家洲、店子河等一大批两汉时期的墓葬遗址;以李泰墓为代表的唐时期文化遗存;以府学宫大成殿为代表的明代文物等。

其中在国内考古界产生重大深远影响的恐龙蛋、"郧县人"头骨化石、"青龙泉文化"是我们郧县所独有的。

世界上发现最早的古人类在非洲,距今约400万年前,但仅仅有几枚牙齿。中国最早的猿人为云南元谋猿人,但也只有两枚牙齿。从发现的时间顺序上看,北京猿人是20世纪20年代发现的,陕西蓝田猿人是20世纪50年代发现的,云南元谋猿人是20世纪60年代发现的,学术界以此作出推断,长江流域没有古人类,黄河流域才是人类文明的摇篮。郧县梅铺猿人是20世纪70年代发现的,梅铺猿人改变了学术界的这种认识,证明了长江也是人类的母亲河。但紧接着发现的郧县猿人更具有震撼性,在100万年前这个时间段上发现完整的古人类头盖骨化石,在世界考古史上还是第一次,它为古人类的研究提供了难得的实物资料。与头盖骨同时出土的还有石制手斧和大量的伴生动物化石。在考古中,光有一件器物还不足以说明问题,它必须具备三个条件,一是人类的化石、二是石制品、三是伴生动物的化石,它以实物形态说明,人要用工具,要吃东西以及吃东西的遗弃物变成的化石。郧县猿人完全符合这三个条件。这些人和动物骨骼化石,完整地记录下了当时的环境、气候、物种等各种信息,为研究当时的环境地貌生态提供了不可多得的、极为宝贵的实物资料。

青龙泉位于郧县城东大约 4 公里的杨溪铺镇,青龙泉文化遗存从地层关系上证明了屈家岭文化晚于仰韶文化的相对年代,而且还发现了叠压于屈家岭文化层之上的青龙泉三期文化遗存。这里发现的文化遗址反映了早期的仰韶文化,中期的屈家岭文化和当地的青龙泉文化谁早谁晚的问题,青龙泉文化遗址的保存面积有 30 万平方米,1958 年到 1963 年,为了建设丹江口水库而进行前后 5 次抢救性发掘共 1144 平方米。2005 年,为了南水北调中线工程而进行第二次抢救性发掘,但这次的发掘面积也只有 6000 平方米,其余的绝大多数遗存面积已经沦入水底,成为考古研究和社会文化发展研究永远的遗憾。

辽瓦店子遗址位于柳陂镇辽瓦村四组,面积 20 万平方米,规划发掘 16000 平方米。该遗址包含了自新石器中晚期到夏、商、周乃至秦汉唐宋各个时期的文化遗迹遗物,虽遭汉水大面积冲刷,仍保留了相当多的文化堆积,从已经发掘的近 7000 平方米的遗址中出土了大量珍贵的文物。已经发现夏、商代城址、城墙,出土了卜甲、鬲、鼎、灶、仓、盖、盂、豆、玉器、青铜器以及从新石器到唐宋各时期的众多古窑址等珍贵文物,为解读夏商周在本地区的发展轨迹提供了丰富的实物资料,具有极其重要的学术价值,建立了汉水中上游文化标识,因为价值极其重大,辽瓦店子考古成就被列为 2007 年国家十大考古发现之首,专家称之为中国"通史遗址"。

乔家院遗址为春秋中晚期墓葬群,该墓葬群位于五峰乡肖家河村。经过初步勘探,该墓葬群有近 60 万平方米,有各个时期的墓葬七八十座,2006 年至 2008 年共发掘春秋墓十几座,出土了众多铭文青铜器,器型有鼎、缶、簠、盘、匜、勺、剑、戈、簇以及玉环、玉剑、玉琮等,这些青铜器、玉器为研究楚、麋、申、唐等方国之间的历史关系,楚国西扩、楚灭麋等提供了丰富的物证,特别是多座春秋殉人墓葬,为研究本地区的殉葬习俗提供了宝贵的实物证据。至为遗憾的是,所有的这些发掘成果与上世纪六七十年代的毁损只是一比一百的关系,绝大部分都已无法挽回。

1975 年,郧县城东一座基建工地,发现了唐太宗李世民三子李泰的墓地。李泰作为天之骄子,赫赫皇族,为何葬于郧阳?据考证,李泰先后被封为宜都王、越王,贞观十一年改授为雍州牧,后又封为魏王。贞观十七年(公元 643 年),在皇位之争中败北,被贬为东莱郡王,又改封顺阳郡王,来到均州郧乡县即现在郧县,与他同来的还有妃子阎婉。公元652年12月16日,33岁的李泰客死于郧乡。李泰墓为唐王朝京畿之外唯一一个皇族宗室墓葬,对于唐代历史研究有重要意义。

在考古发掘中,凡是过万平米的,都是具有非常重要价值的,上述的几个遗址的发掘面积都在16000平方米以上,足见其历史价值。

除此以外,元代印钞的钞版也在郧县出土。钞版分为正反两面,一面为500文,一面为两贯。钞版制作极为精致科学,钞版上有两道防伪标识,钱币印制时,需要三个人到场才能操作。钞版上还有警告性语言:私自印钱者处死。中国最早的纸币起源于宋,称为"交子",到了元朝已经开始广泛使用纸币。目前,全国发现元代钞版的只有两处,河北平山和郧县。郧县钞版的发现是研究中国钱币史和元代财政史的重要实物资料。

历史上,郧阳毗连川、陕、豫,为锁钥之地。境内山大林密,人烟稀少,官府的统治触角难以企及,成为穷苦百姓逃避天灾人祸避难之所。朱元璋建立明政权后,将郧阳山区列为全国最大的封禁区。"空其地,禁流民不得入。"明朝中叶以后,朝政腐败,民不聊生,全国出现大规模的流民潮,据《明史纪事本末》:郧阳山区自"正统二年,岁饥,民徙不禁",明成化二年(公元1466年),流民高达150万人以上,这些流民结棚扎舍,烧番为田,自耕自得,过着不交捐不纳税的自由生活。流民的作为打乱了封建统治秩序,为朝廷所不允,于是派出官兵驱剿,对不服从者"主犯处死,户下编发充军"。面对高压,流民愤而反抗,明成化十二年(公元1476年),国子监祭酒周洪谟上书明宪宗,建议对流民"设州县以抚之,置官吏,编里甲,宽徭役,使安生业,则流民皆齐民(安分之民)也"。此建议为宪宗采纳,派遣右都御史原杰(子英)赴郧阳抚治流民,原杰在郧阳共登记流民113371户,共438644人,1476年12月开设郧阳府,领郧县、房县、竹山、竹溪、郧西、上津及均州。自此,移民迁徙进入郧阳山区不再非法,郧阳山区的禁封令被打破。郧阳府建立后,府治面积不断扩大,最恢宏之时,西南到夔州府,西到西安府,北到南阳府,东到安陆府,南到荆州府。共有5道8府65县,其面积比今日之省还要大上许多。

清军入关,明王朝覆灭,清朝政府吸取历史教训,对郧阳流民采取怀柔政策,"盛世滋生人丁,永不增加税赋"。由此引来大批外籍移民,其中尤以江西为甚。今日郧阳六县仍可见"江西馆"之建筑。由于郧阳地处湖北至四川、陕西、河南几省通道,又得汉江舟楫之利,商贾云集,加上明清王朝实行的轻税赋、宽徭役的休养生息政策,民众生存条件优于平原,导致民众流徙日渐频密,郧阳、均州店铺林立,纺织、榨油、酿酒、造纸、刺绣等作坊比肩接踵,郧阳、均州渐成人口密集的都市。

历经明清二百余年的经营,郧阳府渐成规模。据《郧阳府志》记载:

> 郧阳城十里合围,三里穿心,连东西两关,长达五里。城垛凡三千六百,东南西北依次分建宣和(大东门)……计有七门。城内街道纵横交错,房屋鳞次栉比。……各类建筑雕梁画栋、古色古香。

郧阳古城有大街小巷70余条,各街道在丁字路口处均有土地庙。没庙的立一大石碑,上刻"泰山石敢当"字样。各道路口,一到晚上便灯笼高悬,如同今日的路灯。五里长街,布匹、百货、烟酒、杂货店铺比邻相接,石板铺成的小街上,米酒、粽子、糊辣汤、酸浆面、火烧馍、三合汤、炸麻花、烤烧饼浓香扑鼻。

春节里,龙灯、狮子灯、凤凰灯、彩船舞、蚌壳舞等,从春节闹到元宵,每年五月端午,人们一大早便摆上粽子、煮蒜、甜酒,大快朵颐后,怀揣香囊,耳抹雄黄,袋装鸡蛋,一路小跑到西河码头看赛龙舟。郧阳的赛龙舟与别的地方不同,它不以先到终点者为胜,而是在江面放下一群鸭子,然后放出龙舟,捉住鸭子者为胜。此时的西河码头,人山人海,呼声连天,几百只龙舟追赶着惊慌失措的鸭子,围观者的叫声、喊声、笑声、吆喝声此起彼伏。每年二月二、三月三、四月八、清明节、六月六、七月七、八月十五、九月九等各种节气,郧阳古城或是鞭炮连天,或是轻烟缭绕,这里的人民对生活充满热爱与激情。

三 北建故宫,南修武当

丹江口水库东南岸,是大巴山东段,与秦岭交汇。这里山势如大海波涛,自西向东,连绵起伏。其中有一处山势奇特,万山丛中,一峰耸立,群峰环绕,这里就是闻名于世的道教圣地武当山。

武当山位于丹江口市境内,北临一碧万顷的丹江口水库,滚滚汉江从山脚蜿蜒南下。山造水势,水依山形,山水依恋,德者来焉。俗称仁者乐山,智者乐水,武当山依山傍水,是大仁大智汇集之地。又曰上善若水,这里便是上善之源。

武当山面积312平方公里,号称八百里武当。天柱峰一柱擎天,海拔1612米,四周有72峰耸立,24道溪流环山流淌,满山怪石危岩,奇洞深藏,古

木参天,猿跃鹤翔。明代著名地理学家徐霞客所撰《游太和山日记》中记载他到武当山游历时所见:

> 十一日……又十里,登土地岭,岭南则均州境。自此连逾山岭,桃李缤纷,山花夹道,幽艳异常。……十二日,行五里,……汉水汪然西来,……循汉东行,抵均州……山顶众峰,皆如复钟峙鼎,离离攒立,天柱中悬,独出众峰之表,四旁崭绝……从北天门下,一径阴森,滴水、仙侣二岩俱在路左,飞岩上突,泉滴于中,中可容室,皆祠真武。至竹芭桥,始有流泉声,然不随涧行,乃依山越岭,一路多突石危岩,间错于乱情翠丛中,时时放榔梅花,映耀远近。……嘉木尤深密,紫翠之色,互映如图画……太和则四山环抱,百里内密树森罗,蔽日参天,至近山数十里内,则异杉老柏,合三人抱者,连络山坞。

正是这秀美的山形水势,成为道教发祥地。

东汉末年,天下大乱,张鲁在汉中创立政教合一的政权,五斗米教取得合法地位,成为道教唯一教派。由于社会动乱,民生维艰,崇尚"神仙"之说者脱离乱世,以养全生,到深山老林中修行成为一种风尚。武当风景秀丽,山大林密,正符合归隐修仙者的需求。但当时的修行并未涉及政治,修行者不外乎采药炼丹,追求神仙之术和长生之道。

随着社会逐步发展,作为一种有影响力的教派,道教逐渐与政治联系起来。唐王朝开国君王李渊自称为老子李耳后裔,以一国之君的身份,推崇道教,将老子封为"玄元皇帝"、"大圣祖高上金阙玄元天皇大帝"。唐玄宗宠妃杨贵妃就曾假出家,道号"太真",足见道教在唐朝势力之大。贞观中年,唐朝开始在武当山修建道观,并将其列为七十二福地中的第九福地。到了宋朝,仍旧尊崇道教,宋真宗为避宋太祖的父亲赵玄朗讳,改"玄武"为"真武",并于天禧二年(公元1018年)封真武为"镇天真武灵应佑圣真君"。元朝源于北方,故元朝皇帝对北方之神真武也是敬奉有加,"皇元之兴,实始于北方,北方之气将王,故北方之神先降"。元成帝于大德八年(公元1304年)加封真武为"玄天元圣仁威上帝",从此北方玄武成为各朝帝王的护国之神。

青龙、白虎、朱雀、玄武原为民间传说四方之象,青龙的方位是东,代表春季;白虎的方位是西,代表秋季;朱雀的方位是南,代表夏季;玄武的方位是北,代表冬季。道教尊崇天上的北极星为北极紫微大帝,青龙、白虎、朱雀、玄武四神为紫微大帝镇守四方之神灵,玄武为北方之神。《楚辞·远游》:"召玄武而奔属。"洪兴祖补注："说者曰：'玄武谓龟蛇，位在北方故曰玄，身有鳞甲故曰武。'蔡邕曰：'北方玄武，介虫之长。'《文选》注：'龟与蛇交为玄武。'"《后汉书·王梁传》："玄武水神之名。"李贤注："玄武，北方之神，龟蛇合体。"

武当山被传为真武幼年修行之处，得道成仙后，成为镇守北方的玄武之神。由此，武当山声名远播，道教建筑已有一定的规模，但到了明朝，一切都变了。

公元 1363 年夏，一场决定历史走向的大战正在鄱阳湖上进行，几千艘战船混战在一起，交战双方杀声震天，陈友谅与朱元璋的水师正在进行战略决战。陈友谅的水师多来源于湖广一带，熟悉水性，朱元璋的军队则以北方人为主，水战逊于陈友谅。眼看陈友谅的艨艟巨舰如同泰山压顶冲了过来，朱元璋的水军乱了阵脚，有几个将领想退出战斗，朱元璋在战船上亲自督战，他拔出佩剑，连杀几名退却者，但仍未能压住阵脚。就在这个关键时候，本来晴朗的天空，突然黑云沉沉，只见北方的天空浓云滚滚，湖面上刮起了猛烈的北风，陈友谅的战船顿时处于极为不利的下风。趁此时机，朱元璋立刻命令敢死队员驾驶满载硫磺火药的小船，冲向陈友谅的大舰，敢死队员们冒着如雨的箭镞，冲过去点燃火药，顿时鄱阳湖面烈焰升腾，火仗风势，风助火威，陈友谅的舰队立刻陷入火海。朱元璋趁机挥师掩杀，取得鄱阳湖会战完全的胜利，为朱元璋建立大明王朝奠定了基础。

朱元璋认为，在自己处于最危险的时候，来自北方的这股神风助使自己扭转战局，这是北方之神真武大帝对自己的护佑。建立政权后，朱元璋立刻在南京鸡鸣山建立北极阁（真武庙），并亲率文武百官前往祭祀。不光本人如此，朱元璋还让他的儿子们也供奉真武大帝。他规定："诸王来朝还番，祭真武等神于端门。"

朱元璋建立大明政权后，大行封赏，将自己的几个儿子分别封赏为王。其中，第四个儿子朱棣封为燕王，镇守北平。中国西北方少数民族历来是中原王朝的心腹之患，自汉王朝起，每到秋高马肥之际，西北方少数民族便大举骚扰，攻城略地，杀人越货，唐朝时甚至攻进长安。宋朝更甚，金人兵锋到达淮河边，杭州成为南宋小朝廷"临安"之都。殷鉴不远，抵御北方少数民族的侵扰便成为明朝的国防大计。北平背靠华北平原，有燕山屏障，是抵御北方侵扰的军事前线，将如此军事要地封给朱棣，足见朱元璋对朱棣的器重。

朱元璋一生共有 26 个儿子，16 个女儿，在撒手人寰之际，如此多的子嗣，大统传给谁呢？朱元璋晚年，太子朱标，秦王朱樉，晋王朱棡先后死去，此时的老四朱棣不仅在军事实力上，而且在家族尊序上都成为诸王之首，理应接位。但明朝那些事，曲曲折折难以说清，朱元璋去世后，将帝位传给了孙子朱允炆，是为建文帝。建文帝即位后，对于几位手握重兵，虎踞一方的叔叔极为放心不下，于是采用了亲信大臣齐泰、黄子澄的建议，实行削藩政策。本来未能继位已极为不满的朱棣正好借此机会发作了。

朱棣十一岁被封为燕王，在北平住了二十多年，对这里有感情。他喜欢自己的发祥地，但他更想当皇帝。传说朱允炆即位的第一年冬天，朱棣在北平的燕王府邸大宴宾客，其时天寒地冻，朱棣出一上联让人对："天寒地冻，水无一点不成冰。"在座的姚广孝应声而对："国乱民愁，王不出头谁是主。"这可真是说到了朱棣心上。

姚广孝是何许人呢？他如何能点透朱棣的心思呢？朱棣是个有心计之人，当燕王时，就在身边聚集了一帮高参谋士，其中有一位法名道衍的僧人。道衍原姓姚，出家后法名道衍。道衍知识广博，政治眼光敏锐，分析事情准确，善于抓住要害。道衍被人推荐给朱棣，从此他经常出入燕王府，为朱棣夺位出谋划策，由于他对朱棣忠心耿耿，成为朱棣的亲信谋士。建文元年（公元1399年）六月起兵前夕，道衍设计擒获北平布政使张昺、都指挥使谢贵，为朱棣成就大业立了一功。朱棣率兵南下后，道衍辅佐朱棣的儿子率万人固守北平，击溃南京朝廷数十万北伐之师。朱棣夺得皇位后，授道衍为太子少师，让道衍恢复其姚姓，赐名广孝。姚广孝虽然受官，但始终未改变僧人身份，他博通精深的学识和修养对《永乐大典》的完成也起了很大作用。

在姚广孝的鼓励下，面对朱允炆的削藩，朱棣终于奋起刀兵，以后便是历史上人人皆知的"靖难之役"。《明太宗实录》记述了这样一件事：

> 朱棣聚集将士祭旗誓师南征时，"天气突变，风云四起，人咫尺不相见。少顷，东方云开。露青天仅尺许，有光烛地，洞彻上下，将士皆喜，以为上得天之应云。"❶

朱棣更是借天应人，宣称这是真武大帝"显圣"，以后他在敕建武当山宫观时多次说：

---

❶ 《明太宗实录》，上海书店出版社1990年版。

奉天靖难之初，北极真武玄帝显彰圣灵，始终佑助，感应之妙，难尽形容，怀抱之心，孜孜未已。

在以后的战争中，朱棣让人在队伍中公然祭起"真武"的旗帜，更是让将士们认为真武随时在护佑自己。朱棣也将战争中所取得的胜利全部归于真武的护佑。建文四年（公元1402年）六月，朱棣率军进入南京即皇帝位，七月即派人"祭北极真武之神"，并尊称真武大帝为"北极真武玄天上帝"。

朱元璋、朱棣父子二人皆借着真武的护佑登上皇帝宝座，此也为中国历史一绝。

朱棣当了皇帝，改国号永乐。首先要将自己的发祥地改为京城，永乐元年（公元1403年），朱棣改北平府为北京，为取代都城南京做好准备。

从永乐四年（公元1407年）起，朱棣开始了北京的建都工作。为配合迁都，他开始从江南各地向北京大量移民，同时疏浚运河，打通南北的运输干线，解决南方钱粮物资的北运问题。从永乐七年（公元1410年）开始，他让太子留在南京监国，自己则在北京南京两边走动，此时的南京虽仍为首都，北京只是"行在"，但主要行政机构六部都在北京，南京作为国都也只是一个名分了。

要在北京建都，除了要有钱粮物资，还需要安全，要消除北方的威胁。朱棣大力整军备武，在北京周围分别增设卫所，加强北京的防卫力量。永乐七年，他在东北地区设立努尔干都司，都司即"都指挥使司"之简称，为军事指挥机构，相当于今天的军区。治所就设在今俄罗斯境内黑龙江下游东岸的庙街，负责管辖黑龙江流域与乌苏里江地区已设立的近二百个卫所，威慑北方的蒙古和女真。从永乐八年到永乐二十二年，朱棣本人便不断率军亲征。在明军打击下，北方威胁基本消除。在此期间，北京城的建设也整整进行了十几年。当北京的南北交通、财赋供给与人口都不成问题时，永乐十九年（公元1421年）正月，朱棣正式下诏迁都北平。

自己的帝位是抢来的，名分总有点问题，中国人办事历来讲究名分，名不正言不顺，言不顺则事不成。为使自己的帝位更为牢固，朱棣要假托真武庇佑，要让全国民众都尊崇道教，于是在北京建设故宫之时，开始实行南修武当的计划。

永乐九年（公元1412年）7月11日，隆平侯张信上奏说武当山大顶上出现了"五色彩云"，此为吉瑞之兆。张信是何人？他为何要向朱棣报告武当山的事情？

张信也是朱棣的铁杆亲信之一，他和朱棣之间有一段生死之交。

张信的父亲随朱元璋转战有功，张信本人也被封为北平都指挥佥事（都指挥使下属，正三品，协助分管屯田、训练、司务等事）。朱允炆即位后，非常担心自己手握重兵的叔叔，想快速解决北平的朱棣。有人给他推荐张信，说张信有谋有勇又是朱元璋的亲信，属可用之人。朱允炆于是密诏张信，要他和北平都司谢贵、张昺合力将朱棣及其家人一网打尽。王室争斗，你死我活，参与争斗的一方火中取栗，要么功成封侯，光宗耀祖，要么兵败身死，祸及九族。在利害关系面前，张信反复考虑，并未贸然行动。没过多久，朱允炆再来手谕催促张信行动。经过反复权衡并请教母亲，张信决定站在朱棣一边。他带上朱允炆的手谕到燕王府去向朱棣讲明情况。但朱棣并不信任他，他连去三次，朱棣都不予接见。无奈之下，张信乃乘坐女人的轿子混进燕王府，朱棣听说他已经进来了，只得召见。但当张信拜见时，朱棣又称自己中风，已经很久不能说话。张信知道朱棣不信任自己，急得说：你的身体没毛病，即使有病，也应当告诉我。朱棣仍不相信他，说自己真的有病，恐怕只能等死了。张信说：你不跟我说真话，那么好，我告诉你真话。现在，朝廷密诏要我抓你，你如果真的没有别的意思，请立刻跟我到南京。要是你真有什么打算，请告诉我，我决意听你的。朱棣见张信语气诚恳，便立刻招来姚广孝、朱能等人一起商量，最后决定利用朱允炆的密诏，反过来将北平都司的谢贵、张昺一举擒获，夺取北平的控制权。事情成功后，张信又带兵跟随朱棣转战，一直到朱棣进入南京称帝。由于张信的密报，使得朱棣转危为安，朱棣对张信心存感激，封张信为隆平侯，称张信为"恩张"，凡是朝廷军国大事包括太子废立，藩王动静等诸密要事都交给张信处理。这一次武当山大顶出现祥云，便是姚广孝与张信等人商量的主意。

听到张信的奏报，群臣立刻一片恭贺，正在全力兴建北京故宫的朱棣顺势而为，在群臣的恭贺声中，朱棣发出敕建武当的皇榜。今天的一些电视剧里，古代皇帝的圣旨开口就是"奉天承运，皇帝诏曰"，圣旨语言都是些古奥难懂的文言文，弄得社会上人人都以为这就是圣旨的标准格式，永乐皇帝朱棣的这道圣旨，文白相间，通俗易懂，有些还是口语，现照录于此，共同欣赏。

　　皇帝谕官员军民夫匠人等：武当是天下名山，是北极真武玄天上帝修真得道显化去处。历代都有道观，元末被乱兵焚尽。……我自奉天靖难之初，神明显助威灵，感应至多，言说不尽。那时节已发诚心，要就北京建立宫观，因为内乱未平，未曾满得我心愿。即位之初，思想武当正是真武显化去处，即欲兴工创造，缘军民方得休息，是以延缓到今。而今起倩些军民，去那里创建宫观，报答神惠。……特命隆平侯张信、驸马都尉沐昕等，把总提调，务在抚恤军民夫匠，用工之时要爱惜他的气力，体念他的勤劳，给与粮食，休着他受饥寒。有病着官医每用心调治，都不许生事扰害，违了的，都拿将来，重罪不饶。军民夫匠人等都要听约束，不许奸懒，若是肯齐心出气力，神明也护佑，工程也易得完成。这件事不是因人说了才兴工，也不因人说便住了。若自己从来无诚心，虽有人劝着，片瓦工夫也不去做。若从来有诚心要做呵，一年竖一根栋，起一条梁，逐些儿积累也务要做了。恁官员军民人等，好生遵守着我的言语，勤谨用工，不许怠懒，早完成了回家休息。故谕

这道皇榜被雕刻在大石碑上作为御碑供奉在武当山，并以皇榜形式在武当山广为张贴，公之于众。皇榜既出，隆平侯张信、驸马都尉沐昕和工部侍郎郭琎率30万军民，浩浩荡荡地开进武当山，开始了中国历史上规模最大的一次宫观建设。

隆平侯张信、驸马都尉沐昕和工部侍郎郭琎三人都是朱棣最亲信的官员，张信是朱棣"靖难"起事的功臣，沐昕是朱棣的乘龙快婿，郭琎是朱棣一手提拔起来的年轻官员，以勤敏著称。朱棣封他们三人为南修武当的"把总提调官"，即相当于工程指挥部总指挥。除他们三人外，还钦调官员416人，其中京官233人。湖广都司布政司及下辖府、州、县官员123人参与工程组织。

有了朱棣如此调度，武当山道教宫观建设开始了。原来沉寂的武当山一派热闹，从山下到山上，各个建筑工地，人喊马嘶，肩挑车拉，斧凿木锯，人潮如涌。武当山是神山，不能伐木，所有的木材均从四川采买。建筑所用建材也购自东南。几万间房子的建材、石材，殿堂里拜祭所用供器、神器、礼器，成千上万，不知几许，汉江边的均州城成了物资转运站。

经过6年多的辛苦劳作，先后建成紫霄、南岩、玉虚、五龙、遇真、清微、朝天、太和八宫，元和、回龙、太玄、复真、仁威、威烈、八仙、太常等道观。在所有这些宫观群中，难度最大的是建于天柱峰顶的金殿。金殿除了工程技术上的难度外，主要是关于真武大帝铜像的模样。据传说，在铸造真武大帝铜像时，朱棣要亲自审看。做一个不满意，工匠被拖出去杀了，再做一个，又不满意，工匠又被杀了。大臣工匠们都被震慑，朱棣心目中的真武大帝究竟应该是什么

模样呢？第三个工匠变聪明了，朱棣审看他做的铜像时，龙颜大悦。原来这个真武铜像的长相与他一样。

有一段传说。相传朱元璋得天下后，一天，他与众大臣讨论自己何以得天下。众大臣众说纷纭，一大臣曰："皇上有福像。"朱元璋长得丑是著名的了，如何丑，文献没有记载。野史形容他：下巴尖翘，颧骨高耸，鼻子细长，外加一个向前突出的大脑门，因为长相奇丑，陈友谅曾骂他"尖嘴猴腮"。听了这位官员的吹捧，朱元璋回答，所谓福像，是圆头大耳，天庭开阔，地角饱满。他指着自己的样子问：我自幼饥羸，放牛为生，脸瘦无肉，福在何处？你满嘴柴胡，有欺君之罪。一时众人皆慌。那位官员不慌不忙：圣上尊像正是洪福齐天之像，相经记载，洪福齐天之像为"五岳朝天"，正是圣上面像。这位官员很会说话，额头、下巴、颧骨加上鼻子都向前突起，岂不是五岳朝天？听他这一番言论，朱元璋这才龙颜大悦。

朱元璋究竟长什么样，历史上是有明确记载的。著名明史大家吴晗《朱元璋传》，开篇就有四幅朱元璋的像，第一幅朱元璋身着朝服，端坐在龙椅上，形象丑陋无比，黑黑的大脸，额头与太阳穴高高隆起，颧骨突出、大鼻子、大耳朵、粗眉毛，一对眼睛鼓鼓的，发出冷酷的笑，宽阔的下巴比上额还长，两只手交换地放在袖筒内取暖。此画藏于故宫博物院。后三幅的朱元璋一年比一年长得漂亮，究竟以哪幅为准，读者心知肚明。作为佐证，我们来看信史的记载。《明史·本传》关于朱元璋的表述是"资貌奇伟，奇骨冠顶"。这几句话不难理解，就是说朱元璋的长相非常特别，直言之就是奇丑无比。

子承父像，朱元璋长相如此，朱棣的长相恐怕也好不到哪里去。现在端坐在金殿中的真武铜像，面部丰满，天庭开阔，相貌端正，仪表堂堂，说真武铜像像他，恐为无稽之谈。虽然相貌的传说为野史，不足为据，但朱棣对金殿及真武铜像的确关注。金殿铸造过程中，朱棣经常过问，金殿铸件起运时，朱棣专门对负责漕运的何睿下旨：

今命尔护送金殿船只至南京，沿途船只务要小心谨慎，遇天道晴明，风水顺利即行，船上务要十分整齐清洁，不许做饭。

金殿位于天柱峰顶端，是武当山建筑群的点睛之笔。殿内供奉着"真武祖师大帝"的鎏金铜像，重达十吨。金殿由 20 吨精铜和 300 公斤黄金铸造而成，在没有现代工业的明朝，如何将这些铜铸件严丝合缝地结合成为一个整体，这对当时的工匠是一个重大的技术难题。整个金殿的金属铸件全部在北京完成，永乐十四年(公元1416年)九月初九，金殿从北京起运，经大运河进长江到南京，再从南京到汉口，从汉口进汉江逆流而上到均州，再从陆路运送至天柱峰。在无任何起重工具的古代，要将数十吨重的铸件运送上道路崎岖陡峭难行、海拔1612米的山顶，艰难困苦可想而知。

金殿俗称金顶，因整个房屋建筑全部为铜铸鎏金而得名。金殿为一四方形全铜结构，正面长4.4米，宽3.15米，高5.54米。148根胳膊粗细的纯铜立柱组成的围栏环绕金殿。金殿所有的铜铸件采用榫卯结构，严丝合缝，浑然天成。建成后的金殿端坐在天柱峰顶的基座上，在阳光的照射下，铜铸鎏金的外观，金光闪闪，庄严神圣。金殿门口，一对高达1.5米的铸铜仙鹤，栩栩如生。真武大帝铜像端坐殿内神坛，金童玉女侍奉左右，水火二将执旗捧剑拱卫两厢。神坛前设香案受人供奉，神坛上方高悬鎏金匾额，上铸清康熙手迹"金光妙相"四字。殿外檐际，悬盘龙斗边鎏金牌额，上铸"金殿"二字。

金殿建好后，奇迹出现了。据记载，永乐十五年(公元1417年)阴历四月春夏之交，一天，突然狂风呼啸，乌云翻滚，天空中轰隆一个炸雷，只见一团电光火球在金殿上跳动，雷声隆隆，震人心脾。金殿的道士见到这一自然奇观，以为是上天有旨意，吓得跪倒在地，口念祖师保佑。直到云过风清，再看金殿，毫发未损，一个个不禁称奇叫绝。自此以后，每逢天气有变，金殿便有雷电火球跳动。其实，这是一种自然现象。天柱峰为众山最高处，是雷电最为频繁的地方，金殿以一全金属结构建筑位于天柱峰顶，古人又无科学知识，不知道要给最高处的金属房屋安装避雷针，在雷雨天气，自然会出现雷击现象。但让人惊奇的是，尽管雷电滚滚，但金殿却毫发无损，这一奇观被称为"雷火炼殿"。金殿至今已经有近六百年历史，被雷击不知多少次，仍然完好如初，光彩夺目。

永乐十五年，金殿安装完工，朱棣下旨：

> 武当山古名太和山又名大岳，今名为大岳太和山。大顶金殿，名大岳太和宫。

朱棣并分别给新建的五个宫殿赐名："玄天玉虚宫、太玄紫霄宫、兴圣五龙宫、大圣南岩宫、大岳太和宫"。永乐十六年(公元1418年)十一月，武当山宫观主体建筑全部完成，朱棣亲自撰文纪念："十二月丙子朔，武当山宫观成。……上亲制碑文以纪之。"以后，又补充修建了大小宫观十余处。永乐十七年(公元1419年)，朱棣下令建静乐宫，一直到永乐二十二年(公元1424年)，武当山宫观建筑群才全部竣工。

1424 年 7 月 19 日,为纪念全部建筑落成,武当山举行规模盛大的打醮仪式。朝廷官员和数万道众,在香烟袅绕中对真武大帝顶礼膜拜,但雄心勃勃的明成祖朱棣却未能亲眼看到他下令建设的皇家道观。为消除北方威胁,这一年,他第五次率军亲征,于 7 月 18 日也就是武当山道观开光的前一天,病死于内蒙古的榆木川。没能亲自去一趟武当山,看一看自己一直关注的皇室家庙建设,对于始作俑者,不能不说是一大遗憾。

128 年后,明嘉靖三十一年(公元 1552 年)6 月,明世宗朱厚熜下旨再次重修武当山:

> 朕成祖大建玄帝太和山福境,……计今百数十年,必有弗堪者,朕今命官奉修……

这次重修,动用夫役规模近 10 万人,耗费银两近 10 万。至嘉靖三十二年(公元 1553 年)十月竣工,用时一年半。整个工程项目包括整换太和宫金殿台基,在入山道口修建的三间四柱五楼“治世玄岳”石牌坊一座。太和、紫霄等 8 个主要宫殿群的房屋建筑、油漆彩画、大小楹联等全部重新整修,为便于朝廷官员和民众前来朝拜,宫观之间相连的道路全部用砖石铺就。

经过一百多年的建设和维修,武当山宫观建筑群连成一体。从均州城里的静乐宫开始,一直到天柱峰顶的金顶,共有玉虚、紫霄、五龙、南岩、静乐、太和、遇真、清微、朝天九宫,元和、回龙、太玄等三十六庵堂、七十二岩庙、三十九桥梁、十二亭台等道教建筑,共 160 万平方米 2 万多间,其中“宫”的等级最高,规模最大,“观”次之,“庵”又次之。这一大批建筑都沿着溪流峡谷自下而上展开布置,沿起伏回环的山势逐步向上,在山间绵延 140 华里,直到天柱峰最高点的金顶。明人洪翼圣前来拜谒时,为宫观建筑的规模和精美所震撼,作《武当山道中杂咏》:

> 五里一庵十里宫,
> 丹墙翠瓦望玲珑。
> 楼台隐映金银气,
> 林岫回环画镜中。

武当山宫观群的建设与北京故宫同步,样式、规格、形制一如北京故宫,玉虚宫、紫霄宫等坐落在开阔处的宫殿,气势宏伟,与今天的故宫太和殿几乎一模一样。所不同的,北京故宫均为红墙黄瓦,武当山宫观建筑则为红墙绿瓦,但从建筑规模而言,武当山宫观建筑群有两万多间房屋,远远超过同时代的故宫建筑群。

武当山宫观建筑群由明朝皇帝亲自策划，以明朝国力为后盾，整个宫观建筑群规模之宏大、技艺之精湛、工程之艰巨，世所罕见。如此浩大的工程，在中国名山开发史上可说是绝无仅有。整个建筑体系按照政权和神权相结合的政治意图，每一建筑单元都建在峰、峦、坡、崖、洞的合适位置上，借自然风景的雄伟高大或奇峭幽壑，构成仙山琼阁的意境。既体现了皇权的威武庄严，又体现了神权的玄妙神奇，创造了自然美与人文美高度融合的名山景观，具有极高的艺术价值和历史价值。

依照皇帝的意志，在远离人群的深山中建设规模如此宏大的宫观建筑，劳民伤财，明史称"耗以百万计"。明永乐二十二年二月十九日，朱棣自称：

> 朕创建大岳太和山宫观……然工作浩繁，实皆天下军民之力，辛勤劳苦，涉历寒暑，久而后成。所费钱粮，难以数计……

朱棣虽贵为天子，但由于他诸事亲力亲为，上述语言与事实相符，特别是能坦承武当山的建设成就"实皆天下军民之力"，颇为不易。嘉靖年间工部侍郎陆杰说："当时役二十万众。费以亿万，十二载而始成，规制宏丽。"

武当山宫观建筑多达万间，虽然其中近半数已经沉沦水底，但尚存的宫观中，仍然代表着那个时代中国建筑的最高水平。

玉虚宫是整个武当山宫观建筑群中最大的一座。相传玄武得道升天后曾被玉皇大帝嘉封为"玉虚相师"，所以朱棣钦定建一座"玄天玉虚宫"。全宫共有三城，即外乐城、里乐城和紫金城。三城都各有宫墙间隔连围，形成等级鲜明、规模宏大的宫城。中路轴线上布置桥、门四重、碑亭、殿二进，从宫门进去，重重叠叠，层次深远。嘉靖年间，玉虚宫又得到了大规模的扩建。扩建后的玉虚宫占地面积 525 万平方米，房屋达 2200 多间。整座宫殿，飞金流碧，富丽辉煌，一如北京故宫，故又称南方"故宫"。明朝著名文学家王世贞来此游览后写了一首《武当歌》：

> 太和绝顶化城似，
> 玉虚仿佛秦阿房。
> 南岩雄奇紫霄丽，
> 甘泉九成差可当。

一位诗人游完玉虚宫后，也留下"此日闲游疑梦幻，身从碧落踏虚归"的惊叹。

就是这样一座规模宏大的宫殿，却与祝融有缘，火灾频频光顾。明天启七年（公元1627年），玉虚宫发生火灾，主要建筑全部被毁。清乾隆十年，玉虚宫再次遭遇火灾，剩余建筑化为灰烬。1935年夏，暴雨成灾，山洪暴发，数十万方沙泥直泄玉虚宫，大片房屋被吞没。宫内淤泥厚达一米，昔日辉煌的玉虚宫自此一片残垣断壁，元气全无。20世纪70年代末期，笔者专程前去游览。玉虚宫大门尚存，大门院墙上的砖雕虽然斑驳陆离，但依然可见精美花纹。大门内两边配殿早已崩塌，但殿堂的台基还可辨认，两个套城的护栏有几处尚存，保存较好的要数四座御碑亭，亭内御碑字迹清晰。由于宫内淤泥厚达一米，院内种满了橘树。昔日皇家庙堂，今日橘树成行。看到此，不由得想起两首诗。一首是唐代刘禹锡的《乌衣巷》：

朱雀桥边野草花，

乌衣巷口夕阳斜。

旧时王谢堂前燕，

飞入寻常百姓家。

一首是元代张养浩的《潼关怀古》：

峰峦如聚，波涛如怒，山河表里潼关路。望西都，意踟蹰。伤心秦汉经行处，宫阙万间都做了土。兴，百姓苦；亡，百姓苦。

两首诗都是感叹时代变迁，用在玉虚宫，倒也贴切。

除了宫观建筑外，武当山还有大量的摩崖石刻，每一幅石刻，都有一个故事。

南岩宫全称"大圣南岩宫"。这里峰岭奇峭，林木苍翠，上接碧霄，下临绝涧，是武当山三十六岩中环境最美的一处。但南岩宫也与玉虚宫一样，绝大部分建筑被焚毁。今日所见，断垣残壁外，几株胸径达2米的银杏树枝叶舒展，铜臂铁杆直指云天。大火可以焚毁房屋，但却奈何不得石壁上的石刻。南岩宫皇经堂到两仪殿之间有一面长长的石壁，上面镌刻着历朝历代达官贵人、文人学士的摩崖石刻。其中最大最醒目的有两处，一处是驸马都尉沐昕所写的"南岩"两字。这两个字每个接近2平方米，笔力遒劲。另一处是"福、寿、康、宁"四个大字。这四个字更大，每个字超过2平方米，成为南岩最吸引人的看点。这四个字从风格上看似乎为一人所书，其实出自于两人之手。"福、康、宁"三字为嘉靖皇帝内阁首辅夏言于嘉靖二十一年（公元1542年）所书。"寿"字要早于"福、康、宁"三字，是夏言的弟子王颙于嘉靖十六年（公元1537

年)所书。

夏言(公元1482～1548年),字公谨,号桂州,江西贵溪人。正德十二年(公元1517年)进士。历任吏科都给事中、礼部右侍郎、礼部尚书等职。嘉靖十五年(公元1536年)又加少保、少傅、太子少师,嘉靖十七年(公元1538年)为内阁首辅。嘉靖十六年(公元1537年),夏言派亲信弟子王颙上武当山祭祀真武大帝。并亲笔书写"天子万年"四个大字,上供神灵(这四字刻于武当山南岩石殿后)。王颙祭祀完毕后,为表对皇帝敬意,挥笔写下了一个"寿"字。夏言派王颙到武当的祭祀活动很快为明英宗得知,夏言由是得以晋升上柱国。明王朝宫廷斗争,你死我活,奸臣严嵩设计陷害夏言,致使夏言获罪遭贬。处于戴罪之身的夏言极度惶恐苦闷,他虔诚地写下了"福、康、宁"三字,并派专人送上了武当山,并与王颙的"寿"字一同刻在面向金顶的岩壁上。

武当山是明王朝的皇室家庙,在这里的敬言,可以看成是对当朝皇帝的上奏与表白,夏言以"福、康、宁"三字表示,自己在政治上无意发展,只求生活上的满足。或许是夏言的表白打动了明世宗,嘉靖二十四年(公元1545年),夏言官复原职,"复少傅兼太子太师礼部尚书武英殿大学士,仍赴阁办事"。但宦海沉浮,官场险恶,奸臣当朝,夏言难逃厄运。没过两年,嘉靖二十七年三月,夏言重新获罪,这一次武当南岩的颂祝之词没能救他,冬十月,竟被弃市。

夏言虽然遭此不幸,但他书写的"福、康、宁"三字,与王颙的"寿"字一起镌刻在南岩的石壁上,恰好凑成中国最吉祥的"福寿康宁"四个字。"福寿康宁"石刻,端庄稳健,笔锋圆润厚重,为武当山众多摩崖石刻中的精品。今日八方游客,凡来武当山者,无不在此留影祈福。

南岩宫的另一奇绝是"龙头香"。"龙头香"是一个长两米多、宽约三十公分的雕龙石柱,石柱前端为龙头,龙头高约半米,上置香炉,石柱突兀伸出,空悬在万丈绝壁之上,站在岩边上往下看,顿觉腿软心慌,更遑论踏上石柱去点燃前方的香烛了。石柱伸出处有一小门,门楣石壁上刻有"心诚则灵"四字,这四个字驱使多少无辜的生命冒着危险,战战兢兢踏上狭窄的石柱,结果香没点燃,反而失足跌落山涧,鲜活的生命顿时化作一缕青烟。因跌落者太多,清朝湖广巡抚衙门专门下文,禁止朝拜者上去点香,并将龙头香小门以铁链锁住。朝拜者只能在岩壁内焚香遥祷。

武当山宫观建筑群完成后,由于道教在明王朝国教的地位以及武当山独特的地理位置,武当山成了远近香客朝拜的对象。

武当宫观群的第一宫静乐宫在均州城，所以，朝拜武当，均州是必到之地。武当宫观群建成之后，朝廷官员、民间百姓，前来朝拜者络绎不绝。那时人们虽不像今天到处旅游，但到武当山朝圣，给真武大帝上香，祈求赐福送子，保阖家平安，以及求财求官、请愿还愿，却是当时中国百姓最重要的事情。来朝圣全靠水路，北来的由丹江顺流而下，南来的则由汉江逆水直上，南北两路汇集到均州。因为朝圣香客太多，均州城成了全国闻名的水陆码头，一年四季人满为患。

均州城内街市纵横，热闹非凡。城外有条街道距均州码头最近，饭店客栈鳞次栉比，专门接待前来朝拜武当的香客，故得名朝武街。香客下了船，第一站就是朝武街。朝武街上，饭铺客栈一家连一家，从早到晚，天天忙得脚不沾地。想想当年的那种繁忙的场景吧：汉江、丹江江面上，南来北往的船只如同过江之鲫，首尾相连，没有尽头。成千上万的善男信女，扶老携幼，满面虔诚，来上香的下船而来，朝拜完毕的登舟而去，来来往往，人群川流不息。朝武街上，家家店铺门口，老板伙计送往迎来，吆喝声不绝于耳。大街上，卖菜的、送饭的、沽酒的、卖米的、卖布的、说书的、卖唱的、算命的、看相的，各行各业，人潮涌动。

来武当山朝圣的香客进入均州城后，首先要沐浴、戒斋，再到静乐宫焚香朝拜。朝拜完了静乐宫，就要沿着中轴线经沿途的宫观，一步一步走上武当山。请大愿或是要还大愿的，则须一步一叩首，一直拜上武当山金顶，沿路凡是宫观都要进去烧香磕头。更有甚者，提前两周就要戒房事，上下嘴唇铁刺贯通，不吃不喝，以显心诚志坚。从静乐宫出发经过二宫四桥八亭十三庵堂五十八坛庙便到了玄岳门。从玄岳门到朝天宫的70华里为"神道"，所谓"进了玄岳门，性命交给神"，意思是说，凡人进了这神门仙界后，是生是死，是福是祸，就由不得自己了。自古来武当山朝圣进香的人进了玄岳门后都神情肃穆，不敢高声谈笑。

从朝天宫到金顶是这段朝圣路上最神圣的一段，谓之"天道"，即凡人上天之路。到了这里如同登上天庭，朝圣者更是目不斜视，连大气也不敢出了。这段路山势最为陡峭，很多地方几乎直立，沿着山壁的阶梯宽仅一米，过了朝天宫便是一天门、二天门、三天门，进入三天门后，便来到了太和宫。

太和宫建在海拔1600多米的武当山峰顶，和北京故宫的形制一样，太和宫城墙通体紫红，因此又称紫金城。紫金城高达数丈，采用每块重达500公斤以上的条石砌成。城墙墙基周长 344 米,全城占地面积 3 万多平方米。城墙上四方各建一座仿木石建筑天门,象征天阙,全城有东西南北城门,只有南城门可通。紫金城的建设一如故宫,精美绝伦。古代工匠将几何学中的梯形运用到建筑上,墙底宽 2.4 米,墙顶宽 1.26 米,如同埃及的金字塔,既符合建筑力学,也符合建筑工程学。整个紫金城墙体,从里看向外倾,从外看向里斜,增加了神秘感。在没有现代建筑所需的钢筋混凝土和起重机的前提下,将重达千斤的花岗岩石运上山,坚固地筑在千米绝壁,历经几百年的风雨雷电而丝毫无损,令人叹为观止。走进紫金城,沿着灵官殿长廊前行,沿着山势拾级而上,山势奇陡,近乎 70 度,石级宽不足一米,梯外便是笔陡的山岩,为保证朝拜者的安全,石级上修有石柱,石柱上串以手指头粗细的铜链,经过几百年来亿万双手的抓摸,铜链表面油光放亮。朝圣者手抓铜链,手脚并用,几乎是在石级上爬行。石级天梯长 64 米,共 212 级,气喘吁吁爬完石级,抬头一看令人屏息,金碧辉煌的金殿矗立在眼前。虽历经五百多年的风雨侵蚀,金殿仍辉煌如初。

金殿为天柱峰峰顶,登临峰顶,恍若置身天庭,四周一派宁静庄严,在神圣的真武大帝注视下,平日里所有的尘世烦忧全部抛却一旁,敬畏之心油然而生。极目四望,山脚下秀丽的丹江口水库依稀可见,周围群峰起伏,犹如大海波涛奔涌,天柱峰一峰独立,巍然俯瞰八百里武当。众峰拱拥,八方朝拜的景观神奇地渲染着神权的威严和皇权的至高无上。站在金顶,似乎站在世界的最高处,周围的一切都在脚下,沐浴着飘飘仙风,有羽化而去之感。

武当山建筑群自建成后多次遭遇兵燹、战乱、火灾。明末李自成、张献忠等农民起义军在湖北光化、房县、均县和河南淅川一带活动,作为明王朝的皇室家庙,武当山的这些建筑自然难保全身。时至近现代,武当山建筑群也多次遭受劫难,抗日战争时,很多宫观的铜铁器物被国民党军搬走,"文革"中,一些建筑物被红卫兵砸坏。经过历史的风雨,武当宫观群至今保存较完整的有玄岳门、遇真宫、磨针井、复真观、元和观、紫霄宫、南岩天乙真庆宫石殿、太和宫、铜殿和金殿等古建筑 129 处,庙房 1182 间。

由于武当山古建筑群在中国建筑史和世界建筑史的影响与地位,1994 年 12 月 15 日,武当山古建筑群被列入《世界文化遗产名录》。1995 年 6 月 29 日,联合国教科文组织和中国国家文物局在北京人民大会堂西藏厅举行隆重的世界遗产证书颁发仪式。武当山被授予《世界文化遗产名录》证书。

世界遗产委员会对武当山古建筑群的评价如下：

　　武当山古建筑中的宫阙庙宇集中体现了中国元、明、清三代世俗和宗教建筑的建筑学和艺术成就。古建筑群坐落在沟壑纵横、风景如画的湖北省武当山麓，在明代期间逐渐形成规模，其中的道教建筑可以追溯到公元7世纪，这些建筑代表了近千年的中国艺术和建筑的最高水平。

四　"铁打的均州"

汉十高速公路是一条2006年才正式通车使用的高速公路，它的出现，使得地处鄂西北深山的十堰市与省会武汉更紧密地联系在一起。汉十高速公路武当山出口处有一座500米长的大桥，大桥横跨过丹江口水库一角。站在桥上往北看，丹江口水库天水相连。下得桥来，乘快艇向前不到半小时，便到了一处宽阔的水域，陪同的主人指着深不见底的水下说："水下40米处，便是让我们均州人魂牵梦绕、日思夜想的均州城。"

均州城就是均县县城，因均县曾为古代均州的州治，州的行政级别高于县，所以均州人不愿叫后来的均县，更不愿叫再后来的丹江口，从老到小，这里的人们仍愿自豪地称均州，并加上一句"铁打的均州"。只要谈起均州，他们谁都会眉飞色舞地和你侃上一段均州的历史传说，人文风情。均州究竟是一块怎样神奇的土地，居然在陆沉50年后，还让这里的人们如此忘情，除了均县的原住民外，每年还吸引着海内外无数的游客前来瞻仰凭吊。

均县位于鄂西北，汉水中上游。均县在春秋时为麇国，战国时属楚。汉高祖五年（公元前202年）置县，取名"武当"，隶属南阳郡。隋开皇五年（公元585年）为均州，因境内均水而得名，辖武当、均阳两县。唐天宝元年（公元742年）为武当郡，乾元元年（公元758年）复为均州。宋、元依旧。明洪武九年（公元1376年）武当入州，直属湖广布政使司；成化十二年（公元1476年）改属襄阳府，沿至清末。民国初年改均州为均县，属湖北襄阳道。民国二十一年（公元1932年）隶属湖北省第十一行政督察区，民国二十五年（公元1936年）改属湖北省第八行政督察区。

新中国成立后，均县隶属郧阳专员公署。1952年郧阳专员公署并入襄阳专区行政公署后隶属襄阳专署。1960年撤销均县并入光化县；1962年又与光化县分开恢复均县。1965年郧阳地区恢复建制，均县复归郧阳地区管辖。

1983年，经国务院批准，撤销均县，设立丹江口市，属省辖（县级）市，由郧阳地区代管。1994年，郧阳地区与十堰市合并改称十堰市，丹江口市由十堰市代管。

均州城原址为东临汉江一石砌古城。明朝前，均州城为土城，明洪武五年（公元1372年），守御千户李春在原来土城的基础上改以砖砌城墙，明嘉庆年间，由于武当山宫观的建成，全国各地朝拜者大量涌入，均州城达到鼎盛，有小紫禁城的称号。明天启二年（公元1622年）知州胡成熙修竣砖石城墙，城墙周长3公里，城高10米宽4米，城外西、南、北为4米深的护城河环绕，滚滚汉江从城东流过。全城有东南、西北并大小东门与上水门共六座城门，北门还建有瓮城。均州的城垣高大结实，城墙外层全用30斤重一块的青砖垫砌而成，城门石门槛重达60吨，所有城门在木门外再包上铁皮，铁皮上密密地钉上粗大的铜钉，看起来威武结实。因城池临江而建，为防江水进城，还专门设有防洪水闸门。明朝末年，李自成起义军曾攻打过均州城，但数日不下，又因为汉江多次发洪水，均州城紧闭城门，大水围城数日也没能进城，故被称为"铁打的均州"。

丹江口水库建设前，均州城里有常住居民2万余人，分布在城内、城外3平方公里的土地上。城内是政治、文化区，城外是经济、商业区。城内外大街全是一米见方的青石板路面。晴不扬灰，雨不湿鞋。城内有城隍庙、九仙庙、学宫、文昌馆、江西馆、陕西馆等建筑。南城墙上的魁星楼高约三丈六，六角形建筑，三重飞檐，气势雄伟，为全城最高的地标性建筑。

均州城文化底蕴深厚，龙山烟雨、天柱晓晴、槐荫古渡、沧浪绿水、方山晴雪、雁落莲池、东楼望月、黄峰晚翠是古均州最为著名的自然景观，也最为当地人民津津乐道。后人以此八景为诗：

雁落莲池鸳鸯伴，沧浪绿水碧云连。

一望天柱方晴晓，槐荫古渡有客船。

遥眺方山照晴雪，烟雨龙山偶可观。

黄峰晚翠人未归，东楼望月月尤残。

2002年11月，丹江口市档案馆工作人员沈均奕整理档案时，发现了一件清同治皇帝"谕"书。这件"谕"书签署时间为清朝同治八年（公元1869年）三月二十七日。"谕"长55厘米，宽25.5厘米，正文清晰完整，文中的"谕"字和文尾的"切毋违此谕"用朱笔圈点醒目，用印中"爱新觉罗载淳"明晰可辨。同治皇帝在这份"谕"书中对修理均州城堤作出了明示：

修理城堤,总查工料,最关紧要……随时稽查,灰石工料,遇有偷减浮冒,均应立时报明查究……

沈均奕通过考证认为,同治皇帝在位的 13 年中,均州城几乎年年发生自然灾害,其中,蝗灾一次,冰雹灾害四次,雷电灾害两次,地震四次,特大旱灾和特大水灾各一次。尤其是汉江的特大洪水,致使城墙多处裂缝,城堤歪斜。当地官员禀报朝廷,若再遇水灾,民众将葬身鱼腹。清政府为此动用"厘金"进行赈灾,地方官员则摊派修堤款,导致民心动荡。同治闻讯后,亲发"谕"书,诏令地方官员,委用人选总查工料。"谕"书下发第二年,一段长 51 丈、高 3 丈 2 尺、宽 1 丈 6 尺的城堤拔地而起,是历年修筑最牢固的一段城堤。

丹江口市南水北调办公室副主任丁力先:

均县县城海拔高程 115 米,城高 8 米,城门楼魁星阁在城墙的基础上还有 20 米高,在丹江口水库正式下闸前,库区的水位总在 130 米左右来回徘徊。1965 年,均县县城的群众早已搬迁完毕,均县县城已经淹了一半,高大的城门楼子孤独地耸立在水中,成了一座空空荡荡的孤城。

那时,我还是小孩,我的父亲带着我乘上船,让我最后一次看了一眼即将陆沉的均县县城。夕阳的斜晖照在城楼上,高大的城楼在宽阔的水面显得孤独而渺小,城楼的倒影在水面瑟瑟抖动,那是一种既壮观又无奈的感觉。1967 年 6 月,第一二批搬走的移民留下的麦子成熟了,山坡上一片金黄。那时我还在读小学,县里组织我们到地里去收麦子,那时候,高高城楼上的斗拱勾檐如同鹿角一样还顽强地屹立在水中,没有淹完,直到 1968 年 8 月这一次大水,均县县城才彻底没入水中,变成了鱼虾居住的水晶宫。以后我们乘船经过城楼上方,还能够隐隐约约看到水下乌压压一大片。

2006 年 6 月 17 日,湖北日报一则新闻报道称:中央电视台 10 频道"探索·发现"栏目编导王海峰给丹江口市委宣传部打来电话,称该栏目组将于近日抵达丹江口市,拍摄被丹江口水库淹没了近半个世纪的水下古均州。该报的大字标题十分醒目:"水下古均州城现在是个什么样子? 央视将用镜头告诉你。"为了拍好这个节目,央视特地邀请具有水下摄影经验的福建电视台共同前往。遗憾的是,该报道组到达水下古均州城遗址所在地丹江口罗川镇,正在往船上搬运水下摄影设备时,一个水下摄影用的压缩气瓶如同炸弹一样突然爆炸,一名工作人员当场殉职,水下摄影工作被迫停止。雄伟的均州古城失去了一次与今人见面的机会。南水北调中线工程已经启动,完工后,丹江水库的水位将达到 170 米高程,届时均州古城距水面将有 55 米,我们还有机会一睹古城风貌吗?

武当山建在均县境内,辉煌的历史和雄伟的建筑使得均县人极为自豪,丁力先说,均县的历史不光建在地上,淹在水里,还有很多写在中国历史名著里。他绘声绘色讲述了《西游记》里第十一回,均州人刘全替唐王李世民到阴间给阎王送瓜果的故事:

> 均州有一户人家,男人叫刘全,妻子姓李,有儿女一双。一日,李氏为刘全做了一双鞋,鞋做大了,李氏的婆婆心胸狭窄,说李氏有外遇,这双鞋是给别人做的。李氏受不得冤枉,一气之下上吊自尽。刘全看到妻子含冤去世,痛不欲生。此时恰逢唐丞相魏征误斩泾河龙王,老龙王的鬼魂自觉委屈,便每夜进入内宫找唐太宗李世民索命。李世民为此梦游地府到阎罗殿上,与十代阎王叙坐。李世民将泾河龙王诬告自己,说自己让魏征错杀龙王,现在龙王要让自己偿命。阎王即命取生死文簿查看,看后说他还有二十年阳寿,于是将李世民送回阳间。李世民感激不尽,临别时,允诺送阎王瓜果谢恩。阳间人如何能到阴间给阎王送瓜果?无奈之下,李世民张出黄榜,招募赴阴司送瓜果之人。刘全念妻心切,遂舍命揭榜,自愿到阴间给阎王送瓜果,以便会见妻子。阎王接到刘全送来的瓜果很高兴,问及刘全为何舍命前来,刘全讲述了事情的经过。阎王佩服李氏的刚烈,更为刘全的真诚感动,遂成全了刘全李氏夫妇,让李氏借唐王妹妹之身还魂,夫妻双双转回阳世。

此故事说明均州人义烈刚勇,敢于上天入地寻真情。均县人的骄傲里,除了刘全,还有陈世美。乍一听,对这个说法很是不理解,陈世美是世人所知的负心汉。传统戏曲《铡美案》中,陈世美进京考中状元,当上驸马,当他的结发妻子秦香莲携子女进京寻夫时,陈世美不但不认,反而派人追杀他们,最后陈世美被包拯斩首,陈世美也成了被人世代唾骂的负心汉。但均州人对此另有说法:

> 陈世美自幼聪慧,读书写字一点就通,十年寒窗,满腹经纶。大考那年,他和同窗们一起进京赶考。试卷做得字字珠玉,被考官推举参加殿试。殿试时,皇帝出题,他依题赋诗,其中有这样两句:"苦读寒窗春逐秋,亲如手足情相连。"为皇帝所欣赏,被当庭点了状元。

与陈世美同来赶考的同窗学友不少，陈世美一举成名，他们名落孙山，心中不平。陈世美中举后并未忘记自己的同窗，尽自己所能帮助他们，在财物上解囊相助，生活上安排食宿。但同窗们并不领情，反而认为，你现在高中了，就应该提携我们，有官大家做。几个人总去找他，希望他能给自己安排个一官半职，为陈世美所拒绝。其中有个外号叫"戏迷子"的同学，心胸狭窄，别看读书不行，却一肚子歪肠子，平日里吹牛聊天，插科打诨他最行，出个坏主意，想个馊点子来得特别快。他见自己的要求被陈世美所拒，于是想出歪点子，写出戏来骂陈世美，以解心头恨。几个人二两黄酒下肚，乘着醉意，你一言我一语，几晚上就将《铡美案》故事编成，他们依照陈世美诗中"亲如手足情相连"的谐音，给他编造了个老婆叫"秦香莲"。戏写好后交给戏班到处传唱，中国百姓本来就有仇贪念清的心理，对于那种忘恩负义的人又特别痛恨，《铡美案》在民间广泛流传，陈世美留下千古骂名。

历史典籍记载，陈世美是清初均州人，原名陈年谷，字熟美，在贵州毕节官至知府。历史上的陈年谷是一个清官，从无抛弃妻小之事。由于《铡美案》在民间广泛流传，陈年谷有口莫辩，落下千古骂名。均州人为此愤愤不平。民国初年，一个戏班子在均州城演《铡美案》，正演到来劲的时候，陈世美的后世传人带了几十人冲上台去，砸了戏班，打了演员，从此后，均州城落下了"北门街不唱陈世美，秦家楼不唱秦香莲"的流传。外人若在均县要说陈世美不好，则会惹来众怒。足见均县人民对自己优秀传统的珍视。

均县不仅有这些百姓口口相传的历史故事，记载正史的文化典籍也与这里有着千丝万缕的联系，最典型的莫过于"沧浪"之争。文化典籍中，最早出现"沧浪"的有两处，其一见屈原的《渔父》：

屈原既放，游于江潭，……渔父莞尔而笑，鼓枻而去，歌曰：沧浪之水清兮，可以濯吾缨，沧浪之水浊兮，可以濯吾足，遂去，不复与言。

其二见《孟子·离娄上》：

孟子曰：不仁者可与言哉？……有孺子歌曰："沧浪之水清兮，可以濯我缨；沧浪之水浊兮，可以濯我足。"

注解中，关于沧浪所在有多处说法，如江苏苏州，如湖南汉寿，当然也有湖北的古均州。所有注解的文献中，最明确的就是晋人郦道元的《水经注》。《水经注》是我国记载河流的专著，这部1400年前的著作中，专门有一段文字考证《沧浪歌》中的沧浪在何处。郦道元根据《尚书》明确指出：

武当县西北四十里汉水中，有洲名沧浪洲。

南北朝时期的武当县治所，位于今天的武当山镇一带，其向北40里左右，正是后来的均州城。《尚书》、《水经注》均是信史，汉水又是古代重要的交通要道，认定沧浪位于均州，有足够的说服力。虽然学术界对此说法尚有争论，但仅就这些争论而言，也使得古老的均州平添了几分儒雅之气。

深厚的文化积淀影响着百姓的生活，在均州一带，讲民间故事和唱民歌的传统流传至今。均县有一个村叫伍家沟，这个村子里不分男女老幼，几乎人人能讲传说故事，而且一讲起来，几十上百个不重样。一个鄂西北山沟里的小村子，有这份文化积淀，就是找遍西安、洛阳、开封、杭州这样的文化故都，恐怕也难得一见。

抗战时期的均县，也有浓墨重彩的一笔。

1939年秋，武汉会战失败后，时任国民党第五战区司令长官李宗仁率部移驻老河口，第五战区的部队分别驻扎在谷城、南阳、淅川、均县、房县、郧县等地。以后，日寇进占老河口，第五战区的指挥机关退驻均县。第五战区司令部及其各指挥机关好几千人一下子涌到不过2万人的均县，住房成了大问题，绵延百里的武当山宫观群成了第五战区各机关的驻地，紫霄宫、玉虚宫、遇真宫、周府庵等，凡是面积较大，建筑物保存较好的宫观均被各级机关进驻。

武汉会战结束后，日寇占领平汉、津浦铁路沿线以北的地区，由于战线过长，无力再发动进攻，与国民党胡宗南、汤恩伯、薛岳、李宗仁等部形成战略对峙，战线相对稳定下来。徐州会战、武汉会战，第五战区牺牲巨大，基层干部损失尤其严重。现在部队在武当山区住下来，李宗仁的当务之急便是休整部队，培养干部。他在77军"军士训练班"的基础上组建成立第五战区"干部训练团"。蒋介石为防止各派系军阀自己培养人才做本钱，将各战区的军官训练团统统纳入自己的中央陆军军官学校序列，自己兼校长，各战区的长官任副校长。李宗仁的第五战区"干部训练团"按序列改名为"中央陆军军官学校第八分校"（以下简称八分校）。

1939年年底，八分校校部及湖北省府鄂北行署一起搬迁到均县草店镇，八分校校部驻在武当山宫观群中房屋规模最大的周府庵，周府庵共有各种房间一千多间。明末清初毁于战火，后又被一位叫李本宗的道人募捐修复。

虽是抗战时期，军校仍然办得有模有样，各个机构齐全。校长蒋介石，副校长李宗仁,校务委员白崇禧、何应钦、程潜、卫立煌、顾祝同、薛岳、陈诚等若干人。校务主任徐祖贻、副主任罗列。下设政治部、办公处、教育处、总务处以及医务所、军械所、迎宾馆、军官研究队。另设战术研究班、校尉官研究班、中正小学(战区军官子弟小学校)、学员总队、练习营和无线电台等机构,教师学员共6000余人,就其规模来看,完全是一所正规的学校。

八分校的学员全部从社会上招收,半年一期,相当于基层军官速成班。抗战时期,均县抗日气氛极为浓厚,青年学生积极投笔从戎,八分校一个单位,就招收有均县籍青年970名。学员队每天出操时都要列队唱歌,《黄埔军校校歌》、《毕业歌》、《大刀进行曲》、《黄河大合唱》、《我们在太行山上》、《前进曲》、《流亡三部曲》等抗日救亡歌曲每天必唱。以至于学员列队出操,围观者比学员多,唱歌时,围观者跟着齐声高唱,场面感人。

中国共产党也在均县建立了自己的活动基地。1938年9月,武汉、襄樊相继失守后,中共湖北省委经过对形势的分析,认为地处鄂西北的武当山区将成为抗日的战略要地,驻防在此的第五战区司令长官李宗仁当时的政治态度比较开明,不像蒋介石那样积极反共,我党有可能在武当山区建立抗日后方和鄂西北根据地核心区。为此,党组织先后将一批党内外知名人士和党领导的一些抗日救亡团体迁到均县、草店、武当山一带。

武汉失守前,周恩来与李宗仁达成协议,由中共长江局和湖北省委委派爱国人士在第五战区成立文化工作委员会,简称"文委",由全国救国委员会委员、党团书记钱俊瑞任文委主任,胡绳、曹荻秋、李伯余任副主任。文委成立后,立即开展工作,首先接办了《鄂北日报》,胡绳任总编;建立了抗日救国军民文化队,下设3个队和20个文化站,各队站的负责人均由共产党人担任。以后陆续成立了"湖北省战时乡村工作促进会"、"湖北省战时教育工作促进会"、由武汉小学教师组成的"小教服务团"、新知书店、"战时儿童保育院"等抗日救亡组织。这些组织先后撤入均县开展活动。

从1938年起,江浙、山东沦陷区的一些学校、机关也纷纷搬迁到均县县城以及各乡镇。著名诗人贺敬之当时还是一名进步学生,他从山东跟随学校逃难来到均县在山东中学均州班读书。著名左翼文人臧克家、张光年等人都来到均县,投身抗日宣传。在党组织的领导下,均县以及第五战区的抗日救亡运动开展得热火朝天。据贺敬之回忆,此时的均县成了抗日的重要据点之一,在均县城内,几乎天天都有进步学生在街头进行宣传抗日,反对投降的演讲,唱进步歌曲,动员参军参战,闹得红红火火,均县由此被称为"小延安"、"陕北第二"。

20世纪80年代末,贺敬之回到丹江口市,故地重游,分外激动,写下七绝一首:

两望(汉江、丹江两条江在此汇聚,故谓之)无际丹江口,

举首抟海空碧流。

问我少年烽火路,

遥指水下一均州。

除了组织民间抗日活动外,第五战区所属的部队、八分校、政治工作队、77军军部及军官团中都有共产党员在开展工作,干训团的军政教官和八分校中一些教官都是共产党员,其中最著名的"佩剑将军"77军副军长,以后在淮海战场率部起义的何基沣就是中共地下党员。

李宗仁等高级将领经常到八分校学员中讲课作报告,每期学生毕业,他必定前来参加毕业典礼,以鼓舞士气。1939年10月,李宗仁来到周府庵,亲自主持了八分校第一、第二期学生队毕业典礼,正逢广西各界抗战慰问团千里迢迢前来慰问第五战区官兵。李宗仁陪同他们一起登上金顶。此时秋风萧瑟,万木摇落,李宗仁在天柱峰即兴撰诗一首:

为寻胜境武当游,

步步崎岖兴不休。

四面烟岚归眼底,

簌簌林叶万山秋。

著名爱国将领方振武将军也在1939年来到武当,他在金殿挥毫写下"振军经武"四字,笔力遒劲,气势浑雄。并写下抒发忧国忧民心情的诗句:

秦皇汉武封禅日,不爱虚荣亦自尊。

这些题词均被刻上石碑,成为珍贵的历史史料。

中国历史上一些著名的人物也在武当山留下一些传说。1944年,时任国民党军副参谋总长白崇禧在视察五战区部队时曾登临武当山,他在太子坡复真观看见一些道人在宫外的山坡上耕种,便询问道人:"为何不守祀庙观而垦荒务农。"道人告诉他,武当庙产、土地都被均县地方当局收回用作"发展教育事业",道人失去生活来源,不得已只能靠垦荒种田维持生计,但全年收入尚不足维持半年口粮。白崇禧很同情道人们的遭遇,当场做出决定,以每人每月

一斗的标准给道人补助半年粮食,以资饷口。在时局动荡,道业衰落,香资极少的情况下,白崇禧的这个决定给了武当道众极大的帮助。此事在道众中至今流传,每当言及此事,道众们仍怀感戴之情。

第五战区参谋长兼军校主任徐祖贻中将是一个很有个性的人,在台儿庄与日寇血战时,便以性格刚毅著称。到武当山驻防后,第五战区驻军和八分校学生在武当山周围野营操练,徐祖贻常来巡视。一次他在紫霄宫听道人反映,当地乡保长将道人作为壮丁抓走,立即将负责壮丁征集的负责人叫来,严加斥责,并将抓壮丁的那位保长痛打一顿,勒令其将被抓为壮丁的道人全部放回,武当山道众深为感激。不久,徐祖贻被蒋介石调中央军事研究院任职,武当山道众为感其恩而立碑一块:

中央陆军军官学校第八分校主任徐公燕谋莅均三载,擅泽旁流,即武当各宫、庵、观道众及编户,莫不沾露德化,口碑载道,值公车返陆军军事研究院之际谨勒石纪念,以志不忘。

其实,将宫观道产用于发展教育事业,大规模抓壮丁在那个时候都是确有其事。徐州会战、武汉会战后,沦陷地大量难民内逃,其中有很多是随着学校一起逃难的,均县是后方,接待了大量难民包括一些成建制的学校,还有很多机关。一下子涌入这么多的人和学校、机关,均县哪里有房子安排?庞大而且空闲的武当山宫观群自然成为当地政府征用的对象。抓壮丁也是如此,第五战区部队经过淞沪会战、徐州会战和武汉会战,伤亡惨重,有的连只剩下十几人,有的团只剩下不到百十人。国民党军队原来补充兵员的办法主要靠招募,招募不到就采取强制手段在地方劳动力中摊派。抗战期间改招募为征兵,地方征兵机构俗称"师管区"。由军队向各"师管区"下达征召兵员数字,限期完成。"师管区"再将数字分解到地方上各保各甲限期完成,保甲长们为完成任务挨家摊派,说不通就强行征召,这就演变成"抓壮丁"。明王朝的时候,武当山为皇室宗庙,道众受到皇室庇护,道众不服兵役,不缴税赋,成为法外之人。抗战时期,国家危亡,道众不可能再置身法外,均县是小县,壮丁本来就有限,大量赋闲的道人们自然成为保甲长们征召的对象。徐祖贻利用自己身居高位,同情道众,痛打保长,显现出他性情中人的一面。试想,如果那位保长完不成壮丁征召任务,"师管区"也势必放不过他。那位保长有冤。

五　多难静乐宫

号称武当山宫观群第一宫的静乐宫的保护和修复,颇有传奇色彩。

汉江丹江口水利枢纽设计施工之初,便有保护文物的规划。为了抢救和保护丹江口库区的文物古迹,1956 年,湖北省政府组织相关部门人员对库区文物进行详细的普查,丹江口水利枢纽工程指挥部于 1957 年向国务院提交报告,详细列出文物搬迁所需费用。国务院以〔1957〕文念字第 122 号文件批示:

> 划拨专款 33 万元,由丹江文物搬迁领导小组掌握使用。

文物考古部门发掘了文化遗址 23 处,古墓葬 15 处约 200 座,拆迁了地面文物 11 处,并对 100 多处无法搬迁的地面文物留取了资料。但是,限于当时特定的历史条件,一期工程大量的文物保护与考古发掘工作没有做完,水便漫上来了。从均州城到玄岳门,70 华里的官道上珍珠串般排列着二宫四桥八亭十三庵堂五十八坛庙,如此大规模的建筑群,除了静乐宫抢救了部分文物外,其余全部沉入水底。

号称武当山八宫之首的静乐宫原建于均州城内,静乐宫与北京故宫为同期建筑,建筑风格具有皇家园林雍容华贵的气派,被称之为"小故宫"。晚明著名文学家王世贞在郧阳任抚治期间(公元 1574～1576 年)游历武当山,作《游太和山记》,其中就记载了在静乐宫游历的情况:

> 自均州玉虚宫宿紫霄宫纪,规均州城而半之,则皆真武宫也。宫曰"净乐",谓真武尝为净乐国太子也,延衮不下帝者居矣。真武者,玄武神也。自文皇帝尊宠之,而道家神其说,以为修道于武当之山,而宫其巅。山之胜既以甲天下,而神亦遂赫弈,为世所慕趣。春三月望,余晨过净乐,憩紫云亭。

徐霞客于明天启三年(公元 1623 年)写的《游太和山日记》写道:

> 十二日,……循汉东行,抵均州。净乐宫当州之中,踞城之半,规制宏整。

值得注意的是,静乐宫原为"净乐宫",后因皇帝题匾"元天静乐宫",于是以后的文献中,"净乐"变成了"静乐"。

到了民国时期,静乐宫早已残破不堪,宫宇大多倾圮颓废,部分宫墙砖石被用于修建均县高等小学操场。残破的宫内为农业学校校址。尽管宫墙倒塌，房屋残破，但主要轮廓和皇帝圣旨碑亭、大门牌坊等巨大的石建筑物仍然安好。

遵照国务院及湖北省的文物保护指示，丹江口工地成立了"均县文物搬迁领导小组"，搬迁的对象是静乐宫。1959 年上半年，湖北省文物局及省博物馆派员对静乐宫的文物进行了测绘、编号、拍照后，即组织对静乐宫古建筑大石牌坊进行拆卸。当时没有起重设备，完全依靠人力和绞车扒杆来完成拆卸工作，其中最困难的是拆卸坐落于圣旨碑亭内的巨型龟驮碑。这是由一巨型石龟和一巨大石碑组成。石碑和石龟的材质坚硬，做工极为精细，虽然历经 500 年的风风雨雨，但一点也没有损坏。需要强调的是，所谓"巨龟"其实不是龟，此物与龟外形相似，学名为赑屃（拼音：bì xì），相传赑屃为海龙王第九子，力大善驮，专驮刻有皇帝圣旨的石碑。很多人不认识此物，皆称为乌龟。赑屃与乌龟的区别是明显的，赑屃嘴边有须，长着一对獠牙，背板的纹路也不同。

静乐宫御碑亭里的赑屃连石碑高 8.03 米，崇台通高 2 米左右，加起来就有 10 米高。总重量约 102 吨，除赑屃石碑外，还拆除大小两座石雕牌坊、山门，以及石狮、石象、石猴、石碑、石镜、石条等精美绝伦的石雕工艺珍品近千件和宫殿内 860 尊铜铸、铁铸、石刻、木雕神象等，其中国家一级文物 20 余件。

拆掉以后，搬运成了一大难题。这一对赑屃石碑，重达 200 多吨，其中赑屃单重 62 吨，整个丹江口建设工地，既没有这么大的吊车，也没有能装运如此重物的车辆。经反复商量，最终只得使用几百年前老祖宗使用的办法，下面垫滚木，上面推拉。起运那天，静乐宫门口铺了十几根 300 厘米粗的原木，原木上摆放着一大块厚厚的钢板，厚钢板两端焊有固定大铁环以便于推拉操作，巨大的石赑屃端坐在钢板上，两辆 75 马力的履带拖拉机，挂上钢索。随着指挥着吹响哨子摇动红旗，拖拉机发出阵阵怒吼，沉重的钢板开始慢慢向前挪动。一群工人费劲地将钢板挪过后露出的原木拖到前面再垫到钢板下，就这样由人工将圆木一根一根往前转，沉重的石赑屃一点一点向前挪，行走速度极慢，一天走不到 50 米，花了几天时间，才把 8 件巨型石构件运到均州城外的小东门码头边。

上船也非常困难，为防止上船时重量不均匀将船压翻，要先将船固定，再由拖拉机从后面慢慢地向前推滚木，一点一点挪上船。装好这些石构件，已经是 1959 年冬天。恰遇 1959 年秋季天旱无雨，江水低落，石构件太重，装运石构件的船吃水太深,无法开行,结果载着这些宝贝在江水里整整泡了一年,直到 1960 年 9 月,均县下了一场持续五天的特大暴雨,水位暴涨到海拔 120.59 米,船才得以启航。卸载时,尽管所有施工人员一路上小心翼翼,但由于缺少起重设备,1 根重九吨,通长 7.67 米的寿柱和一根大梁枋在卸船时失去平衡掉进汉江。

丹江口水库 1959 年开始壅水,文物搬迁时间仅一年,搬迁的人手和资金也远远不足,静乐宫内大批雕刻精美粘附在墙上的石刻、国内极为罕见的“乾隆千叟宴”丝皂壁画和郑板桥手书等价值连城的珍贵文物来不及搬运,与静乐宫、迎恩宫、周府庵等 173 处古建筑及万余座古墓葬一起,一点点地淹没于浩淼的烟波之中。

根据张体学的意见,静乐宫当时就要选址复建。地址定在丹江口金岗水库北坡,但就在此时,丹江口水库工程因质量问题而停工,一切工作也随之而停。

1964 年,丹江口工程复工后,湖北省文化局向省政府提出,请求做好和完善已迁移的文物保护和复原工作,1965 年,湖北省人民委员会〔65〕鄂文字 144 号文件批示通知:

请丹江口工程局依据丹江工程空隙时间穿插安排,逐步解决。

但“文化大革命”的爆发使得静乐宫复建工作再次告停。均县是文物集中的地方,“文革”中破“四旧”运动在均县掀起狂澜,大批文物惨遭荼毒。两对石狮被偷,6 对石麒麟、2 座石象被砸,身首异处,3 米长明代御碑被砸成几节,6 根 9 米长的石柱擎天坊及赑屃的须弥座被拿去建造厕所,600 多件石雕被当地百姓拿走砌猪圈、垒田埂、垫墙角、修便池。到了 20 世纪 70 年代,丹江口水利枢纽竣工,原复建机构人员变动,复建工作无疾而终。

1984 年 3 月 8 日,《人民日报》以“静乐宫文物何处去? 垒田、垫墙、修粪坑?”为题,刊登了几位人大代表的一封信,信中尖锐地指出:

价值连城的国宝被当作废物遗弃糟蹋,哪还有华夏民族的文明传统?

新华社等媒体也相继报道了静乐宫文物迫切需要抢救保护的情况。报道引起中央的高度关注,中央有关负责同志亲临现场察看后严肃指出:“这是花钱搞破坏。珍贵的文化遗产,即将毁于今天,实在可惜和遗憾。”

中国著名古建筑专家罗哲文来到丹江口,见到一些劫后余生的宝贵文物被丢弃在荒郊野外,任其日晒夜露,渐渐风蚀,不由得动情地说:“我真恨不得抱着它们大哭一场。"

1985年,湖北省政府下拨20万元,丹江口市文物部门在文物堆放的地方建筑围墙1000余米,搜集整理文物800余件。丹江口的文化工作人员像寻找自己的孩子一样,在方圆几十公里的土地、山村、农户,一家家走访、查询,终于将几百件石雕文物从荒地、粪池、猪圈里一块块找回来,然后一一清洗,编号,建档。但复建工作仍然没有着落,原因很简单,没钱。按照建设体制,丹江口水利枢纽工程所在地的文物古迹保护是与丹江口水库建设捆在一起的,建设主管部门考虑的主要任务是将大坝建好,在建设经费本来就严重不足的情况下,怎么可能有余钱拿去保护文物古迹? 更何况丹江口一期工程早已结束,再拿钱也没有经费渠道。1989年10月,湖北省政府就静乐宫系列文物保护问题专文与水利部交涉,水利部责成长江委到丹江口水库调查核实,但毫无结果。皮球在水利部、长江委、湖北省、文物主管部门之间来回踢,静乐宫复建工作一拖再拖。

时间到了21世纪,事情有了转机。一个偶然的机遇,丹江口市政府与北京振海房地产公司取得联系,经协商,该公司董事长郭振海同意为复建静乐宫投资7000万元,静乐宫复建工作终于启动。

2006年3月31日复建工程全部完工,中共丹江口市委、丹江口人民政府在复建的静乐宫举行了复建竣工暨开光大典。这是沉入水底48年后,武当山宫观群复建的第一座宫殿。

时间雕刻记忆,岁月成就经典。徜徉在复建后的静乐宫里,是精神的洗礼也是文化艺术的享受。

静乐宫大门口耸立着12米高的石牌坊,气势雄伟,两侧竖立着一对华表,华表的高度与牌坊的门柱齐平,一种名为朝天吼的神兽蹲坐于华表顶端,脚下的云柱祥云缭绕,意味着祈祷风调雨顺,五谷丰登。门柱旁的石壁上各有一直径一米的圆形浮雕,浮雕里的图案是牡丹和孔雀,象征着富贵和吉祥。有意思的是,两边的牡丹不一样,一边的浮雕里有7朵盛开的牡丹,像征着一年7个大月,一边是5朵未开放的花苞,意味着一年5个小月。跨过五级台阶进入大院,迎面一座大殿,大殿匾额上书"元天静乐宫"。殿前的香炉里,香烟袅袅,进香者络绎不绝。按照原来的形制,静乐宫庭院左右两侧各一座御碑亭,62吨重的石雕赑屃仍然忠实地驮负着刻有皇帝圣旨的巨型石碑,静静地安卧在御碑亭里。庭院地下铺的砖,与故宫太和大殿前铺的砖完全一样。静乐宫建设时与故宫同步,不光宫殿的形制式样完全相同,很多建材也是两地共用。这里地下铺的砖,都是静乐宫里原汁原味的砖,有着皇家高贵的传统。在静乐宫荒废的年代,很多人将倾倒的墙砖捡回去修墙、铺路甚至建猪圈。静乐宫的复建要求做到修旧如旧,原物原建。复建过程中,丹江口市政府向全体市民号召主动捐献,静乐宫等武当山宫观建筑早已融入丹江口人民的生活中,这里的人民怀念武当山宫观建筑群,怀念当年与他们一起生活了几百年的静乐宫,自从静乐宫沉入水底,他们的生活中总觉得缺少了什么东西。今天政府复建静乐宫深得民心。号召一下,各家各户宁愿将自己的院墙拆掉,地坪扒开,也要将这些墙砖送回来。这些墙砖带着当年的记忆,一块块铺在地上,用它们斑驳的身躯默默地展示着过去的文明。

静乐宫的复建在丹江口市成了一件大事,特别是那些当年在静乐宫里玩耍,在静乐宫门口那对大铁狮子身上爬上爬下度过童年的老人,他们带着自己的家人,一次又一次地来到这里,给自己的儿孙辈,给那些原来没有见过静乐宫的人们,不厌其烦地讲述着静乐宫,讲述着武当山,讲述着在这里修行的真武大帝。看着那些白发苍苍的老人在真武大帝塑像前虔诚地顶礼膜拜,看着那些刚刚会走路的孩子在红花绿草中嬉笑追逐,看着那些丹江的、外地的各种年龄层次的人在静乐宫中漫步观赏,不禁悟到,原来这些玄而又玄、久远幽深的历史,早已融入人们的生活,成为普通百姓大众生活中不可或缺的组成部分。

武当山宫观群的建设已经成为历史,历史是无法磨灭的。

六　文物工作者的呐喊

水源地及周边有着悠久的历史文化,除了地上茂盛的山林、肥美的土地和精美绝伦的建筑外,地下还有着亿万年人类进化的遗迹和数千年古人活动的历史遗迹,水源地成为考古和文化历史研究的焦点。

这些地下的文化遗存主要集中在汉江两岸,已经发掘出数量巨大的国宝级文物,有些已经遭到毁损,还有许多已葬身水底而无法统计,实际可能远远超出此数。这些埋在地下的历史遗迹如同一部中国社会发展的教科书,是解读历史玄机的密码。如果这些遗迹留在地上,我们来不及发掘和解读,还可以将其转交给我们的子孙。但是我们为了今天的需要,却将这部"历史教科书"

淹没在了水下,自己来不及发掘和解读,也剥夺了子孙发掘和解读的权利,这实在是一件愧对古人也无法向后人交代的事情。

郧县博物馆副馆长王诗礼详细列举了郧县丰富的文化遗存:

自 2004 年至今已经进行的 22 处文物点发掘中,出土了丰富而珍贵的文物,显现出极高的历史、科学、艺术价值。如青龙泉遗址、辽瓦店子遗址、"郧县人"头骨化石、乔家院遗址等等。这些仅仅是已知的,还有多少是埋在地下尚未为人所知的。

有许多文物,经过省市文物部门普查,认为需要抢救性保护搬迁,而没有被南水北调工程主管部门的文物部门所认可。如地上文物中现存完整的清代民居,郧县上报请求保护的有 27 栋,但被认可的只有 12 栋,6 栋完整搬迁。地下文物如化石就更多了,老百姓在地里开沟修渠都经常性地挖到化石。郧县的化石是中国社科院考古所要求重点保护的对象,郧县上报请求抢救性发掘的地下文物有 100 多处,到 2004 年,被认可为 100 处,到 2006 年,又被削减为 70 多处,剩余的 70 多处在发掘面积上也被削减。如青龙泉遗址、辽瓦遗址、乔家院、李泰墓,这几个都是最重要的一类遗址,原定发掘面积全部为 16000 平米,现在全部大幅缩水。即使是已经为南水北调工程主管部门的文物部门所认可的抢救性发掘,但由于经费到位不及时导致抢救性发掘、搬迁工作严重滞后甚至停滞。

根据 2004 年的经费预算,南水北调中线工程总造价为 5700 多亿,其中湖北段文物保护经费为 2 亿多,与实际保护性发掘所需有相当大的差距。

和王诗礼一样焦急的还有他的邻居,河南淅川县文物局局长刘国奇。

因为独特的地理位置和厚重的历史,淅川县有"文物天堂"之称,在南水北调中线文物保护工程中,这里需要发掘的文物点数量,占河南段文物点总量的 47.2%。

但地下丰富的文物也引来盗墓贼贪婪的目光,这些盗墓贼采用各种手段进行疯狂的盗掘,使得大量珍贵文物遭到毁坏,造成无法弥补的损失。淅川县仓房镇是一个三面环水的乡镇,楚国早期都城丹阳就在这里,仓房镇境内有着大量的春秋墓葬群,是一个以楚文化为特征的文物集中地。但就是这样一个墓葬群,竟差点毁于盗墓贼之手。2006 年,淅川县文物所工作人员到徐家岭例行巡查,突然在发掘过的墓地附近发现两个探孔,经过求证,断定这是盗墓贼的"杰作"。文物所火速与公安局联系,制定了水旱两路伏击抓贼的方案。蹲守了两天后,第三天凌晨两点多,盗墓贼果然来了,被民警抓了个正着。根据盗墓贼的交待,考古人员赶紧对墓葬进行抢救性发掘,出土了50多件青铜器,其中一件极为珍贵的刻有清晰的铭文的周代小口鼎。这个墓被幸运地发掘了,但还有许多没有发现的古墓惨遭盗墓贼破坏。刘国奇说:"流窜在丹江口水库周边的盗墓现象很严重,防不胜防。"多年来,一直主持淅川考古发掘的河南省文物考古研究所专家曹桂岑说:"从上世纪90年代以来,被盗的文物不计其数。其中虽然也追回了一些十分珍贵的文物,但有许多文物还是流失到国外。"

刘国奇介绍,丹江口水库建设时,"由于当时人们的文物保护意识不强和考古技术落后,导致丹江口库区在被淹没以前,没有进行大范围的文物抢救性发掘活动",其中就包括后来震惊考古界的下寺龙城遗址。今天的下寺龙城遗址在丹江口水库157米水位线下。1978年,水源地大旱,丹江口库区水位大面积消退,经过库水多年的冲刷,很多古墓坍塌,深埋在地下的随葬品裸露在库岸上,面对无价之宝,盗墓贼蜂拥而至。"裸露出的古墓轮廓很明显,普通人也能找出古墓在哪儿。"当年下寺二号墓就是这样偶然发现的,既然如此,还有多少没有被发现? 还有多少仍沉睡在渺渺水下?

淅川位于江汉文明与黄河文明的交汇处,古今人文荟萃,这里的考古发掘不时震动世人。刘国奇介绍,根据南水北调中线工程文物保护部门的批准,淅川县共有176处得到保护性发掘,其中地下161处,地上15处。河南省文物考古研究所专家曹桂岑认为,这些数字根本不能覆盖淅川县淹没区本应发掘的文物点。他说:"出于经费上的考虑,我们规划的文物发掘名单中,有许多被国家有关部门删除了。"

1994年冬,长江委、中国社会科学院、湖北省考古所等组成的南水北调考古调查工作队汇集丹江口。来自北京、河南、湖北等地的专家学者40多人,奔赴水源地周边进行考古调查,发现从鄀川关门岩至温家坪沿库区边沿古墓达2400多座,随后又发现800多座。其中将近半数为楚墓,并有西周早中期遗址多处,特别是习家店十亩遗址有龙山文化到西周早中期以及汉代的文化层,是研究楚文化极为难得的遗址。似此一地密集上千楚墓及不少周遗址的情况,实属罕见。也说明已发掘的楚令尹、楚贵族的百座墓,仅是其中一部分,更多更大的发现还在后头。

整个南水北调工程纵贯中原腹地,中线工程总干渠连接着夏文化、商文化、楚文化、燕文化等中国历史上重要的文化区域,是古人类生活最集中的区域之一。丹江口水库淹没区、移民安置区和总干渠沿线文物遗存十分丰富。2006年9月,国家文物局局长单霁翔在南阳接受《大河报》记者采访时提出:"南水北调工程建设过程中,要注意提高其文化品位,应按照世界文化遗产的标准来建设。""与三峡工程中的文物保护工作相比,南水北调工程中所涉及的文物,无论从价值还是数量,都将远远超过三峡工程。""河南是文物大省,从丹江口水库到整个调水渠河南段,文物丰富,文物遗存多,面积大。河南段的文物抢救不了、保护不好,整个南水北调中线工程就无法开展。"

据不完全统计,在丹江口水库二期工程淹没区,仅已知的需要抢救保护和发掘的文物点就有200多处,170米水位淹没区内的古墓有近万座。工程一旦开工,水库正常蓄水位将从现在的157米提高到170米,淹没范围将进一步扩大约370平方公里。这意味着从远古的人类化石遗址到列入世界文化遗产的武当山部分古建筑群等珍贵文物所在地都将被永久淹没。丹江口水库一期工程时,已经淹没了无数文化遗存,造成无法挽回的损失,今天,二期工程已经开工,这些尚在水面之上的文化遗存距被淹没的时间已经屈指可数,再不采取抢救性措施,这些文化遗存将会被永远浸泡在水下,这段文化和社会发展历史将再一次被人为割断。

我们没有权利剥夺后人对这段宝贵的历史和这些珍贵遗迹的了解权和所有权。

水源地文化遗存的命运引起中央各新闻媒体高度关注。2007年11月27日《新华每日电讯》第7版对此作了长篇报道:

距2010年丹江口大坝开始蓄水只剩下不到3年的时间,库区文物抢救发掘进入倒计时。但目前的情况是,各文物点工程停工,考古队纷纷撤离,抢救发掘工作陷入停滞。一些考古单位纷纷抱怨:"经费总不到位,发掘工作搞不下去了!"

在举世瞩目的南水北调中线工程水源地丹江口库区,几千年中华文明的积淀在这里的地下留下了一个巨大文物宝库。然而,由于抢救发掘进展缓慢,库区已经进入蓄水倒计时,无数国宝即将面临灭顶之灾。

与水争速,抢救发掘进入倒计时

湖北省考古所副所长李桃元说,作为中国南北、东西文化交汇、融合的重要过渡地带,从新石器时代开始,位于汉江中上游的丹江口库区就已拥有高度发达的文明。丹江口库区的文化遗存对于研究中华文化多元一体格局的形成,以及中华文明的进程具有不可替代的作用。

根据文物部门2004年《南水北调中线工程文物保护总体规划》,在2010年丹江口水库大坝正式蓄水前,南水北调中线库区文物实施抢救性发掘,共涉及文物点247处。2007年7月9日,随着丹江口大坝加高工程第一仓混凝土到顶,距2010年大坝开始蓄水只剩下不到3年的时间,库区文物抢救发掘进入倒计时。

李桃元说:"单单一个丹江口市均县镇,古墓葬就数以万计,以春秋战国、两汉和六朝的尤为集中。整个库区文物发掘保护工作任务之重、时间之紧超乎想像。"

进展缓慢,完成量不到1/3

11月上旬,记者深入南水北调中线库区调查发现,自2004年试发掘以来,南水北调中线文物保护工作时间过半,任务完成量却不到1/3,进展缓慢,令人担忧。

位于湖北丹江口市均县镇的北泰山庙,是丹江口库区面积最大、最有影响的战国楚墓群,早在1999年春就因发掘出大型陪葬车马坑而轰动文物考古界。

据介绍,整个北泰山庙墓群有上千座古墓,目前已抢救发掘300多座,陆续出土了数千件战国时期的青铜器、玉器和瓷器。库区里像北泰山庙这样临近水面的古墓实在是太多了,如不加紧抢救发掘,随着蓄水日期的临近,这里的古墓将被全部湮灭,永沉水底。

丹江口市文物局局长殷进告诉记者,丹江口市境内涉及发掘文物点共47个,占整个库区文物规划发掘面积的近30%,目前只有14个文物点开工,发掘面积不到1/3。

郧县文物局局长周兴明说,郧县境内规划保护的文物点共有105处,占整个库区文物保护量的40%以上,目前只开工22处,完工14处,还有78处的地下文物发掘和5处的地上文物搬迁工作尚未开始,只完成工作量的20%左右,任务十分繁重。

发掘停滞,文物宝库面临湮灭

调查中,让记者意外的是,尽管时间紧迫,但整个库区的文物抢救发掘却没有了以前的紧张忙碌场面,取而代之的是,各文物点工程停工,考古队纷纷撤离,抢救发掘工作陷入停滞。据了解,停工现象早在今年汛前就已开始出现。其中,郧县境内只有武大考古所在从事室内文物整理修复工作,而丹江口市境内各文物点不仅全部停工,就连修复基地的人员也已全部撤离,只留下几名值守的保安。

殷进说,每年汉江汛前、汛后的枯水期,是库区文物抢救发掘的最好时机。由于缺乏资金,在2007年汛前枯水期,许多考古单位被迫放弃田野考古发掘,转入室内文物修复,白白丧失了一个汛前低水位抢救发掘的良机。汛后由于资金仍不到位,开工困难,眼看着又要错失一个汛后低水位抢救发掘的良机。

据介绍,为争取文物抢救发掘时机,尽量减少与工程之间的相互影响,南水北调中线文物保护工程是在总体规划尚未批复的情况下开工的。2006年10月起,全国共有湖北省考古所、北京文物研究所及陕西、内蒙古、吉林、青海等地的20多家文物单位陆续进场开展田野考古发掘。开工以来,各文物部门都是垫资或借资从事抢救发掘工作,目前大都陷入资金困境,抢救发掘难以为继。

在南水北调中线库区文物发掘现场,一些考古单位纷纷向记者抱怨:"早已提交的文物保护方案迟迟批不下来,经费总不到位,发掘工作搞不下去了!""调水时间已定,要赶在蓄水前完成考古发掘工作实在是拖不起了!"

据记者调查了解,南水北调中线工程采取的是国家、地方和企业三方投资方式,文物保护经费列入工程总成本。由于文物保护经费属公益性支出,各方在确定文物保护数量和资金上存在较大分歧,南水北调中线文物保护总体规划至今没有获得正式批复,经费一直未能落实。

目前,文物部门除了对北泰山庙墓群、牛场墓群、辽瓦遗址等第一批控制性项目,按拟定计划开展抢救工作外,还垫资发掘了一批水位高程低、工作量大、可能影响工程进度、面临被盗威胁的重要遗址和墓地,大量文物保护工作无法系统和大规模展开。与此同时,由于文物不能及时得到抢救发掘,为盗墓分子提供了可乘之机,库区文物盗掘严重,文物保护陷入了前所未有的困境。

丹江口市博物馆副馆长杨晓瑞忧虑地说:"更为严重的是,现在库区文物抢救发掘工作是有时间没钱做,将来是即使有了钱也没时间完成。"

地下文物发掘的关键是经费。郧县博物馆王诗礼介绍,发掘经费由国家下拨到省,省文物局统一操作。总额的5%给文物所在地,用于协调配合;2%给市一级文物部门用于接待;10%用于考古成果出版;省文物局控制10%,剩余的73%交给发掘单位。

虽然中央有关部门表示资金有保障,但始终是"只听楼梯响,不见人下来"。南水北调考古发掘属于抢救性发掘,必须要抢在通水前完成,是要和时间赛跑的,各考古单位不愿等,纷纷自己垫付资金开始行动。王诗礼说:"各考古单位是客。我们是主,客人来了,主人要接待、要安排他们吃住,安排他们到考古现场,协调他们开展工作如用工、占地、青苗赔偿等。接待安排都需要资金,但没有来源。考古工作处于先干活,后给钱的局面。从2004年到现在,我们每年的接待经费都有好几万,累积下来,仅接待费用就达几十万,更不用说工作经费。"

"文物发掘只是问题的一方面,问题的另一方面是,挖出来的文物放哪里?郧县的几个重点发掘现场,如辽瓦店子,发掘出的陶片有十几卡车,这些器物如果全部修复,仅辽瓦一地就可达几万件。这些文物中,价值最高的,独一无二的,上交到国家文物局;全国只有两件的,一件交省文物局,一件留地方;如果有三件的,北京、省里、地方各一件。但大量的普通文物都交地方保管。这些上千件的普通文物,成千上万吨的陶片,虽然没有展出价值,但有研究价值,不能丢弃。至于如何保存,国家一概不管,地方政府面临难题。东西不能丢,需要场地仓库保存,南水北调工程只负责抢救性发掘,不负责库房建设。还不光是建库房,还有保管人员,还有保管设备,还有运行成本等等,地方政府财政极度困难,更拿不出钱来建库房和保运行。那么,这些文物怎么办?这是一个无人管却又不能不管的问题,它的实质还是资金。"王诗礼说:

"作为基层文物工作者,我们多次向上级直至中央领导反映,中央将我们的信件层层批下来,相关部门负责人却认为我们给他们捅了娄子,找我们去谈话,要我们和上级保持一致。长江三峡的文物抢救性发掘后,中央投入4个多亿,重庆投入3个多亿,成立了挂中国头衔的'三峡'博物馆。南水北调中线工程的文物如此庞大,价值如此贵重,为什么不能比照执行?我们不奢望能像三峡博物馆那样的规格,但降低规格行不行?"

第六章
水源地的变迁

　　随着社会的进步和经济的发展,古老的汉江水道已经不再适应现代社会,缓慢的水路交通早已让位于便捷快速的公路铁路。随着汉江交通要道逐渐退出社会经济生活,汉江里的片片白帆,早已不见踪影,原来由于汉江水道带来的繁荣如同天际的云烟,已经渐渐远去,曾经有过灿烂文明的汉江两岸城市乡村,变成远离现代文明的偏远之地。偏僻意味着闭塞,闭塞意味着落后,犹如一块闪闪发亮的宝玉,长久无人眷顾,蒙上了厚厚的灰尘。

　　20 世纪 30 年代的抗战,60 年代的"三线"建设,改革开放后国民经济高速发展分别给水源地的人民带来经济和社会发展的机遇。从抗战时期的老白公路,到打通秦巴山区横贯东西的钢铁大动脉襄渝铁路,再到当时中国最大的汽车厂——第二汽车制造厂,以及后来的汉十高速公路都在水源地落脚生根,这些投资数十数百亿的国家大型建设项目,给古老的水源地带来了勃勃生机,也使得水源地的经济和社会发展不断出现新的变化。

一　老白公路沧桑史

　　老白公路是在水源地建设的第一条现代意义的公路。

　　四川、陕西是中国中西部重要的区域,但一座秦岭和大巴山将其与经济发达的长江流域阻隔开来。从经济发达的长江流域进入四川只有长江一条水道,从中原大地进入陕西也只有黄河一条水路,绵延起伏的大巴山横亘在四川陕西之间,两地的联系全靠从秦巴山中艰难穿过的古栈道,四川被秦岭巴山封闭在中国的西南,"蜀道难,难于上青天"成为自古以来无奈的绝唱。20世纪20年代,民国时期的当政者就希望建设一条从汉江流域穿过秦巴山区的公路和铁路。

1923年,民国当局开始筹备修建湖北老河口到陕西白河的老白公路。这条路基本上都在崎岖险峻的秦巴大山里沿着汉江河谷穿行。当时的行政当局为什么要花如此大的力气修建这条路呢?这与当时的军事政治形势紧密相关。

老河口位于秦巴山区与江汉平原交界的咽喉地带,背靠秦巴深山,退可凭借山势固守,进可北出襄洛、进入华北平原,南下直通华中重镇武汉,进入长江流域,战略地位十分重要,历来为军事重镇。陕西白河位于秦巴腹地,山大谷深,沿山间古道过安康可通汉中,由汉中进入四川,也就是李白《蜀道难》里写的那条褒斜道。这里山高壁陡,尽是悬崖峭壁,有的地方崖壁接近90度,陡峭的山峰似利剑直指青天,有的地方有采药人留下的羊肠小道,有的地方根本就没有路,山峰下就是万丈悬崖。修通老白公路,意味着有了一条从湖北老河口到陕西白河经汉中到四川的战略通道,其军事政治意义极为重大。

1923年,襄阳镇守使张联升开工修建老白公路,但工程浩大,民国政府国力衰弱,开工没多久,仅修建了襄阳至老河口一段后便没有下文。

1927年,湖北省政府建设厅拟订了《修治省道计划书》,将老河口至陕西省白河县公路列为省道计划第一期修建。整条路东起光化县的老河口,西渡汉水后,进入山区,再经过均县的丁家营、草店、六里坪和郧县的十堰、花果、黄龙滩、鲍家店,郧西的将军河,直至终点陕西省的白河县城,全长230.2公里。公路在汉水南岸地势较平的山谷中,基本沿古驿道而行。1927年至1928年间,鄂西北灾荒严重,加上军阀溃兵在均县、光化、谷城一带骚扰,民不聊生,工程无法进行。1928年10月,湖北省政府以"救灾为名,治安为实",组建了湖北省工赈工程处,鄂北行政委员林逸圣兼工赈工程处处长,陈崇武工程师为工程主任,筹集赈灾款250万元,以工代赈,开始修建老白公路襄阳至郧阳段。

1928年冬,在当地驻军监督下,各地保甲长带领灾民"以工代赈",开始修路,筑路工价为每平方丈"洋面"八斤。1929年5月,老河口至石花街段建成通车。当年秋冬之交,草店至均县县城段正在施工时,蒋(介石)、阎(锡山)、冯(玉祥)战争爆发,战事直接影响到均县一带,工人、民夫纷纷逃亡,老白公路草均段施工即告中止。1930年后施工时断时续,由于国内战事频仍,筑路主要为军事应急,公路多因陋就简,傍山沿沟(河)而行。1930年夏,秦巴山区暴雨成灾,山洪暴发,老白公路大部路基及桥、涵毁于洪水。以后,虽多次修复,但屡修屡毁,公路时断时通。

1932年11月2日,国民政府召集鄂、豫、皖、赣、苏、浙、湘七省在湖北武汉召开公路会议,决定修建洛阳至韶关公路。洛韶公路全程1781公里,由洛阳经湖北孟楼、老河口,经襄阳、沙市、公安,抵湖南澧县,南下至广东韶关。老白公路被列为洛(阳)韶(关)公路干线的鄂北支线。当时正逢红四方面军从鄂豫皖根据地撤离,经随县、枣阳进入郧阳山区,再经陕西,翻越大巴山进入四川。国民党当局为"剿共",防止红四方面军通过郧阳山区再返鄂豫皖边区,决定"迅速修筑老白公路"。时任湖北省第十一区行政督察专员李国钧以"加强鄂北防务、谋求军事行动方便"为由,提出"从速修筑老白公路",并提请"军事委员会南昌行营"批准。1933年元月,国民党鄂豫皖三省剿共司令部电令湖北省建设厅:"利用农隙时间随测随修,从速办理。"

蒋介石急需从湖北运送中央军进入陕西,既控制陕西地方实力派,又可追剿红军,1933年3月,他电令湖北省建设厅:

> 限期6月底以前……全线完成通车,否则以因循不力论罪。

在蒋介石的压力下,湖北省建设厅转令光化、谷城、均县、郧县等各县政府:

> 克日征工修筑。

同年12月,国民政府再次迫令湖北省建设厅积极督办:

> 以工代赈,迅速修通此路。

山区修路本来就异常艰难,再加上钱粮不继,动作快了做不到,动作慢了蒋介石不答应,时任湖北省建设厅厅长李范一万般无奈,只得求助于军队。1934年3月8日,他在《奉委员长蒋电限期完成指定各公路恳转函绥署电饬部队迅速将草店、郧阳及由十堰至白河路基筑成》函中说:

> 拟恳钧府函请驻鄂绥靖公署,迅以分电沿路驻军,依照本厅所测路线及工程标准,担任修筑,限期完成。……奉委员长手令:关于部队修筑公路给赏办法,系平路每10里给洋1000元,山路每10里给洋1500元,最慢亦系每半月修筑10里,能加速者,照所定之期为标准,按百分率增赏。

至此,老白公路干支线分三线(老河口到均县、十堰到郧阳、十堰到白河)九段同时开工。路基工程由军队和各县征集的民工分段负责;所有土石方开挖、桥涵及驳岸等工程由湖南利济公司及湖北袁诚记公司承包。

在蒋介石的高压下,1935 年 3 月,老白公路干支各段全线通车。4 月 23 日,湖北省建设厅对老白公路进行全面验收。验收资料颇细,为重要的史料,特撮要于下:

> 全线桥梁 114 座,均为永久式石礅木面桥和临时木桥;涵洞 105 道;修筑驳岸(堤路)1813.53 米;渡口有老河口、黄龙滩、板桥河、羊尾山四处;渡船五艘,除老河口渡口两艘外,其余各渡口均为一艘;路基宽度:平缓地段为 7 米,傍山处为 5 至 6 米,山势险峻处最窄只有 3 至 4 米。全线工程计总耗资 1334184.54 元。"三省剿共总司令部"承付 40%,全国经济委员会承付 40%,其余部分由湖北省自行承担。

山大路险,人力施工,再加上时间紧迫,如此赶抢出来的工程,质量可想而知。公路通车仅数月,1935 年夏秋之际,暴雨倾盆,山洪暴发,滚滚洪流将刚建成的老白公路冲了个七零八落。1935 年,红军长征进入陕甘宁地区,蒋介石急需这条公路赶运部队到西北"剿共"前线。1935 年 7 月,蒋介石发出"陕邮代电":

> 武昌何主席三十代电,所请老白公路改善工程款 30 万元应准照拼,惟需查照电将该路加以彻底改善。十堰以西原定路线不佳,应急改线,提高路基;所有桥梁、涵洞、驳岸等项工程,均需加固完善。统限本年底以前一律竣工。除电交通部向财政部领款转拨外,希转饬照办为要。

在蒋介石的严令下,12 月 12 日,湖北省政府第 180 次委员会决定:

> 饬令鄂省公路管理局,以 13 余万元的预算及人民服役的方式,先行简单修复。

原来还是以工代赈,有一点钱,现在所谓"人民服役",即在没有钱的情况下,强迫当地百姓义务修路。1936 年 10 月,老白公路勉强维持全线通车。老白公路虽然勉强通车,但因工程艰巨,资金不足,时局动荡,工期紧迫,所有工程均为"应时、应事"而作,跨山涉水的桥梁基本未修,为减少工程量,道路基本上采取沿山越溪曲折迂回而行,全路有 140 处需要车辆涉水而过,每逢雨季,驳岸、堤路、临时桥涵大半被冲毁,交通频频中断。

1937 年 7 月 7 日,中国全面抗战爆发。日寇大举南侵,华北地区迅速陷落,老白公路成为武汉与川、陕联系的唯一陆地通道,随着战局的发展,其战略地位日益突出。

要了解老白公路的战略地位，必须要了解当时的战局。

1937年7月，日寇迅速占领华北。8月13日，日寇大举进攻上海。蒋介石派出中央军和川军、滇军、桂军、粤军、湘军等大批地方部队共70万人，与日军进行淞沪会战。双方血战三月，中国军队伤亡25万人，日军伤亡4万余人。11月19日，日寇在杭州湾的金山卫登陆，欲切断中国军队的后路，11月20日，中国军队被迫撤退，上海沦陷。12月13日，日寇侵占南京，进行了惨绝人寰的大屠杀，南京遇难人数高达30万以上。

1937年9月，日寇进攻山西，11月占领太原，与陕西隔黄河天险相望。12月，华北日寇沿津浦路南下，企图与攻占南京的华中派遣军会合。在日寇的进攻面前，国民政府山东省主席韩复榘为保存实力临阵脱逃，致使黄河防线山东段失守，山东大部陷落，交通要点仅剩鲁南的滕县、台儿庄。1938年3月，第五战区司令长官李宗仁率部在台儿庄与日军反复争夺，毙伤日军一万多人，给予日军精锐矶谷师团毁灭性打击，重创日军精锐第5师团，取得台儿庄战役的胜利。这也是中国抗战以来取得的最大胜利。但这次胜利并没有扭转徐州战场的不利局势。日军从华北大举增援，意图聚歼徐州战场的中国军队。5月19日，日军占领徐州，6月6日占领河南省会开封。为阻断日军的锋芒，6月9日，蒋介石命令在花园口炸开黄河南岸大坝，阻挡日军南下，同时命令参与徐州会战的中国军队分路撤退。1938年8月至10月，蒋介石投入中国军队110万人与30多万日军在江西、安徽、湖北展开武汉会战。1938年10月21日，日军故技重演，在广东大亚湾登陆占领广州，切断中国南海通道。在战局极为不利的情况下，10月25日，国民政府放弃武汉，迁往重庆继续抵抗。参加武汉会战的李宗仁率领以桂系军队为主的第五战区部队沿随枣公路向西，退守湖北老河口，负责扼守川陕通道。

湖北地处华中腹地，北接中原，南连潇湘，西通巴蜀，东邻赣皖，襟江带湖，水上通道长江横贯东西全境，战略位置极其重要。武汉失守后，东部南部北部尽失敌手，仅剩西部的宜昌、老河口分别扼守长江水道和老白公路，拱卫大后方四川、陕西。老白公路地处湖北西北部，自老河口向西不足百里，便是重重叠叠的秦巴山区，守在老白公路进山咽喉处的便是被称为"鄂之屏障、豫之门户、陕之咽喉、蜀之外局"的郧阳。这里北连淅川、邓县直通河南，西接陕西、四川，为湖北西大门的锁钥之地。老白公路在抗战时期地位重要可想而知。但老白公路基础太差，一遇大雨，便出现大面积的损毁，此时，保证老白公路的畅通,已成为事关全局的大事,为此,湖北省当局在老河口成立了老白公路工程处,由专人组织沿线百姓随时维护老白公路。

1938年3月,正是台儿庄战役的关键时刻,为保证老白公路战略通道畅通,国民政府交通部特发"公路字第253号"函:

> 查该路关系重要,所有路基、桥涵、渡口应即要改善,一律加强,以利军动。饬迅速办理。

1938年6月4日,徐州会战溃败之际,蒋介石以国民政府军事委员会名义发出电报:

> 湖北省政府何主席鉴:查修建老白公路路面所需公款,兹准由本会补助30万元,不敷之数本省自筹……派员赶速修筑为要。

6月17日,黄河决堤后,为达成军事部署,国民政府军事委员会又电湖北省政府,要求对老白公路:

> 应星夜赶筑,限7月完成。

6月24日,国民政府军事委员会再次来电:

> 襄十路段以军事关系,大部自动破坏。刻修筑临时便桥、便道,军事上运输重要,责任甚大,由湖北省建设厅加派一精干工程师,负该路养路责任,并与沿路政府协商征工抢修,以克服"军运载重车难能通行,危险甚虑"之忧。❶

1938年11月,李宗仁率部移驻老河口,中央陆军军官学校第八分校及湖北省府鄂北行署一起搬迁到均县。如此多的军事和政府机构来到,均县成了抗日战争时期重要的政治、军事、交通的枢纽,连接前线和后方的老白公路的负担更重了。

1940年6月,日寇发动突击,长江水道桥头堡宜昌沦陷。这意味着日军切断了自长江进出川的水道,由此一来,老白公路的战略地位更显重要。南阳、邓县、淅川、均县、房县成了抗战前线的堡垒和通往后方的屏障。但这个堡垒并不坚固,1943年12月,日寇发动豫湘桂战役,驻守河南的汤恩伯望风而逃,日寇西面进逼潼关,南面攻取南阳、襄阳,老河口沦陷,第五战区副司令长官李仙洲率部退驻郧县黄龙滩,湖北西北部大门洞开。老河口距均县不足百

---

❶ 参见"老白公路的变迁",《中国记忆论坛》。

里,老河口陷落,均县岌岌可危。为截断老白公路,日军飞机开始对谷城、均县、竹山、竹溪等老白公路沿线县城进行轰炸。当地驻军与百姓已成惊弓之鸟。所幸此时太平洋战场日益吃紧,日军主力大批南调,中国战场战线太长,剩余日寇已无力再发动进攻,国内抗日战场进入僵持局面。

1945 年 3 月,已经陷入全面失败的日军再做垂死挣扎,为破坏地处豫西、鄂西北的中国后方空军基地,切断中国大后方与前线的运输通道,日军大本营决定对豫西、鄂西北发动进攻。占领老河口飞机场和切断老白公路军事交通枢纽是日军这次军事行动的主要目的。

老河口位于汉水东岸,抗战时期是鄂北、豫西、陕南的重要陆上交通,也是老白公路的起点。老河口向东北方向经邓县、南阳、驻马店、许昌、鄢城可直达豫东、皖北、苏北、鲁南等敌后战场。中国的军队、后勤物资从四川大后方通过老白公路向上述战场调拨,走的就是这条交通线,这是通向敌后战场的生命线。由老河口向西北经内乡、西峡、商南、丹凤、商县、蓝田可通西安。向东则可直达枣阳、武汉。除了地面交通外,中美联合空军在老河口设有一座飞机场,是对日军发动攻击的前线机场之一。攻占老河口既能消灭中美空军的前线机场,也能切断老白军事交通枢纽。

日军的计划是由驻郑州的 12 军担任主攻,从鲁山、舞阳、沙河店一线急袭突破中国守军阵地,迅速攻至西峡、老河口一线;第 39 师团由荆门向北沿汉水以西攻占襄阳、樊城、谷城,从东南面进攻老河口;第一军派出一部由黄河以南的陕县出击,从西北面威胁老河口。

国民政府称此次战役为豫西鄂北会战。蒋介石给第五战区司令长官李宗仁的要求是:“掩护机场,巩固川陕之门户”。中国军队参加会战的部队有:第一战区 10 个军 25 个师,第五战区 9 个军 20 多个师,第十战区 1 个军 6 个师。

日军于 3 月 22 日发动进攻,日军 110 师团由内乡、西峡攻向淅川。115 师团一部直扑老河口,另一部攻向老河口西北约 45 公里的李官桥、均县一带,以控制汉水上游地区。骑兵第 4 旅团进攻老河口飞机场。战斗打响不久,日军便来了一个“黑虎掏心”,企图通过特战部队长途奔袭,一锅端掉设在均县草店的第五战区司令长官部。没想到由此在均县的土地上演出了一场上千民众自发地追杀鬼子的活剧。

3 月 29 日凌晨,日军第 12 军军部电令进攻老河口机场的骑兵第 4 旅团旅团长藤田茂组织一支“特别挺进队”,向老河口西北 50 公里处的均县草店镇突进,奇袭并歼灭设在这里的第五战区司令长官部。日军骑兵第 4 旅团第 26 联队第二中队中队长樱井元彦奉命率骑兵 30 余人化装成中国军人立即出发,30 日下午,樱井元彦部到达草店附近。一路上,看到附近驻扎了很多中国军队,樱井决定到晚上再发动突袭,于是他带领部队潜入山边的一个小村庄,想先在这里隐藏起来。

第五战区司令长官部驻扎在草店,李宗仁等大批高级将领都在这里指挥前线战事。长官部周边也有一些警卫部队,老白公路经常有军队调动,周边的村子里经常有中国军队驻防,当地的百姓见到中国军队已经习以为常,经常和当兵的拉拉家常。现在看到来了一支骑兵部队,村里的村长赶紧过去打招呼,问需不需要安排休息的地方,村里的几个孩子也凑过去。谁知这些人不理他,一个个哑巴一样都不说话。村长觉得奇怪,他再多说几句,这些军人却一个个躲躲闪闪,不和他打照面,一个和他说话的人中国话说得结结巴巴很不通顺,听不出是哪里的口音。这位村长一下子警觉了:这帮军人不像中国人,不像中国人为什么又穿着中国军人的衣服呢?

由于地处抗战前线,当地的村子都组织了"抗日自卫团",这位村长立即转身想去召集"抗日自卫团"的人,由于他动作仓促,日军发现露了马脚,立即向他开枪,枪声一响,村子里顿时炸了营。群众有的跑去向周围的驻军报告,有的敲锣高呼有日本鬼子。听说有日本鬼子到家门口来了,周围村庄的抗日自卫团和群众都抄起家伙杀来。据史料记载,赶来的百姓有近千人之多。周围的驻军也围了过来。

日军原打算偷袭,没想到在警觉的中国军民面前一下子露了马脚。日军不过 30 多人,在潮水般涌来的中国军民面前,樱井只有决定撤退。日军利用夜暗拼命狂奔,一路上不断遭到截击,死伤大半,最后仅剩下十余人逃回原出发地。这是均县人民群众自发地也是唯一一次在均县境内打击日本侵略军。这次战斗的意义特别重大,如果让日军偷袭得手,第五战区司令长官部遭到的损失就不堪设想。这也是均县人民为抗日战争作出的一次重大贡献。

偷袭第五战区司令部未能得手,日军遂展开正面猛攻。3 月 27 日日军占领襄阳,3 月 28 日占领樊城,3 月 30 日占领南阳,4 月 1 日占领淅川,激战一周后,4 月 8 日,攻占老河口。但此时的日军已成强弩之末,大批中国军队源源不断地赶到,日军无法守住既占地域,不得不逐步退回原出发地。

豫西鄂北会战 4 个月后,8 月 15 日,日本宣布投降。

那些日子,中国军队的军车、炮车,军队眷属车组成的车队日夜行驶在老白公路上,成为一条不见首尾的汽车长龙,据当地百姓说,这是他们见过最多汽车的一次。老白公路本是一条等级较低的土基砂石公路,本来基础就很差,现在成为前方通往后方唯一通道,交通流量越来越大,来往车辆太多,远远超过公路的负荷。车辆运行"昼夜不停,路面上层的沙泥小石,磨蚀净尽,底层大石裸露,峥嵘排列",很多车的轮胎经不起石头的剧烈摩擦而爆胎。道路本来就窄,车辆爆胎造成车辆拥堵,由于担心日军飞机轰炸,只要车队一堵,任何飞机的轰鸣和枪炮的炸响都会引起人群的骚乱。为了保持这条战略公路的畅通,在资金极为紧张的情况下,国民政府财政部仍旧再次拨款 30 万元维修老白公路。

整个抗战期间,为保证这条重要的战时生命线的通畅,老白公路沿线的老河口、均县、郧县、郧西县以及陕西的几十万民工,无论晴雨冬夏,靠着肩挑手扛,几乎终年奋战在老白公路上。这些处在社会最底层的民工朴实憨厚,衣衫褴褛,缺衣少食,贫困交加,他们用自己的赤脚、双肩和满是老茧的双手,保证了老白公路的畅通,为抗日战争的胜利作出了历史性的贡献,畅通的老白公路是他们无言的集体丰碑。

新中国成立后,老白公路几经翻修,逐步提高等级,一直是陕西、四川经湖北襄樊联通南北东西的重要通道。直到 2005 年 10 月,宽阔笔直的高速公路从江汉平原一直伸进秦巴深处,接通陕西、重庆、四川,老白公路才彻底减轻了负担。但它仍在服役。

二 "三线"建设与襄渝铁路

与公路相比,速度快、运量大的铁路更具优势。修通四川通往长江流域的铁路一直是当政者和四川人民的心愿。

中国的西南,云贵高原、横断山脉、青藏高原以及巫山、大巴山从四面拱卫着一块神奇的土地,这就是四川。自从秦国的李冰修筑了都江堰水利工程后,温暖湿润的成都平原成了富足的粮仓,这里就成了闻名天下的天府之国。在中国多变的政治格局中,四面群山拱卫可以保卫四川的安全,但也制约了四川的出路,上苍留给四川人进出的天然通道只有一条滚滚长江。但进出长江受制于地形水势,鬼斧神工的长江三峡扼守着四川进出的咽喉,狭窄的水道,巨大的落差，暗礁密布的险滩，顺流而下太险，逆流而上太难。古人出于军事目的，曾不避艰险，试图在大山的缝隙中找到另一条出路，他们在难于上青天的秦巴大山中架设栈道通向陕西，但这种让人胆战心惊的道路仅能供人单向穿行，无法成为大规模货运的坦途。修筑出川通道成为多少政治家的梦想。"蜀道难，难于上青天"，这是诗人的感叹，也是现实的写照。独特的地理交通环境使四川与国内政治存在着时间差，"天下未乱蜀先乱，天下已平蜀未平"。抗日战争期间，蒋介石迁都重庆，也是利用四川特殊的地理政治环境。

打通四川对外的通道，既有利于中央政权对四川的控制，也有利于四川民众和四川资源在国内的交流和互通有无。

20世纪初，风雨飘摇的满清王朝就希望利用新兴的铁路技术，打开四川通往湖北的道路。湖北位于长江中部，省会武汉九省通衢，打通湖北，意味着四川通向全国的大门洞开。清光绪二十九年（公元1903年）五月，四川总督锡良奏请光绪皇帝，获准由川人自办修建一条东起湖北汉口西至四川成都，长约2000公里的川汉铁路。获准后，1906年元月，川鄂两省商定，决定首先从宜昌动工，先修宜（昌）万（县）段。经过一段时间筹备，宣统元年（公元1909年）三月，成立川汉铁路总公司宜昌工程局，1909年10月28日宜万铁路开工。

修铁路是中国内政，但帝国主义列强为了从中国获得更多的利益，控制中国的经济命脉，强行要挟清政府从西方列强手里借款修川汉铁路，改商办为官办。1911年5月20日，清政府屈从于外国列强的压力，宣布取消商办，将川汉铁路收归国有，命盛宣怀与英、法、德、美4国银行团正式签订《湖北、湖南两省境内粤汉铁路、湖北境内川汉铁路的借款合同》，借款1000万英镑（先付600万英镑），以两湖厘金盐税作担保。合同规定：

> 粤汉路用英国总工程师，川汉路用美国和德国总工程师，4国银行团享有该两路修筑权和两路延长继续投资的优先权。

清政府将拟议中的川汉铁路一分为二，京汉铁路广水段接线至宜昌段，经襄阳、荆门至宜昌，约600公里，由德国人负责承建；宜昌起至四川万县，约300公里，由美国人承建。满清政府的卖国行为激起了全国人民的公愤。1911年5月，四川人民首先群起抗议，掀起"保路运动"，组织"保路同志会"，全国各地纷纷呼应，坚决反对将筑路权给予外国，抗议清政府的卖国行为。清政府调大量武昌驻军到四川镇压"保路破约"运动，就在这一年，辛亥革命爆发,满清王朝覆灭,川汉铁路也无法继续下去。未完工的川汉铁路是清朝政府腐败的象征,是中国人民的耻辱。民国年间,蒋介石也曾希望继续修建川汉铁路,但国内政治局面使他有其心无其力。

新中国成立后,中央政府也将目光投向川汉铁路,毛泽东、周恩来曾先后听取川汉铁路方案汇报,希望川汉铁路早日上马。但川汉铁路要穿越秦岭巴山,川汉交界处的湖北利川县齐岳山是川汉铁路的关键障碍,要修川汉铁路,首先要打通长达 10 公里的齐岳山铁路隧道,当时国内尚无能力开凿如此长距离的隧道。新中国成立后,国内百废待兴,要办的事情太多,资金也是一个大问题。鉴于 20 世纪 50 年代初通车的宝成铁路已打开一条出川通道,解了燃眉之急,川汉铁路由此搁置。

60 年代起,中苏关系日趋紧张,一直发展到双方在边界地区兵戎相见。1964 年 8 月 4 日,美国声称其军舰在北部湾遭到越南海军鱼雷艇的袭击,悍然派出海空军大规模轰炸越南北方,并有意将战火燃到了中国的南部边界。盘踞台湾的蒋介石也想趁火打劫,叫嚣要"反攻大陆",派出多股武装特务在东南沿海登陆,想在大陆开辟游击区。所有这些都使毛泽东认定,战争离我们不远了。为接受苏联卫国战争时期的教训,中央决定:要集中人力、物力、财力建设战略后方。薄一波回忆道:

> 1964 年 4 月 25 日,军委总参谋部作战部提出一份报告,对经济建设如何防备敌人突然袭击的问题进行了分析,认为有些情况相当严重:(1)工业过于集中。全国 14 个百万人口以上的大城市,就集中了约 60% 的主要民用机械工业和 52% 的国防工业。(2)大城市人口多。全国有 14 个百万人口以上和 25 个 50 万至百万人口的大城市,大都在沿海地区,防空问题尚无有效措施。(3)主要铁路枢纽、桥梁和港口码头多在大城市附近,还缺乏应付敌人突然袭击的措施。(4)所有水库的紧急泄洪能力都很小,一旦遭到破坏,将酿成巨大灾害。报告建议由国务院组织一个专案小组,根据国家经济的可能情况,研究采取一些可行的措施。
>
> ……
>
> 1964 年 8 月 19 日,李富春、罗瑞卿和我三人联名,把国务院研究国家经济建设如何防备敌人突然袭击的意见,向毛主席、党中央写了报告。报告建议在国务院成立专案小组,由李富春、李先念、谭震林、薄一波、罗瑞卿、谢富治、杨成武、张际春、赵尔陆、吕正操、程子华、谷牧、韩光、周荣

鑫组成；李富春任组长，薄一波、罗瑞卿任副组长。报告还提出：一切新的建设项目应摆在三线，并按照分散、靠山、隐蔽的方针布点，不要集中在某几个城市；一线的重要工厂和重点高等院校、科研机构，要有计划地全部或部分搬迁到三线；不再新建大中型水库；恢复人民防空委员会，积极准备北京地下铁道的建设，考虑在上海、沈阳建设地下铁道。对上述各项工作，确定由专案小组成员分工负责，用8、9两个月的时间进行研究，提出逐步施行的具体方案，经专案小组综合研究后，报中央批准，分别纳入1965年计划和"三五"计划。❶

影响中国社会发展进程的"三线"建设由此拉开序幕。所谓"三线"是当时全国的战略区域划分，一线是沿海沿边，二线是中国中部，三线地区基本上就是不包括新疆、西藏、内蒙古的中国中西部内地。"三线"建设的目标是：在中国的战略纵深地区，即西南和西北地区（包括湘西、鄂西、豫西）建立一个比较完整的后方工业体系。计划分三步实施，第一步是用三年或者更多一点时间，把重庆地区，包括从綦江到鄂西的长江上游地区，以重钢为原料基地，建设成能够制造常规武器和某些重要机械设备的基地；第二步是建设西北，使之具备一定的工业基础，成为可靠的战略后方；第三步是建设攀枝花钢铁基地，同时，把重庆基地、攀枝花钢铁工业基地和成昆铁路的建设，作为"三线"建设初期在四川的建设重点，这就是所谓的"两基一线"。此外，还有航天、航空、汽车、船舶、电子、核工业等大批重要项目和与之配套的建设项目，包括几百个工厂、科研单位（其中有从沿海内迁的一大批企业单位）。

"三线"建设为地处秦巴山区的鄂西北带来了全新的发展机遇。

围绕"三线"建设，新上马的川汉铁路也需重新选择新走向，方案有两个：一是南线方案，即从武汉到湖南的常德，再到四川的酉阳到重庆；二是北线方案，即从武汉到恩施再到酉阳到重庆。但北线方案要穿过险峻的山脉，施工难度大，多数人赞同南线方案。当年"三线"建设铁路方案中，还有一条从河南焦作到广西柳州的焦柳铁路，这是一条与京广铁路并行的南北通道，焦柳铁路要经过湖北襄樊。经过反复讨论比较，从战备角度考虑，中央最后决定，川汉铁路南线北线方案全部放弃，将川汉铁路与焦柳铁路打通，改为从湖北襄樊到

---

❶ 薄一波：《若干重大决策与事件的回顾》，中共中央党校出版社1991年版。

第六章 水源地的变迁

211

四川重庆。因为走向改变,称呼也由川汉铁路变成了襄渝铁路。在明确了襄渝铁路的走向后,1969 年 12 月 29 日,周恩来在北京召开会议,研究成昆、襄渝、焦枝等铁路建设问题。铁道兵司令员刘贤权、铁道兵西南指挥部司令员何辉燕参加了会议。会上决定,工程代号为"2107 战区"的襄渝铁路立即分段开工,1972 年底前铺轨通车。

襄渝铁路起点襄樊,终点重庆,穿越秦巴山区,横贯鄂、陕、川 3 省 19 个县,东与焦枝铁路联接,中与阳安、宝成铁路相通,西与成渝、川黔铁路相连,是一条横跨东西的战略大通道。它的修建将使地处西南的四川有了一条直通中南的钢铁通途,它的修建将使"蜀道难"成为历史。

设计中的襄渝铁路从湖北襄樊起,经十堰、安康、万源、达县、广安等地,穿越武当山、大巴山,沿华蓥山南下;铁路要在仙人渡、旬阳、紫阳 3 处地方跨越汉江,9 跨东河,7 跨将军河,33 次跨后河,在北碚跨越嘉陵江进入重庆。线路全长 915.6 公里。

襄渝铁路由铁道部第二、三、四勘测设计院和电气化工程局设计,铁道兵担负施工。参加施工的铁道兵部队有 8 个师、2 个独立团,另有铁道部大桥工程局、电气化工程局和湖北、陕西、四川等省 59 万民工,共约 83 万人参加襄渝铁路建设工程。全线东西两段分别于 1968、1969 年开工,中段于 1970 年第一季度开工。

襄渝铁路在秦巴山区的高山峡谷中穿行,沿线山高谷深,水流湍急,悬崖峭壁,地势险峻,地质条件极为复杂,线路通过大断层 50 多处,裂隙黏土地带 40 多公里,工程任务极其艰巨。由于地质条件恶劣,加上经常遇到特大暴雨和山洪的冲击,施工中多次出现山体滑移,路基坍塌,隧道开裂,钢轨变形等险情,施工困难程度超过了成昆铁路。铁道兵战士和广大民工不畏艰险,克服常人难以想象的重重困难,付出了巨大的牺牲。逢山开路,遇水架桥,全线共架设桥梁 716 座,最长的 1600 米,最高桥墩 76 米。打通隧道 405 座,其中长 3000 米以上的 12 座,长 5000 米以上的 2 座,多线隧道 13 座,桥隧总长占线路总长的 45%。全线有 36 个车站修筑在桥梁上和隧道内。

1973 年 10 月 19 日,襄渝铁路试通车,1978 年 6 月,襄渝铁路全线通车,正式交付营运。1981 年 5 月 1 日襄渝铁路正式并入国家铁路运营网。从铁路运行图上可以看到,从重庆、成都可以直达北京、上海、武汉、广州、昆明、西安等中国几乎所有的大中城市。中国第一大省四川的民工兄弟们沿着襄渝铁路走向了中国的各大城市,蜀道难,真的已经变成了昨天。

和修建丹江口水库一样,水源地的人民为襄渝铁路作出了无私的奉献与牺牲。水源地一市两县组成了18000人的民兵师,8000人承担谷城至十堰段的附属工程和后勤服务,10000人参加陕西段的修建。铁路所经之处,征地、拆迁民房、公路改道全部一路绿灯。铁路建设需要大量的工程木材和生活用柴,水源地的政府和当年建设丹江口水库一样:"要多少,给多少,不收分文。"水源地的山林再次遭受斧斤之灾。铁道通了,但因为树木砍伐殆尽,这里的山头全部裸露出光秃秃的土地。今天乘火车在这一段穿行仍可以看到,两边山头上只有低矮的荆棘和少量的树木,最粗的仍不过碗口粗。

襄渝铁路穿行在深山里,远离城镇和公路,交通闭塞,人烟稀少,物资缺乏,很多地方没有公路,没有电力,这为铁路建设带来了极大的困难。建桥筑路所需的钢材、水泥、枕木以及生活所需的粮食等物资无法运送,即使运到公路边也无法运送上山,成千上万吨建筑材料和物资,全靠战士和民工们肩挑背扛。资料显示,担负大巴山隧道施工的部队,在公路修通之前,每人每天在山道上往返40公里,用人力搬运了1800吨物资。说襄渝铁路是建在铁道兵战士的脊梁上,这句话完全是真实的写照。当年,战士和民工们负重往返在崎岖山路上的场景今天已经无法看见了。看一看远离公路在深山中穿行的铁路,仅凭自己的知识与想象,就可理解其中的艰难困苦。

和随时存在的危险比起来,困难就不值一提了。秦巴山区地质状况极其复杂,打通隧道的办法也很原始,风钻加炸药,在打通隧道时,断层、塌方、冒顶、地下水时时刻刻威胁着战士们的生命。据参加过这条铁路建设的战士回忆:

> 几乎每天都会有险情出现,这已经成为家常便饭,如果说哪一天没有险情报告,这倒是让人觉得意外的事情。险情多,负伤甚至"光荣"的也就多,我们不怕。战场上,战士的敌人就在对面,我们铁道兵的敌人就是险情,我们只能想法治住它,怕它就不当铁道兵。

一位记者对当年铁路施工做了如下的描述:

> 为修这条铁路献出生命的战士、工人和民兵不计其数。铁路每推进一公里,就有一名战士倒下。地震、泥石流、山体滑坡等等自然灾害几乎时时在发生,山火、爆破、翻车事故几乎天天都有。谁能说得清在襄渝铁路沿线究竟掩埋着多少战士的英灵?

火车离开襄樊车站向西几十公里,穿过老河口高耸的汉江仙人渡大桥,便一头扎进秦巴山区的怀抱。从莫家营的第一座隧道算起,一路上出洞过桥,过桥进洞,桥洞相连,很快就到了武当山隧道。武当山隧道是襄渝铁路第二长的隧道,全长4700米,仅次于大巴山隧道。当年,为开凿武当山隧道,牺牲了大量的铁道兵战士与民工。火车在隧道里开行7分多钟,出了隧道口便是武当山车站。武当山站是一个三等小站,但南来北往的客车都要在这里停上几分钟。车站南边的山脚下便是昔日的玉虚宫,山坡上坐落着一座庄严肃穆的烈士陵园,打通武当山隧道时牺牲的烈士们长眠这里。烈士陵园,背靠莽莽青山,面向辽阔的丹江口水库,襄渝铁路从脚下通过,长眠于此的烈士们,可以天天看着飞驰的列车通过,可以时时听见列车汽笛的长鸣。除了这里以外,一直到重庆,沿途还有很多这样的陵园。在难于上青天的蜀道上,为了共和国大业,有多少筑路战士永远长眠在大山深处,汉水之滨。春夏秋冬,风霜雨雪,铁道兵战士和筑路民工用自己的生命与热血铺就了这条永恒的钢铁大道。谁能想象,托起风驰电掣的列车的,是战士们不朽的忠骨。在这里,火车汽笛的每一声长鸣,都是向长眠的英雄致敬。

火车从武当山站开车,向西运行20多分钟,进入一座繁荣的现代化都市,这就是十堰市。十堰市位于秦巴山区腹地,是中国最大的汽车城,号称中国的底特律,过去的第二汽车制造厂今天的东风汽车公司就坐落在这里。

三　二汽,东风

1965年,第二汽车厂的建设项目正式列入国家发展第三个五年计划,成为"三线"建设的重点项目。早在1953年建设第一汽车厂时,毛泽东就决定要建设第二汽车厂,并开始组织落实。20世纪50年代到60年代,第二汽车厂的建设几上几下,直到1965年中央再次决定二汽上马。上马的二汽究竟建在哪里呢? 在二汽筹备之初,有几个方案,一是在武昌,以后转到成都,后来在一次讨论时,李富春提出,湖南没有大型企业,就将二汽建在湖南吧。于是二汽筹备组在湖南境内开始踏勘,但最终未成。到了1966年,二汽作为"三线"建设的重点企业,需要放到大山深处,于是筹备组又要重新选址。作为一个年产10万辆的特大型现代化汽车厂,需要有几个先决条件,一是交通方便,一年几千万吨的材料要运进,数万辆汽车产品要运出,没有铁路不行。二是需要电力,要么自备大型电站,要么就近依靠地方上的大型电站。三是需要水源,年产10万辆的现代化汽车厂有成千上万台各种设备,这些设备和职工生活都需要充足的水源。必须围绕着这些条件寻找新的汽车厂厂址。

就在汽车厂在选厂址时,新的川汉铁路已决定改为襄渝铁路。

1964年10月20日,时任中共中央总书记的邓小平动身到攀枝花钢铁基地视察,一机部部长段君毅陪同。路上,段君毅向邓小平说:"搞'三线'建设不能没有二汽。现在修襄渝铁路,二汽应该摆在襄渝铁路线上。"

邓小平略作思考说:"对,二汽应该摆在襄渝线上。"

就是这一句话,决定了二汽的去向。到达攀枝花后,段君毅立刻将正在湖南为二汽选址的踏勘小组调到湖北郧阳来,这才定下了二汽今天的厂址。

以后担任二汽第一位总工程师和中国汽车工业公司总经理的陈祖涛是当时二汽建设五人领导小组的成员,他直接参加了二汽厂址踏勘和决定厂址的工作,他在《我的汽车生涯》一书中详细回忆了当年选址定址的过程:

> 根据中央的意见,我们确定在湖北西北部的山区选址,大致从湖北的襄樊沿汉水向西一直进入巍峨的武当山,再向西进入秦巴山区。当时铁道部副部长彭明要为襄渝铁路选址,他从成都出发沿秦岭向南,我在陕西与湖北交界的陕西省白河县等他,然后和他一起走,这样,我们选的厂址就会始终和铁路在一起。在白河会合后,我和他一路向南,进入湖北,沿着武当山的北麓穿过郧阳,到了郧阳和襄樊交界的谷城县一个叫石花镇的地方,在那里我们俩分手。

> 这一路踏勘,我看中了郧阳这一带。它位于大山深处,紧邻即将修建的襄渝铁路,滚滚汉水从身边流过,丹江口水库就在旁边,可以提供丰富的水源,足以保证生产和生活。我们选址小组共4人,开着一辆北京210吉普,拿着万分之一的军用地图,沿着老白公路在深山里逐点勘察,经过综合分析,初步定在郧阳地区一个有近百户居民叫十堰的小镇。这里群山环抱,呈放射状分布着众多较宽阔的山沟,每一条山沟都向心地汇聚到这块几十平方公里的小镇。小镇离汉江27公里,有公路相通,十堰西南20公里的黄龙镇有一条汉江的支流叫堵河,水流较大,可以满足设计大纲需要的生产和生活用水。十堰东北40公里就是中国最大的内陆人工湖:丹江口水库。90万千瓦的丹江口电站是距二汽最近的电源,二汽开工建设的电力可以依靠这里。设计中的襄渝铁路在十堰有一个车站,交

通不成问题。十堰向东距襄樊 200 多公里，距华中重镇武汉 494 公里，和这两个大城市相邻，有利于人员和物资的集散。十堰的四周都是大小群山，符合中央靠山、隐蔽的建设原则。十堰属南北气候交接地区，冬天较暖，取暖季节短，夏季高温天气也不多。十堰历史上曾发生过 1935 年的 7 天 7 夜的大暴雨，所以在防洪上要采取措施，要按 100 年一遇的标准，对十堰的 25 个水库加固，疏通 8 条河流，就可以解决。在我所跑的山区里，就这个地方基本符合建设大型汽车厂的要求。我们马上向一机部写了选址报告。

1966 年 4 月，小计委的一位领导检查工作来了。他从四川翻越大巴山来到湖北，我们陪他沿老白公路直奔丹江口水库。在那里，他听了我们的工作汇报，看了我们的选址报告，满脸的不高兴，狠狠地批了我们一通："陈祖涛，你们怎么选的地方，我们的原则是要进大山，你这是大山吗？中央关于三线建设的精神你根本不了解。你们要再往大山里走，到秦岭那里去选厂。"

当时那位领导权力大着啦，他不同意，我们选了也没用。于是我和饶斌、姜季炎三个人一起再向深山里走。我们从丹江口出发，向西穿过郧县、竹山、竹溪，进入陕西境内，一路上都是连绵起伏重重叠叠一望无际的大山，一直到了陕西的安康。再从安康出发，沿着秦岭的山间小道，经石泉一直到了汉阴。那个山就更大了，从路边往下看，尽是悬崖峭壁，基本没有适合建厂的平地。即使要在这里建设，这么陡的山，铁路怎么进来？没有铁路，每年几百万吨的物资进出怎么解决？而且，这种地形生产车间怎么布局？年产 10 万辆车的厂房有 150 多万建筑平方米，生活宿舍 100多万平方米，这里怎么可能盖这么大的厂房？这么多宿舍？这样的地形绝对不能建设大规模的汽车工业基地，就是劈山也办不到的事。我对饶斌说："建工厂，尤其是建二汽这样特大型的汽车厂，必须要考虑到长远，这可是百年大计呀，我们要对子孙后代负责，我坚决不同意在这样的大山里建厂，这简直是开玩笑。"

饶斌是一个政治上很强、很讲原则的干部，他也认为，这里不能建厂，我们要对党和人民负责。于是我们决定：走，回郧阳，到老营去。

我们选址小组设在老营镇已成废墟的"玉虚宫"里。在这里，我们研究决定，还是按原计划向一机部汇报。我们的汇报方案得到了一机部和湖北省委的同意,1966年5月,国家建委在北京召开会议,会议确定二汽厂址定在鄂西北的郧县十堰到陕西的旬阳一带。1966年6月,一机部向党中央报告二汽选址及建设设想:"根据小平同志指示和铁路修建计划,厂址拟选在鄂西北的郧县十堰到陕西的旬阳一带,所选地区长85公里,宽30公里,山区海拔1000米左右,位于汉水以南,武当山北缘,东距老河口130多公里,西距安康200多公里,厂房拟分别建在该地区40多条高差150米左右的山沟里,能很好的隐蔽。即将建设的川汉铁路由此通过,水陆交通方便,以上厂址已经国家建委审查同意。建设规模年产汽车10万辆,远景发展规划20万辆。"

1966年10月,一机部牵头在均县老营召开了二汽选址现场会议,国家计委、建委、一机部、汽车局、各设计院、湖北省委、中南三线建设委员会及30多个设计单位的设计人员和二汽各专业厂的筹备人员等共500多人参加。

老营是郧阳大山里位于老白公路边的一个有百十户人家的小镇,这里既无宾馆,又没有饭店,我们"筹建指挥部"就设在"玉虚宫"内一所破旧的房子里。现在一下子来了500多人在这里开会,吃住都没有办法。无奈之下,只有通过当地的公社干部协助,把大家都安排到周围的老乡家里去住。老乡家里也没有那么多床,我们搞会务的同志只好因地制宜,每一位报到的人发一捆稻草,自己扛到老乡家里席地而卧。而且,不管多大的官,大家都一样。吃饭时,500多人每人凭会上发的餐票,自己端着碗到临时的食堂里去排队打饭,一机部白坚副部长就站在门口负责收饭票。

会议上的意见很多,其中有人提出很"左"的意见:"二汽要进大山,进深沟,进山洞,车间与车间距离不小于1000米,建筑群面积不超过20000平米,要炸不垮,打不烂。"这种想法在那时是最时髦的,但如果按照这种想法做,那就不是建设现代化的汽车厂,而是建设汽车作坊。二汽筹建组和很多汽车厂的人对此持反对意见,会上争得一塌糊涂。主持会议的白坚副部长看到这个情况,大声说:"清兵就要渡河了,你们还在议论纷纷。(意思是当时的形势很紧张)这个厂究竟还建不建?这次会议,一定要把厂址定下来。"今天回想老部长的讲话,我想他的意思是,"文化大革命"一起来,很可能二汽又会"黄"了,形势紧张,我们一定要把二汽建起来。

经过讨论,最后决定由我们二汽建设5人小组拿决定性的意见。当时在很多方案中,淘汰得只剩下3个方案。西方案是鲍峡(郧县鲍峡镇)方案;东方案是十堰方案;中方案是黄龙(郧县黄龙镇)方案。最后由我在会上介绍选址意见,我把三个方案共20多个建设设想和盘托出,对每一个方案的优劣作了详尽的分析。会议开了整整一天,如同大学毕业时的答辩一样,与会的代表不断地提问,我也在不断地回答,解释。最终大家都不再提问,基本赞同了我的十堰方案。《老营现场会议纪要》正式以一机部的意见上报国家,1967年2月,一机部正式下文批准。❶

原二汽党委书记兼厂长黄正夏在《艰难历程》中回忆道:

1980年7月22日,小平同志来二汽视察,段君毅此时已到河南任省委书记,他专程从郑州赶到十堰来接小平同志。上午8点,小平同志专列准时进入十堰火车站,我和段君毅上车问候小平同志,段君毅见到小平同志,第一句话就说:"小平同志,二汽的厂址路线还是你定的。"

小平同志仰起头想了想说:"啊,有这回事。你们提了以后,我就说,应该这样定。但是二汽这件事是毛主席、周总理亲自抓的事情,我要报告毛主席、周总理,如果3天不答复你,就算定了。结果当天晚上我就打电话报告周总理,建议将二汽摆在襄渝线上,周总理说,好。但是我要请示毛主席,如果3天没有给你答复,这件事就定了。"

所以说,二汽的厂址是小平同志亲自定的而且经过周总理,又请示了毛主席。❷

和丹江口水库一样,二汽的建设正处在中国社会发生深刻变革的时期,"文化大革命"中以及"文化大革命"后,从思想认识直到经济建设、社会生活各个方面发生的一系列变革都对建设中的二汽产生深刻的影响,在二汽建设各个时期都留下了明显的时代烙印。

就在二汽确定厂址,从全国各地调集人马准备动手大干的时候,"文化大革命"爆发了,政治旋涡卷起的滔天狂澜使襁褓中的二汽遭受了长时间的冲击。二汽是"三线"国防工厂,施工建设都在深山里,出于各种目的,二汽的造反派对厂址提出了多种不同意见,最后一直闹到中央。1967年4月和1968

---

❶ 陈祖涛、欧阳敏:《我的汽车生涯》,人民出版社2005年版。

❷ 黄正夏、欧阳敏:《艰难历程》,新华出版社2007年版。

年 6 月,国家建委副主任谢北一和一机部副部长沈鸿、郭力主持,两次在十堰召开厂址调整会议,经过反复论证,认为原来的选址是合适的,按照"基本不动、适当调整"的原则,对厂址做了局部的调整并上报国务院。1968 年 11 月 19 日,周恩来一锤定音:"二汽就在湖北郧县十堰地区建设。"

1967 年 4 月,二汽在十堰的炉子沟举行了象征性的开工典礼,但因为"文革"的冲击,工厂建设并没有展开。中央任命的由饶斌、陈祖涛、李子政、张庆梓、齐抗组成的二汽建设"五人领导小组"中,除齐抗一人外,其余四人被一汽的造反派揪回一汽批斗,此时的二汽一片混乱。为了保证二汽的建设,在周恩来的指示下,1969 年元月,武汉军区宣布成立"二汽建设总指挥部"。"二汽建设总指挥部"的成立基本稳住了二汽混乱的局面,厂房建设开始逐步动工。但由于懂技术会管理的大量领导干部和技术人员关的关,斗的斗,全部"靠边站",极"左"思潮的严重干扰,二汽建设中出现了严重的瞎指挥,如出"政治车"、建"干打垒"厂房、搞"设计革命"等极"左"的做法。陈祖涛痛心地回忆说:

在我们原来的设计方案中,车间、宿舍都有防寒保暖设备,他们不知道有些精密设备对温度有严格甚至是苛刻的要求,认为我们是贪图享受,砍掉了防寒保暖设备,结果,冬天车间里室内室外一个温度,机器设备精度降低,液压设备因为油冻住了而无法启动,工人冻得伸不出手,就在车间里烧火取暖,车间里熏得黑一块、白一块,一片狼藉,车辆的装配质量大大下降。

车间的水泥地坪按规定要 75 厘米厚,他们认为是浪费,改成 20 厘米,结果全二汽一半以上车间地面下沉,大约 50 万平米的厂房有严重质量问题,69 万平米的厂房大面积漏雨。已经装好的 182 根天车柱子竟有 133 根不符合要求。车间的行吊,设计要求 20 吨,他们改成 5 吨,结果许多大件吊不动,直接影响生产。

根据当地的雨量,我们设计车间的排水管直径为 300 毫米,他们改成 100 毫米,结果,一下大雨就"水漫金山",车间里一片汪洋,没法生产。1973 年 4 月 29 日,十堰下了一场 70 毫米的暴雨,结果全厂 55 个车间进水,生产停顿,设备受损。5 月 4 日,国务院副总理李先念对此作了批示:"只下了 70 毫米雨就弄得不得了,在暴雨季节,那里一天一夜可以下 200 毫米甚至还多,应该注意这个情况。否则,我们工厂连年要闹水灾,不大像话。"

为了安全,我们设计每个车间要用围墙围起来,他们说"贫下中农就是最好的围墙",把围墙砍了,结果许多车间的设备被盗,有的车间变成了牛圈。

他们把我们设计的供电变压器容量全部减小,结果造成车间里动力普遍不足,一开工就频繁跳闸。他们不顾车间的质量要求,把全厂的车间都改成"干打垒",结果给全厂工程建设、工厂生产和产品质量造成严重缺陷,工厂基本不能运行。❶

从1970年到1972年两年多的时间里,在"总指挥部"的强令下,二汽共生产了不到200辆车,这些车"看起来龇牙咧嘴,跑起来摇头摆尾,停下来漏油漏水",这种载重2.5吨的军用越野汽车产品型号为"二五Y"(二五为载重2.5吨,Y为"越野"的第一个字母),因质量太差而被戏称为"二五歪",二汽产品的声誉大受影响。不讲科学,瞎干蛮干,满嘴革命道理,实则形而上学的做法,使国家遭受了惨重的损失。二汽也到了难以为继的困境。

二汽建设受到严重干扰,产品出现严重质量问题引起了中央领导的高度重视。1972年12月,在中央的指示下,中共湖北省委决定成立以饶斌为书记的二汽临时党委,同时宣布,撤销"二汽建设总指挥部","三支两军"人员返回部队。险些被整死的陈祖涛也被从东北的大兴安岭中找了回来。新组建的二汽领导班子带领二汽的干部职工们重振精神,再建二汽。

"三线"建设造成襄渝铁路上马,襄渝铁路建设带来了二汽落户十堰,二汽建设促成了十堰市的兴起,十堰市的建成为二汽的稳定发展提供了强有力的保障,"青山遮不住,毕竟东流去"。20世纪80年代起,在鄂西北的深山里,中国最大,设备最先进,车辆技术含量最高的第二汽车厂正式建成。东风牌汽车源源不断地走向全国。水源地几千年的历史中,第一次有了现代化的汽车工业。二汽以后改成东风汽车公司,昔日沉寂的深山老林里,东风汽车呼啸而过,滚滚车轮刮起强劲的东风旋风。

到水源地来落脚的绝不止一个二汽。当年的"三线"建设分为多个层次,中央有三线,各个省甚至有的行业也将自己管辖的企业分为一二三线。"三

---

❶ 陈祖涛、欧阳敏:《我的汽车生涯》,人民出版社2005年版。

线"企业的最大特征就是进山钻洞,在一些人看来,山越大越隐蔽,就越符合"三线"的条件。郧阳山区有几个特征,第一是山大;第二是离出山的地方很近,均县就是进山第一县;第三有交通之便,老白公路、襄渝铁路穿山而过;第四是有电有水,丹江口水库、黄龙滩水库和丹江口水电站、黄龙滩水电站为企业建设提供了必不可少的保障。正是有这么多有利条件,到郧阳山区来的"三线"项目除了襄渝铁路、二汽外,还有东风轮胎厂、汽车电器厂、粉末冶金厂、精密铸造厂、汽车附件厂、汽车塑料厂、汽车篷布厂、风动工具厂以及解放军总后勤部7家工厂、文化部文字605厂、湖北省7031工程等几十家军工和民品企业。这些工厂全部分布在均县、郧县、十堰市的各条山沟里。此时新的郧阳地区刚刚成立,丹江口水库和黄龙滩水库移民正处于高峰。郧阳地区完全没有工业基础,下辖的几个县都是深山里的穷县,为支援丹江口水库建设,水源地的人民群众已经被拖得精疲力竭。现在,又有这么多企业同时进山开展基本建设,十多万人从吃、住、行到建设所需的材料什么都要,几乎是一穷二白的水源地各级政府和人民再次面临沉重的压力。《中共郧阳—十堰简史》记载了当时的困难:

> 交通不便,运输困难。这么多工厂建设,数万吨物资要限期运进,当时的铁路只有一条武汉到丹江口的汉丹线,物资或经铁路运到丹江口后再转公路,或经汉江运到丹江口和郧县。整个郧阳地区只有一条低等级的老白公路,承载能力有限;遇到超大件,就没有办法了。二汽铸造厂要运几个上百吨的大件,只有先通过水路运到丹江口市,然后再转公路,将沿路所有的桥梁加固后再慢慢走。

> 建材需要量太大,砖瓦、石灰、沙石样样都缺。各厂区周围的县区沿公路、水路就地安排社队组织砖瓦、石灰、沙石生产供应。那段时间,只要是有基建任务的工厂,路旁、河边、村口,挖沙、砸石头、烧石灰,到处一派繁忙景象。在耕地极为紧张的情况下,各县划出土地紧急建设砖瓦厂,据不完全统计,那几年靠郧阳地区各县共供应红砖20746万块,木材42187立方米,机制瓦36万片,水泥瓦片457万片,其他建材数量难以胜计。

> 工程量巨大。仅二汽一家就有工业建筑面积125万平方米,民用建筑面积102万平方米,还有二汽铁路专用线、厂区专用公路等。东风轮胎厂工业建筑面积9.48万平方米,民用建筑面积6.6万平方米。土石方量高达一千万立方米以上。各个建设工地都需要民工,郧阳地区抽调各县

2 万劳力直接进入厂区工地参战。

生活供应困难。几十万人一下子集中到一个毫无任何生产生活基础的山沟里,吃的、住的、烧的、用的都成问题,柴米油盐样样都缺。特别是燃料,除了组织劳力上山伐木外,还抽调 7300 多劳力到郧县挖煤。为了解决几十万人吃菜问题,拿出 16200 亩最好的地种菜。

供电问题。为解决二汽建设用电,湖北省决定,要限期抢架 105 公里的 11 万伏高压线路,由郧阳地区负责劳动力和地材。11 万伏高压线要经过的 105 公里全是崇山峻岭,没有起重设备,没有公路,全靠人力将万斤铁塔扛上山。听说是要为二汽送电,线路沿途村村户户 2 万多群众,上至 70 多岁白发苍苍的老人,下至六七岁的儿童倾巢出动,男女老少,肩挑手提,硬是将 270 个万斤铁塔扛上了山,保证了按时通电。❶

架设 11 万伏的高压电线塔是二汽建设的一个重大工程。高压线从丹江口水电站翻山越岭通到二汽所在地十堰,直线距离 85 公里,由 270 座铁塔组成。270 座高压输电铁塔,最高的 51 米,重 10 多吨;中等的 25 米,重 5 吨左右;小的也有十几米高,重达一两吨。这些铁塔所经过的路线全是起伏的群山,山势陡峭,没有道路。在没有道路、没有起重设备的条件下,要将这些数十吨的铁塔运到山上,其难度可想而知。仅仅铁塔上山还不够,还需要在山上开挖架设铁塔的基础坑,浇筑上混凝土,这又需要将砂石、水泥和施工用的水一袋一袋、一桶一桶背上山。这是多大的工程量? 又需要多大的人力物力财力才能够办到? 但在“文革”的高潮时期,湖北省电力部门派到现场架设高压线塔的施工人员只有 20 来人,靠这几十人架设如此工程量的铁塔,没有三五年的时间是无法完成的。二汽建设是中央的重大战略决策,没有电,建设二汽就是一句空话。为了保证二汽建设按时开工,水源地的人民再次被动员起来。高压线所经过的所有公社、大队、生产队的老乡们男女老幼共 2 万多人全部出动,上至 70 多岁的老人,下至七八岁的孩子,他们靠肩扛手提,连推带拉,从 1969 年 2 月 22 日起,只用了 17 天的时间就将 270 座铁塔全部搬到工位,59 天之内铁塔全部竖起,4 月 29 日,丹江口水电站的强大电流安全输送到二汽,保证了二汽建设的进度。而那些为了铁塔上山的老乡们没有要一分钱的报

❶ 中共十堰市委党史办:《中共郧阳—十堰简史》,中央文献出版社 2001 年版。

酬,又默默地回到他们的小山村,继续过着他们艰辛的劳作生活。

一位郧阳地区的领导干部回忆那段艰难岁月时说:

> 那几年,全地区到处都是"三线"建设的工地,丹江口水库还没完,移民正在节骨眼上,二汽、襄渝铁路、东风轮胎厂等都来了,到处都向我们要人、要地、要建筑材料。我们刚刚与襄阳地区分家,几乎什么东西都没有,三个县城淹了,好地淹了,粮食收成大量下降,老百姓连饭也吃不饱,没有工业,没有商业,上级也没有拨款,非常困难。但"三线"建设是中央的决策,再困难,我们也要支持。不就是要人要地吗?我们给,要什么给什么。我们6个县,每个县50万人,到丹江修水库的,到二汽建厂房的,到襄渝铁路修铁路的,到其他"三线"厂参加建设的,仅民工就常年保持在十几万人左右,还要留人在地里种庄稼。这全靠老百姓的觉悟啦。我们郧阳人民能吃苦,有大局观念,我们一动员,他们支援"三线"建设的热情就像战争年代支援前线一样,有什么拿什么,要什么给什么。建水库要淹地,给。建厂房要占地,给。搞基建要木材,给。盖房子要砖要瓦要沙要石头,给。几十万人要吃粮要吃菜,给。我们什么都拿出去了,还有些人连命也豁出去了,我们什么回报也没要,所有的投工投劳全部都是义务的,民工还要自带干粮。

从1958年一直干到现在,从丹江口水库到襄渝铁路到二汽到今天的南水北调中线工程,水源地周边各县的人民群众就几乎没有消停过,这些语言短少、朴实憨厚、勤劳勇敢、无私奉献的农民群众,如同连绵起伏的群山,默默地用自己的身躯,支撑着共和国的大厦。

四　十堰巨变

扎根一地,造福一方。二汽等三线企业落户郧阳山区与丹江口水库在这里建设带来的结果完全不同。丹江口水库建设虽然给国家建设和下游人民带来巨大利益,但作为付出惨痛代价的水源地自身,无论是经济建设还是社会发展以及人民群众的生活,都受到严重损害。三个县的县城以及周围的城镇、富饶的土地全部被淹没,数万城镇居民和几十万农民的土地房产荡然无存,整个水源地经济遭到毁灭性的打击,几十万移民被迫搬迁,远走他乡,由此带来的剧烈社会动荡影响至今,县域经济实力长期难以提升,经济社会发展和人民生活水平受到极大影响。

中国特殊政治气候下的"三线"建设,从全局而言存在很多可以总结的经验和教训,但在郧阳山区建设的襄渝铁路和第二汽车制造厂等一大批"三线"工程,却给水源地的经济和社会发展,给当地的人民生活带来了革命性的变化。

在"三线"建设开始前,水源地沿岸的几个县还处在农耕时代,四面环山的自然环境使这里与外界长期阻隔。这里山大人稀,地瘠人贫,经济极为落后,深山里的老百姓基本上还处于原始的生产耕作方式。这里除了一点利用自身特产的小酿酒、小造纸、小皮革、小水泥、小化肥等工业外,没有任何现代意义的工业。丹江口水库建设更加剧了这里的贫困。据《中共郧阳—十堰简史》记载:

> 1965 年 7 月重设郧阳专署,全区耕地总面积为 517 万亩,其中水田 55.86 万亩,旱地 462 万亩,……有效灌溉面积不到 55 万亩,……水电站一处,装机容量 200 千瓦,农机总动力 3860 马力,农村用电量为零。由于前几年大规模毁林开荒,森林覆盖率不到三分之一。农业总产值 3.3 亿元,工业总产值 1640 万元,机械工业的全部家当是 20 台皮带机床。……全区 210 万人,粮食总体上还不能达到自给自足……多数地方上未解决温饱。❶

二汽等三线企业的建设给水源地人民的生活带来的变化主要体现在:传播现代信息,扩散汽车相关产品,扶持和帮助地方企业提高生产水平与能力。招收工人,拉动消费,直接带动水源地经济和社会快速发展。

二汽在进入批量生产后,便开始反哺郧阳地区。开始是少量的产品扩散,以后逐步加大扩散的规模并帮助地方企业提高生产水平和能力。二汽并不是将扶持和帮助地方企业作为一种短期行为,而是将其视为自身长期发展的重要内容。在二汽党委书记黄正夏的推动下,1979 年 5 月,二汽下发《关于扶持郧阳地区若干厂生产二汽零件配件的通知》,让下属各分厂尽可能帮助地方企业发展,并一次又一次地与郧阳地区签订生产协作定点协议。经过这些帮助,郧阳地区的工业企业生产水平从原始状态一步跨进现代化,逐步形成自己

---

❶ 中共十堰市委党史办:《中共郧阳—十堰简史》,中央文献出版社 2001 年版。

的汽车零部件工业。随着二汽自身的发展,对地方企业扶持帮助的力度也越来越大,地方企业发展速度也随之快速递增。1991年年底,郧阳地方企业仅汽配一项,年产值达3.47亿元。1993年,年产值达到7亿元,十余家企业发展成国内汽配生产小型"巨人"企业。2006年,十堰市(1994年郧阳地区与十堰市合并改称十堰市)汽车工业总产值达263亿元。汽车工业产值占全市工业总产值的比重超过80%以上,已发展成为国内有较强影响力的汽车零部件和专用车(改装车)生产基地。

丹江口原本就没有什么现代的工业,自从老均县县城被淹,以后又经历县城搬迁,再与光化县分分合合,几个折腾下来,丹江口市的城市基础完全丧失,工业经济更是一无所有,全部要从头来。用今天的眼光看,丹江口市是最幸运的,"三线"建设给它带来了千载难逢的发展机遇,来到郧阳地区的三线企业除二汽外,从总后的军工企业到湖北省的汽车零部件企业,大大小小共18个,全部落户到丹江口市境内。这么多工业企业的到来,再加上丹江口工程局自身建设的工业企业,将原处于农耕社会的丹江口市一下子带入现代工业城市行列,经济水平位列十堰市所辖县市之首,2009年GDP达到75.7亿元,其中工业总产值达到35.28亿。一个被水淹没后几次搬迁重建,完全没有工业基础的经济穷县,短短几十年的时间,发展到如此实力,是很不容易的。

郧县老县城和肥沃的耕地被丹江口水库淹没后,全县的经济和社会发展遭受重创。到改革开放前的1978年,全县工业总产值仅有3520万元,利税只有区区300万元。汽车产业带动了郧县工业经济的发展,1988年,全县完成工业产值1.74亿元,1998年全县完成工业产值6.24亿元,2007年,全县完成工业总产值26.3亿元。在郧县的工业产值中,与汽车产业相关的企业占了绝大部分,重点骨干企业几乎全是与汽车相关的企业。

根据十堰市"十一五"经济发展规划,到2010年,汽车工业要累计完成投资130亿元,新增销售收入333亿元,利税85亿元。整车生产能力达到50万辆以上,汽车工业产值达到850亿元以上,年均增幅达到15%,今天的十堰市已成为名副其实的汽车城。

付出巨大奉献与牺牲的水源地人民,开始逐步得到奉献与牺牲的回馈。

水源地最大的变化莫过于一个新兴的汽车工业城市——十堰的横空出世。

1967年4月1日,二汽在大山深处的百人小镇十堰红卫炉子沟举行开工建设,1967 年,郧县的十堰、黄龙两区和茶店区的茅坪公社合并成立十堰办事处,1969 年成立县级十堰市,1973 年升格为地级市。

虽然十堰升级成市,但它究竟是一个深山里的百人小镇,完全不具备任何城市的基础条件,被称为"光灰"的城市。由于条件艰苦,群众将生活中的困难总结成"十堰十大怪"的顺口溜:十堰十大怪,不分城里和城外;一条马路直通外;说它是城市,种瓜又种菜;说它是农村,工厂山沟盖;红苕叶子当白菜;拣了石头当煤卖;电话没人走得快;下雨打伞头趔外;公路有山又有海;车进十堰跳起来。当地老乡不会种菜,"豇豆地下爬,黄瓜滚泥巴,萝卜叶子当菜卖"。无奈之时,二汽所有从外地回来的汽车都要捎带拉回蔬菜。对十几万建设大军来说,靠几辆汽车运回蔬菜只是杯水车薪,大多数人都没有菜吃,只能以红薯叶、秆为菜。水果则是不敢想的稀罕之物。曾经有一个从上海来的工人,想吃水果,跑到山上,误将桐油树结的桐子当水果吃,结果上吐下泻。

二汽的职工几万人,加上家属共有十几万人,20 世纪六七十年代时极左思潮泛滥,当时的口号是"先生产后生活",二汽只建工厂,完全不考虑职工的生活。"先生产后生活"是特定历史条件下的产物,短时间可以,时间长了绝对不行。十几万工人群众和家属在光秃秃一穷二白的深山里,吃、穿、住、行、购物、孩子上学、看病等各方面的条件都没有,这种情况下,群众情绪能稳定吗?情绪不稳定,发展生产也只是一句空话。

存在的各项问题中,最突出的就是住房。二汽刚建设的时候,大家都住芦席棚,以后,各个厂自己建了一点简易房,全部都是土坯房。全二汽人均住房3 平米。3 平米是个什么概念呢?简单地说,就是只能放一张单人床。而建设二汽的职工很多都是全家一起来的,有的工人三代同堂,六七口人挤在十来平米的简易房里,连 60 岁的老人都睡上下铺。有的 30 多岁了,由于没有房子结婚,只能在单身宿舍混居。

除了简单维持吃、住以外,医院、商场、学校都极为简陋和缺乏,一所芦席棚搭起的简单诊所就是唯一的医院,一个不到二百平方米的仓库充当了商场,两所子弟学校全部用芦席棚搭成。

要建设好二汽,就必须建设好城市,这是一对辩证关系。

要建设城市首先要规划,二汽总工程师陈祖涛兼任了十堰市第一任城市规划委主任,中央办公厅下放干部张万祥任十堰市第一任建委主任,两人合作,对十堰市城市建设进行了整体规划。在当时极左的环境下,上级规定,城市规划要突出十个"有利于"。第一要有利于缩小城乡差别,第二要有利于缩小工农之间的差别,第三要有利于缩小脑力劳动和体力劳动的区别,第四要有利于贯彻"大分散、小集中"、"多搞小城镇"的方针,第五要有利于工业支援农业,第六要有利于农业支援工业,第七要有利于"平、战结合",第八要有利于各行各业和职工家属走"五七道路",第九要有利于保护环境、造福人民,第十要有利于"政企合一"。根据这个规划思路,编制了城市总体规划图,主要是十堰城区的工业建设布置、道路骨架、管线走向等意向图,没有形成配套的用地分析、城市道路、给水排水、电力通信、园林绿化、环境保护和城市防洪等专业规划以及城市建设所需投资的概算,也没有报请上级批准。

根据规划,十堰全市由十堰至张湾为中心区,白浪、茅箭、红卫、花果、黄龙、土门 6 个卫星集镇组成,每个卫星集镇之间相距 5～6 公里,由厂区铁路、城市道路、公共交通、电力电讯和市中心连接起来,形成点线结合、分片成团、集中布置的瓜藤式的总体格局。城市人口规模为:近期 25 万,远期 40 万,规划建设占地 2.2 万亩。

在一穷二白的基础上建设城市,首先要的就是钱。虽然国家批准十堰升格为地级市,但除了一点仅够维持行政机构运转的开办费外,没有任何城市建设资金,没有钱,谈何城市建设? 时任二汽党委书记黄正夏也兼任十堰市委书记,他肩负着建设二汽和建设城市的双重压力。1978 年,二汽完成年产 5000辆的任务,超额完成 3000 辆,实现了扭亏为盈。按照当时"收支两条线"的财政纪律,企业完成任务挣的钱要全部上缴,然后再按照建设项目需要从上级财政要钱。在当时财政吃紧的状况下,若按照这条路子走,要钱建设城市,十堰市的城市建设就不可能实现。为了城市建设也是为了二汽建设,黄正夏顶住巨大的压力,将超额完成任务的 1000 万元全部留下来用于城市建设,他认为这是对工人兄弟"还账",也是保证二汽继续发展必须要做的。

对黄正夏将盈利的钱留下来建设城市的做法,二汽内部有不同意见,有人批评说:"黄正夏不懂国家财政制度,这叫胡搞。"黄正夏说:"我们不向国家伸手,就是在给国家做贡献,用自己挣的钱改善二汽的发展条件,怎么就不符合财政制度呢? 这件事就这样定,有什么问题,责任全部由我一人担当。"

由于这极为宝贵的 1000 万,十堰的城市建设开始起步。

黄正夏用这 1000 万,给工人群众盖了 60 多万平方米的宿舍,二汽人均住房从 3 平米一下子增加到 6 平米。修建厂区道路 100 多公里,城市公路(十堰到房县十堰段)100多公里。还有医院、学校、商场、电视中心等,二汽工人群众的生活环境有了初步改善。为了建设十堰市的城市排污系统,黄正夏与湖北省环保局的黄涛若局长达成了君子协定:"你们来检查二汽,哪些地方污水标准不合格,你们就罚款。你们罚款,二汽出钱,用来修建城市排污管道,要不然,钱划不出二汽,也到不了十堰市的账上去。"

1978年12月底,财政部、汽车总局到二汽来审计,对二汽取得的成绩拍手叫好,但批评二汽擅自做主,违反国家财政纪律,将盈利的钱修路、盖房,对这笔钱不予核销,黄正夏当时在会场上就和他们争辩。汽车总局财务负责人和泉山出面帮二汽说公道话:"二汽将未上缴的钱拿来盖房修路属于还欠账,要是生活设施没有建设,职工情绪不稳,生产怎么办? 他们这样做是国家政策允许的,即使他不留,国家还是要拿钱来补这个窟窿。二汽用自己挣的钱来干迫切需要干的事,还要说人家干得不对。表面上看起来维护了国家的制度,但实质上对国家有利吗? 那以后,谁还会像这样努力去干呢? 我们到底鼓励要什么样的精神呢?"

他的这番话打动了在场的人,财政部的同志说:"我们也很同情二汽,但是国家的财政纪律也要遵守,是不是这样,你们把建设道路的项目名称改变一下,改成维修厂区内部道路;盖宿舍的项目改成房屋修缮。这样就行了。"

城市建设的进展稳定了二汽职工的情绪和生活,二汽建设也得到了保障。1978年,二汽生产了卡车5120辆,1979年生产14541辆,上交利润5734万元。经过黄正夏的争取,1979年,二汽被国家定为全国第一批100家"赢利分成"企业改革试点,得到了22.66%的留利分成。当年企业留利1596万元。1980年生产31500辆,上交利润11527万元,企业留利4620万元。到了1985年,每年留利已近3亿。这些资金为企业的积累发展保证了后劲,也为十堰市的城市建设作出了巨大贡献。由于二汽发展太快,财政部有人提出,二汽22.66%的留利太多了,是不是要考虑减少。时任财政部部长王丙乾说:"二汽这么大个企业要发展,有多少事情要干,应该照顾。再说,财政部说出去的话不要随便改变。"

经过两代人几十年的努力,今日十堰,"东风车"驰誉全球,成为"中国第一、世界前三"的商用车生产基地。全市汽车产能50万辆,汽车从业人员20万,汽车存量资产过千亿,汽车工业占全市工业经济的80%,是全国汽车产业化程度最高、产业集群优势最为明显的地区之一。十堰已经成为中国著名的汽车城,号称"东方底特律"。

20世纪80年代,十堰从600多座城市评比中脱颖而出,在全国小康城市排名中位列第六。90年代,全国城市综合实力评比揭晓,十堰把许多大都市甩在了后面,排名第22位,与武汉、西安、郑州等历史名城分庭抗礼。评比结果在媒体上一公布,舆论一片哗然,大山深处,原本默默无闻的地级市,顿时引起国人乃至全世界的瞩目。

1978年,十堰市规模以上工业企业只有10家,工业总产值5.58亿元。到2008年,十堰规模以上工业企业达到400多家,工业总产值突破700亿元。十堰已形成以汽车为主,水电、旅游、生物医药、绿色食品等四大共同发展的产业格局。

40年前的十堰,山沟沟里,只有低矮灰暗的"干打垒"土房,唯一的标志性建筑是十堰汽车站的一栋三层水泥结构的小楼。整个城区只有一条"人民路","一条人民路,串起多条沟"是十堰城区交通状况的真实写照。如今的十堰已建成四通八达的现代化交通网络,人民路、朝阳路、北京路、天津路、重庆路、武当大道、浙江路、凯旋大道、许白路、上海路、丹江路、北京南路等20多条道路。道路两旁,绿树成荫,道路绿化率达到62%。各种色彩,各种形状的高楼林立,繁荣的商业中心店铺林立,宽阔的大街上车水马龙,行人摩肩接踵,热闹非凡。除了十堰本土的五堰商场、人民商场、寿康永乐超市连锁公司、京华量贩连锁、丰融连锁超市、鑫城超市、鄂西北小商品城外,省会武汉的武商量贩、中商百货、中百仓储、工贸家电、民众乐园以及中国家电巨头国美电器、苏宁电器等外地企业相继入驻,肯德基、麦当劳、必胜客、德克士等洋快餐连锁企业也纷纷抢滩十堰。2009年6月,世界零售商巨头沃尔玛到十堰考查,也将在十堰开设分店。

十堰的文化、教育、卫生、体育、科教等设施配套、功能齐全。曾经没有一所学校的十堰,今天已经拥有郧阳医学院、湖北汽车工业学院、十堰职业技术学院、郧阳师范高等专科学校等四所高等院校,二十多所中小学和各类技校。一座城市就有三所三级甲等医院和十余所各类专科医院,城区的医疗社区服务点遍及各个街道。十堰市体育中心、行政服务中心、博物馆、美术馆、十堰市职业技术学院等经济文化的地标式建筑,无不洋溢着现代化都市的气息。

从1978年到2008年,十堰人均居住面积从4.5平方米增至20多平方米;全市生产总值增长66倍,达480亿元;财政收入增长64倍,达46.65亿元;城市人均可支配收入增长 21 倍,达 10370 元;农民年人均纯收入增长 43 倍,达 2841 元。

经济和社会快速发展给十堰赢得一个又一个光荣称号。在国家统计局发布的全国地级以上城市综合实力评估中,2002 至 2004 年十堰市连续三年跻身"全国综合实力百强城市",先后获得中国优秀旅游城市、全国卫生城市、全国绿化十佳城市、国家园林城市、全国生态示范区和全国文明创建先进城市等殊荣。

武当山、丹江水、汽车城三大旅游品牌带动旅游产业取得了突破性进展。2008 年,全市接待国内外游客 921 万人次,实现旅游收入 41.8 亿元,创汇 2190 万美元。武当山被评为"欧洲人最喜爱的中国十大景区"、"最受群众喜爱的中国十大风景名胜区"等荣誉称号。

十堰周边山区"八山一水一分田",吃饭曾是最大的难题。今天,南茶北橘、高山药材、城郊蔬菜、水产养殖,生态农业的产业格局初步形成。截至 2009 年,全市各种特色产业基地面积达 360 万亩,市级以上产业化龙头企业 69 家,建立有机食品、绿色食品和无公害食品基地 118 万亩,获得"三品"品牌认证累计达 141 个,年创汇 1000 多万美元。特色产业的开发,使得广大农民年人均增收 730 元,占人均纯收入的 30%。

中国地图形似一只昂首的公鸡,十堰正位于公鸡的心脏。以十堰为圆心画一个半径为 500 公里的圆,武汉、郑州、西安、重庆均在圆弧内,东引西联,南北交汇,十堰市成为鄂、豫、陕、渝四省市毗邻地区的省际区域性中心城市。按照现有的建设规划,2010 年至 2015 年间,在原有的铁路、高速公路网的基础上,十堰还将建设一个机场(武当山机场),两个水上旅游码头(武当山和丹江口),3 条铁路(十堰至宜昌、十堰至运城、郑州经十堰至重庆),4 条高速公路(襄樊经十堰至天水、十堰至房县、郧县至十堰、十堰至白河)。四通八达的交通网络承接武汉、西安、郑州、重庆四大经济区的叠加辐射,使得十堰成为我国东西部经济交流的桥头堡和大动脉。为适应形势的发展,按照新的发展规划,未来十堰城市规模将达到 100 平方公里,可容纳 100 万人口。2009 年是十堰建市 40 周年,原中央政治局常委、国务院副总理李岚清为巨变的十堰欣然题词"换了人间"。市委书记陈天会说:"350 万十堰人民再用 10 年时间,将把十堰建成鄂、渝、陕、豫 4 省市边界区域性中心城市,即世界汽车制造中心、国际旅游目的地、国家生态经济示范区、国家交通枢纽城市和现代服务中心!"

40 年风雨弹指一挥间,十堰以崭新姿态,神话般地突现在巴山丛中汉水之滨的水源地,这是一座为车而生的城市,汽车,是她的骨架;这也是一座中国水利建设发展史上的丰碑,悠悠汉水是她的灵魂。

汽车工业的生根开花和城市发展使得水源地各县市成千上万的农家子弟走进二汽的工厂车间,成为驾驭现代化设备的汽车工人。十堰市 50 多万市民,其中接近一多半来自周边各县。

刘宏伟是丹江口市草店镇的农家子弟,家里世世代代种田为生,就在他出生的那一年,二汽在十堰开始了建设。高中毕业以后,他也走进了二汽的厂房,成了一名工人。今天,他在十堰市有自己的住房,父母住在自己家里。

张强家在郧县茶店,还在他上小学的时候,就看见父亲每天早早将地里的菜挑上到十堰去卖,天黑才疲惫地回家。以后,父亲将全部土地都改成了菜地,说是种菜才挣钱。到了他的手里,他每天将周围乡亲们的菜收购来,装上自家的东风牌大卡车,运到十堰蔬菜批发市场。每天跑一趟,然后回到自己上下两层共 300 多平米的独家小楼,舒心地品茶。

周四毛的孩子到外地上大学去了,自己两口子没多少文化,也进不了城当工人,听说城里人在城里住腻了,喜欢到乡下来吃农家菜。他将自己的房子收拾干净,置办了桌子椅子,在院子里种了些时令蔬菜,养了上百只鸡,挂起了"四毛鸡"的招牌。只要有客人来,他们两口子都穿戴得干干净净地为客人做饭,那些全家老小一起来的城里客人最喜欢到他的菜地里去摘新鲜菜自己炒做。几年下来,他家也盖了一栋小楼。

水源地周围,像这样的家庭正在逐步增加。

第七章
延续了半个世纪的工程

2003 年,国务院办公厅发出〔2003〕12 号文件《关于严格控制丹江口水利枢纽大坝加高工程坝区和库区淹没线以下区域人口增长和基本建设的通知》:

湖北省、河南省人民政府,国务院有关部门:

严格控制丹江口水利枢纽大坝加高工程坝区和库区淹没线以下区域(简称丹江口工程区域)的人口增长和基本建设,是关系到丹江口水利枢纽大坝加高工程建设和移民安置任务能否按期完成,以及南水北调中线工程能否顺利实施的重要问题。为此,必须采取有力措施,加强人口管理,严格控制基本建设,并坚决制止在淹没区突击建房。经国务院同意,现就有关问题通知如下:

一、从《国务院关于南水北调工程总体规划的批复》(国函〔2002〕117号,简称《批复》)下发之日(2002 年 12 月 23 日)起,丹江口工程区域内人口的自然增长,要严格按照国家计划生育政策和鄂、豫两省的规定执行,人口自然增长率控制在不超过本地 2001 年的水平;人口的机械增长,要严格按现行政策掌握,对未经有审批权限的政府部门批准而自行迁入的人口,一律不按丹江口工程区域移民对待,国家也不负责搬迁安置。

二、从《批复》下发之日起,在丹江口工程区域内,任何单位或个人均不得擅自新建、扩建和改建项目。确因生产、生活特别急需,且无法采取其他措施替代的小型技术改造或简易配套项目等,须报经省人民政府审批后才能建设。凡违反规定的建设,除按违章建筑处理外,搬迁时一律不予补偿。对危房改造,也要严加控制,凡通过加固、维护、修缮能排除危险的,就不要拆除重建;个别确需拆除改建的,要因陋就简进行恢复,不能扩大原规模,对擅自扩大规模的部分,搬迁时一律不予补偿。

三、丹江口工程区域地方各级人民政府和有关部门,要抓紧做好受淹集镇、乡村的移民搬迁规划,积极为移民搬迁创造条件,有计划、有步骤地按规划组织实施。在规划设计上,一定要从实际出发,量力而行。受淹乡镇党政机关要起带头作用,新建办公用房、住宅等必须在规划区内进行;工矿企业的改建和扩建,要结合企业的技术改造、产品结构和产业结构的调整,积极配合移民搬迁,逐步转移到规划安置区内建设;商业网点、学校等单位的迁建,也要按照移民规划进行。

四、丹江口工程区域地方各级人民政府,要把严格控制丹江口工程区域的人口增长和基本建设当作一件大事来抓,切实加强领导。要有针对性地认真做好各方面的思想政治工作,让广大干部群众正确理解和处理好当前和长远、小局和大局的关系,自觉遵守有关规定。

五、丹江口工程区域县(市)人民政府可根据本通知精神,结合当地实际发布公告,或利用媒体,把通知精神传达到丹江口工程区域内的每一个群众。同时,要加强调查研究和检查工作,不断总结经验,及时研究解决存在的问题,切实把这项工作做好,确保丹江口水利枢纽大坝加高工程和移民安置工作顺利实施。

国务院办公厅

二〇〇三年二月二十八日

国务院通知的发出,意味着南水北调中线工程正式启动。

从1958年丹江口一期工程动工至今,50年过去了,50年里,共和国的经济和社会发生了天翻地覆的变化,国家经济和社会健康发展。但国家缺水的状况不但没有改变,反而因为人口的增加和经济的加速而日益紧缺,黄河以北的城市和乡村都在盯着丹江口水库里近200亿立方甘甜纯净的水。现在,这项工程终于启动了。

一 南水北调中线工程建设规划论证鸟瞰

1959年2月,中科院及水电部在北京召开了"西部地区南水北调考察研究工作会议",确定南水北调的指导方针是:"蓄调兼施,综合利用,统筹兼顾,南北两利,以有济无,以多补少,使水尽其用,地尽其利。"7月,长江委制定出《长江流域综合利用规划要点报告》,"南水北调"方案正式列入规划要点报告。针对多个引水方案和初步线路,报告认为,中线经丹江口水库或当阳谷城自流引水方案,下游经巢湖或南北运河提水方案,比较现实。

1960年,长江委和黄委会联合查勘引汉总干渠方城至黄河段,基本上选定了中线走向。

1963年8月,长江委根据水电部要求,经过勘测,选择河南淅川县境内的陶岔为引水渠首枢纽,这就是南水北调中线工程引水方案的起始点。

1967年,丹江口水库开始蓄水。亚洲最大的人工湖呈现雏形。

1974年4月,位于河南淅川陶岔的南水北调中线工程引水总干渠渠首工程建成,最大引水量可达1000亿立方米。

1978年3月,第五届全国人大一次会议上通过的《政府工作报告》正式提出"兴建把长江水引到黄河以北的南水北调工程"。9月,中共中央政治局常委陈云就南水北调问题专门写信给水电部部长钱正英,建议广泛征求意见,把南水北调工作做得更好,水电部据此发出了《关于加强南水北调规划工作的通知》。

1979年12月,水利部正式成立了南水北调规划办公室,统筹领导协调全国的南水北调工作。

1980年3月,水利部提出《南水北调中线引汉工程规划要点补充报告》。确定中线工程的走向和里程,具体为从陶岔至方城,从方城至黄河,从黄河至北京,全长1265公里,年平均可调水量109亿立方米,远景调水237亿立方米。

1981年4月,水利部下达《南水北调中线规划和科研工作计划》,指定长江委为南水北调中线工程规划的负责单位。

1983年,国家计委将南水北调中线工程规划列为国家"六五"计划前期工作的重点项目。

1984年6月22日,水利部在北京召开南水北调中线工程规划工作协调会。

1985年,长江委提出《南水北调中线引汉规划报告(初稿)》。

1986年4月14日,国务院在石家庄召开南水北调中线规划成果讨论会,讨论《南水北调中线引汉规划报告（初稿）》，长江委、水利部、国家计委、国家科委、中科院、地矿部、交通部及沿线四省共80名代表出席。

1987年6月，《南水北调中线规划报告》出炉。要点为：丹江口水库初期供水100亿立方米，后期供水230亿立方米。9月3日，水电部在京召开《南水北调中线规划报告》审查会第一阶段会议。

1988年9月6日，国务院总理李鹏批示：同意国家计委的报告，南水北调必须以解决京、津、华北用水为主要目标，按照谁受益谁投资的原则，由中央和地方共同负担。

1990年8月，湖北、河南两省同意丹江口水库按后期规划完建，以扩大南水北调中线工程效益。两省提出，"丹江口水库加高一次到位；调水150亿立方米；不考虑航运；经费由中央和地方共同负担"等意见。11月16日，河北省政府向国务院呈送《关于尽快实施南水北调工程的意见》报告。

1991年4月，七届全国人大四次会议将"南水北调"列入"八五"规划和十年规划。11月，水规总院和水利部南水北调办公室主持会议审查通过长江委《南水北调中线工程可行性研究报告》。

1992年10月，中国共产党第十四次代表大会把"南水北调"列入中国跨世纪的骨干工程之一。10月24日，国家计委在丹江口召开南水北调中线工程工作会议，六省市有关部门负责人和专家63人到会。

1993年1月6日，《南水北调中线工程可行性研究报告》正式上报水利部并抄报国家计委。

1994年2月28日，天津市政府上书国务院要求南水北调中线工程先行开工，5月，河北省政府再次上书国务院要求南水北调中线工程中段先行开工。

1995年2月，南水北调中线工程开始全面论证。同年10月，《南水北调中线工程环境影响报告书》通过国家环保局环评终审。

1996年6月3日，《南水北调工程论证报告》通过论证委员会论证，41位委员签字同意。同月，国务院组成南水北调工程审查委员会。7月5日，政协全国委员会办公厅向中办报送考察报告，提议南水北调中线工程优先，应于"九五"立项。

1998年2月，南水北调工程审查委员会在京召开第三次全体会议，审查通过了《南水北调工程审查报告》，确定优先实施中线工程。

2000 年 10 月,国务院总理朱镕基在"国务院南水北调工程座谈会"上强调,南水北调工程的规划和实施要建立在节水、治污和生态环境保护的基础上,实施南水北调工程,务必做到"先节水后调水、先治污后通水、先环保后用水",即著名的"三先三后"原则。12 月,水利部与国家计委联合建设部、国家环保总局、中国国际工程咨询公司在北京召开了南水北调前期工作座谈会,布置开展南水北调城市水资源规划工作,在南水北调城市水资源规划和南水北调工程规划的基础上,由水利部编制《南水北调工程总体规划》。

2001 年 9 月 4 日,国务院副总理温家宝指出:(南水北调)要充分考虑调水的经济效益、社会效益和生态效益,对东、中、西线工程要进行全面规划,科学论证,慎重决策。11 月 14 日,水利部正式宣布:南水北调工程 12 个专项规划、45 个专题研究报告全部通过专家审查。12 月 10 日,中央政策研究室、水利部、国务院体改办、国家计委、中国社会科学院等部门和有关单位 30 余位专家组成的专家审查组对水利部发展研究中心所作的"南水北调建管体制及水价分析报告"进行了审查,审查结论是:两个研究报告思路清晰,资料翔实,方法合理,成果可信,达到了工程规划阶段的深度和要求,在进行必要的修改后可作为南水北调工程规划的附件。

2002 年 5 月,国务院副总理温家宝专程考察南水北调中线工程。6 月 19 日,《南水北调中线一期工程项目建议书》审查会在北京召开。水利部、长江水利委员会、黄河水利委员会、海河水利委员会,北京、天津、河北、河南、湖北、陕西等省的计委和水利厅(局)等单位的领导、专家和代表参加会议。经审查,基本同意该项目建议书。

2003 年 2 月 28 日,国务院办公厅下发《关于严格控制丹江口水利枢纽大坝加高工程坝区和淹没线以下区域人口增长和基本建设的通知》的 12 号文件。

2005 年 4 月 29 日,丹江口水利枢纽大坝加高工程得到国务院批复。9 月 26 日上午 10 时 30 分,南水北调中线工程丹江口大坝的加高工程正式启动。

2007 年 3 月 7 日,丹江口大坝加高工程第一仓混凝土率先浇筑。7 月 8 日,丹江口大坝加高工程率先达到加高设计高程 176.6 米。

丹江口大坝加高是在丹江口水利枢纽初期工程的基础上进行加高改造。主要包括河床混凝土坝培厚加高,左岸土石坝培厚加高及延长,新建右岸土石坝等。坝顶高程将由 162 米加高至 176.6 米,坝顶长由 2494 米增加到 3442

米;加高后,正常蓄水时,水库库容从174.5亿立方米增加到290.5亿立方米,相当于增加了两个半北京密云水库。

二 不同的声音

南水北调中线工程事关国计民生,从论证到决策历时数十年之久,参与论证的各级领导专家学者不计其数,社会各界对此高度关注,虽然赞同者为绝大多数,但仍有一些专家学者根据个人的研究成果提出不同的意见。

西安交通大学教授霍有光长期关注中国水资源状况,在深入研究的基础上,提出个人独到的见解和调水方案。1997年3月,霍有光在《中国科技论坛》与《科技导报》上,同时发表了《关于西调渤海水改造北方沙漠的设想》与《刍议人造海可持续发展工程》两篇文章,首次提出分三期工程及辅助工程,调渤海水改造北方沙漠带,并对沙漠人造海的利弊进行了科学分析。1997年5月,霍有光又在《科技导报》发表《渤海西调工程续论》,在系统分析我国北方沙漠空间分布形态、海拔高度的基础上,提出渤海西调工程的三条优选线路。

霍有光的"海水西调"的设想引起国内和海外的高度关注,中国高科技产业化研究会海洋分会在青岛、北京等地举行了三次全国性的学术研讨会,并向全国政协提出了《"海水西调"根治我国沙漠和沙尘暴》的提案。在国家软科学研究计划指导性项目与西安交通大学学术专著出版基金资助下,霍有光在连续发表论文的基础上,编写成48万字的《海水西调与再造中国》(河北人民出版社出版)一书,书中对海水西调根治沙漠和沙尘暴提出系统、科学、周密的设想,并对合理保护与开发北方八大沙漠进行了深入探讨。

作为一个卓有建树的学者,霍有光对南水北调中线工程也有深入的研究,并根据研究的成果提出了自己的学术见解。现摘录如下,供读者参考:

丹江口水库无法肩负南水北调中线工程的调水任务❶
——兼论以湖北长湖作为取水口的优越性

2000年6月初,国内几乎各大报纸都刊登了"南水北调日程表"已经排出的消息,拟于今年9月拿出规划思路,力争"十五"期间开工,"2010

---

❶ 《科技导报》2004年第11期。

年中线通水"，"届时，北京人将坐在家中喝到长江水"。笔者认为，南水北调中线工程(以下简称中线工程)，依托丹江口水库为取水口是不适宜的，为确保将来持续有水可调，必须另行选择中线调水工程的取水口！

一、中线调水不宜依托丹江口水库为取水口

中线调水工程拟依托丹江口水库为取水口，是 20 世纪 50 年代提出并开始规划的。然而，随着时代的发展、人与自然环境系统的巨大变化，可谓彼一时也，此一时也。就是说，汉水流域将面临由过去"富水"，逐渐沦为并不富水甚至缺水的地区。因此，中线调水工程已不宜选择丹江口水库为取水口。

时下中线调水规划的要旨是，加高丹江口水库的现有大坝，拦截丰水期大约 140 亿立方米的弃水，并以此为水源，沿伏牛山和太行山山前平原开凿引汉总干渠，全线自流引水，在郑州西部穿越黄河抵北京玉渊潭。全长 1241 公里，黄河以南长 466.1 公里，不通航渡槽 10.2 公里；黄河以北长 764.7 公里。沿途可居高临下自流供水到华北平原，供水范围涉及湖北、河南、河北、北京、天津五省(市)，近期年均引水量 145 亿立方米，后期拟从三峡引水，调水量累计可达 220 亿～230 亿立方米。

中线调水的水源来自于汉江。汉江是一条水资源比较丰富的长江支流，丹江口水库之水，来自于汉江上游河段、陕西境内的秦岭、大巴山之间，河流长约 925 公里，集水面积 9.52 万平方公里。资料表明，湖北钟祥碾盘山站年均径流量为 539 亿立方米，年均流量 1710 立方米/秒。汉江径流年际变化较大，最大最小年径流量相差约 6 倍。径流主要来自汛期(7～10 月)，占年径流量的 65%。丹江口水利枢纽工程位于汉江上、中游的结合部，库容 209.8 亿立方米，其中防洪库容为 78 亿立方米，总装机 90 万千瓦。

丹江口水库一期工程已建成的大坝，坝顶高程为 162 米，大坝总长 2.5 公里，最大坝高为 97 米，丹江口坝下水面高程为 65 米。该工程控制流域面积 9.52 万平方公里，占全流域面积的 60%。人们之所以选择丹江口水库为取水口，其原因是汉江汛期，丹江口水库大约还有 140 亿立方米的弃水，如果将大坝加高 14.6 米，正常蓄水位抬高 13 米，达到 170 米，就可把这笔"富裕"的弃水蓄起来，增加库容 116 亿立方米，成为南水北调的水源。若从"坝上"调水，可以实现自流；若从"坝下"调水，要修建数十米高的提扬工程。然而，无论采取哪种方案调水，依托丹江口水库为取水水源，从未来发展看，其实都是欠妥当的。

把丹江口水库作为南水北调的水源，最大缺陷是没有考虑汉江上游地区即陕西汉中、安康、商州三个地区的未来发展问题。丹江口水库上游的支流主要有两条：一是汉水，流经汉中、安康地区；二是丹江，流经商州地区。其中汉中地区有1市10县、安康地区有1市9县、商州地区有1市6县，人口累计超过900多万。以上三个地区，目前属于陕西相对贫困的地区，几乎没有像样的工业。随着开发大西部的全面展开，汉中、安康、商州国民经济全面起飞，作为上游集水区，层层拦蓄，用水量急剧增长，进入丹江口水库的水量将会锐减，丹江口水库的调水水源，将来是没有保证的。据商州的一些同志讲，童年时所见到的丹江水流很大，常常在河里捞鱼，现在看到的丹江，则往往河流没有水。是可作为中线调水拟取水于丹江口水库的预警。

若进一步分析，以丹江口水库为取水口，还会出现如下不利因素：

（1）丹江口水库最大年发电量达54.12亿千瓦时（1975年），年平均发电量38.3亿千瓦时（实际约40亿千瓦时），保证出力25.9万千瓦，具有110千伏、220千伏两个电压等级的配电系统。1980年华中电网成立以后，丹江口水电厂成为华中电网主力调频、调峰厂，担负起电网繁重的调频、调峰和事故备用任务，为电网的安全稳定，为华中地区工农业发展和人民生活水平的不断提高做出了重大贡献。若从坝上调水，会闲置丹江口水库90万千瓦水电发电机组。同时，对下游水利枢纽的发电设施也会带来不利的影响，如老河口王甫洲枢纽工程之低水头发电设施，年发电量为5亿度；碾盘山枢纽工程，也难充分发挥其发电效益。

（2）"坝上"取水，必丧失"坝上"航线（水库装有150吨升船机，航程在330公里以上，可达陕西旬阳、安康、汉阴、石泉）与"坝下"航线。坝下取水，必丧失坝下航线（长858公里，可抵汉口），其中丹江口至襄樊326公里可通航150吨级船舶；襄樊至利河口130公里可通航200吨级船舶；利河口以下402公里常年可通航300吨级船舶，500吨级轮船、驳船可季节通航。譬如，濒临汉水的襄樊市樊城区，境内就有梯子口、回龙寺、兴武街等20多座码头，52个泊位，年吞吐能力400万吨。显然调水将使丹江或汉水的航运业从此寿终正寝。若将每年因丧失航运而构成的经济代价计入调水的全成本,其水价之高恐怕绝大多数用户都难以承受。

(3)无论从"坝下"还是"坝上"调水,都将影响汉江流域的淡水养殖业。若从坝上调水,势必丧失库内的淡水养殖业,对汉江上游水生资源,也将产生不利影响,如安康境内鱼类便有 6 目 13 科 93 种之多。汉水流量不足,汉江中下游以浮游生物为主食的小型鱼类将锐减或消失,"四大家鱼"繁殖期也将受影响。由于生态环境变化,汉江中下游仅有的经济洄游鱼类鳗鲡、长颌鲚以及珍稀鱼类胭脂鱼、白鲟等,可能将遭到灭顶之灾。毗邻汉水的养殖业也会受到损害,如天门市是湖北省渔业生产十强县市之一,其汉江左岸,有可养殖水面 20 万亩,适宜集约化养殖,年产鲜鱼 7 万吨。假如汉水流量急剧衰减,地下水位降低,毗邻汉水的可养殖水面将会枯竭、消失。

(4)汉江将成为一条小溪,造成中下游工农业生产发生水荒。丹江口水库以下,汉水直接流经的市县有:老河口市、谷城县、襄樊市、襄阳县、宜城市、钟祥市、潜江市、天门市、仙桃市、汉川县、武汉等 8 市 3 县。汉江是湖北省主要饮用水源,汉江中下游地区人口达 2200 万,占湖北全省人口的 1/3 以上。1997 年,汉江中下游地区国内生产总值占湖北全省的 45.4%。假如汉江变成一条小溪或发生断流干涸,仰仗汉水滋养的这些市县,工农业生产与城乡生活用水将受到致命的威胁,尤其是武汉市数百万居民,60% 的生活用水(即自来水)取自汉江,武汉国民经济可持续发展亦将受到严重影响。仅潜江以下用汉水灌溉的农田达 600 万亩,2000 年春遭遇大旱,农田灌溉用水就受到了严重的影响。

(5)假如汉江上游来水锐减,汉江中下游工农业污水、生活废水汇入汉江后,水环境将难以维系自净能力,水质将发生严重的恶化,汉江所剩的水资源从此根本无法利用。据《科学时报》1999 年 8 月 9 日转引《长江日报》公布的最新调查资料显示,汉江湖北段 8 条支流已有 5 条大部分断面水质超过五类水体标准,丧失了使用功能。而汉江武汉段现有工业及生活污水排放口 17 个,年污水排放量达 4425.3 万吨,数度发生水体浮游植物疯长,产生类似于海洋赤潮的"水华"现象,水体变为深褐色。

《中国环境报》、《西安晚报》2000 年 3 月 18 日报道:汉江自 2 月 25 日起,水体开始发生变化,藻类急剧繁殖,截至 3 月 2 日,藻类含量已由过去平均 300 万个/升骤增至 4400 万个/升,水体成为褐色,呈现"水华"的江段长度达 300 多公里,以武汉江段最为严重。武汉四家以汉江为取水水源的自来水厂,不得不采取紧急措施,不惜成本做净化处理。3 月 8 日至 9 日,湖北省环境监测中心站对汉江中下游江段进行监测,结果表明,硅藻和绿藻各占 40% 左右,蓝藻、裸藻、甲藻和隐藻约占 20%,多数藻类属中污型,说明汉江干流污染严重,富营养化程度逐渐加剧。因水藻形成几何倍数增长而导致所谓"水华",通常出现在静止的湖泊或死水之中。汉江作为一条流动的大河,开始频繁发生"水华"现象,实质是为国人预警了上游用水日益增长并叠加汉江水资源大规模外调后必将出现的生态景象,届时汉江势必彻底丧失饮用、灌溉、养殖、观赏旅游等使用功能。

有必要指出的是,近来湖北省环境科学研究院、武汉大学水利电力学院提交的《南水北调中线工程对汉江中下游环境影响研究》(参见《长江日报》2001 年 6 月 25 日)亦认为:"汉江中下游灌区是我国粮、棉、油的商品生产基地,调水后汉江干流水位下降,引水条件趋于恶化,整个灌区的农业生产及农业生态环境将会受到影响。汉江支流东荆河将有 70% 时间断流。""调水后,汉江中下游流量将减小 35%～40% 左右,会降低江水对生活污水、工业废水等的稀释自净能力,使水质总体有所下降。武汉江段水体可能会由现在的二类水体下降至三类水体。汉江'水华'发生率将提高。"

(6)未考虑气候变化即干旱年份丹江口水库的实际供水能力。据北京气象学院章淹等先生 2000 年提供的数据,丹江口水库多年平均入库水量为 383.4 亿立方米,平均年蒸发量为 2.213 亿立方米,保持正常蓄水位的相当库容量为 174.5 亿立方米。通过对丹江口水库的来水量进行建模分析,保证率大于或等于多年平均来水量的年份仅占 43%,10 年一遇的大旱年入库水量为 218.4 亿立方米,百年一遇的特大旱年入库水量为 133.0 亿立方米。

遇到持续旱年时,丹江口水库来水量将会锐减,中下游用水将出现短缺。例如,1965～1966 年,汉江和南阳(有唐白河水系汇入汉江)一带出现范围较大的中等干旱,到 1966 年,丹江口水库的入库来水量剧跌了 78%,只剩下 179.1 亿立方米,不足多年平均量的 1/2,仅稍高于维持水库自身正常蓄水位的水量。又如,1976～1978 年汉江上游汉中、郧县等地出现干旱,1991～1995 年汉江上游安康、汉中出现持续干旱,水库的来水量跌至 300 亿立方米以下,其中 1995 年入库水量为 217.14 亿立方米。不难看出,用丹江口水库多年平均入库水量(383.4 亿立方米),减去中等干旱年份实际来水量(小于 300 亿立方米),干旱年份丹江口水库,入库水量比正常年份大约要减少 83 亿~166 亿立方米。可见,若出现中等持续干旱的年份,丹江口水库实际上也没有多少水资源可供外调。

需要一提的是,清华大学水利水电工程系谷兆祺等先生(2002)也指出了中线调水必须上马补水工程的问题,或者说中线丹江口未来存在严重的水资源不足问题。他们说:"之所以要引江济汉,可归结为两点:一是丹江口上游来水量的变化,自 1991 年至今,多年平均来水量锐减为 280.27 亿立方米,比自 1933 年至 1998 年的平均来水量 393.3 亿立方米减少了约 113 亿立方米;二是随着国民经济水平的发展,丹江口上下游汉江流域的用水量呈增长的趋势,包括工农业、城市用水量的增加和满足下游航运发展要求所需的水量,从发展的眼光看,丹江口下游的年用水量在 240 亿立方米左右。显然,若实现中线调水量 150 亿立方米的目标,引江济汉势在必行。"

南水北调中线工程是我国"十五"规划建设的一项重要的战略性基础设施,是仅次于三峡的特大型项目,对国民经济和社会发展意义重大。对国家重大工程提出不同的意见,建言献策,见仁见智,表现了专家学者的社会良知,也是社会发展进步,科学民主深入人心的具体表现。

三 新移民

水库移民是决定水利水电工程顺利建设及高效运行的关键,涉及政治、经济、社会、人口、资源、环境、工程技术等多项领域,是一项跨领域、多学科的庞大系统工程。移民问题解决的好坏,不仅直接关系到水利水电工程的顺利建设,更重要的是关系到广大移民群众的切身利益,关系到社会秩序稳定。在某种意义上说,移民问题处理得是否妥当,直接影响到中线工程的进展。

丹江口水库建设一期工程的移民给人们留下惨痛的记忆,随着二期工程的开展,移民工作再次呈现在决策者面前。

南水北调中线工程大坝加高工程完工后,丹江口水库正常蓄水位将由 157 米提升至 170 米,移民高程将由 159 米提高到 172 米,水库淹没面积由

745 平方公里扩大到 1052.7 平方公里,水库库容由 174.5 亿立方米增加到 290.5 亿立方米。据长江委 2003 年淹没实物调查指标,大坝加高后,将新增淹没和影响面积 302.5 平方公里,新增淹没耕园地 25.6 万亩,淹没房屋 621.2 万平方米,河南、湖北两省需要移民搬迁 32.8 万人,这是继长江三峡移民之后中国第二次大规模的水库移民。

中线工程千难万难,其实最难的问题就是移民。移民安置牵涉到几十万百姓的生产生活,牵涉到社会的安定,牵涉到党和政府的威信,这等大事,不容人不想,更何况,一期移民都还在,他们有的这一次又要搬迁,过去的阴影挥之难去啊。这一次移民多达 32.8 万,这 32.8 万人将被迁往 50 多个外地区县和农场。

与一期工程相比,中线工程的移民费用有了明显的提高。2005 年,南水北调中线工程《可行性研究总报告》(以下简称"可研总报告")完成时,估算移民投资约 450 亿元。2006 年 9 月 1 日,国家正式施行新修订的《大中型水利水电工程建设征地补偿和移民安置条例》,根据条例,耕地土地补偿费和安置补助费之和为该耕地被征收前三年平均年产值的 16 倍,并可进一步提高标准。南水北调中线工程是第一个采用 16 倍标准的大型水利工程。该条例还将水库周边淹没线以上属于移民个人所有的零星树木、房屋等也纳入补偿范围,而此前这些都是不予补偿的。此外,由于社会生活水平总体的提高,为保证移民生活水平不低于搬迁前,移民补偿的物价指数也需调整。如此算下来,移民费用很可能还会有一定幅度的增长。移民经费的增长,具体体现了党中央"以人为本"的思想。2002 年 5 月 8 日至 11 日温家宝视察中线工程时强调:

> 要切实解决南水北调工程的突出问题:一是生态问题;二是移民问题,三是节水问题。要把能否妥善安置好移民工作作为工程是否成功的一个重要标志。移民工作要坚持"安置好,稳定住,能致富"三项原则,核心是能致富。

从当年的周总理到今天的温总理,共和国的两任总理都强调"要妥善安置好移民",但周总理的"妥善安置"由于时代原因未能得以实现,今天接过总理接力棒的温总理决心要推行了。

这是一份湖北省人民政府关于南水北调中线工程丹江口库区移民试点工作的鄂政办发〔2008〕78 号文件,这份文件没有空喊的高调,对移民试点工作安排具体,各相关部门责任明确,处处考虑到移民的生活实际,"以人为本"、"妥善安置"的指导思想被具体物化了。对比一期工程时那些移民安置的文件,使人不禁有隔世之感。摘录于下,供读者比对阅读:

……南水北调工程是缓解我国北方地区水资源短缺、优化水资源配置的战略性工程。根据国务院南水北调工程建设委员会的统一安排部署,经省人民政府同意,现就做好南水北调中线工程丹江口库区移民试点工作有关问题通知如下:

一、试点任务和工作安排

(一)试点任务。丹江口库区农村移民规划出县搬迁建房人口 10180 人,其中生产安置人口 10108 人,涉及丹江口市六里坪、均县、习家店和郧县安阳等 4 个乡镇,分别外迁安置到襄樊市襄阳区 975 人、枣阳市 379 人、宜城市邓林农场 3227 人、荆门市屈家岭管理区 2092 人、团风县黄湖农场 3507 人。规划搬迁大坝施工影响区内 11 家单位、3 家企业、871 人在丹江口市内安置复建,影响移民搬迁的控制性交通复建项目有丹江口市习均大桥和郧县汉江二桥建设。

(二)工作安排。2008 年 11 月至 2009 年 2 月完成外迁移民安置区居民点"三通一平"基础设施建设和学校、医院的增容工作,2009 年 3 月开始移民自主建房,2009 年 9 月底前完成移民搬迁安置和外迁安置区责任田划分工作,农田水利设施基本配套,确保移民能够住新房、有田种,移民子女能够在外迁安置区入学。2008 年 11 月启动大坝施工影响区搬迁复建工作,力争 2009 年春节前完成。启动丹江口市习均大桥和郧县汉江二桥的前期工作,力争在库区大规模搬迁前完成建设任务。

二、指导思想、基本原则和目标

(一)指导思想。以党的十七届三中全会为指导,深入贯彻落实科学发展观,切实维护好移民的合法权益,确保国家制定的移民搬迁安置任务如期完成,确保移民收入高于现在、确保移民生活水平好于现在、确保移民生存环境优于现在,实现移民群众眼前利益与长远利益的统一,促进库区、安置区经济社会可持续发展。

(二)基本原则

1. 规划先行。在国家和省南水北调移民试点规划的基础上,库区和安置区各级政府要制定试点工作方案和实施计划,将安置村建设和新农村建设结合起来,纳入当地新农村建设示范工程。

2. 统筹兼顾。坚持以农业安置为主、其他安置形式为辅,做到"四个结合",即:解决好移民的困难与维护好长远利益相结合,国家帮扶与移民自力更生相结合,前期补偿补助与后期扶持相结合,顾全大局与兼顾国家、集体、个人利益相结合。

3. 各负其责。移民搬迁工作由库区各级政府负责,控制性项目由所在县(市)负责,安置和后续生产生活由安置区各级政府负责,各项政策落实由相关主管部门负责。

4."三优"扶持。按照"优越、优先、优厚"的要求,对移民和移民新村建设实行优惠政策,原有规划和计划优先安排,重点倾斜;现有政策要作好衔接,未来政策调整要优先保障,限制性政策适度放宽。

(三)基本目标。确保移民"搬得出、稳得住、能发展",实现"五个一"的安置目标:

1. 每人有一份稳产高效的口粮田,解决移民吃饭问题。安置区政府要通过调整土地,搞好土地整理和农田水利设施配套,确保每人有不少于1.5亩稳产高效的口粮田。

2. 每户有一个良好的居住环境,解决移民安居问题。安置区政府要按照统一规划、分户自建的原则建设移民安置住房,统筹规划建设饮水、供电、道路、广播电视、学校、医院等配套设施,使移民有一个生产方便、生活便利、设施齐全、环境优美的居住环境。

3. 每户建一口沼气池,解决移民烧柴问题。通过统筹国家补偿、省里补贴和移民个人的投入,每户新建一口沼气池。

4. 每人享受一份国家后期扶持补助,解决移民生活困难问题。按照国家现行的后期扶持政策,移民从完成搬迁之日起纳入后期扶持范围,每人每年直补600元,连续扶持20年。

5. 每户培训转移一个劳动力,解决移民就业问题。在移民自愿的基础上,对符合条件的移民户,通过政府引导,优先免费订单培训,平均每户培训转移一个劳动力。

三、扶持政策

(一)支持移民试点村建设政策。省有关部门和安置区各级政府要把移民试点村建设与新农村建设结合起来,大力支持移民试点村建设。

按照"用途不变、渠道不乱、整合使用、各计其功"的原则,项目优先向安置区安排,资金向安置区倾斜,并戴帽下达到移民试点村,确保不挤占原有计划指标,着力改善移民生产生活条件。省交通厅要把移民试点村道路建设纳入"十一五"规划,并安排建设补助资金;省扶贫办要把"国家和省级贫困县整村推进"项目向移民试点村倾斜;省建设厅要将移民试点村纳入全省"百镇千村"示范工程范围,对村庄规划、建筑风格、村庄环境整治给予指导,并在"百镇千村"示范工程专项补助资金安排上予以支持;省卫生厅要优先将移民试点村村级卫生室建设纳入建设计划。

(二)扶持移民农业生产政策。省有关部门要加强协调,大力支持库区安置区发展农业生产。省发展改革委要在安排建设项目时向库区安置区倾斜;省财政厅要对库区安置区农业综合开发项目申报予以支持,对外迁移民所涉及的上级财政补助和地方配套资金部分,由迁出地和迁入地政府共同确认各项基数后,省级财政下达各项指标时予以划转;省国土资源厅要在统一规划的前提下,支持库区安置区高产农田土地整理项目建设;省农业厅要重点支持库区安置区的优势特色农业板块基地和农村沼气池国债项目建设;省水利厅要把库区安置区的农村安全饮水工程和农田水利建设优先纳入计划;省林业局要将2009年5个移民安置区各50万元的新村绿化资金落实到位,并加强技术指导;农业发展银行要加大对库区安置区农业开发和农村基础设施建设的信贷支持力度。

(三)促进移民就业创业政策。各地、各有关部门要高度重视移民就业创业工作,落实移民就业专项资金扶持和移民享受省有关再就业扶持政策,在同等条件下优先做好移民就业。库区安置区有关部门要为参加转移就业培训的移民提供培训补贴,免费介绍就业,实现平均每户培训转移一个劳动力目标。农村金融机构要创造条件,为自主创业的移民提供小额担保贷款;要积极扶持和引导移民发展特色农业、高效农业、生态农业,切实增加移民收入,改善移民生产生活条件。

(四)惠农政策的对接和延续。库区安置区政府要做好政策衔接工作,确保国家和省各项惠农政策的执行在移民外迁安置的过程中不间断。在移民外迁安置的当年,各项政策由库区政府落实,次年由安置区政府落实,保证移民享受与安置区居民同样的惠农政策,安置区政府为接收移民增加的经费报省财政审核后,统筹安排解决。各有关部门要按照各自的职责做好外迁安置相关政策和手续接转工作,按照国家政策搞好户籍迁移、优抚救助、行政区划、退役士兵安置、计划生育、合作医疗、后期扶持等资料交接。

(五)移民搬迁有关税费减免政策。外迁移民搬迁运输车辆和试点县(市、区)、乡镇移民工作用车凭省交通厅和省移民局的证明,在通过路桥收费站时免交车辆通行费;外迁移民搬迁携带的自有的零星竹木及制成品等,在出具库区县级林业和移民部门证明文件后免费放行;外迁移民搬迁携带的自有畜禽,在出具库区县级农业(畜牧)和移民部门证明文件后免费检疫放行。移民居民点建设免收行政性收费和减收服务性收费,免征移民住房建安营业税;移民个人购买一处自住房屋免征契税(不再另行规划宅基地)。移民在安置区办理承包土地、住宅用地、户口迁移、机动车辆和联合收割机农用机动车(具)异地过户、行车证和驾驶证及身份证换证、房产登记手续,只收取工本费。免收移民用电用水的增容费和开户费以及电力、邮电通信、电视网络等集资费。

(六)移民村组干部待遇政策。移民外迁后担任村组干部的,享受与安置区当地村组干部相同的待遇。现职的村组干部外迁后没有任职的,若符合库区或安置区享受退职干部待遇条件的,按安置区退职干部享受待遇;不符合享受退职干部待遇条件的,享受原迁出地现职干部经济待遇至本届期满,任职年限连续计算。已享受库区退职待遇且搬迁后未任职的村组干部,保留其库区有关待遇。所需经费上报省财政审核后,统筹安排解决。

(七)公职人员随迁安置政策。公职人员的父母、子女或配偶是外迁移民的,由本人自愿选择或迁或留。如果公职人员本人要求随迁的,其工作关系有关库区和安置区县级劳动保障、人事部门要相互衔接,由安置区负责给予妥善安排。

(八)移民学生入学升学优惠政策。搬迁当年,安置区县级政府要妥善安排解决移民学生外迁后上学问题。义务教育阶段的,按照就近入学的原则,安排到其辖区公办学校同年级就读,自愿留级的按照学籍管理规定办理;高中教育阶段的,按照同级同类互转的原则,由安置区县级政府落实学校就读。要重视特殊学生的教育。移民学生中招录取时,给予适当照顾。省教育厅要研究移民学生中招、高招优录政策。

（九）其他支持政策。按照国家和省林权制度改革的有关规定，由省林业局会同库区县级人民政府研究妥善处理好外迁移民淹没线上承包的园林地及附属林木问题。库区县级政府要妥善处理涉及移民群众的债权债务问题。五保户原则上以原籍县内安置为主，本人自愿出县外迁的，在安置区实行统一集中供养。除此之外，规划外迁人口必须外迁。外迁安置到屈家岭管理区、黄湖农场、邓林农场的农民，其农民身份不变。

四、组织领导

（一）加强领导，明确责任。成立湖北省南水北调中线工程丹江口水库移民工作领导小组，负责移民工作的组织领导、协调和检查督导。库区和安置区市、县也要成立相应的领导小组。县级政府是移民试点的实施主体、工作主体和责任主体，要落实"五为主"的管理责任，即：农村移民搬迁以所在地乡镇政府为主，集镇搬迁以所在地政府为主，单位搬迁以单位为主，企业搬迁以企业法人或所属主管部门为主，专业项目复建以行业主管部门为主。搬迁移交前移民工作由库区政府负责，交接后移民工作由安置区政府负责。黄湖农场、邓林农场的移民安置，由省移民局牵头，会同库区安置区政府和农场组成移民安置工作协调小组，统一协调，共同安置。移民居民点的规划建设和落实生产资料以农场为主，社会事务管理以当地政府为主。

黄冈市团风县是一座历史文化名城。东汉末年，魏、蜀、吴三国鼎立，曹操为进击江东，在长江北岸大别山南麓一处叫乌林的地方囤积粮草。一个月明星稀的晚上，曹操在江船上大宴宾客，他南望樊山，北顾乌林，踌躇满志，横槊赋诗，写下著名的《短歌行》抒发自己的政治抱负。

曹操所在的乌林，就是今日的团风县。团风县城至今尚有一条"粮道街"，相传就是曹操屯兵团风的粮库。县城团风镇是一座临江历史名镇，这里地势险要，扼守江口，历来是兵家必争之地，朱元璋与陈友谅为争天下，在这里有过一场恶战。团风物华天宝，人杰地灵，唐代尉迟恭、杜牧，北宋文豪苏东坡，明朝开国皇帝朱元璋，太平天国李秀成等都曾在团风留下历史的身影。为中国革命做出过重要贡献的张浩、著名军事家林彪、著名地质学家李四光、著名文学家秦兆阳都诞生于此。从公元 2009 年 9 月起，这个历史名县就要与500 公里外，长江汉水一水相连的另一个历史名县郧县结成"儿女亲家"。根据湖北省政府的安排，团风县黄湖农场负责安置郧县安阳镇青龙、龙门堂、余咀3个村3507名丹江口水库移民。县政府要求2009年9月底以前做到"三通一平"(路通、水通、电通、宅基地平)基础设施建设和学校医院扩容。责任田划分,农田水利设施配套,每人不少于1.5亩口粮田。

黄湖农场是一个经过多年建设,土地平整,水利设施较为完备的大农场,这里地广人稀。距县城不到十公里。按照湖北省的安排,从2009年4月1日起,一条从县城直通移民点的新等级公路已经开工建设。安民须安心,安心须识人。500公里外的团风是何模样?生活习俗、风土人情、耕作制度、种植模式等生活生产问题都是移民也是将要把移民送出去的十堰市市委市政府所关心的。十堰市市委书记陈天会强调:

> 移民工作情况复杂、任务艰巨、时间紧迫,试点工作具有很强的基础性和导向性,必须举全市之力,确保成功;要把移民试点工作作为"一把手工程"来抓,全市动员,县为主体,各方配合,为移民办好事、办实事;要坚持正确的导向,统一政策口径和宣传口径,一把尺子量到底,工作方法要创新,但执行政策不能走样。通过一系列措施,使移民试点工作务求必胜,务求全胜。

为了了解情况,陈天会与市长张嗣义亲自带领郧县县委县政府主要领导和郧县移民代表组成"移民考察团"一起来到团风黄湖农场,为移民前来"打探"、"相亲"。

除了市里、县里领导亲到安置地打探外,为了让移民们对自己未来的生活地点有详细的了解,郧县又先后分批次组织移民代表到团风县黄湖农场实地考察。《十堰日报》以《郧县组织移民实地考察,选派干部对接服务》为题报道:

> "迁入点实地看过了,条件不错,现在我们已经做好了搬迁准备。"4月22日,郧县安阳镇余咀村移民赵久富告诉记者。年初,该县先后组织包括他在内的将外迁的3个村200多名移民代表,深入黄冈市团风县黄湖农场,实地察看当地的条件,征求他们的意见建议。
>
> 据悉,南水北调中线工程丹江口库区移民外迁试点涉及郧县安阳镇龙门堂、青龙、余咀3个村857户3507人,迁入地为黄冈市团风县黄湖农场。按省、市要求,8月初试点移民将全面启动外迁,9月底前搬迁结束。
>
> 为确保搬迁工作顺利开展,郧县县委、县政府多次深入实地与团风县对接沟通。4月2日,该县正式与团风县签订了友好县协议。一周后,该

县又从县南水北调办公室和安阳镇选派 2 名领导干部抢先移民一步"迁入"团风县,在当地政府部门挂职开展搬迁服务工作。正在团风工作的郧县南水北调办公室副主任鄢延春电话告诉记者,目前他正和当地干部一同努力为移民搬迁搞好无缝对接服务工作。全过程公开透明政策,最大限度保护好移民利益。去年以来,县政府印发 2000 多本移民政策手册,在安阳镇设立移民政策咨询点,在 3 个移民试点村设立群众举报箱,零距离接受群众对移民工作的监督,对淹没实物指标、补偿标准、安置方案实行调查前、调查中、调查后三次张榜公示,县、镇、村三级干部包户为 857 户外迁移民提供服务,把实物补偿明白卡送上门,面对面讲解政策,听取意见。目前,移民外迁各项工作正稳步有序推进。

"作为一名村党支部书记,我们村'两委'将积极响应、主动配合,做好外迁试点移民的思想工作;作为一名移民外迁对象,作为一名党员,我将率先搬迁,给群众带好头,以自身行动响应'国家行动'。"

"我们村大部分移民都是二期移民,虽然少部分群众有情绪,但我们绝不拖国家后腿,坚决服从'国家行动',动员党员干部率先搬迁,确保我村移民工作不出问题。"

3 月 25 日,在安阳镇召开的郧县移民外迁试点动员会上,该镇余咀村党支部书记赵久富、龙门堂村党支部书记刘纪武等的表态发言铿锵有力,赢得了与会人员的阵阵掌声。

南水北调中线工程丹江口库区移民试点,涉及郧县安阳镇龙门堂、青龙、余咀三个村 857 户 3507 人。按要求,8 月底前,他们将外迁至黄冈市团风县黄湖农场。为确保工作顺利开展,郧县县委、县政府 3 月 25 日在安阳镇召开由移民代表、全体镇干部及县直包保单位负责人参加的动员大会,正式拉开了移民外迁试点工作的序幕。

"我今年 51 岁,上有 80 岁的老母亲,下有正上大学的孩子,妻子残疾,家中生活非常困难。这次搬迁已是我家第二次搬迁,虽然我们不情愿,但国家想到了我们的困难,安置点地理条件优越,适宜后代成长发展,我一定要努力说服老母亲舍离故土,远迁他乡,决不让政府为难。"龙门堂村移民王元恒一番朴实的话语,让在场人员动容,再现了库区移民舍小家为大家的高尚精神。

据了解,像王元恒家一样,这次郧县试点外迁移民 70% 为二期移民,为难情绪在所难免。对此,今年以来,郧县县委、政府采取"五个一"措施,大力开展政策宣传,即每户移民发一本移民政策手册,发一张人口和实物补贴明白卡,每户定一个包保单位,定一名包户干部,在安阳镇设立一个移民政策咨询点。通过宣传,移民群众疑虑顿解。

"移民对国家做出重大牺牲,对我们地方做出过巨大贡献,我们作为移民'娘家人',移民的事就是我们的事,移民的困难就是我们的困难。"听了移民群众的发言,县长胡玖明真情地对广大干部说道。他要求对移民要真情、真心、真动,用行动支持移民,用真情感化移民,确保实现平安移民、和谐移民,确保实现搬得走、稳得住、能致富的整体目标。目前,各项工作正在有序推进之中。

为切实帮助安阳镇4000余名搬迁移民实现顺利就业,郧县劳动保障部门主动深入实地考察了团风县当地企业用工生产情况,与当地有发展潜力的企业沟通协调,签订了劳务用工协议,回来后对3个移民试点村的200名村民免费组织了电焊、裁缝等技能培训,培训合格后的村民将被输送到团风县5家企业就业。

尽管政府做了大量的工作,但历史上移民搬迁的阴影让新移民们对远方的"新家园"总有一些担忧,他们希望通过民间交往的手段来了解安置地的真实情况。不少郧县安阳的年轻人通过互联网发帖了解团风黄湖农场的情况,面对500公里外的电子探寻,黄湖农场的一位叫"丝路梦"的网友回帖:

> 看到上边的一些担心。我是这样看的。我老家也在黄湖边上,对那个地方很熟悉,目前居民区的这个规划很超前,将新农村建设一步到位了,这个点将来也是全国水库移民的示范点,所以肯定是很漂亮的。关于各地的工具、农具,这个要与时俱进,房子做成像城里一样的,家里自然会重新布置安排,这些小节应该不成问题。包括生活习惯,我们这儿跟你们那儿都有很大不同,我们这里很多农民家都用煤气了,不用秸草柴把,家里就很干净。我们这儿全部是大田大畈,机械化耕作搞了好多年了,各村都有国家补贴的农机合作组,割谷插秧全部用机械,你们那儿不知道种不种稻谷?我们这儿是油、稻、稻一年三熟,"两湖熟,天下足"的所在区域。所以不用太担心,唯一有问题的是时间,国家南水北调工程比规划听说推迟了好几年,好事多磨。

> 现在还没有开始建房,相当于一个建制镇的配套设施,文化、娱乐、教

育、医疗、卫生设施全部是新修的。

2009年5月29日，这位网友还在网上发了很多黄湖农场的照片，从照片上看，道路正在建设，农田开阔平整，5500亩的大田全部用机械化操作，绿油油的麦子已经丰收在望，水利灌溉设施齐全，黄湖的确是一个美丽富饶的地方。

民间的交流可以作为官方宣传的补充，在某些时候，或许比官方的文件还有说服力。

按照计划，南水北调中线工程需移民近32.8万，其中，湖北省丹江口市移民近16.2万人，几乎占到了全市的一半，按计划，移民将在从2009年起至2013年共4年内完成，也就是说，平均每年要搬迁4万人，每月平均3500多人。每月3500人搬迁，组织安排，送往迎来，解决各种问题，这个县级市的压力可想而知。最先迁移的是大坝周围施工工地需要动迁的移民。

71岁的王朝礼老汉睡不着，凌晨4点钟就起来了，按照老习惯，他坐在门口，外面的天还是墨黑墨黑的，虽然什么也看不见，王老汉还是向外看着，他坐在家门口看着汉江两岸南来北往的车船已经整整20年了。王朝礼一家是南水北调中线工程库区移民的第一家，今天他们家就要搬迁到新的移民安置点，这是他最后一次坐在这里守望汉江了。

40年前，王朝礼一家住在郢川公社金岗大队，1965年，在大水的撵赶下，他们一家和成百上千的移民一起，痛哭失声地离开了家乡，搬迁到了湖北的宜城县。改革开放后，王朝礼一家从宜城返迁回了丹江口，住在三官殿。经过几十年的努力，王朝礼一家的生活发生了很大的变化，家里盖起一座两层楼房，还没来得及装修，长江委的测量队就来了。他得知，大江大坝要加高，丹江口水库里的水要调往北京，自己的住房正在大坝加高的施工通道上。这就意味着，自己的家还要搬迁。但说搬却没有了动静，问上面，说是要等一等。这一等就等了12年。2005年临近过年，政府要求他们家首先搬迁，以便建设大坝加高施工通道。早就说要搬，今天这一天终于来到了。搬就搬吧，反正不是第一次了。这一次，他们要作为中线工程第一户带头搬迁，王朝礼感到挺自豪的。

凌晨6点，儿媳妇开始起来做早饭，明天就要在新的过渡房中做饭了。饭做好后，一家人坐在一起吃饭，气氛较沉闷，谁也没有说话。吃过早饭，王朝礼在屋里来回转，反复打量要搬的东西。虽然各种家什在街道办事处的人帮忙下早已清点包装好,屋里显得有些空空荡荡,但王朝礼仍旧在不停地上下来回转。

上午8点整,街道办事处的王书记和几位领导来了,搬家的车也来了,车上扎起了红花,挂着标语"顾大局,舍小家,服务南水北调",不一会左邻右舍、亲朋好友都来了,王朝礼家热闹起来。他想起了40年前的搬迁,那时家里一贫如洗,搬迁时左邻右舍哭声一片,现在和那个时代真是不一样了。9点钟,湖北省移民局副局长段世耀和丹江口市的领导都来了。段世耀拉着王朝礼的手问他有什么要求。王朝礼生平没和这些大官接触过,有些局促,但他仍说出了自己的心里话:没什么要求,政府为我们搬迁准备得很周到,只希望北京人民早日喝上咱丹江的水,作为源头的老百姓,我感到很自豪。听到他的话,大家一阵掌声。接着,来送行的领导们和他一家合影,与市移民局的干部签定搬迁合同,几个漂亮的姑娘将鲜艳的大红花戴在王朝礼和他家人的身上。一件件家具被抬上汽车,有人在院子里噼噼啪啪地放起了鞭炮。突然间王朝礼觉得眼角发潮,不经意间,泪水居然涌出眼眶。汽车慢慢地开动了,王朝礼将头伸出车外,久久地凝望着远处的汉江。

这一天是2005年1月5日,南水北调中线工程水源区第一户移民开始搬迁。❶

孟秀英今年70多岁了,满头白发,但精神矍铄,两眼有神,全家20多口人,儿孙满堂,其乐融融。她家住丹江口大坝胡家岭。胡家岭位于丹江口大坝右岸,根据规划,这里将成为大坝加高建设的工地。2005年5月份,这里的居民都接到了政府的搬迁通知。孟秀英从小在均州城长大,经历了丹江口大坝建设中几次搬迁,提起过去的搬迁,孟秀英仍然心有余悸:"那时政府宣传要搬迁,谁愿意走啊?我们都不动,直到大水涨起来了,我们被政府派人来强制性地送上了船。说是要我们搬迁,到了那里连个房子也没有,也没有给我们搬迁补偿。我们不愿意走,自己跑回来搭了个草棚住下来。以后大坝蓄水,我们又被水撵走,这样来来回回搬了好几次,直到1981年,我们家才在胡家岭住下来。"

---

❶ 2005年4月13日《中华新闻报》,陈华平报道。

经过数次搬迁,孟秀英一家好不容易安定下来,一家人几十年辛辛苦苦地打拼,孟秀英家现在有了一份不错的家业。一片郁郁葱葱的竹林,每年卖竹笋和竹子收入就有 7000 多元;屋后山坡上 200 多棵橘子树,一年橘子收入有一万多元;儿子心灵手巧,会种植盆景,家里的庭院里大大小小有 200 多盆,这些好的盆景,一盆就可卖几十上百元;家里还有两条渔船,每年在水库里打鱼,收入也有好几万。现在又要搬迁,她舍不得一生攒下的家业,对搬迁的补偿政策也不满意,她不顾年纪大,颤颤巍巍地来到丹江口市委讨说法。孟秀英家的特殊情况引起丹江口市委、政府的注意。原市委书记彭承波认为,应该保证移民的合法利益,搬迁工作要做细,不能将小康家庭搬成贫困户,这不符合国家政策。他决定亲自处理孟秀英家的搬迁问题。彭承波数次到孟秀英家查看了解情况,认为对孟秀英的家业应该合理补偿。但补偿政策是刚性的,不能突破。彭承波提出:"资金补偿上有困难,可以给人家一块能够重新发展建设的地方。"他和几名干部一起带着孟秀英的儿子到预定的安置点,帮助孟秀英家寻找适合发展种植园艺技术的地方。

但孟秀英还是不愿搬,她离不开自己的老伴。孟秀英与老伴历经艰难,把一大群孩子拉扯大,两人感情甚笃,彼此相依为命。1993 年,老伴先她而去,孟秀英悲痛欲绝,她将老伴的坟就近安置,常常去看望他。现在要搬迁,老伴怎么办? 她说:"一期移民时,说走就叫我们走了,我的父母、祖宗的坟墓全都沉到江底了,想起这事我就痛心。这一次不能再将他甩下不管了,要搬,先将老爷子的坟安置了我们再搬迁。"

坟墓迁移不是件简单事,按照规定,故去先人的坟墓只能安顿到公墓。但眼下公墓价格暴涨,一块普通的墓地至少需要 3000 元。这次移民,国家的补偿规定只有 300 元。孟秀英家搬迁,损失过大,现在又要她再拿几千元钱来买墓地,工作难度相当大。彭承波了解前因后果后,再次与民政局联系,最终,民政局决定,特殊情况特殊办理。丹江口市政府以心换心,市委书记多次亲自出面排疑解难,孟秀英老人终于在搬迁协议书上签了字。这次搬迁,孟秀英家的房屋补偿和过渡期生活补助一共 89666.30 元,这笔钱比起老人原来的收入少了不少,损失实在是大。尽管非常不情愿,但孟秀英还是搬了。她说:"政策是国家定的,不是我们丹江口定的,彭书记为我们家的事情那样关心,到我们家来了三次,他们的工作有难度。国家的事情是大事,我们普通老百姓要服从国家利益。"

2005 年 6 月 20 日,孟秀英请人为丈夫移坟。丈夫的坟离家很近,只有 400 多米,坟前整理得很清爽,周围松柏环绕。来到丈夫坟前,孟秀英一下子瘫坐在地上,号啕痛哭,悲痛欲绝,她向丈夫诉说为什么要移坟,她向丈夫述说自己和儿孙们的现状,她请丈夫在天之灵护佑自己的儿孙们平安健康。

2005 年 6 月 21 日,孟秀英一家老小 20 余口人在老屋里吃了最后一顿饭,一步三回头地离开了自己的老家,开始了人生中的第六次搬迁。

1926 年出生的江水清是老均县石板滩人,他的人生经历具有传奇性。1946 年,刚刚满 20 岁,他就被国民党军抓了壮丁。1948 年他所在国民党部队在淮海战场投诚起义,江水清甩掉头上的国民党党徽,戴上红五星帽,成为一名光荣的解放军战士。江水清参加过淮海战役、剿匪,以后又跨过鸭绿江,参加抗美援朝,烽火岁月给他留下充满硝烟的回忆:"打济南时,我们部队是主攻,部队冲锋时,敌人的机枪泼水一样满天飞,战友们一排一排地倒下,打到最后,我们连只剩下我和指导员两个人了。那场仗打得真残酷啊。"

"在大别山剿匪,那些土匪仗着地形熟,一个个满山乱钻,大部队抓不住他们,我们化整为零,才把他们消灭。"

"在朝鲜,我在高射机枪连,我们的主要任务是负责铁路警卫,美国鬼子的飞机一来就是几十架,天上乌压压的,那个炸弹啊满天乱飞,为了保护铁路畅通,别人都要进隐蔽部,我们却要在外面和敌机对打,牺牲了多少战友啊,但我们始终保持了铁路畅通。"

复员后,江水清回到丹江,在丹江几十年,他的家来来回回搬了 3 次,这次大坝加高,他又要搬家了。年纪大了,他也不想搬,难过之余,他说:"想到那些牺牲的战友,我心里就难过。我已经 80 多岁了,能顺利地活到今天,这是托战友们的福。国家要搞南水北调中线工程,把我们丹江的水调到北京,要我们搬迁,我听国家的。我年轻时打仗就是为了国家,今天国家需要,我们坚决搬。"

2008 年 3 月 5 日,江水清老人带着当年发给他的淮海战役、渡江战役胜利纪念章、跨过鸭绿江纪念章和抗美援朝胜利纪念章,舍弃居住多年的家园,开始了他人生的再次搬迁。

江水清的行为就是无言的动员。

当然,整个移民搬迁工作并非像这几个例子那样顺利。今日的移民与 50 年前的移民已经有了根本的变化,对于离开故土,他们要对自己搬迁后舍去的和得到的利益反复掂量。

水源地周围全是山区，仅靠种地是无法摆脱贫困的。

丹江口水库建成后，几百平方公里的水面，外加上南有大巴山，北有秦岭余脉的屏障，水源地周边形成了"冬冷而不寒，夏热而不炎"独特的气候环境，这里一年四季气温湿润温暖，光照充足，雨量充沛，适宜种植果树。为了发展经济，水源地周边县市自从 20 世纪六七十年代开始在山坡上栽种柑橘，这里的柑橘色泽橙黄，果皮光滑，果肉无核，酸甜适度，味美可口，品质上乘，色、香、味、形俱佳，现在水源地周边县市已经是中国重要的柑橘产地。2005 年，丹江口市的柑橘种植面积已经达到 20 万亩，全市 14 个乡镇，268 个村都种有柑橘，面积万亩以上、产量 500 万公斤以上的乡镇有 7 个；面积 1000 亩以上的村有 27 个，500 亩以上的村有 90 个。全市拥有国有专业柑橘种植场 12 个，乡镇专业柑橘种植场 35 个，村专业柑橘种植场 238 个，个体专业种植户 2.5 万个，2005 年总产量达到 1.4 亿公斤。每到秋风送爽，水源地周边的柑橘林一片金黄，沉甸甸的柑橘挂满枝头，微风吹过，香飘万里。各地的水果商寻香而至，全国各大中城市的人民便可品尝到水源地风味优美的柑橘。除了行销国内市场，水源地的柑橘还打开了国际市场，俄罗斯、加拿大客商也赶往这里采购。在水源地，柑橘成了当地人民脱贫致富的重要经济作物。除了柑橘外，根据地形与海拔高度，当地百姓们还在水源地周边的山林种植有茶叶、木耳、核桃、香菌等经济作物。

靠山吃山，靠水吃水。丹江库区水面广大，水产资源极为丰富，由于水质极为优良，这里的鱼虾品种丰富，味道鲜美，自然天成，没有任何污染，在市场上极为抢手。丹江口水库中有一种名贵鱼种翘嘴鲌。翘嘴鲌属鲤形目，是一种古老的名贵鱼种，由于生长周期慢，肉质细嫩，味道鲜美，是餐桌上著名的佳肴。唐代大诗人杜甫在《峡隘》一诗中写道"白鱼如切玉，朱橘不论钱"，其中"白鱼"说的就是翘嘴鲌。除了味道鲜美之外，翘嘴鲌还有较高的药用价值，李时珍在《本草纲目》中评价翘嘴鲌的药用功效："可治肝气不足，补肝明目，助血脉。"现代中医学研究证明，春夏季捕获的翘嘴鲌可全鱼入药，其肉性味甘、温，有开胃、健脾、利水、消水肿之功效，可治疗消瘦浮肿、产后抽筋等症。正因为如此，翘嘴鲌价格卖到 50 多元一斤还供不应求。

多年来，水源地周边政府鼓励农民群众上山植树，下水养鱼。山上的树，水里的鱼给农民们带来了可观的收入。从丹江口到十堰市的六里坪、浪河等几个镇,都是靠山面水临公路,距离城区不远,这里的百姓依靠蔬菜大棚、茶叶林果、水里打鱼以及外出务工,家家户户每年都有五六万甚至更多的收入。如此可观的收入使得他们更不愿意搬迁。有人算了一笔账,按照国家的政策,搬到新的移民点,人均仅1.5亩的土地,一家人最多四五亩地。如果是到城郊种蔬菜,日子或许会好一点,要是种粮食,即使按照最好的收成,一亩地不过千斤,一年下来,收5000斤粮食,一斤粮食卖一元钱,也只有5000元钱,扣除种子、化肥,手上还能有多少? 能管住自己吃饭孩子上学就算最好的了。但在这里,山上的林果茶叶、水里的鱼虾收入,该如何计算? 两相比较,搬走要比这里差一大半。如此一算,谁愿意搬? 由此造成一种现象,百姓越富,干部越发愁。

四　为了国家利益

移民搬迁,补偿问题成为一大难题。对于移民搬迁中的财产损失,国家出台了相关政策。

2005年5月23日,丹江口市政府出台《南水北调中线丹江口水利枢纽大坝加高工程坝区施工占地区移民安置实施办法》(暂行):

　　……

　　农村移民安置补偿标准:

　　生产安置费:水田22304元/亩,旱地16208元/亩,菜地28896元/亩,果园18720元/亩,鱼塘17792元/亩,经济林8331元/亩,用材林8158元/亩。生产安置费归村集体所有,主要用于农村农业人口的生产生活安置。

　　农村青苗及林木补偿标准:

　　水田697元/亩,旱地507元/亩,菜地602元/亩,果园1170元/亩,经济林1013元/亩,经核实张榜公示后,一次性兑现到单位和个人。

　　农村移民零星果木补偿,以办事处实际核实的数量、品种、规格,按补偿标准在搬迁时兑现到户,补偿标准为:一类果树(鲜果)挂果60元/株,未挂果6元/株;二类果树(干果)挂果35元/株,未挂果4元/株;用材林大树35元/株,中树15元/株,小树2元/株;竹林1.3元/平方米;苗圃1.8元/平方米;薪炭林1.51元/平方米。

　　农村移民房屋及附属建筑物的补偿标准:

正房砖混 350 元/平方米,砖木 320 元/平方米,土木 249 元/平方米;偏房砖木 212 元/平方米,偏房土木 155 元/平方米;附属房 119 元/平方米;混凝土晒场 31 元/平方米,围墙 34 元/平方米;牲畜栏 150 元/处,粪池 100 元/处,地窖 180 元/处,压水井 350 元/处,普通水井 150 元/口,水池 150 元/处,沼气池 1200 元/处,电话移机费 316 元/部,有线电视 150 元/台,电视接收器 50 元/套,节能灶 150 元/处,由相关办事处兑现到单位和农户。

农村移民搬迁费,以征用正房、偏房面积之和,按 22 元/平方米计算;农村临时住房补贴费,以征用房屋面积(含附属房)按 15 元/平方米计算,由办事处在搬迁时兑现到户。

农村移民过渡期生活补助费,由办事处依据核实的农业人口,进行张榜公示无异议后,按 1200 元/人一次性兑现到户,过渡期不得超过一年。对自愿购房安置的农村移民,从办事处包干的基础设施费中按登记的正房面积 150 元/平方米补助给移民。

农村移民建房困难补助费,以户为单位计算,家庭人口 2 人以下,正房面积达不到 48 平方米的,按农村砖木结构补偿标准补助到 48 平方米;家庭人口 3 人、正房面积不到 72 平方米的补助到 72 平方米;家庭人口 4 人,正房面积不到 96 平方米补助到 96 平方米;家庭人口 5 人,正房面积不到 120 平方米补助到 120 平方米;家庭人口 6 人以上,正房面积不到 144 平方米补助到 144 平方米,超过 144 平方米和调查登记只有偏房的户一律不享受建房困难补助。

城区移民的房屋、附属建筑物的补偿标准为:正房砖混 387 元/平方米,砖木 333 元/平方米;偏房砖木 224 元/平方米,偏房土木 155 元/平方米,附属房 119 元/平方米;围墙 34 元/平方米,混凝土晒场 31 元/平方米,牲畜栏 150 元/处,水池 150 元/处,粪池 100 元/处,酒窖 1200 元/处,节能灶 150 元/处,有线电视 150 元/台,电视接收器 50 元/套,电话移机费 316 元/部。

坝区施工占地单位房屋及移民附属建筑物的补偿标准:正房砖混 441 元/平方米,砖木 344 元/平方米,围墙 34 元/平方米,混凝土晒场 31 元/平方米,花坛 30 元/平方米,水池 150 元/处,电话移机费 316 元/部,有线电视 150 元/台,由市移民局兑现到单位。

单位住宅和城区移民住宅搬迁费以征用正房和偏房面积之和，按 22 元/平方米计；单位公建房以征用正房面积，按 30 元/平方米计算，由市移民局兑现到单位、移民户。

城区移民临时租房费，依据长江委调查时确认的户主，按每户 3000 元的补偿标准由相关办事处兑现到户。城区移民自主购买商品房的，依据长江委调查登记的正房面积，每平方米补助 230 元基础设施建设费，调查登记只有偏房的户不予补偿。房屋及附属建筑物和基础设施建设补助费由办事处按合同兑现到户。

城区移民建房困难补助以户为单位计算，补助标准为：家庭人口 2 人以下，正房面积达不到 48 平方米的，按城区砖木结构补偿单价补偿到 48 平方米；家庭人口 3 人，正房面积达不到 72 平方米的补助到 72 平方米；家庭人口 4 人，正房面积达不到 96 平方米的补助到 96 平方米；家庭人口 5 人，正房面积不到 120 平方米的补助到 120 平方米；家庭人口 6 人以上，正房面积不到 144 平方米的按 144 平方米补助，超过 144 平方米和调查登记只有偏房的一律不享受建房困难补助。

……

2008 年 12 月湖北省移民局也发布了移民补偿标准，现将全文照录于下。

关于南水北调中线工程丹江口库区移民试点补偿标准的通知

（鄂移〔2008〕222 号）

各有关单位：

根据国家发展和改革委员会《关于核定南水北调中线一期工程丹江口水库建设征地移民安置试点规划投资概算的通知》（发改投资〔2008〕2534 号）、国务院南水北调工程建设委员会办公室《关于丹江口水库建设征地移民安置试点规划报告的批复》（国调办环移〔2008〕152 号）和《关于研究南水北调中线工程丹江口水库移民工作的会议纪要》（省人民政府(108)专题会议纪要）的精神，为了保护移民群众的合法权益，保障移民的参与权、知情权和监督权，坚持阳光操作，增加移民工作的透明度，现将丹江口库区移民试点补偿标准通知如下：

一、移民个人补偿标准

（一）农村居民房屋补偿单价。正房：砖混 450 元/㎡、砖木 433 元/㎡、木 351 元/㎡、土木 341 元/㎡；偏房：砖木 325 元/㎡、木 263 元/

㎡、土木 256 元/㎡,附属房 189 元/㎡。

（二）城镇居民房屋补偿单价。正房:框架 606 元/㎡、砖混 486 元/㎡、砖木 445 元/㎡、木 359 元/㎡、土木 349 元/㎡;偏房:砖木 334 元/㎡、木 269 元/㎡、土木 262 元/㎡;附属房 194 元/㎡。

（三）附属建筑物补偿单价。砖石围墙 47 元/㎡、土围墙 34 元/㎡、门楼 474 元/个、烤烟房 403 元/㎡、混凝土晒场 42 元/㎡、三合土晒场 30 元/㎡、牲畜圈 150 元/处、粪池 100 元/处、地窖 180 元/口、水池 150 元/m³、有线电视 150 元/个、电视接收器 50 元/套、电话 316 元/部、农用车辆 75 元/辆、炉灶 150 元/个,村组副业设施和设备补偿费 7000 元/处按权属关系补偿。

（四）移民搬迁费。农村移民搬迁费为途中食宿费 45 元/人、途中医药费 10 元/人、路途意外伤害保险 25 元/人。搬迁运输费、搬迁损失费、车船补助费、误工补助费、临时住房补助费,按照搬迁远近计算,每人不尽相同。居民搬迁运输费 100 元/人、搬迁损失费 10 元/人、车船补助费、误工补助费 200 元/人。

（五）零星果木。结果果树 80 元/株、未结果果树 10 元/株;经济林木中,成树 50 元/株、幼树 10 元/株;用材林木中,成树 15 元/株、幼树 8 元/株。

（六）其他项目补偿单价。移民新村厕所、沼气池 2000 元/户、过渡期生活补助 1200 元/人、渔船 600 元/吨、渔具 300 元/套、网箱 4 元/㎡、库汊网具 10 元/㎡、坟墓迁移 700 元/座、出县外迁移民生活安置补助费 1200 元/人。

二、生产安置费补偿标准

根据《试点规划报告》,移民生产安置费来源于 Ⅰ～Ⅳ线土地征用费和农田水利设施配套补偿费。农村移民生产安置费人均 28647 元,外迁安置区的使用安排为:人均 22000 元交安置地村集体或农场,用于支付征地补偿费用;人均 2000 元用于移民个人购置农机具;人均 1000 元用于移民个人购置种子、肥料和农药补助;人均 3000 元与国土部门土地整治投入相结合,在移民安置和划定责任田后,由安置地政府统筹用于实施移民土地整治;人均 647 元由省统筹掌握,用于解决安置区生产安置中出现的问题。库区的使用安排为:人均 22000 元交安置村集体,用于支付征地补偿费用或新开发土地;人均 3000 元与国土部门土地整治投入相结合,在移民安置和划定责任田后,由库区政府统筹用于实施移民土地整治;人均 3000 元由库区县级人民政府统筹,用于移民生产安置;人均 647 元由省统筹掌握,用于解决库区生产安置中出现的问题。

三、基础设施费补偿标准

基础设施费主要用于安置区新址征地、居民点内外基础设施建设补偿、膨胀土处理、村台处理和发展用地补偿,因各地情况不同投资不同,具体以《试点规划》和省局下达的移民投资计划为准。

四、移民外迁奖励标准

从库区耕地占用税中按人均 2000 元安排移民外迁奖励费,由迁出地县级政府落实,对按时完成搬迁安置的外迁移民群众予以奖励。

五、有关要求

(一)移民个人淹没补偿费由库区县级人民政府负责兑付。库区县级人民政府应将移民个人实物指标和补偿标准予以公示后,由库区移民部门据实足额兑付给移民个人,并告知安置地移民部门。

(二)移民的搬迁费中除误工补助费和搬迁损失费可以兑付给移民个人外,其余部分由库区县级人民政府统一掌握,用于移民搬迁过程中各种支出。

特此通知

2008 年 12 月 18 日

这项政策比较起 50 年前的移民搬迁补偿,有着天壤之别。但移民们仍认为,这项政策存在问题。他们指出,这项政策只针对 172 米淹没线以下的个人财产,172 米淹没区以上的却没有提及。以农民种的柑橘树为例,农民们种的柑橘树绝大部分在 172 米淹没线以上,而这不属于国家补偿范畴。一棵柑橘树好的一年能收五百斤,以 2005 年的价格,收获季节,柑橘平均能卖到 7 角多一斤,好的卖到 1 元。仅以一棵树收 200 来斤计算,就可收入 200 元左右,100 棵树则可收入 2 万来元。由于水源地的气候和土壤适合柑橘种植,一般农户家,少的种有十几棵,多的有几十上百棵。如果搬迁走了,仅柑橘一项,一年少收入就是五位数。除了柑橘,还有茶叶、木耳、核桃、板栗等林果怎么算?到水库里打鱼捞虾的钱怎么算?对以土地为食的农民而言,一年减少这么大一笔收入,谁能不算这个账? 172 米淹没线上补助的问题已经成为水源地周边移民反映的主要问题。

以淅川为例，丹江口水库建成后，共淹没淅川良田50多万亩，后靠移民只有上山发展林业。经过30多年的开发，淅川的桑、橘、油桐等经济作物已成规模。但国家规定，172米水位线以下的，国家给予补偿；而在水位线上的，即通称的"线上资源"，国家则不给补偿。据测算，淅川库区淹没线以上林地的价值大约30亿元。移民人要走，这么大一笔资产带不走怎么办？人走树不走，损失太大，这成为移民不愿搬的一大顾虑。即使现在将其卖掉，仓促间卖不出价，买家也难找。

十堰市移民局领导也反映，172米水位线线上资源是本次移民搬迁"卡脖子"的问题，2009年移民试点时，很多地方都遇到了这道难题。

凭借依山傍水的有利地形，水源地百姓"靠山吃山、靠水吃水"，山上种果树，山下种粮食，河里捕鱼虾，有些农户家里还发展有养殖业。再加上出外打工，多数人日子过得有滋有味。有些村子靠近公路和旅游点，村里不少人就近到街上做些小生意、卖点自家产的鸡蛋、蔬菜、水果以及自家人到水库里打捞的鱼虾。一个老年人坐在摊子前，一天起码十几元。这笔收入也令那些老人们割舍不下。

孙家湾村位于湖北省丹江口市六里坪镇，有村民4000人，按照搬迁规划，在2009年9月份之前，有3696个村民要离开这个村子，其中市内安置2169人，外迁1527人，算下来，全村几乎走空了。

孙家湾村地理位置优越，靠山面水向公路，离著名旅游景点武当山步行不到十分钟。全村几乎家家户户都有蔬菜大棚和果树。每到收获季节，不用村民们忙活，菜贩子和水果贩子开着车上门来收购，一亩西红柿一年就能收入2万元。2008年全村经济总收入7247万元，每户的月收入至少5000元，有些家庭男人在外地打工，妇女在家里操持大棚，一年收入不下10万元。孙家湾村的百姓在丹江口市乃至湖北省都能算上是高收入的人群，他们过着安逸富足的生活。日子这么好，谁还愿走？孙家湾村的搬迁地是武汉市郊区的东西湖，那里的人均生活水平也不低，但到了那里，人均只有1.5亩地，仅凭种植1.5亩土地，能保证自己现在的生活水平吗？

孙家湾村民的果树绝大多数都在172米水位线以上，按照搬迁补偿规定，不属于补偿对象。一位村民说："如果我搬到武汉去，但我的柑橘树还在这，这些树年年要结果，要卖钱，我们走了，等于是将摇钱树丢了，国家不赔偿我，我怎么能走？"他算了一笔账：他家有1000棵柑橘树，每年光柑橘就能收入2万多元。

嫌补偿偏低是村民们的一大意见。按照补偿标准，有大棚的村民每亩补贴9000元，但只补设施不补青苗费。村民自家门口的水井，每口补贴300元，但打一口井就要花1500元，这还是几年前的价。

舍不得自己居住区的水源也是一大原因，有村民说："连北京城的人都想喝我们的水，要把我们的水调走。我们到了外地有这样好的水吗？哪儿的水比得上我们丹江库区的水？没有好水，我们哪儿也不去。"

面对村民们的种种想法，孙家湾村的村主任感慨："移民搬迁的原则是：搬得出，稳得住，能致富。但现在就担心'搬得出，稳不住'。"

郧县柳陂镇距十堰市区15公里，距郧县县城5公里，区位优势明显，这里地势平坦，土地肥沃，气候适宜。用当地老百姓的话说，"插根筷子都能发芽。"当地农民大多种有蔬菜，镇内建有十堰市"万亩无公害蔬菜基地"，是郧县的经济重镇和农业大镇，农民生活富足。2008年，柳陂镇居民存款达2.6亿元，相当于人均存款5000元。对于要搬迁的武汉市汉南区，他们反复对比，到了安置地是否还能像现在一样种蔬菜？即使还能种菜，但能否卖出去？

水源地还有一种特有的土地："消落地"。受库容变化影响，每年农历六七月，丹江口库区水位升高，库岸线周边的一些土地被淹。农历8月以后，水逐渐消退，那些土地又露出来，当地人称之为"消落地"。"消落地"土地平整，光照条件好，土壤肥沃，不用任何肥料，每年抢在退水时节可种上一季麦子或者玉米，抢在涨水之前收获，麦子亩产可以达到800多斤，好的能收1000斤。即使遇上涨水，村民便用旧轮胎当救生圈，在水里漂浮着收获苞谷。水源地库岸线周围很多村的村民人均能有3亩甚至更多的"消落地"，每年可以为他们增加不少收入。人搬走了，"消落地"的收入也没了，补偿是不计"消落地"的。

和50年前的搬迁不同，富裕成了搬迁的障碍。

水源地周围，类似的情况占有相当的比例。群众思想不通，移民工作就难以完成。为了做通村民的工作，配合国家的大局，丹江口全市的干部几乎全部被派到下属的移民镇和移民村去做工作，一去就是几个月。尽管干部们磨破了嘴，但村民们依然有自己的主意。不是干部们不努力，也不是村民们要价高，难就难在现行经济体制与政策有不少不协调的地方，国家与个人的利益究竟该如何平衡？虽然国家将民生问题提到空前的高度，但从当地移民群众的反应看,现行的搬迁补偿政策与部分群众搬迁后的利益损失之间仍然没有找到最佳平衡点。

有些移民到市里、省里直至北京上访,更有人采取了法律措施。2004年,北京市第一中级人民法院接到了丹江口市247人状告水利部与丹江口市人民政府不作为的起诉状,要求法院"判令水利部、丹江口市人民政府履行给起诉人以赔偿、补偿、安置的法定职责并履行有关法律文件规定安置移民的措施"。改革开放以来,民告官的事例已不再鲜见,但将共和国的一个部告上法庭尚属首例。北京市第一中级人民法院作出不予受理的决定后,他们又上诉到北京市高级人民法院,也被驳回。

状告水利工程主管部门是希望依靠法律来保护自己的合法权益,他们的行为给中国的司法建设提出了问题,也给当政者以深思。造福社会的大型水利工程,也必须要同时兼顾利益受到损失的当地群众。为了这项跨世纪工程能更快实行,为了北方干旱的人民能更快地喝到丹江口水库的水,在国家工程和当地群众利益之间寻找平衡点,认真倾听他们的诉求,解决他们的困难,制定他们能够理解与接受的政策,是对政策制定者政治智慧和执政水平的考验。

几十万移民外迁,情况千差万别,迁移到外地,远离家乡和亲人,几十年生活的习惯被完全打乱,要去重新适应一个全新的生活环境,不同的人会有不同的感受,不同的想法,要让他们高兴地走,安心地留,长久地扎根,这绝非易事,对此,丹江口市市长崔永辉谈了个人的感受:

自从中央决定启动二期工程到现在,移民工作给地方带来的压力非常大,主要体现在两个层面:

一是工程实施期间;二是工程结束以后,丹江口水库的功能由原来的防洪发电转为以调水为主,水源地周围的生态保护和水土流失治理所带来的压力。

当前最大最现实的压力就是移民工作的组织。从现在起到2014年,5年时间内,整个库区需要搬迁完成的移民有32.8万,其中丹江口市有10万人,占现有人口的五分之一。水库移民难度大,难就难在移民利益与国家利益冲突较大,从全国而言,好几个省出现水库移民群体性事件。对于我们丹江口市而言,情况更为复杂。一期工程遗留下来的移民问题有很多还没有得到彻底解决,以今天的眼光看,一期工程时的移民政策有很多是不完善的,直到现在还有很多遗留问题。随着国家财力的逐步增长，"以人为本"思想的逐步树立，一期工程移民遗留下来的问题也开始得到更多的关注，也解决了一些问题，如移民后期扶持等。所谓后扶是移民的原迁人口，每人每年发600元，对原移民的后代所在地给予项目扶持，也是按照人均600元计算。如此一来，丹江口市一年有约4000万。这些政策尽管还存在一些不够完善的地方，但无疑对解决移民问题产生了积极作用。现在二期移民搬迁和一期移民遗留问题叠加，产生了一些新的问题。这在很大程度上增加了移民工作的难度。中国的南水北调工程举世瞩目，国内外普遍认为，这项工程成败关键在移民。作为这项工作具体执行者，我的感觉是，成败关键在外迁移民。

外迁移民有两种，一种是搬到丹江口市以外，另一种是在水位线以上后靠安置。本地的环境容量有限，二期工程中，有5万人要搬迁到丹江口市以外去，5万人背井离乡，这是个很不轻松的话题。外迁地主要是平原地区。移民们到了新的地方去了以后，面临着与以前祖祖辈辈完全不同的生产生活方式和全新的生活习惯。

人的生活习惯是与生俱来，潜移默化，点点滴滴在心头。如对传统年节的习俗问题，丧葬习俗问题，亲朋交往的习俗问题，说话口音问题，宗族势力问题等等。移民们移居到外地，属于少数，属于弱势群体，总是担心受到歧视或欺负，会有一种本能性的自我保护意识。比如自己的生活习惯遭到当地人的嘲笑怎么办？比如自己不能接受当地人的生活习惯并由此引起冲突怎么办？包容性强的地方，移民们还有安全感，包容性差的地方，双方便会产生冲突和摩擦。这些问题在一期外迁移民中大量存在，也是移民返迁的重要原因。

第一大困难是外迁移民的收入来源结构发生变化。

我们在做移民规划时，按照现有的水库移民条例，农民的安置"以土为本"，即农民搬迁后，主要给他分配以适量的土地供其耕作，他仍然是农民。正是在这个意义上，我们提出"两个确保"：一是确保搬迁后生活水平不低于现在。二是确保不低于当地村民的平均生活水平。这两个确保至关重要。老百姓是非常现实的，他们是为了国家的利益而搬迁的，如果搬迁后生活水平不如原来的或是低于当地百姓的，他恐怕就无法接受。

库区相当部分百姓生产资料、生活资料来源都是多元化的。水里养鱼，山上种柑橘，这些都在自己的家门边，出门便下水，抬脚就上山。这些来源占其收入比重绝不低于一两亩土地的收入。搬迁到平原后,养鱼、柑橘收入全没有了,原来多元的收入来源变成单元收入来源。根据现有的搬迁计划,人均只有1.5亩地,1.5亩地的收入不可能达到他原来的土地加养鱼加柑橘的收入,收入大幅度减少,百姓无法接受。那我们该如何兑现"两个确保"?从目前的情况看,有些迁入地百姓的土地占有面积较多,有的甚至有五六亩,这种情况下,移民更无法接受1.5亩的水平。在补偿上,应现实地考虑移民们现有的劳动收入结构。

第二大困难是调水后导致地方经济受到重大损失,财政收入的直接减少。

丹江口水电站目前每年发电30多亿度。丹江口水电站的发电带动了围绕着电而生的地方工业体系,如冶炼行业。现在水库的功能从防洪发电转变为以调水为主,每年调走95亿立方米的水,意味着丹江口水电站每年减少发电10亿度左右。除了地方财政税收直接减少外,靠电力支撑的地方工业失去电力来源,无异于釜底抽薪,地方工业经济的基础将发生动摇。工业体系的基础动摇将直接影响全市国民经济发展和社会稳定,如就业、物流、三产业等。

第三大困难是关于"地方配套"问题。

南水北调带来一些新的项目,如环保、生态建设、水污染治理等。但所有的项目都是实行中央出一部分,地方配套一部分。如库区水土保持工程,2007、2008、2009三年中的项目有2.76亿,这2.76亿中,有一半是需要地方政府配套的,也就是说,中央只给了1.38亿。南水北调已经导致地方财政收入大幅减少,地方财政仅仅保干部职工"吃饭"尚成问题,哪里有能力拿出1.38亿资金?再如"移民后期扶持",本来是一项很好的政策,体现了中央对于移民的人文关怀。但"后扶"政策带来的项目落实涉及很多前期费用,如项目的设计、招投标、监理等,中央对这笔钱的使用管理非常严格,所有的过程一个都不能少。但这些过程产生的费用绝不允许放到"项目"中去,那这笔钱该谁来出呢?当然是地方政府。话又回到原点,地方政府有这笔钱吗?为什么中央相关部门在设计这些政策时没有把这些费用考虑进去呢?这些部门在设计政策时为什么不对地方经济状况做一个透彻的了解呢?丹江口市是国家级贫困地区,2008年的财政收入3.04亿,加上中央转移支付的资金共有6.9亿。这笔钱只能保吃饭。每年能拿出来的建设资金不足 2000 万。我们的"吃饭"是指只能保基本工资，一个科级干部一月工资也就一千元左右。二期工程完成后，地方财政收入还会锐减，到时候干部、教师们的工资怎么保证？如何让我们水源地干部群众的生活水平跟上国家经济发展水平呢？

第四大困难是经济发展面临空前压力。

二期工程完成后，丹江口水库的功能将发生转变，由发电防洪转为调水防洪。这意味着库区的生态和环境保护将提高到前所未有的高度。这也意味着作为水源地政府在经济发展上面临前所未有的压力。地方经济要发展，百姓要脱贫致富离不开项目，在水源地投资项目第一关就是生态保护。所有经济发展项目在环评上比别的地方要严格得多。我们这里已经成为"众矢之的"，万众瞩目，任何一个环保事件都会掀起轩然大波。环保已经成为悬在我们头上的一把剑。这两年，我们所做的一件主要工作就是环境治理，凡是污染企业全部关停。仅仅是关停企业我们就减少多少财政收入啊，这需要"王佐断臂"的勇气。但关闭后，还要解决发展的问题，我们到处招商引资，但环保高门槛让一些企业望而却步，不敢来丹江口投资。如何解决发展与环保之间的关系，这的确是我们要认真对待的问题。

制定与落实生态环保政策时，要充分考虑地方经济发展，不能割裂两者的关系。生态和环境保护必须要建立在发展经济、改善百姓的生活水平之上。只有这样才能真正调动水源地百姓保护环境的内在积极性。退耕还林对于生态保护极为重要，退耕还林政策刚出台时，措施极为严格。刚开始执行时要求，退耕还林的林地里不得套种粮食作物。这个政策与实际不符。在树苗幼小尚未成林时，套种有限的豆类薯类等矮茎作物，不仅不影响树苗生长，反而还可以改善土壤。百姓以耕种为生，看到这些地方可以种点作物，浪费可惜，于是种上了一些。到了验收时，为了验收合格，地方政府只得动员一些干部到百姓的地里去拔苗，这种做法直接侵害了群众利益，引起群众反感，造成干群对立。但如果不拔，验收不合格，主管部门不给钱，老百姓拿不到退耕还林的钱，一样引发矛盾。这样就将基层干部推到左右为难的尴尬地位。这是政策使然，哪个干部愿意到百姓的地里去干那种拔人家苗子的缺德事？以后国家主管部门发现了问题，政策修改了，号召、鼓励百姓在退耕还林的林地里套种粮食作物，百姓干部皆大欢喜。一个合理的政策解决了干群对立,有利国家,有利人民。由此可以看出,只要深入基层,实事求是,在政策层面上,是可以找到生态保护与发展经济的切合点的。现在有人提出,要将丹江口水库像北京密云水库那样严格管理。密云水库是怎样管理的呢?密云水库周围用铁丝网围起来,一公里范围内不得有任何人为活动。但密云水库与丹江口水库有着很大的不同。密云水库容量只有40亿立方米,它的环境容量和自净能力都很弱,生态自我修复能力相当差。对它实行最严格的生态保护措施完全是应该的。但丹江口水库二期工程完工后,最大库容量可达290亿立方,库区面积达数百平方公里。如此大的水库,它的环境容量和生态修复能力与密云水库完全不能同日而语。更何况,要使这么大面积的库区周围一公里内没有人口活动,这几乎是不可能做到的,这就是政策层面上的问题了。

要真正做到保护丹江口水库的环境,只有想办法为水源地的人民创造而不是以保护为名剥夺他们的发展权,丹江口水库的生态保护和污染治理的真正实施者不是别人正是水源地的百姓。从长远的观点看,只有他们的经济真正地发展了,生活水平提高了,认识到保护水源地的环境就是在保护自己的生存和发展,他们的保护和治理的自觉性才会更高。保护才能真正取得实效,将百姓的发展与保护对立起来的观点是站不住脚的。

生态保护、调水有很多值得借鉴的东西。可以用市场的手段来解决调水中存在的问题,如生态补偿模式。中央转移支付已经开始对南水北调受影响区给以生态方面的补助。我们水源地平均每个县能达到两三千万元的水平。这是对水源地最大的支持和帮助,可以做很多事情。

第八章
绿水青山保卫战

一　严峻的现实

影响南水北调中线工程成败的,一是移民,二是环境保护。环保跟不上,要么库水污染,要么大量水土流失淤塞库容,其结果要么是"污水北调",要么是"无水北调"。这绝非危言耸听。

2004 年 12 月 26 日,水利部发布《2004 年中国水土保持公报》,公报显示的数据触目惊心:

> 2004 年,全国土壤侵蚀量达 16.22 亿吨,相当于从 12.5 万平方公里的土地上流失掉 1 厘米厚的表层土壤。其中尤以长江、黄河流域的土壤侵蚀量最多,分别达到 9.32 亿吨和 4.91 亿吨。
>
> 全国绝大多数省区市都存在不同程度的水土流失问题,尤其以长江上游、南水北调中线工程水源区、黄河中游、东北黑土地和珠江流域石漠化地区分布的面积大,后果严重,潜在危害大。
>
> 2004 年,南水北调中线工程水源区丹江口水库上游流域水土流失面积 3.95 万平方公里,占水源区土地总面积的 41.5%;东北黑土区水土流失总面积 27.59 万平方公里,占总土地面积的 26.8%。青海三江源头区共有水土流失面积 9.50 万平方公里,占土地总面积的 31.1%;而长江上游云南、贵州、四川、甘肃、陕西、重庆和湖北等省区市的 43 个县,是山洪、滑坡和泥石流等水土流失灾害发生最多、最频繁的地区。

造成水土流失的主要原因是人为的开发建设活动。随着中国工业化和城市化进程的加快,大量基础设施建设项目不断开工,产生大量弃土弃渣,地貌和植被破坏日趋严重。

水利部相关负责人介绍,中国是世界上水土流失最严重的国家之一,全国有水土流失面积达 356 万平方公里,占国土总面积的 37%,需治理的面积有 200 多万平方公里,水土流失已成为中国重大的环境问题之一。

2005 年 11 月,国家环保总局发布的《2005 年中国环境状况公报》显示:

> 中国水土流失面积 356 万平方公里,占国土总面积的 37.1%,全国因水土流失每年流失土壤 50 亿吨。中国水土流失主要分布在山区、丘陵区和风沙区,特别是大江大河中上游地区。在所有水土流失面积中,水力侵蚀面积 165 万平方公里,风力侵蚀面积 191 万平方公里。与此同时,人为等因素造成耕地减少的问题也较为突出。2005 年全国共有耕地 12208.27 万公顷,比上年净减少 36.16 万公顷,其中仅建设占用耕地就达 13.87 万公顷。

国家环保总局发布的《国家农村小康环保行动计划》显示:

> 由于一些地区长期过量使用化学肥料、农药、农膜以及污水灌溉,土壤污染的总体形势相当严峻。据不完全调查,目前全国受污染的耕地约有 1.5 亿亩,占耕地总面积的十分之一以上,多数集中在经济较发达地区。

2004 年,全国综合治理水土流失面积 14.66 万平方公里,其中采取封育保护 10.22 万平方公里,综合治理 4.44 万平方公里。但治理的速度远远赶不上破坏的速度。全国水土流失面积从新中国成立初期的 116 万平方公里增加到近年的 356 万平方公里,涉及全国近 1000 个县,影响的耕地约占耕地总面积的三分之一,每年流失量达 50 亿吨以上,相当于全国的耕地上刮去 1 厘米厚的土层。其中氮、磷、钾肥料元素的流失量相当于 4000 万吨的化肥,等于全国的化肥施用量,相当于每公顷耕地冲走了 375 公斤肥料。

在全国水土流失卫星遥感调查的基础上,经过调查研究、专家咨询和科学论证,水利部还正式公布了 42 个国家级水土流失重点预防保护区、重点监督区和重点治理区(以下简称"三区")。这是新中国成立以来,我国首次确定并向社会公布的国家级水土流失防治重点区域。"三区"涉及 25 个省区市,总面积 222.98 万平方公里,占国土总面积的 23.2%。其中水土流失面积 95.46 万平方公里,占全国水土流失总面积的 26.8%。

国家级水土流失重点预防保护区共 16 个：大兴安岭、呼伦贝尔、长白山、滦河、黑河绿洲区、塔里木河绿洲、子午岭、六盘山、三江源、金沙江上游、岷江上游、汉江上游、桐柏山、大别山、新安江、湘资沅江上游和东江上游。涉及 21 个省区市，总面积 97.63 万平方公里，其中水土流失面积 29.45 万平方公里。这些地区是我国重要的次生林区、草原区、水源区和自然绿洲区。

国家级水土流失重点监督区共 7 个，涉及 13 个省区市，总面积 30.60 万平方公里，其中水土流失面积 17.98 万平方公里，主要是矿山集中开发区、石油天然气集中开采区、特大型水利工程库区、交通能源等基础设施建设区以及在建的国家特大型工程区，包括辽宁冶金煤矿区、晋陕内蒙古接壤煤炭开发区、陕甘宁内蒙古接壤石油天然气开发区、豫陕晋接壤有色金属开发区、东南沿海开发建设区、新疆石油天然气开发区、长江三峡工程库区。

国家级水土流失重点治理区共 19 个，涉及 21 个省区市，面积 108.88 万平方公里，其中水土流失面积 59.31 万平方公里，主要为大江、大河、大湖的中上游地区，包括东北黑土地、西辽河及大凌河中上游、永定河、太行山、河龙区间多沙粗沙区、泾河北洛河上游、祖厉河渭河上游、湟水洮河中下游、伊洛河三门峡库区、沂蒙山、嘉陵江上中游、丹江口水源区、三峡库区、金沙江下游、乌江赤水河上中游、湘资沅澧中游、赣江上游、珠江南北盘江、红河中游等。

上述消息令人忧心忡忡，在水土流失重灾区中，南水北调中线工程水源区赫然在目。

2005 年 5 月，由全国人大环境资源委员会组织，由人民日报、新华社、中央电视台等十几家中央各大新闻媒体参加的"中华环保世纪行记者团"在组委会主任尚莒城的带领下，对丹江口水库进行了为期半个月的环丹江口库区行。记者团在水源地周边调研采访，对丹江口水库的环境保护情况做了大量的报道，笔者也是记者团成员之一，现将当时的采访报道精粹汇集如下：

丹江口库区位于秦岭东西构造体系的南部边缘，地形主要特点是高差大、坡度陡、切割深，上游大小河流通过汉江、丹江年均入库量 380 亿立方米。以汉江为主干流，湖北十堰境内汇入丹江口水库的大小河流共有 2489 条，年均汇入丹江口水库水量占到水库总水量的 87%；河南淅川境内通过丹江汇入水库的大小河流共 466 条，年均汇入水库水量占水库总水量约为 11%。要让这近 3000 条河流始终保持良好水质，难度极大。

汉江和丹江环绕水源地周边县、市，浪河、堵河、泗水河、神定河、老鹳河等上游9条河流从不同的地段注入汉江和丹江,这9条河流分别接纳着身边城市的各种污水,然后再通过星星点点地分布着的124个排污口,给汉江和丹江注入乌黑发臭的污水。在污水贡献率上,位于十堰市城区的神定河和淅川县的老鹳河排在最前面。这两条支流呈黑褐色或黄褐色,已经是严格意义上的"黑水河"。在支流与汉江或丹江数百米交汇处,河水与库水黄黑界线十分明显。泗河支流的情况也是如此,在接近库区的地方,水体逐渐由浑浊变成浅、深褐色。

入库污染物主要为有机物。根据近年来监测资料统计估算,汉江干流带入水库的高锰酸盐指数占70%,氨氮指数占45%,堵河的高锰酸盐指数占22%,氨氮指数占48%。

神定河在十堰城区自西南向东北蜿蜒而行,最后直接注入丹江口水库。站在神定河与百二河交汇处往西看,乌黑的河水蠕动着,河面上菜叶、塑料袋等各种生活废弃物几乎将不足20米宽的河道盖满,空气中充满刺鼻的腥臭,身后是一字排开的小吃店,河对岸是灰色的楼群,不知哪里来的大股污水自河岸直喷河道。就是这样的水将直接进入丹江口水库。经环保部门检测,神定河水目前水质为劣五类,环保部门对这条河很头疼。

神定河上游距市区约4公里处的龙潭湾有一座污水处理厂。由于经费的原因,这座外表美观的污水处理厂很少开工,从城区流过来的污水绕着厂区外墙又往下游流走了。即使是这样一座开开停停的污水处理厂,在整个中线工程水源区目前只有十堰市一家独有。十堰市污水处理厂,一个美丽的"摆设"。

十堰市各县市共有大大小小黄姜加工企业30家,年排放生产废水总量35万吨,除了有9家企业投资建设了废水处理设施外,其他企业均只进行简易中和处理,废水中COD浓度高达30000mg/L以上,超出国家一级排放标准300倍,极大影响了库区的水环境安全。

水源区其他县市情况就更差了。河南西峡县城每年排放生活污水1000多万吨,生活垃圾18万吨,但至今还没有标准化污水处理厂和垃圾处理场。而地处南水北调中线工程渠首位置的河南省淅川县城区,至今还没有一个完整的排水系统,没有生活污水处理工程。

在丹江口库区,目前工业点源污染、农业面源污染和城市生活废水污染,正在交替上演"污染三重奏"。

根据全国第二次卫星遥感调查显示:丹江口库区水土流失面积为47422.23平方公里(不算大坝加高后被淹没的面积),占土地总面积的53.82%。其中轻度流失面积15841.07平方公里,占流失面积的33.41%;中度流失面积16888.19平方公里,占35.61%;强度流失面积9350平方公里,占19.72%;极强度流失面积4150.74平方公里,占8.75%;剧烈流失面积1191.86平方公里,占2.51%。平均年土壤侵蚀量为1.69亿吨。其中十堰市水土流失面积达11905.13平方公里,年均土壤侵蚀量6425万吨,接近丹江口库区土壤年侵蚀总量的四分之一。每年输入丹江口水库的泥沙量达880万吨,多年累计下来水库损失库容量已达12亿立方米。河南省淅川县全县水土流失面积也有1444.32平方公里,占全县总面积的51.6%。其中,轻度水土流失面积484.83平方公里,中度水土流失面积671.83平方公里,强度水土流失面积287.66平方公里,年水土流失量为400万吨。

水源地周边县市25度以上坡耕地改果园的面积比例:

郧县68.7%、丹江口市91%、郧西55%、淅川20%。

森林覆盖率:

郧县38.1%、丹江口市22.9%、郧西29.5%、淅川17.4%。

尚未得到控制的水土流失面积:

郧县53.8%、丹江口32.3%、郧西77.5%、淅川65%。

大量的水土流失对丹江口水库形成严重的威胁。

水源地周边地区山高坡陡、地表岩层松散、地表植被破坏严重、土壤抗蚀力低、降雨集中,尤为值得重视的是,丹江口库区周围矿产资源较多,但品位低,分布零散,开发利用程度低,多半属于"鸡窝矿"。少数人为了自身利益,非法进行掠夺式开采,这种无序开采对本已十分严峻的环境态势,更是雪上加霜。

湖北省郧县位于中线工程核心水源区,丹江口库区在郧县境内回水总长140公里,统计表明,郧县现有水土流失面积2067平方公里,占总面积的53.5%,是全国水土流失面积较大的县之一。郧县水电局局长石教辉介绍:上世纪50年代,丹江口水库一期工程的实施,使生态环境逐步恶化。旧伤未愈,丹江口水库二期工程又将淹没该县土地10余万亩,迁移人口 5 万余人,郧县生态环境将面临又一次重创。

郧县的水土流失现状只是丹江口库区的一个缩影。

长江委水土保持局副局长廖纯艳说,丹江口水库水源区不同程度的水土流失面积接近 4 万平方公里,水土流失面积超过其总面积 40%,而这其中又有近 8 成为中强度以上流失。随着经济发展的加快和资源开发,基础设施建设项目的增多,库区新的水土流失面积还在不断增加。库区现在的年治理面积仅占水土流失面积的 1%,而待治理的区域,往往又都是治理难度大的区域。按照这个治理速度,我们需要 100 年时间才能完成库区水土流失治理。

长江流域水土保持监测中心站科研室副主任张玉华说:"丹江口库区 85% 以上面积为山丘区,坡陡沟深,存在地表岩层松散、降雨时空分布不均且多暴雨等水土流失的自然因素。而近年来毁林开荒,破坏植被,不合理的土地开发利用方式,开发建设项目忽视水土保持等人为因素使水土流失进一步加剧。"

根据国家总体布置,丹江口库区从 1983 年就开始小流域治理工作,1994 年开始水土流失重点区防治工作,1998 年开始加大水土保持生态和环境工作的力度。据统计,截至 2000 年年底,库区累计初步治理水土流失面积 10737 平方公里,还不及每年新增的水土流失面积,按照目前这个速度,丹江口水库水土流失治理需要 100 年。

水土流失使土地肥力下降,迫使农民增加化肥使用量,水土流失同时又将土壤中残留的化肥和农药大量携带入水库,造成面源污染,影响丹江口水库水质安全。监测数据显示,丹江口水库水质总体良好,但反映水体富营养化指标——总氮超过地表水二类标准 1.3 倍。专家分析,农业面源污染是造成丹江口水库水体总氮超标的主要原因。

十堰市各县市农业耕作每年化肥使用量为 10 万吨左右(其中氮肥 6 万吨左右),农药使用量年均达 2000 吨。由于历史上大炼钢铁、修建丹江口水库大肆砍伐树木,对植被造成毁灭性的破坏,土壤的水分涵养能力极差。现在基本上已是"水动土流"。只要天上下雨,地表便会形成径流,在大雨冲刷、山体滑坡、泥石流等外力因素作用下,水土流失将大面积土壤中残留的养分和农药大量携带入水入库,从而对水源区水体造成农业面源污染。

库区有着河谷、平地、山间盆地、岗地、丘陵、低山、中山和高山等多种地貌,其中以中山为主。土地地表岩层松散,土壤抗蚀力低,再加上降雨集中,极易造成水土流失。就在这片贫瘠、偏僻、交通不便、出行成本高昂的土地上,却拥有着密集的人口。库区周边分布着78个乡镇、1527个村庄、278.81万人口,平均每平方公里已达200人,给这片贫瘠的土地形成极大的负担。生存是第一要务,在生存的压力下,毁林开荒、开矿采矿,对土地过度的索取,造成新的更为严重的环境破坏,最终加剧水土流失。

尽管库区周边各级政府带领库区人民实施天然林保护工程、退耕还林工程、小流域综合治理、生态家园建设计划、自然保护区建设、加强森林资源管理等措施,水土流失现象有所缓解。但总的形势仍令人无法乐观。存在问题的主要原因是资金投入不足。国家每年投入的经费有限。近几年国家治理水土流失每平方公里补助6万元,但据估算,1平方公里水土流失面积进行综合治理至少需投入30万元。十堰市按照目前的治理进度每年仅能治理面积280平方公里,年治理进度不到水土流失总面积的3%,需要100年才能完成现有的水土流失面积的治理。每年下达治理任务还在减少。如2004年国家给十堰市下达的退耕还林任务仅6万亩,比2002年锐减24万亩。

地方财政困难,治理力度有限。十堰市6个县(市)中有4个是国家级贫困县,2004年全市农民人均收入仅1916元。截至2004年底,全市贫困人口5.76万人(极易返贫29万),即在全国1万个贫困人口中,十堰占64人,在全省100个贫困人口中,十堰占29人。贫困发生率为15.5%。目前,仍有8万人需要迁移扶贫。由于经济实力所限,十堰市每年治理的面积与新增流失面积相当。

水土流失严重,虽然各地各级正在努力治理,但效果差强人意,目前丹江口水库水质总体保持良好,但面对严峻的环保形势,要确保一江清水长期稳定向北流,只有国家力量介入治理。

二 "王佐断臂"

20世纪50年代,丹江口一期工程将老均州城全部淹了,新县城搬迁又几经折腾,对新的丹江口市而言,原来的工业底子一点都没有了。为了发展工业,培植新的税源,利用电力的优势,1970年,丹江口工程局建设了丹江口铝厂,年产电解铝一万吨,年产值2亿元,年销售收入1.5亿元,上缴利税一千多万元,成为丹江口市的利税大户。除了铝厂外,丹江口市还有一些利用电力优势办起来的小冶炼企业,如电石厂、小型钢铁厂、造纸厂、水泥厂、化工厂等。这些企业为一穷二白的丹江口市形成了新的财税来源,给丹江口人民带来了就业机会,成为丹江口工业的支柱。经过几十年的运转,这些企业由于工艺老化,耗能高,产生大量的废水、废气和粉尘,严重污染了环境。

为配合南水北调,整治库区周边环境,2004年3月,丹江口市专门成立了"两高(高耗能、高污染)办",经过排查,全市有电解铝、铁合金、水泥、化肥等32家,在环境与税收的抉择中,丹江口市选择了环境。

丹江口铝厂在环境整治中首当其冲。丹江口铝厂在丹江30多年,为丹江口市的建设发展做出巨大的贡献,但丹江口铝厂的老生产设备能耗高、污染大,是国家产业结构调整淘汰的对象。丹江口市的工业基础非常薄弱,像样的工业企业只有屈指可数的几家,其中丹江口铝厂是最大的。在丹江口市没有税收来源的时候,丹江口铝厂每年上交的一千万税收,这是何等重要的财源。关闭这样一家功劳卓著的利税大户,无论是企业的主管部门还是丹江口市,谁都有些下不了手。铝厂关闭,其主管单位汉江集团立即面临减少收入,增加下岗职工等一系列问题;丹江口市一下子要减少上千万税收,这可不是小数字,谁也一下子拿不出这么多资金补偿给本来就窘困万分的市财政。

铝厂就更难接受了,几百名职工如何安置? 这些人都是铝厂的创业者,老职工,现在企业一停,他们的生活,他们的晚年,他们的家庭,他们的生老病死依靠谁? 严峻的问题一下子摆在丹江口市、汉江集团和铝厂的领导职工面前。任何人都可以想象其间的思想斗争和矛盾冲突,在国家调水的大局面前,丹江口人选择了牺牲。2004年10月19日,汉江集团第一电解铝厂宣布关闭。10月19日那一天,丹江口市、汉江集团、丹江口铝厂专门举行了一个关闭仪式。历来的仪式都是选择在开张时举行,像丹江口铝厂这样举行关闭仪式,也是极为少见的。

随着一声关闭的命令,铝厂的电源被切断,企业正式停产。尽管事先已经做了很多工作,取得了大家的理解,但在关闭仪式上,几百名职工围在厂区前久久不愿离开,很多老职工默默地流泪。这一次,丹江口铝厂下岗职工600多人。丹江口开始经历关闭企业带来的阵痛。紧接着,电石厂、铁合金厂、造纸厂、化工一厂一个接一个相继关停。污染严重的黄姜加工企业全部关闭。

关闭污染企业直接涉及员工生计、投资者利益。砸人家的饭碗,掐人家的脖子,谁会愿意?

丹江口电石厂粉尘污染严重,环保局多次通知,让其上环保设备。上一套环保设备几十上百万,企业的产品成本高于没上治理设备的,一样的产品比人家贵,那产品怎样销售?企业负责人不愿意。环保局几次三番上门,企业负责人不服:"你不要拿环保的老虎来吓唬我,为什么其他地方像我们这样的企业照样在生产,不都是在中国的土地上,都是一样的政府在管理,就你们格毬外?"

环保局工作人员:"我们这里是丹江口水库核心水源区,要求不同,就是要格毬外。"

环保局工作人员讲述了关停一家黄姜加工企业时的情景:

> 这家企业的老板娘大哭大闹,躺倒在执法车前,头就枕在车轮下,声言:你们要是进去封企业,我就死在你们面前。她的三亲六戚20多人开上10余辆农用拖拉机、汽车,将我们的执法队伍团团围住,阻止执法。执法队伍从正月初六进场,到2月中旬,整整花了1个月才把这件事情处理下来。在个人利益面前,她要和我们拼命。在国家利益面前,我们也要和他拼命,所不同的是,我们不和他动手打架,但我们一定要拆除他的机器,让他不能再污染环境。

黄姜是当地百姓致富的一种农产品,但不经意间,它又变成了当地最大的污染源。

黄姜又名穿地龙,土名哑边姜,学名盾叶薯蓣,多年生草质藤本植物。研究发现,黄姜可提取120种成分及工业无法大量合成的昂贵的甾体类激素——皂甙元。从黄姜根状茎中提取的最初产品为皂雄酮、醋酸孕酮(单脂)、强的松、可的松系列以及催产素、避孕药等中间体或药物数千种,以黄姜为原料,可以合成转化为性激素、蛋白同化激素和皮质激素等系列产品,广泛应用于化妆、保健、避孕、镇痛、麻醉等类药物,医药界称其为"药用黄金",又称其为"激素之母"。黄姜除含皂甙元外,还含有45%～50%的淀粉,可用于酿造工业生产酒精、酵母粉、肌苷粉、葡萄糖等;所含40%～50%的纤维素,可生产羧甲基纤维素。提取皂素的废液,可提取农用核酸,是优质肥料。根状茎在医药、食品、高级化妆品、兽药等行业中也有广泛的用途,根状茎直接入药,有祛湿、清热解毒之功效,民间用于治疗皮肤急性化脓性感染、软组织损伤、蜂螫、虫咬及各种外科炎症,以及强身壮骨作用。水溶性活性物质可以生产盾叶冠心宁,用于治疗冠心病,效果好,副作用小。中科院武汉植物研究所研究发现,黄姜活性物质是杀灭钉螺、防血吸虫的理想药物,不仅灭螺效果好,而且又不污染环境,保持生态平衡。

20世纪80年代以来,随着激素类药物的广泛使用,国际、国内市场对黄姜素(皂素)需求与日俱增,黄姜收购价格一路攀升,最高曾达到每公斤2.2元,皂素价格也随之水涨船高,一涨再涨。由黄姜分离出的皂素,每吨出厂价格最高时达到近60万元。

黄姜主要分布于鄂、川、陕、辽、吉、黑等8省、市、区海拔300米以上的山地丘陵高寒山区。野生黄姜生长于溪流两侧山谷、林边或灌丛中,由于多年来人们无计划的掠夺性采挖,黄姜野生资源日渐枯竭。为解决医药原材料问题,我国农业科研部门采用无性繁殖技术,通过人工栽培种植,取得了大面积农田种植的成功经验。需求推动生产,秦巴山区的土质适合黄姜种植,一般亩产可达1000~1250公斤,按每公斤2元钱,每亩纯收益在2000元左右。

陕西、湖北和河南的部分市、县,将黄姜种植作为农民脱贫致富的手段,各地的政府以文件的形式,要求干部下乡鼓励推动农民种植黄姜,有的地方甚至规定种植面积,受利益驱使,很多农民也弃粮种姜,水源地周边成了黄姜的高产区。

2003年,丹江口市黄姜产量3万吨左右,2005年产量5万吨左右。2005年,郧县的黄姜种植面积达20万亩,最高达到30万亩。随着黄姜种植大面积推广,围绕黄姜加工的企业也如雨后春笋。谁也没有想到,由于加工手段的落后,使农民脱贫致富的黄姜成了环境污染的源头。

走进一家黄姜加工厂,老远就闻到一股刺鼻的酸臭味,工厂里树立着几个类似液化储气罐似的罐体,这就是酸解罐。一根管子将罐体和旁边的几个清洗池连接在一起,清洗池边的排污沟里,流淌的废水呈现深黑褐色,上面漂浮着一层黄白色的泡沫。据介绍,这种废水呈强酸性,废水所流之处,土壤发黑,连草也会枯萎。

据统计,每生产1吨皂素需鲜黄姜130~180吨,工业盐酸(35%)15~20吨,120#汽油3~6吨,燃煤40~50吨,消耗水400~500吨。生产流程完成后,这几百吨水几乎全部作为废水排掉。目前,我国绝大多数黄姜加工企业为县、市级中小企业，由于投资有限，加工手段落后，技术含量低，加工过程中消耗大量资源，产生大量废水、废渣、废气。生产技术落后和资金缺乏，使得污水处理极为困难，大多数中小企业无力投资污水处理设备，往往采取直接排放，废水中 COD 浓度高达 30000mg/L 以上，即使是建了废水处理设施的企业，废水处理效果也比较差，污水 COD 的浓度仍然高达 1000mg/L，超过国家规定 GB8978—1996《污水综合排放标准》一级排放标准 10 倍。大量严重超标的污水就这样随意倒进河沟和农田，任其四处流淌。呈强酸性的黄姜污水污染河流，导致人畜饮水困难，破坏森林、植被，导致土壤酸化、地下水污染、农作物减产。生产一吨皂素产生 10 吨左右的黄姜渣。通过酸解后的黄姜渣含有大量有害化学元素，以目前的技术和生产设备，黄姜渣无法转化为其他有用产品。大量有害黄姜渣的堆放，既占用了土地，渗透液又污染了地下水，造成潜在的威胁。加工技术的落后使黄姜从农民致富的宝贝变成了环境污染的祸首。

为了环境保护的大局，2005 年到 2008 年，水源地各级政府开始部署关闭污染严重的黄姜加工企业。郧县关闭了 12 家黄姜加工企业，年减少废水排放 30 万吨，年减少 COD 排放 3600 吨，但关闭黄姜加工企业也使郧县每年减少工业产值一亿多元，年减少税收 1000 万元，影响到近 7 万人的正常生活。除了郧县，水源地周边的丹江口、淅川、郧西、十堰市的张湾等县市区都相继关闭了几十家污染严重的黄姜加工厂。

黄姜加工厂关闭，地里的黄姜顿时成了无人问津的废物，成千上万的姜农"很受伤"。以一个年产皂素 120 吨生产能力的企业计算，年消化黄姜 18000 多吨，以亩产 1000 公斤计，可以消化 9000 多亩的黄姜，涉及一千多户姜农的利益。农产品的种植周期长，农业产业结构调整周期也长，上游加工企业一关了之，生产原料姜的农民可就惨了，辛辛苦苦一年，种的黄姜烂在地里无人收。2004 年，黄姜价格 1 元钱一斤，2008 年，每斤价格 0.3 元还没有人要，最后全部烂在地里。农民望着这些政府层层动员号召他们种的"宝贝疙瘩"直淌眼泪，这个东西又不能当粮食吃，有人收就是宝贝，没人收就是废物。他们怎么也想不明白，怎么这些"宝贝疙瘩"一夜之间成了无人问津的"臭狗屎"？几年辛辛苦苦的劳动和农药、化肥等投资一夜之间就打了水漂，谁来给他们一个说法？到头来，处于利益链最低端的农民承担了环境污染造成的损失。

由鼓励到围剿，黄姜的生生死死给人沉重的思考。严格讲，黄姜加工形成的环境污染，问题可以追究出一大串，如企业的加工技术是否成熟？企业对环保设备的投资是否到位？地方政府在推动黄姜种植时措施是否完备？有没有保护农民利益的具体措施？在这些问题都没有完备时，就以政府行政手段推动农民规模化种植，以因果关系而论，地方政府对农民的损失是否有责任呢？必须看到，黄姜加工技术落后造成的污染与种植黄姜的农民并没有直接的关系，加工企业技术问题解决了，污染消除了，黄姜照样是宝贝。而眼下，农民成了保护环境关闭污染企业的间接受害者。应该说这绝不是国家和政府的初衷，如何才能在环保与经济发展中寻求一条让农民群众靠劳动致富的路子呢？

由于历史的原因，水源地周边县市经济发展一直滞后于全国平均水平，据统计数据，2005 年，整个水源地周边县市农民年均收入不到 2000 元。其中收入最高的是河南淅川县，人均 2343 元；最低的是国家级贫困县郧西县，人均收入仅 1398 元。贫困使得当地一些人为了眼前利益而靠山毁山，竭泽而渔。限于财力和技术，他们在发挥地区资源优势时，往往急功近利，希望毕其功于一役，起步门槛低，投资数量少，生产技术陈旧，方法原始，环保设备不到位，有的根本不考虑环保，先捞一笔再说，个人或少数人发了小财，造成严重的环境污染贻害数十年。如小矿山开发、黄姜加工等就是如此，这是一条"卖血式"脱贫之路。

饮鸩止渴，鸩尽人亡。杀鸡取卵，鸡卵皆无。

严峻的现实和沉重的责任拷问着当政者的智慧和良知。

水源地是一块神奇的土地，除了地上生长的植物和各种建筑外，这里的地下还有着丰富的金、银、铁、煤炭、重晶石、石灰石、大理石、稀土、绿松石、五氧化二钒等各类矿藏。这些矿藏的分布与储量各不相同，有些不具备大规模开发的价值，有些储量尚未探明。目前，由国家出资大规模开发建设的除了银矿、煤炭外，很多矿还处于未开发的状态。随着经济发展，各类矿产需求量越来越大，需求带动了采掘。采掘形式也日益多元化，私人出资采矿越来越多。相当部分采矿者不具备任何技术和资质，也没有到相关管理部门办理任何审批手续，仅凭着手里有限的资金，怀揣着发财梦，就擅自到山上疯狂地开采冶炼。这些人随意砍树伐木，开山放炮，造成各类安全事故和严重的水土流失，给国家矿藏资源和生态环境造成严重破坏。

五氧化二钒是冶金生产中重要的添加剂，用以增加金属的柔韧性。因为提炼工艺复杂，污染严重，发达国家基本上不生产，而是到发展中国家采购。世界上生产五氧化二钒的国家主要有俄罗斯、南非和中国。2000 年以后，因为环保要求,俄罗斯关闭了国内的全部五氧化二钒加工企业,转而进口,由此造成国际市场钒价剧烈波动,2003年国际市场钒价上涨到35万元一吨还供不应求,最高潮时,每吨达到38万元。在利益驱使下,国内出现开采钒矿的热潮。

水源地周边的郧县、丹江口、淅川都是全国五氧化二钒储量最大、品位最高的县份之一。国家规定五氧化二钒含量在0.7%即可提炼,郧县钒矿含量达到2%～4%,远远超出国家的标准。旺盛的市场需求、高额的利润、高品位的富矿,三者相加,水源地周边的这几个县市自然成了采矿和冶炼的重点地区。以郧县为例,仅2004年3～12月,一年不到就有十几家钒矿相继投产。这些矿主既无文化又无技术,既没有到国土矿产部门报批办理相关手续,也没有到工商部门申请执照,躲在深山里,采用最原始的方法找矿开矿,建窑冶炼,给环境造成严重破坏。

生态破坏:钒土开采需要挖开地表土,再开采钒土,开采后需将表土回填,然后重新绿化。但这些私人矿主投资力度有限,没有正规地勘探矿源,无法完整地了解钒矿的分布情况,只得采取掠夺式的开采方法,发现一个采掘一个,发现无采掘价值便随意丢弃。据当地国土资源部门工作人员介绍,每个采矿点开挖的表土面积平均在80亩左右,为了便于作业,矿主们擅自将矿区周围林木无论大小一律斩草除根,再加上开采过程中的修路、施工占地和矿渣排放,形成的水土流失面积是开挖点面积的10倍。地面表土的开挖和植被的破坏,使得每一个采矿点形成水土流失源头。在水源地周边,这些大大小小的水土流失源正在一点一点地毁坏环境蚕食库容。

大气污染:五氧化二钒的提炼对环境影响很大,一种提炼方法为"酸浸提取法",将矿石放在硫酸中浸泡提取。一种为"培烧法",将工业用盐、石灰与钒土混合放在形似砖窑的窑炉内培烧,再将烧结物放到氯化铵池子中浸泡,将钒分离出来。当地采用的全部是"培烧法"。"培烧法"产生的污染物主要是氯气和氯化氢气体,这是一种刺激性和毒性极强的气体。这种气体如同看不见的杀手,以一个培烧炉为半径,周围两公里范围内的树木植物,只要遭废气吹拂过,统统落叶枯萎而死。人吸入这种具有强烈刺激性的气体会产生剧烈的咳嗽,眼睛泪流不止。浸泡烧结物的酸性废水和提取钒后的废渣对土壤和植物产生直接影响,废水流过,寸草不生。

为保护碧水蓝天,为洁净的库水免遭污染,面对猖獗的非法开采炼钒活动,水源地周边的郧县、丹江口市、淅川县均出重手整治非法小钒窑。

在巨大利益诱惑面前,非法矿主也不是那么容易就范的,你今天给我炸毁,我明天换一个地方继续干。执法与违法之间反复拉锯。

为逃避打击,非法矿主们将冶炼基地转移到水源地以外的地方继续开工,然后花钱雇人在郧县等钒矿富含区盗采。这些矿主自己不出面,而是出钱雇人到山里偷偷开挖钒矿,再将矿石运出去冶炼加工。执法人员即使抓住偷挖和偷运的车辆也抓不到躲在后面的矿老板,你抓住了张三,我再雇请李四,执法单位陷于人难找、窝难端的尴尬境地。有时候执法人员这边进山,那边就有人通风报信,等这边花了大半天时间,累得气喘吁吁走进山里,找到采矿点,那边人早已跑得不知踪影。面对狡猾的非法矿主,执法大队开展反侦查,化装执法。为不走漏风声,他们出门执法时不开执法车,有时乘坐别人的卡车、拖拉机,有时甚至以钒土贩子的身份深入虎穴,顺藤摸瓜,抓住幕后黑手。

2008 年农历腊月二十九,全中国的百姓都沉浸在春节的欢乐气氛中,郧县执法大队接到举报电话,南化镇刨玉村有人在盗采偷运钒土。这伙人腊月二十八日深夜盗采,腊月二十九日凌晨开始偷运。放下电话,执法大队会同县公安局交警队、南化派出所共 11 人立刻出发。钒土贩子也辛苦,他们认为,大年三十了,人人都在家里团聚,谁还会在这个时候管事?他们一次出动 10 台车,结果给执法大队送了一份丰厚的"新年礼物"。等到整个案件处理完毕返程时,郧县全城已经鞭炮震天烟火映红夜空,大年三十到了。

汽车离开郧县县城,行驶一个小时后,转入一条狭窄的山间小道,在一车宽的山间小道里顺着山势左右盘旋,一小时后,笔者随同环保执法干部一起来到大柳乡黄龙庙村一处已被彻底摧毁的窑炉。窑炉紧紧靠在一座小山脚下,这是一座大型的 22 门窑炉,外形如同一座砖窑,现在已被彻底炸毁,现场只剩下残垣断壁。窑炉前面有四个面积约 30 平米的浸泡池,周围堆积了一些残留的钒矿烧结物,烧结物外形呈球状,指头大小。窑炉周围的空地上一片焦黑,如同火烧过一样,地面上寸草不生。废窑炉前面有几户人家,一位 40 多岁的妇女带着一个小孩,笔者现场采访了她们。

问:(指着炸毁的钒窑)你们知道这是干啥的吗?

答:知道,炼钒的。

问:听说过炼钒有污染吗?

答:哎呀,可厉害了,炼钒炉子才开了 3 天,我们周围的家家户户都咳嗽,我家的猪死了 3 头,隔壁一家死了 2 头,炉子里冒出的黄褐色的烟,周围的树林像火燎过一样,树干变黑,树叶落光。

问:污染这么厉害,你们怎么让他们生产呢?

答:谁知道啊,刚开始他们说是烧窑,可以让我们的人干活挣钱,还给了我们一些钱。

问:给了多少?

答:一家 200 元。

问:开始烧窑后呢?

答:看到污染那么厉害,我们找他们,但给钱的那个老板始终看不到了,那些工人们只管干活不理我们,我们只好报告政府,政府派人来把它炸了,这才消除了祸害。

丹江口市治理钒矿的情况与郧县几乎一样,也是政府出面,将非法采矿冶炼企业彻底摧毁。

丹江口化工二厂,一个为了南水北调而被迫停产的企业。企业停产了,企业的 642 名工人包括 1200 多名家属一下子失去了生活来源。2000 年改制以后,企业逐步陷入绝境,600 多名职工生活无着,按照政策,只有工龄 30 年以上的 39 人包括原企业负责人算内退,每月发 180 元生活费,发了几个月后,企业没有资金再发,包括这 39 人在内,全体职工彻底失去生活来源。上千人没有经济来源,日子怎么过? 为了生计,他们开始了呼吁、上访、请愿。经过努力,当地政府为他们解决了低保,但单靠这点儿低保费,许多人连维持家庭最基本生活需求都不够。

丹江口水库的东岸,有一面壁陡的山崖濒临水边,山崖顶端是一片光秃秃的山坡,山坡上有几栋盖于 20 世纪 70 年代的砖混二层小楼,这就是丹江化工二厂的职工宿舍。30 多年的岁月磨蚀,红色的砖墙已经变成斑驳的黑色。沿着泥泞的小路走到楼房跟前,这是 70 年代最常见的那种简易宿舍楼,楼下到处残垣断壁,住户们用油毡、塑料布、包装箱、纸壳等各种材料搭建的小棚子,高高低低,如同小炮楼一样杂乱地排列在楼房前。楼房上下两层,每层 12 个房间,房子的一侧是上下楼的楼梯,楼梯口迎面两个小房间,门上模糊的字迹依稀可以看出"厕所"两字。从敞开的门可以看出,这两个厕所已经成了某户人家堆积杂物和柴火的房间。楼梯上杂乱的电线乱如蛛网。这是笔者 2009 年采访时看到的情景。陪同来的人介绍,因为交不起电费,供电局将整栋楼的电停了,于是各家各户各显神通,自己用各种规格的电线胡乱接在外面的电线上,二楼的阳台实际上是一条公用过道,12 间房子一间挨着一间,过道上平行横着一根自来水管,每一户的门口一个水龙头,有的水龙头滴滴答答地漏水,一米来宽的过道上一片潮湿。

离去时经过厂区车间,到处空空荡荡的,所有的门窗一片灰蒙蒙的,几乎所有窗户的玻璃全碎了。上料车间的料斗旁,一只狗旁若无人地在里面转来转去。车间的门柱子上,红色油漆写着"坚守工作岗位、强化劳动纪律"。远处一声高亢的鸡鸣引起我们的注意,循声找过去,一个大仓库里,竟然有成百上千只鸡在里面活动,这是厂区里唯一看到有生气的地方。为了给职工挣点钱,企业也是竭尽全力了。

600 多人成为社会不稳定因素,为了生活,不少人到武汉、十堰,到处上访、请愿,2002 年 4 月 28 日,几百名职工围坐丹江口市委,市领导被围了整整一夜。

丹化二厂厂长讲:"我们企业原来生产好好的,市场形势不错,因为要南水北调,2006 年,政府让我们整体搬迁,说是给补偿经费 2000 万,但经费一直没有到位。我们生产停了,搬迁却没门,结果市场、客户全丢了。搬迁搬不了,生产全停了,设备卖不出,土地投资更要受到严格的环境评估,我们被这一库清水困住了。为了南水北调,我们失去了生机。"

据了解,丹化二厂实际上还是有潜力的,2008 年企业净资产 6500 万,没有负债,还有 100 多亩的土地。按当地的价格,2009 年的土地市价 9 万元一亩,这些算起来不算少了。丹化二厂地处丹江口库区南岸最高的平台,海拔高程 180 米,待水位达到 172 米以后,这里是水库边最好的观景台。有眼光的实业家如果果断出手,这里将是极为有价值的旅游度假区。丹化二厂厂长说:"我们现在急切地希望中央早作决断,为了北京人的利益,为了受水区人民的利益,也为了库区人民的利益,早日调水,早日落实搬迁政策,我们拖不起了,等不起了,从 1990 年等到现在,我从青年等成了老人,从黑发人等成白发人。"

他的话没错,早在 1990 年,水利部就开始做南水北调中线工程前期准备工作的调查。1992 年,水利部部长钮茂生到丹江口来调查,按照他当时的说法,中线工程很快就要上马。以后,中央各个部门的调查组今天你来,明天我来,走马灯一样。每个调查组的腔调基本一致,丹江口水库的水质量很好,中线工程应该尽快上马。就这样,从 1990 年一直叫到 2003 年,国务院正式下达了停建令。停建令下了,企业也老老实实地停了,但让人望眼欲穿的补偿资金却只听楼梯响,不见人下来,始终没有踪影。除了企业停产外,丹江口库区周边县市的经济建设也受到重大影响。无论上什么项目,只要一听说是南水北调水源区,所有项目的环评都通不过,库区周边经济处于停滞萎缩状态。

汉江蜿蜒曲折将郧县县城分为两截,汉江南岸,郧县县城东南面有一座断崖兀立江边,这座断崖有一个响亮的名字:天马岩。郧县造纸厂就坐落在这座山崖上。这个厂的厂长是一个40多岁的汉子,一提起企业现状欲哭无泪:

郧阳造纸厂建于1967年6月,1970年投产,因为纸浆质量好,主要生产毛主席著作印刷用纸,以后经过三次改造,有三条纸浆生产线,形成2.5万吨生产能力,产品除了满足国内市场外,还远销美国等20多个国家和地区。历年来在天津口岸均属于免检产品。企业固定资产1.2亿,产值9000多万,年上缴利税700多万,企业职工834人。纸厂存在的主要问题是排放的污水不达标。2003年5月,"郧政函"33号文件下达停产治理决定。为了保证纸厂的职工和草农生活,我们先后三次投入1300万元改造污水处理设备,整整花了三年时间,污水排放仍然不能达标,为了配合南水北调中线工程,2007年3月15日,郧县政府下令关闭造纸厂,紧接着供电、供水、工商等部门相继下达停电、停水、吊销营业执照等通知,郧阳造纸厂从此陷于绝境。全厂800多职工连家属共6000多人失去了生活来源,其中,双职工就有200多。关停后,纸厂的设备由国资局向社会拍卖,企业职工原来人均工资每月800至1000元左右,现在每人每月发放120元生活费,以后通过做工作每人增加30元,这还只限于正式职工。造纸厂工种单一,多数人属于简单的熟练操作工,外出自谋职业缺乏一技之长,多数职工年纪偏大,再学习上岗就业存在困难。800多人的出路,6000多人的生活全部成了无法解决的难题。

企业停产后,职工生活陷于困境,以现在的物价,每月的粮食、燃料、蔬菜、油盐酱醋,老人就医,孩子上学,每月100多元的生活费远远无法满足需要,为了减少开支,厂区宿舍周边都变成了他们的菜地。用水用电也成了问题,以前厂区的水电全靠厂里供应,现在电断了,抽取生活用水每月需要3万多元的电费,这笔钱无处开支,职工家里的自来水再也流不出水来。水是生命之源,眼看到江水就在脚下日夜流淌,但就是进不了家门。职工吃水得自己到汉江边去挑,挑水的码头在江边,江水涨涨落落,有时水位降得多了，打水就很危险，已经有几个年纪大的职工为挑水失足掉入江中。厂区的职工宿舍在天马岩的半坡上，到汉江边有近800米，其中还需要下一道200多米的长坡，一挑水来回要一个小时。很多家庭没有办法生活，想方设法离开这里，到自己在外面的子女、亲戚家去住。但一些没有子女亲戚在外的职工就只能咬着牙度日子了。晴天挑水还好办，一到阴雨天，这条滑溜溜的长坡不知摔倒过多少人。职工王应枝的女儿18岁了，在外面读书，2007年夏天学校放假回到家里，一天她帮助母亲洗衣服，在江边失足落入水中不幸溺水而亡。一家人悲恸欲绝。

汽车从郧县县城向东南行，穿过雄伟的汉江大桥，十分钟不到便进入厂区。厂区道路犹如这座关停的工厂，残破不堪，道路两旁被人见缝插针，一小块一小块种满了苞谷、红薯和各种蔬菜，这是下岗职工为改善生活自己开垦的菜地。这些菜地和企业的车间毗邻，很不协调。

造纸厂的大门很气派，七八米宽，"郧阳造纸厂"几个大字横跨在大门上，展示着当年的风采。只不过上面落满了灰尘。为了盘活资产，想方设法挣几个钱，厂里将有些车间租出去了。当年创造出高额效益，被称为"印钞机"的生产设备已经变成一堆废铁，无言地诉说着当年的辉煌。车间的玻璃几乎完全破碎，整个厂区景象凋零。

造纸厂的宿舍在一面山坡上，一排排一层高的简易房依着山坡的走势排列，有些像陕北的窑洞。厂长介绍，这些颜色灰暗的房子年龄比他还要大，全是1967年修建的。他指着土黄色的墙壁说：当时提倡勤俭节约，房屋建设就地取材，用黄泥加上少量的沙和水泥，在木板模子里夯实，用这种材料制作的墙体就叫"干打垒"。因为无钱买房，厂里将这些房子里面粉刷后，以每月几块钱租金的价格分给职工居住。

这里的液化气每瓶售价接近100元，职工们烧不起，于是重新烧柴、烧煤。每一户房屋的门口有一个小小的柴火房，里面堆满了各种各样的燃烧物，废旧破烂家具、截成一段段的树干、松树枝、玉米秸秆、包装箱等。我们随意走进一户人家，感觉犹如倒退回20世纪六七十年代。青灰色的水泥地坪，墙壁上粘贴着报纸，正面墙上张贴着恭喜发财年画，老式家具油漆斑驳，衣柜上居然摆放着一台9吋的黑白电视。主人说，他们这里没有有线电视，收看时，还要摆弄天线的方向。一张方桌上两个热水瓶，几个茶杯，几张没有油漆的方凳。房屋的主人是退休的老两口，男主人原来在厂里当操作工，退休已经好几年了。

因为企业没钱交养老金,现在退休金一分钱也拿不到,生活全靠在外面工作的孩子给一点,每天紧巴巴地不敢花钱。他们说,有个房子住,有口饭吃就不错了,现在最怕的就是生病。

另外一家就惨了,这家男主人2009年刚满55岁,当年为了保护企业的财产,造成严重工伤,是企业的英雄。现在企业垮了,昔日的英雄陷入无奈境地,每月150元的生活费勉强维持最基本的生活,因为身体垮了,外出打工打不了,以前要定期去看病,现在昂贵的医药费全无着落,只有硬扛着。诉说着自己面临的困境,他满脸的痛苦和不解。

一个家庭里,开支最大的,除了吃饭、看病外便是孩子上学。自从让教育走向市场后,孩子上学的费用节节攀升,教育费用高已是公开的秘密。和医院一样,交不起钱的孩子也被拒之门外,有的虽然也勉强让孩子坐在教室里,但一天三催,孩子幼小的心灵如何能承受如此巨大的压力,看到愁眉苦脸的父母,孩子又如何能张口要钱。孩子上学成了职工最头疼最伤脑筋的事情,为了孩子的学费,做父母的到处借钱,到学校说好话,求人情。有一对双职工,企业关停那一年,两个女儿先后考上大学,对于别人来说欢天喜地,但对他们来说却愁得日夜难眠。两个孩子上大学每年需要一笔不菲的费用。夫妇二人每月的生活补助费加起来才260元,还要养活自己的父母亲,按郧县的生活标准,米面油盐水电气全部加起来每人每月最低需要200元,两百多元六口人生活,夫妇二人上哪里去给孩子借这么多钱?无奈给孩子做工作希望孩子放弃,两个女儿整日以泪洗面。求告无门,男主人最后只得自己赴深圳打工给孩子挣学费。

纸厂的职工说:我们现在连农民还不如,农民好歹还有一片土地,可以解决粮食蔬菜等生计问题,我们上无片瓦,下无土地。城里人都有自己的房产,我们没有,现在租住在厂里的老房子里,柴米油盐酱醋茶水电任何一样东西都离不开钱,我们该怎么办?上面要调水,我们没意见,但关闭我们的企业也要给我们一条生路啊。有的干部不满地说,南水北调没有给我们带来任何发展机遇,只有痛苦和困难。发展经济也要全国一盘棋,不能只要我们勒紧裤腰带无私奉献,总得给我们一点希望和机会吧。

绝大多数职工对眼前无电无水无医保无退休金无生活来源的困境极为不满,为了求得问题解决,他们几十次到郧县政府、十堰市政府上访,堵塞汉江大桥。

郧阳造纸厂所在厂区是南水北调二期工程淹没区,按照政策,国家对淹没区有经济补偿,现在全厂职工都眼巴巴地望着脚下东去的汉江水,希望它快点淹上来,随同上涨江水来到的还有国家的政策补偿,有了这笔补偿款,自己未来的生活还有望改善。

造纸厂原来可不是这个样。丹江口水库蓄水导致郧县老县城淹没后,原来微薄的工业基础也随之沉入水底,为了发展工业,培植新的税源,在上级的支持下,郧县重打锣鼓另开张,利用本地资源建立了新的工业基础,郧阳造纸厂就是新成立的几家工矿企业之一。新成立的造纸厂产品供不应求,无论产值税收在郧县乃至郧阳地区都位列前几名,为新郧县的建设做出了巨大的贡献,造纸厂的职工在郧县也处处被人高看一头,外单位的姑娘找对象,要找纸厂的小伙,纸厂的姑娘不嫁给外单位的小伙,调工作,找单位,郧县造纸厂是最受追捧的单位。今天一下子沦落到如此境地,谁心里都难受。

造纸厂的关闭除了影响 800 多名职工、6000 多名家属外,还有全县几十万农民。郧阳三大宝,苞谷、红薯、龙须草。龙须草是郧阳的特产,这里的龙须草纤维长,韧性好,是优质造纸原料。郧阳造纸厂生产红火时,在郧县境内行走随处可以看到,田头地角,房前屋后,漫山遍野全是青绿的龙须草。龙须草有一个特性,如同韭菜,越割越茂盛,龙须草根系发达,是很好的固土植物,龙须草的大规模种植,也促进了当地的水土保持。一个企业建设带活一方经济,为了支持造纸厂生产,郧县政府号召动员各乡镇村大量种植龙须草,收购价最高峰时龙须草种植面积达到 30 万亩,产量达到 50 万吨,涉及 40 万农户。收购价最高时每吨达到 450 元,为了保护农民利益,调动农民的积极性,造纸厂出资培育了 30 万亩龙须草基地,40 万农民家家受益。现在造纸厂关闭,30 万亩龙须草基地被废弃,大量的龙须草无人收购,40 万龙须草种植户平均每户损失 8000 元。

环库区车行 3 个小时到达丹江口水库北边的河南省淅川县,这里是南水北调的调水源头,又称"渠首"。调水源头对周边环境的治理措施更为严格。淅川县造纸厂曾经位列河南省造纸行业第四,现在的结局与丹江化工二厂、郧阳造纸厂一模一样,企业关闭,市场丢失,所不同的是,这个厂的几百名职工不光没有发基本生活费,连城市低保也没能享受到。其理由是,有关部门提出的标准,只要家里有电视机或者是电冰箱就不能享受低保,但 2003 年前企业形势好的时候,谁家里没有电视机、电冰箱?

关闭一个企业容易，找到企业，讲明政策，宣布停电停水，吊销营业执照，企业就无法再生产了。但是企业是一个地方经济发展的支柱，尤其是水源地周边县市这样一些功能单一经济相对落后的县市，税收就业全靠企业，关闭这些企业，国家承诺的补偿犹如镜花水月，迟迟不能到位，对地方政府而言，这真是一件拿自己的手指头当饭吃的事情。全国到处都在发展经济，都在想方设法增加收入，让百姓们享受改革开放的成果，增加工资，改善福利。郧县、丹江口、淅川这些县却在为了南水北调而自断其臂，切断了自己的经济来源，增加了自己的下岗职工。不断有人跑到这些县市领导那里吹风："人家那里像我们这样的企业还在照常生产"，"有的地方企业换个地方又开业了"。下岗的职工为了生活，经常围坐在当地政府门口请愿："北京人要喝水，我们要吃饭。"水源地周边几个县市几乎都发生过群众静坐上访的群体性事件。

如此的压力，如同一块大磨盘，整日压在这些县市领导的心口，让他们喘不过气来。他们不是没有想法，作为一级地方政府，谁不想发展经济，富裕百姓？抛开远大理想不谈，为官一任造福一方是他们的基本想法。看到关停企业职工的困难状况，他们谁也不能不动情。也有很多群众在激动之时，情绪失控，嘴里骂，手上还要打。但作为党的干部，听党的话，服从大局是最基本的组织原则，再难的事情，也要保证一江清水到北京。但夜深人静之时，他们也在痛苦地思索，看到那些白发苍苍、生活无着、愁容满面的老人，想到那些被病痛折磨而无钱就医的下岗职工，他们也难过得揪心，该如何做才能让这里的百姓们和全国其他地方的百姓一样，有一份工作，过上说不上好但衣食无忧的日子呢？这里的百姓们为了调水已经做出了那么多的牺牲与奉献，上级有关部门为什么就不替这里的百姓们想一想呢？郧县县委书记柳长毅心情沉重地说：

我们每天眼睛一睁开就是两件事，一是如何快速发展经济，让郧县人民早日脱贫致富奔小康，一是如何提高环保门槛，确保丹江口水库周边山青水绿。按照和谐社会发展的理论，这两者应该是一致的，不矛盾的。但如果深入到现实生活中就不能不看到，在目前的环境下，这两者的确是存在矛盾的。

水源地的政府与人民在大局面前是不含糊的，一位领导干部说，谁让我们生长在这块土地上呢？我们纵有再大的意见，为了保证水源地的绿水青山，为了保证国家调水的大局，我们咬着牙关，勒紧裤腰带也要干。十堰市不惜血本，使出吃奶的力气，经过上下努力，先后整治违法排污企业近百家，依法关停了 30 多家污染严重企业,全市大小 69 家黄姜加工企业除留下四家作为技术试点企业外,其余全部关停,肆意横流的污水和随意排放的有害烟尘排放终于被卡住了脖子。

丹江口水库北岸的南阳市关闭淘汰了 59 家重点排污企业,对 25 家不稳定达标企业实施了停产治理,11 家企业被列为搬迁、转产对象;对丹江口水库水源区内的 355 家小选矿、小石墨、大理石加工点、畜禽养殖企业等分别采取关闭、取缔、淘汰、搬迁和治理措施,全市黄姜加工小企业全部关闭。

想一想这些关停整治的后面吧,那是多少企业关闭、工人下岗、财政减收、困难家庭、无钱就医、无钱上学,怎样才能在这种"断臂"行为中找到一条更为合理,更为人性化,更能让人民群众减少痛苦而乐于接受,心甘情愿自觉自愿地投入环境治理呢? 或许这是需要从国家层面思考的问题。

三 水土流失交响曲

除了企业造成的点源污染外,水源地周围还存在着大面积的面源污染,面源污染主要是随着雨水流失的人畜粪便和农业种植中大量使用的氨氮类肥料。

水源地的土壤大致有五大类,最好的一类是汉江丹江沿岸的小冲积平原,也就是俗称的河套地,这类土壤肥沃,含有大量的有机物质,土壤团粒结构好,保水保肥能力强,是水源地两岸人民的粮仓,但这些土地全部沉沦到了水库下面。绝大多数被称为"黄棕壤",这种土质遇水一摊泥,无水坚如刀,下雨就涝,无雨即旱,保水保肥能力很差。

郧县农业局的同志介绍:郧县耕地总面积为 51.7 万亩,其中一等地占总耕地面积的 16%,二等地面积为 57%,三等地的面积为 27%。在所有的耕地中,这种黄棕壤近 49 万亩。平原地区每亩地施用尿素平均 20 多公斤,而郧县的每亩地平均需要施用尿素 30 多公斤,碳氨 80 多公斤,由于土壤和山区地形的原因,碳氨和氮的流失现象相当严重。下大雨造成水土流失,氨氮随之流失,即使下小雨没有造成水土流失,但因为土壤的保肥保水能力差,土地里的氨氮仍然会随着雨水流失。这些流失的氨氮连同农家牲畜和人的粪尿最终全部汇入丹江口水库。从整个水源地周边来看,土壤和耕地情况基本相同,这就是丹江口水库水质氨氮含量超标的原因。

丹江口水库淹没了水源地周边县市几乎所有的当家田地,人均耕地大幅减少,仅为 0.7～0.9 亩,土地少,土质差,产量低,为了生活,人们只有向山坡地发展,由此又造成毁林开荒。山区的土层很薄,毁林开荒造成地表植被破坏,经过千百年生长的植被被破坏后,地表的薄壳土受到雨水冲刷迅速流失,形成新的水土流失和面源污染。这种 25 度以上的坡耕地耕种几年后,即因为水土流失严重而无法继续耕种。出于生活压力,农民们只得重新开辟新的山林,再过几年后,由于同样的原因,再开辟新的山林。人与自然就这样一轮一轮对抗,大片山林在人为砍伐下被逐渐蚕食。看起来,人取得了胜利,但自然随即以大规模的水土流失报复人类,由此形成恶性循环。水土流失光了后,露出光秃秃什么也不能生长的石头,这就是"石漠化"。"石漠化"地区,草木不生,土壤稀少且瘠薄,没有水源,在这里,人失去了生存的基础。在人与自然的较量中,看起来胜利了的人类最终只能自食恶果。

无数的案例证明一个触目惊心无法回避的事实:人类才是自然的天敌。

汉江北岸,一条公路由郧县通往丹江口市,这里已是秦巴山区的尾巴,绵延的群山不再如涛如怒,而是起伏舒缓,渐行渐平。公路的两边散布着村落与耕地。让人吃惊的是,公路两边的山坡上几乎是光溜溜的,有的地方癞痢头似的生长着稀稀拉拉的麦子,麦子如同营养不良的儿童,瘦弱、矮小。靠近公路边的山坡上,生长着小片人工种植的松树林,据称这片小松林已有 10 年树龄,但松树只有一米多高,要指望它们长大成林还任重道远。稍远的山上则是一片光秃,大片裸露的石质山体,展现出一块块斑驳的灰白色,山坡上,明显可见一道道雨水冲刷而成的深沟。如同一首高低起伏的交响曲,一个多小时的行程中,山顶、山脊、山梁上斑驳的灰白色是主旋律,人工努力种植的树林展现出的点点绿色成了悲怆的插曲。虽然绿色的努力不断,但很明显,要打败斑驳的灰白色成为交响曲的主调,绿色还显得太脆弱了。

丹江口市水务局郑局长介绍,1958 年以前,江北的山林绿色覆盖,全是成片的原始森林,造成今天结果的,一是那场"大炼钢铁"的运动,二是当年建设丹江口水库。如果再算下去,还包括"农业学大寨"时千军万马造大寨田,包产到户后的乱砍滥伐以及各种人为折腾。

剃发拔毛不算,还要开肠破肚,任何山林都受不了人类这样满怀仇恨的做法。

据《丹江口市移民志》:

……至解放前夕，均县尚保存有大面积森林，90余公里汉江主河道两岸，丹江河左右，无山不绿，有水皆林，松杉成片，杂木纵横。夏季苍翠如滴，冬日密林如黛。汉江南岸的青山港就因为过去松柏茂密而得名。

……1958年丹江口水利枢纽工程开始兴建……整个工地工棚住房、民工睡铺、生活用柴的木料来源全部砍伐于均县的所有山林。据不完全统计，全县共砍伐森林25万亩，砍伐木材约50万立方米，薪柴6亿多斤。1958年11月28日，省长张体学在丹江口工地给省委汇报中称：为满足工地梢料（围堰）用的材料需要，后勤司令部于10月中旬派人带领4000民工在淹没地区就地砍伐，3天完成280万斤。1959年，竹溪民兵营300余人在草店木材集中的瓦房河一带，3个月砍树11000多立方，因山高路险，交通不便，结果上万立方的木材夏日冬雨，虫蛀水浸，一根未运出，全部烂掉。……

工程开始后，工程局驻凉水河两个团，青山港一个团，常年专业砍树，这支队伍除了满足工地用材、烧柴、搭建工棚外，还要解决工程急需的车架、抬杠、工具把以及编筐用的竹子、藤条等材料，因此，造成均县境内汉江、浪河、曾河两岸两百里的树木杂灌林齐砍齐伐。沿江一带的三官殿、牛河、土台、凉水河、柳河口、习家店、郿川等7个公社，不仅集体用材林、经济林、杂灌林砍伐殆尽，而且连社员"四房"树木和几十株数百年的古树也一扫而光。根据群众反映，有几株古树砍倒后，因过于巨大而无法运输，导致树木就地腐烂。老营、六里坪、官山、盐池河、浪河5个公社山林也被大面积砍伐。

丹江口市绿化委员会曾经写有一份《关于建设丹江口水库林业损失问题的调查报告》，报告说：

由于大坝建设，库区山林活木损失约50万立方米。第一，就烧柴而言，每人每年按1250斤计算，就达60亿斤之多，以2000斤折合一立方米计算，约300万立方。第二，林业部门砍伐运输上交丹江口工地的木材，有收据的就有38271立方米规格材。第三，指挥部未出收据和派民工自伐自运或砍伐未运则数倍于此数，约12万立方米。当时搞土法围堰，上至黄家湾，下至三官殿沿河两岸收集堆放大量的小头直径20厘米长10米的围堰木，仅围堰木一项，汉江两岸7个公社集体用材林和社员房前屋后的树木被砍伐。

在整个水利枢纽建设过程中，上起与郧县交界的远河口，下至与老河口接壤的三官殿，北到与河南淅川相邻的玉皇顶，南到武当山风景区，方圆数百里的山林被砍伐一空。致使到90年代，丹江口成为全省的"荒山大户"。

20世纪30年代修建老白公路，当地政府动员了公路沿线的十余万民工历时近10年，沿途砍伐林木没有记载，但当时的湖北省水利局潘毓藻工程师在1940年来郧阳调查后向省政府的报告对此有所描述：

……目击民间疮痍有大利不能兴，各地森林砍伐殆尽，雨时无树木之含蓄，几乎全部皆为径流，烈日暴之，使岩石剥落，变为砾砂，随水冲下，则复压田庄，远者塞江河，欲其不成水灾，不可得也。以旱灾言之，绝无池塘蓄水之制，人民不知水为何物。堰渠之法，亦多荒废。禾苗之得水与否，完全依靠气候，人民不知改进，官吏不知指导，田亩逾荒，水量日少，欲其不成旱灾，亦不可得也。

虽然没有当时的砍伐记录，但从简短的报告中，可以想见其砍伐的烈度。

郧县水利局原局长谢青云回忆：

我的家在郧县大堰，小的时候，村子周围全是密集的树林，树林里林木参天，人在里面走都很困难。林子里有很多野兽，如豹子、狼、狗熊、野猪等，野兽经常到村子里来伤害村民的家畜和庄稼，一两个孩子根本不敢到村子边去。我的邻居姓李，家里养了三十多只羊，十来头牛，他家的孩子有11岁，那一年在树林边放牛，结果遭到狼的袭击而丧命。树林里的鸟也特别多，经常看到老鹰在天空翱翔，喜鹊、麻雀、八哥、画眉，还有各种叫不上名字的鸟儿天天在村子里飞。野鸡胆子更大，离人不到十米就悠闲自在地散步，我们小孩子经常追着打野鸡一直追进树林里。我们村里的人到集镇上去卖柴，卖完柴后买点肉挂在扁担上，老鹰从天上一个俯冲下来就将肉叼走了，这在那时是常事。山上植被茂密，水土保持也好，即使下暴雨，江水也不浑浊。冬天江水清浅，还能看见鱼儿在水里游动。用今天的观点，这就叫生态环境平衡。

到了五六十年代以后，这一切都变了，首先是树林没有了，大炼钢铁大办水利的那些日子，山上的树就像剃头一样，一片一片地砍。那时我到村子里去，村子里一个人都看不见，门也不锁，老老少少牵家带口上山去砍树。外人可以随便到村民家里去住。看到周围的树林消失，河里流淌的都是树木,当时还感叹"人定胜天",感叹人的力量大。大炼钢铁、大修水利、三线建设、人民公社修大寨田,烧柴,修路,几乎一切活动,人们都将树木作为发泄的对象,只几年的工夫,远远近近的山头全光了。谁也没想到,原来多得不得了的野兽、鸟儿都不见了,接下来江水开始变得浑浊,尤其是暴雨过后,江水便如同黄河,河水中的泥沙含量剧增,拐弯处的回水流速慢造成泥沙淤积,泥沙淤积到一定程度便导致汉江主航道出现局部改道。砍伐树木造成汉江上游森林植被破坏严重,水土流失现象也非常严重。过去的滔河还是一条航道,县里在梅铺设了一个航运站,从县城到梅铺、南化给丹江口水库运粮,都靠滔河运输,现在滔河哪里还有水呀。

1958年,县水利局在刘洞修一个水库,为了做板车,组织人将一棵200多年的黄连树砍倒了,那棵树三人合抱都抱不过来,树冠直径20多米,几个青壮年轮流上阵,砍了好几天。大树倒地时,突然狂风大作,村子里几个老人都哭了,他们说小时就在这棵树下长大,这棵树一直保佑着村子里风调雨顺,人畜平安,是棵神树,现在你们将它砍了,将来要遭报应的。这些老人们的话没错,以后年年闹水土流失,而且越来越严重。1957年,县里在花果山建了一座55万方的水库,由于严重的水土流失,前后不到15年,这个水库竟被完全淤平。这个水库的成雨面积约25平方公里,据计算,一个平方公里一年就有16000立方米的泥沙被冲进水库,每年要减少1.2厘米的土层。现在水库看起来变成一座平台,人们在上面栽上了树。六七十年代修的水库、堰塘几乎完全淤积光了。没有水库,山上的庄稼得不到浇灌,麦子、玉米长得像癞痢头,稀稀拉拉的,这就是大自然的报复。

树砍光了,植被破坏完了,这里的小流域气候也改变了,最为明显的是气温变高。

1955年8月8日,我从部队复员回到郧县,大夏天回到家里,晚上睡觉还要盖被子,现在8月哪还能盖被子?除了气温变高外,上游来水减少,地下水位下降,天气越来越干旱,降雨量越来越少,山区的老百姓都没有水吃,年年忙抗旱,可是下一场小雨就会出现泥石流,又要忙救灾。这就是生态环境遭到了彻底的破坏。当年那场大炼钢铁,修建丹江口水库疯狂地砍树对环境造成的破坏是毁灭性的,我们那时的森林覆盖率超过50%,经过几十年的努力,到现在,森林覆盖率还不到30%。

认识上出现偏差后，人就是最可怕的。一把斧子一双手，祖宗留下的自然环境给你破坏个精光，今天认识到了，想补救也难。说是十年树木，百年树人，实际上应该是十年树人百年树木，真正要做到山青水绿，没有百年的时间根本不可能。

今天最为可喜的是，老百姓的燃料结构改变了，建筑用材结构也改变了，希望我们不再出现像1958年那样疯狂的砍树行为。

据目前所知，茫茫太空，只有地球上有人类居住。在地球这个星球上，动物、植物与人共同生活，人处于生态链的最顶端。人很聪明，发明了机器，不断地改造着自己的生活；人同时又很愚笨，为了自己的生活砍伐树木，杀戮其他生物，最终造成自己生活环境的彻底破坏。动物植物灭亡后，最后灭亡的就是人类自己。东汉时代的曹植有一首诗：

煮豆燃豆萁，

豆在釜中泣。

本是同根生，

相煎何太急？

眼下人对动物植物的作为，就如同曹植所言，"本是同根生，相煎何太急"。砍倒大树建大坝，大坝建成树没了，大树没了水土流，水土流失害大坝。

一个大型水利工程的兴建虽然造福下游几十年，但也因客观认识和历史条件的局限，致使水源地周边及上游生态环境遭到严重破坏，到今天为止，整个水源地周边土地石漠化危害仍在延续，当地人民因水土流失所受的危害仍未结束，为了保护丹江口一库清水，水源地人民与水土流失的斗争仍将继续。

环丹江口库区有一条公路被称为江北公路，丹江口市习家店镇位于江北公路边。笔者围绕江北公路，驱车数百里，来到习家店。镇党委于书记将笔者带到一片石漠化山坡跟前：

石漠化的危害已经延续到公路边了。为了治理石漠化，我们想方设法固土栽树。路边的土早已没有了，我们在雨水冲刷形成的雨裂沟沟底垫上石头，再在流下的土石上种下酸枣树。这还不够，到处都是大石头，我们只得在石头上种树。石头上是无法栽树的，我们先在石头上用炸药炸出一个大洞，让其风化一年后，再运来土垫在洞里，上面栽上生命力最顽强的酸枣树，就是这样，几年后的酸枣树也只有30多厘米高。

沿着于书记所指的方向，几十上百棵酸枣树顽强地挺立在斑驳的石漠化土地上，与沿途所见绵延百里一望无际的石漠化山岭相比，这点绿色太微不足道了。但幼小的树枝和点点绿色给人一种悲壮的希望。它毕竟反映出人类对自己错误的自省，但要让这点星星之火变成燎原之"绿"，恐怕真的需要百年的时间。

2005年8月，笔者到淅川采访，淅川县水利局杜局长将笔者带到丹江口水库边上一个叫马镫的地方，这里的石漠化情况更为严重。丹江口水库的岸边，全是一眼望不到头的石漠化山崖，全部以石灰岩、紫色砂岩、片麻岩为主。长年风雨的侵蚀，这些山崖的表面已经全部风化。山崖间，一道道刀切似的深谷直接深入水库，山谷里堆满了被雨水冲刷下来的泥沙，这些泥沙就这样一点一点蚕食着浩淼的水库，这是大自然在炫耀它的能力与成绩。在几块巨大的山岩上，稀稀拉拉地栽种着几株身高不到30厘米的小树，这些小树如同营养不良的侏儒，与其说它是树，倒不如说它是盆景。但杜局长的话让人吃惊，杜局长说，这些树已经种下去3年了。杜局长说：

> 在这样的石漠化地区种树非常之难，种树要有树窝，石头上哪来树窝？要用6两炸药才能炸出一个直径1米、深20～30公分的坑，刚炸出的坑里是没法种树的，要让它自然风化1年，再从别的地方运来土填在坑里，这才能栽上树苗。由于环境恶劣，坑里的小树苗得不到生长所需的营养，种下去几年，也只有30厘米高，我们称其为"小老树"，种下去的树成活率也不高，能有60%就不错了。算下来，一棵树的成本要多少？

他指着水库边绵延不尽的岩石群山：

> 要将这里全部种上树，需要多少人力、物力，仅炸药就需要多少吨，以我们的财力够吗？即使这样种上去后，树苗长不起来，我们又该如何？

水源地周边县市都是国家级贫困县，政府财力窘困，要办的事太多，投入严重不足，治理规模无法扩大。由于国家补贴有限，这些县市即使举全县之力，每年治理的范围也极为有限，以淅川为例，淅川现在每年仅能治理20多平方公里，照此速度，需要60年时间才能将现有的流失面积治理一遍。同时，资金的匮乏使治理标准难以进一步提高，治理规模难以继续扩大，管护措施难以到位，治理效益也难以充分发挥。

客观地看，以水源地周边县市的财力和现在的治理速度，在2014年调水开始时是不可能将全部水土流失面积治理完毕的。大面积的水土流失没有治理完毕，意味着调水工程即使建成通水也存在严重的隐患。

鉴于石漠化地区恢复植被的难度大、成本高、成效差,有专家直截了当地提出,最好的办法是放弃治理,将石漠化地区的居民全部搬迁出来,彻底杜绝人类的侵扰,让大自然自己修复。这当然是个好主意,但是,流失问题没解决,丹江口水库水质受影响怎么办?石漠化地区数万农民迁移到哪里去?

前人失去理性的砍树给我们出了这道世纪性难题,如果我们无法解决或是留下尾巴,我们的子孙该如何看待这个问题呢?

人为万物之首,人的生存离不开土地。土地是生命的温床,是万物的母亲,树木花草在她的身体里孕育成长,动物百兽在她的胸怀里奔跑歌唱。没有了土地,便没有了植物、动物,最终也没有了人类自己。土地是人类的家乡,没有土地,生命将无处安身。人不能无知到丧良弑母,人不能愚昧到自毁家乡,人不能睁着眼睛将自己的生命自绝于自己的手上。

2005 年 8 月,全国人大环境资源委员会与国家环保总局组织部分中央媒体组成的"中华环保世纪行"记者团来到丹江口水库采访,笔者作为记者团成员之一,采访后撰写《丹江口库区水土流失严重,治理工作刻不容缓——南水北调中线工程水源区调查报告》,调查报告作为采访成果上报全国人大环境资源委员会。摘录如下:

国土面积 23680 平方公里,水土流失面积达 11905 平方公里。

河床抬高,淤毁塘库,危害农业生产,破坏生态环境,自然灾害频繁发生。

面源污染导致库区水体总氮超标 1.3 倍。

丹江口水库泥沙淤积已达 12 亿立方米,占水库总库容的 5.78%,坝前淤积深度达 15 米,丹江口水库会成为第二个三门峡吗?

......

汉水一路融汇深山峡谷中的众多支流,奔流在秦岭、大巴山之间,到湖北丹江口时,已是浩浩荡荡、气势宏伟的长江第一大支流了。咆哮奔放的汉江在湖北丹江口被一条长 1141 米、高 97 米的巍巍大坝拦腰截住,犹如野马被拴住了笼头,源远流长的汉江在此化为一片宁静美丽的湖泊。通过谷歌卫星地图从空中向下俯瞰,中国的形状犹如一只引颈长鸣的雄鸡,雄鸡的心脏部位,有一块璀璨的蓝宝石,这就是有 745 平方公里、202 亿立方库容的丹江口水库。乘船在烟波浩淼、一望无涯的库区航行,极目四望,但见水天一色,犹如置身于汪洋大海里,这里被称为"小太平洋"。

湖面平滑如镜,湖水清澈透明,饮一口,甘冽爽口,直入心田。面对如此清净明澈的湖水,记者为北京1300多万人感到幸运,因为再过不久,南水北调工程完工后,这就是北京人的"水罐子"了。

……届时,清澈的丹江水从陶岔渠首经方城垭口,穿过黄河河底,沿京广铁路自流至北京、天津,调水干渠总长1226公里。到2020年,南水北调工程年均可调出147亿立方米水,枯水年份也可调出110亿立方米水,京、津、冀、豫等省市受益。正常年份,北京可分得净水12亿立方米,分配水量基本可以满足首都的需求,解决北京水资源紧缺的状况。

十堰市的艰难使命

丹江口库区总面积745平方公里,其中450平方公里在湖北省十堰市境内,丹江口库区由汉江和丹江注入,其中汉江流经十堰市境内的郧西、郧县、丹江口市,过境长度216公里,年均汇入丹江口水库水量328亿立方米,约占全库年汇入量的90%,这说明,十堰市对丹江口水库水质的优劣承担着重要的责任。十堰市位于湖北省西北部,与陕西、重庆、河南三省市交界,是一个内陆山区城市。全市国土面积23680平方公里,人口346万。70%的国土面积是山林地,境内分布并汇入汉江的大小河流有2400多条,流域面积1000平方公里以上的有9条,堵河是汉江上游最大支流,年径流总量60亿立方米,占丹江口水库年平均蓄水量的1/4,汉江在十堰境内集水面积达2万平方公里。十堰是水源区内最大工业城市,这里有我国特大型工业企业东风汽车公司和数以百计的工厂,十堰所辖的竹溪、竹山、郧县、郧西及丹江口、房县部分地区,都在丹江口水库上游。300多万十堰人的生产和生活对水源区环境的影响引人瞩目。党中央、国务院作出南水北调工程上马的决定后,位于南水北调中线工程水源地的十堰市成了备受关注的焦点。十堰区域内汉江流域的水质,直接影响到"调水"大局。特殊的地理位置和地理条件,使十堰市承担了艰巨历史使命。

丹江口库区水质总体优良,面源污染形势严峻

在十堰市环保局,局领导向记者介绍了十堰境内汉江流域内河流和丹江口水库水质的现状:根据湖北省环境监测网对丹江口水库3个控制单元、16个控制断面2000年三个水期常规监测结果及部分断面一个水期实测值,以《地表水环境质量标准》(GB3838—2002)作为现状评价标

准,采用单元因子评价法来评价水质现状,得出的结果是丹江口库区水质符合 GB3838—2002Ⅱ类标准,但丹江口库区水体中总氮的浓度达到了中—富营养化水平,总氮超过地表水Ⅱ类标准 1.30 倍,库湾、库汊等局部水域为富营养化水平。汉江干流水质状况总体良好,局部支流水体水质超标严重。主要污染因子高锰酸盐指数浓度沿途表现有升高趋势,汉江干流及库区水质保护形势十分严峻,应引起足够的重视。

导致总氮超标的主要原因是面源污染。面源污染带来的危害有三方面:一是加重水体的富营养化。水体营养化是湖泊、水库等封闭型或半封闭型水体内的氮、磷等营养元素的富集,当这种富集达到一定程度时,水体内的某些藻类异常增殖而消耗大量的溶解氧,致使水体丧失应有功能,严重的水体逐渐发黑发臭。二是威胁地下水的水质。来自肥料、农药、禽畜粪便的氮、磷、钾及其污染物,在土壤中逐渐积累,导致土壤中大量的氮的淋失和下渗,使地下水中的硝态氮超标,严重威胁地下水。三是水质恶化。农药及其他污染物,将直接污染土壤,造成水体的 COD、BOD 及其他污染指标超标,恶化水质。

丹江口库区周围面源污染的主要类别

农用化肥。在现代农业里,化肥的使用越来越广,我国农作物化肥使用呈快速增长的趋势。我国的耕地平均化肥施用量折纯约每公顷 375 公斤,发达国家化肥施用水平约每公顷 200 公斤。据国家环保总局 2006 年 6 月统计的水质月报,2005 年,丹江口库区流域氮肥折纯使用量已达到 59174 吨。比 80 年代增加了一倍。化肥的使用方法多为抛洒浅施且一年多次施用。按全国平均水平 30%～40% 的化肥利用率推算,年土壤固定、空气挥发和渗入地下水、汇入地表径流的流失量达 2 万吨。

农药。我国的农药产量和使用都位居世界前列,2000 年库区农药使用总量为 1095 吨,农药虽然控制了病虫害,但大部分农药残留于环境中,其中一部分进入地表水,造成库区环境污染。

畜禽养殖。库区畜禽养殖主要是鸡、鸭、猪、牛、羊,养殖形式以散养为主,据测算,畜禽粪便达到 623 万吨,平均每平方公里 263.2 吨,这些粪便 41.15% 被用于还田,58.85% 随地表径流进入地表水体,最终流入丹江口水库。

灌溉排水及污水灌溉。库区农业大多需要灌溉供水,长期灌溉使积累在土壤中的盐类的淋溶和肥料的淋溶,从而导致土壤的盐碱化,地下水含盐量上升。2000年库区农牧用水总量为50500万吨,是工业用水总量的1.96倍,生活用水的3.82倍,大量的农牧用水将土壤中的肥料和盐分带入丹江口水库。

水土流失。水土流失是整个库区面源污染的根本原因。水土流失造成土壤中大量的氮、磷、钾进入地表水体,对环境造成严重的污染;土壤的肥力降低,影响农作物生长;水、旱灾害频繁发生,河道淤塞,地下水位下降,农田、道路和建筑物被破坏,环境质量变劣和生态平衡遭到破坏。

十堰市水土流失程度严重

十堰市地属秦巴山区,历史上林木茂密,植被丰富。这里山高坡陡、土地瘠薄、岩层松散,降雨集中且多暴雨,由于生存的压力,人类不合理地开发利用土地资源,给这里造成了严重的水土流失。今天,十堰市是我国水土流失最为严重的城市之一。十堰全市国土面积23680平方公里,但水土流失面积就达11905平方公里,占全市国土面积的49.6%。水土流失造成了大量的泥沙下移,抬高了河床,淤毁塘库,危害农业生产,严重破坏了生态环境,导致自然灾害频繁发生。据2000年的统计数据,丹江口库区每年流失表土至少1200万吨,流入库区的泥沙量达880万吨。丹江口水库1968年建成发电至今,泥沙淤积量已达12亿立方米,占水库总库容的5.78%,坝前淤积深度达15米,已对库容量与水源调节能力构成一定影响,照此速度发展60年后,丹江口水库将有可能成为第二个三门峡。

水土流失加重了水质污染。随着化肥和农药的大量使用,土壤中的有毒化学元素也随之增多,水土流失带走大量的可溶性化学成分进入河流、水库,直接影响丹江口水库的水质。

水土流失损坏水利设施。据测定,在降雨340毫米的情况下,每公顷林地的土壤冲刷量为60公斤,而裸地高达6750公斤,流失量比有林地高出110倍。十堰市80%是山地,因水土流失,十堰市的水利工程受损严重,因山塘、引水渠、提灌站和其他水利设施减少,有效蓄水量减少9000万立方米。水库上游郧县城关段1960~1985年的25年间,因泥沙淤积,河库抬高15.7米,年均0.6米;水库上游郧西县金钱河支流大坝河30年间河床抬高6米,年均0.2米。全市大小水库数百座,目前有三分之一的水库已到死水位并被泥沙淤平。

水土流失造成表土流失,降低土壤肥力。土壤侵蚀、可耕地减少、地力衰减的直接后果就是农业生产条件被破坏,庄稼生长成了问题。被冲走的土,都是表土,对于耕地来说,就是生长农作物的熟土。稍有耕种经验的人都知道,刚开垦出来的生土是不长庄稼的,要耕耘数年之后才成为熟土。冲走了熟土,耕地生产能力就受到根本性破坏。现在郧县、郧西县的耕地,耕作土层小于 10 厘米、土层小于 30 厘米的土地有 169 万平方米,被称为"薄壳土",土壤里的有机物质全部被水流冲刷带走,没有营养的土地严重影响了农民的生产生活,制约了当地的经济发展。

水土流失加剧了洪、涝、旱等自然灾害。记者从可以找到的资料中摘录了几次暴雨灾害:

1971 年 4 月 29 日,十堰地区下了 70 毫米暴雨,山洪暴发,二汽各专业厂有 55 个车间进水。5 月 4 日,国务院副总理李先念对此作了批示:"只下了 70 毫米雨就弄得不得了,在暴雨季节,那里一天一夜可以下 200 毫米,甚至还多,应该注意这个情况。否则,我们工厂连年要闹水灾,不大像话。"同年 8 月 2 日上午 7 时,小峡沟突降暴雨,45 分钟降雨 62 毫米,山洪暴发,洪水流量达 700 立方米/秒,几百名职工遭受洪水袭击,17 人死亡。

1975 年 8 月 8 日,24 小时降雨 325 毫米,十堰市出现 40 年未遇的特大洪水,市区交通、通讯中断,洪水给工农业生产造成严重损失。

1980 年 6 月 23～24 日,十堰市区降雨 93 至 119 毫米,洪水泛滥持续 21 小时,冲毁房屋 1960 间,淹没耕地 4050 亩,冲走粮食 20 多万斤,经济损失 379.85 万元。

1982 年 7 月 29～30 日,十堰境内两天降雨 379 毫米,二汽铸造二厂、车桥厂的车间被淹,水管、电线被冲坏,铁路、公路运输中断。东风轮胎厂被迫停产。

1997 年 7 月 18 日,郧西县降特大暴雨,造成山洪暴发,山体滑坡,洪水吞噬良田,冲倒房屋 715 间,毁坏公路 11 条近 60 公里,冲毁桥梁 15 座,河堤 332 处,长 3.6 万米,冲毁渠道 367 处 8.2 万米,死亡 12 人,牲畜 973 头,损失惨重。

这仅仅是记者翻查资料找到的只言片语,还有多少大自然的报复没有被文字记录下来。记者在这里看到,汉江北岸的郧西、郧县、丹江口市大面积的水土流失,使那里看上去像陕北的黄土高坡,裸露的山地上到处可见雨水冲刷形成的雨裂沟。在水土流失严重的地方,地表裸露,没有任何植被涵养水源,一晴就旱,一雨就涝。由于到处是坡地,一场小雨就能使泥沙俱下,对水质、库容及水库功能造成重大影响。据十堰市林业局介绍:

1970～1979 年,十堰市年均受灾面积 59.21 万亩,其中重灾 19.76 万亩;

1980～1989 年,十堰市年均受灾面积 144.1 万亩,其中重灾 66.37 万亩;

1990～1997 年,十堰市年均受灾面积 210 万亩,其中重灾 100 余万亩。

十堰市的耕地总共才 285 万亩,30 年的时间,受灾面积呈几何级数增长。几十年来几近掠夺的砍伐,使水土流失到了跟人结账的地步。

……数据表明,20 世纪 50 年代以前,十堰境内是 10 年 2 灾,60～70 年代是 10 年 3 灾,80 年代是 2 年 1 灾,90 年代是年年有灾。"十年九灾,十灾九旱",且危害程度逐年加大,损失一年超过一年。恶劣的生态环境对南水北调中线工程水源地丹江口水库产生严重影响。部分地段人畜饮水都极为困难。据记者了解,在灾害严重地方,为了生存,有的农民不得不购买 10 元一担的水。郧县的谭山镇,10 年 10 旱,人们吃水要到几十里外去拉,洗脸成了浪费水的奢侈行为。

20 世纪 30 年代,这里还曾经是"行百里不见天日"的莽莽森林,才不过 60 年的光景,那些茂密的森林都到哪里去了呢? 今天这样严重的水土流失现象,究竟是怎样形成的呢?

树都到哪里去了

水土流失主要受地形、气候、土壤的影响,但在人类活动下,尤其是不合理的垦殖和破坏性森林砍伐是引起水土流失的更为重要和直接的因素。

历史上的十堰,山大林密,森林和植被极为丰富。由于大规模的砍伐使这里茂密的山林遭到了严重的破坏。人类大规模的砍伐活动应始于明朝。北修故宫,南修武当,所砍树木无法计算。这是历史上大规模砍伐的第一次。第二次是修建"老白"公路,第三次是 1958 年的建设丹江口水库和全民大炼钢铁，第四次是二汽和襄渝铁路建设，经过这么多年的不断砍伐，水源地周围县市的山山岭岭已经难见大树。记者无法查到这些年共砍了多少树，一位当地干部说，不用查了，你看看周围远远近近光光溜溜的山头，这些就是历史最好的记录本。

这还没有完，除了这些大规模集中的砍伐行动外，20世纪70年代以后的砍伐行动仍在持续。在"以粮为纲"、"农业学大寨"、"战天斗地，向荒山要粮"的年代里，以公社为基层单位，大规模组织农民开山种粮。改革开放后，山林权承包到户，农民害怕政策不稳，出现大规模的砍伐风潮。丹江口水库的一期工程建成后，十堰市淹没均县、郧县两座县城，涉及40个乡镇、432个村，淹没良田30.3万亩，山林44.8万亩，搬迁、移民7.1万户，33.58万人，73%的移民被迫后靠安置。为求生存只得靠毁林开荒度日，导致大面积植被损毁。山区贫困，生产力落后，为了生活，当地农民不得不与林争地，靠砍伐树木以扩大耕地面积来种庄稼。全市285万亩耕地中25度以上坡地有165万亩，有的地方甚至耕作到了45度以上的陡坡上，这样的陡坡被称为"挂坡田"。由于土地瘠薄，小麦长得如同癞痢头上的毛，稀稀拉拉。就是这样的地，农民们仍旧要种，毕竟生存是第一位的。为了改变坡地，农村基层组织带领农民们实行"坡改梯"，提的口号是"一冬一春，一人一分"，辛辛苦苦忙了一冬，夏天山洪来了，用石块垒砌的梯田大部分被冲垮，全年的辛劳随洪水而去。但农民们韧劲十足，重新再来。在这场人与自然的角力中，谁会是胜者呢？

山坡地的大量耕种导致山林植被破坏，水土流失。但普通老百姓对山林过分依赖，对森林资源过度消耗。毁林开荒、陡坡垦种、过度樵采，除了靠山吃山，他们还能有什么办法呢？

砍伐山林的责任也不能完全推到农民身上，在城市的燃料结构改变前，十堰全市几十万人也是基本以烧柴为主。当时几乎每个单位都按时组织人上山砍柴，给职工分柴。这些城里人砍起柴来破坏性更大。他们体弱，砍不动粗大的成材，结果将很多正在成长的幼龄树砍掉，更是绝了山林恢复的希望。这些持续不断的成规模的砍伐行动直到90年代才逐步减缓。

持续几十年的有组织大规模的砍伐，致使十堰市的森林资源和植被受到毁灭性破坏，生态环境严重恶化，植被涵养水源的功能大大减弱，降低了地表拦蓄量,河里水流量减少,小流域干涸,水源区土壤侵蚀严重,每逢下雨,洪水裹着泥沙直泻丹江口水库,造成库区大量淤积,严重影响丹江水利枢纽工程的使用寿命和南水北调中线方案的顺利实施。几十年来的掠夺式的采伐,这些就是水土流失的根本原因,也是面源污染的根本原因。

毫无疑问,丹江口水利枢纽工程从根本上解决了汉江下游心腹水患。襄渝铁路与东风汽车公司建设,为国家开发西部,发展汽车产业,促进十堰市经济社会发展起到了不可估量的推动作用。几十年的建设导致十堰市楼房林立,马路纵横,现代化的汽车城巍然挺立,但付出的代价是丹江口库区周边大面积的森林被砍伐、植被被破坏。毁林开荒导致严重的水土大量流失,生态环境不断恶化,给丹江口库区带来严重危害,森林资源元气大伤。

据测算,历史上前后几十年的建设共砍伐木材5000万立方米,按每亩3立方米折算,相当于1500多万亩森林被砍伐。把这些木材按直径20厘米长2米规格用材首尾相接,可绕地球转3圈。毁灭性的砍伐使丹江口库区周围森林覆盖率大幅下降。森林是绿色宝库。科学测算,根据树木产生氧气、防止污染、调节气候、净化空气、保持水土、增加肥力、涵养水源、栖息鸟类及提供蛋白质等方面的综合贡献,一棵树正常生长50年的价值为19.6万元,每公顷森林可以涵养降水1000立方米,1万公顷森林的蓄水量相当于1000万立方米的水库。

人类向自然无节制的索取造成自然向人类无情的报复。莽莽苍苍护佑人类的绿色树木化成了空中的袅袅白烟,取代它们的是变幻无常的气候和水旱灾害。"林光了,山秃了。土没了,地荒了。风来了,天黄了。鸟飞了,人走了,我们什么都完了。"

我们不能去责备我们的前辈,那毕竟是一段不堪回首的历史,但我们不能让我们的后辈再来责备我们,因为我们已经知道自己行为所造成的危害。

十堰市的治理努力

严重的水土流失现状引起各级政府的高度关注,十堰市政府组织全市人民开始了对自然的修复:

开展大规模的造林绿化。历时十年人工造林585万亩。

实施天然林保护工程。从 2000 年 10 月起,竹山县、竹溪县、房县列入国家天然林保护工程,全面停止天然林商品性采伐,关闭木材采伐加工企业和交易市场,1059 万亩天然林得到有效保护。

实施退耕还林工程。2000 年以来,全市 8 个县市区全部纳入国家退耕还林工程,目前已完成退耕还林 90 万亩,荒山造林 85 万亩。

实施小流域综合治理。按照省政府和长江水利委员会的统一部署,十堰市近几年来对水土流失严重的 72 条小流域进行山水林田路综合治理,整治面积达 2600 平方公里。

实施生态家园建设计划。近几年来,十堰市大力开展农村替代能源和节约能源项目建设,兴建沼气池 6 万余口,修建省柴灶 48 万个,每年可节柴 70 万吨,有效保护了山场林木资源。

实施自然保护区建设。全市现已建立了赛武当、十八里长峡、堵河源等 3 个省级自然保护区,丹江湿地、房县野人谷等 2 个市级保护区和 13 个保护小区,保护面积达到 407 万亩。

切实加强森林资源管理。坚持推进依法治林,不断加强林业行政执法、林业管理和森林防火体系建设,积极推行林业综合执法,加强林木采伐管理和征占林地管理,严厉打击林业违法行为,有效保护了森林资源。

经过持续艰苦努力,十堰市森林覆盖率有所上升,水土流失现象有所缓解。

治理力度亟须加强

记者在十堰市走马观花,亲身感受到了丹江水的清甜甘美,看到了水土流失的严峻形势,也到了一些森林和植被都保护得很好的林区如丹江口浪河林场、竹溪县关垭林场、房县五条岭林场、柳树垭林场、竹山县九华山林场。那里的森林莽莽苍苍,气势雄伟,使人看到了治理水土流失的希望。但总的形势令人无法乐观。水土流失是几十年的乱砍滥伐造成的,现在虽然正在治理,但由于水土流失面积之大,危害之深,且偷砍盗伐时有发生,农村燃料结构尚未发生根本改变,农民为了生存砍林开荒者不在少数,恢复土地植被所需巨额资金,安置退耕还林的农民,保证他们有可靠的生活来源等,都是"天"字号的工程。治理难度巨大。

十堰全市裸岩、裸土面积达 2390 平方公里,水土流失面积达 11905 平方公里。据估算,对 1 平方公里水土流失面积进行综合治理至少需投入 30 万元,由于地方财政困难,国家每年投入的经费有限,十堰市现在每平方公里仅 6 万元的投入力度,每年仅能治理的面积为 280 平方公里,而土地荒漠化还在以年近 100 平方公里的速度扩展。十堰市 25 度以上的坡地有 285 万亩,应全部退耕还林,但 2004 年国家给该市下达的退耕还林面积仅 6 万亩,比 2002 年锐减 24 万亩,照此速度,完成退耕还林尚需时日,这与水源区治理水土流失要求相差甚远。丹江口水库水源充沛、水质好,是南水北调中线工程最好的水源地。南水北调工程是我国水资源优化配置的战略性工程。面对如此严重的水土流失,怎样才能彻底消除面源污染,加大水土流失治理力度,减少水库泥沙淤积,确保"一库清水向北流",是十堰人民必须面对的一大挑战,也是国家决策部门应予以关注的重大问题。

加强治理力度,首先要从根本上解决认识问题

要树立治理水源区水土流失就是保护南水北调成果,就是保证京津地区国民经济可持续发展的观念。而不能简单地说谁污染,谁治理。要看水土流失和污染形成的历史原因。从市场经济的角度,更应提倡谁受益谁参与治理的观念。不可否认,十堰市历届政府在治理水土流失上做了大量艰苦的工作,也取得了很大的成绩。近年来,十堰市先后获得了"全国卫生城市"、"全国绿化十佳城市"等光荣称号,但十堰大部分地区的经济实力薄弱,城市对农村的经济辐射能力有限。十堰 6 个县市里,有4 个是国家级贫困县,2004 年全市农民人均收入仅 1916 元。截至 2004年年底,全市贫困人口 5.76 万人(极易返贫人口 29 万),即在全国 1 万个贫困人口中,十堰占 64 人,在全省 100 个贫困人口中,十堰占 29 人。贫困发生率为 15.5%,目前,仍有 8 万人需要迁移扶贫。十堰市的财政治理水土流失投入不足等问题也令人担忧。由于经济实力所限,十堰每年治理的面积与新增流失面积相当,人的生存与环境恶化的矛盾还在继续。

丹江口库区水土流失是几十年前的无序砍伐造成的,今天以十堰市一市之力在短期来偿还前几十年的历史旧账。他们的实际能力难以做到,也不合理。孟子云:挟泰山以超北海,非不为也,不能也。这是十堰市目前面临的现实。

十堰人民自 20 世纪 50 年代以来,为支持国家经济建设承担了巨大的牺牲,至今仍在为这些后遗症付出沉重的代价。如移民问题、山区农民因水土流失造成的贫困问题、为治理水土流失而造成的财政紧张问题等。今天在新的大型建设项目即将开始实施时,十堰承担的仍旧是受到损失、做出牺牲的角色。据十堰市环保局介绍,国家拨付的治理经费与全面大规模治理所需经费存在巨大的差距。他们希望国家决策部门对丹江口水库周边水土流失的严重情况给以高度重视,将水土流失治理与调水统筹规划、通盘考虑,按照温总理所说"先治理、后调水",确保调水成功。考虑到治理所需的时间长而调水的时间紧,要确保调水成功只有依靠国家加大力度尤其是资金的投入力度。

凡事预则立,不预则废,南水北调工程是与长江三峡工程等量齐观的世纪工程,投资大,影响范围广,全国关注,世界瞩目。南水北调中线工程建成后能否保持长久正常运转,水源区水土流失状况的改善是关键,此问题非国家之力不能解决。为避免黄河三门峡的历史重演,建议国家决策部门对此事予以高度关注采取行动。

首先应明确,丹江口水利枢纽工程以及以后的襄渝铁路、二汽建设都是国家决定修建的重大工程,正是这些工程的大规模建设用材,使得丹江口库区周围植被毁灭性地砍伐,导致大面积的水土流失。在水土流失的治理和生态恢复上,国家有着不可推卸的责任,出资治理的主体理所当然的应该是国家。国家应将丹江口库区水土流失的治理分解成退耕还林、小流域治理、自然生态修复、环境污染治理等子项目,由环保、林业、国土资源、水利等相关部门共同出资承担。

南水北调工程的实施使得丹江口水库的功能由原来的防洪、发电为主变为防洪、调水,以调水为主。为了调水而进行的二期工程又要增加淹没面积达300多平方公里,十堰市的水土流失和环境治理的负担将更为沉重。按照"谁受益,谁补偿"的原则,应通过相关政策规定,从调水收益中按一定比例划拨十堰市用于环境保护和生态修复。

为保护丹江水质,除大量关闭排污不达标的企业外,十堰市及相关县市大幅度地提高环评门槛,使得自身经济建设受到极大限制,财政收入减少,下岗工人增多,政府财政不堪重负。水源地周边的县市均为国家级贫困县,靠自身无力解决这些困难,应由国家牵头,调水沿途经济发达的郑州、天津、北京等城市利用自己科技发达财力雄厚的优势,对口支援十堰市的相关县市,促使其增加造血功能,也使其增加环境保护、治理水土流失的积极性和实力。

从历史发展的角度看,人是自然最大的敌人。要从根本上解决库区水土流失问题,除了原有的治理措施外,建议从政策角度考虑将部分农民从不适宜居住的石漠化地区迁移,与二期工程移民联动,让荒山彻底休养生息。与人为的治理措施相比,这属于治本之策。

丹江口水库周边及上游水土流失的严重情况引起国家的高度关注。2006年2月国务院以"国办函2006年10号"批复《丹江口库区上游水污染防治及水土保持规划》,水源地所在的十堰市和南阳市各有50个。但在规划的落实上,地方政府又面临经费短缺的尴尬。

治理规划规定,国家补助治理经费的50%,剩余的50%由地方政府(省市县)配套。以郧县为例,2007年,国家下达给郧县的水土流失治理任务为69平方公里,按照当时的价格指数,每平方公里治理经费需要25万,国家按照一半的价格每平方公里12.5万共投入880万。剩下的880万应该由地方配套,但郧县拿得出这笔钱吗?郧县财政局的同志算了一笔账:

郧县全县20个乡镇,总面积3863平方公里,人口63.9万人,2007年GDP总量为25.01亿元,人均3914元。

2007年全县地方一般预算收入10812万元,财政供养人员16056人,其中:在职为11918人(包括6227名教师),离退休为4138人,2007年省财政对我县财力性转移补助为30404万元。

2007年郧县全部可用财力为41216万元,按全县总人口63.9万人算账,人均可用财力为645元;按全县财政供养人员16056人算账,人均可用财力为25670元。

2007年全县财政供养人员工资性支出(包括第十三个月基本工资的奖金、艰苦边远地区津贴和规范后的津贴补贴)为32632万元,人年均工资性支出水平为20324元,人月均1694元。社会保障支出为3872万元。社会事务(包括村级组织运转)支出2865万元。保运转的公共支出年最低需要4500万元,而县财政只能安排1847万元,保运转的支出缺口达2600多万元。

为了确保一江清水送北方,全县需要治理水土流失面积达2067平方公里,共需6亿多元,城市污水处理费和垃圾处理费年980多万元;为保证水源区排污达标,产业发展受限制,年影响财政收入达5000多万元。

对一个连保吃饭都困难的县级财政来说，每年要拿出上千万元投入水土流失治理，压力是可想而知的。

如此财政现状下，地方配套资金成为无法兑现的空头支票。当地财政系统干部们说，尽管如此，不管上级要求地方配套多少我们都答应，这样毕竟能争取来一部分治理资金。

丹江口需治理的小流域多达110块，自1994年到现在已经治理了11块小流域共300多平方公里。因为投资不足，这300多平方公里的治理水平不整齐，有的达到国家标准，有的只能在坡地上筑起土坎，上面种树，防止流失。真正要彻底治理，需要筑起石堤坝。但限于资金困境无法全部实现。

丹江口市水务局的同志也算了一笔账：

国家对库区治理每平方公里投入25万，这25万中国家投入12.5万，另外12.5万由地方配套。但地方上完全属于吃饭财政，根本拿不出资金投入配套，所以地方配套一块实际上是虚拟的，实际上，每平方公里的实际投入就是12.5万。即使如此，在规划预算时，地方一定要承诺拿出配套资金，否则，国家的那一半也会不给。这就是水土流失治理中，地方政府的尴尬与无奈。

根据治理规划的要求，每亩实际需要5000～6000元。但上级主管部门计算的水土保持治理定额与实际需要相差甚远，以块石垒砌为例，每亩仅3500元，以今天的价格，这个费用连买石方都不够，更谈不上还有劳动力的费用。按现在的市场价格，仅土石方的投入就需要4800多元。还有土地平整，石方的开采、运输、劳务等一系列的费用等，与实际需要差距太大。由于治理面积和时间的刚性要求，治理资金不足导致治理工程标准降低。如有的地方本该砌坎而改成种树或是种植"植物篱笆"；有的该用石坎而改用土坎；有的石坎该用水泥浆砌而改用"干垒"，这样的工程一两年也许还能应付，但几年的风风雨雨，土石方里面的土被雨水冲刷空了就会垮塌，水土流失现象会卷土重来。

即使是这样一笔配套治理资金，执行时仍存在问题。中央下拨治理资金的用工参考价格指数是以2000年为标准制定的，与实际施工时的用工价格差距巨大。市场经济条件下，同样是出卖劳动力，谁不愿意往价格高的靠呢？按照规定，现在的坡改梯工程都是招标进行，但由于郧县水保工程标的太低，没有施工队愿意投标，没有办法的情况下，他们只能将工程包给村里，由村里组织劳力施工。有的项目进行不到一半,劳动力就不愿再干了。

地方政府的尴尬远不止于此,以拨款而言,2008年的水保治理经费,应该在2008年的2、3月份就到,但直到2009年1月才到,款到了没几天,上级部门就来通知,2009年5月份就要来检查验收经费使用的效果。几个月的时间,哪里能完成全年的工作量?钱没花完,就会影响第二年的拨款,怎么办?地方具体办事部门为此头疼不已。按照常规而言,水保治理的经费起码应在冬小麦种植前下达。否则,农民已经在地里种上小麦,水保工程开工毁坏已种植的小麦,农民要索要赔偿。每亩地的青苗费加上化肥、人工投劳等要赔偿280元。1000亩赔偿28万,一个小流域治理面积达到4000多亩,还没开工,100万就进去了。但这笔钱没人认账。又想要钱,又愁花钱,还要赔钱,如此多的尴尬事,逼得地方政府主管部门拆东墙补西墙,一天到晚当"泥瓦匠"。

2007年11月2日～10日,全国人大环境资源委员会宋照肃副主任委员以及李定凡、尚莒城等领导来到水源地调研,当地政府向调研组反映以下主要问题:

(一)自然生态系统十分脆弱,面源污染日益突出。十堰市生态环境基础较差,自然生态系统达到良性循环还需要一个较长过程。全市水土流失面积达11905平方公里,占辖区土地总面积的50.42%,其中丹江口库区水土流失面积占库区面积的45.68%。全市纳入国家《丹江口库区及上游水污染防治和水土保持规划》近期实施的小流域治理项目256条,由于项目启动较晚,综合治理成效还不明显。同时,农业生产中化肥农药的使用和畜禽养殖业的发展所造成的面源污染尽管得到高度关注,也采取了许多治理措施,但是面源污染依然严重,据统计,全市每年农业生产化肥使用量在10万吨左右(其中氮肥6万吨左右),农药使用量年均达2000吨,全面推广生物肥料、生物农药、发展无公害农业、普及农村沼气能源还需要大量投入,面源污染防治工作任务相当繁重。

(二)十堰市城镇环境基础设施薄弱。随着城镇化进程加快和人口自然增长,全市生活污水排放总量已接近9000万吨,生活垃圾年产生量90万吨。目前,仅有城区2座污水处理厂和2座垃圾填埋场,处理能力严重不足,大量的垃圾、污水和工业危险废物得不到妥善处置。纳入《丹江口库区及上游水污染防治和水土保持规划》的11个污水处理项目和7个垃圾处理项目,因前期工作经费紧张,项目建设整体进展缓慢。同时,

《规划》未涵盖丹江口市全部库区乡镇,如土台乡、土关垭镇等,成为库周垃圾处理"死角";《规划》中对即将淹没区157~172米水位之间的库区垃圾未单独立项,该区域垃圾清理也成为空白。

(三)国家批复的《丹江口库区及上游水污染防治和水土保持规划》,虽然对丹江口库区的项目作了重点安排,但纳入近期的重点项目少,涉及的面不宽,安排给十堰市总投资仅26亿元,其中中央投资综合概算仅为60%左右,难以从根本上解决水质保护问题。南阳编制上报的《丹江口库区水污染防治和水土保持规划》总需资金112亿元,而国家实际批复的一期治理资金仅为26亿元,近期项目投资14.4亿元,远远不能满足库区水质保护需要。对保障提供一库清水作出巨大牺牲和贡献的库区的反哺能力远不及以防洪发电为目的的三峡工程。对库区经济社会可持续发展目前还没有明确的相应措施。库区经济社会发展现状与水质保护要求不相适应,面临着生存发展与保护水质的多重压力。十堰市所属五县一市两区均为南水北调中线工程核心水源区,同时又是国家新阶段扶贫开发重点县市,经济社会发展相对落后,对水源区水质保护心有余而力不足。

(四)环保项目建设资金缺口较大。一是投资需求存在矛盾。《规划》编制是2001年前后,未考虑人口增长、城市扩容以及原材料上涨等综合因素,各地均存在项目《可研报告》、《初步设计》编制概算超《规划》现象。纳入《规划》的城区3个污水处理厂规划总投资达4.55亿元,目前"可研"及"初设"编制概算投资6.51亿元,超投资1.96亿元。二是地方配套资金压力大。在项目投资中,地方政府配套自筹资金比例为16%,而十堰市所辖县市区均为老、边、贫、库区,地方财力十分有限,缺乏必要的社会融资渠道和能力。

(五)污水处理费征收前景不容乐观,将导致项目运行经费不足。虽然湖北省物价局出台了污水处理费调到0.8元/吨的政策,各县市区正在酝酿出台相关规定,计划按新标准0.8元/吨征收污水处理费,但由于十堰市所辖县市区多属贫困地区,一步到位执行新标准的难度较大。如不能保证污水处理费的及时、足额征收,则项目建成后运行经费将成新问题。另外,十堰市日处理能力13.5万吨的神定河污水处理厂,近几年经过管网建设已达到8万吨的处理能力,但由于处理费用不足,目前只处理

5 万吨污水,致使部分处理能力闲置。

南阳市政府反映,南水北调中线工程建设提供了难得的发展机遇,同时也给库区县市经济社会发展造成了巨大影响。一是农业生产受到严重影响,库区淹没及渠线占压耕地达 50 多万亩,导致该区域已经形成的小辣椒、黄姜、烟叶、棉花等支柱产业受到削弱,年经济损失达 2.4 亿元。同时,畜牧业、水产业生产也受到相当冲击,年经济损失近亿元。加之库区移民搬迁、沿线群众后靠和采取严格的农业面源污染控制措施,发展库区农村经济、保持社会稳定的压力明显增大。二是工业发展受到制约。首先是淅川、西峡、内乡、邓州四县市将对库区周边 225 家污染企业进行达标整治,需投入治理资金 4.6 亿元,直接造成企业生产投资成本增加,比较效益下降。其次是限期关停中小企业 200 多家,增加下岗职工 2 万多人,直接经济损失 6 亿元。同时将搬迁工业企业 38 家,恢复重建需要 3～5 年时间和近 30 亿元的资金投入,这将使搬迁企业每年损失 10.6 亿元。加之由于实行严格的环保标准,一些工业项目的引进受到了较大限制,给县域经济发展造成了难以估量的损失。三是县乡财政收入大幅减少。水源区关停并转污染企业将导致当地县乡财政收入每年减少近 3000 万元。同时在移民安置中,平均每个移民按 1.4 亩耕地征用,需征地 14 万亩,调整当地居民土地面积 150 万亩,涉及人口约 70 万人,每亩需乡村两级支出 15 元左右,土地调整费用达 2250 万元,给乡镇财政造成了巨大压力。

地方政府的反映焦点都集中在资金上。我们循着资金的拨付渠道上溯,根子在南水北调中线工程的预算上。上级有关部门为什么在事先不将工程预算做实做足呢? 一位在中央有关部门工作的干部道出了实情:

如果那样,你这个部门今年的项目经费预算过大,在预算审议时就难以通过。以三峡工程移民安置经费为例,长江委根据调查来的淹没实物指标,对三峡移民迁建安置后的经济、社会、生态效益等进行了预测分析,提出了一个规划报告。当时测算的时候长江委是同三峡地方政府背靠背地算,结果地方上测算的数字远远大于长江委提出的数字。长江委将地方的报告作为附件附在他们的报告后面,一并报给了国家计委。时隔不久,国家计委就在北京召开了"三峡工程移民安置轮廓规划会",会议开了三天,就吵了三天,国家计委认为长江委制作的规划资金太高了。其实，长江委制作规划时已经将各地报的资金砍去了不少，他们知道，如果如实汇报，上面肯定批不了；如果完全砍掉，地方上又难以接受。但长江委这个折中方案，拿到水利部就挨了批评，部里说长江委的移民规划脱离了实际，搞成了高、精、尖，如此高的造价，三峡工程肯定上不了。但湖北、四川两省认为长江委这个规划砍得太多。上面不同意，下面也不愿意。怎么办呢？最好的办法是先少报一点，待规划通过后，再慢慢追加。这就是钓鱼。

与其通不过一分钱没有，还不如先将蛋糕做小一点，争取先通过，然后再不断地申请追加拨款，国家已经投入了那么多，不能眼看着成为半截子工程，只好不断增拨款项。你看一看中央的哪些工程在审计时不是这样？预算时多少？以后追加多少？有的是一次追加，有的是多次追加。就是这样，各部门钓上级的鱼，地方钓中央各部门的鱼，一级一级的钓，一层一层的追加。仅就南水北调中线工程而言，现在的工程预算比起决定上马时的工程预算已经追加了多少？自从 2008 年以来，中央财政一直对南水北调工程追加投资，近期，中央财政再次追加的 20 亿元投资，已经正式下达，全部到位。

治理任务如此之重，治理资金如此之紧，还要地方政府拿出配套资金，配套资金本是为了调动地方的积极性，但作为国家级贫困县的郧县、丹江口市、淅川县的地方财政如同极度贫血母亲干瘪的乳房，再也挤不出几滴乳汁。巧妇难为无米之炊，没有钱，水土流失治理该如何完成？

目前，从中央到地方，为恢复植被，治理水土流失，想方设法，殚精竭虑，钱没少花，效果有限。为什么？答案很明确，问题在人。

丹江口库区有着河谷、平地、山间盆地、岗地、丘陵、低山、中山和高山等多种地貌，其中以中山为主。土地地表岩层松散，土壤抗蚀力低，再加上降雨集中，极易造成水土流失。就在这片贫瘠、偏僻、交通不便、出行成本高昂的土地上，却拥有着密集的人口。库区周边分布着 78 个乡镇、1527 个村庄，278.81 万人口，平均每平方公里已达 200 人，给这片贫瘠的土地形成极大的负担。生存是第一要务，在生存的压力下，毁林开荒、开矿采矿，对土地无序和过度的索取，造成新的更为严重的环境破坏，最终加剧水土流失。

恢复植被，涵养水源，彻底消除环境污染的根本办法在哪里？有关专家提出：移民。

如果将南水北调中线工程移民与治理水源地周边水土流失结合起来,将水源地周边的农民尤其是"石漠化"地区的农民全部迁移,让这块土地彻底休养生息。在没有人类干扰的地区,大自然有着自己的修复手段。可能移民的资金、安置手段与办法会让当局者颇费思量,但不妨算一笔账。国家每年下拨到这块地区用于扶贫救灾、抗旱、植树造林、小流域治理、污染治理以及各种名目种类大大小小各种资金总额有多少? 从调水的角度看,水源地的水土流失情况一日不治理好,这些名目繁多的经费一日不会停止。

据十堰市反映,他们已投资 1.5 亿余元,兴建各类水利工程 10 余万处,建设基本农田 20 余万亩,综合治理小流域 118 条,治理面积 1299 平方公里。南阳市也称已开工有 9 个项目。共完成了 60 多条小流域的治理工作,治理水土流失面积 680 平方公里,占需要治理面积的 20%。尽管这些话都来自两地的汇报材料,其中也有一些闪烁其词,如这些治理成效所用的时间,治理的具体效果等均语焉不详。不能否认,水源地周边的市、县各级政府是克服了极度财政困难在奋力作为的,他们的努力令人鼓舞,这是水土流失交响曲中的小号奏鸣,代表了阳光和希望,但忧虑仍然是主旋律,"以现有速度治理,要达到国家提出的治理标准需要一百年"。专家的话言犹在耳,要在治理速度和治理质量上进一步提高,国家主管部门和当地政府只有加大资金投入的规模,资金到位就有希望。但如此严重的流失程度,要使其得到根本的治理,需要天文数字的资金,况且全国需要治理的地方甚多,都重要,都需要治理,都要国家拿钱,国家的财力也不是无限的。水源地周边的水土流失如同一个"黑洞",大口吞噬着有限的资金。

不妨换一个思路来思考问题,如果用这笔治理资金来开发移民,将会取得什么样的效果呢?

我们正在为前人的政策失误而付出沉重代价,我们不能再让后人为我们的失误而付出代价。

2004 年 3 月 10 日,在北京召开的人口资源环境工作座谈会上,温家宝总理明确指出:"南水北调首要是节水,关键是治污。要加大南水北调工程治污工作力度……中线要抓紧编制污染防治规划,保护好丹江口水库水质。"

2005 年 1 月,国家南水北调办公室主任张基尧在南水北调办公室机关年度总结大会上说:东线治污和中线水源地保护成为工程的潜在隐患。当前东线治污项目迟迟不能审定,项目建设难以开工,影响治污工程进展。城市污水处理收费偏低,管网不配套,制约治污项目效益的正常发挥。中线《丹江口水库水资源保护规划》尚未经国务院批复,国务院有关部门各负其责、团结共保的协调机制尚未形成,有关政策也亟待研究。所有这些问题,如不及时处理,势将影响工程建设的大局。

四　共同的声音

历年来,到丹江口水源地的国家各级调研组多不胜数,针对水源地严重的环境污染和水土流失现象以及治理中存在的问题,也写出大量的调研报告。但给笔者印象最深的、具有政策高度和可操作性的是,2009年5月全国人大环境资源委员会副主任宋照肃再次到水源地周边调查研究后写的调查报告。调研报告的建议部分是这样写的:

调研组认为,南水北调中线工程世界瞩目,也是百年、千年工程,意义非常重大。水源地的水环境保护和水源地的经济发展,是一个矛盾的两个方面,两个都很重要,必须处理好二者之间的关系。一方面,要把富民强县作为前提和基础。当地不仅要走农业生态之路,还要走新型工业化道路。当地的经济得不到发展,人民群众的生活不富裕,水源地就不能得到很好的保护。我们要深刻地认识到,水源区的经济发展是水质保护的重要前提,不解决好当地人民群众的生存与发展问题,水质保护将难以持久。这是一个基本观点。另一方面,这个地区是长江流域水土流失最严重的地区之一,水土流失对江河湖泊的危害很大,造成淤积,减少库容,从现在起,中央和当地政府必须非常重视这个问题,采取措施加大库区的水土流失的治理,加强规划和加大投入,确保让水库长期发挥效益。

南水北调中线工程建设给水源区带来了难得的发展机遇,但同时也使水源区面临着严峻的挑战。为实现水源区经济和环境保护的可持续发展,维护好水源区人民的根本利益,构建和谐社会,确保一库清水向北流,实现南北双赢,提出以下几点建议:

(一)把南水北调中线水源地纳入国家生态补偿机制试点范围。《中共中央关于构建社会主义和谐社会若干重大问题的决定》和《国务院关于落实科学发展观,加强环境保护的决定》中明确提出要完善生态补偿政策,尽快建立生态补偿机制。最近环保总局印发了《关于开展生态补偿试点工作的指导意见》，提出将在自然保护区、重要生态功能区、矿产资源开发、流域水环境保护等 4 个领域，开展生态补偿试点，从而推动生态补偿机制的建立。刚刚闭幕的"十七大"提出要实行有利于科学发展的财税制度，建立健全资源有偿使用制度和生态环境补偿机制。为维护良好的生态系统，南水北调中线水源地主动限制了发展，经济发展速度与其他地区的差距不断拉大。按照"谁受益、谁补偿"及社会公平原则，国家有关部门要充分考虑水源区人民所作的牺牲，把中线水源区纳入生态补偿试点范围并尽早启动，以确保水源区生态功能的恢复与保育，确保南水北调中线工程综合效益的永久发挥。

（二）建议国家就已有的生态建设政策及项目向水源区重点倾斜。《丹江口库区及上游水污染防治和水土保持规划》的实施，只能对水源区水质保护起到积极的示范引导和促进作用，但确保库区水质长期而稳定达标，满足南水北调调水要求，使库区及上游水土流失得到有效治理，生态环境得到极大改善，还需多方面加大配套措施。建议国家有关部门就目前已有并正在实施的退耕还林、天然林保护、生态公益林补偿、长治工程、土地开发整理、生态移民、优势农产品产业带开发、农村能源建设等政策项目，向库区、水源区重点倾斜。

（三）统筹受水区与调水区经济社会的协调发展，永保一库优质清水。建议国家有关部门组织受水区城市和中央国家机关对口支援库区县市。比照全国对口支援三峡工程建设的做法，组织京津等南水北调中线工程受水城市支援水源区的经济建设。南阳市已初步编制出对口支援规划项目，涉及农业、工业、交通、教育、卫生、旅游等八大类 141 个项目，总投资 76 亿元。十堰市也在组织有关部门编制对口支援项目计划，按照"政府引导、市场运作、优势互补、南北双赢"的原则，围绕丹江口库区特色优势产业发展和产业结构调整，以引进项目、资金、技术、管理、人才为重点，全方位、多形式、宽领域开展对口支援工作，采取多种形式鼓励名优企业到库区投资办厂。受水地区也应结合自身优势和行业特点，有步骤、有重点、有计划地开展对口扶持工作。

（四）建议国家有关部门加快制订并尽快出台丹江口库区经济社会发展规划，明确相应的政策措施，以建立起水质保护与水源区经济社会发展相协调的长效机制。推进产业结构调整，实现生态效益与经济效益的协调发展，坚持产业调整与环境保护两手抓。加大对丹江口库区水污染防治和水土保持投资力度。由于丹江口库区县市多是国家级贫困县、移民大县、环保大县，财力困难，无力支付辖区污水处理厂、垃圾处理场配套建设资金，因此，建议国家取消丹江口库区水污染防治和水土保持规划项目地方配套资金，给予全额投资，对于其后期运行费用，也应给予一定的资金支持，减轻地方财政压力。同时，推行科学施肥施药，提倡生物防治，实施无公害生产，减少库区农药、化肥等有害物质对水质的污染。大力加强农村沼气建设。如南阳市水源区6000多平方公里，人口113万人，近30万户，每年产生250万吨人畜粪便，十堰市年产禽畜粪便总量为591.54万吨。建议国家拿出专项资金，让水源区所有农户全部建设沼气工程。

（五）建议国家加大对黄姜加工清洁生产工艺科技攻关的扶持力度。十堰市黄姜加工废水处理及综合利用技术，经过政府、科研院所、企业多年来的共同努力，目前取得了突破性进展，但有些环节尚未取得最终突破。去年国家科技部、国务院南水北调办联合设立了"十一五"国家科技支撑计划重大项目"南水北调工程若干关键技术研究与应用"课题，初步确定了承担课题研究的单位（企业）及投资支持额度。建议尽早下达实施。

（六）建议国家加强水源区环境应急监测能力建设。目前十堰市水源区基本上不具备水污染事故应急监测能力，难以适应调水后的水质安全应急监测。建议国家有关部门支持水源区建立环境应急监测中心，及时处理库区突发的污染事故，使污染减少到最低程度。另外，《丹江口库区及上游水污染防治和水土保持规划》是2002年编制完成的，时间跨度长，一些项目已不符合现实经济社会发展需要，急需进行调整、完善。因此，建议国家有关部门尽快对原规划项目进行重新论证、调整。

六条建议，箭箭射中靶心。建议有了，该怎样落实呢？

2010年3月9日，从国务院南水北调办公室传出了有关解决南水北调中线工程相关问题的最新声音。这一天，南水北调办公室主任张基尧在办公室里接受了《瞭望》周刊记者的采访，张基尧的回答清晰而坦率，有几个问题解答了中线工程建设以及水源地周边政府与人民长期的困惑，摘要如下：

《瞭望》：根据国务院2002年批准的《南水北调工程总体规划》，东线一期工程原定于 2007 年通水,中线一期工程将于 2010 年通水。但是根据南水北调第三次建委会上的建设目标,东线通水改为 2013 年,中线通水也顺延到了 2014 年。背后的原因是什么?

张基尧:根据南水北调工程的早期规划,东线建设需 5 年,中线建设需 8 年,但是总体规划没有明确哪一年开工,哪一年结束。在南水北调建委会第一次会议上,考虑到工程建设的需求和可能,确定了东线 2007 年通水,中线 2010 年通水,这是根据工程总体规划和北方地区的水资源需要情况来决定的。

但是,总体规划批了以后,还有很多前期工作程序,包括《项目建议书》、《可研报告》、初步设计三个阶段。2005、2006 年,东、中线一期工程《项目建议书》先后获得批复,《可研报告》在 2008 年 11 月获批。这样一来,2007 年东线通水显然不现实。所以后来第三次建委会上,调整了工程建设目标,经国务院批准,东线通水时间改为 2013 年,中线通水时间改为 2014 年。

详细说来,工程推迟主要有四个原因。第一,从工程方案和设计上来说,规划阶段只是个大的轮廓和方向,很多实施方案需要在以后的阶段进一步补充和完善。在《项目建议书》阶段和《可研报告》阶段,需要针对社会上一些意见、一些专家的质询,对原来规划阶段层次深度还不够的地方进行深入论证完善。同时,在工程设计上,也存在设计方案不断深化的过程,包括线路的走向,局部规模的调整,跨渠桥梁等方案的深化,既有技术上的,也有行政协调方面的。因为要涉及地方和群众的具体利益,说到底还存在一个利益和效率的平衡。怎样在各方利益结合点上考虑问题,需要做充分细致的协调。

第二,随着设计的深化,工程投资也有了不同的变化。随着建设时间的推进,投资结构变化,增加使用银行贷款,物价在不断上涨,政策在不断调整,工程量也有一定增加。正是这些因素,在可研阶段,东、中线一期工程投资需 2546 亿,在原有基础上增加了将近 1300 亿,这些钱需要研究出处。需要从多方面研究增加投资的渠道,征询有关部门的意见。当时有专家说,三峡建成以后,把原来的三峡基金转为大型水利工程建设基金,但是三峡基金从 2009 年才能转为大型水利工程建设基金。所以,在增加投资、寻求渠道、研究来源上,也花了不少的时间。

第三,党的十六大以后,中央提出了科学发展观理念。以此为指导,考虑到更加体现以人为本的理念,原来的规划和设计需要进行回顾和反思、补充和调整。

比如丹江口库区的移民，原来移民规划就是根据"三原"原则——"原规模，原标准，原功能"。原来是个草房，就让移民在别处建个草房。原来路只有两米宽，就补偿两米宽。这显然不符合科学发展观的精神。补偿个草房也不一定能到那里去建个草房，两米的公路现在连农机具都过不去了。这样一来，对原来的移民规划，需要重新调整编制。丹江口库区30余万移民，如何顺利搬出去？今后的生活、生产怎么保障？基础设施怎么解决？这些都需要落到实处，工作量也很大。

再比如，在工程建设上，也存在一个调整的问题。原来挖渠道，土挖了也就堆在渠道两边，在堆高6米的高地上复垦种植庄稼，既不保水，也不保肥，老百姓不接受。因此，我们在沿线作了调整。现在的做法是，寻求新的洼地，把挖出来的土堆在洼地里，然后盖上腐殖土，一方面结合南水北调工程建设，另一方面造出一些新的良田来。这样既符合节约型社会的原则，又维护人民群众的利益。但是因为干线有1000多公里，工作量也非常巨大。

第四，南水北调工作推进过程中，确实碰到一些新的政策性问题，需要进行一些调整。

比如在机制上，最初《可研报告》批了以后，水利部进行了初步设计，发改委进行批复。同一个职能由国务院的若干个部门来承担，时间长，效率低。而且，设计和施工分两家来管，导致两家不相衔接。真正搞设计的不考虑施工中的情况，真正搞施工的又不了解设计的过程和意图。裁衣服的和做衣服的不是一家，做衣服的和穿衣服的又不是一家，衣服怎么做也不会合适。2008年，国务院决定，把初设审批职能全部转到国务院南水北调办。

另外，在政策上也作了很多调整。以移民为例，我们结合当前的移民工作实际和科学发展观的要求，在补偿标准、补偿方式以及对移民安排节奏上都作了调整。而政策的出台，需要和国务院若干个部门反复协调，也需要一些时间。

《瞭望》：您刚才谈到关于地方的利益协调问题。以补偿为例，湖北反映做出了很大的牺牲，应该得到更多的补偿。其他地方也在积极争取。比如污水处理厂的后期运行费用问题。南水北调办怎样具体协调地方利益？

张基尧：这要从两个方面来看。首先，关于湖北的牺牲，我们在规划中给予了充分考虑。原因在于，丹江口调水实际上是通过提高大坝的高度拦蓄洪

第八章　绿水青山保卫战

319

水来向工程沿线各地供水的。大坝增加了 14.6 米,增加库容 116 亿立方米,但只调 95 亿立方米,实际上增加的库容远大于调水量。第二,湖北同志可能反映,蓄水以后,下游河道放水量可能会有所减少。实际上经过测算,其全年平均流量并未减少,在最枯的时候还略有增加。实际上对湖北的影响不如想象的大。

关于库区生态保护问题,我们认为,应该"谁污染、谁治理",假如不搞南水北调,难道就不应该保护生态? 有人或许要问,既然如此,为什么还要给补偿呢?

实际上,这是考虑到调水以后南北两地共同发展。以丹江口库区为例,南水北调工程建成以后,需要维护这一库清水,必然对地方经济发展形成一定制约。要使其维持正常的、和其他地区相当的发展速度,我们制定了《丹江口库区及上游地区水污染防治和水土保持规划》,正在制定《丹江口库区经济社会发展规划》;丹江口库区下游水量总体上虽然没有减少,但考虑到个别时段略有降低,我们兴建了兴隆水利枢纽和引江济汉工程。严格来说,引江济汉工程是为了帮助地方经济发展,促进湖北地区,尤其是汉江流域的经济社会发展。因为它减少了长江航道的长度,从荆州开始就通过汉江进武汉了,在长江上就可以不走簖洲湾。

当然,在这个问题上也存在着争议。湖北的同志希望能够多争取一点资金,但要考虑到怎么调动中央和地方两个积极性。比如,湖北要求对下游增加 24 亿元的注入资金,下游所有污水处理厂都应该由南水北调出资建设,后来我们最终安排了 4.3 亿元。为什么是 4.3 亿? 没有公式可以计算,它实际上是一个协调的结果。

……

尾 声
大写的水权

南水北调中线工程是以调水为主,在中线工程紧锣密鼓进行的过程中,一个名词悄然出现并广受关注,它就是"水权交易"。

什么是水权? 水权又是如何进行交易的呢?

21 世纪的第一年,中国东部的浙江省爆出一条大新闻,同属于浙江省金华市的东阳市和义乌市之间做了一笔买卖,义乌市花了 2 亿元人民币一次性地从邻居东阳市购进 5000 万立方米的水。

东阳市位于浙江省中部,东阳的地形以丘陵和盆地为主,属于钱塘江流域,东阳山清水秀,土地肥沃,是浙江省农业高产区之一。造物主赋予了东阳极好的水资源和地理条件,东阳的水资源极为丰富,全市年平均水径流量 16 亿立方米。1958 年,东阳人在"大跃进"大办水利的号召下,在东阳江上游干流上建设了一座总库容 2.8085 亿立方米,正常蓄水位 158.5 米时的库容为 1.39 亿立方米的以防洪和灌溉为主,结合发电和水产养殖等功能的大型水库。

与东阳紧邻的是义乌市,义乌商品经济发达,在中国商品经济中,恐怕无人不知"小商品的天堂"。东阳和义乌两市相邻,同属浙江省金华市。东阳本地 80 万人,水资源丰富,拥有横锦和南江两座大型水库,每年除了满足东阳市正常用水外,还要向金华江白白弃水 3000 多万吨,供水潜力较大;义乌经济发达,加上外来人口已经接近 150 万,但义乌市由于地形所限,水资源匮乏,市区日供水能力只有 9 万吨。人多水少,"口渴"的义乌开始寻找水源。经过一番比较,善于经营的义乌人瞄上了处于自己上游不远的东阳。

双方开始谈判购水,2000 年 11 月,东阳和义乌达成水权买卖合同,东阳以人民币 2 亿元的价格将横锦水库 5000 万立方米的用水权转让给义乌,水质达到国家现行 I 类饮用水标准。协议签订后,双方按国家和省关于水资源管理的要求做好了引水工程开工前的准备。

从东阳到义乌的横锦水库引水工程全长 35. 478 公里,其中输水隧洞长 30. 52 公里,管道长 4. 957 公里。总投资 2. 79 亿元。工程自 2002 年 3 月开工,2004 年 1 月 18 日隧洞全线贯通,全部工程在 2004 年 12 月 30 日全线完工。建成通水后,每年可向义乌城区供水 5000 万立方米。

2005 年 1 月 6 日上午,随着国家水利部副部长索丽生宣布:"横锦水库引水工程正式通水",隧道闸门开启,在人群的欢呼声中,滚滚清流从浙江省东阳市横锦水库出发,经过刚刚完工的隧道奔向义乌。东阳清流的到达不仅意味着经济腾飞却饱尝"干旱"滋味的义乌市摆脱了水资源短缺的困扰,还宣告了我国首例水权交易获得实质性的成功。

东阳和义乌之间的水权交易是我国第一例成功的水权交易,从地区而言,东阳与义乌之间的水权交易,加强了区域经济体之间的合作,实现了资源共享、优势互补、共同发展。但它的意义远不止于此,从全国而言,它开创了水权交易的先例,首次提出了水务市场、水权交易的概念和实践,从这一点来说,它的成功意义深远。

供给和需求是东阳与义乌水权交易的主要动力。

义乌缺水,人均水资源仅 1132 立方米,水资源不足成为制约经济社会发展的瓶颈。东阳水资源丰富,横锦水库 1. 4 亿立方米的蓄水库容,可以完全满足本市用水之外,每年汛期还要弃水 3000 万立方米。一方不足,一方有余,购有余而补不足,这就是最基本的市场经济定义。水资源的交易就此展开。横锦水库建在东阳市境内,水库里的水属于东阳市支配,故东阳市具有"水权",东阳市与缺水的邻居就水的使用权进行买卖。故谓之"水权交易"。"水权交易"这个名词是经济理论界的专家学者们对这场交易行为分析后得出的理论成果。

东阳与义乌之间的这场水权交易之所以在全国引起高度关注,经济理论界、水利专家、新闻、法律各行各业纷纷发表见解,其关键就在于这次"水权交易"创下了共和国水利行政管理史上的"第一"。

1988 年国家通过的《水法》明确规定:

水资源属于国家所有,水资源的所有权由国务院代表国家行使。农村集体经济组织修建管理的水库中的水,归该农村集体经济使用。为适应不同的使用目的,可以在使用权的基础上,着眼于水资源的使用价值,将其各项权能分开,创设使用权、用水权、开发权等。其中最重要的是水资源的使用权。国家鼓励单位和个人依法开发、利用水资源,并保护其合法性。

法律上说水资源属于国家所有,由国务院代表国家行使管理权,但在复杂的社会实践中,从某种意义而言,国家对水资源的管理权实际上被虚置了。中国水资源短缺,作为战略生态资源,需要国家对有限的水资源加强管理,合理配置。但实际上,中国水资源的南北差异、地域差异极为复杂,全国除去大江大河外,类似东阳横锦这样蓄水量一两个亿的小水库何其多。按照"水资源属国家所有"的规定,作为国家机器组成部分的地方政府应该也是资源所有者。但地方政府与国家在水资源所有权上究竟是一种什么样的关系呢?在水权的管理上地方政府又处于何种地位呢?从目前大量存在的现象来看,对辖区内的水资源,尤其是流动性的过境水资源,绝大多数地方政府有管理责任而所有权模糊,地方政府处于尴尬地位。如果对东阳义乌这种小规模的与全局无碍的水权交易都要去向国务院申请处置权,国务院如何让忙得过来?再说,如果连这样的一点处置权也要向上申请,地方上又何来的积极性?如果将全国大大小小的水库塘堰的管理权全部都紧紧地抓在手中不放,其结果是管不了也管不好。正是在这个意义上,东阳义乌的水权交易案,值得关注。

横锦水库地处东阳,作为水库所在地的建设者和管理者也是名副其实的所有者。东阳市掌握了水资源的主导权,东阳以所有人的身份通过市场将水卖出去,起到了优化资源配置的作用,打破了传统的行政垄断水权分配,其意义堪比凤阳县小岗村农民承包到户,是水行政管理体制上的一场改革。

从案例本身看,这是一件双赢的好事。通过水权交易,东阳市获得2亿元资金用于建设和发展,义乌市解除了"干渴"。如果义乌要自行建设一座水库,各种建设和维护费用要远远超出2亿元,而且在供水时间和效益上都大大滞后。东阳每年也要白白丢弃3000万立方的水。必须要承认,浙江人创造性的聪明才智和敢为人先的主动探索精神,是他们在经济发展和财富创造积累上领先于其他省份的重要原因。东阳横锦水库能够如此,全国其他地方呢?在这次水权交易中,作为国家主管部门的水利部的做法引人关注。水利部对这次交易从政策上指导,又以国家主管部门的身份参与通水仪式,态度明朗,立场鲜明地支持水资源的管理与改革。那么东阳模式能否在全国推而广之吗?

世人皆知中国缺水,但从中央到地方对水资源的管理仍在使用计划经济时代的管理模式,由于水资源主体的虚置与缺失,市场经济环境下的计划管理手段显得格外尴尬。各地有水务局,但也有与其业务重叠交叉的排水、供水、自来水厂、大型水库、污水治理等部门,大家都管,但谁也无法真正落实管理权,最终谁也管不了,是最为典型的"九龙治水"。何时能够统一号令呢?看起来一团乱麻,其实再简单不过,只要真正明确所有权,通过法律形式明确责权利,其他问题将迎刃而解。

东阳和义乌的这一场水权交易使义乌人认识到,东阳来的5000万立方米的水,是2亿元换来的。2亿元的真金白银换来的水在生活中看得见摸得着有着切身的体会,它意味着水成了真正意义上的商品,谁会拿着自己花钱买来的商品浪费?

随着我国缺水形势的加剧,水资源已经日益成为一种稀缺的经济和生态资源。南方与北方、省与省、市与市乃至县与县之间,水资源的多寡优劣各不相同,要实现水资源的相对均衡就要跨地区调配水资源。长期以来,这种水资源的调配从来都是采取行政手段的无偿调配,看起来公平合理,其实在调水的后面,总是存在巨大的不合理。丹江口水库的建设使得下游长久受益,而水源地周边的人民却长期陷入贫困状态就是较为典型的例子。用市场经济的办法来调剂水资源的供求关系,有利于水资源的优化配置,也有利于供水与受水地区在经济利益上互相补偿。东阳义乌模式对丹江口水源地的启示作用是不言而喻的。

水资源的分配说到底是利益分配,水资源分配中的利益冲突是国家决策部门在政策制定上不得不考虑的重大问题。在市场经济日渐成熟的今天,现行的水资源分配体制既不能适应水资源优化配置的要求,也不能完全满足供水与受水利益群体对自身利益的追求。水资源的分配体制迫切需要进一步改革。

更有经济界人士敏锐地预测,鉴于中国南北水资源现状如此悬殊,一旦水资源分配体系纳入市场经济范畴进行改革,中国的水权交易市场将会是一个需求巨大的新兴市场。由于水与民生和经济社会发展有着最为直接的关系,水权交易市场的产生以及生活用水、工业用水、农业用水等不同水种交易价格的不同,水务行业将会成为一个很有发展前景的新兴行业。现在水务行业主要是由政府独家垄断经营,一旦推向市场,水资源的开发利用将具有巨大的市场潜力和强大的生命力。

国家最高水行政管理部门当然注意到了不同利益群体的诉求,在义乌市和东阳市的通水典礼上,水利部副部长索丽生说,东阳市与义乌市水权交易的成功实施,在步入市场方面意义重大。对于东阳和义乌两市来说,不仅会让东阳人进一步思考如何进行水资源的节约、配置、开源,也让义乌市慎重考虑如何节约、利用好这些买来的水。

早在 2001 年 8 月,水利部副部长敬正书在"水权制度建设研讨会"上,就代表水利部对水权改革发表了看法:

> 随着社会主义市场经济体制的建立,我国现有的水管理制度和管理手段越来越不适应水资源优化配置的要求。市场经济是建立在交换基础上的社会经济形态,而权利的清晰界定是交换的基本条件。在我国市场经济体制改革过程中,由于在水资源方面的权利界定及相关制度建设滞后,使得自然状态下水资源时空不均的问题更为突出。要解决这些问题除了进行工程、技术方面的努力外,极其重要的一个方面就是运用水权理论逐步建立完善的适应市场经济要求的、实现水资源合理开发、科学调度、优化配置、高效利用的管理体制和市场机制。

> 水权制度是规范水事关系中各方权利、责任和义务的制度,也是建立市场经济体制必不可少的制度之一。我国由于长期实行计划经济,水权界定比较含糊,水权在水资源配置中的作用不清晰。1988 年的《水法》基于当时对自然资源和市场经济的认识对水的所有权进行了规定,并设定了取水许可制度这一获取涉及水资源开发利用权利的机制。但是对相关的所有权、使用权及其他权利、义务和责任没有清晰界定,对宏观配置和微观管理制度的规定也不完善和不具体。进入新世纪,水利发展进入一个新的历史阶段,随着治水思路的调整,把水权制度当作最重要的制度之一加以积极推进是现实的需要,更是水利面临的形势和任务的需要。

> 自 2000 年 10 月以来,水权问题已成为全社会关注的热点,水利行业及社会各界积极参与对水权问题的讨论,并对水权及水权制度的建立进行了理论和实践的探索。水利部将继续积极推进与水权有关的实践探索和理论探讨,特别要在水权理论的内涵、水资源的有偿使用、水权流转制

度以及国家对水资源的宏观配置制度和微观管理制度等方面进行深入的研讨。

从"南水北调"到"水权交易",两个名词代表了两种时代观念。

南水北调,重点在一个"调"字。它反映了计划经济体制下的权力观,通过行政手段调配资源。在中国漫长的封建社会形态中,上对下为"调",下对上为"送",上"调"下没有商量,下"送"上没有余地。尤其是在那个特殊的年代,南水北调出自于一位历史伟人、共和国领袖之口,就更富有权力色彩了。但领袖多考虑宏观,如同要建立长江三峡水库,"更立西江石壁,截断巫山云雨,高峡出平湖,神女应无恙",领袖考虑的是高峡平湖的壮观,至多想到神女峰该不至于会被淹掉,"神女应无恙"。这是诗人和战略家的气概和胸怀。南水北调一样如此,打通南北水系,调剂南北余缺,挑战自然,造福人民,这是毛泽东精神世界的主旋律。至于南水如何"北调","北调"的具体过程,那是总理以及各级地方官员们去考虑的。针对今天的市场经济环境,南水北调从酝酿到实施有着鲜明的计划经济时代特点,应该属于"过去式"。

水权交易则体现了市场经济的时代特点。水权交易就是水资源的使用权和经营权的市场化、商品化,与计划经济时代通过行政手段调剂余缺不同,水权交易是通过市场之手来调剂余缺,以资源配置市场化的方式来满足供需双方的要求。照此解读,今日的"南水北调中线工程"实质上已经由"南水北调"变为"南水北买"。一字之差,体现出社会的发展与进步,体现出了鲜明的时代特色。

南水北调中线工程是眼下中国最大的水资源配置工程,50年前是依靠行政手段开工建设,没有利益平衡,只有宏观而言的国家利益,水源地人民的利益被排除在国家利益之外。50年后的今天,专务水资源配置的南水北调中线工程也开始采用了水权交易的概念。根据已知的南水北调中线工程的调水原则是:

中央政府宏观调控,地方相关政府参与,企业按市场机制运作。

中线工程的水权交易中,由国家和地方联合控股作为水权所有一方,河南、河北、北京、天津等受水区作为水权交易的另一方。

运行模式为:国家出一定比例的资本金,水价中一定的比例作为地方股份的资本金来源,其余由沿线城市根据购水量按比例分摊,购水越多所出资本金就越多,整个交易由国家控股的股份制公司运作。

2004年8月,水利部组建南水北调中线水源有限责任公司,属正司(局)

级单位,为南水北调中线水源工程建设的项目法人。公司领导班子委托长江水利委员会党组管理,这意味着水源公司实际上归属在丹江口水利枢纽建设和南水北调中线工程建设中的主要责任单位长江委管理。但作为与丹江口水库有着直接利害关系的水源地一方,无论是湖北省政府还是十堰市政府或是河南省政府还是南阳市政府,都没有参与到这个公司中去,当然也更没有可能参与水权交易的长期利益分配机制中去,用湖北省政府人士的话说就是,"在南水北调中线水源公司中没有股份"。没有股份就没有话语权,没有股份就没有资格参加分红。

南水北调中线工程的水权交易模式利用了水权、水价、水市场等要素来配置水资源,指导思想是符合市场经济和水资源有偿使用原则的。只是这一模式体量庞大,人员配置层次高,运行过程中很多动作"神龙见首不见尾"。由于行政管理关系的分割,代表水源地百姓利益的水源地地方政府在水权交易中不处于主体地位,甚至被边缘化,在整个交易过程中,既插不上话,也使不上力,如此模式,实际上与水权改革相悖。抛开地方政府的参与,不让地方政府发挥作用,这对水资源公司在今后长时期内的管理运行,尤其是保证水源地环境和水土流失治理是极为不利的。没有透明的利益分配机制,地方上的积极性也难以长久保持。在与自己利益息息相关的水权制度改革中,地方政府和群众最为关心的利益补偿,水土保持和污染治理资金能否顺利落实,水源地政府在水权交易过程中究竟有多大的话语权,尚需看地方政府在水源公司中话语权位置的分配和水权交易过程中的透明程度。

《水法》规定水资源全民所有,那么,水源地周边政府该不该拿,该怎样拿南水北调的收益? 目前我国法律在这方面是空白的。从理论上讲,水资源属国家所有,那么,作为国家体系中的一部分,代表水源地人民的地方政府的水务管理部门在水权"交易"的过程中,应当有权与国家水务行政管理部门一起,参与水权的交易。也就是说,水源地的地方政府和人民在水权交易过程中的话语权和利益分配应得到充分的尊重和明确的划分。这种尊重与划分绝不应停留在"征求意见"和给予一次性补偿的层面上,而是要在项目明确的前提下拥有交易的话语权和利益的分配权,如同股份有限责任公司中的股东有权参与分红,如生态环境保护、污染治理、移民补偿、地方经济发展等在卖水收益中分得相应的比例。这是水资源市场化改革的必由之路,也是对水源地人民所做的牺牲与奉献的认可,也是长久平安调水的保证。

为了保证这种做法的长期性和有效性,应由全国人大立法,或是对《水法》作出新的解释,做到依法行使水权的管理与分配,以推动水权制度的改革。

为保证地方政府及群众的知情权及参与决策权,调水股份公司应当按照市场机制,除了调水决策机制公开接受监督与检查外,还应设立水源地群众代表以及受水区群众代表咨询制度,定期向他们报告水权交易过程中的所有重大事项,接受他们的监督与咨询。从历史的经验与教训看,这一制度是极为必要的,也是有益于中线引水工程健康发展的。

东阳义乌的水权交易在全国反响很大,但跟进者寥寥。正所谓叫好不叫座。个中原因虽然复杂但也能悟出一二。但沉寂了几年之后,在中国最干渴的两兄弟河北、北京之间也开展了一场水权交易。北京是首都,特殊的政治地位使其在共和国的所有城市里享受着"特保儿"的待遇。北京缺水,北京周边的河北、山西同样缺水,其缺水程度甚至不亚于北京,尽管如此,这两个省仍然"敞开胸怀"向北京无偿送水。但市场之手终于给这一切画上了句号。

2006 年 10 月 11 日下午,北京市与河北省在北京召开"经济与社会发展合作座谈会",并正式签署了《关于加强经济与社会发展合作的备忘录》(以下简称《备忘录》)。中共中央政治局委员、北京市委书记刘淇,河北省委书记白克明,北京市委副书记、市长王岐山等出席座谈会和签字仪式。

《备忘录》旨在加强双方在交通基础设施、水资源、生态环境治理、能源开发等方面的合作。其中北京和河北今后将共同推进京沪高速铁路、京石客运专线等国家工程的建设,加快京承高速、国道 110 改造、京平高速公路等区域交通工程和两地"断头路"建设。在水资源和生态环境治理合作方面,北京将安排资金支持张家口、承德地区的水资源环境治理和生态水源保护林的营造。

协议内容是丰富的,但其中重要的一条是河北向北京无偿供水的历史结束了。代之以双方互相协助,"利益平衡、区域协调"。在解决京冀两地水资源配置问题上,供水和受水双方利益要平衡,北京对于水源地的损失从人道意义的资助到生态补偿作出了明确的承诺。其实际意义是,北京出资帮助河北水源地加强水环境治理和生态保护,这就是供水与受水之间的利益调整,喝水不忘送水人,合情合理,天经地义。

水权交易开始了艰难的起步。水源地的政府和人民盼望着,盼望大写的水权会给他们的发展带来新的希望!

2010 年 5 月 12 日第 8 次修改于北京石景山寓所

后　记

　　历时数十年,《水源地》终于完稿。回想起成稿过程,唏嘘不堪。

　　我是1968年的下乡知青,1970年招工来到丹江口市丹江港口工作。丹江港口位于丹江大坝北侧的胡家岭,这里是一座被削平了的山头,面积数百亩的场地全是新建的码头和仓库。我分配的岗位是电工,配电室在港区的最边缘,面临浩瀚汪洋的丹江口库区,配电室外就是壁陡的悬崖。看着清凌凌一望无际的库水,我们数百刚参加工作的知青,一个个兴奋不已。在丹江港口工作了两年多,我开始了解到这座水库建设中的一些故事,也见到了那些在山坡上结庐而居的返迁移民。草庐里移民的困窘生活引起了我们这些"新工人"的极大同情,当时便有念头,想将这些人和事写出来,可惜只是想想而已。

　　两年后,离开丹江港口,我调到了离丹江口市不远的十堰市。在这里先是当工人,恢复高考后,考入地方专科院校学习,以后留校教书,又调到市委工作,一干就是30多年。由于工作的原因,我不下数十次到丹江口水库周边的县市、农村调研,与当地的基层干部和农户有了大量的接触,对他们的生活,对丹江口水库和雄峙在水库边上的武当山的现状与历史有了更多的了解,并于20世纪90年代撰写了关于丹江口水库和武当山旅游资源开发的论文,刊登在市里及学校的刊物上。

　　在十堰市30多年的工作和生活,为我撰写《水源地》打下了生活和思想基础。我了解这里的山山水水,我热爱这里勤劳朴实的山民。这里历史厚重,人民吃苦耐劳,这里有光辉灿烂的建设成绩,也有历史原因造成的不堪往事。

想写《水源地》缘于一次偶然发生的故事。2005年，我随中华环保世纪行记者团到丹江口水库采访。临行时，一位朋友问我到哪里去，我告诉他到丹江口水库。他问，丹江口水库在哪里？我反问，你马上就要喝到丹江口水库的水了，还不知道丹江口水库在哪里？他满不在乎：不知道，北京调水多了，全国各地都给北京送水，丹江口水库在哪里与我有什么关系？我大惑不解，朋友也有40多岁，工作几十年，平时侃大山，也是天南海北，无所不知，没想到居然不知道南水北调中线工程源头。不知道丹江口水库就不可能了解这里的人民为调水所作的奉献与牺牲；不知道丹江口水库，就不可能了解这里厚重的历史；不知道丹江口水库，就难以明白这里的政府与人民保护库区环境、治理水土流失、保证一库清水向北流任务的艰巨。作为一名曾在这里工作过几十年的作家，我有责任与义务将这里的昨天与今天介绍给全国的人民。于是在那次采访中便开始有意识地搜集整理资料为写作做准备，采访回来后便开始动笔，以后又多次专程前往库区采访，补充资料，至今日终于完稿。从某种意义讲，这本书写了30多年。

本书完稿之时，我特向全国人大环境资源委员会的尚莒城同志表示感谢，当年他是中华环保世纪行记者团的团长，当初动议写本书时，是他坚决支持并提供资料；

我特向人民出版社编审李春林表示感谢，他的鼓励与支持是我完成书稿的动力；

我特向本书装帧设计、人民出版社副编审周涛勇表示感谢，他的设计构想，生动地表达了本书的内涵；

我特向我的老同学十堰市政协主席王铁军表示感谢，他不顾工作繁忙，数次陪同我深入基层、乡村、农户采访，使我得到宝贵的第一手资料，在讨论书稿时，发表了大量的真知灼见；

我特向丹江口市市长崔永辉、郧县县委书记柳长毅、淅川县县长崔军表示感谢，他们专门抽出时间向我畅谈了库区工作的深切体会；

我特向淅川县移民办副主任梁占佩、丹江口市南水北调办副主任丁力先、郧县文联主席徐棠根表示感谢，我在丹江口库区周边县市采访时，是他们为我提供了从生活到采访对象的所有方便；

我特向东风汽车公司党工部谢大顺部长表示感谢，作为书稿的第一位读者，他为我做了全书的初校并提出宝贵的意见。

我向丹江口库区所有采访过的干部、职工和农民兄弟表示感谢,是他们的支持和帮助,才使得本书得以完成。

水源地人民为中国社会发展做出过巨大的牺牲与奉献,水源地人民还将继续为中国社会发展做出牺牲与奉献。

欧阳敏

2010 年 7 月 1 日

责任编辑:李春林
装帧设计:周涛勇
责任校对:张　红

图书在版编目(CIP)数据

水源地/欧阳敏 著. -北京:人民出版社,2010.11
ISBN 978 - 7 - 01 - 008948 - 5

Ⅰ.①水…　Ⅱ.①欧…　Ⅲ.①纪实文学-中国-当代　Ⅳ.①I25

中国版本图书馆 CIP 数据核字(2010)第 092469 号

水　源　地
SHUIYUAN DI

欧阳敏　著

人民出版社 出版发行
(100706　北京朝阳门内大街 166 号)

北京新魏印刷厂印刷　　新华书店经销

2010 年 11 月第 1 版　2010 年 11 月北京第 1 次印刷
开本:710 毫米×1000 毫米 1/16　印张:21
字数:338 千字　印数:0,001-5,000 册

ISBN 978 - 7 - 01 - 008948 - 5　　定价:39.00 元

邮购地址 100706　北京朝阳门内大街 166 号
人民东方图书销售中心　电话 (010)65250042　65289539